儒家文明协同创新中心后期资助项目

葛焕礼 著

唐宋学术思想转型研究

中华书局

图书在版编目(CIP)数据

唐宋学术思想转型研究/葛焕礼著. —北京:中华书局,2025.
1. —ISBN 978-7-101-16886-0

Ⅰ. I206.2

中国国家版本馆 CIP 数据核字第 2024W41K59 号

书　　名	唐宋学术思想转型研究
著　　者	葛焕礼
责任编辑	高　天
封面设计	刘　丽
责任印制	韩馨雨
出版发行	中华书局
	(北京市丰台区太平桥西里 38 号　100073)
	http://www.zhbc.com.cn
	E-mail:zhbc@zhbc.com.cn
印　　刷	河北新华第一印刷有限责任公司
版　　次	2025 年 1 月第 1 版
	2025 年 1 月第 1 次印刷
规　　格	开本/880×1230 毫米　1/32
	印张 17⅝　插页 2　字数 320 千字
国际书号	ISBN 978-7-101-16886-0
定　　价	88.00 元

儒家文明协同创新中心
学术委员会组成名单
（按姓氏笔画排列）

主　　任　陈　来
副　主　任　王云路　杨国荣　舒大刚
委　　员　万俊人　王云路　王学典　贝淡宁
　　　　　朱小健　刘梁剑　江林昌　池田知久
　　　　　安乐哲　孙聚友　李景林　杨世文
　　　　　杨国荣　杨朝明　陈　来　郭齐勇
　　　　　黄俊杰　崔英辰　董　平　景海峰
　　　　　傅永聚　舒大刚

目 录

绪　言

作为中国思想史上"最有突破性的转型"之一，唐宋之际的学术思想转型问题历来受到学者重视，是一个重要但研究难度很大的课题。说它重要，是因为狭义看来，它其实是汉唐儒家经学向宋代新儒学转型的问题——这已经是儒学史领域一个十分重要的研究课题；若宽泛来看，除儒学转型外，它还包括中古佛教的世俗化转向（表现为法相宗、华严宗、天台宗等传统大宗的衰落和禅宗、净土教等贴近世俗的宗派势力的崛起）、以"内外丹兴替"为标志的道教转型、史学的体裁创新和显著发展等，而这每一项转变，在佛教、道教和传统史学发展史上都有着关键性的意义。说它研究难度大，是因为进行全面深入的研究，需具备经学史、理学史、文学史、道教史、佛教史、史学史、科技史等多学科的知识和综合的视野。唐宋时期学术思想的承载者——知识分子，不仅包括学界惯常所关注的儒士或文士，而且还包括知识僧人、道士和科技人士等。这些不同身份的知识分子群体不仅承载、创造着本行业的知识和思想，而且吸收并影响其他行业的知识和思想，不同行业间有着十分复杂的影响、融合关系。因此，基于学科划分而按门类掘进固然必要，多学科综合的研究更是重要，这对研究者来说是个不小的挑战。

一、近四十年来代表性的解释模式

虽然该课题牵涉面广，研究难度大，但如本书第一章所示，中外学者已做出积极的研究，对其转型过程作了多种解释，形成了一些具有典型意义的解释模式。在古代，最主要的解释模式是清四库馆臣提出的汉、宋经学转型说。近代以来，随着经学没落和哲学崛起，主流的解释模式转变为中国哲学史叙事中的从唐代佛学转向宋代道学。近四十年来，因不满哲学史叙事的"线条化、简单化"，一些学者在唐宋变革的视野下，从思想史的角度提出了几种互有关联而又各具特色的解释模式。

（一）道学（理学）的生发过程。这一解释模式的源头可上溯至朱熹《伊洛渊源录》所构建的二程道学师承谱系，以及黄宗羲、全祖望《宋元学案》基于理学标准而构建的宋学派别和师承谱系。近代以来哲学史界对宋代道学家的认知和道学生发脉络的构建，根本上即依据了这两种谱系。基于这一学术传统，在唐宋变革的视野下所构建的新的唐宋儒学转型脉络，可见于徐洪兴《唐宋之际儒学转型研究》一书。

徐洪兴将道学思潮的演变历程分为"萌发、初兴、高潮、鼎盛和衰变五个阶段"。从唐朝中期至北宋庆历之前是萌发阶段，道学思潮"还是一股潜流"，但出现了要求振兴儒学、排斥佛道二教、批评四六骈文的呼声，"孟子升格"、经学变古、古文运动等新文化活动初步展开；北宋庆历至嘉祐之际是初兴阶段，道学思潮"正式登上了历史的舞台"，形成批判汉唐章句训诂之学、佛道二教、四六骈文的社会思潮和新的学术思想取向，"其倡导者是范仲淹和欧阳修，而胡瑗、孙复、石介、李觏等都是这一思潮中涌现出来的有代表性的学者"；嘉祐至元祐之际，道学有了显著的理论创新，是高潮阶段，涌现出一批富有创造力的思想家，如周敦颐、邵雍、王安石、张载、程颢、程颐等，他们"为儒家的伦常纲纪提供哲学的论证，重新确立全面指导中国人社会生活的精神归宿；为现实的政治改革提供思想的依据"；南宋中期是鼎盛阶段，道学派别得到很大发展，主流学派即以朱熹为代表的"程朱理学"派形成，出现反对派即陆九渊"心学"派，许多道学概念、范畴、命题走向深刻、精密和系统化，至此唐宋儒学转型已经完成；从南宋后期至元末明初，是衰变阶段，道学主流派"程朱理学"逐渐得到官方承认，最终成为官方统治思想，其生命力也随之丧失殆尽①。

虽然徐洪兴鉴于由朱熹《伊洛渊源录》所开创而为现今哲学史研究所继承、发展的道学史叙事有着"线条化、简单化"之弊,相对于逻辑链条上的学说分析,更注重发掘道学的历史面相,从时代思潮演变的角度构建了唐宋儒学转型的理论框架。但是这一新叙事,无论是关注对象(道学家)的择取,还是对其思想的阐释,皆未脱离传统的哲学史叙事,在内容上便无法包举"唐宋之际儒学"。

(二)宋学的演变过程。1984 年 10 月,邓广铭在杭州举行的宋史研究会上发表《略谈宋学》一文,明确指出:"理学是从宋学中衍生出来的一个支派,我们却不应该把理学等同于宋学";"宋学"是指"萌兴于唐代后期而大盛于北宋建国以后的那个新儒家学派";其特点是:"1. 都力求突破前代儒家们寻章摘句的学风,向义理的纵深处进行探索;2. 都怀有经世致用的要求。"②这就突破了理学研究兴起后学界往往将"宋学"等同于"理学"

---

① 徐洪兴:《唐宋之际儒学转型研究》,上海:上海人民出版社,2018 年,第19—20、239、253 页。

② 邓广铭:《略谈宋学》,见氏著《邓广铭治史丛稿》,北京:北京大学出版社,1997 年,第 164、165 页。按,此前也有学者就理学与宋代儒学的关系问题提出过类似意见,如韦政通在 1970 年代就指出:"理学家中的所谓北宋四子——周、张、二程,只是北宋儒学中的一支,而且是比重较轻的一支。"(氏著《中国思想史》,上海:上海书店出版社,2003 年,第 639 页)

的狭隘认识,勘定了"宋学"的外延——理学之外,尚包括蔚为大宗的宋代经学等儒学门类。陈植锷《北宋文化史述论》一书延依邓广铭的认识,采用"宋学"概念,构建了北宋"宋学"的演变历程。

　　陈植锷认为,"宋学在南渡之前,大抵经历了从准备、草创到繁荣三个发展时期"。宋初太祖、太宗和真宗三朝,"是汉唐注疏之学和文章之学的遗留期和宋学的准备期",出现了宋学疑古派、议古派和拟圣派的先驱者,如王昭素、孙奭、贾同、柳开等;仁宗、英宗两朝,是宋学的草创期,形成"讲明义理而有别于汉唐注疏之学"的学风,出现以孙复、石介为代表的疑传派,以欧阳修、刘敞为代表的疑经派,以李觏、章望之、胡瑗为代表的议古派,以及处在"宋学草创期与繁荣期的交接阶段"的拟圣派学者邵雍、周敦颐①;仁宗、神宗之交,宋学"从义理之学

①关于这四个(可归并为三个)学术流派的创新程度及其逻辑承继关系,陈植锷总结云:"疑古派(包括疑传与疑经)所奠定的怀疑精神,为宋学的创立开拓了'自出议论'的新路子,但孙复、欧阳修、刘敞等人的著述刚从汉学中脱胎而未完全摆脱汉唐注疏拘囿于经文词句的旧格局。议古派接过欧阳修等人手中初步形成的宋学议论精神并加以进一步的发展,抛弃了传统的经注、经解形式而以论文、辨说、讲演(口义)等方式化古于今(或者叫借圣人立言),使宋学偏重义理的特点更加突出,但因过于强调实用而缺乏学术的系统。拟圣派在前两者的基础上,由注经转而拟经,由借圣人立言转向仿圣人立言,表现出宋学在传统儒学之外努力别树一帜的首创精神,但在抽象思维方面尚显得羽毛未丰,缺少宋学进入繁荣期后那种充满思辨力量的内省精神。"(氏著《北宋文化史述论》,北京:中国社会科学出版社,1992年,第218页)

过渡到进一步以心性问题的探讨为内容的性理之学"，进入繁荣期，出现王学、洛学、关学、蜀学等学派，其中王学的成就和影响最大①。

作者运用历史学的视角和方法，不仅清晰划分了北宋"宋学"前后相承的三个发展时期，而且基于学说创新与社会影响相结合的标准，精细辨析、论证了后两个时期内不同学派的先后关系，这样便呈现了一条以时期为节段、由学派前后联结而成的北宋"宋学"的演变链。遗憾的是，受论题时段所限，该书内容并未涉及南宋"宋学"。从整体上论述宋代"宋学"演变历程的代表作，是漆侠《宋学的发展和演变》一书。

漆侠将两宋"宋学"的发展历程划分为形成、发展和演变三个阶段。"宋仁宗统治期间（庆历前后）为宋学的形成阶段，其代表人物为宋初三先生的胡瑗、孙复、石介和李觏、欧阳修，而以范仲淹为核心人物。宋仁宗晚年（嘉祐）到宋神宗初是宋学的大发展阶段，形成为各具特色的荆公学派、温公学派、苏蜀学派和以洛（二程）关（张载）为代表的理学派等四大学派。其中荆公学派影响最大。"②南宋是宋学的演变阶段，"在这个阶段中，从宋学中发展起来的理学兴盛起来，成为占主导地位的学派，

---

① 参见陈植锷：《北宋文化史述论》第二章《宋学及其发展诸阶段》。
② 漆侠：《宋学的发展和演变》，石家庄：河北人民出版社，2002年，第7页。

同时与理学对立的则是浙东事功派"①。

虽然上述三位学者的论述重心在于宋代,在于偏重学术的经学和偏重思想的理学,但这一解释框架聚焦于"宋学",最大程度上涵盖了儒者之学②意义上的宋代儒学。然而,由于"宋学"的外延十分宽泛,在宋代经学、史学等领域,还有相当大的拓展空间,对这些领域进行深入研究,一定会对上述解释框架形成有效的补充和修正。

（三）士人价值观基础的转变过程。此以美国学者包弼德(Peter K. Bol)《斯文:唐宋思想的转型》所构建的解释框架为代表。该书关注的核心问题是公元600至1200年间士人价值观基础的转变,以及士人是如何确立价值观的。为此,作者所切入的并非是通常意义上的思想,而是"斯文"——"首先指称源于上古的典籍传统"（特指儒家经典）,"包括了诸如写作、统治和行为方面适宜的方式和传统"③;是"士学"而非儒学,尤其关注最受

①漆侠:《宋学的发展和演变》,第32页。
②如漆侠指出,"我国古代学术主要由经学、史学和文学(语言、文字包括在内)这三者构成"(氏著《宋学的发展和演变》,第44页),这主要是从儒者之学的角度立论的。陈植锷在解释"宋学"概念时,认为"兼长经术与文章而又施之于经世致用之目的,这正是王安石之长处,也是北宋知识分子所创立的以博大精深为特色的儒家新文化——宋学之鲜明时代特征"(氏著《北宋文化史述论·引言》,第4页),这也是从儒者之学的角度为说。
③包弼德:《斯文:唐宋思想的转型》,刘宁译,南京:江苏人民出版社,2017年,第1—2页。按,在《历史上的理学》一书中,包弼德对宋代以前历史上所积累的"文"的多层含义作了更为明晰的总结:"它是宇宙(转下页注)

当时士人重视的文学。

包弼德将公元 600 至 1200 年士人思想和价值观基础的演变,大致划分为四个阶段:

1. 初唐至 755 年安史之乱爆发。朝廷学者将文化价值观具象为可用作榜样的"文化形式"(广义的"文"),包括"所有那些属于'礼'的范畴的东西,过去的文献遗产,以及文学创作(文章)"①;就文学创作而言,他们标举的是一种综合的文章观,包括"建立在天地之上的普遍基础,上古权威的典范,真情实感的充实(现在指向社会、政治问题),以及文学技巧"②等多种取向。

2. 755 年至唐朝末年。伴随着安史之乱所导致的唐朝政治危机,士人传统的文化价值观也出现危机,他们认为过去的"文化形式"并未像想象的那样起作用。活跃在安史之乱之后 40 年的学者,如萧颖士、李华、贾至、独孤及和梁肃,主张文章复古,强调写作为公共道德服务。以韩愈为中心的 770 年左右出生的一代学者,继承前辈通过文章复古来拯救个人和社会的理念,而且更进

(接上页注)运行过程的具体显现(所谓的天文学,就是对天的"文"的探究),是人类社会的具体形式(人文),是在三代和经典的基础之上层层累积的文献传统,是政治与社会的价值所在,是圣王用于教化的文化形态(文教),最后,也是个人文学上的成就。"(包弼德:《历史上的理学》,王昌伟译,杭州:浙江大学出版社,2010 年,第 46 页)

①包弼德:《斯文:唐宋思想的转型》,刘宁译,第 102 页。

②包弼德:《斯文:唐宋思想的转型》,刘宁译,第 134 页。

一步,认为真正有价值的写作必须建立在作者独立思考的"圣人之道"的基础上,这客观上造成了学者的思想观念独立于皇帝所代表的道德权威。

3. 宋朝初年至1044年庆历新政被废罢。以徐铉、田锡和张咏为代表的宋初学者,追求"在终极的自然之道基础上,建立文学与典籍传统的统一",以此"将圣人之道和古文联系起来"。在11世纪30年代,为文标准出现了分化:以杨亿为代表的一批士人追求"辞藻的繁缛","以显示他们对传统文化的广泛掌握以及有能力将其汇总为适应当前需要的形式"①;以范仲淹为中心的古文家则"坚持认为士应该以圣人之道作为学的核心,并将写作当成实践道的一种努力","这个道可以不受历史条件的限制"②而对政治、社会和文化产生效用。

4. 1044年至北宋末年。文学及其话题渐不被重视,学者致力于"探求一种可以为政治、社会和文化提供基础的道"。作为范仲淹追随者中最重要的文士,欧阳修主张"学道先于学文","人事的历史"和"六经之本真"都是道的来源基础。1020年前后出生的以司马光和王安石为代表的那一代文士,"对于用古道来转变国家和社会这个政治问题的关心,超过了对士应该如何写作的关心"。而更年轻一代的苏轼和程颐的兴趣焦点,"已经

①包弼德:《斯文:唐宋思想的转型》,刘宁译,第203页。
②包弼德:《斯文:唐宋思想的转型》,刘宁译,第216页。

从制度化的探求转向对于思想风格更个性化的探求,这种思想风格能使人像圣人一样"①应物。

上述四阶段中,士人的价值观虽然都建立在"宇宙和历史"基础上,但把握方式却发生了从信仰政权所支撑的"文化形式"到独立思考"圣人之道",再到个人独立于权威而解悟"天地之道"的转变,即"从唐代基于历史的文化观向宋代基于心念的文化观的转向"。

这一解释框架聚焦于"文"(特别是文学),探讨其主体(作者限定为士人)以"道"为把握对象的价值观的构建历程。鉴于唐宋时期文学在"士人之学"中有着十分重要的地位,这一视角选择有其合理性,在一定程度上呈现了唐宋士人价值观的转变历程。但是,同样属于"士人之学"重要内容的"儒家经典和历史研究",却被作者有意忽略了。而且如下文所述陈弱水的研究所示,这一框架并未能够深入历史从更为深广的层面揭示当时士人世界观的构建实态(如"外儒内道""外儒内佛"),即仅着眼于典型士人(主要是文人)及流派的文化(特别是文学)观而论述士人价值观的构建及其演变历程,却未进一步发掘其世界观的历史实态。

(四)士人文学观和世界观的转变过程。这一解释模式见于陈弱水《唐代文士与中国思想的转型》一书。

---

① 包弼德:《斯文:唐宋思想的转型》,刘宁译,第223、224页。

他认为"唐宋之际的思想巨变不是在短时间内发生的，
从韩愈(768—824)的时代到范仲淹(989—1052)，大约
为两百二十年，到程颐(1033—1107)，则有两个半世纪
以上。在此期间，思想的变化不是均质进行的，而是有两
个明显的突破点。第一个突破点约在唐德宗至宪宗年
间(780—820)，第二个则为宋仁宗至神宗之际(1023—
1085)"①。陈弱水主要围绕第一个突破点，基于对士人
(尤其是文人)思想和心灵的考察，勾勒出两条中古思想
演变的线索：

第一条线索着眼于文人对文学与文化关系的认识。
陈弱水认为，从南朝到初唐，文章写作一直存在着"独立
的文学观"与"政治教化"间的结构性紧张，根本性的变
异发生在8世纪后半叶，以安史之乱前后出现的"文章
中兴"为标志。"中兴"诸子"要求文学与德行、政教、经
典等文化要素相连接"，"徇至而有文本于道的呼声"；甚
至"根本要求泯除文学和文化之间的界线，而把文学视
为从属于文化的不可分割部分"②。因此，这一文学风潮
既"代表文学改革的努力"，也含有"以文学论述面貌出
现的思想运动"的成分。随后，韩愈、柳宗元等人所领导
的古文运动继之而起，在9世纪初震动一时。古文家不

---

①陈弱水：《唐代文士与中国思想的转型》，桂林：广西师范大学出版社，2009
年，第2页。
②陈弱水：《唐代文士与中国思想的转型》，第44—45页。

仅主张文以明道或文本于道,而且开始了对儒道的探索——"这个'破茧而出'非关小可,它不但是东汉以后第一个反思儒家之道的潮流,而且发生在主导士人文化的文人群中,造成关键的影响。"①"道"优先于"文",儒道探索的出现,标志着唐宋间"文学脱中心化的开始",并渐至发展成为新的儒家思想脉流。

第二条线索聚焦于中古士人心灵结构的变迁。陈弱水认为,中古思想的基本格局是"外儒内道"和"外儒内佛",或者称之为"二元世界观"。曹魏时期登上历史舞台的玄学,是开启此二元世界观的决定性力量,在4世纪永嘉乱后蓬勃兴起的佛教则大大强化了这一世界观。即便对于中唐"文章中兴"诸子而言,"儒教主要指有关集体秩序的原理和价值",个人生命的终极关怀则寄托于佛教或道教。中古时期对二元世界观构成明显挑战的,主要有三种思想:一是6、7世纪时一些士人宣扬的"国家全体主义"观点,"主张人类的所有活动都应归属于统治者的权威"②;二是以杜甫为代表的中唐少数士人"以儒家价值为个人生命主要导向"的世界观。这一思想在当时"属于较新的形态",范围有限,"属于一个重大思潮变化的开端部分"③;三是从8世纪晚期到9世纪

①陈弱水:《唐代文士与中国思想的转型》,第64页。
②陈弱水:《唐代文士与中国思想的转型》,第88、125页。
③陈弱水:《唐代文士与中国思想的转型》,第211页。

初，"在二元世界观架构里运行的儒家复振潮流中，冒出了直接向这个中古思想基调挑战的动向"①，即韩愈、李翱等"力主单一的儒家价值世界"，并"构建儒家本位的心性理论和修养学说"，正是这一思想开启了唐宋之际的思想巨变。

　　因受论题时段所限，这一解释框架于宋代部分略而未涉，所以对于唐宋思想转型整体而言，并不完备。基于"文人居于唐代文化的核心，地位绝高"的认知，与包弼德一样，陈弱水亦从文学入手，经由对中古士人文学观演变历程的梳理，揭示出中晚唐"儒道探索"思潮的源流。但他更进一步，从世界观上揭示了中古士人"外儒内道""外儒内佛"的基本心灵结构，以及先后出现的三种挑战此二元世界观的思想。他所指出的"即便对于中唐'文章中兴'诸子而言，'儒教主要指有关集体秩序的原理和价值'，个人生命的终极关怀则寄托于佛教或道教"这一事实，提醒我们不能简单地将当时文学所推扬的儒家之道，等同于文人的"价值结构以及世界观"；这亦表明，从佛、道二教入手是深入认识唐宋之际士人的思想世界乃至思想转型问题的重要一途。

　　上述四种解释模式虽然都有不足之处，但体现了学者在解释唐宋思想转型问题上的努力。任何严肃的框

①陈弱水：《唐代文士与中国思想的转型》，第96页。

架性历史解释理论，都是历史研究认识的结晶，体现着一段时期内学者研究所得认识的深度和高度。因此它通常会随着研究的新进展而得到补充、修正，甚至被推翻，而这正是学术创新生命力的重要体现。就解释唐宋思想转型而言，上述四种模式的共同特点以及可深化之处有：

其一，将"唐宋学术思想"的承载者，都自觉不自觉地限定为儒士，所探讨的主体对象，因而是唐宋时期的儒家学术思想，而非涵括佛、道二教教义学说等在内的广义上的"唐宋学术思想"。

其二，即使就儒家学术思想而言，"儒家经典和历史研究"也是其重要组成部分，但要么未涉及，要么论述简略，未曾予以足够重视，所描绘的唐宋儒家学术思想转型的图景便不够详实、完备。经史之学，不仅是唐宋士人从小所受基础教育的课业内容，而且是多数士人进行学术研究的主要领域，在士人的知识、思想世界中占有十分重要的位置，特别值得关注。

其三，对佛教和道教之于唐宋思想转型的意义重视不够，即使有所探讨，也局限在分析"若干工夫及语句的形式上的异同"上，缺乏真正在把握儒、佛、道三种学说核心的基础上"探究其对立、纠葛的缘由并能阐明其思想变迁的哲学性基础"①的研究。

---

① 荒木见悟：《序论——本来性与现实性》，见氏著《佛教与儒教》，杜勤、舒志田等译，郑州：中州古籍出版社，2005 年，序论第 1 页。

二、研究思路与框架内容

本书并不打算构建新的全面解释唐宋学术思想转型问题的理论框架，而是用实证研究的方法，对该课题论域内前人关注较少或研究不足的重要问题，进行专题性的研究。因为如上述解释模式所示，它们在论题所涉内容研究的全面性上都存在不足——要么对某朝代、要么对某些门类的学术思想未涉及或探讨较少，这必然会影响到解释框架的涵盖度和切实性。而且，新的解释框架的构建，必须以数量足够丰富而又深入的专题研究为前提。当前而言，这方面的研究尤其必要，只有在小块深耕的基础上，将来连接成片，才能更为真切地呈现唐宋学术思想转型的机制和面貌。

本书书名中所标的研究对象——"学术思想"，意为"学术"和"思想"，其内容除通常意义上的"思想"外，还包括知识和方法。限于学力，所论"学术思想"仍然以儒学为主。

依据专题内容，本书分为如下五章：

第一章《唐宋学术思想转型研究述评》对唐宋学术思想研究重镇——中国、美国和日本学界的相关研究成果进行梳理、评论。第一节《唐宋思想文化转型：国内不同学科范式下的研究与认知》聚焦唐、宋"思想文化"的内涵、转变过程和原因等重要问题，梳理近代以来国内代表性学者的相关认识和研究,在此基础上总结具有典型性的唐宋思想文化转型解释模式。第二节《范式与问题:美国的唐宋思想转型研究》基于对代表性学者著作的解读,从派别划分及其学说向背关系的角度,评述美国唐宋思想转型研究范式、问题认识及其演变历程。遗憾的是笔者未及对日本学界的相关成果进行全面考察,于此仅评介其中的一部代表性著作,期望多少能够收到窥斑之效,是为第三节《思想与思想史——土田健次郎〈道学之形成〉评介》。

中唐啖助、赵匡和陆淳的《春秋》学是中古《春秋》学乃至汉、宋经学转型的标志,在学术史上有着极其重要的地位。第二章《啖助、赵匡和陆淳的〈春秋〉学著作及其〈春秋〉学转型意义》在考辨三人各自著作的基础上,阐明其《春秋》学的学术转型意义。第一节《啖助、赵匡和陆淳〈春秋〉学著作考辨》从三人的《春秋》学著述活动入手,透过具体的修撰做法,考辨他们各自的著作及其内容体例,以及著述间的继承关系,希望能够正本清流,还原三人《春秋》学著作的真实面貌。第二节《由"义见微旨"注再论陆淳〈春秋微旨〉的撰作时间》针对《春秋集传纂例》中的一处注文"义见微旨",进一步辨正陆淳《春秋微旨》的撰作时间。第三节《啖助、赵匡和陆淳〈春秋〉学的学术转型意义》摆脱惯常所谓的"尊经排传,而又兼采三传""变专门为通学"等宽泛论说,阐述三人经传解说中一些具体认识和做法所呈现的学术理念层面上的转型意义。

如所共知,佛教和道教对唐宋儒学思想转型影响极为深刻。限于学力,本书未涉及佛教方面的内容,第三章《唐宋道教与儒学:思想文化关联》乃从个案角度论述当时道教和儒家之间的思想影响和文化融通关系。第一节《论李荣思想与程朱理学的关联》用概念史的方法,论证初唐道教重玄学大师李荣的学说思想与宋代程朱理学在"理""性"等概念内涵上的关联,以呈现前者对后者的影响。第二节《晚唐五代小说中的"仙境":文士与道士构建之比较》将晚唐五代文人小说中的仙境描写,与中唐道士司马承祯、晚唐五代道士杜光庭各所记载的"洞天福地"系统进行比较研究,由此一隅,以窥当时文人与道士在思想和知识上的共享、互动状况。

"宋初三先生"胡瑗、孙复和石介,著名学者刘敞,历来被视为开宋代学术新风的人物。第四章《宋初的儒士与儒学:学术思想新声》探讨他们以及与孙、石有着密切交往的知名学者士建中的事迹和思想,辨正刘敞在北宋的学术地位,以期在宋学始兴之处局部呈现新学术思想萌生时的学术生态。关于孙复的生平交游和著作,相关史料记载和后人说法中多有含混甚至扞格之处,第一节《孙复生平事迹及著作考辨》对此予以澄清。第二节《士建中生平及思想考述》勾稽一直湮沉不显的士建中的生平事迹,论析其思想,标明他在当时学界的地位和影响。第三节《石介儒学思想析论》依据现存资料,从思想特点及阐释方式、哲理要点、弘儒思想及举措等方面阐释石介的学术思想。北宋"元祐史官"认为刘敞及其《七经小传》在当代学风转变中具有标志性地位,此说屡被以后的学者称引,但现今有些学者提出质疑。第四节《论刘敞在北宋的学术地位》从宋廷修撰《实录》和《正史》之记载、与同时知名学者地位及声誉的比较等方面,对此说予以考辨,以标明刘敞在北宋的学术地位。

唐宋时期经学与史学关系复杂,其中有些内容属于唐宋学术转型的范畴。第五章《唐宋时期的经史关系:〈左传〉学与纪事本末体》探讨《左传》学与史书纪事本末体之源起的关系问题,以揭示当时经史关系的一个面向。第一节《纪事本末体创始说辨正》辨正以往关于纪事本末体之创始的几种说法,考定史书纪事本末体的创始之作。在此基础上,第二节《〈左传〉学与纪事本末体之源起》从《左传》纪事类编学的形成原因、著作源流,以及其与史书纪事本末体的两部起始性著作(袁枢《通鉴纪事本末》和徐梦莘《三朝北盟会编》)的学缘关系等方面,论证这一学术传统是史书纪事本末体的历史性生发源头。

本书所涉内容繁杂,疏误之处在所难免,而实证研究贵在求真求实,为使内容尽可能达到这一目标,尚请方家不吝教正。

第一章 唐宋学术思想转型研究述评

对于唐宋之际的学术思想转型,自宋代以降就有不少学者论及。近代以来,中国学界在此问题上已积累起丰富的研究成果,有着悠久汉学研究传统的日本学界的相关成果亦堪称丰富。特别是在 20 世纪初内藤湖南提出的"唐宋变革论"影响下,日本和美国学界都出现了一批以之为视角的研究成果。本章第一、二节分别从问题认知和研究范式的角度,评述中国和美国学界的相关研究和认识。关于日本学界的研究状况,因未及全面梳理,仅列入一篇土田健次郎《道学之形成》一书的书评,是为第三节,期望多少能够借之而窥见一斑。

第一节 唐宋思想文化转型: 国内不同学科范式下的研究与认知

"唐宋变革"问题的研究史,已为日本、美国等国学者所关注,发表过多篇回顾、检讨本国(语种)相关研究的论文①。"唐宋变革"理论框架的提出和改进,主要出自日本、美国学者,对这一理论框架进行检讨和应用,国内学界也较日、美为晚②,但这并不能掩盖我国学者自宋

① 如日本方面有宫泽知之《唐宋社会变革论》(《中国史研究动态》1999 年第 6 期)、丸桥充拓《唐宋变革史研究近况》〔(日本)《中國史學》第 11 卷,2001 年 10 月〕、爱宕元《唐代後半における社會變質の一考察》〔(日本)《東方學報》第 42 册,1971 年 3 月〕等;美国方面有包弼德《唐宋转型的反思——以思想的变化为主》(《中国学术》第 3 辑,北京:商务印书馆,2000 年)、John Lee, *Recent Studies in English on the Tang-Song Transition*: *Issues and Trends*〔(韩国)《国际中国学研究》第 2 辑,1999 年 12 月〕等。

② 这主要就抗战后至今而言,傅佛果(Joshua A. Fogel)认为在抗战前中日汉学家的交往程度已达到当今的水平,尤其是在内藤湖南任教于京都大学期间,他有一些华人同事和朋友(参见氏作 *Naito Konan* 内藤湖南 *and His Historiography* 内藤史学: *A Reconsideration in the Early Twenty-first Century*,收入张宝三、杨儒宾编:《日本汉学研究续探:思想文化篇》,上海:华东师范大学出版社,2008 年)。又如陈钟凡《两宋思想述评》(1933 年初版)、钱穆《中国文化史导论》(1948 年初版)等著作中称宋至清代之历史为"近代",周一良在 1934 年发表《日本内藤湖南先生在中国史学上之贡献》(《史学年报》第 2 卷第 1 期)一文,介绍内藤湖南的学术著作,皆表明内藤的"唐宋变革论"在当时中国已有一定的影响。蒋国保亦认为谢无量《中国哲学史》和胡适《中国哲学史大纲》的中国哲学史断代,"明显受日本学者关于中国历史之断代的影响"(氏作《论"中国哲学史"学科创立初期的实践与方法》,《社会科学战线》2012 年第 6 期)。但抗战后,内藤湖南的这一理论在我国长期沉寂,相反,在日本学术界兴起的对战前日本汉学的批判中,这一理论成为检讨的对象;60、70 年代美国"中国学"兴起后,内藤的"唐宋变革论"受到不少学者关注并被改进,其成型标志是郝若贝(Robert M. Hartwell)于 1982 年在《哈佛亚洲研究学刊》(*Harvard Journal of Asiatic Studies*, Vol. 42, No. 2)发表的《750—1550 年间中国的人口、政治及社会变迁》("Demographic, Political, and Social Transformations of China, 750-1550")一文。直到 1980 年代,大陆学者才零星介绍、批判内藤的"唐宋变革论"(如夏应元:《内藤湖南的中国史研究》,(转下页注)

代以来便在该论域内形成的一些重要认识。如张邦炜《"唐宋变革论"的首倡者及其他》①一文,就突显了中国古代学者在该论题上的认识成就。梳理、总结国内学者的相关认识和研究成果,并非为争中、外学说之先后,而是对于展现中国学者的已有认知进而助益于深化"唐宋变革"研究来说,有着基础性的重要意义。

本节针对该论域内的一个重要议题——唐宋思想文化转型问题,检阅 20 世纪初以来国内代表性学者的相关论著,在梳理其对唐、宋"思想文化"不同内涵、转变过程和原因机制等论说的基础上,审视不同视角和学者间认识的异同,总结具有典型性的解释模式及其所呈现的问题,并尝试提出一些有助于深化研究的建议。本节除要展现国内学者已有的重要认识和研究外,更想表明:当以"唐宋思想文化转型"为题进行考量时,学科间视域和研究路径的融通尤为必要,否则只能陷入不同学科范式的自语境地。

一、"唐代思想文化"与"宋代思想文化":内涵、转变过程和原因

"思想文化"是个含义宽泛的概念,翻检 20 世纪初

（接上页注）《中国史研究动态》1981 年第 2 期;张泽咸:《"唐宋变革论"若干问题的质疑》,见《中国唐史学会论文集》,西安:三秦出版社,1989年),而该理论成为热门议题,则是在进入 21 世纪之后。
①《中国史研究》2010 年第 1 期。

以来国内学者有关唐宋思想文化的研究论著,其内容极为驳杂。若将这些论著再作分类,可分为文化史、学术史、经学史、哲学史、思想史、文学史等。文化史类著作,如柳诒徵《中国文化史》[①]、谢澄平《中国文化史新编》[②]等,除论述佛教、儒学、文艺等外,尚有大量篇幅论述制度、疆域、社会治乱、党派政治等方面的内容,若据之而梳理,内容过于庞杂。而学术史类著作的内容,多可分归于经学史、哲学史和思想史[③]。鉴于此,本节将"思想文化"之属性限定为学术性和思想性,再排除偏重艺术分析的文学史[④]和艺术史,其主要内容便可分属于经学史、哲学史和思想史。今即分别以此三者为视角,从唐、宋思想文

①上海:东方出版中心,1988 年;该书于 1932 年由钟山书局初版。
②台北:青城出版社,1985 年。
③从已有的研究和讨论来看,"学术史"内容虽有三者所不能涵盖者,但主要内容多不出之。如陈来认为中国学术史"应广泛研究各种学术的领域,如中国古代的科学、经学、数术、训诂、考证、小学等,思想史不应作为其主要的任务"(氏作《世纪末"中国哲学"研究的挑战》,《中国哲学史》1999 年第 4 期),其中包括了相当多的可归入经学研究的领域。钱穆认为"中国传统学术可分为两大纲,一是心性之学,一是治平之学"(氏著《中国历史研究法》,北京:生活·读书·新知三联书店,2001 年,第 83 页),则包括了哲学史和思想史的内容。
④需要指出的是,一些文学史类论著也涉及唐宋思想文化转型问题,如钱冬父《唐宋古文运动》(上海:中华书局上海编辑所,1962 年)、孙昌武《唐代古文运动通论》(天津:百花文艺出版社,1984 年)、罗联添《论唐代古文运动》〔原载(韩国)《中国学报》第 25 辑,1985 年 3 月;后收入氏著《唐代文学论集》,台北:台湾学生书局,1989 年〕、祝尚书《北宋古文运动发展史》(成都:巴蜀书社,1995 年)等关于唐宋"古文运动"的研究成果,因篇幅所限,本节对此不作梳理。

化差异之认识和转型的阶段、原因等方面进行论析①。

（一）经学史的研究

1. 唐、宋经学差异之认识

表 1-1

学者	唐代经学	宋代经学	出处	提出、初版时间
皮锡瑞	"经学统一时代"："笃守古义，无取新奇；各承师传，不凭胸臆。"	"经学变古时代"："宋人不信注疏，驯至疑经；疑经不已，遂至改经、删经、移易经文以就己说。"	《经学历史》，中华书局1959年版，第220、264页。	1907年湖南思贤书局初版。
刘师培	属于"三国至隋、唐"一派，重注疏，黜北学而崇南学。	属于"宋、元、明"一派，"喜言空理，不遵古训，或以史事说经，或以义理说经"。	《经学教科书·序例》，上海古籍出版社2006年版。	约成书于1905年。
马宗霍	唐人经学，"正义"一派外，尚有陆德明、李鼎祚等学者，重音义疏解，然"自大历而后，经学新说日昌"。	宋初经学，因袭唐人义疏学之旧。庆历后，"学者解经，互出新意，视注疏如土苴"。	《中国经学史》，商务印书馆1936年版，第105、111页。	商务印书馆1936年初版。

①需作说明的是：1. 所列仅是各学科具有代表性的观点认识，非巨细皆录；2. 各学科所列学者，非仅以某学科为限，如周予同的有些论著被列入"经学史"，有些论著则被列入"思想史"，故有同一学者在不同学科分类中互现的情况。

学者	唐代经学	宋代经学	出处	提出、初版时间
范文澜	属"汉学系","讲求训诂名物、五行谶纬"。	属"宋学系","讲求心性哲学,着重纲常伦理"。	《中国经学史的演变》,见《范文澜历史论文选集》,中国社会科学出版社 1979 年版,第 268 页。	1940 年
周予同	属于"汉学":采用归纳法;为语言文字学、史料学;较功利,要发挥社会作用;学术重点是五经。	属于"宋学":采用演绎法;为道德学、伦理学;偏于玄想,企图在"根本"问题上加以解决;学术重点是四书。	《中国经学史讲义》,上海文艺出版社 1999 年版。	约成书于 1958 年。
裴普贤	"隋唐的义疏之学","最大的成就,是唐太宗时《五经正义》的撰定",其他"唐人经学著述之值得一提的,寥寥无几"。	"宋明理学","学者研究的重心,在体验个人的心性理气"。	《经学概述》,(台北)三民书局 2006 年版,第 241、244、245 页。	(台北)开明书店初版于 1969 年。
许道勋徐洪兴	属于汉学系统,为训诂、义疏之学。	属于宋学系统,由义理之学转变为性理之学。	《中国经学史》,上海人民出版社 2006 年版。	初版于 1998 年。

续表

学者	唐代经学	宋代经学	出处	提出、初版时间
冯晓庭	唐前期"学者治经仍然停留在'注疏之学'的范围内",但后期出现"自用名学,凭私臆决"的新学风。	新经学:以己意解经,批判注疏之学,疑经改经补经,议论解经等。	《宋初经学发展述论》,(台北)万卷楼图书股份有限公司2001年版。	2001年

由上表可知:其一,关于唐代经学,皮锡瑞、刘师培、周予同、范文澜、裴普贤、许道勋皆以"汉学"概称之;马宗霍、冯晓庭于其内部再作分别,指出唐代后期经学转变而形成新的学风。其二,关于宋代经学,学者间的认识亦不一致,皮锡瑞、刘师培、马宗霍、冯晓庭在"经学"范畴内为说,指出其显著变化;周予同、范文澜、裴普贤、许道勋却在"理学"范畴内论宋代经学,遂有"道德学"、重心在"心性理气"、"性理之学"等说。

2. 唐宋经学转型的阶段

其一,一变说。即认为唐宋经学的发展演变中有个显明的转折点,经此一变,前后经学呈现不同的面貌。但对这个"转折点"的认定,学者间有着不同的说法:(1)北宋仁宗庆历年间。如南宋陆游云:"唐及国初,学者不敢议孔安国、郑康成,况圣人乎! 自庆历后,诸儒发明经旨,非前人所及。"①王应麟也有类似的认识(见下引《困学纪闻》),晚清皮锡瑞认同云:"是经学自汉至宋初未尝大变,至庆历始一大变也。"②马宗霍也认为"宋初经学,犹是唐学,不得谓之宋学。迄乎庆历之间,诸儒渐思立异"③。(2)北宋刘敞。如南宋陈振孙云:"前世经学大抵祖述注疏,其以己意言经,著书行世,自(刘)敞倡之。"④吴曾引《国史》云:"庆历以前,学者尚文辞,多守章句注疏之学。至刘原父为《七经小传》,始异诸儒之说。王荆公修经义,盖本于原父云。"⑤这种说法在后世影响深远,皮锡瑞、刘师培等因袭之,现仍为许多学者所称引。(3)中唐啖助、赵匡和陆淳。三人以《春秋》学名家,他们对中古《春秋》学传统的转折性影响,南宋晁公武、陈振孙等已指出,而对后世整个经学学风的影响,元人吴莱曾指出北宋宋祁"传《唐书》,犹不满于啖助",即

---

① 王应麟著,阎若璩等注,栾保群等校点:《困学纪闻》卷八《经说》,上海:上海古籍出版社,2015年,第291页。

② 皮锡瑞著,周予同注释:《经学历史》八《经学变古时代》,北京:中华书局,1959年,第220页。

③ 马宗霍:《中国经学史》第十篇《宋之经学》,上海:商务印书馆,1936年,第110页。

④ 陈振孙撰,徐小蛮、顾美华点校:《直斋书录解题》,上海:上海古籍出版社,2015年,第82页。

⑤ 吴曾:《能改斋漫录》卷二"注疏文学"条,《丛书集成初编》本,上海:商务印书馆,1939年,第26页。按,据晁公武《郡斋读书志》刘敞"《七经小传》"条谓此说出自"元祐史官"。

因他开宋代"六经各有新注,争为一己自见之论"①的学风。后来清四库馆臣、梁启超等,皆因袭此说。(4)北宋邢昺。如清四库馆臣认为北宋真宗初年成书的邢昺《论语正义》,"大抵翦皇(侃)氏之枝蔓,而稍傅以义理。汉学、宋学,兹其转关"②。(5)北宋胡瑗。如金中枢认为"胡瑗为'宋代学术发展之转关'人物:拨注疏之非,发经学之覆,而开理学之端"③。

其二,二期说。即认为唐宋经学的转变经历了渐次成形的两个阶段,对于划分此二阶段的标志,却有着不同的认识:(1)分别以刘敞和王安石为标志。如王应麟《困学纪闻·经说》云:"自汉儒至于庆历间,谈经者守训诂而不凿。《七经小传》出而稍尚新奇矣。至《三经义》行,视汉儒之学若土梗。"《七经小传》,刘敞作;《三经新义》,王安石主持撰作。王应麟这一经学演变阶段之认识,应受到前引吴曾所引《国史》说的影响。(2)分别以啖助、赵匡、陆淳和欧阳修、王安石等为标志。如周予同认为"宋学渊源于唐代的啖助、赵匡、陆淳",而它的正式

①吴莱:《春秋集传纂例序》,陆淳:《春秋集传纂例》前附,文渊阁《四库全书》第146册,新北:台湾商务印书馆,2008年,第377、378页。
②永瑢等:《四库全书总目》卷三五"《论语正义》二十卷"条,北京:中华书局,1965年,第291页。
③金中枢:《宋代学术思想研究》封底内容简述,台北:幼狮文化事业公司,1989年。

开始,则应归于"欧阳修、王安石等"①。

其三,四期说。如许道勋、徐洪兴在《中国经学史》中认为:唐中期后经学变古,韩愈、李翱等开宋学风气之先;北宋仁宗庆历之际,宋学真正崛起,出现苏湖学、泰山学等学派;北宋神宗熙丰前后,宋学达至高潮,出现关学、洛学、新学等学派;从南宋起,宋学进入了成熟阶段,出现了主流学派,即由二程兄弟开创而被朱熹发展、完善的"理学"派形成完备的形态,并逐渐取得支配地位。

3. 唐宋经学转型的原因

其一,社会时局的影响。很多学者指出自中唐至五代的割据战乱、政治失序及由此带来的道德沦丧、民生衰败是导致经学发生转型的重要原因。如范文澜认为,"宋学的兴起,是由于安史及五代的大乱,伦常败坏。宋学的目的是整顿伦常道德"②。陈弱水也认为,"在当时(引者按,指贞元、元和时期)有关儒家思想的言论中,如何以儒家的价值和理念来重整政治秩序是最重要的课题。这个状况与中唐儒家复兴的原始成因有密切的关系。……八世纪下半叶古文运动与新经学运动的兴起

①周予同:《中国经学史讲义》,上海:上海文艺出版社,1999年,第72、73页。
②范文澜:《经学讲演录》,见《范文澜历史论文选集》,北京:中国社会科学出版社,1979年,第328页。

主要代表着知识分子对安史之乱所带来的巨变之反应"①。

为进一步说明经学如何受当时社会政局的影响,周予同将唐代经学分为"在朝派和在野派"②,前者指孔颖达《五经正义》所代表的官方经学,后者指啖助、赵匡和陆淳等的学术。冯晓庭沿此认识解释说:"'安史之乱'以后,李唐政权逐渐失去优势,无法再掌控全局,在恶劣的政治环境下,中央政府再也无暇顾及学术发展,官方经学的主导地位于是降低许多,个人经学家纷纷对旧说提出批判。"③

其二,官方举措、制度的影响。如冯晓庭认为,宋初政府组织校定、编修、板刊与发行十二部经书《正义》,对后世经学转变造成了影响:积极方面是"宋代学者之所以能够在随后针对经学研究提出大量意见、冲破旧思想的限制,经书、《正义》通过刊刻手续而变得更为普及易见,直接造成了研究参与者的增加以及整体研究水平的提升";消极方面在于"强制应考人士、学子与经学家都必须接受这套不可更动的标准,造成了后来学者全面性整体推翻式的反动现象"。此外,"科举制度也是政府能

---

①陈弱水:《柳宗元与中唐儒家复兴》,见氏著《唐代文士与中国思想的转型》,第281页。

②周予同:《中国经学史讲义》,第72页。

③冯晓庭:《宋初经学发展述论》,台北:万卷楼图书股份有限公司,2001年,第15页。

够影响当时经学研究风气的重要媒介"①。

其三,佛教的影响。(1)书写体裁的影响。如裴普贤认为,"佛教禅宗有'语录',宋儒效法,语录体遂代经传的注疏,而使宋明理学几乎要脱离经学而独立"②。(2)学说的影响。如周予同认为,"佛学之影响于宋学,其时最久,而其力亦最伟"③。裴普贤也认为"至宋明而经学受佛学禅宗明心见性的影响,发展成为理学。学者研究的重心,在体验个人的心性理气"④。(3)佛教的刺激。如冯晓庭认为,"佛教的势力庞大,教义深沉……禅宗坐大后,更威胁正统儒学的地位,学者为了摆脱佛教的纠缠,于是从事旧有经学体制的改革"⑤。

其四,传统"注疏之学"的落后。如周予同认为,"至宋代,承隋唐义疏派之后,学者研究之封域愈隘;欲自逞才识,于势不能不别求途径"⑥。冯晓庭认为,"经过千年的流传后,(注疏之学)逐渐无法配合人文演进的脚步,学者开始发现其中不合理的部分,对旧经学的怀疑也就因而产生了"⑦。

---

① 冯晓庭:《宋初经学发展述论》,第39、38、17—18页。
② 裴普贤:《经学概述》,台北:三民书局,2006年,第241页。
③ 周予同:《朱熹》,商务印书馆《万有文库》1929年初版,收入朱维铮编:《周予同经学史论著选集》(增订版),上海:上海人民出版社,1996年,第114页。
④ 裴普贤:《经学概述》,第245页。
⑤ 冯晓庭:《宋初经学发展述论》,第56页。
⑥ 朱维铮编:《周予同经学史论著选集》(增订版),第113页。
⑦ 冯晓庭:《宋初经学发展述论》,第56页。

（二）哲学史的研究

1. 唐、宋哲学差异之认识

表 1-2

学者	唐代哲学	宋代哲学	出处	提出、初版时间
谢无量	属于"中古哲学"："其诗古文辞最盛，为后世之宗，而哲学独不振。其能宗儒者之义，本性命之本者，数百年间，惟韩愈、李翱而已"；"释老与儒教并行"，佛教尤盛。	属于"近世哲学"："宋儒始明人性与宇宙之关系，立理气心性之说，不仅教人以实践，且进而推求其原理，故有以立其大本，而教义益密。至是乃有性理之学。"	《中国哲学史》，华东师范大学出版社 2018 年校注版，第297、309 页。	1916 年中华书局初版。
胡适	属于"中世哲学"："是印度哲学在中国最盛的时代。……这个时期的哲学，完全以印度系为主体。"	属于"近世哲学"："印度哲学已渐渐成为中国思想文明的一部分。"	《中国哲学史大纲》第一篇《导言》，河北教育出版社 2001 年版，第 11 页。	1919 年商务印书馆初版。
吕思勉	"中国古代之哲学，乃理学家之所取材也。佛教之哲学，则或为其所反对，或为其所摄取者也。"	理学，特色为"精微彻底"和"躬行实践"。	《理学纲要》，商务印书馆 2015 年版，第 21 页。	1926 年，商务印书馆1931 年初版。

续表

学者	唐代哲学	宋代哲学	出处	提出、初版时间
钟泰	属于"中古哲学",列三章论述"隋唐佛教之宗派"、"韩愈、李翱"的性论和"柳宗元、刘禹锡"的天论。	属于"近古哲学",在总论"宋儒之道学"的基础上,列十五章分别论述周敦颐、邵雍、司马光、张载、二程、王安石、朱熹、吕祖谦、陆九渊等的哲学思想。	《中国哲学史》,东方出版社 2008 年版。	1928 年
冯友兰	列二章论述"隋唐之佛学",又列一章论述"道学之初兴及道学中'二氏'之成分"。	列三章论述"周濂溪、邵康节""张横渠及二程""朱子"的哲学思想,随后论及陆九渊、杨简一派的心学思想。	《中国哲学史》,生活·读书·新知三联书店 2009 年版。	1933 年
范寿康	专列一编为《隋唐的哲学(佛学)》,分为《概说》《佛教各宗思想的概要》《儒学的统一及其反响》三章。	专列一编为《宋明的哲学(经学)》,其中《概说》《宋明儒家思想的概要》《佛教教宗的衰落与禅宗的隆盛》《道教宗派的分裂与教理的革新》诸章皆涉及宋代的哲学思想。	《中国哲学史通论》,生活·读书·新知三联书店 1983 年版。	1936 年

续表

学者	唐代哲学	宋代哲学	出处	提出、初版时间
任继愈	唯心主义哲学占有绝对优势，唯物主义哲学在"个别问题上，比过去的唯物主义更前进了一步"。	"理学"内部贯穿着唯物主义（李觏、王安石、张载、陈亮、叶适）与唯心主义（周敦颐、邵雍、程颢、程颐、朱熹、陆九渊）的斗争。	《中国哲学史》第三册，人民出版社 1964 年版，第 11 页。	1964 年
劳思光	属于中国哲学思想"中期"，哲学思想皆受佛教支配。	属于中国哲学思想"晚期"，宋明儒学是主要的哲学思想运动。	《新编中国哲学史》，广西师范大学出版社 2005 年版。	1971 年
蔡仁厚	属于中国哲学史第三阶段："南北朝隋唐：佛教介入——异质文化的吸收与消化"，"佛教在中国大放异彩"。	属于中国哲学史第四阶段："宋明时期:儒家心性之学的新开展"，儒家"把思想的领导权从佛教手里拿回来"，"复活了先秦儒家的形上智慧"。	《中国哲学史的分期》，见氏著《新儒家的精神方向》，台湾学生书局 1982 年版第 145、146、147 页。	1981 年 7 月

由上表可知:其一,关于唐代哲学,谢无量、钟泰、范寿康在佛学之外,论及以韩愈、李翱、柳宗元等为代表的儒家哲学;胡适、吕思勉、冯友兰、劳思光、蔡仁厚却全以

佛教哲学代称之;任继愈用马克思主义哲学观,将其划分为唯心主义和唯物主义两大阵营。其二,诸氏皆视"理学"为宋代哲学之代表,但范寿康又论及宋代佛、道教的宗派及其学说思想;任继愈将其作了唯心主义和唯物主义的划分,而在唯物主义阵营内,包括了常被哲学史叙事忽略的王安石以及陈亮、叶适等事功学派的思想学说。

2. 唐宋哲学转变的阶段

其一,开端性人物。哲学史叙事传统中,较为普遍的认识是基于朱熹《伊洛渊源录》所构建的道学谱系,视周敦颐为"理学的开山祖";又牵于黄宗羲《宋元学案》对"宋初三先生"胡瑗、孙复和石介振起宋学之地位的认可,遂视三人为理学的"先导"。如谢无量认为,"宋兴几八十年,而孙明复、石守道、胡翼之三先生,始以师道自任,讲明正学。自是而濂洛之学,嗣之以起。故三先生实宋学之先导也"①。易君左也认为,"宋学始祖为周濂溪,然而在他的前而(面)尚有三个先驱者"②,即胡瑗、孙复和石介。这一认识脉络至今仍然支配着主流中国哲学史、理学史论著的叙事。值得注意的是,作为史学家的邓广铭除发掘出早于周敦颐的程迥之于宋学开端的意义外,还认为"周敦颐在其时的儒家学派当中,是根本不曾

---

①谢无量著,王宝峰等校注:《中国哲学史校注》,上海:华东师范大学出版社,2018年,第310页。

②易君左:《我们的思想家》,重庆:正中书局,1942年,第143—144页。

占有什么地位的"①,而将"理学家的祖师爷""归之于程颢、程颐和张载三人"②。漆侠继承了这一观点。

其二,三期说。因视野、关注角度不同,学者间对三期中各期之起始、代表人物等的认识不尽相同。如王伯祥、周振甫认为,"宋学的启蒙时期"以周敦颐、邵雍、张载三人为代表,学说都受道家的影响;"宋学的建立时期""代表人物是二程兄弟(程颢、程颐)",学说富有禅学意味;"宋学的大盛期"代表人物是朱熹,他"把古今来的学说融会贯通,加以系统的组织,成功一家的学问"③。蔡仁厚却将中唐"韩愈提揭道统之说,力倡孔孟仁义之教,其门人李翱亦有'复性书'之作"视为理学"先机之触发",又视北、南宋为理学发展的两个阶段④。

其三,四期说。对于分期起讫,学者间的认识也互有异同,如冯友兰认为,"宋明道学之基础及轮廓,在唐代已由韩愈李翱确定矣",而将宋代道学分为三个演变阶段:周敦颐、邵雍为一个阶段,学说中融入道教成分;张载、二程为第二阶段,其中二程之学标志着道学"确定成

①邓广铭:《关于周敦颐的师承和传授》,见《邓广铭治史丛稿》,第213页。
②邓广铭:《王安石在北宋儒家学派中的地位——附说理学家的开山祖问题》,见《邓广铭治史丛稿》,第192页。
③王伯祥、周振甫:《中国学术思想演进史》,上海:亚细亚书局,1935年,第95、100、106页。
④蔡仁厚:《中国哲学史大纲》,长春:吉林出版集团有限责任公司,2009年,第183、185页。

立";南宋朱熹"集周、邵、张、程之大成,作理学一派之完成",与之同时的陆九渊"在道学中另立心学一派",为第三阶段①。劳思光虽然也认为韩愈、李翱是宋代理学的"序幕人物",却视周敦颐、张载,以及二程、朱熹为理学发展的"进一步之表现"和又"一进展",而将始于南宋陆九渊、最后大成于明代王守仁的"心性论重建之阶段"定为理学发展的"成熟阶段"②。他与冯友兰的分歧,显示二人对"道学"和"心学"各有偏重。

3.唐宋哲学转变的原因

其一,中央集权专制主义的加强。如任继愈认为,"我国封建国家中央集权主义到了北宋,达到了更加完善、巩固时期。……宋、元、明统治者……制定了他们长远的国策和各种政策,一切政策都是为了加强中央集权专制主义。因此,宋、元、明在哲学思想方面,也有和过去的哲学体系根本不同的地方"③。

其二,帝王对儒学的奖励。如易君左认为,"宋太祖登极即奖励儒学,常说武臣宜读书,自己在军中亦常读书。太宗命史官修《太平御览》千卷,下诏求四方之书。

①冯友兰:《中国哲学史》(下),北京:生活·读书·新知三联书店,2009年,第297、344、370、401页。
②劳思光:《新编中国哲学史》(三卷上),桂林:广西师范大学出版社,2005年,第3、4页。
③任继愈:《中国哲学史》(第三册),北京:人民出版社,1964年,第157—158页。

因帝王的奖励,研究儒学的越多,助成批评的精神,促进儒教革进的气运"①。

其三,道教的影响。(1)图书学的影响。如谢无量认为,"五代陈抟,亦究性命之理,《太极图》《先天图》有谓皆出于抟者。盖古时阴阳五行之说,常存于方外,至是传于儒者,为宋学之根据焉"②。冯友兰认为,"《道藏》中之《上方大洞真元妙经品图》中有太极先天之图,此与周濂溪之太极图略同","《纬书》中之《易》说,附在道教中,传授不绝。及北宋而此种《易》说,又为人引入道学中,即所谓象数之学是也"③。劳思光认为,"道士取《河图》《洛书》等怪说,借《易经》以谈修炼,由此遂生出以图书解《易》之风气。此点对宋代儒者影响至大。如周濂溪之据《太极图》作说,即其最显著之实例"④。(2)"内丹说"的影响。如劳思光认为,道教"言'内丹'则涉及内部精神境界问题,理论意义远较'外丹'为高。故唐代'内丹说'既盛行,思想界遂通过此说而受道教之影响"⑤。

其四,佛教的影响。此有二说,其一认为宋儒吸收了佛教的学说和理论方法,另一说却认为这种影响并不大,与其说影响,毋宁说是刺激。前者如谢无量认为,

①易君左:《我们的思想家》,第142页。
②谢无量著,王宝峰等校注:《中国哲学史校注》,第309页。
③冯友兰:《中国哲学史》(下),第306、312页。
④劳思光:《新编中国哲学史》(三卷上),第13页。
⑤劳思光:《新编中国哲学史》(三卷上),第13页。

"唐以来,佛之为教益备,大德迭出。禅宗所谓以心传心,不立文字,直指心性,见性成佛者,尤能导人从事心性之源,而厌章句碎屑之陋。宋之大儒,多与禅门往还,其讨论性命之说,故宜有相契发者"①。冯友兰指出在唐宋儒学转型中居重要地位的李翱"性情"说,"似受天台宗所讲止观之影响"②。后者如易君左认为,当时佛教兴盛,教义精密,"刺激儒者,使起研究心"③,以与之对抗。牟宗三明确反对"新儒学是袭取佛、老或阳儒阴释"说,认为"新儒家为了对治佛教而接触到心性的根本问题,同时受它的影响与刺激而阐发儒家的真义"④。

其五,训诂学的反动。如谢无量认为,"汉之学者,于训诂已详。唐初亦盛小学,说经者牵于字句。至于宋儒,始务求其大义而归于纯理,故词章训诂,皆在所轻"⑤。易君左认为训诂学"墨守旧说""繁琐的章句文字解释""立(阴阳五行)迷信的奇谈"等,"足使儒家思想,完全萎靡不振。于是对此陋习的反动,乃不拘泥字句之末,脱离旧说,由自己的思辨,明立教的大精神"⑥。

①谢无量著,王宝峰等校注:《中国哲学史校注》,第309页。
②冯友兰:《中国哲学史》(下),第297页。
③易君左:《我们的思想家》,第142页。
④牟宗三:《宋明儒学的问题与发展》,上海:华东师范大学出版社,2004年,第18页。
⑤谢无量著,王宝峰等校注:《中国哲学史校注》,第309页。
⑥易君左:《我们的思想家》,第143页。

（三）思想史的研究

1. 唐、宋思想差异之认识

表 1-3

学者	唐代思想	宋代思想	出处	提出、初版时间
梁启超	属于"佛学时代"后期："当时儒家者流，除文学外，一无所事。……于儒家之外，有放万丈光焰于历史上者焉，则佛教是已。"	属于"儒佛混合时代"前期。	《论中国学术思想变迁之大势》，第62—63页，见《饮冰室合集》（一册），中华书局1989年版。	1902年
陈钟凡	"浮屠义谛，风靡一世"；"唐尚词章，其学术偏于经学、文学方面者多"。	"程张朱陆，立说异趣，要皆阐发性与天道而已。……若江西学派及永嘉、永康诸儒之义利并陈，心存匡济。"	《两宋思想述评》，东方出版社1996年版，第1、7,3页。	商务印书馆1933年初版。
钱穆	属于"古代中国"，门第社会，社会是不平等的，人生有着出世入世的两面性，艺术是为贵族、大门第、宗教而存在的。	属于"近代中国"，科举社会，社会是平等的，人生是一面的，无出世入世之分，艺术则是平民性的、日常生活化的。	《唐宋时代文化》，（台北）《大陆杂志》第4卷第8期（1952年）。	1952年

续表

学者	唐代思想	宋代思想	出处	提出、初版时间
侯外庐	唯心主义、唯物主义两派思想间的斗争史,前者以佛学及韩愈、李翱等人的思想为代表,后者的代表人物是吕才、柳宗元、刘禹锡、刘知幾等。	唯心主义、唯物主义两派思想间的斗争史,前者以洛学、蜀学及朱熹、陆九渊等人为代表,后者的代表人物有王安石、陈亮、叶适等。	《中国思想通史》第四卷（上、下册）,人民出版社1959、1960年版。	1959、1960年
傅乐成	"以接受外来文化为主,其文化精神及动态是复杂而进取的。唐代后期的儒学复兴运动,只是始开风气,在当时并没有多大作用。"	"各派思想主流如佛、道、儒诸家,已趋融合,渐成一统之局,遂有民族本位文化的理学的产生,其文化精神及动态亦转趋单纯与收敛。"	《唐型文化与宋型文化》,见氏著《汉唐史论集》,（台北）联经出版事业股份有限公司1977年版,第380页。	（台北）《编译馆馆刊》第1卷第4期（1972年12月）。
陈弱水	"最显著的特色是儒、释、道三教并盛,无论在学术思想或一般文化的层面,都呈现着鼎立的态势。"	"宋学之'新'并不全在道学或理学,宋儒的经史文学乃至政治思想也都有显著的特色。"	《柳宗元与中唐儒家复兴》,见氏著《唐代文士与中国思想的转型》,第269、247页。	（台北）《新史学》5卷1期（1994年3月）。

学者	唐代思想	宋代思想	出处	提出、初版时间
葛兆光	"知识在这个时代逐渐教条与简化"，"思想也随着知识阶层的结构性变化而越加趋向于装饰和表面"，"信仰的边界开始模糊与混乱"。	"文明从城市到乡村的扩张，道德与理性的生活秩序从上层向下层的渗透，社会规则从外在到内在的被认同，逐渐建构起来一套生活习俗。"	《中国思想史》（第二卷），复旦大学出版社2016年版，第13、17、20、227页。	初版于2001年，据《后记》，书稿成于2000年。
漆侠	"汉学""章句之学"：治经"从章句训诂方面入手，亦即从细微处入手，达到通经的目的"。	"宋学""义理之学"："从经的要旨、大义、义理之所在，亦即从宏观方面着眼，来理解经典的涵义"，而且"力图在社会改革上表现经世济用之学"。	《宋学的发展和演变》，河北人民出版社2002年版，第5、6页。	2000年左右。

相较于"经学史""哲学史"来说，学术界对"思想史"的研究范畴界定得十分宽泛①，上表以学术性和思想

---

①如思想史"剑桥学派"的代表人物昆廷·斯金纳（Quentin Skinner）认为，"研究过去那些主要的宗教和哲学体系；研究普通人有关神圣与凡俗、过去与未来、形而上学与科学的信念；考察我们的祖先对长与幼、战争与和平、爱与恨、白菜与国王的态度；揭示他们在饮食、穿着、膜拜对象等方面的倾向；分析他们在健康与疾病、善恶、道德与政治、生殖、性以及死亡等方面的想法。所有这些以及大量类似的话题都可以被纳入（转下页注）

性为准,列入几部内容与通常意义上的"思想史"接近的具有代表性的"文化史""学术史"著作。学者间对唐、宋思想文化的认识,也因此有着更多差别:其一,关于唐代思想文化,梁启超、陈钟凡和傅乐成虽揭出"文学""经学""老庄思想"等,但都认可佛学的主流地位;钱穆、侯外庐都是从社会性质、社会阶层入手作解释,但因分析理论、概念工具等不同,所释思想文化亦呈现出不同面貌;陈弱水、葛兆光的关注点虽有差异,但在唐代士人的信仰问题上,都认识到了儒、释、道间边界的"模糊与混乱";漆侠牵于论著的"宋学"主题而回溯唐代学术,将其定性为"章句之学"。其二,关于宋代思想文化,梁启超强调佛学对它的影响;陈钟凡、侯外庐虽然所用的阐释方法不同,但关注点都在于理学与王安石及事功学派间的学说差异;钱穆、葛兆光都是从国家、社会乃至个人信仰的角度为说;傅乐成几乎是以"理学"代指宋代文化,而陈弱水、漆侠却指出理学之外,"宋儒的经史文学乃至政治思想也都有显著的特色"。

(接上页注)思想史研究的广阔范畴,因为它们都属于思想史家最为关注的一般性论题,即研究以往的思想"〔斯蒂芬·柯林尼、J. G. A. 波考克、昆廷·斯金纳等:《什么是思想史?》,任军锋译,见丁耘主编:《什么是思想史》(《思想史研究》第一辑),上海:上海人民出版社,2006 年,第 13 页〕。葛兆光认为新的思想史研究"应当回到历史场景,在知识史、思想史、社会史和政治史之间,不必画地为牢"(氏作《道统、系谱与历史——关于中国思想史脉络的来源与确立》,《文史哲》2006 年第 3 期)。

2. 唐宋思想转型的阶段

其一,转折点的认识。对于唐宋社会、文化转型的标识性人物或事件,学者间有着不同的认识,20世纪50年代一些学者的研究尤为醒目。当时陈寅恪论断云:"唐代之史可分前后两期,前期结束南北朝相承之旧局面,后期开启赵宋以降之新局面,关于政治社会经济者如此,关于文化学术者亦莫不如此。退之者,唐代文化学术史上承先启后转旧为新关捩点之人物也。"[1]与该说的提出年份相近,马克思主义史学界兴起了关于中国封建社会的形成、发展及其内部分期的探索争鸣,其中,侯外庐提出唐代建中两税法的实行是"中国封建主义前后期转变的重要标志"[2]说,并以此为着眼点,论述了作为思想文化之"经济基础"的唐代土地制度、阶级关系、社会阶层等的变化。此说后来在中国大陆影响广泛,直到20世纪90年代始见漆侠提出异议,认为"放在唐宋之际社会变革的总体上看,它既不是唐宋社会变革中的惟一的一次变革,而且在变革中也不是主要的"。但经过相似理路的探究后,他也认为"如果从经济、文化思想领域作一整体全面的考察,唐中叶是我国古代真正变革的历史时

---

[1] 陈寅恪:《论韩愈》,《历史研究》1954年第2期。
[2] 侯外庐主编:《中国思想通史》(四卷上册),北京:人民出版社,1959年,第14—15页。

代"①。着眼于学术思想的社会影响,与擅长唐史的陈寅
恪推重韩愈的变革地位不同,主研宋史的邓广铭强调王
安石之于宋代学术思想的意义和地位,认为"从其对儒
家学说的贡献及其对北宋后期的影响来说,王安石应为
北宋儒家学者中高踞首位的人物"②。该说打破了朱熹
《伊洛渊源录》所构建的道学谱系和黄宗羲《宋元学案》所
构建的宋学谱系,开辟了从社会影响的角度来考量学说思
想之历史地位的研究思路。漆侠对此持类似的观点。

其二,二期说。如陈弱水指出,在唐宋之际"思想巨
变"期间,"思想的变化不是均质进行的,而是有两个明
显的突破点。第一个突破点约在唐德宗至宪宗年间
(780—820),第二个则为宋仁宗至神宗之际(1023—
1085)"③。陈植锷虽认识到"宋学之创,既自中唐已启其
端",但限于论著主题,强调了儒学在北宋发展的两条界
线:"在北宋,仁宗初年(11世纪初期)和神宗初年(11世
纪后期)是两条重要的界线。前者是儒学复兴和义理之

---

① 漆侠:《宋学的发展和演变》,第54、81页。
② 邓广铭:《王安石在北宋儒家学派中的地位——附说理学家的开山祖问
   题》,见《邓广铭治史丛稿》,第189页。
③ 陈弱水:《中古传统的变异与裂解——论中唐思想变化的两条线索》,见
   氏著《唐代文士与中国思想的转型》,第2页。另外,陈弱水在《柳宗元
   与中唐儒家复兴》一文中,从士人世界观转变的角度指出这两次转变
   后,又揭出下一发展阶段:"到了南宋末期,儒家已经是一个内外兼理、本
   体作用并顾的完整思想系统了。"见氏著《唐代文士与中国思想的转型》,
   第289页。

学创立的开始,后者则是宋儒由义理之学演进到以性命道德为主要探讨内容的性理之学的标志。"①这一认识实渊源自如陈钟凡视戚同文、胡瑗、孙复、周敦颐、邵雍等为"启蒙思潮"之代表人物,视二程、张载及程门弟子为"北宋思潮之中坚"②之类的看法。

其三,三期说。如漆侠认为,"宋仁宗统治期间(庆历前后)为宋学的形成阶段,其代表人物为宋初三先生的胡瑗、孙复、石介和李觏、欧阳修,而以范仲淹为核心人物。宋仁宗晚年(嘉祐)到宋神宗初是宋学的大发展阶段,形成为各具特色的荆公学派、温公学派、苏蜀学派和以洛(二程)关(张载)为代表的理学派等四大学派"。到南宋"乾道、淳熙年间(1165~1189)形成了在社会上拥有一定势力的道学(即理学)。至此,形成二程理学派独领风骚的局面,而继承二程之学的为陆九渊的心学和朱熹的理学"③。

3. 唐宋思想转型的原因

其一,生产关系变革和社会阶层变动。如陈植锷从分析唐宋之际生产关系的变化入手,探讨了这一变化和宋学兴起间的关系,认为北宋"在土地所有制方面却不仿唐代之均田,而采取了放任的政策",这样,"劳动者与

①陈植锷:《北宋文化史述论》,第330页、引言11页。
②陈钟凡:《两宋思想述评》,北京:东方出版社,1996年,第2页。
③漆侠:《宋学的发展和演变》,第7页。

剥削者的关系,已不同于庄园制下劳动产品连带劳动者
本身并归豪强地主所有的魏晋南北朝时期,也不同于均
田制下根据口分田直接向国家承担租、庸、调任务的唐
代,而结成了一种新的关系即租佃关系","从而促成了
社会不同层次之间的频繁流动和对自由平等的要求";
到北宋真宗、仁宗之际,"这种自由、平等的竞争意识,已
为与文化创造关系密切的知识社会所共同接受","宋学
繁荣局面之所以形成,正是因为这种人人可以自成一
体、并致力于独创一说的竞争意识在起作用"①。邓广铭
从社会阶层变动的角度,指出"士族地主势力之消逝,庶
族地主之繁兴,以及与此密切相关的农业生产的大发
展,交通运输工具的日益完备,商品经济的日益发达"②
等,是宋代文化发展的一项重要条件。漆侠在分析当时
社会经济关系变革的基础上,特别指出其中"一个引人
注目的现象是山东士族的衰落,他们的地位和影响从历
史上消失了",这给社会带来的影响,一方面是拓宽了新
兴地主阶级的政治道路,"中下层士大夫成为北宋一代
政治中不可轻视的政治力量";另一方面是山东士族所
代表的"礼学"随即衰亡,"数百年来社会压迫气流一朝
消散,人们的思想、新兴地主阶级的思想在相应程度上
得到解脱",这有利于"一代新人及其所代表的新思想、

①陈植锷:《北宋文化史述论》,第60、61、63、68、69页。
②邓广铭:《北宋文化史述论》序引,见陈植锷:《北宋文化史述论》。

新学风的形成"①。

与这些分析框架和略显陈旧的"话语"不同,思想史界受海外学术影响,出现了新的分析框架和"话语"。如葛兆光"从皇权所象征的国家(state)、士绅所代表的社会(society)以及民众(demos)这三者的关系上",分析唐宋间历史所呈现的两种趋向:"一方面,是国家通过经济政策比如税法的变化、政治策略比如区域行政长官的控制,在促进国家对民众的控制,国家越来越呈现出一体化的趋向,国家以及它所象征的法律制度、道德伦理、文明观念在迅速扩张,从中心到边缘,从城市到乡村;另一方面,是由于士绅阶层人数的增多以及它们在社会中权力的膨胀。在世袭贵族时代结束后,重新构建和形成的宗族聚落,使士绅作为国家与个人之间的中介,他们由于考试、仕宦、荫封等等途径,在地方上成为领袖,在与国家的协调中,他们也促进着国家的法律制度、道德伦理、文明观念的扩张,不过同时也在抵抗着国家对于民众个人的直接统治,有时成为民众利益的代言人,对抗着国家无限膨胀的权力"②。

其二,社会时局、风气和朝廷政策的影响。如葛兆光认为,"从元和末年到会昌年间(820—846)的二十多年

①漆侠:《宋学的发展和演变》,第78、79、80页。
②葛兆光:《中国思想史》(第二卷),上海:复旦大学出版社,2016年,第244页。

中",唐王朝衰乱的同时,也出现了复兴的契机,"如回鹘衰微,吐蕃内乱,收复河湟四镇十八州,重建大唐王朝的太平盛世的希望,又刺激了士人中的国家主义趋向,这时,人们对于重建思想与秩序的意义,才有切肤的体会,这就是当时知识、思想与信仰世界转轨的内在原因"①。关于宋代思想文化的兴起,陈钟凡将宋初"奖励儒学""诏求遗书"等朝廷政策,"并当时政治之背景",视为"学术得乘时发生之外缘"②。邓广铭强调"当时全然由客观环境关系而被动施行的在文化上的宽松政策"③是导致宋代文化兴盛的主因。陈植锷认为,"从宋初为了巩固中央集权而采取右文政策、重用儒臣开始,到北宋中期知识分子经术、文学、政事三维结构的综合型模式形成,正是儒学传统文化所得以在 11 世纪中叶复振"的"主要政治原因和社会背景"④。为学者所看重的宋代影响学术文化发展的制度和政策有:(1)台谏制度。如陈植锷认为北宋的台谏制度直接导致了宋学的自由议论之风,"一方面是统治者出于巩固中央集权而救'内重'之弊的需要大开言路、鼓励直谏,一方面是应了这种世运变化而复兴的儒家传统文化的熏陶,使儒家知识分子

①葛兆光:《中国思想史》(第二卷),第 110 页。
②陈钟凡:《两宋思想述评》,第 7 页。
③邓广铭:《北宋文化史述论》序引。
④陈植锷:《北宋文化史述论》,第 23 页。

本来就相当突出的批判意识和参与意识在这一时期得到空前的高涨"①。(2)科举制度。如邓广铭认为,宋代的科举制度较唐代发挥出更大的社会作用,"科名虽只有小部分人能够争取得到,但在这种动力之下,全社会却有日益增多的人群的文化素质得到大大的提高"②。陈植锷认为,北宋时期科举考试方法经历三次重要改革,每次改革都贯彻了"重议论先于声律,以义理代替记诵"③这一基本精神,有力推动了宋学的发展。(3)朝廷立学及书院的设立。如陈钟凡指出,宋廷"诏天下州县立学"是宋代"学术得乘时发生之外缘"之一,而"宋学形成之近因,则在书院之设立"④。陈植锷也指出北宋"从中央到地方的官办学校之四次大规模兴建"为主要内容的教育改革对宋学的推动作用;此外,"书院和私学的勃兴"积极促进了"社会流动和文化传播","其结果不仅加强了宋学自由议论之风的发展,而且助长了众多学派的形成和竞争"⑤。

其三,佛教的影响。主要有三种说法:(1)"外儒内佛"说。此说渊源甚早,如金人李纯甫就认为自李翱始,

---

①陈植锷:《北宋文化史述论》,第51页。
②邓广铭:《北宋文化史述论》序引。
③陈植锷:《北宋文化史述论》,第79页。
④陈钟凡:《两宋思想述评》,第7、12页。
⑤陈植锷:《北宋文化史述论》,第134、150页。

"诸儒阴取其说(引者按,指浮屠之说)以证吾书"①。周予同直云:"宋学者,儒表佛里之学而已。"②陈弱水虽认为从北宋仁宗神宗时代开始,士人"旧式的'外儒内道'与'外儒内佛'心态就逐渐式微了",但此前"外儒内佛"或"外儒内道"是儒家知识分子的典型心态,这是宋学形成的一个"原始因缘"③。(2)吸收说。此说不认同"外儒内佛"说,其基本观点是虽然新儒家吸收了佛学的概念和理论,甚至借鉴佛教的做法,但思想本质却是对传统儒家思想的发挥。如陈植锷区分了佛教和佛学,认为"宋学草创期,既反佛教又反佛学;宋学繁荣期,在攻斥佛、老甚深的同时,却又尽用其学"④。其直接结果是导致了宋学在庆历、嘉祐之际发生了"从义理之学到性理之学"的转变。陈钟凡强调了禅宗心性学对宋儒的影响,认为其"影响所及,遂开宋儒研究之先声。凡周、邵、

---

① 李纯甫:《鸣道集说》卷首李纯甫自序,《子部珍本丛刊》影印明钞本,第55册,香港:蝠池书院出版有限公司,2012年,第60页。
② 朱维铮编:《周予同经学史论著选集》(增订版),第114页。
③ 陈弱水:《柳宗元与中唐儒家复兴》,见氏著《唐代文士与中国思想的转型》,第289、250页。按,陈寅恪《天师道与滨海地域之关系》一文指出两晋南北朝之士大夫"玄儒文史之学著于外表,……其安身立命之秘,遗家训子之传,实为惑世诬民之鬼道"(见氏著《金明馆丛稿初编》,北京:生活·读书·新知三联书店,2001年,第44页)。这可视为陈弱水此说之先声。
④ 陈植锷:《北宋文化史述论》,第339页。

张、程、朱、陆言心言性,几无不沿袭禅宗之说也"①。此
外,陈寅恪独揭韩愈"道统"说之禅宗渊源,认为"退之自
述其道统传授渊源固由孟子卒章所启发,亦从新禅宗所
自称者摹袭得来也"②。韦政通亦指出宋儒"道统"论的
重要内容"传心"说,"确得之于禅宗"③。邓广铭又认为
"佛教的传教和讲学的活动,给予晚唐以至两宋的儒家
的第三种影响,则是书院的出现"④。(3)刺激说。佛教
的兴盛对儒学复兴所起的刺激作用,也为思想史界所认
可。如邓广铭认为"在唐代,释道两家的教义和学说都
盛行于世,其声势且都骎骎凌驾于儒家之上。这一事实,
从唐代后期以来已促使知识分子群中的许多人萌生了
一种意识:要把儒家独尊的地位重新恢复起来"⑤。葛兆

①陈钟凡:《两宋思想述评》,第 9 页。
②陈寅恪:《论韩愈》,《历史研究》1954 年第 2 期。按,后来主要的异议有:
　黄云眉认为韩愈于代宗大历间到韶州时,禅宗中心已经北移,其"道统思
　想的产生与发展,除了以儒学起家的新兴地主的复兴儒学的一般愿望,具
　有推动的因素外;在理论上对它起着主要的启发作用和助长作用的,第一
　是孟子的书,第二是扬雄的书"(见氏作《读陈寅恪先生论韩愈》,《文史
　哲》1955 年第 8 期);罗联添也认为"韩愈道统观的渊源,主要还是源自
　孟子书的卒章"(氏作《论唐代古文运动》,见氏著《唐代文学论集》,第
　23 页)。
③韦政通:《中国思想史》,第 652 页。按,在《佛教与新儒学》一节,韦氏还
　论述了佛教华严宗等学说在本体论、理事关系、心理关系等方面对宋学的
　影响。
④邓广铭:《略谈宋学》,见《邓广铭治史丛稿》,第 168 页。
⑤邓广铭:《北宋文化史述论》序引。

光明确指出晚唐"更容易刺激这一儒学复兴的吁求的，是佛教的兴盛"①。

其四，道家、道教的影响。五代、宋初道士陈抟等人的图书之学对儒家哲学的影响，也为思想史学者所看重。如陈钟凡认为，"图书之学，赖之以传，学者乃据之以言性道"②。周予同也认为，"至宋代，理学之徒，日思建设儒家之本体论或宇宙观，以与佛抗，于是着意于《易》象；……于是有意无意之间，潜受老庄学说之影响"③。邓广铭又指出北宋科举考试命题中的"老庄"因素，认为"在科场考试方面，不但在考官们命题时并不以儒书为限，多杂出于老庄之书"④。

其五，西教的影响。如陈钟凡指出，"隋唐以来，远西宗教东行，其可考者有四：曰景教，即基督教中之一派也。外有祆教，摩尼教，天方教。……若在宋世，则张载、邵雍之学说，亦皆蒙其影响"⑤。

其六，纯文学的反动。如周予同认为，"宋承唐代文学极盛之后，学人士子歧为文哲二途。……治玄学者，则固执文以载道之见，卑视唐儒思想之浮薄，而直以文学为玩物丧志。宋学之产生，此种文艺排斥论实含有一部

---

①葛兆光：《中国思想史》（第二卷），第 109 页。
②陈钟凡：《两宋思想述评》，第 9 页。
③朱维铮编：《周予同经学史论著选集》（增订版），第 115—116 页。
④邓广铭：《北宋文化史述论》序引。
⑤陈钟凡：《两宋思想述评》，第 9—10 页。

分之力量"①。

其七,版印、造纸等技术的进步。如邓广铭认为,"刻版印书事业之由创始而渐盛行,造纸技术不但日益普及而且日益提高,这都使得书籍的流通量得以增广扩大。到宋初,大部头的儒书和佛道典籍都能结集刊行,则一般乡塾所用的启蒙通俗读物的大量印行流传自可想见"②。这为学术的复兴创造了条件。

二、唐宋思想文化转型的解释模式

如上文所示,限于学科属性和认识视角,国内学者对于唐宋思想文化转型的内容、过程和实质等,有着不同的认识,形成了对这一转型的多样化解释。这些解释可归结为以下几种模式:

(一)"汉""宋"经学转变过程。这一解释模式的源头,可上溯至宋人关于本朝与前代学术之差异的论说,清四库馆臣在学术形态意义上所说的"汉学"向"宋学"的转变,即指此而言。关于唐宋经学转变的实质,现代学界主要有三种认识:其一,由汉唐章句注疏之学转向"拨弃传注而提倡经义"的新经学;其二,经学的子学化,即钱穆认为的新儒家之所以为新,就在于其"由经学之儒

---

① 朱维铮编:《周予同经学史论著选集》(增订版),第113—114页。
② 邓广铭:《北宋文化史述论》序引。

转回到子学之儒"①;其三,由经学转向理学,即金中枢所谓的"经学开理学之端,而终于成为理学"②。

(二)理学的发生过程。如上文所示,这是哲学史界的主流解释模式。统观唐宋思想文化转型,理学的兴起的确是一个引人瞩目的现象。如包弼德认为在唐宋变革论域内,"从思想史方面来讲,一个很大的问题就是为什么到了宋朝会出现理学"③。这一解释模式的源头可归至朱熹《伊洛渊源录》,元人修《宋史·道学传》进一步强化了这一模式,近代以来中国哲学史学者又补入了对后世理学有着导源意义的中唐韩愈、李翱和宋初"三先生"的思想学说,以及南宋陆九渊一派的思想。但需指出的是,理学的发生仅是当时学术思想变革的一部分,实不能以偏概全,如邓广铭就强调:"理学是从宋学中衍生出来的一个支派,我们却不应该把理学等同于宋学。"④

(三)新、旧世界观的转变过程。此以陈弱水的论说为代表。他从儒、释、道关系的角度,指出唐代士人普遍的心态是"外儒内道"或"外儒内佛","从八、九世纪之交开始,中唐儒家复兴中既有重振旧儒教的努力,也有创

①韦政通:《中国思想史》,第643页。
②金中枢:《宋代学术思想研究》,第12页。
③周武:《唐宋转型中的"文"与"道"——包弼德教授访谈录》,《社会科学》2003年第7期。
④邓广铭:《略谈宋学》,见《邓广铭治史丛稿》,第165页。

造新儒学的尝试，……这种新旧儒学并存共生的现象到晚唐、五代乃至南北宋仍然继续存在，只是从十一世纪中叶北宋仁宗神宗时代开始，新儒道观的力量愈来愈大，相对来说，旧式的'外儒内道'与'外儒内佛'心态就逐渐式微了。到南宋末期，儒家已经是一个内外兼理、本体作用并顾的完整思想系统了。真德秀（1178—1235）从儒家的立场兼撰《心经》和《政经》可说是标志这个体系之完成的重要象征"。即儒家本位人生观、世界观的最终确立，也标志着始自中唐的士人世界观转变历程的完成。因此他强调："中国近世儒家传统的出现并不能等同于天理性命之学的崛起。事实上，从中古思想到近世传统的转折是一个世界观、人生观的变化：一个新的世界观替代了旧的世界观成为士人文化中的主导力量。"①这就将关注点从文本思想转向了士人的精神世界，且兼顾儒、释、道，呈现出更为丰富、生动的历史内涵。

（四）中国本位文化建立过程。此以傅乐成《唐型文化与宋型文化》的论述为代表。该文分为四部分：一、唐代文化的渊源；二、唐代的佛化与胡化；三、唐代民族思想的滋长与儒学的复兴运动；四、宋代中国本位文化的建立及其影响。傅氏认为唐代是大量吸收外来文化、中外文化杂处的时代，而宋代则是以儒学复兴为代表的中国

---

① 陈弱水：《柳宗元与中唐儒家复兴》，见氏著《唐代文士与中国思想的转型》，第 289 页。

本位文化建立的时代,其间的转变即是中国本位文化建立的过程。无独有偶,内藤湖南的"中国历史分期"论,将"五胡十六国到唐中期""唐末到五代"视为是外族"势力侵入中国"和"外来势力极盛"的时期,而将宋以后至清代,视为"中国固有文化复兴和进步的时代"①。这一相近的认识理路,显示前者可能曾受后者影响。

(五)基于中国封建社会前、后期转折的思想文化转变过程。此以侯外庐等马克思主义史学家的相关论述为代表。该解释模式从唐代"封建主义土地所有权"的变化入手,认为唐初推行的"均田制"至"玄宗时已经遭受了剧烈的破坏、弛紊",大量"土地落入豪强占有者的手中,大批农民也转为豪强的'私属'",传统的府兵制、租庸调法等大受破坏;在此过程中,庶族地主借助科举制等的支持,力量渐长。封建皇权为限制豪族对土地和劳动力的私自占有,推行九等户制和两税法,使得"过去的高门大族和庶族寒门,已经一起用户等来划分,而不完全以门第来划分了"。新兴庶族地主力量壮大,地位提升,与传统门阀豪族一起成为皇权统治的阶级支柱,两者间"有联合也有矛盾"。其矛盾体现在中唐以后出现"一连串的党争",而"唐代党争开启的局面,影响了以后各代。在阶级内部的关系方面,后代的党争也依然存

①参见钱婉约:《从汉学到中国学——近代日本的中国研究》,北京:中华书局,2007年,第236页。

在着唐代的传统",这正体现出封建社会在唐代的转折意义,其标志即是建中两税法的推行。

　　根本看来,中唐以后社会阶层的突出变化,一是统治阶级内部庶族地主地位的上升,二是基于"实物地租为主支配的形态,代替了以劳役地租为支配的形态",农民"人身权"提高。转变后的思想文化,正是基于这一阶层变化而形成的唯物主义和唯心主义、尚辞章和重礼法、"新学"和"道学"等思想立场和文化形态的对立①。

　　(六)以"社会影响"为标准的"宋学"确立过程。此以邓广铭、漆侠等宋史学家的相关论说为代表,很大程度上出于对渐至狭隘化的"理学"研究范式的反动。如邓广铭所标举的"宋学"阵营,虽也被称作"新儒家学派",但除了"理学"家外,还包括"出现在理学家们以前和以后,或与理学家们同时,而却都不属于理学家流派的一些宋代学者"②。相较于理学的界域,这极大扩展了对宋代儒学的关照范围,包括了当时的儒家经学③。

---

①参见侯外庐:《中国思想通史》(四卷上册)第一章《中国封建社会的发展及其由前期向后期转变的特征》。
②邓广铭:《略谈宋学》,见《邓广铭治史丛稿》,第163页。
③对于北宋儒学所涉及范围的认识,钱穆在1970年代初就认为当包括"一曰政事治平之学,一曰经史博古之学,一曰文章子集之学"三方面(见氏著《朱子新学案》第1册,台北:三民书局,1971年,第14页);韦政通继承此说,认为起自唐代韩愈、终至清代戴震的"新儒学"的思想活动,"大抵有三个领域:(1)经世致用,(2)心性之学,(3)经史之学"(氏著《中国思想史》,第639页)。

对"宋学"发展历程的构建及其成员地位的评判,除了延续传统的理学范式所依据的"学说贡献"外,更引入历史主义的"社会影响"。因此,邓广铭一反理学范式对二程在北宋儒学史上之地位的看重,标举"王安石应为北宋儒家学者中高踞首位的人物";就"理学"而言,它"形成为一个学术流派,并在当时的部分学士大夫中间形成一种言必谈修养、说性命的风气,乃是在宋高宗在位的晚年和宋孝宗即位初期的事"①。这一认识理路,与美国宋史学者伊佩霞(Patricia B. Ebrey)相较于"创造性思想"而对思想史中"妥协性思想"②的看重,有着殊途同归之处,其后漆侠、葛兆光等的论著中对此也有体现。总体来看,国内学界依据该模式所作的研究尚处在探索阶段,从"学说贡献"到"社会影响"这一视角转变的意义,可能如葛兆光《"唐宋"抑或"宋明"——文化史和思想史研究视域变化的意义》③一文所论,改变我们对唐代以后思想文化转型历程和时段的认识。

———————————

① 邓广铭:《略谈宋学》,见《邓广铭治史丛稿》,第 164 页。

② Patricia B. Ebrey, "Neo-Confucianism and the Chinese Shih-Ta-Fu," *American Asian Review*, Vol. 4, No. 1 (1986). 日本学者土田健次郎也认识到这一对思想进行时代评价的视角差异问题,认为"把重点放在思想的创造上,还是放在对社会的浸透上,正是与通常所说的'中国哲学'的思想研究和史学中的思想史研究的侧重不同有关"(氏作《社会与思想——宋元思想研究笔记》,王瑞来译,见近藤一成主编:《宋元史学的基本问题》,北京:中华书局,2010 年,第 259 页)。

③ 《历史研究》2004 年第 1 期。

三、问题与认识

（一）不同的学科属性决定了各自的研究重心。如上文所示，经学史界关注唐宋儒家经学学说和演变状况；哲学史界关注当时学者的哲学"学说贡献"，从而属意于唐代佛学和宋代理学；思想史界则尽力拓宽二者的关注视野，重视社会政治背景和转变原因的探讨，涉及更多的"历史"内容。这些差异是由各自的学科属性所致，本无可厚非，但当以"唐宋思想文化转型"为题进行探讨时，学科间视域和方法的融通尤为必要①，否则，只能陷入不同学科范式自语的境地。

（二）何谓"唐代思想文化"？何谓"宋代思想文化"？不同学科为我们提供了不同的答案。即使同一学科内，如上文所示，不同学者间也有着不同的认识。同样，当以"唐宋思想文化转型"为题进行探讨时，对转型主体（即唐、宋"思想文化"）的内涵进行深度发掘进而尽可能达到认识统一，也非常必要，否则对转变过程及性质等的认识便不可能达成一致。

（三）转折点及分期问题。如上文所示，思想史界除

①事实上，学科间视域和方法的融通已被学者重视，如朱伯崑倡导"经学哲学史"的研究；陈来针对20世纪宋明理学的研究是以"哲学史的研究"为主导这一状况，提出"儒学的文化研究"和"理学的思想史研究"主张。参见陈来：《中国宋明儒学研究的方法、视点和趋向》，《浙江学刊》2001年第3期。

邓广铭等着眼于"历史影响"而将转折点置于宋代外，主流的观点还是陈寅恪、侯外庐等所持的中唐变革说；与此形成对比的是，经学史界和哲学史界虽然都将新学的源头上溯至唐代，但对于新学确立的标志性人物却多定在北宋。与之相应，分期说亦表现出复杂的多样性。认识不尽一致，本属当然，但这些歧见，很大程度上出自研究范式的差别，这再次显示在该论题下融通不同学科范式的必要性。

（四）阐释方式问题。经学史界和哲学史界都重视阐释个体学说及其特色，不太重视学说形成的历史背景，对于个体学说间的关联，或论之以师承谱系，或付之于"逻辑关系"；思想史界如侯外庐、漆侠、陈植锷等虽着力阐发唐宋思想文化转型的经济、社会基础，但所用的是（或未脱去）传统的分析框架和概念工具，甚至有流入"化约论以至决定论"的倾向。诚如余英时所论，哲学史、思想史研究中"'内在理路'与'外缘影响'各有其应用的范围"①，理想的研究路数是能够把"思想的发展放在当时的文化、学术、社会、政治等情境中求得了解"，而又不失"思想的自主性"②。这种平衡性，也是深化唐宋

①余英时:《论戴震与章学诚》增订本自序，见氏著《论戴震与章学诚》，北京:生活·读书·新知三联书店，2000年。
②余英时:《朱熹的思维世界》原版序，见田浩:《朱熹的思维世界》（增订版），南京:江苏人民出版社，2009年。

思想史研究所当追求的。

（五）已有研究多就儒学而论唐宋思想文化转型,很少涉及当时佛教、道教的转型及其与儒学的关系问题。唐宋学术思想转型,是一次历经四个世纪的涵括儒家、佛教和道教的整体的学术思想变革。在深化唐宋佛教和道教转型,以及"儒家经典和历史"等薄弱领域研究的基础上,以涵盖三者的学术视野、探究具体历史环境下三者学术思想的相互影响和对立为基调的整体的唐宋学术思想转型研究,当是今后应致力的大方向。

第二节　范式与问题:
美国的唐宋思想转型研究

唐宋之际学术思想的转型是个自宋代以降常被东亚学人讨论的问题,现代学术建立后,成为一个重要的研究课题。二战后美国汉学界受内藤湖南"宋代近世"说("唐宋变革论")的影响,对宋史尤其是宋代思想史研究致力颇多,积累起丰富的研究成果。其中除关于此课题的专题论著外,很多思想史成果因探讨宋代新儒学的起源和性质,也关涉到唐宋思想转型问题;而且相关研究在范式和议题上迭为出新,已形成特色鲜明的学术传统,在欧美宋史研究领域有着重要的地位和影响。其中一些观点,近些年来甚至对东亚的宋史研究产生了反向影响。对此学术传统的构建和评述,田浩(Hoyt C. Tillman)《80年代中叶以来美国的宋代思想史研究》①,吾妻重二《美国的宋代思想研究——最近的情况》②,许齐雄、王昌伟《评包弼德〈历史上的理学〉——兼论北美学界近五十年的宋明理学研究》③等文,已有所涉及。本节在相关研究的基础上,基于对代表性学者论著的解读,从历史角度对美国唐宋思想转型研究的范式变迁和观点认识进行述评,以期深化学界对此学术传统的认识。限于篇幅,所述学者和成果难免挂一漏万,尚请方家教正。

一、观念史的研究:从赖肖尔到狄百瑞、陈荣捷

较早将内藤湖南的"唐宋变革论"介绍到美国汉学界,并在传播方面起过重要作用的是赖肖尔(Edwin O. Reischauer)。作为美国传教士之子,赖肖尔出生于日本,1939年获得哈佛大学博士学位,随后留校任教。他的主要研究方向是日本史,也兼修中国史,博士学位论文乃翻译、研究日本平安时代天台僧人圆仁(793—864)根据其入唐求法经历而撰成的《入唐求法巡礼记》。这一选

---

① 田浩著,江宜芳译,(台北)《中国文哲研究通讯》第3卷第4期(1993年12月)。
② 原刊于(日本)《关西大学文学论集》第46卷(1996),译文见田浩编:《宋代思想史论》,杨立华、吴艳红等译,北京:社会科学文献出版社,2003年,第7—29页。
③ (台北)《新史学》第21卷第2期(2010年6月)。

题牵涉到古代日本、中国的历史和佛教以及两国间的文化交流,因此后来主要是以日本史专家成名的赖肖尔对唐宋历史文化也十分熟稔,而他对唐宋历史的认识,受日本汉学影响很深。

在1955年由其博士学位论文出版的《圆仁在唐代中国的旅行》一书中,赖肖尔认为"9世纪是一个新局面的转折点,那是'一个伟大的形成期','最近几个世纪里西方所接触到的那个近代中国'的大部分根本特征,就是在这时候出现的"①。这些特征包括:"新儒家哲学,近代的渊博学术,伟大的风景画和陶瓷产品,主要是基于土地而非人头的新的税收制度,商业财富与国家财政间更为紧密的关系,大的商业城市和东南沿海港口海外贸易的繁盛"②等。这一认识,显然受到内藤湖南、宫崎市定所代表的日本京都学派的中国历史分期说和"唐宋变革论"的影响。

赖肖尔在哈佛大学任教后,在远东系开设名为"从早期至1500年东亚历史概况"的课程。该课的主要内容为公元1500年前的中国史,如1941年秋在哈佛大学访学时听过此课的狄百瑞(Wm. Theodore de Bary)回忆,赖

---

① 狄百瑞所述此书中赖肖尔的认识,见狄百瑞:《东亚文明——五个阶段的对话》,何兆武、何冰译,南京:江苏人民出版社,1996年,第44页。

② Edwin O. Reischauer, *Ennin's Travels in T'ang China*, New York: The Ronald Press Company, 1955, pp. 8-9.

肖尔并未将授课内容主体限于他"所研究的对象(日本史)方面","而是追溯中国文明的起源,并下迄中国随后发展的各个阶段以及对日本的影响"①。而他讲授中国古代史的演变脉络,乃基于"京都大学内藤学派"所强调"在 8—11 世纪间,中国文明在经济、社会和制度等方面发生了重大变迁,这一变迁是中国古代史与可称之为早期近代史的分界线"②的认识。这应该是"内藤假说"第一次进入美国的大学课程。但是,对于唐宋思想转型问题,赖肖尔并未参用"内藤假说"中基于经学转型的论说,而是借取了当时中国哲学史界的成说③,这可见于他著名的"米稻"(Rice Paddies)课程。

1947 年,赖肖尔和费正清(John K. Fairbank)将各自讲授的以公元 1500 年为界线的"东亚历史概况",合并为"远东文明史"课程。赖肖尔负责讲授公元 1200 年前的中国史和全部日本史。作为面向研究生和本科生的通识课,受二战引发的美国国内东亚热的影响,它极受

———————

① 狄百瑞:《东亚文明——五个阶段的对话》序言,见狄百瑞:《东亚文明——五个阶段的对话》,何兆武、何冰译,序言第 1 页。

② Edwin O. Reischauer, *My Life Between Japan and America*, Tokyo: John Weatherhill, Inc. ,1986. p. 82.

③ 如日本学者宇野哲人在其初版于大正三年(1914)、后来数十次再版的著作《中国哲学史讲话》中,将佛教视为唐代哲学的主流,作为"近代哲学勃兴"的宋明理学则紧承其后;冯友兰在 20 世纪 20、30 年代之交撰写的两卷本《中国哲学史》中,将魏晋南北朝隋唐佛学与宋明道学相衔接,形成唐宋之际中国哲学由佛学转向道学的叙事。

学生欢迎,乃至赢得"米稻"的昵称。从此直至 1981 年退休,除担任驻日本大使的 1961—1966 年外,赖肖尔在哈佛大学一直讲授这门课程。据曾于 1968 年转入哈佛大学读研究生的田浩回忆,当时在赖肖尔的课上"就注意到他常提到内藤湖南"①。"米稻"课程的内容,见于其教本《东亚:伟大的传统》②一书。其中中国部分的内容,可集中见于赖肖尔与费正清合著的《中国:传统与变革》③。该书在内容涵盖魏晋至隋唐时段的第五章《帝国的复兴》中,专设两节介绍佛教的传入和融合,认为"从 4 至 9 世纪的整个时代最好称为中国和亚洲历史上的佛教时代"④。在随后定位为"近代早期"的《唐代后期与宋代:中国文化的繁荣》一章中,专设一节介绍"新儒学",认为"被西方称为新儒学的复杂哲学思想就是在这几个世纪的思想活跃时出现的,从这时起几乎一直是中国思想的核心,直至 20 世纪在西方思想和革命性的政治与社会变动的影响下崩溃时为止"。它的兴起有两个重要原因:一是"中国人在长期败于北方'夷狄'的时期将注意

①田浩、葛焕礼:《历史世界中的儒家和儒学——田浩(Hoyt C. Tillman)教授访谈录》,《临沂师范学院学报》2009 年第 4 期。

②Edwin O. Reischauer,John K. Fairbank,A. Craig,*East Asia : The Great Tradition*, Boston:Houghton Mifflin Co.,1959.

③John K. Fairbank,Edwin O. Reischauer,*China : Tradition and Transformation*, Boston:Houghton Mifflin Co.,1978. 中译本名为《中国:传统与变革》,陈仲丹等译,南京:江苏人民出版社,2012 年。

④费正清、赖肖尔:《中国:传统与变革》,陈仲丹等译,第 84 页。

力转向内部",佛教因是外来宗教而总是遭到批评和攻击;二是"旧的中国政治理想的明显胜利",脱去了"不问政治""不关心社会"的佛、道观念,科举制度重新建立,并重新重视儒家著作和思想①。由此可见,在赖肖尔所描述的 9 世纪前后从"古典后期中国"向"近代早期中国"的转型中,"思想观念和正统哲学"是从佛教转向了新儒学。

赖肖尔早年讲授的"东亚历史概况"课程,对狄百瑞产生了重要影响。1986 年,狄百瑞受邀在哈佛大学举办的赖肖尔讲座上演讲东亚文明传统时,"承认了这种早期的受惠"②。由其演讲内容而出版的《东亚文明——五个阶段的对话》③一书显示,狄百瑞将东亚文明(以中国为主)史划分为五个阶段,其中第二、三阶段分别为"佛教时代"和"新儒家阶段"。这两个阶段的转换,发生在唐宋之际。他坦承这一解释,是从"经过了几十年""深入、专门的研究"的唐宋变革论入手的:就佛教而言,一方面自 8 世纪末以后随着"唐朝本身的瓦解","大的寺院体制和各个教义派别衰落了";另一方面,代之而起的禅宗和净土宗都不能解决晚唐五代的政治、社会失序问题。因此,"在与本国传统的对话中,必须发现新的答

①参见费正清、赖肖尔:《中国:传统与变革》,陈仲丹等译,第 130 页。
②狄百瑞:《东亚文明——五个阶段的对话》序言,见狄百瑞:《东亚文明——五个阶段的对话》,何兆武、何冰译,序言第 2 页。
③Wm. Theodore de Bary, *East Asian Civilization : A Dialogue in Five Stages*, Cambridge, M. A. : Harvard University Press, 1988.

案,必须设计新的机制和运载工具"。宋朝建立后,极其强调与武功相对立的文治,"鼓励各种有关形式的学术和世俗教育","出现了一个新的文人阶层、一群官僚的和文化的精英";"文官考试制度扩大了,官吏的来源有了相对公开的渠道;这就提高了对教育的要求并引人越来越注意到需要有学校。正是由于企图解决这一教育的需要,便诞生了新儒学"①。

由上述可见,从赖肖尔到狄百瑞对于唐宋思想转型的叙事可谓一脉相承,即都认为是从佛教转向新儒学,且都在唐宋变革论的论域内进行解释。狄百瑞主要的研究领域,是唐宋思想转型后的思想形态——宋明新儒学。他从明末清初大儒黄宗羲的思想入手,上溯为黄宗羲所珍视并是其思想渊源的宋明新儒学,著有《心学与道统》②《中国的自由传统》③《道学与心学》④等。狄百瑞为学的基本路数,是"紧扣宋明儒学中具有关键性的'单位概念'(罗孚若所谓'unit ideas')如'为己之学''自得''自任于道'等,进行观念之史的追溯及其发展过程

---

① 狄百瑞:《东亚文明——五个阶段的对话》,何兆武、何冰译,第 38、43、47、48 页。

② Wm. Theodore de Bary, *Neo-Confucian Orthodoxy and the Learning of the Mind-and-Heart*, New York: Columbia University Press, 1981.

③ Wm. Theodore de Bary, *The Liberal Tradition in China*, Cambridge: Cambridge University Press, 1983.

④ Wm. Theodore de Bary, *The Massage of the Mind in Neo-Confucianism*, New York: Columbia University Press, 1989.

的爬梳"。这种观念史的研究,虽然也关照由于缺乏创新性而被哲学史研究所忽略的著名思想家(如朱熹)之后学的思想,但其"将概念抽离于复杂的社会政治经济网络中,进行孤立的解析"的主要研究进路,实与哲学史研究方法类似,被黄俊杰称为"内在研究法"①。

狄百瑞为学的另一显著特点,是着重探究新儒学中具有现代价值的思想观念。最初吸引他踏上"新儒学乃至整个中国思想"研究之途的,是黄宗羲思想中的民主观念。在二战后兴起的世界性反儒学思潮尚未退歇的 20 世纪 80 年代初,狄百瑞就深刻指出,像中国 60、70 年代那样力图抹杀儒学以求得"从过去中彻底得解放的做法最终已证明是徒劳的","正视过去并接受它当是更为合理的做法";"现在是时候将其视为一种古代积极的教育力量而非一种消极、束缚人的正统观念来重新评价儒学了"②。可以说狄百瑞毕生为学都贯穿着从中国乃至亚洲其他文化传统中探寻现代价值这一主线。他的新儒学研究亦如此,如《中国的自由传统》一书集中讨论了宋明新儒学中"那些渊源于传统儒家但同时也朝着'近代的''自由的'

---

①黄俊杰:《战后美国汉学界的儒家思想研究(1950—1980):研究方法及其问题》,见氏编《东亚儒学研究的回顾与展望》,上海:华东师范大学出版社,2008 年,第 296 页。

②Wm. Theodore de Bary, "Prefce", *Neo-Confucian Orthodoxy and the Learning of the Mind-and-Heart*.

方向发展的观念"①。他对新儒学的这种现代诠释,从思想史上论证了内藤湖南的"宋代近世"说,被评论者认为"人们(从中)能够辨认出内藤湖南坚持认为中古时代也明确无疑具有现代性这一论断的解释性遗迹"②。

　　协助狄百瑞确立起新儒学的这种观念史研究范式的,是与他有着密切学术合作的美籍华人学者陈荣捷。陈荣捷于1929年获得哈佛大学哲学博士学位,后任教于夏威夷大学、达特茅斯学院等高校,主要研究领域为宋明理学尤其是朱子学。他"是20世纪后半期欧美学术界公认的中国哲学权威","也是国际汉学界新儒学与朱熹研究的泰斗"③。自1949年起,陈荣捷与狄百瑞持续合作三十余年,成为推动宋明理学逐渐受到西方汉学界重视的最主要的力量。

　　陈荣捷对唐宋思想转型问题的认识,可见于他编著的1963年出版的《中国哲学文献选编》④。该书第二十

①狄百瑞:《中国的自由传统》,李弘祺译,北京:中华书局,2016年,第11页。
②詹启华(Lionel Jensen):《在倒塌的偶像与高贵的梦想之间:中国思想史领域的札记》,程钢译,见田浩编:《宋代思想史论》,杨立华、吴艳红等译,第37页;原文为"Among Fallen Idols and Noble Dreams:Notes from the Field of Chinese Intellectual History," *Studies in Chinese History*,Volume 7 (Summer 1998)。
③陈来:《陈荣捷朱子学论著丛刊序》,见陈荣捷:《朱学论集》,上海:华东师范大学出版社,2007年,丛刊序第4页。
④Wing-tsit Chan, *A Source Book in Chinese Philosophy*, Princeton, N. J.: Princeton University Press,1963. 中译本由杨儒宾等译,台湾巨流图书公司和江苏教育出版社分别于1993年、2006年出版。

二至二十六章、第二十七章至三十四章,分别选译、论述唐代佛教三论宗、唯识宗、禅宗等宗派的代表人物,和中唐儒学复兴代表人物韩愈、李翱以及宋代新儒家周敦颐、程颐、朱熹等的文章和学说思想。从这些篇章安排来看,陈荣捷遵循了注重"创新性思想"的中国哲学史的通常编纂理路,用"谱系学"的方法呈现了唐宋时期从佛教到新儒学哲学的转型。关于新儒学的起源,他认为韩愈和李翱"是在 11 世纪发展的新儒学之先驱","大大地决定了新儒学的方向";周敦颐则是"真正开拓新儒学之视野并决定其导向者"①。这些认识也都相合于此前冯友兰等所构建的中国哲学史叙事。

作为哲学史家,陈荣捷研究新儒学的方法,首先是"重观念史的分析"。他对新儒学重要概念的内涵都做过深入分析,由之"探讨学派流变",隐约构建了"以'唯心'(传统所谓'心学')与'唯理'(传统所谓'理学')为宋明儒之两大主流"②的解释框架③。其次,"不忽视史实考证"④。陈荣捷对新儒学史上的重要人物、事件等,

①陈荣捷:《中国哲学文献选编》,杨儒宾等译,南京:江苏教育出版社,2006年,第 390、397 页。
②黄俊杰:《中国哲学文献选编》出版前言,见陈荣捷:《中国哲学文献选编》,杨儒宾等译,出版前言第 16 页。
③陈荣捷对理学概念的研究,见其《宋明理学之概念与历史》;对理学主流框架的构建,见其《中国哲学文献选编》有关理学篇章的论述部分。
④对陈荣捷为学方法的概括,参见陈来:《陈荣捷朱子学论著丛刊序》,见陈荣捷:《朱学论集》,丛刊序第 4 页。

尤其是朱熹的事迹和门人，都以专题的形式做过深入的考证。义理与考据并重，是陈荣捷为学的显著特点，但他考证事实的目的，主要是探寻真相，并无结合事实以论析思想的取向，因此这方面的研究并不影响他的新儒学思想研究属于观念史研究的定性。

　　狄百瑞对唐宋思想转型和新儒学所作的观念史阐释，得到了陈荣捷新儒学哲学研究的支撑和强化，从而在中国思想史研究领域内建立起一个颇具影响力的观念史研究范式。但他们基于西方哲学概念的新儒学思想阐释，以及"将'中国思想'还原为儒学"一元性的做法，被批评完全脱离了本土语境和历史语境[①]，因此受到了"为中国思想观念的历史填充语境"的历史主义研究取向的挑战。

二、历史主义研究范式的兴起

　　赖肖尔、狄百瑞、陈荣捷所构建的唐宋思想转型，尤其是转型后的思想形态——"新儒学"的观念史叙事模

[①]参见詹启华:《在倒塌的偶像与高贵的梦想之间:中国思想史领域的札记》,程钢译,见田浩编:《宋代思想史论》,杨立华、吴艳红等译,第34页。早在20世纪80年代,牟复礼(Frederick W. Mote)、余英时就明代思想史的研究,分别对狄百瑞和他的弟子钱新祖的著作所体现的"将思想和思想家从历史的环境与脉络中抽离了出来"的做法提出了批评,可参见Frederick W. Mote, "The Limits of Intellectual History?" *Ming Studies*, 19(Fall 1984), pp. 17–25; Yu Yingshi, "The Intellectual World of Chiao Hung Revisited," *Ming Studies*, 25(Spring 1988), pp. 24–66。

式,自20世纪70年代起,陆续受到三种历史主义研究范式的挑战:(1)刘子健等学者着眼于新儒学正统地位确立的政治文化史研究;(2)余英时、田浩等学者探讨具体历史情境中思想存在的文化史研究;(3)包弼德等学者基于郝若贝(Robert M. Hartwell)、韩明士(Robert P. Hymes)的唐宋精英转型说而形成的社会文化史研究。

(一)渗入政治、社会的思想:刘子健的"两宋之际转型"说和史乐民(Paul J. Smith)等的"宋、元、明过渡"说

刘子健是美国宋史研究的奠基者之一,与日本宋史学界有着相当密切的学术联系。最先引发他关注唐宋变革问题的,正是日本学者对中国历史分期、唐宋变革的意义及其后的社会性质等问题的研究和论战。1964年,他在《亚洲研究学报》发表《中国历史上的新传统时期:纪念已故雷海宗教授短札》①一文,就唐宋变革问题,反驳胡适的"中国文艺复兴时期当自宋起"说、内藤湖南的"宋代近世"说以及赖肖尔和费正清承之而持的"近代早期"说,提出从公元800至1900年为中国历史上的"新传统时期"这一新说。刘子健认为,无论是"文艺复兴"说,还是"近世"或"近代早期"说,其来自欧洲历史经验的主要内涵,并不符合中国历史演变的实际;"新传统"

---

① James T. C. Liu, "The Neo-Traditional Period (ca. 800-1900) in Chinese History: A Note in Memory of the Late Professor Lei Hai-tsung," *The Journal of Asian Studies*, Vol. 24, No. 1 (Nov. ,1964), pp. 105-107.

表示旧传统被有选择地延续,新出现的一些因素与延续下来的旧传统一起整合成为一种新的传统。此"新传统时期"至少有三个特征:(1)新传统渗入平民社会的深度和广度远超旧传统,因而更为稳定、坚韧和持久;(2)仍然有发展变化,但限定在一定的范围内,遵循着在其之下新传统得以形成的那种模式;(3)竭力抵制任何突然、剧烈或根本的变革,更不用说革命。

　　尽管作了特征说明,刘子健在上文中提出的"新传统"的内涵仍嫌宽泛。1973 年,他在《东西方哲学》发表《一个新儒学流派是如何成为国家正统的?》①一文,将"新传统"的内涵由理学笼罩下的国家政教体系及其运行方式化约至其引领成分——以朱子学为代表的新儒学。这样,他一反自宫崎市定以来日本学者注重从社会经济史角度论证唐宋变革及其后社会性质的做法,而明确视之为一个思想史的问题,即在政局变动中新儒学正统的确立问题。沿此理路,刘子健做了更为深入的研究,其成果即是1988 年出版的《中国转向内在:两宋之际的文化转向》②

---

①James T. C. Liu, "How Did a Neo‐Confucian School Become the State Orthodoxy?" *Philosophy East and West*, Vol. 23, No. 4(Oct. , 1973) , pp. 483‐505. 中文版相似的内容以《宋末所谓道统的成立》为题,发表于《文史》第七辑(北京:中华书局,1979 年)。

②James T. C. Liu, *China Turning Inward : Intellectual‐Political Changes in the Early Twelfth Century*, Cambridge, M. A. : Harvard University Asia Center, 1988. 中译本由赵冬梅译,江苏人民出版社 2002 年初版,2012 年再版。

一书。在该书中,刘子健不取"大批前近代史料和 20 世纪的东西方学者都习惯于一枝独秀的叙述模式,太过关注某些显赫的哲学派别,特别是新儒家学派"的做法,以"儒家的政教观"为视角,围绕南宋前期的皇权政治及其与新儒家的关系,论述以 12 世纪新儒学思潮的空前壮大并在宋末被树立成国家正统为表征的两宋之际文化转型。形成这一转型的基本历史脉络为:南宋初高宗和长期独掌朝纲的权相秦桧压制异见,形成了"倾向于绝对独裁的君主专制"政治;"在悲哀和困惑中,许多知识分子不可自抑地转向内省和回顾",新儒学得以在朝廷之外发展;南宋后期,"朝廷政治的发展和国际危机的不断加剧"使新儒学的政治地位不断获得抬升,最终于 1241 年被朝廷正式宣布为国家正统;然而,"新儒家本身却转向了内在,在固有的圈子里自我充实。调整和创新仍然存在,但都只是量的增加,而非方向的转变与开拓",他们与专制的国家权力相互作用,"在一个又一个世纪中固守其藩篱,造成了这个国家政治文化的相对稳定以及后来的停滞"。因此作者立论云:"南宋初期发生了重要的转型。这一转型不仅使南宋呈现出与北宋迥然不同的面貌,而且塑造了此后若干世纪中中国的形象。"①

---

① 刘子健:《中国转向内在:两宋之际的文化转向》,赵冬梅译,南京:江苏人民出版社,2012 年,第 40、126、145、146、147、148、5 页。

　　简言之,刘子健所持的"两宋之际转型"说的主要依据,是理学在南宋前期被专制皇权政治压制、在朝廷之外得以创新发展并逐渐在朝野扩展其影响,乃至在南宋末年以后被朝廷树立为国家正统的历史,即理学影响下的新的国家政教系统的确立。这就将唐宋思想转型叙事中作为对比方的宋代思想,由北宋新出现的理学思想,转变为南宋以后在政治、社会、文化中得到制度性落实的理学思想。这一视域转移,不仅在"唐宋变革论"下开启了"两宋之际转型"说,而且在思想领域成为后来史乐民等学者提出的"宋、元、明过渡"说的先导。另外,刘子健得出的理学与国家权力相互作用"造成了这个国家政治文化的相对稳定以及后来的停滞"的结论,实质上是从思想文化角度论证了由内藤湖南提出而被赖肖尔、费正清等继承的中国"近世发展停滞说"。刘子健是一位富有家国情怀的学者,上述研究是他对中古以降中国历史进程的反思,旨在呼唤传统中国实现从制度到文化的变革,所以他的停滞说与内藤湖南的相比显然有着不同的意旨[1]。

---

[1]虽然谷川道雄、傅佛果(Joshua A. Fogel)等学者另有解释,但已成为学界共识的是,内藤湖南的中国"近世发展停滞说"是其"现实的中国观'国际共管说'的思想依据",有着为日本入侵和统治中国张目的意旨。参见钱婉约:《从汉学到中国学——近代日本的中国研究》第五章《近代日本的中国观》;傅佛果:《内藤湖南:政治与汉学(1866—1934)》第六章,陶德民、何英莺译,南京:江苏人民出版社,2016年。

　　史乐民等学者的"宋、元、明过渡"说集中体现在他与万志英(Richard von Glahn)合编的《中国历史上的宋元明过渡》①一书中。在该书序言中,史乐民对此说作了论证,其主要观点为:过渡的时段是从南宋起始的1127年直至1500年左右,主要表征有:(1)其间中原与草原地区周期性的战争造成了此过渡最显著的特色:人口和技艺集中到唯一免遭破坏的江南(长江三角洲)地区;(2)江南成为社会、经济、文化持续发展的舞台,其他地区直到16世纪中叶经济发展才得到恢复;(3)该时段内的国家与唐宋及清朝全盛时期相比显得更为消极被动,而社会政治精英则更为独立自主,政治重心已由11世纪的集权国家转向受过教育、拥有土地的地方精英所形成的"士绅统治";(4)道学为新兴的富有自我意识的地方士绅提供了意识形态,并对精英文化和政治生活的主要制度产生渗透②。

　　此"宋、元、明过渡"说并未否定唐宋变革论,而是基于地域视角,将此过渡视为唐宋变革所产生的新因素植入历史实践并发展成熟的过程,即作者所谓的"不妨把

①Paul J. Smith, Richard von Glahn eds. , *The Song-Yuan-Ming Transition in Chinese History*, Cambridge, M. A. : Harvard University Asia Center,2003.
②参见史乐民:《宋、元、明的过渡问题》,张祎、梁建国、罗祎楠译,见伊沛霞、姚平主编:《当代西方汉学研究集萃》(中古史卷),上海:上海古籍出版社,2012年,第247—285页。

宋、元、明过渡看作是唐、宋转型时期那些最重要的社会、经济、文化发展趋势在江南的地域化"①。就理学而言，作者对其在此过程中与政治相结合、政治地位显著上升的认识，与上述刘子健的论述一致，而对理学所引导的地方社会运动兴起的认识，则与下文所述包弼德所引领的道学社会史研究相辅成。

（二）探寻历史情境中的思想真实：余英时和田浩

唐宋之际，作为余英时所认为的中国思想史上"四个最有突破性的转型期"之一，受到他特别的重视，撰有多项研究成果。余英时对"唐、宋精神世界变迁"的研究，是"从慧能的新禅宗开始的"。1987 年他出版《中国近世宗教伦理与商人精神》②一书，其中上篇和中篇"追溯新禅宗的'入世专向'怎样引导出宋代'道学'（或'理学'）所代表的新儒学（Neo-Confucian）伦理"③这一问题。但该研究尚属"概略性"的观念史研究，且视角限于"宗教理论"。

自 1999 年秋开始，因为德富文教基金会标点本《朱子文集》写序之机缘，余英时对朱熹的"历史世界"进行

---

① 史乐民：《宋、元、明的过渡问题》，张祎、梁建国、罗祎楠译，见伊沛霞、姚平主编：《当代西方汉学研究集萃》（中古史卷），第 254 页。
② 台北：联经出版事业股份有限公司，1987 年。初稿刊于（美国）《知识分子》季刊第 2 卷第 2 期（1985 年冬季号）。
③ 余英时：《综述中国思想史上的四次突破》，见何俊编：《余英时学术思想文选》，上海：上海古籍出版社，2010 年，第 568 页。

了深入研究,于 2003 年出版《朱熹的历史世界:宋代士大夫政治文化的研究》①一书,后来又将该书上篇《绪说》与数篇相关论文合编为《宋明理学与政治文化》②一书。《朱熹的历史世界》虽以"研究朱熹时代士大夫的政治文化"为主,但视野不限于朱熹时代,作者借鉴年鉴学派"中时段"的研究方法,上溯至北宋时期的政治文化,以呈现包括其"创世纪"在内完整的朱熹的"历史世界"。又因该书乃基于儒家的思想和行动论述士大夫政治文化,故与其宋代政治文化历经三阶段演变的论述相因应,余英时勾画出了宋代儒学思想的演变脉络:第一阶段为"从柳开到欧阳修的初期儒学",即"宋初古文运动","这是唐代韩、柳古文运动的直接延续","对韩愈的道统观进行了有力的传播",但"内圣"之学尚无建树,政治上以回向"三代"相号召。第二阶段则始于王安石,他"发展了一套'内圣'和'外王'互相支援的儒学系统","获得'致君行道'的机会,使儒学从议论转成政治实践"。从神宗熙宁年间至南宋孝宗初年,除哲宗元祐时期外,王安石"新学"一直"执政治文化的牛耳"。同时期的程颢、程颐、张载等创立道学,"新学"是他们"观摩与

---

① 台北:允晨文化实业股份有限公司,2003 年;本书所据为生活·读书·新知三联书店 2004 年版。

② 台北:允晨文化实业股份有限公司,2004 年;后来该书作为沈志佳编《余英时文集》第十卷由广西师范大学出版社于 2014 年出版。

批评的对象",受其激发而发展出儒家的"内圣"之学,从整体上完成了对它的超越。第三阶段始于12世纪下半叶的朱熹时代,当时道学"达到了完全成熟的境界",取代"新学"而成为儒学的主流,士大夫政治文化的"基本型范开始发生变异","但与第二阶段之间的延续仍远大于断裂"。经历这三个阶段,宋代儒学思想的重心"从前期的'外王'向往转入后期的'外王'与'内圣'并重",其间"却贯穿着一条主线,即儒家要求重建一个合理的人间秩序"①。

值得注意的是,在宋代儒学从第一阶段向第二阶段过渡,也就是理学的起源问题上,作者一反哲学史界惯常所持的"近承韩愈、李翱"说而深入当时的历史情境,从儒、释互动的角度给出新解:北宋初、中期,佛教中出现一个"重视世间法,关怀人间秩序的重建"的新动向,一些高僧大德如智圆、契嵩等"精研外典,为儒学复兴推波助澜";他们"最先解说《中庸》的'内圣'涵义,因而开创了一个特殊的'谈辩境域'('discourse')。通过沙门士大夫化,这一'谈辩境域'最后辗转为儒家接收了下来";《中庸》及《大学》又"通过好禅的试官而进入贡举制度",传遍

————

①参见余英时:《朱熹的历史世界:宋代士大夫政治文化的研究》上篇《绪说》三《古文运动、新学与道学的形成》、自序二。

天下,进而被理学家接受①。作者隐约呈现了这样的影响脉络:士大夫化沙门→好禅的士大夫→王安石→二程等理学家。

如多篇书评所指出,该书内容的最大特色,是摆脱"将注意力集中在理学内部的理论构造"的哲学史研究范式,从政治文化史的角度深入具体的历史情境,来探讨宋代"理学与政治之间的关联",从而集中呈现了理学家的"外王"思想和政治实践。余英时指出,作为传统"道统论大叙事"现代化身的哲学史聚焦于"道体"的理学研究,"就宋代儒学的全体而言,至少已经历了两度抽离的过程:首先是将道学从儒学中抽离出来,其次再将'道体'从道学中抽离出来"②。这样做虽然符合了哲学史学科的要求,结果却造成"理学所处理的主要是不在时空之内的种种形而上学的问题",而"与当时实际政治的关系仅在若有若无之间"的普遍印象。余英时对宋

---

① 余英时:《朱熹的历史世界:宋代士大夫政治文化的研究》上篇《绪说》四《道学家"辟佛"与宋代佛教的新动向》,第 82、92、96 页。按,20 世纪 40 年代钱穆曾论及禅宗对理学之生发所起的引导作用:禅宗为"隋唐宗教师"和"宋明儒"间的过渡,"主张本分为人,已扭转了许多佛家的出世倾向,又主张自性自悟,自心自佛,早已从信外在之教转向到明内在之理。宋明儒则由此更进一步,乃由佛转回儒,此乃宋明儒真血脉"。见钱穆:《宋明理学之总评骘》,氏著《中国学术思想史论丛》(7),北京:生活·读书·新知三联书店,2019 年,第 306 页;原刊于南京《中央周刊》第 8 卷第 28 期(1946 年 7 月)。

② 余英时:《朱熹的历史世界:宋代士大夫政治文化的研究》,第 8 页。

代理学政治性的解读,有助于消解这一颇为偏颇的印象认识,更引学界关注的是他由此厘定了理学的性格:秩序重建是理学最主要的关怀,"'上接孔、孟'和建立形上世界虽然重要,但在整个理学系统中却只能居于第二序('second order')的位置;第一序的身份则非秩序重建莫属"①。

《朱熹的历史世界》的主旨,即是以朱熹为中心来论证理学的政治性格。为此,余英时一方面从"事实世界"入手探讨朱熹等理学家的政治主张和实践,另一方面着力论证王安石时代与朱熹时代在最高权力结构及运作方式、士大夫政治文化上的延续性。此延续性表现为:南宋权相与皇帝的"权力关系及运作方式",乃从王安石的"非常相权中移步换形而来";自神宗朝至朱熹时代,"宰相至少在理论上必须对'国是'负责,也就是与'国是'同进退","而在位的士大夫则'视宰相为进退'";自神宗熙宁至理宗宝庆年间,"士大夫与皇帝'共治'的观念持续了一百五十年之久,未尝断绝";"得君行道"作为王安石变法时代出现的士大夫群体意识,在南宋"由理学家承当了下来",他们"热烈地参与了孝宗末年的改革部署"。因为前后两个时代有此包含多重因素的延续性,余英时称朱熹的时代为"后王安石时代",因而才有"朱熹的历

①余英时:《朱熹的历史世界:宋代士大夫政治文化的研究》,第183页。

史世界不是从南宋开始的,它的创世纪必须上溯至熙宁变法"的叙事①。

就理学家而言,"后王安石时代"的指称强调了这样的认识:即使在理学成熟的南宋时期,理学家仍然怀有以"得君行道"为旨归的政治期望,"随时待机而动"。这一论述,反证了学界两种流行的观点:其一是前文所述刘子健提出的以新儒家(社会精英)致力于"修身和内心的思想"为表征的南宋文化"转向内在"说。此说的形成与哲学史研究所造成的理学与现实政治无关的"普遍印象"密切相关,余英时从政治文化的角度明确反驳云:"即以最有代表性的理学家如朱熹和陆九渊两人而言,他们对儒学的不朽贡献虽然毫无疑问是在'内圣'方面,但是他们生前念兹在兹的仍然是追求'外王'的实现。更重要的,他们转向'内圣'主要是为'外王'的实现作准备的。"②因此从理学家整体来看,重建秩序才是他们最主要的关怀,不能仅看到其在"内圣"上的努力和成就便认定他们"转向内在"。

其二是下文所述美国宋史学家郝若贝、韩明士、包

---

① 余英时:《朱熹的历史世界:宋代士大夫政治文化的研究》,第 249、258、327、161、249 页。
② 余英时:《朱熹的历史世界:宋代士大夫政治文化的研究》自序二,第 11—12 页。

弼德等所持的南宋精英"地方化"说①。余英时指出:"两宋士大夫的政治文化虽略有变异,但王安石时代重建秩序的精神在南宋已由理学家集体承担了下来。"如即使被韩明士当作南宋精英"地方化"之"原型"的陆九渊,也"在淳熙十一年至十三年期间有过'得君行道'的深切期待。他正是因为想步王安石的后尘,从中央改革全社会,才被'小人'逐出临安";他的"许多门人如徐谊、杨简、袁燮等都参与了孝宗末年的改革部署"②。南宋士人的秩序重建虽然包括家族和地方建设,但是"'治道'——政治秩序——则是其始点",因此从整体上看不存在精英的致力方向"由国家转向地方领域"的趋势。

另外,对理学为封建皇权服务、理学家是专制皇权辩护士的说法,余英时也作了有力的反驳。关于宋代以后皇权专制愈加强化的说法,一方面来自内藤湖南、宫崎市定等日本学者的"唐宋变革论",他们以此来解释"为什么宋代出现的'现代'因素最后无法实现"的问题③;刘子健也认为"12 世纪前、中期在政治上"发生了

①许齐雄、王昌伟亦曾指出,余英时在《朱熹的历史世界》中除明确表示"不认同'大叙事'典范下的研究"外,"没有点破的另一个批评对象就是北美学界的社会史学者 Robert Hymes"。见许齐雄、王昌伟:《评包弼德〈历史上的理学〉——兼论北美学界近五十年的宋明理学研究》,(台北)《新史学》第 21 卷第 2 期(2010 年 6 月)。
②余英时:《我摧毁了朱熹的价值世界吗?——答杨儒宾先生》,见氏著《朱熹的历史世界:宋代士大夫政治文化的研究》附论二,第 897—898 页。
③参见包弼德:《历史上的理学》,王昌伟译,第 252 页。

"专制权力的扩张"的决定性变化,其"影响甚至覆盖了此后的中国"①。另一方面来自传统马克思主义史学家的中国历史分期说,他们认为宋代是中国封建社会进入后期的起始时代,"也是封建专制主义与中央集权更为严重的时代",理学是支撑封建专制主义的思想工具。余英时认为,在思想上,"朱熹一方面运用上古'道统'的示范作用以约束后世的'骄君',另一方面则凭借孔子以下'道学'的精神权威以提高士大夫的政治地位"②,理学"'天理''太极'之类的观念都或多或少、或隐或显地构成了对'君'的一种精神约束"③;在实践中,儒家士大夫中出现了"以天下为己任"意识乃至与皇帝"共定国是""同治天下"的政治主张,并有不少信奉理学的大臣践行之。这些都彰显了宋代理学之于政治的独立性和理学家"与皇权相抗衡"的政治主体意识。

总体来看,余英时的这项研究在材料引释、论说细节方面或有可议之处,但在修正学界对宋代理学的一些偏颇认识,尤其在呈现理学的历史存在形态上,贡献卓著。他从个体人物的事实世界入手探讨"具体历史情境中的思想"的研究路径,也具有思想史研究方法上的范

①刘子健:《中国转向内在:两宋之际的文化转向》,赵冬梅译,第78页。
②余英时:《朱熹的历史世界:宋代士大夫政治文化的研究》,第35页。
③余英时:《我摧毁了朱熹的价值世界吗?——答杨儒宾先生》,见氏著《朱熹的历史世界:宋代士大夫政治文化的研究》附论二,第889—890页。

式意义。早于他而运用这一方法研究宋代理学的,是他的弟子田浩。

田浩于 1976 年博士毕业于哈佛大学,师从史华兹(Benjamin I. Schwartz)、余英时和卡罗琳·拜努姆(Caroline Bynum)。其博士学位论文以《功利主义儒家——陈亮对朱熹的挑战》①为名,由哈佛大学东亚研究委员会于 1982 年出版。在其《中文版序》中,田浩坦承"结果一直对中国产生着影响"的"中国宋代思想的主要转变"吸引了他长达数十年之久的注意;作为一名思想史家,他为学的旨趣是努力"'如其原貌'地理解过去"的思想世界:"西方目前的一些历史理论强调不可能'如其原貌'地理解过去。尽管我意识到认识过去是多么困难,但我依然认为,这样刻苦努力地去做是历史学家的起点。"

该书从人物身世、阅历、交往、"性格及宋代问题的语境下",论述了南宋陈亮与朱熹的思想论辩,动态呈现了两人思想的异同。相较于此前北美汉学界对转型后宋代儒学的研究,尤其是狄百瑞和陈荣捷的"新儒学"叙事而言,该书的学术意义在于:

其一,以陈亮思想为例,揭示出宋代儒学中以程朱

---

①Hoyt C. Tillman, *Utilitarian Confucianism：Ch'en Liang's Challenge to Chu Hsi*, Cambridge, M. A.：Harvard University Asia Center, 1982. 中译本由姜长苏译,江苏人民出版社 1997 年初版,2012 年再版。

思想为代表的"理学正统"（Neo-Confucian orthodoxy），和以陈亮、叶适学说为代表的功利主义儒学传统，是"中国思想内部两种占主导地位的流派"。前者强调动机，可称之为"道德伦理"，孟子是早期儒家中这一流派的代表人物；后者强调结果，可称之为"事功伦理"，渊源于古典儒学中侧重外在知识、事功并予以理论探索的方向，李觏和司马光是其北宋时期的代表人物。这就突破了此前北美汉学界往往将"新儒学"等同于程朱一系学术思想的狭隘看法，展现了宋代儒学流派的多样性和复杂性。

其二，不囿于《宋史·道学传》所限定的道学传统以及学界基于此而形成的看待道学的静止视角，揭示出南宋"道学"流派有一个历史性的构建过程。作者指出，"二程思想在12世纪的实际涵义与他们在后来被显示的思想之间有区别。在12世纪的背景下，他们的思想广泛而无清晰界限"，而"朱熹对中国文化传统的综合（包括对二程思想的诠释）后来湮没了对立解释，后辈只看到12世纪程颐思想的狭小部分"。因此历史地来看，12世纪的道学流派远较《宋史·道学传》的记载宽泛，当"包括那些与二程有基本相同的伦理、学术观念的人"。就陈亮而言，从他"后20年及前30年的著述中可以看出，他经历了一个自我与程颐紧密相联的阶段;而且,这一阶段对陈亮思想的发展来说非常关键"①。因此,至少在陈亮一生中的某些时段,他或是道学弟子,或可归为道学家。这就进一步揭示出12世纪道学流派的复杂性。

其三,指出陈亮和朱熹论辩的内容及各自所阐述的思想学说的中心问题,多属于儒家理论中的"文化价值"层次,而非此前学界所着力阐释的属于"哲学思辨"层次的形而上学。作者认为,"一个像朱熹这样的宋代儒家学者所做的事更直接关乎实践而不是试图解决一个西方形而上学家认为基本的本体论问题";陈亮则"极为诊视政治价值","他不忠诚于抽象的伦理价值,而是通过特殊的政治目标来判断效果,并且推崇更为具体的规则"。两人是"从价值层面而非形而上学角度去讨论他们之间的分歧",即使对道之性质的辩论,实际上也"是价值取向问题的一部分"②。就全面呈现宋儒的思想学说而言,作者的这一论断无疑会动摇此前哲学史研究方法和阐释方式的合理性,确立起思想史研究的适用性和必要性。

田浩的研究显明体现了回归理学历史语境的努力。

①田浩:《功利主义儒家——陈亮对朱熹的挑战》,姜长苏译,南京:江苏人民出版社,1997年,第12页。
②田浩:《功利主义儒家——陈亮对朱熹的挑战》,姜长苏译,第139、138、140页。

1990 年代初,他发表论文①与狄百瑞进行辩论,质疑狄氏所使用的"新儒学"概念之于宋代新儒学思想的适用性,主张"在历史原有的意义上使用'道学'这一概念"以代替之。这是讲究"历史语境"的历史主义研究范式与狄百瑞所代表的观念史研究范式就宋代理学研究问题发生的首次正面交锋。

《功利主义儒家——陈亮对朱熹的挑战》出版后,田浩继续从"与朱熹之关系"的角度,对当时与朱熹有着重要学术交往和思想交流的学者进行研究,其成果即是《儒学论争与朱熹的正统》②一书。该书被作者译成中文并几次作较大幅度的增订,以《朱熹的思维世界》为名先后在台湾和大陆多次出版③。其内容围绕两个主题展开:一是"将朱熹放回南宋当时的情境中,透过朱熹与这些具有代表性的主要学者如张栻、吕祖谦、陈亮、陆九渊以及其他人物的关系或交往以进行考察,进而了解朱熹本人在这种交涉中逐渐发展凸显出的思想

---

①Hoyt C. Tillman, "A New Direction in Confucian Scholarship: Approaches to Examining the Differences between Neo-Confucianism and Tao-Hsueh," *Philosophy East and West*, 42:3(1992), pp. 455-474; Hoyt C. Tillman, "The Uses of Neo-Confucianism, Revisited: A Reply to Professor de Bary," *Philosophy East and West*, 44:1(1994), pp. 135-142.

②Hoyt C. Tillman, *Confucian Discourse and Chu Hsi's Ascendancy*, Hawaii: University of Hawaii Press, 1992.

③其版本有台湾允晨文化实业股份有限公司 1996 年版、2008 年增订版,陕西师范大学出版社 2002 年版,江苏人民出版社 2009 年、2019 年增订版。

观念"①;二是经对南宋道学演变历程的分期梳理,考察"在社会、政治和文化上具有共同关注的一群儒家学者所组成的道学'团体',是如何发展演变成自成一家的思想学派,乃至南宋末期正式成为政治思想上的正统学说的"②。该书对于突破观念史研究认知、揭示南宋道学的历史实态而言,至少有两方面的重要意义:

其一,将朱熹放置在与同时代学者的关系或交往中来考察其思想观念的形成,"威严的朱熹不再作为一个无血无肉的'哲学家'或'圣人'出现,他被看作一位思想家"③,揭示出其思想的形成和完善,受到所交往学者的激发和助益的事实。这样便从形成历程的角度把朱熹思想还原进了历史情境和人际网络,在很大程度上实现了对朱熹的文化权威形象——由宋代以后帝制中国的意识形态所塑造并在一定程度上被现代的哲学史研究模式所延续——的去魅化。

其二,通过论述宋初胡宏、张九成以及与朱熹同时代的张栻、吕祖谦、陈亮、陆九渊等学者的学说思想,尤其是他们的思想与朱熹的相异之处及其与朱熹的论辩,进一步论证了12世纪道学思想的丰富性和复杂性。这一内涵多

---

① 夏长朴:《增订版序二》,见田浩:《朱熹的思维世界》,南京:江苏人民出版社,2009年。

② 田浩:《作者的话》,见氏著《朱熹的思维世界》。

③ 史华兹序,见田浩:《功利主义儒家——陈亮对朱熹的挑战》,姜长苏译。

元的道学在成为"朱熹化"正统的过程中,除了朝廷的认可、扶持和后学的宣扬外,作者着重强调了朱熹本人在剔除异见、确立正统乃至塑造自身文化权威上所作的努力。这样便揭穿了为后世学人所看重的"朱熹化"道学乃由学者本人和国家权力等多方面力量构建而成的底细。

田浩对道学在南宋迈向正统之过程的论述,虽然也涉及政治因素,但主要着眼于学者在思想学说方面的努力,这与前述刘子健基于政治运作的论述不同;而他对学者思想学说的阐述,虽然也涉及"哲学思辨"层面,但重点在于"文化价值"和"现实政论",这又与前述狄百瑞、陈荣捷等侧重哲学思想的论述不同。由此,田浩在呈现唐宋转型后儒家思想主体——道学的历史存在形态方面做出了独特的贡献。

(三)思想史与社会史的结合:从郝若贝、韩明士到包弼德

在西方汉学界,郝若贝对唐宋精英阶层转变问题作出开创性的研究,构建了影响西方宋史研究极深的唐宋政治精英演变脉络。1982年,他发表《750—1550年间中国的人口、政治及社会变迁》[1]一文,经对大量传记资料

---

[1] Robert M. Hartwell, "Demographic, Political, and Social Transformations of China, 750-1550," *Harvard Journal of Asiatic Studies*, Vol. 42, No. 2. 1982. 译文由易素梅、林小异等译,见伊佩霞、姚平主编:《当代西方汉学研究集萃》(中古史卷),第175—246页。

进行统计研究,认为:唐朝前期,政治精英是中古世家大族的后裔,安史之乱后,以"地方节度使及其下属"为代表的新势力与之分享政治权力;北宋初年的高层官员由"开国精英"和"职业精英"两个群体构成,前者是唐代后期政治新势力的延续,两大群体在历史发展中此消彼长,至1086年"开国精英"的后代消失于政治高层;至12世纪初,专职于官府的"职业精英"又被立足于地方社会、鼓励子弟从事不同职业的"地方士绅"取代。

这一脉络中,对唐代政治精英演变的认识尚承旧说,对宋代政治精英群体的身份划分及其演变历程的构建,则具有独创性。郝若贝弟子众多,他们大多继承师说,其中作进一步深化研究而成就最著者,当属聚焦于两宋之际"职业精英"向"地方士绅"转变问题的韩明士。1986年,韩明士出版《官僚与士绅:两宋之际江西抚州的精英》[①]一书,以抚州地方精英为研究个案,认为北宋至南宋之际,精英的"关注点和自我观念经历了一个大转变:大体而言,其兴趣从国家转向地方领域。这个变革不仅标志着宋代,也是整个中国历史的新纪元"[②]。这就从地方史的角度进一步论证、发展了郝若贝的两宋之际精

---

①Robert P. Hymes,*Statemen and Gentlemen : The Elite of Fu-chou*,*Chiang-Hsi*, *in Northern and Southern Sung*,London:Cambridge University Press. 1986.

②韩明士:《道与庶道:宋代以来的道教、民间信仰和神灵模式》,皮庆生译, 南京:江苏人民出版社,2007年,第3页。

英转变说。

值得注意的是,韩明士从狄百瑞对南宋道学兴起的认识入手,试图将南宋精英的"地方化"转变与当时道学的兴起结合起来考察。狄百瑞在 1953 年发表的《新儒学再评价》一文中认为,朱熹思想中对道德和个人的强调,可视为南宋道学家鉴于王安石变法导致灾难性党争,而对其北宋先驱所做的基于朝廷的政治、制度改革努力的有意背离①。这一对北、南宋道学家努力方向从中央政治转向个人道德的解读,与郝若贝和韩明士所主张的两宋之际精英的"地方化"转变相契合,从而被韩明士认可。他进而指出,南宋道学家的三项制度性举措——办书院、立社仓和乡约,都是基于地方而开展。由此他强调了南宋道学对精英"地方化"的影响:虽然道学家的关怀并不限于地方,而且其"哲学中难以发现'地方主义'",但是"通过三项制度性的改革举措,朱熹给地方士绅提供了一套可以在地方范围内从事实际社会活动的路径"②。

---

① Wm. Theodore de Bary, "A Reappraisal of Neo-Confucianism," in Arthur Wright eds., *Studies in Chinese Thought*, Chicago: University of Chicago Press, 1953.

② Robert P. Hymes, *Statemen and Gentlemen: The Elite of Fu-chou, Chiang-Hsi, in Northern and Southern Sung*, p. 135. 近二十年来欧美学界对南宋精英"地方化"说的发展和批评状况,包括韩明士对该说的修正,可参见王锦萍:《近二十年来中古社会史研究的回顾与展望》,邓小南主编:《宋史研究诸层面》,北京:北京大学出版社,2020 年,第 106—138 页。

　　真正着眼于唐宋思想演变而将其与上述精英阶层转变说结合起来进行研究的,是包弼德。在西方汉学界,包弼德是对唐宋思想转型问题研究最为着力、影响最大的学者。他的专著《斯文:唐宋思想的转型》是西方汉学界关于唐宋思想文化研究的代表性成果之一,被称为是"自 1950 年代狄百瑞所作的开创性研究以来最为重要的关于宋代思想起源的研究之作"①。

　　该书关注的核心问题是公元 600 至 1200 年间士人价值观基础的转变,以及士人是如何确立价值观的。它有两个特色鲜明的研究视角:其一,就研究对象而言,作者关注的核心并非是我们通常所理解的思想,而是"斯文"——"首先指称源于上古的典籍传统"(特指儒家经典),"包括了诸如写作、统治和行为方面适宜的方式和传统"②;是"士学"而非儒学,尤其是最受当时士人重视的文学,故该书"将文学作为核心,所讨论的许多重要思想家,主要是文人"③。其二,该书"通过阐明思想以及思想所赖以发生的历史世界,来澄清思想价值观的转变与实践转变之间的联系"④,为唐宋思想转型构建一个用来

①Richard von Glahn,Reviewed Work(s):"This Culture of Ours":Intellectual Transitions in T'ang and Sung China,*The Journal of Asian Studies*,Vol. 52,No. 4(Nov. ,1993),pp. 976-977.

②包弼德:《斯文:唐宋思想的转型》,刘宁译,第 1—2 页。

③包弼德:《斯文:唐宋思想的转型》,刘宁译,第 6 页。

④包弼德:《斯文:唐宋思想的转型》,刘宁译,第 100 页。

解释转型原因的社会历史背景。

包弼德将公元 600 至 1200 年间思想的演变,大致划分为四个阶段:初唐至 755 年安史之乱爆发,学者将文化价值观具象为可用作榜样的"文化形式",包括"所有那些属于'礼'的范畴的东西,过去的文献遗产,以及文学创作(文章)";755 年至唐朝末年,伴随着安史之乱所导致的唐朝政治危机,士人传统的文化价值观也出现危机,一些士人倡导古文,强调写作为公共道德服务,认为真正有价值的写作必须建立在作者独立思考的"圣人之道"的基础上;宋朝初年至 1044 年庆历新政被废罢,为文标准出现了分化,以范仲淹为中心的古文家"坚持认为士应该以圣人之道作为学的核心,并将写作当成实践道的一种努力";1044 年至北宋末年,文学及其话题渐不被重视,学者致力于"探求一种可以为政治、社会和文化提供基础的道"。这四个阶段中,士人的价值观虽然都建立在"宇宙和历史"基础上,但把握方式却发生了从信仰政权所支撑的"文化形式"到独立思考"圣人之道",再到个人独立于权威而解悟"天地之道"的转变,即"从唐代基于历史的文化观向宋代基于心念的文化观的转向"。之所以将唐宋思想转型的历程结束于苏轼和程颐,因为在作者看来,苏轼标志着中国思想史的两个时代——源自中世的"文化综合体"的文章观时代和始自韩愈延续至 11 世纪的"寻找圣人之道"的古文时代——的结束;

程颐则标志着唐宋数百年间思想转型这一"过渡时期"的结束和道学新文化时代的开始。

　　除论述以上四阶段文化、思想演变外，作者还单设一章，专门论述唐宋间士的转变问题。作者认为，从唐代至南宋士的身份属性和社会成分发生了很大变化：在唐代，士是门阀，出身世家大族是其最为重要的身份界定；在北宋，士是学者—官员，社会成分是文官家族，官位是其最重要的身份界定；在南宋，士是文人，社会成分是地方精英，文化超越出身和官位成为界定士身份的最重要尺度。作者在对唐宋思想转型阶段的论述中，虽或点明某阶段思想主体（士人）的社会成分，但并未将士阶层的转变与思想文化变迁密切结合起来进行系统论析。之所以如此，作者解释说除却因为学界对这两个领域研究不平衡外，更主要的原因是"希望避免简单还原论者和决定论者对于思想生活的解释"①。尽管从社会基础考察唐宋思想文化演变的视角为作者所重视，但是这种篇章安排和对两者关系的处理方式，不免带给读者疏离之感，可以说作者力图以唐宋士阶层的转变来解释思想转型的做法并不成功。因此，该书的主体内容仍然是基于文化特征和思想创新性而构建的唐宋思想文化演变之

①包弼德：《斯文：唐宋思想的转型》，刘宁译，第49页。

逻辑脉络①,由此可以理解作者为何将转型历程结束于程颐,而未涉及作为社会、政治运动的道学。这一论述方式以及作者对作为思想"正统"的程颐道学的重视,导致该书被批评仍未摆脱由狄百瑞、陈荣捷建立的中国思想史"家谱编撰学"的研究模式,"它的说服力恰好只有在陈荣捷和狄百瑞所提供的特殊的说服语境之中才是成立的"②。

与"将文学作为核心"的研究视角相一致,作者给出了新的唐宋思想转型模式:"应该将唐宋士人的思想变迁了解成从文学转变到道学而不是从佛学转变到儒学。"③这是对前文所述赖肖尔和狄百瑞"从佛学转变到新儒学"的唐宋思想转型叙事的反动,无疑丰富了学界对此转型复杂性的认识。尽管作者将研究对象规定为"士学",因而从文化形态浮沉的角度为这一新模式找到了看似合理的历史逻辑,但它仍有可商榷之处:其一,

①葛兆光亦曾指出"本书中比较多地讨论的却是文本中的'思想'"。见葛兆光:《文学史:作为思想史,还是作为思想史的背景?——读包弼德〈斯文:唐宋思想的转型〉》,见氏著《侧看成峰:葛兆光海外学术论著评论集》,北京:中华书局,2020年,第127页;原刊于(台北)《台大中文学报》第20期(2004年6月)。
②詹启华:《在倒塌的偶像与高贵的梦想之间:中国思想史领域的札记》,程钢译,见田浩编:《宋代思想史论》,杨立华、吴艳红等译,第33页。
③周武:《唐宋转型中的"文"与"道"——包弼德教授访谈录》,《社会科学》2003年第7期。

"文之贵于世也,尚矣"①。在中国古代,文学一直都备受士人重视,隋唐以降科举考试中最受推崇的进士科要考诗赋和策论,这使得士人不仅可凭文学才能博取名誉,而且可获致官宦利禄,文学的地位有增无减。宋代道学兴起后,道学家中出现了排斥"文学"的现象,但是这些道学家并不代表所有士人,崇尚"文学"的士人仍占绝对多数。也就是说文学即使在道学兴起之后,仍是一个存续的为士人所致力的传统。其二,即使就道学家而言,他们排斥"文学",针对的主要是"浮艳"文风,却肯定、支持根基于道、文辞质朴、文风平淡自然的"文学"。如有学者指出:"尽管在'文''道'的关系上,南宋理学家仍然承继了北宋时期'文以载道'的思想,含有'道本文末'的因素,但他们并没有把'文'与'道'完全对立起来,而是某种程度上认可了它们的一致性。"②由此二点,足以说明道学兴起后,文学的重要性和受关注度不存在被道学替代的问题。因此,虽然包弼德系统而深入地呈现了唐宋士人价值观的转变历程,但如果从文化的角度将唐宋思

①徐铉:《徐公文集》卷二三《故兵部侍郎王公集序》,《四部丛刊初编》本。
②叶文举:《南宋理学与文学:以理学派别为考察中心》,济南:齐鲁书社,2015年,第331页。再如程颐因朱长文"心虚气损",致书奉劝他"勿多作诗文",而朱长文复函称作诗文乃"为学之末",程颐又回信正告他说:"苟足下所作皆合于道,足以辅翼圣人,为教于后,乃圣贤事业,何得为学之末乎?某何敢以此奉责?"(程颢、程颐著,王孝鱼点校:《二程集·河南程氏文集》卷九《答朱长文书》,北京:中华书局,2004年,第601页)可见他支持作"合于道"的诗文。

想转型解释成"从文学转变到道学",便嫌勉强。

《斯文:唐宋思想的转型》一书出版后,包弼德对唐宋变革、理学思想等作了更为深入的研究和阐述,并将研究范围向后延展至明末,糅合郝若贝、韩明士的南宋精英"地方化"说,用文化史的方法从理学承载者——士的社会存在的角度论述宋至明末理学的存在形态和演变状况,发表《十二至十六世纪的文化、社会及理学》①《唐宋转型的反思——以思想的变化为主》②等论文,并最终完善为《历史上的理学》③一书。其基本观点是:唐宋变革所形成的新的历史环境,需要新的意识形态以适应之,理学即是王安石新学之外回应这一时代需求的"另一种选择";同时,理学也是唐宋思想转型的产物和标志;宋元明时期的理学,除了是一种"学说立场"外,也是一种"身份认同",还是一种"社会运动"。

从"身份认同"和"社会运动"的角度阐释理学的历史存在,包弼德至此完成了社会史与思想史的圆融结合,形成了一个新的理学的社会文化史研究范式,由此呈现了历史上理学的社会存在机制和状态。值得注意的是,基于其研究和认知,他对学界一些关于理学和宋

①(台北)《中国文哲研究通讯》第 9 卷第 1 期(1999 年 3 月),陈大可译。
②《中国学术》第 3 辑。
③Peter K. Bol, *Neo-Confucianism in History*, Cambridge, M. A.: Harvard University Asia Centor, 2008. 中译本由王昌伟译,浙江大学出版社 2010 年出版。

代以降历史的著名论说作了反驳：

其一，"理学是政治专制主义的支柱"说。包弼德认为，"宋代的政治制度不是专制而是一种'士大夫政治'"[①]，理学与皇权所代表的政治体制间保持着相当的张力：第一，理学家在传统的政治权威之外，确立起道德权威，将包括皇帝在内的个人道德修养，看作是转变政治、社会的根本方式，从而树立并提升了理学家独立于政治的地位；第二，理学家支持"行政系统的分权，减少中央政府的收入与开支，让地方政府有更大的灵活性"[②]，同时"敦促那些受到正确教育的文人学者组织，在地方生活中扮演领导的角色，一方面维护坚持其立场所必需的制度（例如学校体制），一方面主动维护和造福于公共社区"[③]。也就是说，理学家在理论上确立起的道德本位主义，实践上主要面向地方社会的"自发主义"活动，都表明理学并非是封建专制主义的帮凶，而是"旨在转变个人与社会的哲学"，有着相当的独立性和自由度。

其二，"中国在 12 世纪之后进入长期停滞阶段"说。如前所述，从内藤湖南到赖肖尔、刘子健都信持此说，虽然其意旨或有不同。包弼德认为，源出自中世纪"旧基督教"的历史发展观，即认为"历史是朝着既定的方向行

---

①包弼德：《历史上的理学》，王昌伟译，第 112 页。
②包弼德：《历史上的理学》，王昌伟译，第 125 页。
③包弼德：《唐宋转型的反思——以思想的变化为主》，《中国学术》第 3 辑。

进,有其预先注定的进程",遇到自 17 世纪以来始自西欧的"现代化"发展这一"特殊的历史状况"后,形成了基于欧洲历史经验的单一历史发展理论,其基本预设为"所有民族的历史都是在同一道路朝着同一目标赛跑"。在这种历史理论的影响下,20 世纪初以来"将'现代'中国与之前的'传统'中国相区别的现象越来越普遍",有些学者遂断言"中国在过去一定时期停滞了",或将停滞的起点定在理学开始流行的 12 世纪。这种停滞说,完全是站在"现代"的立场以基于欧洲历史经验的历史发展观为标准来衡量中国历史的产物。其实,世界上不同的地区有着不同的历史,有着自己的发展道路。假如历史终止于 16 世纪,此停滞说便断然不会出现①。

其三,"理学家是否热衷政治",即热衷"内圣"还是"外王"的问题。如前所述,刘子健认为在国家权力和新儒学的相互作用下,中国文化在两宋之际"转向内在",新儒家最重视"修身和内心的思想",而"无意涉足其他知识领域"。余英时却强调"重建一个合理的人间秩序"是理学家最主要的关怀,"他们转向'内圣'主要是为'外王'的实现作准备的"。包弼德不认同这两种观点,他认为理学家在思想和事功亦即"内圣"和"外王"上保持着一定的平衡:一方面他们"把道德权威置于政治权威之

①包弼德:《论停滞与失败——思想意识形态与历史:两个初步的问题(之一)》,《清华大学学报》(哲学社会科学版)2006 年第 2 期。

上",强调从道德修养入手来转变政治和社会;另一方面"鼓励地方士人把自己视为政治与公共生活的一份子",参与政治,尤其要在地方上发挥改造社会的影响力,但"并不支持王安石所代表的干预性政府"①。

其四,余英时"后王安石时代"说。包弼德认为,王安石新政"猛烈抨击了地方精英(王安石称之'兼并之家')的经济立场与社会地位","试图将以国家为主导的命令型组织强加在地方社会之上";而朱熹"呼唤皇帝加强本人的道德修养,并接受道学的学术理论,与此同时,他又呼唤地方士人精英为地方社会负起更大的责任"②,即在不依赖朝廷政策的前提下,通过办书院、立乡约等举措来改变社会。前者重视政府在改变社会中的作用,后者呼唤士人面向地方社会的"自发主义"活动,两者致力的重心和路线完全不同,不可相比附。

三、结语

由以上论述可知,美国的唐宋思想转型及转型后的思想形态——"新儒学"的研究,自20世纪70年代起发生了由观念史研究转向历史主义研究的范式转移。赖肖尔继承并在美国宣传了内藤湖南的"唐宋变革论",但

---

① 参见包弼德:《历史上的理学》第四章《政治》。
② 包弼德:《对余英时宋代道学研究方法的一点反思》,程钢译,《世界哲学》2004年第4期。

在唐宋思想转型问题上,他借用了中国哲学史界从唐代佛教转向宋代新儒学的叙事,以弥补"内藤假说"在此问题上的缺失。这一叙事借用,直接影响到狄百瑞。狄百瑞对唐宋思想转型、新儒学的阐释和脉络构建,又得到陈荣捷新儒学哲学研究的支撑和强化,从而建立起一个颇具影响力的观念史研究范式。

就唐宋思想转型问题而言,最先从历史主义立场对此研究范式进行挑战的,是刘子健。他提出的以"转向内在"为标志的"两宋之际转型"说,将唐宋思想转型叙事中作为对比方的宋代思想,从观念史范式所关注的北宋新出现的道学思想,转移至落实于政治、社会中的南宋道学思想,从而在"唐宋变革论"的论域内开启了此说,且在思想文化领域成为后来史乐民等学者提出的"宋、元、明过渡"说的先导。他提出的以稳定的帝制政教体系为内涵的"新传统时期"(800—1900)说,尤其是12 世纪前期以后皇权"专制权力的扩张"说和南宋以后中国"政治文化的相对稳定以及后来的停滞"说,又显示出他对"内藤假说"部分内容的继承。

从范式意义上对狄百瑞的观念史研究提出更大挑战的,是余英时及其弟子田浩以探讨"具体历史情境中的思想"为基本路径的文化史研究范式,和包弼德所引领的思想史与社会史相结合的社会文化史研究范式。这两种研究范式的学者基于历史主义的立场,都从"将思想观念与社会生活、实际经历关联起来"的角度研究理学;对理学之于政治的独立性和自由度的辩护,也表明他们对唐宋思想史上一些问题的认识有着一致性。其根本的差异在于:包弼德继承了郝若贝、韩明士的南宋精英"地方化"转变说,更多地将道学视为地方士人主导的"社会运动和思想运动",因而注重从士人阶层的"社会生活"角度来探讨道学;余英时不认可此精英"地方化"说,认为南、北宋士人有着一脉相承的以"重建政治秩序"为始点的关怀,注重从"个人经历"(处境)的角度探讨道学,强调南宋道学的政治性格。

重视国家权力对思想文化的决定作用,从政治活动中探讨道学的沉浮,强调朱熹的政治关怀并将他和王安石相提并论①,这是余英时与刘子健的一致之处;但余氏并不认同刘氏的两宋之际"中国转向内在"说,而相较于新儒学,刘氏更重视对其影响下的长时段历史演变趋势和性质的把握。田浩有着与余英时一致的从"个人经历"角度探讨道学的取径,但也重视社会史的视角,并不排斥南宋精英"地方化"转变说。这些不同的研究范式及其所含括的有着复杂异同认识的问题,以及背后的概念阐发与思想语境化、一元化与多元化思想等理念间的张力,使得思想史成为美国的中国中叶史(middle period)研究

---

① 刘子健将王安石和朱熹并列为"主张彻底改革"的代表人物,见氏著《中国转向内在:两宋之际的文化转向》,赵冬梅译,第43—46页。

领域最具活力的方向之一。

第三节　思想与思想史
——土田健次郎《道学之形成》评介

　　关于宋代道学的兴起，陈来曾在 20 世纪 90 年代末指出，这"是一个人人觉其重要，而致力不多的题目，且有说服力之著作亦少"①。二十多年以来，我国学界的这一研究状况并无根本性改观，而日本学界却推出一部力作，它就是土田健次郎的《道学之形成》②。该书以作者发表于 1976—2001 年间的 23 篇论文为基础，经联结、补订、改写而成，做到了章节专题深入而全书内容又浑然一体。

　　该书内容除《序章》和《结语》外，共分七章。第一章《北宋的思想运动》概论北宋庆历前后的新儒学思想动态，从中央和地方两个层面分别论述其代表人物欧阳修和陈襄的思想。第二章《二程的先行者》阐释胡瑗和周敦颐的学术思想。第三章《程颢思想的基本结构》、第四章《程颐思想与道学的登场》分别论析程颢和程颐的学

①陈来：《道学与佛教》序言，见周晋：《道学与佛教》，北京：北京大学出版社，1999 年。
②日文版由日本创文社于 2002 年出版；韩文版名为《北宋道学史》，成贤昌译，韩国艺文书院 2006 年出版；中文版《道学之形成》，朱刚译，上海古籍出版社 2010 年出版。

术思想。第五章《道学与佛教、道教》基于程颐和朱熹的思想,论述道学与佛、道教在一些关键问题上的思想异同。第六章《对立者的思想》阐释程颐的对立者王安石、苏轼的学术思想。第七章《道学的形成与展开》论述程颐晚年的学行经历及其弟子杨时的学说立场。

在《序章》中,作者指出在中国思想史构建中一直存在着一个问题:"各个个别的思想本身,与其作为思想史的一个环节被记忆的面貌,往往有所乖离。个别的思想是在其时代状况的基础上,带着问题意识引发出来的,采取了那个时代中有效的论证方法和表达手段。但是,这些思想在后来被记忆的时候,其面貌就因记忆者的问题意识"①以及思想史构建者证明自己思想正当性的需要而被改变。鉴于此,作者采取的研究路径是:"首先通过对个别思想的产生状况进行具体的把握,来确认其实际形态,其次再追踪这些思想如何作为思想史的内容被记忆的过程。"②由此形成了本书的两个具体探讨对象:"一是北宋道学的实际形态,二是朱熹为了表明自己思想在儒教以及道学内部的正统性而对北宋道学作出的描述,即其在思想史中被定型化的形态。"③但全书的重

---

① 土田健次郎:《道学之形成》,朱刚译,上海:上海古籍出版社,2010 年,第 1 页。
② 土田健次郎:《道学之形成》,朱刚译,第 3—4 页。
③ 土田健次郎:《道学之形成》,朱刚译,第 4 页。

心在于第一个研究对象,七章的内容都属于此,第二个研究对象的内容仅限于《结语》部分。

在这七章中,作者力图从两个方面全面呈现形成时期的道学及其周边思想的"实际形态"。其一是深入探讨与道学之形成密切相关的思想环境。如第一章中对"庆历年间的新思想运动的先导人物"——中央的欧阳修和地方上陈襄的思想结构的论析:他们都不属于"初期道学者",却是孕育了道学的新儒学思潮的推动者,在思想上"浓厚地表现出与初期道学者们近似的一面";再加对相关学者间学缘、地缘和亲缘等关系的梳理,深入呈现了孕育道学的学术思想生态。再如第六章、第七章对程颐与其对立者王安石、苏轼,以及与佛、道教在思想上的异同关系的论析,从周边思想的角度呈现了其对程颐道学的资养和自觉化之推进。其二是全面阐释个体学者的"个别思想"。作者对个体学者思想的处理,不像传统理学研究那样偏重于探讨其天人论、心性说等哲理层面的内容,而是扩展至学者的经解学说、政策观点、学行经历等,尽可能全面地呈现研究对象的整体学术思想。

但上述对个体学者学术思想的全面阐释和呈现,并未因求全而无所统纪乃至流于散漫,作者对每位学者思想的论析,都有个潜在的比较对象,那就是二程(特别是程颐)的思想。可以说作者对学者学术思想的阐释,都是围绕程颐学说思想这个中心进行异同分析而展开的,经此分析,他们思想间根本的异同之处得以简明呈现。如:与程颐相比,胡瑗学问的欠缺在于"天地自然与人事之间没有贯通的理念,以及对于心性之省察的不足"①;周敦颐虽然"以儒教的纯粹化为志向,但同时也混杂了道家者流的无、静之思想"②,将万物一体的原理基础归结为"无";"以万物一体为最终境地","赋予'理'的概念以重要的含义,强调'敬'的工夫",这都是二程所共同的,他们主要的理论差异在于:在万物一体观上,"程颢只是就'一体'而说'一体'",而程颐的"一体"观中包含着对"分殊"的强调,而且对于"恶的存在"问题,"程颢是用过或不及来说明,而程颐则视为对'理'的背离"③;王安石之学在"问题领域,在对于至高境地的把握方式上,对于遍布世界的秩序的感觉上",与道学都有共同之处,但他谋求从"制度与文字"入手进行"穷理"的做法,终究"是把个别的理与理一的境地隔绝开来"④;鉴于庆历以来士人围绕性命天人之议论的分裂,苏轼"试图正确地框定思想性言说的界限",而道学则"不顾这样的分裂,对思想性言说的可能性抱乐观的态度,试图以其议论彻底覆盖一切"⑤。对于书中未作专论的张载、邵雍

①土田健次郎:《道学之形成》,朱刚译,第118页。
②土田健次郎:《道学之形成》,朱刚译,第140页。
③土田健次郎:《道学之形成》,朱刚译,第179页。
④土田健次郎:《道学之形成》,朱刚译,第351页。
⑤土田健次郎:《道学之形成》,朱刚译,第398页。

的思想,作者也经比较指出,虽然他们与二程一样拥持"以'有'的思想为基础的万物一体观,但对此万物一体观的把握方式"存在差异:张载"从气论和太极论的角度去把握'一体',邵雍的'一体'与数的秩序相关,而程颐的'一体'便归结到'理一'之论"①。

经上述比较分析,在道学形成时期百花盛开的思想园地里,程颐的思想之花便以一枝独秀的姿态展现出来。这尤其体现在他的世界观——"理一分殊"理论的构建上:将万物一体揭示为"理一",表现为天人合一、物我一体、内外一贯;同时,万物不齐而各有其本然的特性,即物各有其理;当万物处在"自然"状态而各自发挥其本然的特性时,"就其为'自然'这一点来说,万物之'理'只是'一'",而且就万物整体而言,亦是"一理"。在当时学者所提出的多种为儒学构建根基的哲学理论中,这一"理一分殊"论最具正当性和合理性,对世界的解释最为圆融完备,而且有着深刻的社会意义:其"所谓的'不齐',并不单指外在事象或内在心象的多样性","很大程度上也指社会秩序及维持社会秩序的道德规范的层次性",因此"父子、君臣之'分'被认为完全'自然'的"②。因该理论构建的完备性和先进性,再加程颐在学派形成上的地位——如作者指出,在道学形成初期,"本来并不

---

①土田健次郎:《道学之形成》,朱刚译,第199页。
②土田健次郎:《道学之形成》,朱刚译,第206页。

存在一个叫做道学的有系统的学派。程颢、程颐、张载、邵雍各自拥有他们的弟子,只不过因血缘、地缘的关系,以程颢、程颐兄弟为中心进行交流而已。……因了程颢、张载、邵雍之死,他们的门弟子的一部分,被吸收到了寿命最长的程颐之周围,由此开始形成具备系统的学派"①——作者继承自日本江户时代儒者伊藤仁斋的本书之中心论点②遂显明呈现:二程尤其是程颐才是道学的真正创立者,是道学真正的源头。此说一反历史上著名的始自朱熹的周敦颐创始说和宋人黄震及《宋元学案》等对"宋初三先生"之于道学兴起之意义的强调③,既关照创立者思想的创新性和完备性,又从历史的角度关照其学派的形成和传承性,特别是在跨越几代人的学术谱系中程颐与朱熹的学缘链接和学说传承。

　　在《结语》部分,作者通过论述朱熹在道学史上的地

①土田健次郎:《道学之形成》,朱刚译,第15页。
②伊藤仁斋《读近思录钞》:"其(程颐)改汉唐旧说,以性为理,仁义礼智为性者,皆自伊川始。"土田健次郎据此指出伊藤氏"认为宋学的起点是程颐"。见土田健次郎:《道学之形成》,朱刚译,第137页。
③黄震《黄氏日钞》卷四五:"宋兴八十年,安定胡先生、泰山孙先生、徂徕石先生始以其学教授,而安定之徒最盛,继而伊洛之学兴矣。故本朝理学虽至伊洛而精,实自三先生而始,故晦庵有伊川不敢忘二先生之语。"(元后至元刻本)黄宗羲、全祖望《宋元学案》开篇即列安定、泰山两学案,并作序录云:"宋世学术之盛,安定、泰山为之先河,程、朱二先生皆以为然。""泰山高弟为石守道,以振顽懦,则岩岩气象,倍有力焉。"(黄宗羲原著,全祖望补修,陈金生、梁运华点校:《宋元学案》卷首《序录》,北京:中华书局,1986年,第1页)

位及其道统论,阐明以二程为中心的道学思想"如何作为思想史的内容被记忆"的问题。作者认为,"通过对道学之教主即二程的有关资料的收集和文献上的校订,朱熹试图统一众人对二程的理解,同时跟道学内部及其周边的说法展开了论争,由此促进道学的统一和整合"①。后世所看到的二程学说及其在道学史上的地位,至少部分是朱熹这一学说整合和道统构建的结果,因此朱熹此举也是"道学"形成过程中的一个重要环节。

综上所述,该书主要通过人物思想论析,展现了一段历经背景思想孕育、同道相长、对立者反作用塑造和继承者整合构建等环节的道学形成史。这种周边影响尤其是后来者构建视角的采用,或许受到西方学术潮流和相关研究的影响。如美国宋史专家田浩在1982年出版的《功利主义儒家——陈亮对朱熹的挑战》一书中,就揭示出二程道学经历了一个被朱熹构建的环节:"二程思想在12世纪的实际涵义与他们在后来被显示的思想之间有区别。在12世纪的背景下,他们的思想广泛而无清晰界限",而"朱熹对中国文化传统的综合(包括对二程思想的诠释)后来湮没了对立解释,后辈只看到12世纪程颐思想的狭小部分"②。

该书另外一个重要的论述视角,是由内藤湖南提出

①土田健次郎:《道学之形成》,朱刚译,第17页。
②田浩:《功利主义儒家——陈亮对朱熹的挑战》,姜长苏译,第12页。

并被后来学者补充发展的"唐宋变革论"。就唐宋思想转型而言,作者认为有三个重要的转折点,即"唐代中期、北宋庆历年间和宋室南渡"①。该书的中心议题"是朱熹出场之前的道学形成史"②,因此其研究对象主要设定在第二至第三个转折点之间,也就是从北宋庆历年间至宋室南渡。除了将道学的生成放在唐宋思想文化转型的大背景中来考察外,书中对南宋精英"地方化"说的接纳,以及对唐宋思想转型的成功系于其"社会性、政治性的基础"之成熟的认识,都表明作者受到美国学者的"唐宋变革论"影响。由此,可以说内藤湖南提出的"唐宋变革论",在游历海外数十年后,带着收获,在思想史研究领域被土田健次郎接回了家。

　　值得指出的是,该书内容虽以人物思想论析为主,但是对人物所附着的庆历至南宋的儒学新流派,作者从中央与地方关系的角度隐约构建了其历史演变脉络:庆历年间,中央与地方上都出现了新的儒学思想动向,在中央指导这个思想潮流的是欧阳修;地方上"学统四起",学者们"对中央的动向做出敏感的反应,并给予具体的呼应",而道学的真正源头——二程之学即是这些地方学统之一。地方学者通过血缘、地缘关系扩展人际关系和思想交流的范围,"出现了呼应庆历文教政策而

---

①土田健次郎:《道学之形成》,朱刚译,第12页。
②土田健次郎:《道学之形成》,朱刚译,第482页。

起的,以讲学的方式来凸显自我的人物"①,二程尤其是程颐因此将道学带到中央,使其"获得可以贯穿中央和民间两种场合的一贯原理"②。宋室南渡后,中央学统即此前统制天下几十年的王安石新学断绝,而道学经由程门弟子在南方地方上业已推广,再加杨时等人在中央的提振努力,在学界形成势力,最终迎来了道学集大成者朱熹的出现。

以上所述该书的总体论述视角以及由之而构建的思想史脉络都富有新意,在一些具体问题上,同样不乏新见,兹举数例如下:

1. 关于道学与古文运动的关系,学界向来认为道学与唐宋古文运动所倡扬的儒学思想一脉相承,视中唐韩愈、李翱以及宋初的孙复、石介等古文倡导者为道学的先驱,但作者却指出两者间存在着不小的隔阂:道学者对韩愈的评价并不怎么高,与宋初古文家倡导追复韩愈不同,道学者"则是要一口气回到孔孟,而不是韩愈"③,在学问上"无意要继承庆历以前的古文家"④,其学多属自得。

2. 关于道学与佛教、道教的思想关系问题,历来虽被

<hr>

① 土田健次郎:《道学之形成》,朱刚译,第78页。
② 土田健次郎:《道学之形成》,朱刚译,第426页。
③ 土田健次郎:《道学之形成》,朱刚译,第37页注1。
④ 土田健次郎:《道学之形成》,朱刚译,第81页。

学者看重,但解答却多停留在点题式的概略认识上,作者基于日本学界丰厚的佛、道教研究成果,经由深入的思想异同分析,对此做出了创新性回答。

关于道学与佛教的关系,首先,他一反传统的强调华严宗在命题和思想上对道学有着重要影响的观点,认为"道学自佛教之所得,其最大者也许是这样一种态度:在认可了全人类都有可能达至完备人格的前提下,将全部注意力集中到心灵,从而使问题聚焦在内心与外界的关系上"①,而这与其说得自华严宗,不如说得自禅宗。就具体命题而言:(1)程颐的"理一分殊"论与华严宗的"分、一"思想在"主张理之一的同时,也声明物之不齐"这点上,确属相似,但对于"分"的认识,两者有着根本性差异:程颐认为"本来不齐的各个事物完全实现其与他者相异的独特性,此时理一才会呈现出来",而华严宗之论却"解消了个别事物的独立性"②。(2)在"万理归于一理"命题的"理"之属性上,二程及其周围的人物"承认其与佛教所说具有类似处",但程颐所谓"万理"之"理","是作为个别性的秩序呈现于日常之中",包括华严宗在内的佛教却基于幻妄观而将此"理"释为"空"。因此,作者并不认为"华严宗和道学之间有直接的影响关系",

①土田健次郎:《道学之形成》,朱刚译,第271页。
②土田健次郎:《道学之形成》,朱刚译,第285页。

"但如说道学者曾被华严教理所刺激,则无意否认"①。

其次,关于道学道统论与禅宗传灯论的关系,作者认为两者在功能上虽然相似,即"道学的道统论是在儒教内部争夺正统的地位,这一点正如禅宗的传灯论是从佛教或禅宗内部的问题中产生,道理一致",但不应简单地认为前者是对后者的模仿②,因为道学与禅宗在学说教义的传授上有着公开性和非公开性之别,所以"禅宗的传灯论是一点断绝也不能容许的,但道学的道统论却时时出现空缺,两者在这一点上有根本性的差异"③。

3. 关于道教对道学的影响,首先,对于道学史上著名的周敦颐与道士陈抟间的学术思想继承关系问题,作者继承了伊藤仁斋的观点④,认为"现在要加以断定"二人的关系,"也是困难的";重要的是,周敦颐《太极图说》中的"太极""先天"等概念,"全与《易经》相关",而且他对"无极""太极"的解释,"离《周易正义》及其所采之注并

①土田健次郎:《道学之形成》,朱刚译,第293、294页。

②土田健次郎指出,陈荣捷在"Chu Hsi's Completion of Neo-confucianism" (Etudes Song-sung Studies in Memoriam Etienne Balazs 2,No. 1,1973. 该论文由万先法译为中文,名为《朱熹集新儒学之大成》,收入陈荣捷《朱学论集》)一文中,以及1987年6月在山东曲阜召开的儒学国际会议上,都从朱熹道统论的角度提出过这一观点。见土田健次郎:《道学之形成》,朱刚译,第466页注1。

③土田健次郎:《道学之形成》,朱刚译,第466、469页。

④伊藤仁斋《读近思录钞》:"周子之学,盖本汉唐旧注,未尝有所变易。"见土田健次郎:《道学之形成》,朱刚译,第137页。

不太远"①,其太极思想当来源于《易经》系辞上传"是故易有太极,是生两仪"的韩康伯注和孔颖达疏,而非陈抟。其次,就气论而言,虽然二程都对与道教理论密切相关的"气"思想有所论说,但是程颢"试图把道教的养气限制在健身法的范围内",而程颐气论的框架虽与道教相似,但其内容"与其说是有意识地从道教那里摄取的,还不如说它们被理解为当时关于肉体的一般性知识,亦即与意识形态无关的性质上类似自然科学的知识"②,二人的气论都与道教保持着相当的距离。

　　总体来看,该书可谓是一部基于学者个体思想论析而构建宋代道学形成史的优秀之作。其思想分析之严谨细致,是对日本优秀汉学传统的继承,也是该传统在当今的反映。至于该书的不足之处,主要在于对"初期道学者"中的重要人物张载、邵雍的学术思想及其与二程思想的关系未作专门论述,以及对二程至朱熹之间道学思想传承脉络的构建颇为薄弱,一些重要的学派和学者几乎未作涉及。如作者所坦言:"在二程与朱熹之间起到了重要联结作用的湖南学派,几乎还没有涉及;谈论道学与周边之关系时不可回避的永嘉、永康学派,也只略叙端倪而已。"③

①土田健次郎:《道学之形成》,朱刚译,第 143、139 页。
②土田健次郎:《道学之形成》,朱刚译,第 314、317 页。
③土田健次郎:《道学之形成》,朱刚译,第 482 页。

第二章　啖助、赵匡和陆淳的
《春秋》学著作及其《春秋》学转型意义

关于唐宋学术思想转型进程的开启,中唐啖助、赵匡和陆淳的《春秋》学是一个重要标志。他们一反三传专门之学"据传解经"的传统,直接释解经文,或兼采三传,以意去取,或自为立说,成一家之言。他们的《春秋》学是传统三传之学向新《春秋》学转型的标志,对后世《春秋》学乃至整个经学产生了深远影响。这不仅体现在"宋儒治《春秋》者,皆此一派"①之为学路数的延续上,而且体现为他们的一些著作在宋代被广泛传习。如宋初知名学者李之才在教授其高足邵雍时,就"先示之以陆淳《春秋》"作为进学之阶:

> 先示之以陆淳《春秋》,意欲以《春秋》表仪《五

①皮锡瑞:《论啖赵陆不守家法未尝无扶微学之功宋儒治春秋者皆此一派》,见氏著《经学通论》(四),北京:中华书局,1954年,第59页。

经》，既可语《五经》大旨，则授《易》而终焉。①

再如仁宗嘉祐四年（1059）进士省试的一道策题云：

> 昔者孔子伤时王之无政而作《春秋》，所以褒善
> 贬恶，为后王法也。自去圣既远，诸儒异论，圣人之
> 法得之者寡。至唐陆淳学于啖、赵，号为达者，其存
> 书有《纂例》《微旨》《义统》，今之学者莫不观焉。②

陆淳的《春秋》学著作受到颇具道家色彩的李之才如此
青睐，在嘉祐年间，更是达到"今之学者莫不观焉"的普
及程度，由此可见其著作、学说在宋代传播之广和对士
学影响之深。本章首先考辨啖助、赵匡和陆淳各自《春
秋》学著作的撰作状况，其次阐发其《春秋》学的学术转
型意义。

第一节　啖助、赵匡和陆淳《春秋》学著作考辨

中唐啖助、赵匡和陆淳的《春秋》学是中国古代传统

①脱脱等：《宋史》卷四三一《儒林一·李之才传》，北京：中华书局，1977 年，
　第 12824 页。
②程颢、程颐著，王孝鱼点校：《二程集·河南程氏文集》卷二《南庙试策五
　道》，第 466 页。

的《春秋》三传专门之学向尊经重义、杂糅三传及众家之
说的新《春秋》学转变的标志,在中古学术思想史上有着
极其重要的地位。他们的学说思想、生平事迹等,早已为
学界重视,形成不少研究成果。关于他们的《春秋》学著
作,以往研究中也有着或详或略的论述。其中日本学者
户崎哲彦《关于中唐的新〈春秋〉学派——以其家系、著
作、弟子为中心》①一文专设"著作"一节,从目录学的角
度对啖、赵、陆著作的撰成状况、相互关系等做出考辨,最
称详细。杨慧文《陆质生平事迹考——柳宗元交游
考》②、陈光崇《中唐啖赵学派杂考》③、张稳蘋《啖、赵、陆
三家之〈春秋〉学研究》④等文亦着重考辨了啖、赵、陆
《春秋》学著作状况。这些研究深化了学界对啖、赵、陆
各自的《春秋》学著作及其相承关系的认识,但是,因为
三人的重要著作已久佚,以及他们前后相承的著述关系
颇为复杂,所以关于其《春秋》学著述还有许多未发之
覆,既有认识中也存在着不少相互扞挌和未妥之处。

　　理清啖助、赵匡和陆淳各自的《春秋》学著述状况,

①(日)《彦根论丛》第二四〇号(1986 年 10 月),第 87—110 页。王青译,见
　林庆彰、蒋秋华主编:《啖助新春秋学派研究论集》,台北:"中研院"文哲
　所,2002 年。
②《山东大学学报》(哲学社会科学版)1988 年第 3 期;又见林庆彰、蒋秋华
　主编:《啖助新春秋学派研究论集》。
③见中国唐史学会编:《中国唐史学会论文集》,西安:三秦出版社,1993 年;
　又见林庆彰、蒋秋华主编:《啖助新春秋学派研究论集》。
④台北:东吴大学中国文学系硕士学位论文,1999 年。

是从三人学术撰著及学说思想异同的角度来深化此《春秋》学派研究的前提。本节从三人的《春秋》学著述活动入手，透过具体的修撰做法，考证他们各自的著作及其内容体式，以及著述间的继承关系，并对此前的相关未妥之见予以辨正，以期能够正本清流，还啖、赵、陆《春秋》学著作的真实面貌，从而助益于学界深化对该学派的研究。

一、啖助的《春秋》学著作

据陆淳《春秋集传纂例》卷一《修传始终记第八》记载，啖助仕宦秩满居家丹阳后，"始以上元辛丑岁集三传释《春秋》，至大历庚戌岁而毕"。其具体做法，啖助在《集传集注义》中作过交待：

> 予辄考核三传，舍短取长，又集前贤注释，亦以愚意裨补缺漏，商榷得失，研精宣畅，期于浃洽，尼父之志，庶几可见，疑殆则缺，以俟君子，谓之《春秋集传集注》。又撮其纲目，撰为《统例》三卷，以辅《集传》通经意焉。①

①陆淳：《春秋集传纂例》卷一《啖氏集传集注义第三》，《丛书集成初编》本，上海：商务印书馆，1936年，第5页。

可知,啖助撰有《春秋集传集注》和《统例》①,这是现今
所知他全部的《春秋》学著作。此二书撰成后不久,啖助
去世,陆淳和啖助之子异即携之请赵匡损益,后又经陆
淳纂会而撰成《春秋集传》和《春秋集传纂例》,若单就啖
助著作而言,似未曾独立流传过。《春秋集传集注》的修
撰做法,由啖助所述可知主要有三端:(1)摘取三传传
文,即所谓"考核三传,舍短取长",以释经文;(2)"集前
贤注释",又补以己见,以释经传;(3)"疑殆则缺",即对
于不能确解的经文,则缺而未释。

　　关于啖助取舍三传的原则和做法,陆淳《春秋集传
纂例》卷一载有啖助自述,叙说甚详。兹分条移录于下:

　　　　(1)三传文义虽异、意趣可合者,则演而通之;
　　文意俱异、各有可取者,则并立其义。(2)其有一事
　　之传首尾异处者,皆聚于本经之下,庶使学者免于
　　烦疑。(3)至于义指乖越、理例不合、浮辞流遁、事
　　迹近诬及无经之传,悉所不录。(4)其辞理害教,并
　　繁碎委巷之谈、调戏浮侈之言,及寻常小事、不足为
　　训者,皆不录;若须存以通经者,删取其要。(5)谏
　　诤谋猷之言,有非切当及成败不由其言者,亦皆略

①关于二书的存在形态,杨慧文认为"啖助的旧稿名为《春秋集传集注》,另
　又有《统例》附于后面"(见氏作《陆质生平事迹考——柳宗元交游考》),
　但此"附后"说缺乏史料依据,本书不取,仍视之为两部独立的书。

之;虽当存而浮辞多者,亦撮要。(6)凡叙战事,亦有委曲繁文,并但叙其战人身事、义非二国成败之要,又无诚节可纪者,亦皆不取。(7)凡论事,有非与论之人,而私详其事,自非切要,而皆除之。(8)其巫祝卜梦鬼神之言皆不录(其有补于劝戒者,则存之)。(9)三传叙事及义理同者,但举《左氏》,则不复举《公》《穀》;其《公》《穀》同者,则但举《公羊》。又《公》《穀》理义虽同而《穀梁》文独备者,则唯举《穀梁》。(10)《公羊》《穀梁》以日月为例,一切不取;其有义者,则时或存之,亦非例也(义是明例也)。①

由取舍义例(1)可知,啖助摘取三传传文以释经,既有"演通",也有"并立"。由义例(2)可知,他对一事分散之传作了类集。义例(3)(4)(5)(6)(7)(8)(10)主于说明"不录"之传,而其中的前五项,主要针对《左传》传文而言,再加上义例(9)云于三传顺序首"举《左氏》",凡此可见啖助对《左传》的重视。

　　陆淳现存的著作《春秋集传辨疑》,是他对《春秋集传》取舍三传之义之"随文解释、非例可举者,恐有疑难,

① 陆淳:《春秋集传纂例》卷一《啖赵取舍三传义例第六》,第10—11页。

故纂啖、赵之说"①而成,所述乃"啖、赵两家攻驳三传之言也"②。其中啖助的"攻驳三传之言",即出自啖助《春秋集传集注》。也就是说,在啖助《春秋集传集注》的条目中,有一部分内容是对三传中不当之传文的辨驳。这在陆淳《春秋集传辨疑》中多有保存,如卷一"冬十二月,祭伯来"条下云:

> 《公羊》曰:何以不称使? 奔也。何以不言奔?
> 王者无外,故不言奔。啖子曰:按例,周大夫但不
> 言出,而无不言奔之义。《穀梁》曰:寰内诸侯也。
> 啖子曰:按例,寰内例称子,若以伯为爵,则毛伯、
> 召伯、荣叔、祭叔复是何爵乎? 是知天子大夫例
> 书字。③

其中除"啖子曰"为陆淳所加外,其余内容当出自啖助

---

① 陆淳:《春秋集传辨疑凡例》,氏著《春秋集传辨疑》前附,《丛书集成新编》
　第 108 册,台北:新文丰出版公司,2008 年,第 220 页。按,《丛书集成新
　编》所收此书名为"《春秋集传辩疑》",宋刻本柳宗元《河东先生集》卷九
　《唐故给事中皇太子侍读陆文通先生墓表》亦书作"辩疑",但明刻仿宋本
　《春秋集传纂例》卷一《重修集传义第七》书作"辨疑",且包括《崇文总
　目》在内的历史上更多的史志目录书作"辨疑",故本书为免淆乱,径称其
　书名为"《春秋集传辨疑》"。
② 永瑢等:《四库全书总目》卷二六"《春秋集传辨疑》十卷"条,第 213 页。
③ 陆淳:《春秋集传辨疑》卷一"冬十二月,祭伯来"条,《丛书集成新编》第
　108 册,第 223 页。

《春秋集传集注》。又，前引啖助《集传注义》云其作"注"云："集前贤注释，亦以愚意裨补缺漏，商榷得失。"其中的"商榷得失"，正与上面引文中对传文的辨驳相合，由此可断定啖助《春秋集传集注》中"注"的部分内容，即是这类辨驳三传的文字。

另外，在其现存著作《春秋集传微旨》中，陆淳引用了大量标有"啖氏云"的经文解说。据陆淳《重修集传义第七》云："《春秋》之意，三传所不释者，先生（啖助）悉于注中言之。"①可知啖助的经文解说亦在"注"中。因此可推知啖助"注"的基本格式是：辨驳三传传文，于三传所不能释的经文，自作解说。

在此"注"中，尤其自作解说部分，包含着啖助所汲取的部分旧注。他取舍旧注的具体做法是：

> 若旧注理通，则依而书之；小有不安，则随文改易。若理不尽者，则演而通之；理不通者，则全削而别注。其未详者，则据旧说而已。②

可见，啖助虽对三传和旧注都作过取舍，但做法有所不

①陆淳：《春秋集传纂例》卷一《重修集传义第七》，第 13 页。按，这一说法易使人误解为啖助于"注"中所解释的仅是"三传所不释"之经，即无传之经，其实不然，陆淳之意是三传所未释及的《春秋》经文之意，啖助都在注中作了解释。
②陆淳：《春秋集传纂例》卷一《啖氏集注义例第四》，第 5 页。

同:前者主要是摘取传文,至多对"文义虽异,意趣可合"的三传传文作过演通,以及对冗长的传文加以删略;后者在择录之外,有"改易",有"演通",更有自作之"别注"。另外,其所引传文,皆题所出之传名,对于旧注,却不题注者之名。

由上论述,可知啖助《春秋集传集注》的基本体例为:在《春秋》经文之后,列载所摘取的三传传文;在传文之后,附有对不当传文的辨驳,或有啖助的经文解说,是谓"注",它杂糅了旧注和啖助己说。

关于《春秋统例》,如上引文所云,乃由啖助撮《春秋集传集注》纲目而成,是一部义例之作。其后经赵匡损益并由陆淳纂会而成《春秋集传纂例》,此《春秋集传纂例》当保存了《统例》的大部分内容。这部分内容,当是《春秋集传纂例》中的"啖子曰"论说及其所属的例目,以及例目中所列的部分经文①。如《春秋集传纂例》卷二"外逆女"例记载:

> 外逆女
> 　隐二年九月,纪履緰来逆女。
> 　庄二十七年冬,莒庆来逆叔姬。
> 　僖二十五年夏,宋荡伯姬来逆妇。

---

①如下文所论,陆淳编撰《春秋集传纂例》,曾对啖助《统例》及赵匡损益稿例目中的经文作过补充,故此处云"部分经文"为确。

宣五年九月,齐高固来逆子叔姬。

　　啖子曰:凡外逆女,皆以非礼书,《公羊》云"外
　　逆女不书"是也。①

这条义例所列,除陆淳对例目下所引每条经文作注解,
以及将例说标为"啖子曰"外,再未标记他人文字。可断
定此条义例,当出自啖助《春秋统例》,容或其中经文有
陆淳所补者,但借此大体可见啖助《春秋统例》条目的
面貌。

　　关于此前学者对啖助著作的认识,有几点需作辨正:
　　1.啖助《春秋》学著作种数。于此后人易蹈之误,是
基于陆淳《春秋集传纂例》而回溯至啖助《春秋统例》,却
忽略了其《春秋集传集注》。如章群叙述啖、赵、陆的《春
秋》学著作云:

　　　　啖助撰《春秋统例》,仅六卷,卒后,陆淳与其子
　　　　啖异哀录异文,请匡损益,改名《纂例》,定著四十
　　　　篇,分为十卷。淳承师说,别撰《春秋集传微旨》三
　　　　卷。又因《三传》之义,有难以例释者,恐有疑难,因

---

①《丛书集成初编》本,第35—36页。按,未转录陆淳所作的注解;另,"齐
高固来逆子叔姬"之"逆",此本作"迎",误,径改之。

纂啖、赵之说,著《春秋集传辩疑》十卷。①

此乃依据现存的陆淳《春秋集传纂例》《春秋集传微旨》《春秋集传辨疑》三书为说,只是由《纂例》而回溯至啖助《春秋统例》,却完全忽略了啖助最为重要的《春秋》学著作《春秋集传集注》以及经赵匡损益后由陆淳编成的《春秋集传》,乃至赵匡、陆淳的其他《春秋》学著作。究其源流,这种叙述口径实渊源自《新唐书·啖助传》中的说法:

> (啖)助卒,年四十七。(陆)质与其子异裒录助所为《春秋集注总例》,请(赵)匡损益,质纂会之,号《纂例》。②

---

① 章群:《啖、赵、陆三家〈春秋〉之说》,见林庆彰、蒋秋华主编:《啖助新春秋学派研究论集》,第 75 页。另外如刘乾云:"啖助死后,陆淳同啖助的儿子啖异,携啖助著述请教赵匡,然后由陆淳会总编纂。又经五年,到大历十年乙卯岁(七七五)成书,即现在我们尚能看到的《春秋集传纂例》十卷。"(氏作《论啖助学派》,见林庆彰、蒋秋华主编:《啖助新春秋学派研究论集》,第 5 页)赖亮郡云:"(啖)助没后,淳携其遗稿请益友赵匡加以损益。代宗大历十年(七七五),淳随啖、赵二人之说而纂会之,成《春秋集传纂例》十卷、《春秋集传辩疑》七卷。"(氏作《中唐新〈春秋〉学对柳宗元的影响》,见林庆彰、蒋秋华主编:《啖助新春秋学派研究论集》,第 132 页)是皆忽略了陆淳纂会啖助《春秋集传集注》和赵匡损益稿而编成《春秋集传》。
② 欧阳修、宋祁:《新唐书》卷二〇〇《啖助传》,北京:中华书局,1975 年,第 5706 页。

可见《新唐书·啖助传》的作者已囿于当时存世的《春秋集传纂例》，而仅追溯至其源出的啖助"《春秋集注总例》"，却忽略了同样为陆淳和啖异所裒录的啖助《春秋集传集注》。

2.《春秋统例》的名称差异。日本学者吉原文昭云：

> 据记载，啖助曾写过两部著作，《春秋集传集注》以及概括此书纲要的《统例》三卷。而且，在啖助的本传中收录有陆质和啖异裒辑的《春秋集注总例》一书。而这本书和前两书的关系却至今尚不明了。[1]

由前引啖助《集传注义》自述，可知他撰有《春秋统例》一书。由上引《新唐书·啖助传》"质与其子异裒录助所为《春秋集注总例》，请匡损益，质纂会之，号《纂例》"来看，此"《春秋集注总例》"是啖助的义例之作，且是陆淳《春秋集传纂例》的源出之作。这与前文所述啖助《春秋统例》的性质、成书及其与陆淳《纂例》的关系，完全一样，再加之"统"与"总"意涵相近，故可断定《新唐书·啖助传》所谓的"《春秋集注总例》"即是《春秋统例》。吉原文昭谨慎地视之为《春秋统例》和《春秋集传集注》之外

---

[1] 吉原文昭：《关于唐代〈春秋〉三子的异同》，孙彬译，见林庆彰、蒋秋华主编：《啖助新春秋学派研究论集》，第345页。

的另一书,实无必要。

又,啖助《春秋统例》被朱彝尊《经义考》著录为"《春秋例统》"①。朱氏如此著录,当依据《新唐书·啖助传》之说:

> (啖助)善为《春秋》,考三家短长,缝绽漏缺,号《集传》,凡十年乃成,复摄其纲条,为例统。②

这段文字,当取舍自前引啖助《集传集注义》之文,然而作者却易《统例》为《例统》。虽然"统例"和"例统"可视为同义互文,但考虑到《集传注义》为啖助自述,据之而定此书之名为"统例",当更为准确、合理。

3. 后世史志目录多未列载啖助著作。吉原文昭论述啖助《春秋统例》《春秋集传集注》和所谓的《春秋集注总例》在后世史志书目中的著录情况云:

> 调查三书后来的流传可知,《唐志》《通志》《宋史》中都无记载。而且,晁公武曾就《统例》、陈振孙曾就《集传集注》和《统》(例)进行过评论,但这些评论已并不存在。而且,在《玉海》所引的宋朝章拱

---

① 朱彝尊:《经义考》卷一七六"《春秋例统》"条,北京:中华书局,1998年,第908页。
② 欧阳修、宋祁:《新唐书》卷二〇〇《啖助传》,第5705页。

之的《春秋统微·序》中，虽也提及上述两书，但今也不存在。到了清代，在《经义考》中虽列出《啖氏助春秋传》《春秋统例》的两个条目，但是与此同时，也明确标出"佚"的字样。所以，可以认为，啖助的著述，从开始就没有保存下来。①

诚然，《新唐书·艺文志》（本节以下简称"《新唐志》"）《通志》《宋史·艺文志》（本节以下简称"《宋志》"）等史志中皆未载啖助著作，晁公武《郡斋读书志》、陈振孙《直斋书录解题》和王应麟《玉海》，都是在解题陆淳及他人著作时提及之，并未专门列目。现存书目文献中最早将啖助《春秋集传集注》和《春秋统例》列为条目的，确是清代朱彝尊的《经义考》。为什么会出现这种情况呢？吉原氏认为是因为"啖助的著述，从开始就没有保存下来"。但此所谓"从开始就没有保存下来"，不能理解为啖助著作甫及成书即佚失，而应是：啖助的著作甫及撰成其本人便去世，陆淳即携之请赵匡损益，后又经陆淳

---

① 吉原文昭：《关于唐代〈春秋〉三子的异同》，孙彬译，见林庆彰、蒋秋华主编：《啖助新春秋学派研究论集》，第 345 页。按，其中所谓的"晁公武曾就《统例》、陈振孙曾就《集传集注》和《统》（例）进行过评论"，当指晁公武《郡斋读书志》于陆淳"《春秋纂例》十卷"条、陈振孙《直斋书录解题》于陆淳"《春秋集传纂例》十卷、《辨疑》七卷"条引述相关序说而说及啖助《统例》和《春秋集传集注》；所谓的"但这些评论已并不存在"，很可能翻译有误，实际意思当是指啖助的这两部书并不存在。

编撰而成《春秋集传》和《春秋集传纂例》,若单就啖助的著作而言,实未曾独立流传过。因此,后世史志目录多未列载之。清人马国翰云《新唐志》"并不载,疏也"①,当属未察。

4."集传"与"集注"之关系。马国翰云:

　　啖(助)自述《集传》外,又有《集注》。《唐(书)·艺文志》并不载,疏也。②

是认为啖助分别撰有《集传》和《集注》二书。如上所论,啖助注解《春秋》之作的基本格式为:于《春秋》经文之下,摘录三传传文,再杂糅旧注和己见,辨驳传文,解说经义。即注以释经传,传以解经,三者分层而并存,非《集传》《集注》各自独立成书。因此,前引啖助《集传注义》中语"谓之春秋集传集注",应点断为"谓之《春秋集传集注》",非"谓之《春秋集传》《集注》",马氏之见当误。

5.马国翰辑啖助《春秋集传》。马国翰《玉函山房辑佚书》辑有啖助《春秋集传》一卷,关于其辑佚来源及完

①马国翰:《玉函山房辑佚书》"经编《春秋》类"之《春秋集传》一卷、《例统》附"条解题,扬州:广陵书社,2004年,第1509页。
②马国翰:《玉函山房辑佚书》"经编《春秋》类"之《春秋集传》一卷、《例统》附"条解题,第1509页。

整性,朱刚认为:

> 马氏于陆淳书中所引啖助之说,却未辑全,如
> 本文下面引述《春秋集传微旨》卷上的一段,即未辑
> 入。可能他只辑出标明"啖氏曰"的文字,而忽略了
> "闻于师曰"之类也相当于"啖氏曰"。①

陆淳《春秋集传纂例》和《春秋集传辨疑》中所引啖助之
说,皆以"啖子曰"②标之,但在《春秋集传微旨》中,除
"啖子曰"外,还标记"淳闻于师曰"。马国翰对于陆淳
书中所引的啖助之说,乃拣择而辑,即使是标有"啖子
曰"者,也未辑全,且所辑条目,多未全录。如于隐公元
年"五月,郑伯克段于鄢"条,马国翰所辑之啖助解
说为:

---

① 朱刚:《从啖助到柳宗元的"尧舜之道"》,见林庆彰、蒋秋华主编:《啖助新
春秋学派研究论集》,第 185 页注 1。又,朱刚在其著作《唐宋"古文运动"
与士大夫文学》(上海:复旦大学出版社,2013 年)第二章《"古文运动"与
"新儒学"的进展》中,引录了一段陆淳《春秋集传微旨》卷上中的"淳闻于
师曰"文字,认为"此段议论,原来或在啖助的《春秋集传》里,或为陆淳从
啖助处耳闻"(第 48 页)。可见他对《春秋集传微旨》中"淳闻于师曰"内
容之来源的看法,后来有所改变,即除认为"原来或在啖助的《春秋集传》
里"外,又认为"或为陆淳从啖助处耳闻"。
② 或称"啖子云""啖氏云""啖氏曰",本节不烦作说明,一并以最常见的
"啖子曰"称之。

郑段出奔,则郑但有逐弟之名,而无杀弟之志。（陆淳《春秋微旨》卷上）①

其原文却是:"不称段出奔,言郑伯志存乎杀也。此言若云郑段出奔,则郑伯但有逐弟之名,而无杀弟之志也。"②可见马氏断章取文,甚至不顾及文意表达的准确性。

另外,马国翰还从陆淳《春秋集传纂例》中辑录了多条"啖子曰"文字,作为经解。但这部分文字,多不能与所解经文细密契合。如于庄公二十二年"冬,公如齐纳币"条,马氏所辑的啖助解说为:

凡婚姻,合礼者皆不书（《纂例》卷二）③

此说既未涉及"纳币"等议婚礼仪,也未直接就庄公"亲纳币"做出评断,而仅是一凡例概说。究其原因,乃在于马国翰将啖助所立的这条《春秋》"婚姻"凡例,当作此条被列入"婚姻例"之"纳币"类的经文的解说。而啖助《春秋集传集注》此条经文的传注,其实大略同于陆淳于其下所引注的传解:"《公》《穀》皆云亲纳币,非礼。啖子

①马国翰辑,啖助著:《春秋集传》,见马国翰:《玉函山房辑佚书》"经编《春秋》类",第1511页。
②陆淳:《春秋集传微旨》卷上,《学津讨原》本。
③马国翰辑,啖助著:《春秋集传》,见马国翰:《玉函山房辑佚书》"经编《春秋》类",第1512页。

云:时居丧,又娶仇女也。"①《春秋集传纂例》所载标有"啖子曰"的凡例论说,如上论及,当出自啖助《春秋统例》,因此马国翰径将《纂例》中的"啖子曰"辑入啖助《春秋集传》,实属无据②。

至于认为陆淳《春秋集传微旨》所载"淳闻于师曰"之文③,当等同于"啖子曰"而辑之,亦是想当然之见:

其一,陆淳《春秋集传微旨》中存在着同一条经文下二者皆被列为解说的情况。如桓公六年"蔡人杀陈佗"条,陆淳并列二说:

> 啖氏云:佗,逾年之君也。不曰陈侯,以贼诛也。
>
> 淳闻于师曰:臣弑其君,子弑其父,凡在官者,杀无赦。陈佗,杀太子之贼也,蔡虽邻国,以义杀之,亦变之正也,故书曰蔡人。④

①陆淳:《春秋集传纂例》卷二《婚姻例第十三》,第34页。
②前引啖助《集传集注义》云"又撮其(《春秋集传集注》)纲目,撰为《统例》三卷,以辅《集传》通经意焉",可知凡例亦出自《春秋集传集注》,但这类凡例概说,难以确定其具体当归至哪条经文,更不能视之为某条经文的全部解说。
③陆淳自道曾"秉笔执简侍于啖先生左右十有一年"(陆淳:《春秋集传纂例》卷一《重修集传义第七》,第13页),又称"以故润州丹阳县主簿臣啖助为严师,以故洋州刺史臣赵匡为益友"(吕温:《代国子陆博士进集注春秋表》,见氏著《吕衡州文集》卷四,《粤雅堂丛书》本),故其所闻之"师",必指啖助无疑。
④陆淳:《春秋集传微旨》卷上。

如果同《春秋集传辨疑》一样,这类解说某条经文的"啖氏云"引自啖助《春秋集传集注》,那么"淳闻于师曰"就绝非引自该书,因为若是同引自该书对该条经文的解说,陆淳于此就不必分作两条,也不必分署"啖氏云"和"淳闻于师曰"。

其二,陆淳《春秋集传微旨》"《自序》谓(《春秋》)事或反经而志协乎道,迹虽近义而意实蕴奸,或本正而末邪,或始非而终是,介于疑似之间者,并委曲发明,故曰《微旨》"[1]。陆淳所做的,除取舍三传和参引啖、赵之说外,还附以己说以发明这类经文之微旨。而其自撰者,笔者认为就是"淳闻于师曰"之文,即如四库馆臣所言:"其书虽淳所自撰,而每条必称淳闻之师曰。"[2]只是在这类文字中,陆淳或引用其师啖助之说,但根本看来,当归为陆淳所自撰。

由上两点,可证《春秋集传微旨》中的"淳闻于师曰"文字,当由陆淳自撰,而非引自啖助《春秋集传集注》,故不能辑入啖助的著作。

二、赵匡的《春秋》学著作

啖助卒后,陆淳"痛师学之不彰",乃与啖助之子异

---

①永瑢等:《四库全书总目》卷二六"《春秋微旨》三卷"条,第213页。
②永瑢等:《四库全书总目》卷二六"《春秋微旨》三卷"条,第213页。

缮写啖助遗著,"共载以诣赵子,赵子因损益焉"①。关于赵匡之"损益",《春秋集传纂例》卷一云:

> 啖先生集三传之善以说《春秋》,其所未尽,则申己意,条例明畅,真通贤之为也。惜其经之大意,或未标显,传之取舍,或有过差,盖纂集仅毕,未及详省尔。……予因寻绎之次,心所不安者,随而疏之。②

又,《啖赵取舍三传义例第六》的后半部分内容,载有赵匡的取舍义例自述,兹分条择要转录于下:

> (1)三传堪存之例,或移于事首,或移于事同,各随其宜也。(2)凡须都撮,如内外大夫名目例,如此等三四条,三传及啖氏或有已释之而当者,或散在前后,学者寻之,卒难总领,今故聚之,使其褒贬差品了然易见。(3)其四家之义,各于句下注之,其不注者,则鄙意也。既不遗前儒之美,而理例又明也。(4)凡《公》《穀》文义,虽与本经不相会而合正理者,皆移于宜施处施之;其孤绝之文不可专施于经下者,予则引而用之,庶先儒之义片善不遗也。(5)凡三传经文不同,故传文亦异,今既纂会详定

---

①陆淳:《春秋集传纂例》卷一《修传始终记第八》,第14页。
②陆淳:《春秋集传纂例》卷一《赵氏损益义第五》,第5—6页。

· 136 ·

之,则传文亦悉改定以一之,庶令学者免于疑误也。(6)《公》《榖》说经,多云"隐之""闵之""喜之"之类,……如此之例,并不取。(7)《公羊》灾异下悉云"记灾也""记异也",予已于例首都论其大意,自此即观文知义,不复缕载;其有须存者,乃存之耳。(8)《公》《榖》举例,悉不称凡;又《公》《榖》每一义辄数处出之。今既去其重复,以从简要,其举例故加凡字以通贯其前后。(9)《左氏》所记,以一言一行定其祸福,……择其辞深理正者存之,浮浅者去之,庶乎中道也。(10)《左氏》无经之传,其有因会盟战伐等事而说忠臣义士及有谠言嘉谋与经相接者,即略取其要;若说事迹虽与经相符而无益于教者,则不取。(11)《左氏》每盟下皆云寻某年之盟,每聘下则云报某人之聘,侵伐下多云报某之役,……今考取其事相连带要留者留之。(12)《左氏》乱记事迹,不达经意,遂妄云礼也。今考其合经者留之,余悉不取。(13)(《左氏》)序吴、楚之君,皆称为王,……皆改为吴子、楚子;若叙其君臣自相答对之语,……仍旧耳。《左氏》序楚县大夫,皆称曰公,……皆刊正之。①

---

①陆淳:《春秋集传纂例》卷一《啖赵取舍三传义例第六》,第11—12页。按,"《左氏》每盟下皆云寻某年之盟"之"云"字,此本作"曰",据国家图书馆藏明刻仿宋本改为"云"。

将赵匡的这些三传取舍义例与上文所引啖助的取舍原则相比较,可以发现:其一,啖助的取舍义例(1)是他解经的首要工作,如上引文所示,赵匡认为啖助"传之取舍,或有过差",可知他曾审核过啖助的三传取舍,并且也做过取舍工作。但在上引赵匡的三传取舍义例中,并无这方面的说明,原因很可能在于赵匡依据了啖助的这一义例,故未作另说。其二,赵匡的取舍义例(9)(10)(11)(12)基本上可视为是对啖助的取舍义例(2)(3)(4)(5)(6)(7)(8)之"不录"的反动和折中。其三,赵匡的取舍义例(1)(2)(3)(4)(5)(6)(7)(8)(13)都是对啖助取舍义例的补充,尤其体现在啖助立说较少的《公》《穀》二传上。从实施的层面来看,义例就是做法,赵匡对啖助取舍三传义例的依据、反动、折中和补充,说明他确实是以啖助的著作为蓝本而作"损益"的。

赵匡"损益"的基本做法及撰作形式为:

1. 对啖助《春秋集传集注》"传之取舍,或有过差"之处,重新取舍传文,或作删削、补充。由上引赵匡的取舍义例(4)(5)(6)(7)(8)(9)(10)(11)(12)(13)来看,他在这方面用力颇多。

2. 陆淳《春秋集传辨疑》中亦载有大量的赵匡对三传传文的辨正,这说明赵匡依据啖助的格式,在摘取确当的传文以形成经解后,又对不当之传文做出辨正,并附于其后。

3. 由赵匡的取舍义例(3)"其四家(左氏、公、穀和啖助)之义,各于句下注之,其不注者,则鄙意也。既不遗前儒之美,而理例又明也"来看,他采录了部分啖助的"注",对"经之大意,或未标显"者,赵匡则自作解说。

4. 由赵匡自述"予因寻绎之次,心所不安者,随而疏之",可知他对于啖著中"心所不安者",不是直接删削、补充和替换啖助原文,而是于啖助原文条目之外,依其体例和自己的见解,重新摘取三传、辨正传文、解说经义①。

从陆淳《春秋集传纂例》《春秋集传辨疑》《春秋集传微旨》三书中大量的条目都载有"赵子曰"来看,赵匡之"损益",不啻另行撰作。赵匡如此大规模损益啖助《春秋集传集注》而形成的稿件,仍以啖助原书名为称还是改称它名? 因无明确的史料记载,故难以确答。但是《中兴馆阁书目》《玉海》《宋志》等著录的赵匡《春秋阐微纂类义统》,却值得注意。清董诰等编《全唐文》卷三五五载有赵匡《春秋阐微纂类义统自述》一文,内容全同于本小节开头所引的陆淳《春秋集传纂例》卷一《赵氏损益义第五》的文字。此《春秋阐微纂类义统自述》的出处已不可考,疑为《全唐文》编者缀合史志所载赵匡《春秋

---

①杨慧文亦指出:"以后赵匡又作所谓'损益'的工作,这并非改变原来的体例,也不是删改啖助的观点,而是在此基础上'损益'三传,又附上他自己的见解。"(见氏作《陆质生平事迹考——柳宗元交游考》)

阐微纂类义统》书名和陆著所载《赵氏损益义第五》而
成,而此举正可表明他们认为赵匡损益啖助著作而成
者,即是此《春秋阐微纂类义统》。但是,据《玉海》引《中
兴馆阁书目》云:

> 《春秋阐微纂类义统》十卷。皇朝章拱之作《春
> 秋统微序》:赵氏集啖氏《统例》《集注》二书,及己说
> 可以例举者,为《阐微义统》十二卷。第三、四卷亡
> 逸。今本同。赵匡,字伯循(《国史志》同)。①

章拱之主要生活在北宋仁宗朝,其中所谓的"今本同",
可能为南宋初《中兴馆阁书目》的编者所加,可知当时他
们知见过《春秋阐微纂类义统》的十卷本传本。由章氏
此叙说,以及书名中的"纂类""义统"字眼,可断定赵匡
此书乃类同于啖助《春秋统例》和陆淳《春秋集传纂例》,
是一部义例之作,其中采集了啖助《统例》和《集传集注》
的部分内容。这类义例著作,多有所辅通,如啖助《春秋
统例》辅通其《春秋集传集注》,陆淳《春秋集传纂例》辅
通其《春秋集传》,赵匡此作,应辅通他对啖助《春秋集传
集注》的损益稿。也就是说,赵匡加工啖助的遗著,除对
《春秋集传集注》中"心所不安者,随而疏之"外,还基于

---

① 王应麟:《玉海》卷四〇"唐《春秋义统》"条,扬州:广陵书社,2016年,第
789页。

"啖氏《统例》《集注》二书",撰成一部义例著作,定名为《春秋阐微纂类义统》。因此,《全唐文》编者将赵匡的损益、撰著稿全归至此义例著作《春秋阐微纂类义统》名下,显然不妥①。而由陆淳《春秋集传纂例》与《春秋集传》在内容、名称上的关联,类比认为赵匡《春秋阐微纂类义统》所关联者(即啖助《春秋集传集注》的损益稿)或曾独立成书,命名为《春秋阐微》,这一猜测不可谓无可能。

关于赵匡《春秋阐微纂类义统》的成书,日本学者户崎哲彦在引述《玉海》所载章拱之之说后,认为:

> 如果如章拱之所言,赵匡《阐微义统》是辑啖助二书和自说所成,那应该在内容上与陆淳纂会啖助和赵匡之说而成的《纂例》没有什么变化,但也很难想像为同一部书的别称。或是既有赵匡采啖助说而编的《阐微义统》,陆淳又在此基础上撰写了《纂例》,但是《纂例》中完全没有提及此事和书名,这很

①陈光崇云:"赵匡著有《春秋阐微纂类义统》十卷,……自述其撰述经过云:'啖先生集三传之善,以说《春秋》,……惜其经之大意,或未标显;传之取舍,或有过差。……予因寻绎之次,心所不安者,随而疏之。'(《春秋集传纂例》卷一《赵氏损益义第五》)这表明赵氏此书是在啖著的基础上自述所得之作。"(氏作《中唐啖赵学派杂考》,见林庆彰、蒋秋华主编:《啖助新春秋学派研究论集》,第64页)是亦误将赵匡的损益、撰著稿全归至《春秋阐微纂类义统》之下。

不自然。因此可以臆测为后人从《纂例》等书中以赵匡之说为中心辑录的,至少我认为《阐微纂类义统》这一书名与《微旨》《纂例》《统例》等书有某种关系。①

户崎氏的这些认识,多有可商榷之处:其一,关于陆淳《春秋集传纂例》之成书,一般的说法是:"助书本名《春秋统例》,仅六(引者按,误,当为"三")卷。卒后淳与其子异袤录遗文,请匡损益,始名《纂例》。"②这易使人误认为《纂例》即是赵匡对《春秋统例》的损益稿,或由陆淳仅仅缀集啖、赵之例说而成。户崎氏显然沿依了这一误识,其实,陆淳《纂例》中不仅有啖、赵之说,更有他自己的例说。这不仅体现在卷二《鲁十二公谱并世绪第九》、卷八《姓氏名字爵谥义例第三十一》《名位例第三十二》《杂字例第三十三》等例目设立及其例文类编和解说上③,而且体现在对某些例目内容的完善上。如上引赵匡取舍三传义例中,义例(5)提到"凡三传经文不同,故传文亦异,今既纂会详定之",这部分"纂会详定"的文字,今存于陆

①户崎哲彦:《关于中唐的新〈春秋〉学派——以其家系、著作、弟子为中心》,王青译,见林庆彰、蒋秋华主编:《啖助新春秋学派研究论集》,第468—469页。
②永瑢等:《四库全书总目》卷二六"《春秋集传纂例》十卷"条,第213页。
③这些例目内,无其他例目中常见的"啖助曰"或"赵子曰",而或标"陆淳曰",或自设问答,据此可断定这些例目的设立及其解说,乃由陆淳所为。

淳《春秋集传纂例》卷九《三传经文差缪略第三十七》例目中。其中,主体部分的"凡二百四十处",当为赵匡原作,而"(续添)三传经文差缪补缺"部分,则为陆淳所续补。凡此,均可证明赵匡《春秋阐微纂类义统》"在内容上与陆淳纂会啖助和赵匡之说而成的《纂例》没有什么变化"说之误。

其二,户崎氏又认为"或是既有赵匡采啖助说而编的《阐微义统》,陆淳又在此基础上撰写了《纂例》"。这一认识与笔者所见相同,但陆淳撰写《纂例》对赵匡《阐微义统》的依据程度,仍须予以说明。笔者认为,陆淳撰写《纂例》并非被动抄录赵匡《阐微义统》,而是主动采择之。如《春秋集传纂例》卷五《用兵例第十七》于赵匡例说之后,陆淳补云:

> 或问淳曰:三传侵伐之例,不当理则然矣,今用赵氏之例,何知必然? 答曰:据《春秋》书侵者凡五十有七,无事迹者莫知,其可验者亦可略举。……①

这是用问答的形式,解释《纂例》于《春秋》"用兵"何以用"赵氏之例",反映出陆淳有着几个例说选用项,而"赵氏之例"仅是其中之一。由此可推知,陆淳《春秋集

----

①陆淳:《春秋集传纂例》卷五《用兵例第十七》,第96页。

传纂例》中虽然有大量的赵匡例说,但它们是基于陆淳的认识和解说需要而被采入的。之所以如此,根本上是由例说是用来辅通经文解说这一功能和性质决定的。两者间的密切联系,决定了不同的经文解说有着不同的例说系统。如上论及,赵匡的《春秋阐微纂类义统》用于辅通其对啖助《春秋集传集注》的损益稿,陆淳的《春秋集传》既然不同于此损益稿(此见下论),与之相辅通的《春秋集传纂例》的撰作,当然应以他自己的意见为本。

其三,如上所引赵匡取舍三传义例中的(1)(2)(7)(8)等条,表明他特意整理过某些经文义例。陆淳总结赵匡加工啖助遗著的工作云:"(啖助)取舍三传,或未精研,《春秋》纲例,有所遗略。及赵氏损益,既合《春秋》大义,又与条例相通。"①亦可见赵匡曾用心于"条例"编撰,以相通于他所解释的"《春秋》大义",不可谓"《纂例》中完全没有提及此事"。由此可见赵匡对义例的重视,再加上新的经文解说必有新的例说与之相辅通这一特殊关联,赵匡在啖助《春秋统例》的基础上撰成《春秋阐微纂类义统》,当是极有可能之事。又因经说与例说关联密切,说到经说著作往往即含括其例说著作,故陆淳在《春秋集传纂例》卷一列载赵匡损益啖助著作的情况下,

---

① 陆淳:《春秋集传纂例》卷一《重修集传义第七》,第13页。

完全没有提及赵匡此书名,并非"不自然"。如陆淳《重修集传义第七》是其撰作自述,其中正面叙说到的著作有《春秋集传》《春秋集传辨疑》《春秋逸传》,对于《春秋集传纂例》,却仅在说到三传不当义例辨析之所在时才侧面提及之①。

其四,如上引文,王应麟《玉海》所引《中兴馆阁书目》,记载南宋初该书目编者知见过赵匡《春秋阐微纂类义统》的当时传本。再如北宋仁宗嘉祐四年(1059)进士省试的一道策题中,有语云:

> 至唐陆淳学于啖、赵,号为达者,其存书有《纂例》《微旨》《义统》,今之学者莫不观焉。②

此所谓的"存书""《义统》",即是《春秋阐微纂类义统》。既被列入策题且明确其作者归属,又云"今之学者莫不观焉",说明当时人已广泛认可此书,这可证明它不是由后人辑录而成的伪作。而且,户崎氏臆测此书"为后人

---

① 陆淳《重修集传义第七》云:"三传义例虽不当者,皆于《纂例》本条书之,而论其弃舍之意。"(陆淳:《春秋集传纂例》卷一,第 14 页)这是《春秋集传纂例》正文中唯一一次提及此书。

② 程颢、程颐著,王孝鱼点校:《二程集·河南程氏文集》卷二《南庙试策五道》,第 466 页。按,此叙述似将《义统》归为陆淳的著作,郑樵《通志》卷六三"《春秋》"亦谓此书作者为陆淳,且归之入"传论"类而非"条例"类,此歧异之原因,尚待进一步考索。

从《纂例》等书中以赵匡之说为中心辑录的",不仅与赵匡的例说著作是基于啖助《春秋统例》而撰成的、其中必定包含部分啖助的例说这一撰作事实不合,而且与章拱之的描述"赵氏集啖氏《统例》《集注》二书,及己说可以例举者,为《阐微义统》"不合。

赵匡《春秋阐微纂类义统》已久佚,马国翰《玉函山房辑佚书》辑有一卷。该辑本用经解的形式编排,即就某条经文,辑录陆淳《春秋集传纂例》《辨疑》《微旨》中相关的赵匡之说,作为该条经文的解说。其疏误之处有:其一,如上所论,赵匡《春秋阐微纂类义统》本是义例之作,不应以经解的形式编排;其二,从陆淳三书中广集赵匡之说,皆归至《春秋阐微纂类义统》名下,显示出马国翰同《全唐文》编者一样,也持有赵匡损益啖助著作所成者即是此书的错误之见;其三,即便就具体经解而言,马氏所辑也如同其辑佚啖助《春秋集传》一样,存在着将《纂例》中的例说当作具体的经文解说以及辑录不全等缺误。

三、陆淳的《春秋》学著作

1.《春秋集传》《春秋集传辨疑》《春秋逸传》《春秋集传纂例》。据陆淳《春秋集传纂例》卷一记载,他和啖异躬自缮写啖助遗著、"共载以诣赵子"、请赵匡损益后,

"淳随而纂会之,至大历乙卯岁而书成"①。陆淳的这一"纂会"工作,可分为"重修集传"和纂合例说两部分。

关于"重修集传",陆淳在《春秋集传纂例》卷一中作过详细叙述:

> (啖助)取舍三传,或未精研,《春秋》纲例,有所遗略。及赵氏损益,既合《春秋》大义,又与条例相通。诚恐学者卒览难会,随文睹义,谓有二端,遂乃纂于经文之下,则昭然易见。其取舍传文,亦随类刊附。又《春秋》之意,三传所不释者,先生悉于注中言之,示谦让也。淳窃以为既自解经,理当为传,遂申己见,各附于经,则《春秋》之指朗然易见。……三传义例虽不当者,皆于《纂例》本条书之,而论其弃舍之意;其非入例者,即《辨疑》中论之。……其无经之传,《集传》所不取而事有可嘉者,今悉略出之,随年编次,共成三卷,名曰《春秋逸传》,则《左氏》精华无遗漏矣。②

可见陆淳之所为:(1)统合啖助择取而又经赵匡损益的三传传文,作为"新传"列于经文之下;(2)将啖助、赵匡

①陆淳:《春秋集传纂例》卷一《修传始终记第八》,第14—15页。
②陆淳:《春秋集传纂例》卷一《重修集传义第七》,第13—14页。

以类取舍传文的义例说明,"随类刊附"①;(3)将原先存
于注中的啖助的经文解说,(连同赵匡解说),作为传而
列于经文之下;(4)三传中的不当义例,皆于《纂例》该条
例目中辨驳之,而对于不符合义例的传说,则于《辨疑》
中辨驳之②;(5)对于《左传》"无经之传,《集传》所不取
而事有可嘉者","悉略出之"而集为《春秋逸传》。

这看似除却编成《春秋逸传》,从而解决了一个自啖
助起就存在的如何对待《左传》无经之传的问题外,陆淳
只是纂会啖助和赵匡之说而无所创作。其实不然,虽然
陆淳编撰的《春秋集传》已久佚,我们无从借之来了解他
的创作状况,但是从流传下来的与《春秋集传》有着密切
关联的《春秋集传辨疑》中,我们可以看到除啖、赵之说
外,还有一些是陆淳的论说。如《春秋集传辨疑》卷一隐

①陆淳在《重修集传义第七》中,提醒"将来君子"对啖、赵"委曲剪裁"后的
三传传文或有疑其缺误者,"宜先详览啖、赵取舍例及《辨疑》以校之"(陆
淳:《春秋集传纂例》卷一,第13—14页)。此"取舍例",当指啖、赵"新
传"中"随类刊附"的他们取舍传文的义例。如《春秋集传辨疑》卷一"公
及邾仪父盟于眜"条,陆淳录有赵匡据《穀梁传》"诰誓不及五帝,盟诅不
及三王,交质子不及二伯"说"裁取"而立义例之举:"按五帝时用兵极多,
那得无诰誓之辞? 但缘夫子叙《书》首自《尧典》,故以前诰誓之辞不见
耳。所云'盟诅不及三王,交质子不及二伯'即是也,故裁取之。凡起例,
宜于事首,故移附于此,他仿此。"(《丛书集成新编》第108册,第222页)
②即"其非入例者,即《辨疑》中论之"。其意思稍嫌隐晦,更明确的说法见
陆淳《春秋集传辨疑凡例》:"《集传》取舍三传之义可入条例者,于《纂
例》诸篇言之备矣。其有随文解释、非例可举者,恐有疑难,故纂啖、赵之
说,著《辨疑》。"(《丛书集成新编》第108册,第220页)

公"七年，叔姬归于纪""十年，公会齐侯、郑伯于中丘"条分别云：

> 《穀梁》曰：不言逆，何也？ 逆之道微，无足道焉
> 尔。按，不言逆者，皆夫自逆也。不书者，常事不
> 书也。
> 《左氏》曰：盟于邓。按，此文与经不合，故
> 不取。①

这两条论说，都未标"啖子曰"或"赵子曰"，而作为按语书之，当是陆淳所自作。第一条论《穀梁》释经之误，第二条说《左传》所云与经不合，皆是解释《春秋集传》何以不取这两条传文。由其解释，可知此两条传文之舍弃，很可能是由陆淳所为。也就是说，陆淳编撰《春秋集传》，除却纂会啖、赵所取的传文外，他还做过一些取舍传文的工作。

关于纂合例说，是指陆淳纂合啖助、赵匡的例说，撰成《春秋集传纂例》。如陆淳《春秋集传纂例序》云：

> 啖子所撰《统例》三卷，皆分别条流，通会其义；
> 赵子损益，多所发挥。今故纂而合之，有辞义难解

---

① 陆淳：《春秋集传辨疑》卷一，《丛书集成新编》第108册，第224页。

者,亦随加注释,兼备载经文于本条之内,使学者以类求义,昭然易知。其三传义例,可取可舍,啖、赵俱已分析,亦随条编附,以祛疑滞。名《春秋集传纂例》,凡四十篇,分为十卷云。①

可见,如同陆淳纂会啖助《春秋集传集注》和赵匡对它的损益而编成《春秋集传》一样,他纂合啖助《春秋统例》和赵匡的损益,编撰成《春秋集传纂例》。同《春秋集传》一样,《春秋集传纂例》中也包含着陆淳的创作。如上文所论及,《春秋集传纂例》除纂会啖、赵例说外,也载有陆淳补充的例说。此外,陆淳的创作之处至少还有:一、于"辞义难解"之处,随加注释,这既包括在经文下略引五家(左、公、穀、啖、赵)之传以释之,也包括在经文之外的解说中广加注释;二、在例目之内"备载经文",即对啖助、赵匡虽设例目但所集经文尚不够全面者,陆淳作了详备的补充、完善。

由上述可见,陆淳至代宗"大历乙卯岁"(大历十年,775)所编撰成的《春秋》学著作有:《春秋集传》、《春秋逸传》三卷、《春秋集传辨疑》和《春秋集传纂例》十卷。其中前二书已久佚,后二书现存。

2.《集注春秋》。由吕温《代国子陆博士进集注春秋

①陆淳:《春秋集传纂例》序,氏著《春秋集传纂例》前附,第1页。

表》可知,陆淳还撰有一部《集注春秋》:

> 臣不揣蒙陋,斐然有志,思窥圣奥,仰奉文明。以故润州丹阳县主簿臣啖助为严师,以故洋州刺史臣赵匡为益友,考《左氏》之疏密,辨《公》《穀》之善否,务去异端,用明本意。助或未尽,敢让当仁;匡有可行,亦刈其楚。辄集注《春秋》经文,勒成十卷。上下千载,研覃三纪,元首虽白,浊河已清。①

吕温是陆淳的弟子,这是他代陆淳撰写的进书表。关于陆淳这次进书的时间,由此表题中的“国子陆博士”及文中的“臣官忝国学”语,可知当在他任国子博士时。《旧唐书·陆质传》叙述其仕途经历云:“陈少游镇扬州,爱其才,辟为从事。后荐于朝,拜左拾遗。转太常博士,累迁左司郎中,坐细故,改国子博士,历信、台二州刺史。”②因未有明确的记载,陆淳任国子博士的时间不明,但由此叙述,可知当在他任职左司郎中和信州刺史之间。据《旧唐书·礼仪志》载,贞元十一年(795)七月“二十六日,左司郎中陆淳奏曰:……”③,可知此时陆淳尚在左司

---

①吕温:《代国子陆博士进集注春秋表》,见氏著《吕衡州文集》卷四。
②刘昫等:《旧唐书》卷一八九下《陆质传》,北京:中华书局,1975年,第4977页。
③刘昫等:《旧唐书》卷二六《礼仪六》,第1009页。

郎中任上。杨慧文根据吕温《祭陆给事文》中语"既而各沦风波,秦吾(吴)索居,迫屑无余;公高翔海郡",以及温父吕渭卒于贞元十六年一事,确定陆淳外任信州刺史的时间为"贞元十六年(800)左右"①,此说可从。也就是说,在贞元十一年至十六年之间的某个时段内,陆淳任国子博士,其间②,他向德宗进献了一部十卷本的《集注春秋》。

另外,王溥《唐会要》卷三六载:

> (贞元十九年)给事中陆贽(质)著《集注春秋》二十卷、《君臣图翼》三十五卷,上之。③

陆淳在他去世的贞元二十一年(805)的四月,从台州刺史任上召还入朝才被任为给事中。如果他是在此任上

①杨慧文:《陆质生平事迹考——柳宗元交游考》,《山东大学学报》(哲学社会科学版)1988 年第 3 期。
②户崎哲彦认为,吕温《代国子陆博士进集注春秋表》中"有'上下千载,研覃三纪',意思是陆淳师事啖助,钻研有着千年研究史的《春秋》学,三纪即三十六年。因此从入门的上元元年(七六〇)算起,经过三十六年就是贞元十一年(七九五)"(氏作《关于中唐的新〈春秋〉学派——以其家系、著作、弟子为中心》,王青译,见林庆彰、蒋秋华主编:《啖助新春秋学派研究论集》,第 478—479 页),这也就是陆淳撰成《集注春秋》的大约时间。此推算结果,正与本节推算的进书时间相合。然而户崎氏亦将此陆淳《集注春秋》的撰成时间(贞元十一年)定为其进书时间,笔者认为所谓的"研覃三纪",当是个大概时间,不见得就确指三十六年后的贞元十一年。
③王溥:《唐会要》卷三六《修撰》,北京:中华书局,1960 年,第 660 页。

进献的,则可断定上引文所标的进书时间恐不确。柳宗元《唐故给事中皇太子侍读陆文通先生墓表》云陆淳于"永贞年,侍东宫,言其所学,为《古君臣图》以献,而道达乎上"①。黄觉弘认为此《古君臣图》即是《君臣图翼》,"陆淳进献《集注春秋》二十卷与《君臣图翼》事当同在永贞年(也即贞元二十一年)给事中任上,《唐会要》所记'给事中陆淳'献书年月不确"②。此说可从。也就是说,贞元二十一年四月陆淳入朝后,又进献了一部二十卷本的《集注春秋》。吕温《祭陆给事文》中有语云:"既而各沦风波,秦吴索居,某非出非处,迫屑无余。公高翔海郡,与道虚徐,犹念垂训,研覃若初。作君臣得失之图,成《春秋》不刊之书。"③是谓贞元十六年后陆淳在外任信、台二州刺史期间,除"作君臣得失之图"(即《君臣图翼》)外,还撰成"《春秋》不刊之书",此或即是《集注春秋》二十卷。从其中语"犹念垂训,研覃若初"来看,陆淳或禀受某一训嘱,一直在研究《春秋》,从而将十卷本《集注春秋》加工完善为二十卷本。又,柳宗元《答元饶州论春秋书》云:"京中于韩安平处始得《微指》,和叔处始见《集注》,恒愿归于陆先生之门。及先生为给事中,……

---

① 柳宗元撰,尹占华、韩文奇校注:《柳宗元集校注》卷九《唐故给事中皇太子侍读陆文通先生墓表》,北京:中华书局,2013年,第576页。

② 黄觉弘:《陆淳〈春秋〉学著述考辨》,《国学研究》(第48卷),北京:中华书局,2022年,第241页。

③ 吕温:《吕衡州文集》卷八《祭陆给事文》。

始得执弟子礼。"①此可证贞元二十一年四月陆淳从台州被召还为给事中前,其十卷本《集注春秋》已在京中流传。该书十卷本和二十卷本皆已久佚。

这里的问题是,陆淳的这部《集注春秋》与他在大历十年编成的《春秋集传》是什么关系?是否为同一部书?长久以来,学者多视此二书为同一部书②,不作区别,户崎哲彦却认为它们是两部不同的书,其依据有三:

其一,若认为此二书为一,"这就与《代陆进书表》中的'(啖)助或未尽敢让当仁,(赵)匡有可行,亦刘其楚。即《集注春秋》经文,勒为十卷。上下千载,研覃三纪'的内容发生矛盾"。此矛盾是指:由此《进书表》所云,可见"《集注春秋》是经赵匡的损益而成的",而《春秋集传》却出自陆淳。

其二,陆淳"《重修集传义》有'《春秋》之意,三传所不释者,先生(啖助)悉于注中言之,示谦让也。(陆)淳窃以为自解经,理当为传。[……]啖氏本云:《集传集注》已明集古人之说而掇其善者也。今作传者,但以释经之义不合在注中,标以啖氏。所以别于《左氏》《公》《穀》耳。其义亦不异于《集注》也'。所以《重修集传》

①柳宗元撰,尹占华、韩文奇校注:《柳宗元集校注》卷三一《答元饶州论春秋书》,第2057页。
②如吉原文昭认为,"《陆质传》等书中所说的《集注春秋》应该是《重修集传》"(氏作《关于唐代〈春秋〉三子的异同》,孙彬译,见林庆彰、蒋秋华主编:《啖助新春秋学派研究论集》,第391页)。

是原先啖助在《集传集注》中以自说加入注中的,由陆淳把其中直接解经的升格为传而重修的,在这个意义上,与《集注春秋》性质不同"。

其三,"如果是同一书,相当于《集注春秋·序》的《重修集传义》被收入于《纂例》,所以其制作必须是在《纂例》之前或平行的编纂"。然而,据吕温《进书表》题中的"国子陆博士"及文中的"臣官忝国学""上下千载,研覃三纪",可知《集注春秋》"应该是陆淳为国子博士时的进士(书)",时间当在贞元十一年(795)之后①。

户崎氏认为陆淳《春秋集传》和《集注春秋》当为二书的看法极具合理性,但他认为"《集注春秋》是经赵匡的损益而成的"的看法是错误的,他的论证也颇有疏误:

首先,上列第一条依据中的户崎氏引文,理解、点断皆误,合理的点断当为:"助或未尽,敢让当仁,匡有可行,亦刈其楚。即集注《春秋》经文,勒为十卷。上下千载,研覃三纪。"这是陆淳自云他对于啖、赵当仁不让而损益其解说,集注《春秋》经文而成此书。可知此书绝非"是经赵匡的损益而成的",而是由陆淳损益啖、赵之说而撰成,与"重修《集传》"的作者并非不一致,因此户崎氏这一从不同作者入手来证明它们当为二书的论证不

---

① 参见户崎哲彦:《关于中唐的新〈春秋〉学派——以其家系、著作、弟子为中心》,王青译,见林庆彰、蒋秋华主编:《啖助新春秋学派研究论集》,第478—479页。

能成立。

其次,上列第二条依据中的户崎氏引文,亦有点断未妥之处,合理的点断为:"啖氏本云《集传集注》,已明集古人之说而掇其善者也。今作传者,但以释经之义不合在注中,标以啖氏,所以别于《左氏》《公》《穀》耳,其义亦不异于集注也。"其中"集传集注"可标作啖助的著作《集传集注》,但后一个"集注",当是指编撰体例,不应理解为著作,因为陆淳写此《重修集传义》时,其《集注春秋》还远未成书。

再次,《重修集传义》是陆淳关于《春秋集传》修撰做法的说明,可视为《春秋集传》的序,而不应是《集注春秋》的序。

我们认为,陆淳的《春秋集传》和《集注春秋》确是两部不同的书,依据在于:

第一,如上所论及,陆淳《春秋集传》撰成于代宗"大历乙卯岁"(775),而其《集注春秋》则在贞元十一年(795)以后成书,二者在撰成时间上相隔悬殊。柳宗元《陆文通先生墓表》云:陆淳"既读书,得制作之本,而获其师友。于是合古今,散同异,联之以言,累之以文。盖讲道者二十年,书而志之者又十余年,其事大备。为《春秋集注》十篇、《辩疑》七篇、《微旨》二篇"[1]。此处所谓

①柳宗元撰,尹占华、韩文奇校注:《柳宗元集校注》卷九《唐故给事中皇太子侍读陆文通先生墓表》,第575—576页。

的"讲道者二十年"和"书而志之者又十余年"，如果是前后关系，则自陆淳初从啖助受学的肃宗上元元年（760）算起，至代宗大历十四年（779），为陆淳"讲道"的时段，其中包括了自大历五年至十年陆淳整理啖助遗著、请赵匡损益进而纂会啖赵之说而成《春秋集传》等书的这五年时光，他"书而志之"的"十余年"，则在大历十四年以后，而这正与上文所论《集注春秋》的撰成时间相合；如果是泛称，则去除已知的自大历五年至十年陆淳整理遗著、纂会著书的五年，尚有近十年的"书而志之"时间，其间，陆淳必有新作，而其中就应包括这部《集注春秋》。

第二，《春秋集传》中虽不乏陆淳的创作，但主体部分还是抄录、纂集啖助、赵匡之作。而《集注春秋》，如上引吕温《代国子陆博士进集注春秋表》云，乃是由陆淳"考《左氏》之疏密，辨《公》《穀》之善否，务去异端，用明本意。助或未尽，敢让当仁；匡有可行，亦刈其楚。辄集注《春秋》经文"而成，即《集注春秋》是由陆淳创作而成，虽然它汲取了啖、赵及三传的合理解说。

第三，前引陆淳《重修集传义第七》云："《春秋》之意，三传所不释者，先生悉于注中言之，示谦让也，淳窃以为既自解经，理当为传，遂申己见，各附于经。"可知陆淳对于《春秋》"传""注"体例的区分，极为明确，因此对于《春秋集传》《集注春秋》书名中的"集传""集注"，决不会不作分别而混同之，因为这一名称差别很可能表示二书在体例上有所不同。如上所论及,陆淳《春秋集传》条目的基本格式是:在每条经文之下,依次列有(1)啖助、赵匡及陆淳摘取的三传传文,(2)啖助和赵匡的经解,(3)啖助、赵匡及陆淳的取舍三传之义。从陆淳《春秋微旨》所引"啖氏曰""赵氏曰"来看,其中啖助、赵匡的经解多从总体上解说某条经文。对于《集注春秋》,从吕温代书的《进集注春秋表》特意云"辄集注《春秋》经文"来看,其条目的基本格式,很可能是在每条经文之下,列有从经文的字词入手,通过摘取三传及啖助和赵匡之说,再补以陆淳之说而对其作的注解,或还附有在此基础上形成的总体性解说。

第四,据柳宗元所作陆淳《墓表》云,及陆淳"《春秋集注》十篇、《辩疑》七篇、《微旨》二篇""出焉,而先生为巨儒。用是为天子争臣、尚书郎、国子博士、给事中、皇太子侍读"①。可知陆淳凭其《春秋》学著作而获得极大声誉,其学亦得到朝廷认可;而且"永贞革新的盟友"柳宗元、韩泰、韩晔、凌准、吕温等,皆曾师事或私淑于他。陆淳如此崇高的学术声誉和地位,仅靠纂会啖助、赵匡之说而于"大历乙卯岁"(775)成书的《春秋集传》《纂例》《辩疑》等书,未必就能够达成,而必定有赖于他自己的著作和学说。事实上,陆淳去世后备受柳宗元等人推崇

①柳宗元撰,尹占华、韩文奇校注:《柳宗元集校注》卷九《唐故给事中皇太子侍读陆文通先生墓表》,第576页。

的著作中,如《墓表》所示,就有《春秋集注》。再如柳宗元《答元饶州论春秋书》云:"《春秋》之道久隐,而近乃出焉。京中于韩安平处始得《微指》,和叔处始见《集注》,恒愿归于陆先生之门。"①所提到的也有此书。

学术界还有一个流传久远的观点,认为陆淳《集注春秋》即是其《春秋集传纂例》之异名,二者是同一部书。如清人何焯(1661—1722)《义门读书记》于柳宗元《陆文通先生墓表》中语"为《春秋集注》十篇"下注云:"《新唐书》:助卒,质与其子异哀录助所为《春秋集注》《总例》,请匡损益,质纂会之,号《纂例》。盖今所传《纂例》者,即《集注》之异名也。"②于柳宗元《答元饶州论春秋书》中语"尽得《宗指》《辨疑》《集注》等一通"下注云:"《集注》岂《纂例》之异名耶?"③

杨慧文亦持此说,在"今人皆以《纂例》十卷和《集注》十篇,两者卷数相合,因而断为《纂例》即《集注》"之外,另出论据云:"我们又查陆质所写《重修集传义》(《纂例》卷一),其中说:'啖氏本云《集传集注》,已明集古人之说,而掇其善者,今作《传》者,但以释经之义不合,在

---

①柳宗元撰,尹占华、韩文奇校注:《柳宗元集校注》卷三一《答元饶州论春秋书》,第 2057 页。

②何焯著,崔高维点校:《义门读书记》卷三五《河东集》上"陆文通先生墓表"条,北京:中华书局,1987 年,第 615 页。按,标点为笔者所加。

③何焯著,崔高维点校:《义门读书记》卷三六《河东集》中"答元饶州论春秋书"条,第 652 页。按,标点为笔者所加。

于注中标以啖氏,所以别于左氏公穀耳,其义亦不异于集注也。'从'其义亦不异于集注也'这句话,可见在陆质看来,《春秋集传纂例》与《春秋集注纂例》两者是一个意思,而贞元十二年陆质向德宗进献的'集注春秋经文'十卷,无疑就是今天所见的《纂例》,或者最早的书名便是《春秋赵集注纂例》,简称《春秋集注》或《集注》,后来改为今名。"①

陈光崇也接受了何焯之说,且作论证:依前引《全唐文》所载陆淳《春秋集传纂例序》和吕温《代国子陆博士进集注春秋表》所述这两部书的修撰情况"相同",认为两书"内容完全相同";"据《进书表》说,《集注春秋》'研覃三纪'而后成书,那么此书开始编撰当在大历初期。《修传始终记》也载明《春秋集传纂例》始撰于大历之初,彼此编撰的时间又相同。而且两书各为十卷,卷数也相同。这就可以证明《集注》与《纂例》本为一书"②。

由前文所述,我们知道陆淳《春秋集传纂例》和《集注春秋》不仅撰成时间相差二十余年,而且一部是义例之作,一部是经文注解,内容体例完全不同,二者绝不是

---

①杨慧文:《陆质生平事迹考——柳宗元交游考》,《山东大学学报》(哲学社会科学版)1988年第3期。
②陈光崇:《中唐啖赵学派杂考》,见林庆彰、蒋秋华主编:《啖助新春秋学派研究论集》,第69页。按,张稳蘋亦持何焯之说,其论证与陈光崇如出一辙(见氏作《啖、赵、陆三家之〈春秋〉学研究》,(台北)东吴大学中国文学系硕士学位论文,1999年),此不赘引。

互为异名的同一部书。何焯之所以得出这一错误认识，是因为他将《新唐书·啖助传》所载陆淳与啖异衷录的啖助遗著"《春秋集注总例》"，理解为《春秋集注》《总例》二书，又将柳宗元《答元饶州论春秋书》中所说的陆淳《春秋集注》，与此"《春秋集注》"混为一谈，遂由经赵匡损益后由陆淳纂会成的《春秋集传纂例》与此"《春秋集注》"相承相合，而认为《春秋集传纂例》即是柳宗元所说的《春秋集注》。其实，此传文中的"《春秋集注》"，乃是啖助《春秋集传集注》的略称，"春秋集注""总例"非为二书，实是《春秋集注总例》，如此方可与传文所云基于它而形成的义例著作《春秋集传纂例》相一致；且如前所论，柳宗元《答元饶州论春秋书》中所说的陆淳《春秋集注》，与传文中的"《春秋集注》"是作者和撰成时间都不同的两部书。

　　杨慧文论证的差误，在于他认为陆淳"重修集传"就是编纂了现存的《春秋集传纂例》《春秋集传辨疑》《春秋微旨》三书；如上所引，遂将《重修集传义》中语作了错误的理解、点断，视之为陆淳关于《春秋集传纂例》和"《春秋集注纂例》""两者是一个意思"的说明；又将陆淳向德宗进献的《集注春秋》与此所谓的"《春秋集注纂例》"相比附，进而认为《春秋集注》即是《春秋集传纂例》。其实，如前所论，陆淳"重修集传"是对经赵匡损益过的啖助《春秋集传集注》重加修订，而成《春秋集传》，上引《重修集传义》中语即是对《春秋集传》修撰做法的说明,《纂例》《辨疑》《微旨》皆为陆淳所另撰;《春秋集传纂例》与陆淳向德宗进献的《集注春秋》在内容体例、撰成时间上都不相同。

陈光崇的论证亦颇有疏误:《春秋集传纂例序》和《进集注春秋表》所云相同的是两书的来源和损益次第,而于所撰书已明确标示不同——前者是义例之作,而后者是"集注《春秋》经文"之作,内容体例完全不同;如前注户崎哲彦所论,《进书表》所云陆淳《集注春秋》"研覃三纪"而后成书,其起始时间当自陆淳始从啖助受学的肃宗上元元年(760)算起,而陆淳《春秋集传纂例》撰作于代宗大历五至十年间(770—775)的后期,二者着手编撰的时间并不相同;二书卷数相同,亦决不可作为定其是同一部书的依据。

3.《春秋微旨》。陆淳现存著作中还有一部《春秋微旨》。关于这部书,有三个存疑的问题:一是它与啖助《春秋集传集注》的关系及其撰成时间;二是该书的书名问题;三是该书的卷数问题。

关于第一个问题,户崎哲彦认为,"《纂例》《辨疑》中不见《微旨》书名,恐为大历十年(七七五)以后之作"①。杨慧文却认为"陆质是在完成《纂例》一书以后,再以啖

---

① 户崎哲彦:《关于中唐的新〈春秋〉学派——以其家系、著作、弟子为中心》,王青译,见林庆彰、蒋秋华主编:《啖助新春秋学派研究论集》,第 474 页。

助《春秋集传集注》为基础又作一分为二,形成《辩疑》和《微旨》二书";之后,经不断修改,他在"贞元十六年前后外任刺史期间才把《辩疑》和《微旨》两书最后定稿"①。

确如户崎氏所言,陆淳《纂例》《辨疑》中未提及《微旨》。如前文所引,《纂例》卷一《重修集传义第七》却提到了《纂例》《辨疑》《春秋逸传》:"三传义例虽不当者,皆于《纂例》本条书之,而论其弃舍之意;其非入例者,即《辨疑》中论之。……其无经之传,《集传》所不取而事有可嘉者,今悉略出之,随年编次,共成三卷,名曰《春秋逸传》。"《纂例》和《辨疑》是辅通《春秋集传》之作,《春秋逸传》乃编次《集传》所不载的《左传》嘉事。在这篇遍说与《春秋集传》相关著作的文章中,陆淳却未提及《微旨》,这似乎表明他于大历十年(775)修撰成的著作中,并没有《微旨》一书。也就是说,该书的撰作与陆淳纂会啖、赵著作而成《春秋集传》无关。

在《春秋微旨》前附序中,陆淳表达了书中所阐发"微旨"的现实意义:

　　其有与我同志、思见唐虞之风者,宜乎齐心极虑于此,得端本澄源之意。而后周流乎二百四十二年褒贬之义,使其道贯于灵府、其理浃于事物,则知

①杨慧文:《陆质生平事迹考——柳宗元交游考》,《山东大学学报》(哲学社会科学版)1988年第3期。

比屋可封、重译而至,其犹指诸掌尔。宣尼曰:如有
用我者,期月而已可也。岂虚言哉!岂虚言哉![1]

其中极为强烈的现实关怀和积极的用世之意,与《春秋
集传纂例》卷一所收陆淳文章体现出的对啖、赵学说忠
实抄纂和谦恭对待的观念相比,明显不同。吕温《祭陆
给事文》云陆淳"德宗旁求,始登明庭。拔乎其伦,聿骏
有声,实欲以至公大当之心沃明主之心,简能易知之道
大明主之道"。可知陆淳在德宗建中年间(780—783)入
朝为官伊始,即凭其学说识见发为声誉,且欲得君行道。
其后虽"难得易失,怡然退保",但"发吾君聪明、跻盛唐
于雍熙"[2]仍是他一贯秉持的志愿。而《微旨》序言中的
用世观念正与此相契合,这似可证《微旨》当撰作于大历
十年之后,甚至是陆淳被陈少游"辟为从事"而入仕之
后,此时他已由从学啖、赵及整理其著作,转向学以用世。

关于该书的撰成时间,户崎哲彦认为从大历十年开
始撰作,至贞元十一年(795)完成[3]。如上引文,杨慧文
却认为陆淳"贞元十六年前后外任刺史期间才把《辩疑》
和《微旨》两书最后定稿"。从该书内容来看,其中对三

①陆淳:《春秋微旨》序,氏著《春秋集传微旨》前附。
②吕温:《祭陆给事文》,见氏著《吕衡州文集》卷八。
③户崎哲彦:《关于中唐的新〈春秋〉学派——以其家系、著作、弟子为中
　心》,王青译,见林庆彰、蒋秋华主编:《啖助新春秋学派研究论集》,第
　490页。

传传文当否的选择,形式上由陆淳自己完成,尽管实际上他不可能不参考啖、赵的选择和评议,再加上列入自己的经说,这都显示出不同于纂会啖、赵著作的陆淳撰作自主性。但是,书中在三传传文之后,忠实列入啖、赵的相关经说,且陆淳自己的经说,也必以"淳闻于师曰"起文,这又显示出他对啖、赵经说的依赖。综合这两方面的情况,笔者认为《微旨》当撰作于大历十年后至陆淳更为独立地编撰《春秋集注》之前这一时段内。

关于史志书目所载该书书名的差异,清人周中孚曾就海昌陈氏养和堂刊巾箱本《春秋集传微旨》作过梳理:

> 《四库全书》著录无"集传"二字,《新唐志》《读书志》及朱氏《经义考》俱同。《崇文目》《通志》《宋志》俱作《集传春秋微旨》(《宋志》"传"误为"注")。焦氏《经籍志》作《春秋集传微旨》,与今本同。①

此名称差异,并非仅仅出于流传过程中的无谓改删,其中或蕴含着对该书体例、依附关系等的不同认识:《崇文总目》等所录前有"集传"二字,意在标示该书的"集传"

---

① 周中孚:《郑堂读书记》卷一〇"《春秋集传微旨》三卷"条,《吴兴丛书》本。按,《四库全书总目》和书前提要所著录,确如周氏所言,为"春秋微旨",但是四库本各卷卷首所题,却是"春秋集传微旨"。

体例;《宋志》所录前加"集注"二字和《国史经籍志》等所录于"春秋"后加"集传"二字,标示《微旨》之所出及其与陆淳《集注春秋》《春秋集传》的辅通关系,如前引杨慧文"(陆淳)以啖助《春秋集传集注》为基础又作一分为二,形成《辩疑》和《微旨》二书"说,即沿依了这一思路;《新唐志》等所录名为"春秋微旨",则标示着该书的独立性。如前所论,《微旨》乃独立成书,与陆淳《春秋集传》《集注春秋》之撰作无关。由其于经文下并列三传和啖、赵、陆经说的体例而称之为"集传",当属恰当。因此,此书名为"集传春秋微旨"最为合理,"春秋微旨"可视为简称,而《宋志》"集注春秋微旨"和明代焦竑《国史经籍志》以后的"春秋集传微旨"之称,则易生误解。

　　关于该书的卷数,柳宗元《陆文通先生墓表》云"《微旨》二篇",《新唐志》《崇文总目》《直斋书录解题》《玉海》等皆作二卷,《中兴馆阁书目》《通志》《宋志》等皆作三卷,《郡斋读书志》却记作六卷。如前引《春秋微旨》序,陆淳实自称"掇其微旨,总为三卷"。《郡斋读书记》所记六卷,或出于所据版本卷数之分析,而对于二卷与三卷记载的差异,四库馆臣认为"或校刊柳集者误三篇为二篇,修《唐书》者因之"[1],遂使以后书目相沿而致误。此说可从,当以三卷为确。

---

[1] 永瑢等:《四库全书总目》卷二六"《春秋微旨》三卷"条,第213页。

4.《春秋宗旨》。柳宗元《答元饶州论春秋书》提到他所得见的陆淳著作：

> 京中于韩安平处始得《微指》，和叔处始见《集注》，……复于亡友凌生处尽得《宗指》《辨疑》《集注》等一通。[①]

可知陆淳著作中似有一部名为《春秋宗旨》者。但是"蒋之翘本《柳集》文中《宗旨》作《微旨》"[②]，这一改动，显示蒋氏不认为"宗旨"是一书，而是"微旨"的字误。户崎哲彦却视之为陆淳(或啖助)著作：

> 《纂例》卷一有《春秋宗指议第一》，似乎有《宗旨》一书的存在。《纂例》卷一收入八篇，……具有总论的性质。而且各篇又等于是个别书的序文，感觉是将其辑录而成一卷的。另据考证，《啖氏集传集注第三》相当于啖助撰《春秋集传集注》的序，《啖氏集注义例第四》相当于其凡例，《赵氏集传损益义第五》相当于赵匡撰《春秋阐微类纂义统》的序，《重

[①]柳宗元撰，尹占华、韩文奇校注：《柳宗元集校注》卷三一《答元饶州论春秋书》，第 2057 页。

[②]户崎哲彦：《关于中唐的新〈春秋〉学派——以其家系、著作、弟子为中心》，王青译，见林庆彰、蒋秋华主编：《啖助新春秋学派研究论集》，第 473 页。

修集传义第七》相当于陆淳撰《重修春秋集传》的
序。如果确实如此,《春秋宗指议第一》或是《春秋
宗指》的序,或者自身曾作一篇独立的论文而通行,
虽然不能速断,但是我认(为)与《柳集》所云乃同一
物,因此无需像蒋之翘本那样整合为《微旨》。《春
秋宗旨》的内容是陆淳介绍啖助的学说,如果曾经
作为独立的论文而通行,那么也可以看作是啖助的
著作。①

除《赵氏集传损益义第五》当是赵匡对于损益啖助《春秋
集传集注》所作的说明,而不应是其义例著作"《春秋阐
微类纂义统》"的序外,引文中户崎氏其余的"序文""凡
例"说大体可信,但据此规律不可简单推得"《春秋宗指
议第一》或是《春秋宗指》的序"。因为《春秋宗指议第
一》已完整记述了啖助对《春秋》宗旨的认识,假若它仅
是一篇序言,很难想象其本书的内容会是什么——对
《春秋》宗旨的阐述属于总论,毕竟不同于经解之铺陈。
又,认为此《宗旨》或即是"自身曾作一篇独立的论文而
通行"的《纂例》卷一中的《春秋宗指议第一》,这一看法
本来就是无史料可证的臆测,其成立逻辑亦存疑点:

①户崎哲彦:《关于中唐的新〈春秋〉学派——以其家系、著作、弟子为中
　心》,王青译,见林庆彰、蒋秋华主编:《啖助新春秋学派研究论集》,第
　473—474 页。

其一，《春秋宗指议第一》与《纂例》卷一啖助的其他文章及赵匡的文章乃至《纂例》卷二后的本文一样，文中一些文字后都载有陆淳的注。这种形式上的统一，说明陆淳不晚于大历十年而编成的《纂例》中，就包括这八篇归为卷一的文章。问题是，既然《春秋宗指议第一》已收入《纂例》，为何还要作为"一篇独立的论文而通行"？

其二，《春秋宗指议第一》除第一段解释"此经所以称'春秋'者"为陆淳所加外，其余内容是啖助对《春秋》宗旨的论说，赵匡和陆淳对《春秋》宗旨的认识与之有异，分别见于《纂例》卷一《赵氏损益义第五》和《春秋微旨》序。既然陆淳曾纂会啖、赵之说，且晚年更重自立为说，那么为何作为"一篇独立的论文而通行"的仅是啖助《春秋宗指议第一》而无赵匡及其自己的《春秋》宗旨说？

凡此，可见户崎氏所持的"宗旨"为陆淳（或啖助）著作的观点尚缺乏坚实的依据，就目前所见史料而言，如蒋之翘一样视之为"微旨"字误当更为稳妥。

四、结论

由上论述，可以得出如下结论：

1. 啖助著有《春秋集传集注》和《春秋统例》。前者的基本体例为：在《春秋》经文之后，列载所摘取的三传传文；在传文之后，附有对不当传文的辨驳，以及啖助的经文解说，是谓"注"，它杂糅了旧注和啖助己说。马国翰不仅误分之为《集传》《集注》二书,而且所辑啖助《春秋集传》条文中多有未妥者。后者是一部义例之作,或被称作"《春秋例统》",《新唐书·啖助传》所谓的"《春秋集注总例》"与之实为一书。

2. 赵匡全面损益了啖助的《春秋集传集注》和《春秋统例》。对于前者的损益,他不是直接删削、补充和替换啖助原文,而是于啖助原文条目之外,依其体例和自己的见解,重新取舍三传、辨正传文、解说经义。其所成《春秋集传集注》损益稿,或名为《春秋阐微》。基于啖助《集传集注》和《统例》二书,赵匡撰成一部义例著作《春秋阐微纂类义统》,以辅通《集传集注》损益稿。马国翰和《全唐文》编者等都误认为赵匡损益啖助著作所成者即是《春秋阐微纂类义统》,而忽略了更为重要的《集传集注》损益稿。

3. 至唐代宗大历十年(775),陆淳纂会啖助、赵匡的著作,编撰成《春秋集传》《春秋集传纂例》《春秋集传辨疑》,且集《春秋集传》所不取的《左传》嘉事为《春秋逸传》。《春秋集传》的编撰体例,依仿啖助《春秋集传集注》,但有所变更:将啖助置于"注"中的经解,以及赵匡的经解,与三传传文并列而为传。陆淳任国子博士时所进的《集注春秋》,既非与《春秋集传》为同一书,也非《春秋集传纂例》之异名,而是由他另行创作而成。陆淳《春秋微旨》撰成于大历十年以后,与他之前纂会啖、赵著作而成

《春秋集传》无关。这显示出陆淳《春秋》学的独立性和个人成就。柳宗元《答元饶州论春秋书》所提到的陆淳著作"《宗旨》",应是"《微旨》"字误,非别为一书。

第二节　由"义见微旨"注再论陆淳《春秋微旨》的撰作时间

　　啖助、赵匡和陆淳《春秋》学派的一些重要著作已久佚,现仅存陆淳纂会啖、赵著作而于大历十年(775)成书的《春秋集传纂例》(本节以下简称"《纂例》")、《春秋集传辨疑》(本节以下简称"《辨疑》"),以及他撰作的《春秋微旨》①(本节以下简称"《微旨》")。关于《微旨》的撰作时间及其与陆淳纂会啖、赵著作之关系,过去主要有两种观点:一是户崎哲彦认为,"《纂例》《辨疑》中不见《微旨》书名,恐为大历十年(七七五)以后之作",其完成是在贞元十一年(795)②。二是杨慧文认为,"陆质③是

①关于此书书名,《新唐书·艺文志》、晁公武《郡斋读书志》、朱彝尊《经义考》、《四库全书》等著录为"《春秋微旨》";《崇文总目》《通志》等著录为"《集传春秋微旨》";《宋史·艺文志》著录为"《集注春秋微旨》";焦竑《国史经籍志》、孙能传《内阁藏书目录》等著录为"《春秋集传微旨》"。
②户崎哲彦:《关于中唐的新〈春秋〉学派——以其家系、著作、弟子为中心》,王青译,见林庆彰、蒋秋华主编:《啖助新春秋学派研究论集》,第474、490页。
③即陆淳,贞元二十一年(805)任皇太子侍读时为避皇太子李纯(本名淳,即后来的宪宗)之名而改名质。

在完成《纂例》一书以后,再以啖助《春秋集传集注》为基础又作一分为二,形成《辩疑》和《微旨》二书",之后经不断修改,在"贞元十六年前后外任刺史期间才把《辩疑》和《微旨》两书最后定稿"①。

　　上述两种说法尽管对《微旨》的撰成年份认识不同,但都认为此书作于陆淳完成纂会啖、赵著作的大历十年之后;重要的差别在于户崎氏认为此书由陆淳独立撰作,杨氏却认为它基于啖助《春秋集传集注》而编撰,是陆淳纂会啖、赵著作的成果之一。在上一节中,笔者认同户崎氏"《纂例》《辨疑》中不见《微旨》书名,恐为大历十年(七七五)以后之作"的观点,认为此书不属于陆淳纂会啖、赵之作而成的著作系列,并列出两条证据:其一,在《纂例》卷一《重修集传义第七》"这篇遍说与《春秋集传》相关著作的文章中,陆淳却未提及《微旨》,这似乎表明他于大历十年(775)修撰成的著作中,并没有《微旨》一书。也就是说,该书的撰作与陆淳纂会啖、赵著作而成《春秋集传》无关";其二,在《微旨》前附的序中,陆淳表达了"极为强烈的现实关怀和积极的用世之意,与《春秋集传纂例》卷一所收陆淳文章体现出的对啖、赵学说忠实编纂和谦恭对待的观念相比,明显不同",却相合于他

①杨慧文:《陆质生平事迹考——柳宗元交游考》,《山东大学学报》(哲学社会科学版)1988年第3期。按,据前节所论,文中所谓的《辨疑》由啖助《春秋集传集注》"一分为二"编撰成书之说,当为误见。

于德宗即位之初入朝为官后立志"发吾君聪明、跻盛唐于雍熙"①的心志。

最近,黄觉弘检得《纂例》卷七《执放例第二十七》之"执诸侯"例所列啖助的例说中,有该书中"唯一一处提及《微旨》"的陆淳原注:

> 春秋时,以强暴弱,故执诸侯皆称人,乱辞也(以私相执,不归京师),唯言晋侯执曹伯(义见微旨)。②

《微旨》卷下"(成公)十五年春,癸丑,公会晋侯、卫侯、郑伯、曹伯、宋世子成、齐国佐、邾人同盟于戚。晋侯执曹伯,归于京师"条,正有对经文"晋侯执曹伯"的解释:"淳闻于师曰:二百四十二年,诸侯相执多矣。此独称晋侯者,以其执既当罪,又归京师,得侯伯讨罪之义。故明书晋侯之爵,以表其善也。"③黄觉弘据此认为户崎氏所谓《纂例》中"不见《微旨》书名"的说法并不准确;由此注所显示的"《纂例》《辨疑》《微旨》诸书互相提及",他认为《微旨》与《春秋集传》《纂例》《辨疑》诸书一样,也是陆淳纂会啖、赵著作时所作,是当时他所构建的"比较完

---

① 吕温:《祭陆给事文》,见氏著《吕衡州文集》卷八。
② 陆淳:《春秋集传纂例》卷七《执放例第二十七》,第 153 页。
③ 陆淳:《春秋集传微旨》卷下。

整严密的解经体系"的一部分①。

陆淳《微旨》究竟撰作于何时？见于传世本《纂例》陆淳注中的全书"唯一一处提及"的"《微旨》"是否足可为据？本节将对这些问题再作探讨。

一、《春秋微旨》非撰作于陆淳纂会啖助、赵匡著作之时

大历五年（770）啖助去世后，陆淳"痛师学之不彰"，乃与其子啖异缮写他刚刚完成的"集三传释《春秋》"之作，请赵匡"损益"。对于二人的取舍和解说，陆淳"诚恐学者卒览难会，随文睹义，谓有二端"，故"随而纂会之"，撰成《春秋集传》《纂例》《辨疑》，并将《左传》中的"无经之传，《集传》所不取而事有可嘉者"编为《春秋逸传》。这些就是《纂例》卷一明确记载的陆淳纂会啖、赵之作所形成的全部著作，完成于大历十年。

除上节所列的上述两条证据外，尚有多种迹象显示陆淳《微旨》并非与《春秋集传》《纂例》《辨疑》一样，撰作于他纂会啖、赵著作之时。

第一，《春秋集传》和《微旨》有着不同的三传取舍标示形式。如上节所述，陆淳编撰《春秋集传》的基本做法是："（1）统合啖助择取而又经赵匡损益的三传传文，作为'新传'列于经文之下；（2）将啖助、赵匡以类取舍传文

---

①黄觉弘：《陆淳〈春秋〉学著述考辨》，《国学研究》（第48卷），第248页。

的义例说明,'随类刊附';(3)将原先存于注中的啖助的
经文解说,(连同赵匡解说),作为传而列于经文之下。"
《微旨》虽是陆淳仅针对不"通于礼经""事或反经而志协
乎道,迹虽近义而意实蕴奸,或本正而末邪,或始非而终
是"的经文而编撰,但体例与《春秋集传》类似,即在经文
下列载三传取舍、啖赵解说以及以"淳闻于师曰"起文的
陆淳解说。但是,两部书中所列的三传传文却有着不同
的取舍标示形式。

　　《春秋集传》所列三传传文,皆经啖助和赵匡"委曲
剪裁,去其妨碍。故行有刊句,句有刊字,以至精深"①,
而《微旨》于"三传旧说,亦备存之。其义当否,则以朱墨
为别"②。也就是说,前者所列是经啖、赵剪裁的三传传
文,后者则列载完整的三传传文,而以"朱墨"两色字体标
示字句取舍。对于《春秋集传》中三传传文的"文句脱
漏",读者"苟疑缺误,宜先详览啖赵取舍例(引者按,见于
《纂例》)及《辨疑》以校之"③,即可明了所删文句及删削
原因。

　　这里的问题是,如果两书同时撰作,陆淳于《微旨》
中为何不直接采用啖、赵所剪裁的传文而另作取舍标示

①陆淳:《春秋集传纂例》卷一《重修集传义第七》,第13页。按,"以至精深"
　之"至"字,《丛书集成初编》本作"致",今据国家图书馆藏明刻仿宋本改。
②陆淳:《春秋微旨》序,氏著《春秋集传微旨》前附。
③陆淳:《春秋集传纂例》卷一《重修集传义第七》,第13—14页。

呢？原因很可能是《微旨》撰作于陆淳纂会啖、赵著作之后，当时他对三传传文的取舍，虽然参取了啖、赵的成果，但对一些字句已经形成自己的取舍认识①，由此而重新剪裁的传文，已非《纂例》和《辨疑》所能呈现和解释，所以他脱离啖、赵的取舍和解释体系，采用了可一目了然地显示传文取舍的"以朱墨为别"的标示形式。

第二，大历十年完成的纂会著作中，"虽不乏陆淳的创作，但主体部分还是抄录、纂集的啖助、赵匡之作"，如《春秋集传》中除三传传文外，所列入的主要是啖助和赵匡的解说，而《微旨》中除此之外，还列入大量的以"淳闻于师曰"起文的陆淳解说。

对于这些"淳闻于师曰"之文，有学者认为是陆淳转述的啖助解说，如黄觉弘解释《纂例》卷七《执放例第二十七》所列啖助例说中陆淳何以加注"义见微旨"云："由于啖助解释'晋侯执曹伯'的文义已详见《微旨》卷下，故《纂例》于此不复赘述，仅作注提示。"②显然把前文所引《微旨》卷下解说"晋侯执曹伯"的"淳闻于师曰"之文，视为陆淳所转述的啖助解说。其实，像清四库馆臣的认识"其书虽淳所自撰，而每条必称'淳闻之师曰'"③一

①陆淳在纂会啖、赵著作时，对某些传文字句的取舍，已有自己的认识。如在《春秋集传辨疑》中，他用按语的形式标示自己的删舍意见，以别于分别以"啖子曰"和"赵子曰"起文的啖助、赵匡的意见。
②黄觉弘：《陆淳〈春秋〉学著述考辨》，《国学研究》（第48卷），第248页。
③永瑢等：《四库全书总目》卷二六"《春秋微旨》三卷"条，第213页。

样,将这类解说视为陆淳自己的解说当更为确当。一个明显的证据,是该书中或于同一条经文下并列"啖子曰"和"淳闻于师曰"两种解说,"啖子曰"当引自啖助的著作《春秋集传集注》,而与之有别的"淳闻于师曰"则是陆淳自撰。如下文论析啖助、陆淳对"晋侯执曹伯"的解说所示,"淳闻于师曰"中或有啖助之说的成分,但更多的是陆淳自己的见解。

《微旨》共解说 128 条《春秋》经文,其中除 17 条只用三传传文作解外,其余 111 条经文中,列有"淳闻于师曰"解说的有 83 条;这 83 条中,除三传传文外只列有"淳闻于师曰"解说的有 61 条。由此统计可见,《微旨》乃陆淳通过取舍三传传文、辅以啖赵解说,而以自己解说为主,以阐释其义不"通于礼经"的《春秋》经文。这一做法,与他编纂《纂例》时"有辞义难解者,亦随加注释,兼备载经文于本条之内"①的补注之举相比,完全不同。更为重要的是,陆淳对这些含义"介于疑似之间"的经文的解说,有着明确的指导思想,即该书序中所谓的"表之圣心,酌乎皇极"、以"尧舜之心"为旨归。虽然这是对啖助"变周之文,从夏之质"说的继承②,但足以表明当时陆淳已形成自己的《春秋》宗旨观,并以之为指导,在独立

①陆淳:《春秋集传纂例》序,氏著《春秋集传纂例》前附,第 1 页。
②参见拙著《尊经重义:唐代中叶至北宋末年的新〈春秋〉学》,济南:山东大学出版社,2011 年,第 95—98 页。

解经立说的路途上迈出了步伐,与纂会啖、赵著作所体现出的统合、解释的风格迥然不同。

第三,《微旨》前附的陆淳序,未被收入《纂例》卷一,且陆淳在该卷中未提及其中的任何内容。

《纂例》卷一收录《春秋宗指议第一》《三传得失议第二》等八篇文章,为"全书总义"。其中前六篇主要为啖助、赵匡所撰,阐述其《春秋》宗旨、三传得失之见和集传集注的编撰、损益做法及义例等;第七、八篇是陆淳所撰的《重修集传义第七》和《修传始终记第八》,前者叙述集传的编撰原委、做法等,后者叙述啖、赵、陆三人相承修撰集传之始末,并说明他纂会的《春秋集传》于"大历乙卯岁而书成"。因《纂例》是辅通《春秋集传》之作,亦由纂合啖、赵之作而成,两者联系密切,其编纂当同始终,所以陆淳此处云大历十年纂成《春秋集传》,亦当包括《纂例》的成书。正因为如此,清四库馆臣才径直采用《修传始终记第八》所述"修传始终",叙说《纂例》之成书:"助书本名《春秋统例》,仅六卷。卒后淳与其子异衷录遗文,请匡损益,始名《纂例》。成于大历乙卯。"[1]

---

[1] 永瑢等:《四库全书总目》卷二六"《春秋集传纂例》十卷"条,第 213 页。按,《新唐书·啖助传》即以此口径叙说《纂例》之成书:"助卒,年四十七。质与其子异衷录助所为《春秋集注总例》,请匡损益,质纂会之,号《纂例》。"(欧阳修、宋祁:《新唐书》卷二〇〇《啖助传》,第 5706 页)

从《纂例》卷一所收八篇文章的内容、其中或有与正文格式一致的注释,以及所排列的序号来看,它们在《纂例》成书时即已编入。其中第八篇《修传始终记第八》,是陆淳对整个纂会工作的总结。明刻仿宋本该文中有语云:"(赵匡)累随镇迁拜,时为殿中侍御史、淮南节度判官。……(陆淳)时又谬为颍川公所荐,诏授太常寺奉礼郎。""颍川公"是指时任淮南节度观察使的陈少游,他于大历八年(773)自"越州刺史、兼御史大夫、浙东观察使"任上"迁扬州大都督府长史、淮南节度观察使"①。赵匡从陈少游"随镇迁拜",此时以殿中侍御史官衔在淮南节度观察使府任判官。当时陆淳被陈少游举荐,"诏授太常寺奉礼郎",被"辟为从事",这是他入仕之始。由此可推知,陆淳撰写此文之"时",就是《纂例》成书之时,在大历十年,如此正可与他在德宗即位(大历十四年六月)之初②又被陈少游"荐于朝,拜左拾遗"③的迁官经历,以及赵匡当时的官职相合。

---

① 刘昫等:《旧唐书》卷一二六《陈少游传》,第 3564 页。
② 吕温《祭陆给事文》云陆淳"德宗求求,始登明庭"(见《吕衡州文集》卷八),可知他是在德宗朝(779—805)入朝为官的。又据沈既济《任氏》载:"建中二年(781),既济自左拾遗与金吾将军裴冀、京兆少尹孙成、户部郎中崔需、右拾遗陆淳,皆谪居东南。自秦徂吴,水陆同道。"(李昉等:《太平广记》卷四五二,北京:中华书局,1961 年,第 3697 页)其中陆淳的官职为"右拾遗"。由这两条记载,可知陆淳入朝为官的时间当在德宗即位之初。
③ 刘昫等:《旧唐书》卷一八九下《陆质传》,第 4977 页。

关于《纂例》卷一所收这八篇文章的来源,户崎哲彦
认为:

> 各篇又等于是个别书的序文,感觉是将其辑录
> 而成一卷的。另据考证,《啖氏集传集注第三》相当
> 于啖助撰《春秋集传集注》的序,《啖氏集注义例第
> 四》相当于其凡例,《赵氏集传损益义第五》相当于
> 赵匡撰《春秋阐微类纂义统》的序,《重修集传义第
> 七》相当于陆淳撰《重修春秋集传》的序。①

认为这些文章是啖、赵、陆相承撰作的"个别书的序文"
以及凡例等说明性文字,这一看法有着很大的合理性。
早在清人董诰等编《全唐文》时,就分别摘取《纂例》卷一
《春秋宗指议第一》《啖氏集传集注义第三》《赵氏损益义
第五》《修传始终记第八》等文,编为啖助的著作《春秋统
例》的《序》和《自序》、赵匡的著作《春秋阐微纂类义统》
的《自述》,以及陆淳所作的啖助著作《春秋例统》的
《序》。虽然这些"还原"不见得准确,但思路无疑是正确
的。《辨疑》前附《凡例》和《纂例》有些版本前附的陆淳
序,虽未被列入《纂例》卷一,但陆淳《重修集传义第七》

---

① 户崎哲彦:《关于中唐的新〈春秋〉学派——以其家系、著作、弟子为中心》,
王青译,见林庆彰、蒋秋华主编:《啖助新春秋学派研究论集》,第 473 页。

提及二文中的内容①。相比之下,《微旨》前附的陆淳序不仅未被列入《纂例》卷一,而且陆淳于该卷中未提及其中的任何内容。这在相当程度上可表明《微旨》并不属于陆淳纂会啖、赵之作而形成的著作系列,并不是当时他所构建的"比较完整严密的解经体系"的一部分。

由以上论证,再结合《微旨》还采用类似《春秋集传》的解经形式,以及对啖、赵经说有着一定程度的依赖等情况,笔者认为该书当撰作于大历十年之后至他更为独立地撰作《春秋集注》之前这一时段内。至于户崎哲彦和杨慧文所给出的具体的《微旨》撰成年份,或为无史料佐证的独断之见,或认识、推论有误,本书不取。

二、《春秋集传纂例》"义见《微旨》"注之疑义

既然《微旨》不属于陆淳纂会啖、赵之作而形成的著作系列,当撰作于《纂例》成书之后,那么黄觉弘所检得的《纂例》卷七《执放例第二十七》中的"义见《微旨》"注当如何理解?

---

① 如《春秋集传辨疑凡例》有语云:"《集传》取舍三传之义可入条例者,于《纂例》诸篇言之备矣。其有随文解释、非例可举者,恐有疑难,故纂啖、赵之说,著《辨疑》。"(《春秋集传辨疑》前附,《丛书集成新编》第 108 册,第 220 页)《春秋集传纂例》序中有语云:"其三传义例,可取可舍,啖、赵具已分析,亦随条编附,以祛疑滞。"(《春秋集传纂例》前附,第 1 页)皆对应于《重修集传义第七》中语:"三传义例虽不当者,皆于《纂例》本条书之,而论其弃舍之意。其非入例者,即《辨疑》中论之。"

首先,需要指出的是,黄觉弘以此"义见《微旨》"注为据,在得出《微旨》撰作于陆淳纂会啖赵著作之时、与《春秋集传》《纂例》《辨疑》一起"形成了一个比较完整严密的解经体系"这一结论的推理中,有如下疏误之处:

第一,如上文所提及,黄觉弘将《微旨》中"晋侯执曹伯"的解释"淳闻于师曰:二百四十二年,诸侯相执多矣。此独称晋侯者,以其执既当罪,又归京师,得侯伯讨罪之义。故明书晋侯之爵,以表其善也",视为陆淳所转述的"啖助解释'晋侯执曹伯'的文义",其实,视之为陆淳自己的解说当更为确当。为便于说明,兹将《纂例》卷七《执放例第二十七》之"执诸侯"例的相关内容引录于下:

> 执诸侯
> ……
> (成公)十五年春,晋侯执曹伯,归之于京师(以其篡立,故《公羊》云称侯以执,伯讨也)。
> ……
> 啖子曰:"春秋时,以强暴弱,故执诸侯皆称人,乱辞也(以私相执,不归京师),唯言晋侯执曹伯(义见微旨)。"赵子曰:"被执失地则名,不然则否(滕婴齐、戎蛮赤失地)。凡执不言释,唯言释宋公,为公

往会而见释,嘉我公之救患也。"①

可见在该例所列经文中,已有陆淳对"晋侯执曹伯"所加
的注释:"以其篡立,故《公羊》云称侯以执,伯讨也。"又
据《辨疑》卷八"晋侯执曹伯,归于京师"条所载:"《穀
梁》曰:'以晋侯而斥执曹伯,恶晋侯也。不言之,急辞
也,断在晋侯矣。'啖子曰:'此传不知曹伯有篡弑之罪,
故妄说耳。'"②啖助于此反驳《穀梁传》斥晋侯执曹伯、
故称"晋侯"以恶之之说,认为是因为执"有篡弑之罪"的
曹伯,所以经文才称"晋侯"。可见陆淳此注中的执"篡
立"而称侯说,当来自啖助;他又结合《公羊传》的例说,
形成了"伯讨"之义。再看《微旨》"晋侯执曹伯"条"淳
闻于师曰"之文,可见他又加入了表达尊王意旨的"又归
京师"一义,至此形成了"执有罪"+"归京师"="伯讨",
因而书爵以表善的完整解说。由此可见,这一完整解说
中虽有啖助的学说因子,但更有陆淳补充的成分,视之
为陆淳的解说更为确当。

　　第二,黄觉弘的推论"由于啖助解释'晋侯执曹伯'
的文义已详见《微旨》卷下,故《纂例》于此不复赘述,仅
作注提示",并不妥当。因为陆淳编纂《纂例》,是对啖助

①陆淳:《春秋集传纂例》卷七《执放例第二十七》,第152—153页。
②陆淳:《春秋集传辨疑》卷八"晋侯执曹伯,归于京师"条,《丛书集成新编》
　第108册,第245页。

《统例》和赵匡的"损益"内容进行纂合,他所添加的,主要是"有辞义难解者,亦随加注释,兼备载经文于本条之内",并无迹象显示他曾删削啖、赵的例说,尤其是删削之而注云另见自己的解说。如上面引文中,有赵匡的例说:"被执失地则名,不然则否(滕婴齐、戎蛮赤失地)。凡执不言释,唯言释宋公,为公会而见释,嘉我公之救患也。"其中对"唯言释宋公"的解释"为公会而见释,嘉我公之救患也",与《微旨》卷中"(僖公二十一年)冬十有二月癸丑,公会诸侯盟于薄,释宋公"条陆淳的解说"二百四十二年诸侯之盟多矣,未有书其事者,此言释宋公,嘉我公之救患也"观点一致。如果陆淳曾对这类观点一致而两书皆见的解说做过删削,那么《纂例》中赵匡的这一解释也应被删除而加注"义见《微旨》",但多个类似的例子表明,陆淳并无这方面的删削加注之举。

第三,作为形成结论的重要依据之一的黄觉弘的"《纂例》《辨疑》《微旨》诸书互相提及"说,并不准确。由检索可知,《辨疑》注中有 3 处提到《纂例》,《纂例》注中有 6 处提到《辨疑》;《辨疑》《纂例》二书中,仅有黄觉弘检得的《纂例》卷七《执放例第二十七》之"执诸侯"例中这 1 处陆淳注提到"《微旨》",是一个孤例,而《微旨》中却未提及《辨疑》《纂例》二书。

其次,如果将《纂例》卷七《执放例第二十七》之"义见微旨"注中的"微旨"理解为陆淳的著作《微旨》,那么

上列"执诸侯"例引文中,便有逻辑不洽之处:

第一,如上文所论及,"执诸侯"例所列经文"(成公)十五年春,晋侯执曹伯,归之于京师"后,已有陆淳所加的注释:"以其篡立,故《公羊》云称侯以执,伯讨也。"此说与《辨疑》卷八"晋侯执曹伯,归于京师"条啖助的辨驳所表达的观点一致,可以说陆淳是用啖助的观点注释此经文。既然有此注释,陆淳还有必要在啖助的例说中再对同一问题加注"义见《微旨》"吗?按编纂常理而言,实无再加此注的必要。可能的原因,是陆淳让读者参阅《微旨》中经他补充的完整解说,但这又不符合《纂例》的编纂常规。因为如前文所述,《微旨》中有大量的以"淳闻于师曰"起文的陆淳经说,如果他有加注以见己说的做法,《纂例》注中当不会仅有一处"义见《微旨》"。

第二,如前文所论及,《纂例》卷一所收八篇文章,是关于啖、赵著作及陆淳纂会之所形成的《春秋集传》《纂例》《辨疑》诸书的"总义"性说明,其中未提及《微旨》及其任何信息,在此情况下,对正文作注"义见《微旨》",便因缺少铺垫性说明而颇为突兀,不符合撰作常规。检索《纂例》,其中陆淳作注参见的其他著作,除这 1 处"《微旨》"和上文提到的 6 处"《辨疑》"外,还有 18 处指称《春秋集传》的"义见本传""说具传文""说具本传注中"。如前文所论,无论《春秋集传》还是《辨疑》,在《纂例》卷一中或者被集中说明,或者被提及,做到了卷一说明与正文注称的前后呼应,而"《微旨》"却缺少这一行文逻辑。

第三,上面引文中啖助的这条例说以"唯言晋侯执曹伯"结束,从文意表达来看,因缺少后续对此特殊书法的必要解释而显得意犹未尽,不符合《纂例》所载啖、赵例说的一般表述方式。如上面引文中接着啖助例说而列的赵匡例说中,也有类似的句式:"凡执不言释,唯言释宋公",但随后还有解释性的文字:"为公会而见释,嘉我公之救患也。"再如《纂例》卷四《盟会例第十六》之"内臣会"例所载啖助例说云:"凡会皆不书其事(但言于某处而已)。唯桓二年会于稷,以成宋乱;襄三十一年会于澶渊,书宋灾故。义各见本传。余即无他,故但言会而已。"①其中的特例"唯桓二年会于稷,以成宋乱;襄三十一年会于澶渊,书宋灾故"后,亦有指示性说明文字"义各见本传"。"唯言晋侯执曹伯"后却无类似的解释,颇为异常。

由前节所论《微旨》当撰作于陆淳完成纂会啖、赵著作之后,再加上文所述"义见《微旨》"注的诸多疑义,我们认为这条注文很可能并非由陆淳所加,据之而得出的《微旨》是陆淳纂会啖、赵著作所构建的"比较完整严密的解经体系"的一部分的结论,不能成立。

---

① 陆淳:《春秋集传纂例》卷四《盟会例第十六》,第92页。

三、《春秋集传纂例》"义见微旨"注形成缘由蠡测

既然认为《纂例》卷七《执放例第二十七》中的"义见微旨"注并非由陆淳所加,那么它是如何形成的? 笔者认为存在着两种可能:

其一,该条注文为后世整理、校刻者所加。从后世流传的《纂例》版本的校勘来看,存在着不少注文衍脱的情况。如清康熙年间龚翔麟刊行的玉玲珑阁丛刻本《纂例》,是一个后来抄印流传广泛的版本。晚清陆心源用明刻仿宋本校之,发现其内容"误夺甚多"①,其中注文衍脱之处有:

表 2-1

注文位置	衍或脱	注文
《婚姻例第十三》"内逆女"例"公子遂如齐逆女"后	脱	穆姜也,义同公子翚。
《婚姻例第十三》"夫人如及会飨"例"十五年夏,夫人姜氏如齐"后	脱	义同五年。
《婚姻例第十三》"夫人如及会飨"例"十九年秋,夫人姜氏如莒"后	脱	义同五年。

---

①陆心源:《群书校补》卷七《春秋集传纂例》,清光绪刻本。按,以下所列玉玲珑阁刻本《纂例》注文衍脱、正文误为注文的条目,皆出自该书,不再出注。

续表

注文位置	衍或脱	注文
《用兵例第十七》"内取田邑"例"二十六年冬,以楚师伐齐,取穀"注文"《穀梁》云:言以,不当以也"后	衍	民者,君之本也。使民以其死,非其正也。
《名位例第三十二》"兄弟"例"郑伯使其弟语来盟"后	衍	《穀梁》云:天子诸侯之尊,弟兄不得以属通。
《鲁大夫谱第三十八》"公女"谱"纪叔姬"后	衍	已上

再如清道光年间嘉兴钱仪吉将所得"明人旧本"《纂例》刻入《经苑》丛书前,曾"雠校数过,疑则注之"①,《经苑》本《纂例》中遂有多条钱氏以按语形式作的注。如卷十《地名谱第四十》起文处"陆淳曰"后注云:"按,此篇皆用杜氏《释例》之文。经师相承,述而不作,古多有之,然不应冠以己名,此三字当为后人妄增。"②一方面这说明前人曾对《纂例》正文作过添改,另一方面这类注文的刻印形式与陆淳原注一样,若非钱氏标以按语以及有的内容有时代信息,则极易使后人将两者混淆。"义见微旨"注即或出自后人的类似添加,之后遂与陆淳的原注混同,从而被视为陆淳所加的注。

①孙星华《粤刻聚珍本〈春秋集传纂例〉校勘记》末附钱仪吉识记,见《丛书集成初编》本《春秋集传纂例》卷末。
②陆淳:《春秋集传纂例》卷一〇《地名谱第四十》,第232页。

其二,该条注文本来并非是陆淳或后人所加的注,而是啖助此条例说中的正文,其中"见"(繁体为"見")字或是"具"字之讹,即"义见微旨"应是正文中作为"唯言晋侯执曹伯"解释性说明的"义具微旨"(其义具有微妙的旨意)。在流传过程中,恰因《微旨》中有陆淳对其前语"唯言晋侯执曹伯"的解说,遂被理解、抄印为陆淳所加的注"义具《微旨》",进而误"具"为"见"。

首先,如黄觉弘所言,"啖助曾屡屡称道《春秋》之'微旨'"①。如啖助批评当时三传的传习状况云:"今《公羊》《榖梁》二传殆绝。习《左氏》者,皆遗经存传,谈其事迹,玩其文彩,如览史籍,不复知有《春秋》微旨。"②鉴于他对《春秋》经文"微旨"相当重视,视"义见微旨"注原本为正文"义具微旨"的判断便有着很大的合理性和可能性。如此将其还原为正文中"唯言晋侯执曹伯"的解释性说明,前文所论此句因缺少后续解释而显得意犹未尽的问题便得以解决,句式结构更加合理,符合《纂例》所呈现的啖助及赵匡的表述方式。

其次,由《纂例》引文可见,啖助也将"义具微旨"中的动词"具"取其"存在于"之义,与"见"互用,用于指示性说明中。如《婚姻例第十三》之"内女归"例经文"庄十二年春王三月,纪叔姬归于酅"后,引"啖子曰"作注云:

①黄觉弘:《陆淳〈春秋〉学著述考辨》,《国学研究》(第48卷),第247页。
②陆淳:《春秋集传纂例》卷一《啖氏集传集注义第三》,第5页。

"非嫁而归,故加纪字,义见本传。"①其中指示性说明"义见本传"用"见"字。《盟会例第十六》之"内外诸侯盟"例经文"(庄公)十六年冬十有二月,会齐侯、宋公、陈侯、卫侯、郑伯、许男、曹伯、滑伯、滕子同盟于幽"后,引"啖子曰"作注云:"诸侯同辞而盟,说具传文。"②其中"说具传文"又用"具"字。陆淳在这种指示性说明的注文中,也是"见""具"互用。这种表达方式,极易使后人在阅及《微旨》对其前句"唯言晋侯执曹伯"的解说后,将"义具微旨"中的"微旨"理解为陆淳的著作《微旨》,从而视之为陆淳所加的注。

再次,可从《纂例》刊刻流传中存在的误正文为注文的情形中获得参照性认识。如陆心源用明刻仿宋本所校的玉玲珑阁刻本《纂例》中,就有如下 6 条正文被误为注文:

表 2-2

所误正文位置	所误正文
《执放例第二十七》"执诸侯"例	昭四年,楚人执徐子。
《至归入纳例第三十》"公至自会"例	七年,公至自会。
同上	十年,公至自会。
同上	十一年,公至自会。

①陆淳:《春秋集传纂例》卷二《婚姻例第十三》,第 36 页。
②陆淳:《春秋集传纂例》卷四《盟会例第十六》,第 78 页。

所误正文位置	所误正文
《至归入纳例第三十》"公至自某国某地"例	二十六年三月,公至自齐,居于郓。
《至归入纳例第三十》"归"例	十年,卫公孟驱自齐归于卫。

由此可见,在后世刊刻传抄中,因疏误而将《纂例》正文抄刻为注文的情况时有发生,更不用说将"义具微旨"视为其前句"唯言晋侯执曹伯"的指示性说明,而自觉将其抄刻为注文了。

现存《纂例》版本中,《四库全书》本以龚翔麟玉玲珑阁丛刻本为底本抄录。钱仪吉校刻《经苑》本所据的"明人旧本",乃是台北"中央图书馆"藏有的明嘉靖十九年(1540)吴县汪旦刻本,经钱氏"雠校数过",被称善本,《古经解汇函》本、粤刻《武英殿聚珍版丛书》本和《丛书集成初编》本即刊刻、排印自《经苑》本。国家图书馆藏明刻本《纂例》,即是陆心源用以校勘龚氏玉玲珑阁刻本的明刻仿宋本,该本中"桓"字或缺末笔,当是避宋钦宗赵桓讳,可知其所仿本(或其源出本)当刻于南宋。明刻仿宋本与玉玲珑阁刻本文字差异处较多,汪旦刻本介于两者之间。但从一些重要文字的异同来看,如玉玲珑阁刻本和汪旦刻本《纂例》卷一《修传始终记第八》,同样都缺失大段对赵匡和陆淳家世的介绍,这两个版本当有着相对较近的同一源头,可归为一个传本系统①。由玉玲珑阁刻本《纂例》前附元人吴莱序、"元延祐五年十一月,集贤学士曲出言:'唐陆淳所著《春秋纂例》《辨疑》《微旨》三书,有益后学,请令江西行省锓梓,以广其传。'从之"之语和朱临序,再参考元人柳贯《记旧本春秋纂例后》一文,可回溯出该版本在金元时期的刊行轨迹:玉玲珑阁刻本出自延祐五年(1318)曲出请令江西行省锓梓的刻本②;此江西刻本所据之本,当是吴莱"北游京师,始从国子学"见到的"太原板行"的"金泰和间礼部尚书赵

①现存《纂例》诸版本间的对校状况,可参见冯茜、袁晶靖:《〈春秋集传纂例〉版本小考》,《经学文献研究集刊》第 22 辑,上海:上海书店出版社,2019 年,第 101—115 页。
②龚翔麟虽未说明其刻本的底本来源,但他于卷前附载诸文,其实在表明其底本渊源。孙星衍《平津馆鉴藏书籍记》记载一元版"《春秋啖赵二先生集传纂例》十卷",其中有明末清初收藏家孙承泽的墨迹题识:"延祐五年十一月,集贤学士曲出言:'唐陆淳所著《春秋纂例》《辨疑》《微旨》三书,有益后学,请令江西行省锓梓,以广其传。'之。此当日锓本,余求之十年始见之,云云。"(见道光刻本卷一)其中曲出请令锓梓一事,出自《元史·仁宗本纪》:"(延祐五年十一月)丙子,集贤大学士、太保曲出言:'唐陆淳著《春秋纂例》《辨疑》《微旨》三书,有益后学,请令江西行省锓梓,以广其传。'从之。"(宋濂等:《元史》卷二六,北京:中华书局,1976 年,第 587 页)对校可见,玉玲珑阁刻本前附之语与孙承泽题识中语完全一致,而不同于《元史·仁宗本纪》之记载,可知龚翔麟在刊刻时乃将该书孙承泽题识中语改编为前附之语,再加此元版本与玉玲珑阁刻本书名一致(玉玲珑阁刻本书名中有"啖赵二先生"五字,明刻仿宋本书名无之,这是两种版本的显著区别之一),足可证玉玲珑阁刻本《纂例》的底本即是这部孙承泽题识过的元江西行省刊本。

秉文手本"①；该书在柳贯延祐三年（1316）"客京师"时为其所得："《春秋纂例》十卷，平阳府所刊本。末有识云：'泰和三年五月十三日，秉文置其装标。'犹用宋绍圣间故门状纸，盖金仕宦家物也。……校其中阙亡三十一纸，从朋友假善本，手书完装缀成。"②可知该书是金泰和三年（1203）前平阳府所刊本。

　　元初袁桷家有一藏本，似乎不属于上述传本系统。据其《书陆淳春秋纂例后》云："予家所藏《纂例》，乃宝章桂公所校，号为精善。"③"宝章"指南宋理宗宝庆二年（1226）设置的宝章阁官职；"桂公"当指南宋宁宗庆元二年（1196）进士、曾任职直宝章阁的桂万荣。由此可知袁桷家藏《纂例》是一经桂万荣校勘过的南宋晚期刻本。此刻本与明刻仿宋本所仿之本的关系如何？因文献无征，我们无从知晓，但可能属于一个传本系统。至此可以明了，以明刻仿宋本为代表的南宋传本系统，与以玉玲珑阁刻本为代表、其源头可回溯至金朝平阳府刊本的传

---

① 袁桷《书陆淳春秋纂例后》云："按《纂例》他无善本，审此书废已久。闻蜀有小字本，惜未之见。"（氏著《清容居士集》卷四八，《四部丛刊》本）又据延祐三年得此书的柳贯云："余逆而计之，亦一百一十六年物也。况今无板本，岂不尤可珍也哉。"（柳贯：《记旧本春秋纂例后》，见氏著《柳待制文集》卷一八，《四部丛刊》本）可知《纂例》在延祐五年十一月被曲出请令"江西行省锓梓，以广其传"前，存世稀少，这次锓板很可能即以柳贯所得者为底本。
② 柳贯：《记旧本春秋纂例后》，见氏著《柳待制文集》卷一八。
③ 袁桷：《书陆淳春秋纂例后》，见氏著《清容居士集》卷四八。

本系统间的文字差别,很可能是由《纂例》分别在南北分治的南宋和金朝流传、刊刻所致。

但是,无论是汪旦刻本、玉玲珑阁刻本,还是明刻仿宋本,其中"义见微旨"注皆已存在。之所以如此一致,不排除这两个传本系统在流传过程中一方借鉴另一方而添改的可能,但更大的可能性在于两个传本系统共同的源头祖本已作添改,而这很可能发生在北宋及以前,其缘由当于中唐至北宋《纂例》的流传史中探寻。

陆淳在唐德宗即位初年入朝为官后,为学不辍,学术声誉日彰,他的《春秋》学著作便在京城友人弟子圈中传抄开来。如陆淳的弟子柳宗元回忆云:"京中于韩安平处始得《微指》,和叔处始见《集注》,……复于亡友凌生处,尽得《宗指》《辨疑》《集注》等一通。"[1]其中除《辨疑》外,包括柳宗元《唐故给事中皇太子侍读陆文通先生墓表》中所提到的,皆非陆淳纂会啖、赵著作所成之书。其原因应该是陆淳当时已自立为说,弟子友人看重的是他撰著的著作,故包括《纂例》在内的纂会啖、赵之作皆未受到重视,流传范围有限。如永贞元年(805)陆淳去世时,无论是柳宗元所撰《唐故给事中皇太子侍读陆文

---

[1]柳宗元撰,尹占华、韩文奇校注:《柳宗元集校注》卷三一《答元饶州论春秋书》,第2057页。

通先生墓表》，还是吕温所撰《祭陆给事文》，乃至官方所撰①附入《实录》、今保存于《旧唐书》中的《陆质传》，皆未述及陆淳的家世，这在讲究家世门第并在人物传记中有着显明呈现的时代风气中，颇属异常；而且《旧唐书·陆质传》甚至将啖、赵、陆三人间的师承关系误为"（质）少师事赵匡，匡师啖助"②。事实上如上文所及，在与原本最为接近（论证见下文）的明刻仿宋本《纂例》卷一中，就有陆淳较为详细的家世自述，以及啖、赵、陆三人间学缘关系的明确说明，而陆淳的儒学世家背景，也值得写入墓表、祭文和传记。之所以缺载或误写，当归于彼时柳宗元、吕温等人以及相关官方人士对《纂例》一书的生疏或无知。

据吕温《祭陆给事文》云："公方沉瘵，忘己之危，念我否隔，发言涟洏。悉所著书，付予稚儿，曰：道之将兴，而父其归，惧不果待，寓心于斯。"③陆淳病危时，他最亲近的弟子吕温奉使吐蕃未归，不得不通过其子将"悉所著书"托付给吕温。其中当包括《纂例》《春秋集传》等陆淳所纂会的啖、赵之作，它们因此得以保存并流传，这应该是《纂例》得以流传后世的一个重要环节。又据柳宗

①据《唐会要》卷六三《史馆》上"诸司应送史馆事例"载："京诸司长官薨卒（本司责由历状迹送）。"（第1090页）可知修入《实录》的陆淳传记乃由所属机构撰写。
②刘昫等：《旧唐书》卷一八九下《陆质传》，第4977页。
③吕温：《祭陆给事文》，《吕衡州文集》卷八。

元《答元饶州论春秋书》云:"往年又闻和叔言兄论楚商臣一义,虽啖、赵、陆氏,皆所未及。请具录,当疏《微指》下,以传末学。"[①]其中"和叔"是吕温的字,"楚商臣"是指《春秋》文公元年"冬十月丁未,楚世子商臣弒其君髡"条经文,作为其义"不通于礼经"者而被陆淳列入《微旨》。柳宗元信中云"元饶州"所论此条经文之义,"虽啖、赵、陆氏皆所未及",故请他具录寄来,以疏于《微旨》中该条目之下。当时吕温已去世[②],柳宗元有着如此自觉的完善陆淳著作的意愿,或许表明当年吕温受托的陆淳的全部著作,在他逝后又被转托给了柳宗元亦未可知。但由之可以确定的是,柳宗元、吕温等同门学友在陆淳去世后曾有着随时完善其著作的意愿,并着手做过。这应该是《纂例》"义见微旨"注被添入或改动的最具可能性的缘由。

晚唐至宋初,政局动荡,朝代屡更,学术萎靡,且典籍毁佚严重,现存的该时期文献中几乎未有关于《纂例》的记载。基于宋朝三馆和秘阁藏书而由朝廷组织编撰、于庆历元年(1041)十二月成书上奏的《崇文总目》中,列有《微旨》《辨疑》,却无《纂例》。虽然今本《崇文总目》是一残本,条目缺失众多,但从《微旨》《辨疑》二书提要中

---

① 柳宗元撰,尹占华、韩文奇校注:《柳宗元集校注》卷三一《答元饶州论春秋书》,第2058页。
② 元和六年(811)八月,吕温去世,该文中有"亡友吕和叔"之语。

语"初,淳以三家之传不同,故采获善者,参以啖助、赵匡之说,为《集传春秋》"来看,编撰者对"《集传春秋》"的撰作原委完全隔膜,显然未阅及《纂例》卷一中的相关文章,由此可证当时朝廷所藏典籍中并无《纂例》,也就是说它本来就未被列入《崇文总目》。

《纂例》的这一沉沦状况直到庆历八年(1048)被朱临刊刻后才得以改观。当时朱临同时刊刻了《纂例》和《辨疑》,并分别为两书作序,其中有语云:

> 临尝从师学,识其大略,复得先生所为书,乃益晓发。……惜乎不得人人传之,以速其远到。……近岁取人,以通经为尚,学者无小大,以不通经为耻,则此书之传,为时羽翼,岂可忽哉。[1]
>
> 唐有陆氏,总啖、赵之说,为《纂例》,为《辨疑》,所得独多于近古。……《纂例》虽传而世不全,独《辨疑》无遗辞,而学《春秋》者当自《辨疑》始,故予广其传。[2]

引文透露出如下信息:一、二书是在当时"以通经为尚"

---

[1] 朱临:《春秋集传纂例序》,见朱彝尊:《经义考》卷一七六"《集传春秋纂例》"条,第910页。

[2] 朱临:《春秋辨疑序》,见朱彝尊:《经义考》卷一七六"《春秋辨疑》"条,第911页。

的科场、学术风气中刊刻的;二、《纂例》此前"不得人人传之",流传范围有限;三、《纂例》"虽传而世不全",内容有所残缺。朱临在刊刻前,可能对《纂例》做过补缺、整理,这是"义见微旨"注被添入或改动的一个颇具可能性的缘由。

朱临刻本是《纂例》流传史上的第一个刻本,也是后世两个传本系统的源出祖本。从此,《纂例》的流传由抄本转为以刻本为主,流传范围得以极大扩展。如嘉祐四年(1059)进士省试的一道策题中有语云:"至唐陆淳学于啖、赵,号为达者,其存书有《纂例》《微旨》《义统》,今之学者莫不观焉。"①再如嘉祐五年(1060)修撰完成的《新唐书》中新增的《啖助传》,大量采用了《纂例》卷一《春秋宗指议第一》《赵氏损益义第五》二文的内容。众所周知,《新唐书》列传部分出自宋祁之手,他也曾深度参与《崇文总目》的编撰。二十年间《纂例》在朝廷文化工程中从缺载到被参阅,显示出其流传境况的全面改善,而这根本上得益于朱临的刊刻。值得注意的是,宋祁在《啖助传》中云赵匡乃"(陆)质所称为赵夫子者"②,《纂例》卷一所收陆淳《修传始终记第八》一文中,用"赵夫子""夫子"而非"赵子"指称赵匡,是明刻仿宋本与汪

①程颢、程颐著,王孝鱼点校:《二程集·河南程氏文集》卷二《南庙试策五道》,第466页。
②欧阳修、宋祁:《新唐书》卷二〇〇《啖助传》,第5706—5707页。

且刻本、玉玲珑阁刻本的显著差别之一,这表明明刻仿宋本《纂例》更接近宋祁所阅本,亦即更接近朱临刻本。由此可知,以明刻仿宋本为代表的南宋传本系统是更接近《纂例》原本的正统系统,而以玉玲珑阁刻本为代表、源头可回溯至金朝平阳府刊本的系统,则是一个歧出的传本系统。该系统的源出版本作了不少删改,但此本出自北宋朱临刻本至金朝平阳府刊本间的何时何人,因文献无征,我们已无从得知。

四、结论

除上节所列的两条外,更多的证据,如《微旨》有着与《春秋集传》不同的三传取舍标示形式;其内容以陆淳自为解说为主,并非仅纂会啖、赵之说;其前所附陆淳序未被列入作为“总义”的《纂例》卷一,且陆淳于该卷中未提及其中的任何内容,皆表明《微旨》并不属于陆淳纂会啖、赵之作而成的著作系列。再结合《微旨》还采用类似《春秋集传》的解经形式,以及对啖、赵经说有着一定程度的依赖等情况,可断定该书撰作于大历十年后至陆淳更为独立地撰作《春秋集注》之前。如果将传世本《纂例》卷七《执放例第二十七》之“执诸侯”例中的“义见微旨”注,理解为陆淳所加的参见其著作《微旨》的指示性说明,则不仅难以圆满解释他何以加之,而且在文本中多有逻辑不洽之处。此注应该不是陆淳所加,而是或出自后世整理、校刻者,或原本为正文,在流传过程中被理解、抄印为注文。这最有可能出自陆淳去世后弟子吕温、柳宗元等对其著作的完善,其次则是北宋庆历八年朱临刊刻《纂例》时对其所作的校补。因此,根据此注而得出的《微旨》是陆淳纂会啖、赵著作所构建的"比较完整严密的解经体系"的一部分的结论,不能成立。

第三节　啖助、赵匡和陆淳《春秋》学的学术转型意义

啖助、赵匡和陆淳的《春秋》学不仅是中古《春秋》学风尚转变的标志,而且实"开宋学之风",这已是学界定论①。但对于其学术转型意义,今人仍多以尊经排传,而

---

① 陈寅恪云:"观退之寄卢仝诗,则知此种研究经学之方法亦由退之所称奖之同辈中人发其端,与前此经诗著述大意(引者按,当为"异"),而开启宋代新儒学家治经之途径者也。"(见氏作《论韩愈》,《金明馆丛稿初编》,第322—323页)按,实际上啖、赵、陆《春秋》学早于卢仝《春秋》学,影响亦远较卢氏为著,实为"开启宋代新儒家治经之途径者"。例如,范文澜云:"与韩愈同时,有啖助讲《春秋》。……啖助讲《春秋》撇开传注,直接从经文中寻义理,这也是开宋学之风。"(范文澜:《经学讲演录》,见《范文澜历史论文选集》,第323页)周予同云:"有人以为宋学萌芽于唐,那是指啖助、赵匡、陆淳。……陆淳三书为清儒所不齿,但他的书是'舍传求经',不要三传,而直接研究《春秋》经中的微言大义。'舍传求经'是宋学的特点,《四库全书总目提要》说它开'宋人之先路',是正确的。……我也主张宋学渊源于唐代的啖助、赵匡、陆淳。"(周予同:《中国经学史讲义》,第72页)是皆认为啖、赵、陆《春秋》学"开宋学之风"。

又兼采三传、变专门为通学等作宽泛论说①,对于其经传解说中一些具体认识和做法所体现的学术理念层面上的转型意义,则一直未作深入探究。本节在文本研究的基础上,力图在这方面有所突破和创新,从而深化学界对这一学派乃至汉、宋经学转型问题的认识。

一、独特的《春秋》宗旨说与经文解说主体性的建立

啖助、赵匡和陆淳对《春秋》宗旨的认识不尽相同,各具特色,这在啖助和赵匡表现得尤为显明。啖助认为:

> 《春秋》者,救时之弊,革礼之薄。何以明之?前志曰:夏政忠,忠之弊野,殷人承之以敬;敬之弊鬼,周人承之以文;文之弊僿,救僿莫若以忠,复当从夏政。……唐虞淳化,难行于季末,夏之忠道,当变而致焉。是故《春秋》以权辅正,以诚断礼,正以忠道,原情为本。不拘浮名,不尚狷介,从宜救乱,因时黜陟。或贵非礼勿动,或贵贞而不谅,进退抑扬,去华居实。故曰救周之弊,革礼之薄也。②

"救时之弊,革礼之薄",这便是啖助所认为的《春秋》宗

---

① 中日学者关于啖、赵、陆《春秋》学派研究的重要论文,多已收入林庆彰、蒋秋华主编,张稳蘋编辑的《啖助新春秋学派研究论集》,可参阅。
② 陆淳:《春秋集传纂例》卷一《春秋宗指议第一》,第1—2页。

旨,虽异于先前左氏、穀梁二家之言①,但却是对公羊家说的取舍:一方面,啖助鉴承先前左氏家贾逵、刘炫等人的辩难论说②,依"忠道尊王"原则否定了公羊家的"黜周王鲁"说③;另一方面,他利用公羊家所倡说的质文递变论④,推演出孔子作《春秋》"复当从夏政"的结论,认为

①左氏家认为:"周德既衰,官失其守,上之人不能使《春秋》昭明,赴告策书,诸所记注,多违旧章。仲尼因鲁史策书成文,考其真伪而志其典礼,上以遵周公之遗制,下以明将来之法。"(杜预:《春秋序》,见杜预注,孔颖达疏:《春秋左传正义》,中华书局聚珍仿宋版印本,第28—29页)按,啖助认为其失在于"所论褒贬之指,唯据周礼"(氏作《春秋宗指议第一》)。穀梁家认为:"平王以微弱东迁,征伐不由天子之命,号令出自权臣之门。……(孔子)因鲁史而修《春秋》,……于时则接乎隐公,故因兹以托始,该二仪之化育,赞人道之幽变,举得失以彰黜陟,明成败以著劝戒。"(范宁:《春秋穀梁传序》,见范宁注,杨士勋疏:《春秋穀梁传注疏》,中华书局聚珍仿宋版印本,第8—10页)按,啖助认为其失在于"粗陈梗概",且偏于"惩劝"(氏作《春秋宗指议第一》)。

②贾逵《长义》难何休"黜周王鲁说"云:"名不正则言不顺,言不顺则事不成。今隐公人臣,而虚称以王;周天子见在上,而黜公侯,是非正名而言顺也。"(何休注,徐彦疏:《春秋公羊传注疏》卷一,中华书局聚珍仿宋版印本,第21页)刘炫难何休云:"新王受命,正朔必改,是鲁得称元,亦应改其正朔,仍用周正,何也? 既托王于鲁,则是不事文王,仍奉王正,何也? 诸侯改元,自是常法,而云托王改元,是妄说也。"(见杜预注,孔颖达疏:《春秋左传正义》卷二,第74页)

③陆淳:《春秋集传纂例》卷一《春秋宗指议第一》,第2页。

④《公羊传》哀公十四年"春,西狩获麟"传云:"其诸君子乐道尧舜之道与。"此可视为公羊家变周之文而从"尧舜之道"(质)说之滥觞。董仲舒《春秋繁露·三代改制质文》曰:"王者以制,一商一夏,一质一文。商质者主天,夏文者主地,《春秋》者主人。"(苏舆撰,锺哲点校:《春秋繁露义证》卷七《三代改制质文第二十三》,北京:中华书局,1992年,第204页)系统地将三代改制论与质文论结合起来。

"《春秋》参用二帝三王之法,以夏为本,不全守周典礼"①,以"救时之弊,革礼之薄"。这与公羊家言如出一辙。

但是,啖助认为公羊家的"质文递变说"存有一大弊端,即"用非其所":

> 何氏所云"变周之文,从先代之质",虽得其言,用非其所。不用之于性情,而用之于名位,失指浅末,不得其门者也。周德虽衰,天命未改,所言变从夏政,唯在立忠为教,原情为本,非谓改革爵列,损益礼乐者也。②

啖助认为,《春秋》"变周之文,从先代之质"的"施用处"在于"立忠为教,原情为本",而非"用之于名位"而"改革爵列,损益礼乐"。此所谓"立忠为教",是说孔子作《春秋》,在于树立"忠道"进行教化;所谓"原情为本",是说《春秋》"属辞比事",本于历史人物的心理动机和事物变动的实际情况。如啖助解僖公二十八年冬"天王狩于河阳"云:

> 时天子微弱,诸侯骄惰,怠于臣礼,若令朝于京

①陆淳:《春秋集传纂例》卷一《春秋宗指议第一》,第2页。
②陆淳:《春秋集传纂例》卷一《春秋宗指议第一》,第2页。

师,多有不从。又晋已强大,率诸侯而入王城,亦有自嫌之意。故请王至于温而行朝礼,若天子因狩而诸侯得觐。然以常礼言之,晋侯召君,名义之罪人也,其可以为训乎? 若原其自嫌之心,嘉其尊王之义,则晋侯请王之狩,忠亦至焉。故夫子特书曰:天王狩于河阳。所谓《春秋》之作,原情为制,以诚变礼者也。①

啖助认为,孔子不拘常礼,依据当时局势和晋侯"自嫌之心""尊王之义",特书"天王狩于河阳",以褒彰晋侯对天子之忠尊。此即"原情为制,以诚变礼"。由此可知,啖助更注意对《春秋》所载事物具体变动情实的认识,且待之以客观态度,并在此基础上极力阐发其所含蕴的忠道等大义。这正是啖助所持的《春秋》宗旨"拯时之弊,革礼之薄"及"变文从质"的落脚点所在,与公羊家所倡扬的"黜周王鲁"等主张从名位制度上"变文从质"的论说,以及"实与而文不与"的书法原则迥异。

赵匡的《春秋》宗旨说出自对啖助之说的修正:

啖氏依公羊家旧说,云《春秋》"变周之文,从夏之质"。予谓《春秋》因史制经,以明王道。其指大要二端而已:兴常典也,著权制也。故凡郊庙、丧纪、

––––––––––

① 陆淳:《春秋集传微旨》卷中。

朝聘、蒐狩、婚娶,皆违礼则讥之,是兴常典也。非常
之事,典礼所不及,则裁之圣心,以定褒贬,所以穷精
理也。精理者,非权无以及之。……圣人当机发断,
以定厥中,辨惑质疑,为后王法,何必从夏乎?①

赵匡认为,《春秋》宗旨当是"因史制经,以明王道",要点
在于"兴常典,著权制"二端。此所谓"常典",指周代典
礼,"兴常典"即是扬兴周代典礼;"权制"则出自"圣
心",而施用于"典礼所不及"的"非常之事",圣人借《春
秋》以著明之。可知,赵匡的《春秋》宗旨说较啖助之说
更为具体,其差别在于:一、与啖助所持"变周之文,从夏
之质""不全守周典"的宽泛论说不同,赵匡明确提出扬
兴周代典礼而不变周的观点;二、对于施用于"非常之
事"的"权制",啖助认为孔子参用了"二帝三王之法,以
夏为本",而赵匡则认为出自"圣心","当机发断,以定厥
中,辨惑质疑,为后王法"。

　　陆淳的《春秋》宗旨说则出自对啖、赵二人之说的
损益:

　　宣尼之心,尧舜之心也;宣尼之道,三王之道也。
故《春秋》之文通于礼经者,斯皆宪章周典,可得而知

①陆淳:《春秋集传纂例》卷一《赵氏损益义第五》,第6页。

矣。其有事或反经而志协乎道,迹虽近义而意实蕴奸,或本正而末邪,或始非而终是,贤智莫能辨,彝训莫能及,则表之圣心,酌乎皇极。是生人以来未有臻斯理也,岂但拨乱反正、使乱臣贼子知惧而已乎?①

所谓"《春秋》之文通于礼经者",即指"凡郊庙、朝聘、雩社、婚姻"之类"常事",陆淳认为"斯皆宪章周典",这一观点同于赵匡。而对于须施"权制"的"非常之事",和赵匡一样,陆淳也认为"表之圣心,酌乎皇极"。但是,陆淳所谓的"圣心"与赵匡的"圣心"不同,它是尧舜之心,且含蕴"三王之道",而赵匡的圣心却偏重"当机发断,以定厥中",绝无对前代的资鉴。可知,陆淳的《春秋》宗旨说利用了赵匡说的基本框架,吸纳了其推尊周代典礼、尊崇孔子功用等观点,却通过"圣心"涵义的转化,又纳取了啖助"《春秋》参用二帝三王之法"的观点。经此否定之否定,陆淳完成了对啖助、赵匡《春秋》宗旨说的整合。

传统《春秋》学多重"师法""家法",甚至"后儒信前师之言,随旧述故,滑习辞语"②。在这种风气中,经文义说相对较少创新,而南北朝至隋唐盛行的义疏之学,更

---

① 陆淳:《春秋微旨》序,氏著《春秋集传微旨》前附。
② 黄晖:《论衡校释(附刘盼遂集解)》卷二八《正说篇》,北京:中华书局,1990年,第1123页。

是以"注不驳经，疏不驳注"①为原则，解经者的主体自由度受到很大限制。啖助的《春秋》宗旨说虽然利用了公羊家的质文递变理论，但他通过"施用处"的转换，基本上抛弃了先前公羊家所标举的重于"名位"变革的《春秋》"三科九旨"②等宏大微言，而更属意于《春秋》所载具体事物的变动情实及其所含蕴的忠道大义，这就极大扩展了经文义说的自由度。赵匡以"变文从质"说为标的，进一步否定了公羊家之微言，其"当机发断，以定厥中"的圣心说，更是绝无对前代的资鉴，论说主体的自由度因而得到更大扩展。啖、赵、陆如此树立《春秋》宗旨说而强化经文解说主体的自由度，在《春秋》学史上有着重要的意义，一定程度上可以视之为继《春秋》三传后经文解说主体性的又一次建立。北宋邵雍云"《春秋》三传之外，陆淳、啖助可以兼治"③，视啖、赵、陆之学几与三传等，其原因即在于与其解说主体性建立相伴随的三人经解的创新性。元人吴莱云："自唐世学者说经，一本孔氏《正义》。及宋之盛，说者或不用《正义》，六经各有新注，争为一己自见之论，而欲求胜于先儒已成之说。宋子京

①皮锡瑞著，周予同注释：《经学历史》，第201页。
②"何氏（休）作《文谥例》云，三科九旨者，新周，故宋，以《春秋》当新王，此一科三旨也。又云所见异辞，所闻异辞，所传闻异辞，二科六旨也。又内其国而外诸夏，内诸夏而外夷狄，是三科九旨也。"（见何休注，徐彦疏：《春秋公羊传注疏》卷一，第23页）。
③朱彝尊：《经义考》卷一七六"《春秋例统》"条，第909页。

传《唐书》,犹不满于啖助者,岂啖助实有以开之故欤?"①
由此可见在其《春秋》宗旨说引导下,啖助、赵匡和陆淳
富有"自见"的经文解说对后世《春秋》学乃至整个经学
所产生的深刻影响。

二、记实书法原则与汉、宋经学义理依据的转变

所谓记实的书法原则,是指认为《春秋》某些经文直
书事实并未寓含所谓大义的记事原则。它承源自左氏
学派,由啖助、赵匡和陆淳首先标立,而与《公》《穀》二传
所拥持的伦理书法原则相对立。如陆淳驳《穀梁传》解
桓公五年"秋,蔡人、卫人、陈人从王伐郑"语"其举从者
之辞何也? 为天王讳伐郑也"云:

> 经文直书事实,亦无所讳。②

可见,他们不满于《公》《穀》二传近于附会的伦理书法,
认为《春秋》有些经文直书事实,即承认经文的历史记录
性和记实性。这在很大程度上相通于左氏家的"经承旧
史"说,表现出一种破附会而求平实的精神。

与此精神一致,啖助、赵匡和陆淳还揆以人情事理,

---

① 吴莱:《春秋集传纂例》后序,见朱彝尊:《经义考》卷一七六"《春秋集传纂
例》"条,第911页。
② 陆淳:《春秋集传辨疑》卷二,《丛书集成新编》第108册,第227页。

对三传传文进行辨驳。如啖助引用范宁注驳《穀梁传》解庄公三年"五月,葬桓王"语"或曰却尸以求诸侯"云:

> 停尸七年,以求诸侯,非人情也。①

赵匡驳《穀梁传》解僖公二十八年冬"壬申,公朝于王所"语"朝于庙,礼也。于外,非礼也"云:

> 按天子巡狩,诸侯会朝于方岳之下,何得云朝于外即为非礼哉? 且物情人理,岂有天子出巡而诸侯不朝乎?②

陆淳驳《左传》解桓公元年三月"郑伯以璧假许田"语"郑人请复祀周公"云:

> 郑庄之言,无所不知,安肯请祀非其祖乎? 不近人情矣。③

传统《春秋》学,尤其是两汉《春秋》学多将阴阳学说和天人感应论用作阐说《春秋》之义的理论依据。如西

---

①陆淳:《春秋集传辨疑》卷三,《丛书集成新编》第108册,第230页。
②陆淳:《春秋集传辨疑》卷六,《丛书集成新编》第108册,第239页。
③陆淳:《春秋集传辨疑》卷二,《丛书集成新编》第108册,第225页。

汉榖梁家尹更始解僖公十六年"春王正月戊申,陨石于宋五"云:

> 陨石于宋五,象宋公德劣国小,阴类也,而欲行霸道,是阴而欲阳行也。其陨,将拘执之象也。[1]

其中既有阴阳学说,也有天人感应论,这在当时是一种普遍的、常态的文化现象。啖助、赵匡和陆淳虽未能完全脱除天人感应、阴阳灾异等传统观念,但他们以记实书法原则训解经文和以人情事理反驳传文,不仅大破三传诸多附会之说,解说平实而近于常理,表现出一种鲜明的理性精神;而且更为重要的是,他们使传统《春秋》学的论说依据发生了转变:由天人、阴阳转向学者本人所识知的政治、社会生活中的伦理准则。到宋代,这一转变更为明显:"宋儒病汉儒好言灾异"[2],至程颐,就极为鲜明而彻底地将当时"新《春秋》学"家们作为论说依据的儒家纲常伦理上升到"天理"的高度,从而使其具有"本体"的意义,并以之统摄、规范《春秋》载事。依"理"而论说经义,是宋代经学的一个重要特征。由此可知,在"汉""宋"经学义理依据的转化方面,啖助、赵匡和陆淳

---

① 马国翰辑,尹更始撰:《春秋榖梁传章句》,见马国翰:《玉函山房辑佚书》"经编《春秋》类",第1227页。

② 李袭语,见朱彝尊:《经义考》卷一八五"胡氏(安国)《春秋传》"条,第953页。

无疑有着开启之功。

三、重以义例解经与经文解说自主性的加强

所谓义例，是指后人依据礼制和书写规律而总结出的《春秋》经文书写原则。以义例解《春秋》，始自汉儒，当时左氏、公羊、穀梁三家皆说义例。如公羊家何休云"往者略依胡毋生条例，多得其正"[1]；他自己也著有《文谥例》[2]。左氏家刘歆、贾逵、颖容亦"欲为传文生例"[3]，而杜预所撰《春秋释例》则是现存最早的系统说例专著。

陆淳《春秋集传纂例》是继杜预《春秋释例》之后又一部流传至今的系统说例专著，其所举义例按来源可基本归结为以下四类：

1.取自三传。如例"凡诸侯之女行，唯王后书"取自《左传》：

> 《左氏》曰："凡诸侯之女行，唯王后书。"赵子曰："敬王室也，记其是以著其非。"《穀梁》曰："为之中者归之也。"按，王后者，天下之母，不同于诸侯，自合书之，不关鲁为之媒乃书也。[4]

---

[1]何休：《春秋公羊经传解诂序》，见何休注，徐彦疏：《春秋公羊传注疏》，第9页。

[2]已佚，此见于何休注，徐彦疏：《春秋公羊传注疏》卷一徐彦疏，第23页。

[3]杜预：《春秋释例》卷一，文渊阁《四库全书》本。

[4]陆淳：《春秋集传纂例》卷二《婚姻例第十三》，第36页。

例"常事不书"取自《穀梁》《公羊》二传:

> 啖子曰:诸侯亲迎皆常事,不书。《穀梁》云"亲迎常事,不志"是也。①
>
> 啖子曰:鲁往他国纳币,皆常事,不书;凡书者,皆讥也。他国来,亦如之。《公羊》云"纳币不书"(合礼者皆不书),此说是也。②

2.绎自经文。即依据《春秋》经文书写规律,总结、推绎其之所以如此书写之意,以形成义例。如啖助云:

> 寻《春秋》义,郊后必望祭,若不郊,则不当望。凡书"犹三望",犹皆非礼也。③

其中例"凡书'犹三望',犹皆非礼",即得自由经文书写所寻绎出的"《春秋》义"。再如啖助云:

> 凡天王之葬,鲁会则书,不书者不会也。故平王之葬不书,而有武氏子来求赙(若鲁使人会葬,岂有

---

① 陆淳:《春秋集传纂例》卷二《婚姻例第十三》,第35页。
② 陆淳:《春秋集传纂例》卷二《婚姻例第十三》,第34页。
③ 陆淳:《春秋集传纂例》卷二《郊庙雩社例第十二》,第24页。

不行赙礼乎),是其证也。①

例"凡天王之葬,鲁会则书,不书者不会也",即由经文不书平王葬却书武氏子来求赙而推绎出。

3. 绎自事理。即依据事理而推绎成例,如赵匡云:

> 先儒争此义(引者按,指天子是否当亲迎),郑康成据《毛诗》义,以文王亲迎为证据。文王乃非天子,不可为证。考之大体,固无自逆之道。王者之尊,海内莫敌,故嫁女即使诸侯主之;适诸侯,诸侯莫敢有其室。若屈万乘之尊而行亲迎之礼,即何莫敌之有乎?②

例"逆王后,天子不当亲迎",即由赵匡依据"王者之尊,海内莫敌"之义理,"考之大体"而得出。

4. 引证自其他经典。如啖助云:

> 凡书朝,皆人君也。《礼》所谓"诸侯相朝,两君相见"也。③

---

①陆淳:《春秋集传纂例》卷三《崩薨卒葬例第十四》,第56页。
②陆淳:《春秋集传纂例》卷二《婚姻例第十三》,第34页。
③陆淳:《春秋集传纂例》卷四《朝聘如例第十五》,第66页。

例"凡书朝,皆人君也",即由此《周礼》之文引证得出。
再如赵匡云:

> 赵子曰:《礼记·大传》云:"礼,不王不禘。王
> 者禘其祖之所自出,以其祖配之。诸侯及其太庙。
> 大夫有大事,省于其君,干祫及其高祖。"予据此事,
> 体势相连,皆说宗庙之祀,不得谓之祭天。《礼记·
> 丧服小记》曰:"王者禘其祖之所自出。"又下云:
> "礼,不王不禘。"正与《大传》同,则诸侯不得行禘礼
> 明矣。①

可知,此所谓"诸侯不得行禘礼",即引证自其所列《礼
记》之义。

与杜预《春秋释例》相比,陆淳《春秋集传纂例》除却
"发明笔削之例者"所占全书篇幅比重大为增加②、说例
更为细致③外,还有更为重要的差别:杜著所列除经文

---

① 陆淳:《春秋集传纂例》卷二《郊庙雩社例第十二》,第27页。
② 《春秋释例》(文渊阁《四库全书》本)为十五卷,但"发明笔削之例者"仅
　为前四卷,余十一卷分别为《土地名》《世族谱》《经传长历》。此本虽为后
　出(原书已佚,今存《四库全书》本系四库馆臣从《永乐大典》及他书中补
　校而出,见《四库全书总目·春秋释例提要》),但其篇幅各部所占比重当
　较原书差别不大。而《春秋集传纂例》四十篇,"其发明笔削之例者实二
　十六篇",义例所占全书比重较《春秋释例》大为增加。
③ 如《春秋集传纂例》于"朝聘如例"下又细分"朝""聘""来聘""外大夫聘"
　"锡命例"等众小例,而《春秋释例》仅以"会盟朝聘例"总说之。

外,还有《左传》传文,他申说义例虽云"以己意",但实本于《左传》"凡例",因此杜著之例说可谓左氏家之护卫;陆著所列只是经文,其申说义例不仅兼采三传,而且更多的是因经文、事理及其他经典创新而出,故其例说已非专门家言,实属通学。

在重"师法""家法"的风气中,传统《春秋》学中各家例说一经某位大师创立,便保持着很强的延续性和稳定性,从而较少创新。啖助、赵匡和陆淳如此不拘"家法"、兼采三传并大量创立义例,是《春秋》例说史上的一大变化。这当是三人"杂采三传,以意去取""变专门为通学"之新学风的一大体现,更有着助成此新学风的重要功用。如啖助云其《统例》之作用:"撮其(引者按,指啖助《春秋集传集注》)纲目,撰为《统例》三卷,以辅《集传》通经意焉。所以剪除荆棘,平易道路。"①这看似平常,其实不然——它其实另开了一条训解《春秋》经文的道路。诚如赵匡所言"褒贬之指在乎例"②,义例是训解经文的依据,义例不同,经文训解亦异。因此,所谓啖、赵、陆"以己意解《春秋》""自立为说",很大程度上即依据其所取舍、创新的义例。从一定意义上可以说他们正是通过创新例说的路数开启了重"自立为说"的新《春秋》学统。宋儒解《春秋》,之所以极为重视"发明义例",

---

①陆淳:《春秋集传纂例》卷一《啖氏集传集注义第三》,第5页。
②陆淳:《春秋集传纂例》卷一《赵氏损益义第五》,第7页。

如北宋孙复就"原本三传,折衷于啖、赵、陆诸家,而断以古先哲王正经常法"①以作发明,其根本原因正在于新的例说对于经传新解起到极大的助成作用。

四、重以"讥贬之义"解经与经文解说立场的转变

以褒贬之义解《春秋》,始自三传。之后公、榖二家倡言"《春秋》之文,一字以为褒贬",而左氏家亦明确"凡例""变例",以助成褒贬义。啖助、赵匡和陆淳在三家学说的基础上,进一步强化了《春秋》的讥贬之义。这体现在两方面:

1. 讥贬范围扩大。《左传》褒贬义说本来较《公》《榖》二传就少,其"言褒贬者又不过十数条,其余事同文异者,亦无他解。旧解皆言从告及旧史之文"②,而《公》《榖》二传亦未完备。如赵匡就曾指出三家褒贬义说之缺漏:"观夫三家之说,其宏意大指,多未之知,褒贬差品,所中无几。故王崩不书者三,王葬不书者七(春秋时凡十二王,其有崩葬不见于经者,三传悉无贬责);嗣王即位,桓文之霸,皆无义说(三传亦不言其意)。盟会侵伐,岂无褒贬?亦莫之论(三传无义)。略举数事,触类

---

①李滢语,见朱彝尊:《经义考》卷一七九"孙氏(复)《春秋尊王发微》"条,第926页。
②陆淳:《春秋集传纂例》卷一《三传得失议第二》,第4页。

皆尔。"①对于这些"三传无义"者，他们悉作褒贬补说，从而使得讥贬范围大为扩展。如赵匡于"盟会"例立义云：

> 盟者，刑牲而征严于神明者也。王纲坏，则诸侯恣而仇党行，故干戈以敌仇，盟誓以固党，天下行之，遂为常焉。若王政举，则诸侯莫敢相害，盟何为焉？贤君立，则信著而义达，盟可息焉。观《春秋》之盟，有以见王政不行而天下无贤侯也。②

可知，赵匡对数量众多而"三传无义"的"《春秋》之盟"，总体上立下一讥当时"王政不行而天下无贤侯"的基调，从而从讥贬的角度分别解说之。

2.讥贬程度加深。这首先体现在啖、赵、陆一反《公》《穀》二传用来委曲训解某些经文的伦理书法，而直以讥贬之义视之。如啖助驳《公羊传》解成公元年"秋，王师败绩于茅戎"语"孰败之？盖晋败之，或曰贸戎败之。曷为不言晋败之？王者无敌，莫敢当也"云：

> 若晋败王师而改曰贸戎，是掩恶也，如何惩劝乎？③

---

①陆淳：《春秋集传纂例》卷一《赵氏损益义第五》，第6—7页。
②陆淳：《春秋集传纂例》卷四《盟会例第十六》，第77页。
③陆淳：《春秋集传辨疑》卷八，《丛书集成新编》第108册，第244页。

《公羊传》认为孔子不书晋败王师,是为了维护"王者无敌"之义,这从伦理书法角度强化了尊王观念。啖助却认为若晋实败王师,孔子当直书以讥其恶,以示惩劝,其用意是从事实出发而达到惩劝的目的。这无疑加重了经文训解中的讥贬色彩。

其次,啖助、赵匡和陆淳使用"记其是以著其非"的书法原则来训解经文。如赵匡解桓公六年"九月丁卯,子同生"云:

> 太子生多矣,曷为书子同?礼备故也。礼备于嫡,是重宗庙(太子将承先君之宗庙),记其是以著其非也(但书备礼者,则不备礼者自见)。言太子生,备其礼,常事也,不当书。为余公皆不备礼,不可书之,但举有礼者,足以示诫。①

他们既认为婚娶(太子生属婚娶类)例"常事不书",子同生而礼备,是常事,不当书,但因为"余公皆不备礼",此"但书备礼者,则不备礼者自见"。可知,此"记其是以著其非"书法的运用,使得即便在遵礼的经文记载处,亦著显了对违礼者的讥贬之义。

啖助、赵匡和陆淳之所以如此偏重以讥贬之义解

①陆淳:《春秋集传纂例》卷二《婚姻例第十三》,第41页。

经,当与他们从春秋历史中得出的认识相关。如陆淳云:"春秋时为恶者多,贬者则众,其理易见。"①更值得注意的是,这其实暗含着一个论说立场上的转变:由诸侯国转向周王朝。《春秋》三家中,公羊家最重"大一统"之义——不仅在隐公"元年春,王正月"处开宗为之立说,而且在桓公元年三月"郑伯以璧假许田"等处屡屡申说"有天子存,则诸侯不得专地"等王权大义。但相较于啖、赵、陆之解说,其总体持说并不彻底,对诸侯国之所为表现出相当的许容态度。如前面引文所示,包括《公羊传》在内的三传,对《春秋》所载数量众多的诸侯"盟会侵伐"之事,多不作褒贬,其立场无意间是偏向于诸侯国的。啖、赵、陆对此的认识却明显不同,如赵匡认为"王政既替,诸侯专恣,于是仇党构而战争兴矣。为利为怨,王度灭矣。故《春秋》纪师无曲直之异,一其罪也"②。显然是站在周王朝的立场上贬责诸侯间的战争。严于从集权王朝的立场论《春秋》载事,啖、赵、陆解经重于讥贬也就不足为怪了,因此他们在解说中虽未着力阐发"大一统",但其义已较先前公羊学大为加强。这一解说立场转变的根本原因,在于历经汉朝及唐前期中央集权政治体制的长期稳固以及与之相伴随国力的长足发展,"大一统"的观念已经深入人心。随后继起的"新《春秋》

①陆淳:《春秋集传纂例》卷八《名位例第三十二》,第183页。
②陆淳:《春秋集传纂例》卷五《用兵例第十七》,第95页。

学"基本上沿袭了这一立场,故亦"推阐讥贬,少可多否"①,以至于出现孙复"《春秋》有贬无褒"的解说立场。

五、强烈的现实关怀与《春秋》经世学统的再建

啖助、赵匡和陆淳主要生活在唐玄宗朝后期以及肃宗、代宗和德宗三朝,正是在这一时期内,唐王朝经历了"安史之乱",由极盛而迅速转向衰落,中央集权力量缩小,地方藩镇割据势力逐渐形成,且朝廷与藩镇及藩镇之间武力相争不断,社会出现动荡不宁的局面。这强烈激发了士人对政局的关注和思考,而经术便成为他们"正人心、淳风俗、美教化",以便从根本上医治社会弊端的首要选择。但是,传统经学却不能够满足他们的要求:自唐太宗贞观五年(631)颁布新定的五经,高宗永徽四年(653)颁布《五经正义》,使儒经文本和释义都完成统一之后,除经文外,习守其中两汉魏晋学者所作传注及本朝孔颖达等据之而作的疏解,便成为经学的主要内容。《春秋》学更是萎缩为或重于训诂、或耽习文采的《春秋左传》之学,远离社会现实,徒为教条知识或文章。

正是在这样的社会、学术背景下,啖助、赵匡和陆淳心系社会时局,冲破传统《春秋左传》学的束缚而直寻

①永瑢等:《四库全书总目》卷二六《经部》二六"《春秋》类"小序,第210页。

《春秋》经文大义,学说中充满了对现实政治的关怀:

1.尊崇君王,责正诸侯、臣僚。如陆淳释"王"之名位例云:

> 王者无上,故加"天"字,言如天也。而有不书"天"者三,盖言不能法天者也。又有书"天子"者一,或依策命之文以惩失礼,或传写误也。[1]

赵匡驳《左传》解隐公十年"六月壬戌,公败宋师于菅。辛未,取郜。辛巳,取防"语"君子谓郑庄公'于是乎可谓正矣。以王命讨不庭,不贪其土,以劳王爵,正之体也'"云:

> 诸侯专取他国之邑而以与人,罪之大者,而云合正,何其妄乎![2]

他们继承并光大了三传的尊王思想,强调"王者无上"和诸侯对天子的无条件服从,又申说诸侯不得专取之义。这显然有其现实意旨,即针对当时藩镇割据日渐形成、朝廷无力约束、已成"末大而本小"之势这一社会现实而发,表达了消除藩镇割据、维护中央集权的主张和期望。

---

①陆淳:《春秋集传纂例》卷八《名位例第三十二》,第171页。
②陆淳:《春秋集传辨疑》卷一,《丛书集成新编》第108册,第224页。

而三人一致否定先前公羊家的"黜周王鲁"说,反对"革命",其意旨也是针对当时一些藩镇诸侯觊觎皇权的野心。又,啖助将"忠道原情"上升到《春秋》宗旨的高度,其意旨亦在于对各地诸侯进行"忠道"教化,以维护皇权和中央集权制体制。

2."天下无生而贵者"。如赵匡驳《左传》解桓公五年"天王使仍叔之子来聘"语"弱也"云:

> 假如年长而代父出,便得不讥乎?《左氏》不推褒贬之义,但见称子则云尔。①

他驳《穀梁传》解隐公七年"齐侯使其弟年来聘"条语"诸侯之尊,弟兄不得以属通。其弟云者,以其来接于我,举其贵者也"曰:

> 按《礼》云:"五十命为大夫","天下无生而贵者"。若以为贵,非正王纲之义。②

赵匡吸取《公羊传》等传注"讥世卿"的说法③,指出子不

①陆淳:《春秋集传辨疑》卷二,《丛书集成新编》第108册,第227页。
②陆淳:《春秋集传辨疑》卷一,《丛书集成新编》第108册,第224页。
③刘师培:"'讥世卿'虽为公羊说,然封事所引,均本《左传》。盖左氏亦讥世卿,特不讥世禄,仅讥世位。"(氏作《左氏学行于西汉考》,见氏著《刘申叔遗书·左盦集》卷二,南京:江苏古籍出版社,1997年,第1217页)

得代父行政,且更进一步,倡说《仪礼》《礼记》所谓的"天下无生而贵者"之说①。申此义以解《春秋》,不能不含有他对当时社会上日趋衰落的士族阶层之特权的反对,对当时社会权贵阶层所持的"生而贵"观念的蔑视和批驳,表现出一种难能可贵的平等、独立精神,而此新观念、精神的出现,又密切相关于当时社会阶层结构的变化。

3.《春秋》"不全守周典"说和"反封建"实质。如上文所述及,啖助认为"《春秋》参用二帝三王之法,以夏为本,不全守周典"。又,虽然赵匡和陆淳所持的《春秋》主旨"兴常典"意即扬兴周代典礼,但他们又认为"周道之不足为盛":

> 问者曰:若《春秋》非变周之意,则帝王之制,莫盛于周乎? 答曰:非此之谓也。夫改制创法,王者之事,夫子身为人臣,分不当耳(言夫子立教之分,正于因旧史以示劝戒,不当变改制度也)。若夫帝王简易精淳之道,安得无之哉(言周道之不足为盛)。②

括号内所注内容为陆淳所加,故这句话可视为赵、陆二

---

① 《仪礼》卷一《士冠礼》:"天子之元子,犹士也,天下无生而贵者也。"《礼记》卷八《郊特牲》:"天子之元子,士也,天下无生而贵者也。"汉末何休引用之以解《公羊传》隐公元年传文"曷为反之桓? 桓幼而贵,隐长而卑"(见氏著《春秋公羊经传解诂》卷一,《四部丛刊》本)。
② 陆淳:《春秋集传纂例》卷一《赵氏损益义第五》,第6页。

人共同的观点。对于《春秋》"不全守周典"说背后的现实政治意旨,已有学者指出:啖助、赵匡和陆淳提出《春秋》"'不全守周典礼',核心是否定周礼分封。行分封还是行郡县,乃是秦以后始终讨论又争而未决的政治学问题。……在唐代现实中,存在着分封观念与藩镇割据相结合的严重政治问题,因此必须反对周礼分封,以维护郡县制和中央集权制"①。

由上述可见,啖助、赵匡和陆淳如此解经的目的在于宣扬中央集权的意识形态,为现实政治服务,从而在一定程度上恢复了先前今文《春秋》学家的经世传统。清四库馆臣将其学归为"公羊、穀梁"类②,实不为无由。他们之后,具有"经世"品格的"新《春秋》学"成为一股潮流,关依着唐朝后期社会时局的变动而发展演变,与传统的《春秋左传》学形成旗鼓相当之势。如冯伉、樊宗师、卢仝、刘轲、韦表微、陈岳、孙郃等就是其中的代表人物。北宋仁宗庆历前后,"新《春秋》学"蔚然兴起,其学术渊源即肇始于此。

---

① 刘光裕:《唐代经学中的新思潮——评陆淳春秋学》,《南京大学学报》(哲学·人文科学·社会科学)1990年第1期。
② 四库馆臣云:"(《春秋》三传)诸儒之论,中唐以前则左氏胜,啖助、赵匡以逮北宋则公羊、穀梁胜。"(见永瑢等:《四库全书总目》卷二六《经部》二六"《春秋》类"小序,第210页)

第三章　唐宋道教与儒学：
思想文化关联

　　关于道教与唐宋之际儒学转型的关系，尤其是道教思想对理学所产生的影响，自宋代起乃至现代学术建立后，学者关注的重点在于五代宋初高道陈抟的图书易学与"北宋理学五子"中周敦颐的太极图说、邵雍的先天学的关系问题。本章将研究该领域内的另外两个议题：一是中古道教重玄学对宋代理学的思想影响问题；二是唐宋之际道士与儒士（文士）的思想文化交流、共享问题。

第一节　论李荣思想与程朱理学的关联

　　中古道教重玄学对宋代理学产生过重要的思想影响。如马西沙指出："理学决不是孔、孟儒学单纯逻辑历程之发展，它渗透了道、释哲学的内在影响，是输入了新血液,其中无疑有重玄学说的因素。"①汤一介认为:"'重玄学'以'理'释'道',又提出'道者,虚通之理,众生之正性',而'心'为精神之主体,'夫心者,五脏之主,神灵之宅',通过'穷理尽性',而实现与道合一。这与宋明理学(特别是程朱派)的路数极为相近。"②

对于两者间的思想继承问题,此前已有学者做过研究。如韩国学者崔珍皙《重玄学与宋明理学——以重玄学、华严宗以及程朱理学之间的比较为中心》③一文"论证重玄学与宋明理学之间的继承关系",但其中所论的"重玄学",仅是成玄英的思想学说。陈鼓应在《"理"范畴理论模式的道家诠释》④一文中,论述了成玄英对"理"范畴的理论突破及其对程朱理学所产生的深刻影响。这些研究阐微烛隐,富有创见,但对于两大学术流派间的思想关系这样一个大题目来说,仍有许多未发之覆。

本节以初唐另一位重玄学大师——李荣的思想学说为研究对象,在解读其现存《道德经注》《西升经注》等著作的基础上,以"理""性"这两个重要概念为中心,探讨其思想与程朱理学的逻辑关联,以期丰富学界对重玄

①马西沙:《马西沙序》,见卢国龙:《中国重玄学——理想与现实的殊途与同归》,北京:人民中国出版社,1993年。
②汤一介:《郭象与魏晋玄学》(增订本),北京:北京大学出版社,2000年,第342页。
③《世界宗教研究》2000年第4期。
④见宫哲兵主编:《当代道家与道教》,武汉:湖北人民出版社,2005年。

学与宋明理学关系的认识。

一、"理"涵义之关联

在李荣的著作中，"理"字被频繁使用，但对于"理"的具体涵义，他没有作出明确界定。经考析，可知这些"理"的涵义有着很大差别。如：

> 长短相形，是非相对，理自然也。①
>
> 至道运而无壅，何适而不能，玄德动而不滞，何事而不可。今约事分用，通生则理归于道，长畜则义在于德。②
>
> 亡精损气归无常，知和不死保真常，含德既知和理，又体常义，物无不照，故曰明也。③
>
> 下理于人，上事于天，莫过以道用为法式。④

第一条中的"理"，意义相当于我们日常生活中所习称的"道理"，是从经验中自然能够体认到的一种"必然"或

---

① 李荣注，蒙文通辑校：《道德真经注》，见蒙文通：《道书辑校十种》，成都：巴蜀书社，2001年，第571页。
② 李荣注，蒙文通辑校：《道德真经注》，见蒙文通：《道书辑校十种》，第631页。
③ 李荣注，蒙文通辑校：《道德真经注》，见蒙文通：《道书辑校十种》，第636页。
④ 李荣注，蒙文通辑校：《道德真经注》，见蒙文通：《道书辑校十种》，第641页。

"原则",属于人之"纯知的思想活动中之理"。第二条中的"理"是指"道"的"通生"属性,即"通生"之理,是"道"的一个特征。第三条中的"理"是"和理",当从"表状人由修养所成之精神状态生活态度"上来理解:"和"是指体道含德之人所具有的"和气不散"的状态,"和理"既指这一状态,也指达到这一状态的路径、原则。第四条中的"理"则被用作动词,义同于"治",这是"理"字最为原初的意义①。可见上列引文中的"理",要么指经验世界的原则,要么指"道"的不同侧面或属性,要么被用作动词,都还是"从分与别方面来说,而与道之从总与合的方面说者不同"②,也就是说还未上升到中国传统哲学的最高范畴——"道"的高度。

---

① 《说文解字》释"理"云:"治玉也。"唐君毅据之认为:"理字最早之涵义,大约即是治玉。治玉而玉之纹理见,即引申以指玉上之纹理。"〔见氏作《论中国哲学思想史中"理"之六义》,(香港)《新亚学报》第1卷第1期(1955年8月)〕今从其说。但法国汉学家戴密微(Paul Demieville)认为:"理的原意不是'抛光玉材',如《说文解字》所解;而是把土地分成田块,如《诗经》所言。直到汉末,理一直被当作'规律即事物适当分配之原理'。佛教把理变成'人人内在具有的精神上之绝对性',理与事相对。在翻译过来的佛典中,不存在由理与事改造过的梵文术语。这种理的新含义以及理与事相对的概念,在公元三世纪道家中已经出现。新儒家又回到理的'自然规律之原理'旧意上。但是,尚没有彻底摆脱理的'绝对抽象地存在于人自身和万物之中'这种佛教教义的影响。"〔引自葛瑞汉(Angus C. Graham):《中国的两位哲学家:二程兄弟的新儒学》,程德祥等译,郑州:大象出版社,2000年,第59页注1〕

② 唐君毅:《论中国哲学思想史中"理"之六义》,(香港)《新亚学报》第1卷第1期(1955年8月)。

　　宋代理学家亦"从分与别方面"来说"理"。如程颐云:"天下物皆可以理照,有物必有则,一物须有一理","一草一木皆有理"①。但宋代理学的更大成就,是将此分别之理总合归一,建立起一个"合天地万物"的"理",也就是程颐所声称的"万理归于一理""天下只是一个理"②。朱熹也说:"宇宙之间,一理而已,天得之而为天,地得之而为地。而凡生于天地之间者,又各得之以为性。"③陈荣捷认为:"儒者从来言理,皆属穷理与义理,……大多解理为治、为秩序,未作宇宙原则解。作如是解自宋儒始。"④所谓"宇宙原则",即指此"一理"。因此中国传统哲学的最高范畴,如天、道等,"只不过是理的不同称谓而已"⑤。

　　在李荣的学说中,分别之"众理"有没有上升为总合的"一理",这是探讨其"理"的学说与宋代理学之关联的关键。经研读其相关论说,我们可以得出这样的认识:在更多的时候,李荣所使用的"理"与"道"是有着密切联系的,甚至"理"就是"道"。这可由以下几方面为证:

---

①程颢、程颐著,王孝鱼点校:《二程集·河南程氏遗书》卷一八,第193页。

②程颢、程颐著,王孝鱼点校:《二程集·河南程氏遗书》卷一八、卷二上,第195、38页。

③朱熹著,郭齐、尹波点校:《朱熹集》卷七〇《读大纪》,成都:四川教育出版社,1996年,第3656页。

④陈荣捷:《宋明理学之概念与历史》,台北:"中研院"文哲所筹备处,1996年,第133页。

⑤葛瑞汉:《中国的两位哲学家:二程兄弟的新儒学》,第46页。

1. 李荣《道德真经注》开篇解"道可道，非常道"即云：

> 道者，虚极之理也。夫论虚极之理，不可以有无分其象，不可以上下格其真，是则玄玄非前识之所识，至至岂俗知而得知，所谓妙矣难思、深不可识也。圣人欲坦兹玄路，开以教门，借圆通之名，目虚极之理，以理可名，称之可道，故曰吾不知其名，字之曰道。[1]

其中第一句"道者，虚极之理"，常被学者称引以证明李荣有着"道即是理"的认识。其实，引文中至少有两处表述反而恰与此见相左。其一就是这句"道者，虚极之理"。从其表述结构来看，"虚极"是对"理"的限定，由此可见李荣所认知的"理"涵义的多样性，而"道"仅是其中的一种"理"，也就是"虚极"之"理"，因此"道"也就不能完全等同于"理"。其二是所谓的"以理可名"。李荣认为"虚极之理"也就是"道"是不可名的，但为了表述，只好借助于可名的"理"。此可名的"理"在多大程度上能够表达那个不可名的"道"？李荣未作解释，但两者间应该有着不小的差别。

---

[1] 李荣注，蒙文通辑校：《道德真经注》，见蒙文通：《道书辑校十种》，第564页。

但恰恰是在李荣的著作中,又认为"理"是不可"名言"的,是"无名"的:

> 教具文字为有也,理绝名言为无也,教之行也,因理而明,理之诠焉,由教而显。①
>
> 夫有形者立称,无象者绝名,约通生而为用,字之曰道;无一法而不包,名之曰大。理本无名,无名而名,谓之强也。②

前一条中,与"教"相对的、绝于"名言"的"理",其实也就是前面引文中所表述的"虚极之理",也就是"道"。后一条是对《道德经》第二十五章"吾不知其名,字之曰道,强为之名曰大"的解释,其中的"理本",可释为那个"无象绝名""通生而为用"的"道"。

2. 李荣的注解中隐含着"道即是理"的逻辑认识。如李荣注解《道德经》第二十三章"希言自然。飘风不终朝,骤语(雨)不终日"云:

> 希,少也。多言数穷,少言合道,故曰自然。道

---

① 李荣注,蒙文通辑校:《道德真经注》,见蒙文通:《道书辑校十种》,第578页。
② 李荣注,蒙文通辑校:《道德真经注》,见蒙文通:《道书辑校十种》,第597页。

则非无非有,理亦非少非多,欲明多言之失真,故借少言而合道。

迅风暴雨,尚不竟日终朝,轻躁多言,岂得全身远害。少言合理,则十日雨五日风也;多言有损,则狂风暴雨也。①

两句经文都意指少作言语以合于道,而李荣在对第二句经文的解释中,却用"少言合理"来代替上句注解中出现的"少言合道"。这里的"理"应该是对"道"的同义替换,表明在李荣的观念中,有着"道即是理"的认识。

3. 在李荣的注解中,有很多"道""理"对仗成文的句式。如:

玄牝之道,不生不灭,雌静之理,非存非亡。②
是知贪而聚者失理也,积而散者合道也。③
凡情失道,乃为无识,圣智达理,故曰自知。④

---

①李荣注,蒙文通辑校:《道德真经注》,见蒙文通:《道书辑校十种》,第595页。

②李荣注,蒙文通辑校:《道德真经注》,见蒙文通:《道书辑校十种》,第573页。

③李荣注,蒙文通辑校:《道德真经注》,见蒙文通:《道书辑校十种》,第576页。

④李荣注,蒙文通辑校:《道德真经注》,见蒙文通:《道书辑校十种》,第656页。

在李荣生活的唐朝前期,骈体文流行,其经文解释中出现对仗句式,应该是受这种文风熏育影响所致。构成这种对仗句式的两个语句,不仅有着相同的句法结构,而且其中相对应的字词也往往具有相同的词性,一些词甚至是同义互换。上列引文中"道"与"理"对举,很大程度上即可视为同义互换,这表明李荣有着"道即是理"的认识。

4. 在李荣的注解中,有着明确的"道"即是"理"的表述。如:

> 天道者,自然之理也。不假筌蹄得鱼兔,无劳言教悟至理,此不窥牖见天道也。[1]
> 道,理也;经,教也。[2]

在前一条中,李荣认为"天道"是"自然之理",其中"自然"与"天"相对应,可理解为现在我们所习称的那个与人文相对的"自然"。相应地,"理"与"道"相对应,两者可互释。在后一条中,李荣明确将"道"解释成"理"。

作为名词,"理"最初意指玉石中的纹理。关于"理"

---

[1] 李荣注,蒙文通辑校:《道德真经注》,见蒙文通:《道书辑校十种》,第627页。

[2] 陈景元纂:《西升经集注》卷二,见《道藏》第 14 册,北京:文物出版社,上海:上海书店,天津:天津古籍出版社,1988 年,第 574 页。

与"道"的关系,从原初意义上来说,如果将"道"视为玉石,那么"理"就是它的纹理,这也是"道"与"理"的原初差异所在。在李荣的注解中,我们也能读到这种差异。如:

> 圣人怀道,故言抱一,动皆合理,可以轨物,故言式也。①
> 道则非无非有,理亦非少非多。②

在前一条中,"理"是可以体知的"道"之"规则",较不可言说的"道"更具可操作性,所以在后一条中,"理"用表示数量的"多、少"来表述,而"道"只能用"有、无"来表达。可是,"道"的"规则"与"道"又是密切相连的,正如前面引文所示,在很多时候,李荣注解中的"理"与"道"之间几乎没有差别,以至于认为"道,理也"。

既然李荣视"道"为"理",将"理"上升为最高哲学范畴,那么紧接着的问题是:此"理"是否与宋代理学中的"理"一样,具有宇宙本体的意义?中国上古哲学中,"宇宙生成论"占有绝对重要的地位,自魏晋始,"本体

---

① 李荣注,蒙文通辑校:《道德真经注》,见蒙文通:《道书辑校十种》,第594页。
② 李荣注,蒙文通辑校:《道德真经注》,见蒙文通:《道书辑校十种》,第595页。

论"渐次取代了"生成论"的部分论域。李荣的一些经注就鲜明体现出这一哲学根本理论的变化。如他注《道德经》第五十二章"天下有始,以为天下母。既得其母,以知其子。既知其子,复守其母,没身不殆"云:

> 道为物本,故云始;德能畜养,故云母也。
> 道德生畜,母之义也;物从道生,子可知也。
> 子从亲生,必须孝于亲;物从道生,必须守于道。子孝于母,母慈于子,通天地,感神明,物无伤也。人守于道,道爱于人,积功行,著幽显,物无害者,故言不殆也。此明母子相守,本末相收,能行此者,家国安也。①

在这里,李荣以"物从道生"解释经文中的"母""子"之义,是"生成论"的论调,但他解释"始"云"道为物本"而非"道为物始",且用"本末相收"同义类比"母子相守",都显示出他在构建本体论哲学方面所迈出的步伐。所谓"道为物本",即认为"道"为大千事物之本体,根据上文所论证的李荣"道即是理"的认识,我们完全可以推知他也把"理"视为事物的本体。如他将"理"与"本""体"合称,就是显例:

---

① 李荣注,蒙文通辑校:《道德真经注》,见蒙文通:《道书辑校十种》,第632页。

　　若未能遗识,情在有封,驰骛于是非,躁竞于声
色,但归有为之事迹,岂识无为之理本,此有欲
行也。①

　　夫名非孤立,必因体来,字不独生,皆由德立,理
体运之不壅,包之无极,遂以大道之名,诏于大道
之体。②

第一条中,"无为"是宇宙事物的"理本",也就是本体之
"理"。第二条中,"名"与"体"、"理体"与作为名的"大
道"间关系的表述,也是本体论的论调。

　　另外,李荣对儒家"理"之涵义的认识,也体现出与
后世理学的相似性。与许多道教徒一样,他也站在道教
立场上反对儒家的仁义礼教。如解《道德经》第三十八
章"前识者道之华而愚之始"云:"道德者,道之实也。仁
义者,道之华也。先知仁义者,识华不识实也。夫明者自
然合理,暗者方俟师教,知礼非上智之基,乃是下愚之
始。"③此所谓悖于"道德"的"仁义""知礼",显然是世俗
儒家的思想和做法。李荣解《道德经》第四十二章"人之

---

① 李荣注,蒙文通辑校:《道德真经注》,见蒙文通:《道书辑校十种》,第
565页。
② 李荣注,蒙文通辑校:《道德真经注》,见蒙文通:《道书辑校十种》,第
564页。
③ 李荣注,蒙文通辑校:《道德真经注》,见蒙文通:《道书辑校十种》,第
616页。

所教"云：

> 人间所行之教,理归仁义,事在刚强,然刚强者
> 死之类,仁义者道之华。①

所谓"人间所行之教",李荣并未指明是何教,但联系上文,我们自然可知其所指乃是推扬"仁义"、主张积极用世的儒教。值得注意的是,此处他将儒教之"理"归为"仁义"。我们知道,"仁义"是儒家标志性的概念,在社会人伦领域内,宋代理学正是以包括"仁义"在内的"三纲五常"为主要内涵而建立起一个规范人间秩序的"理"。身处唐代前期的李荣如此颇有先见地视"仁义"为儒教之"理",虽以批评方式提出,但在认识和致思路向上仍不失为可供宋儒鉴取的先声。

二、"性"涵义之关联

宋代理学中,"性"是个与"理"同等重要的概念,两者关系密切。此诚如唐君毅所言:"宋明儒之言天理,非只视为外在的物质的天地构造之理……真正之天理,是由心性之理通上去,而后发现的贯通内外之人我及心物

---

①李荣注,蒙文通辑校:《道德真经注》,见蒙文通:《道书辑校十种》,第622页。

之理。"①因此,在一定程度上可以说"性"是"理"的内
在化。

从概念阐释的角度,张岱年将战国至隋唐思想家对
于"性"的定义归结为两类,"一是'生之谓性',二是'人
之所以异于禽兽者'为性"②。前者认为"性"与生俱来,
与后天所学相对,可能为善,也可能为恶。后者以人生来
不学即会的"道德之常"为"性",全然为善。李荣的
"性"论在其学说中占有重要地位,他在一定程度上继承
了传统的"性"论之说,但与其道体论一样,他对"性"的
认识也"是为其'导之以归虚静'的修养论所设立的逻辑
前提"③,因此又有着典型的道家色彩。

同"理"概念一样,李荣注经时也大量使用"性"这一
概念,但对其涵义亦未作明确界定。经考析,李荣注解中
的"性"概念按涵义大略可分为两类:

其一,人生而禀受的不尽完善的"性"。如:

人之受生,咸资始于道德,同禀气于阴阳,而皎

①唐君毅:《论中国哲学思想史中"理"之六义》,(香港)《新亚学报》第1卷
第1期(1955年8月)。
②张岱年:《中国古典哲学概念范畴要论》,北京:中国社会科学出版社,1987
年,第183页。
③卢国龙:《中国重玄学——理想与现实的殊途与同归》,第261页。

昧异其灵,静躁殊其性。①

　　言人之禀性,咸不能以道为娱,而以欲为乐。②

　　繁华者,物情之所悦;虚寂者,人性不能安。③

第一条以"静躁"示"性",近于我们现在所谓的"性格";第二条径以"离道趋欲"示人的"禀性";第三条以不能安于"虚寂"(道)示"人性"。可知,此"性"是指人生来就有的"本能"或"禀受",既包括背道趋欲的自然意向,也包括性格的沉静或急躁。它并不完善,在很大程度上接近于传统哲学中的"生之谓性"。

　　其二,无偏的、完善的"性"。如:

　　　　人性自然已足,益之则忧,夫进智以徇美,与饰伪以为恶,事虽不同,失性均也。④

　　　　除可欲则外无所求,清本性则内无所之,故言

———————

①李荣注,蒙文通辑校:《道德真经注》,见蒙文通:《道书辑校十种》,第565页。
②李荣注,蒙文通辑校:《道德真经注》,见蒙文通:《道书辑校十种》,第566页。
③李荣注,蒙文通辑校:《道德真经注》,见蒙文通:《道书辑校十种》,第610页。
④李荣注,蒙文通辑校:《道德真经注》,见蒙文通:《道书辑校十种》,第590页。

知足。①

此所谓的"人性""本性",是无偏无缺、完善自足的,也为人所固有。这样,人生所固有的,既有不完善的"禀性",也有完善自足的"本性"。两者关系如何?何者处在更为根本的位置?李荣未作说明,似乎也未曾在意过这类问题,显示出其"性"论不够圆融的一面。

至于为"恶"的人性渊源,显然可归结到此不完善的"禀性"。而对于完善自足的"本性"与为"恶"间的关系,李荣在注解中也表露出一些认识:

前识伤性,长恶害人,锐也。②

不能因万物之化,任自然之性,设刑法以威之,故言畏。③

百姓不能以性制情,而乃纵心逐欲,注耳目于声色,专鼻口于香味,因兹惛惑,以此聋盲。④

---

① 李荣注,蒙文通辑校:《道德真经注》,见蒙文通:《道书辑校十种》,第627页。
② 李荣注,蒙文通辑校:《道德真经注》,见蒙文通:《道书辑校十种》,第570页。
③ 李荣注,蒙文通辑校:《道德真经注》,见蒙文通:《道书辑校十种》,第587页。
④ 李荣注,蒙文通辑校:《道德真经注》,见蒙文通:《道书辑校十种》,第630页。

有为累真,遂欲伤性。①

可见"本性"易受伤害,需加护养。"伤性"者既包括人所习知的社会文化方面的"识",又包括社会治理方面的"刑法",还包括人的"情欲"和俗世之"有为"。因此,即使"本性"有着完善自足、无偏无缺的自然属性,但并不能够保证"恶"不会发生。在这一路向上,李荣主要还是继承了传统的观点,重从外在习染的角度来解决性善与为恶的关系问题,其中既有老庄以来的道家传统观点,也有佛教、儒学"性"论的因素。

在宋代,程朱理学以张载"天地之性"和"气质之性"的划分为基础,建立起完善的性二元论。如朱熹云:"有两个'性'字:有所谓'理之性',有所谓'气质之性'。"此"气质之性",又称"生之谓性","是生下来唤做性底,便有气禀夹杂,便不是理底性了"②。李晓春用体性、本性、偶性和固有属性等概念,对此理论模式作出简明论析:"体性是来自于天理的性,偶性是来自于气的属性,理气结合,从个体来看,体性从气的缝隙中透射出光亮,此即构成固有属性。此固有属性一部分为本性,一部分为非本性的固有属性。不过中国哲学对固有属性的两部分

①陈景元纂:《西升经集注》卷二,见《道藏》第 14 册,第 574 页。
②黎靖德编,王星贤点校:《朱子语类》卷九五《程子之书一》,北京:中华书局,1986 年,第 2431、2425 页。

区分不太清晰。在宋代理学中,理为本体,气与理异质,是偶性的产生者,而理与气的结合则产生本性。"①李氏界定"体性"等概念云:"体性指来自于本体的性,本性指一事物之为一事物的本质,偶性则指与事物没有必然联系的偶然性质。""固有属性"这一概念来自亚里士多德,在此其内涵"包括本性与非实体的固有属性两种"②。

此性二元论的创新之处,在于将"理""气"内在有机地融合在一起,来解释"性"的善恶问题,这与传统哲学中"以一种外在作用的方式相互发生作用"的解释模式不同。与之相比,李荣的"性"论尚嫌粗疏,但其中已蕴含着宋代理学性二元论的萌芽。这主要表现为以下几点:

1. 如上所论,李荣所说的"性",既有完善自足的"本性",也有不完善、有所偏缺的"禀性",此二者均是人生来就禀受的、构成性的"固有属性"。其中"一部分为本性,一部分为非本性的固有属性"。这一从内在固有属性的角度、通过二分的方式而对性的善恶之端作出的解释,近于程朱理学的性二元论。

2. 程朱理学"性"论的一大新义,是主张"体性"来自

①李晓春:《宋代性二元论研究》,北京:中国社会科学出版社,2006 年,第7 页。

②李晓春:《宋代性二元论研究》,第6 页。

作为最高本体的"理"（或"道"）。如程颐云："称性之善谓之道，道与性一也。""性即理也，所谓理，性是也。天下之理，原其所自，未有不善。"此"性"与"道（理）"相通贯而一致，是"性之本"，又称"极本穷源之性"，而与"生之谓性"有所分别："凡言性处，须看他立意如何。且如言人性善，性之本也；生之谓性，论其所禀也。"①

李荣的"性"与"道"（"自然"）也有着密切的关系，这在他的相关注解中有所透露：

> 物之性也，本乎自然，欲者以染爱累真，学者以分别妨道……圣人顺自然之本性，辅万物以保真。②

所谓"本乎自然"，即是以"自然"为本。在这里，"自然"不是用作状语义的"自然而然"，而是指一"存在"：

> 自然者，内无自性，外绝因待，清虚玄寂，莫测所由。名曰自然，不可以自他分其内外，不可以有无定其形质，不可以阴阳定其气象，不可以因缘究其根叶。③

---

①程颢、程颐著，王孝鱼点校：《二程集·河南程氏遗书》卷二五、卷二二上、卷一八，第318、292、207页。
②李荣注，蒙文通辑校：《道德真经注》，见蒙文通：《道书辑校十种》，第648页。
③陈景元纂：《西升经集注》卷一，见《道藏》第14册，第568页。

这一描述,所指同于李荣所体认的以"虚无"为体、"不可思议,有无难测,不可分别,寄曰窈冥"①的"道"。再联系李荣的其他一些注解,亦可证明此"自然"与"道"有着类同关系:

> 达至道者,忘之于彼此,悟自然者,混之于和同。②
>
> 上古至淳,贤愚平等,身不失道,行合自然,人皆宝道也。③

此二条中,"达至道"与"悟自然"、"身不失道"与"行合自然"皆为同义互训,故可认定"自然"与"至道""道"指称近似或相同,甚至可以说"自然"即是"道"。因此,李荣所谓的"物之性也,本乎自然",也就是本乎"道"。不管此"性"涵义如何宽泛,但当包括那个完善自足、作为"体性"的"本性",故可以说该"本性"本乎"道",即"本性"来自作为最高哲学范畴的"道"。这足可为程颐"性即理"说的先声。

———————

①陈景元纂:《西升经集注》卷二,见《道藏》第14册,第573页。
②李荣注,蒙文通辑校:《道德真经注》,见蒙文通:《道书辑校十种》,第644页。
③李荣注,蒙文通辑校:《道德真经注》,见蒙文通:《道书辑校十种》,第645页。

3. 与"理之性"相对而又相互关联的"气质之性"的提出,是程朱理学"性"论的另一大新义。其根本特点,是从气化生成的角度,给出了"气"之于"性"的意义,在两者的对立统一中解释性的善恶问题。如朱熹云:"既有天命,须是有此气,方能承当得此理。若无此气,则此理如何顿放! 天命之性,本未尝偏。但气质所禀,却有偏处,气有昏明厚薄之不同。"①"气"与"理"内在有机地融合在一起,一方面它是偶性的产生者,另一方面又"承当""顿放"此"理"。

在李荣的学说中,没有如此"圆备"的性论,但却有在道、气生成过程中论"性"的致思路向。如李荣云:"俱资于道,成受于气,故言同出。名氏既别,色类亦殊,故言异名色。其心清者正而善,其识浊者邪而恶。立行既异,志性不同,故各自生意因。"②他虽然仍用"心清""识浊"来解释"志性"的善恶及差别,但已将其与道、气生成相连接,这在一定程度上可视为程朱理学从气化生成中释"性"理论的思维萌芽。

另外,李荣"复本归根"的修养论,也是后世儒家"复性"说的一个理论先导。自晚唐李翱始,新儒家就建立起以"复性"为核心的修养论。如李翱写有著名的《复性

①黎靖德编,王星贤点校:《朱子语类》卷四《性理一》,第64—65页。
②陈景元纂:《西升经集注》卷一,见《道藏》第14册,第571页。

书》，认为"情者，妄也，邪也，邪与妄则无所因矣。妄情灭息，本性清明，周流六虚，所以谓之能复其性也"①。他在认同"性"（或"体性"）天然完足的基础上，主张灭息"妄情"以"复性"。

关于这种"复性"说的渊源，林耘认为始于《管子》和《庄子》，特别是"《庄子》外杂篇中已多次提到要返归本性之初，实际也就是复归本性的意思"，"后来《吕览》和《淮南子》都继承了《庄子》中的思想，多处讲到要返归本性"；进而认为"李翱的'复性'一说不见于传统儒家典籍，在先秦及汉初道家典籍里却已蕴涵了这一思想，看来李翱是从道家典籍中得到启发，才将《中庸》里的'率性''尽性'发展为'复性'的"②。这是一个有着很大合理性的见解，但遗憾的是，他没有注意到离李翱更近的道教重玄学中的"复性"思想。作为同一朝代的显学，重玄学可能比"先秦及汉初道家典籍"对李翱"复性"说影响更为直接。同重玄学大师成玄英一样，李荣也有着

①李翱：《复性书中》，见《李文公集》卷二，《四部丛刊》本。
②林耘：《李翱复性学说及其思想来源》，《船山学刊》2002年第1期。也有学者认为李翱"复性"说渊源于《中庸》"循其性而归其源"的修养论，如他在《复性书中》中论述道："'率性之谓道'，何谓也？曰：'率，循也。循其源而反其性者也。'"〔王锟：《试论李翱心性论思想体系》，《西安电子科技大学学报》（社会科学版）2002年第1期〕，但可商榷的是，所谓的"循其性而归其源"的修养论，可能是李翱用"复性"的思想而对《中庸》"率性之谓道"作出的解释，而非源出于此。

"复性"说的思想倾向。如:

> 一气之动,万类罗生,咸以自然为宗,至道为本,
> 而逐末者众,归根者希。告而示之,令其敦本,去兹
> 有累,入彼自然也。①

他依据宇宙生成论和本体论,论说了人要"复本""归根"
的原理。因为在性、道关系论上存在理论缺陷,李荣主张
归复的"本"和"根",指的还是"道"——他还未能明确
提出"复性"说。但要实现复本归道,只能依靠内在于人
的道——"性"的修养功夫,从这层意义上来说,李荣所
主张的"复本""归根",其实与后世儒家的"复性"说有
着相同的原理。

英国汉学家葛瑞汉(Angus C. Graham)高度评价二
程兄弟在哲学理论上的"伟大创新",认为:"如此伟大的
成就,只能是经过长时间发展的结果。在这之前的 1500
年间理的概念逐渐浮现出来,对这一过程的研究,毫无
疑问会显示,早期的思想家已经为二程开辟了道路。"②
由上论述,我们完全可以相信,李荣就是为程朱理学开
辟道路的"早期思想家"之一。

---

①陈景元纂:《西升经集注》卷二,见《道藏》第 14 册,第 573 页。
②葛瑞汉:《中国的两位哲学家:二程兄弟的新儒学》,第 46 页。

第二节 晚唐五代小说中的"仙境"：
文士与道士构建之比较

在中国古代小说发展史上，晚唐五代是继六朝之后的又一个创作高峰期，当时形成了大量的成文小说，其中不少流传至今。这些作品多由作者"或征于闻见，或采诸方册"而撰成，内容极为驳杂，游仙是其中一个引人瞩目的题材。现存的晚唐五代小说中，属于或涉及游仙题材的超过 100 篇①。学术界对此已有关注，形成了一些颇具深度的研究成果。如李丰楙《从误入到引导：唐人小说游仙类型的传承与创新——一个"文学与宗教"的观点》②、王国良《唐五代仙境传说考述》③、许雪玲《唐代游历仙境小说研究》④等。这些成果基于文学视角，论

①关于唐代的历史分期及各期的起讫时段问题，学术界有不同的意见。本书所谓的"晚唐"，乃借鉴文学史界（如傅璇琮、蒋寅总主编：《中国古代文学通论（隋唐五代卷）》）的说法，指始自穆宗长庆元年（821）、终至唐王朝覆亡的哀帝天祐四年（907）这 86 年的历史时段。李丰楙《从误入到引导：唐人小说游仙类型的传承与创新——一个"文学与宗教"的观点》一文附录唐五代游仙笔记小说篇目 100 则，其中作于晚唐五代的约有 85 则（参见氏著《仙境与游历：神仙世界的想象》，北京：中华书局，2010 年，第440—443 页）。

②该文发表于"唐代文学与宗教"学术研讨会（香港：香港浸会大学，2002 年5 月28—30 日），后收入氏著《仙境与游历：神仙世界的想象》一书。

③该文发表于"唐代文学与宗教"学术研讨会。

④（台中）东海大学中国文学研究所硕士论文，1993 年。

述唐代游仙小说的情节类型、叙述方式以及语言意象的运用等，无论是对游仙事例的梳理，还是相关问题的提出及论析，都为该论题的拓展研究奠定了坚实的基础。然而，这些成果对文人小说中的仙境与道教仙境教理的关系问题，虽然间或有所涉及，但因主题所限，未能予以深入探讨。

中古文学作品中的仙境传说，与形成于汉末的道教所造构的仙境教理之间，有着"错综复杂的互动关系"①。如陶渊明《桃花源记》中的"桃花源"，是他"以自己的方式对当时的洞天说传承进行改造而构想出来的"，而道教徒后来就将其纳入洞天福地系统中②。洞天福地说是道教仙境教理的集中体现，历史上有着长期的演变、完善过程③。其完备的标志，是中唐道士司马承祯（647—

①李丰楙：《六朝道教洞天说与游历仙境小说》，见氏著《仙境与游历：神仙世界的想象》，第 351 页。
②参见三浦国雄《洞庭湖与洞庭山——中国人的洞窟观念》，见氏著《不老不死的欲求：三浦国雄道教论集》，王标译，成都：四川人民出版社，2017年，第 369 页。柏夷（Stephen R. Bokenkamp）认为"见载于成书于 3 世纪末或 4 世纪初的《灵宝五符经序》"的"一则游历洞天的故事，直接成为陶潜（365—427）所著《桃花源记》的灵感来源"。氏作《桃花源与洞天》，见氏著《道教研究论集》，孙齐等译，上海：中西书局，2015 年，第 160 页。
③对此过程的梳理分析，可参见三浦国雄《不老不死的欲求：三浦国雄道教论集》第四部第二章《论洞天福地》、李丰楙《六朝道教洞天说与游历仙境小说》（见氏著《仙境与游历：神仙世界的想象》）、张广保《唐以前道教洞天福地思想研究——从生态学视角》（见郭武主编：《道教教义与现代社会国际学术研讨会论文集》，上海：上海古籍出版社，2003 年）。

735)《天地宫府图》和唐末五代道士杜光庭(850—933)
《洞天福地岳渎名山记》所记载的洞天福地系统。司马
承祯之后,杜光庭生活的时代及其前后,正值文人小说
创作的高峰期。当时涌现的大量文人小说中的仙境传
说,也与二人的洞天福地说有着错综复杂的关系。将两
者进行比较研究,对于深入认识晚唐五代时期文人与道
士的思想、知识互动状况有着特别的意义,有助于深化
学界对唐宋思想文化转型有着重要影响的儒道关系的
认识。

一、文人小说"仙境"与道教仙境的场域主体类型 比较

晚唐五代小说所描述的众多仙境,往往有着不同的
景象,但在进入仙境的方式、进入者的经历及景观等方
面,一定数量的仙境也有着相似性。根本看来,这些仙境
的相同之处在于:有着异常的自然景象,大多数用进入
者所经历的时空(尤其是时间)转移,少数用豪华建筑和
奢华生活,甚至"直接采用关键性语汇及文字叙述,表明
仙境具有'非常世所有'的殊异性、神秘性"[1]。仙境主体
场域的构建,表现出显著的类型化差别,依之对仙境进

---

[1] 李丰楙:《从误入到引导:唐人小说游仙类型的传承与创新——一个"文
学与宗教"的观点》,见氏著《仙境与游历:神仙世界的想象》,第 406 页。
三浦国雄在其著作《不老不死的欲求:三浦国雄道教论集》中,多次用"异
次元的世界"来指称道教的仙境"洞天福地"。

行归类分析,是深入了解晚唐五代文人小说中的仙境并将其与道教仙境作比较的有效路径。

笔者通阅现存晚唐五代小说,稽得含有仙境描写的文人小说 74 篇、仙境 76 处①。根据其主体场域特征,兹将这些仙境分为都会宫阙型、道场型、豪宅型、普通住宅型和洲国聚落型等类型,连同其篇名出处、作者、地理位置等信息列表如下:

表 3-1

作者	篇名及出处	仙境	类型	地理位置
薛用弱	《李清》,《太平广记》卷三六引自《集异记》	洞中道士居所	道场型	青州云门山
薛用弱	《赵操》,《太平广记》卷七三引自《集异记》	二叟家舍	普通住宅型	终南山
薛用弱	《蔡少霞》,《太平广记》卷五五引自《集异记》	苍龙溪新宫	都会宫阙型	自兖州泗水县东山居梦至
牛僧孺	《裴谌》,《太平广记》卷一七引自《续玄怪录》,实《玄怪录》	青园桥东裴谌宅	豪宅型	扬州

①此处作为统计对象的"仙境",有如下规定:1. 皆出自世俗文士的小说;2. 严格限定为仙人所居止的场所,不包括神界,月宫、龙宫等亦排除在外;3. 沈汾《聂师道》叙述聂师道入衡山访蔡真人,先后到达蔡真人之子和蔡真人的住所。前者的景象是"东行十余里,遥望见草舍三间,有篱落鸡犬",是普通住宅的样子;后者的景象是"随行数里,忽见草舍两间,甚新洁,有床席,小铛燃火煎汤,俨若书生所居",乃一修行之所,故本节将其分属两种不同类型的仙境。皇甫氏《采药民》所述的穴中村落仙境和腾云驾鹤而至的玉皇城阙,亦如此处理。

作者	篇名及出处	仙境	类型	地理位置
牛僧孺	《柳归舜》,《太平广记》卷一八引自《续玄怪录》,实《玄怪录》	桂家三十娘子宅	豪宅型	君山
牛僧孺	《崔书生》,《太平广记》卷六三引自《玄怪录》	西王母女之宅	豪宅型	东州逻谷
牛僧孺	《张佐》,《太平广记》卷八三引自《玄怪录》	兜玄国	都会宫阙型	鹤鸣山下所遇小童之耳中
牛僧孺	《刘法师》,《太平广记》卷一八引自《续玄怪录》,实《玄怪录》	壁上洞中仙真的处所	道场型	华山
牛僧孺	《古元之》,《太平广记》卷三八三引自《玄怪录》	和神国	洲国聚落型	西南方"不知里数"
薛渔思	《吕群》,《太平广记》卷一四四引自《河东记》	临溪草堂	道场型	终南山褒斜谷
郑还古	《阴隐客》,《太平广记》卷二〇引自《博异志》	梯仙国	都会宫阙型	房州竹山县
郑还古	《白幽求》,《太平广记》卷四六引自《博异志》	东岳真君居所	都会宫阙型	明州外海
李复言	《杨敬真》,《太平广记》卷六八引自《续玄怪录》	蓬莱	宫阙型	自华山云台峰至蓬莱
李复言	《麒麟客》,《太平广记》卷五三引自《续玄怪录》	山中王夐的居所	宫阙型	去华山仙掌峰数百里

续表

作者	篇名及出处	仙境	类型	地理位置
李复言	《张老》,《太平广记》卷一六引自《续玄怪录》	张家庄	豪宅型	王屋山
李复言	《李绅》,《太平广记》卷四八引自《续玄怪录》	南海群仙会所	宫阙型	罗浮山
佚名	《张卓》,《太平广记》卷五二引自《会昌解颐录》	仙人住宅	豪宅型	终南山褒斜谷
段成式	《李班》,《酉阳杂俎》卷二《玉格》	瓜穴	道场型	卫国县西南
段成式	《释惠霄》,《酉阳杂俎》卷二《玉格》	一寺院	道场型	长白山
段成式	《蓬球》,《酉阳杂俎》卷二《玉格》	仙室	宫阙型	贝丘西玉女山
段成式	《裴沆》,《酉阳杂俎》卷二《玉格》	丈人庄宅	普通住宅型	洛阳至郑州道上
段成式	《赵业》,《酉阳杂俎》卷二《玉格》	上清界	宫阙型	自巴州清化县魂游
卢肇	《卢李二生》,《太平广记》卷一七引自《逸史》	城南卢生住宅	豪宅型	扬州
卢肇	《崔生》,《太平广记》卷二三引自《逸史》	洞中仙府	都会宫阙型	青城山
卢肇	《李虞》,《太平广记》卷四二引自《逸史》	洞中聚落	聚落型	华山
卢肇	《瞿道士》,《太平广记》卷四五引自《逸史》	洞中仙人居所	道场型	茅山

续表

作者	篇名及出处	仙境	类型	地理位置
卢肇	《白乐天》,《太平广记》卷四八引自《逸史》	蓬莱山	宫阙型	浙东外海
卢肇	《太阴夫人》,《太平广记》卷六四引自《逸史》	水晶宫	宫阙型	去洛阳八万里
卢肇	《虞卿女子》,《太平广记》卷六五引自《逸史》	井中老姥所居堂宇	豪宅型	虞卿里
卢肇	《马士良》,《太平广记》卷六九引自《逸史》	食莲女子居所	宫阙型	终南山碳谷湫
卢肇	《许飞琼》,《太平广记》卷七〇引自《逸史》	瑶台	宫阙型	梦中至瑶台
卢肇	《回向寺狂僧》,《太平广记》卷九六引自《逸史》	半崖上之回向寺	道场型	终南山
卢肇	《萧复弟》,《太平广记》卷三〇五引自《逸史》	舜二妃之宅	豪宅型	沅江口
卢肇	《张公洞》,《太平广记》卷四二四引自《逸史》	洞内二道士处所	道场型	宜兴县张公洞
李玫	《嵩岳嫁女》,《太平广记》卷五〇引自《纂异记》	仙人庄宅	豪宅型	嵩山
陈翰	《韦安道》,《太平广记》卷二九九引自《异闻录》	后土夫人城	都会宫阙型	洛阳
陈翰	《韦仙翁》,《太平广记》卷三七引自《异闻集》	韦仙翁家舍	普通住宅型	华山

续表

作者	篇名及出处	仙境	类型	地理位置
陈翰	《沈警》,《太平广记》卷三二六引自《异闻录》	张女郎住宅	豪宅型	自秦陇张女郎庙处驾车飞至
张读	《僧契虚》,《太平广记》卷二八引自《宣室志》	稚川仙府	都会宫阙型	自蓝田玉山入洞涉山水而至
张读	《骆玄素》,《太平广记》卷七三引自《宣室志》	东真君居所	道场型	赵州昭庆县山中
张读	《玉清三宝》,《太平广记》卷四〇三引自《宣室志》	玉清宫	宫阙型	蜀地某郡南郊
张读	《柳光》,《太平广记》卷三九二引自《宣室志》	山中石室	道场型	终南山
裴铏	《元柳二公》,《太平广记》卷二五引自《续仙传》,实《传奇》	南溟夫人与玉虚尊师约会之所		廉州合浦县外海孤岛上
裴铏	《许栖岩》,《太平广记》卷四七引自《传奇》	太乙真君居所	道场型	太白山
裴铏	《裴航》,《太平广记》卷五〇引自《传奇》	玉峰洞中居所	豪宅型	终南山蓝桥驿、玉峰
裴铏	《张无颇》,《太平广记》卷三一〇引自《传奇》	广利王宫	都会宫阙型	南越番禺附近
裴铏	《入仙坛》,《岁时广记》卷三三引自《传奇》	山顶吴彩鸾断案处	帷幄型	钟陵西山
孟棨	《晓入瑶台露气清》,《本事诗·事感第二》	昆仑	宫阙型	梦入昆仑

续表

作者	篇名及出处	仙境	类型	地理位置
李绰	《韦卿材》,见《尚书故实》	上公的居所	宫阙型	骊山、蓝田间
皇甫枚	《崆峒山神仙灵迹》,《三水小牍》卷下	雾中呈现的神仙窟宅	宫阙型	汝州临汝县崆峒山
皇甫枚	《侯元》,《太平广记》卷二八七引自《三水小牍》	巨石洞中宅第	豪宅型	上党铜鞮县西北山中
康骈	《严使君遇终南隐者》,《剧谈录》卷下	隐者居所	道场型	终南山
皇甫氏	《冯俊》,《太平广记》卷二三引自《原仙(化)记》	石穴中道士居所	道场型	庐山
皇甫氏	《采药民》,《太平广记》卷二五引自《原仙(化)记》	洞中聚落	聚落型	青城山
		玉皇所居城阙	都会宫阙型	
皇甫氏	《李卫公》,《太平广记》卷二九引自《原仙(化)记》	山中草堂	道场型	嘉兴一带
皇甫氏	《裴氏子》,《太平广记》卷三四引自《原化记》	洞中城郭宫阙	都会宫阙型	太白山左掩洞
皇甫氏	《薛尊师》,《太平广记》卷四一引自《原化记》	石室	道场型	终南山紫阁峰
皇甫氏	《王卿》,《太平广记》卷四五引自《原化记》	崖上道士居所	道场型	郢地

续表

作者	篇名及出处	仙境	类型	地理位置
皇甫氏	《陆生》,《太平广记》卷七二引自《原化记》	老人住宅	豪宅型	终南山
皇甫氏	《张仲殷》,《太平广记》卷三〇七引自《原化记》	老人庄宅	豪宅型	终南山
苏鹗	《金龟印》,《杜阳杂编》卷中	海上洲岛	宫阙型	自新罗使回之海上
苏鹗	《元藏几》,《杜阳杂编》卷中	沧浪洲	洲国聚落型	去中国数万里
沈汾	《李珏》,《续仙传》卷中	华阳洞天	宫阙型	自广陵梦入
沈汾	《王可交》,《续仙传》卷中	彩画花舫		昆山松江上
沈汾	《聂师道》,《续仙传》卷下	山中草舍	普通住宅型	衡山洞灵源
		草舍	道场型	玉笥山郁木坑
沈汾	《羊愔》,《续仙传》卷下	括苍山洞府	宫阙型	括苍山
孙光宪	《韩定辞》,《太平广记》卷二〇〇引自《北梦琐言》①	地仙九馆	宫阙型	洛阳

①今本《北梦琐言》未载此篇,后世文献所引其中内容,则出自刘崇远《耳目记》,李时人据此认为"或本篇原出于《耳目记》"(见氏编校《全唐五代小说》第五册,北京:中华书局,2014 年,第 2881 页)。

作者	篇名及出处	仙境	类型	地理位置
孙光宪	《张建章泛海遇仙》,《北梦琐言》卷一三	岛上女仙居所	宫阙型	往渤海国之海上
徐铉	《陈师》,《太平广记》卷五一引自《稽神录》	陈师居处	道场型	豫章西山天宝洞前
徐铉	《沈彬》,《太平广记》卷五四引自《稽神录》	石门内景象	道场型	豫章西山天宝洞
佚名	《坠井得道》,《灯下闲谈》卷上	大唐玄都洞	宫阙型	青州城北
佚名	《猎猪遇仙》,《灯下闲谈》卷下	蓬玄洞天	宫阙型	泰山
佚名	《代民纳税》,《灯下闲谈》卷下	栖霞洞	道场型	桂林
何光远	《太元遇仙》,《分门古今类事》卷二引自《宾仙传》	丈人洞府	宫阙型	灵山

（一）上表所列的仙境中,都会宫阙型仙境有 10 处,宫阙型仙境有 21 处,帷幄型仙境有 1 处;道场型仙境有 20 处;豪宅型仙境有 14 处,普通住宅型仙境有 4 处;洲国聚落型仙境有 2 处,聚落型仙境有 2 处。兹将各类型仙境分别举例说明如下:

都会宫阙型仙境的主体类似一国都,有"城池楼堞"和殿宇,以及主仙和僚佐侍从,有些还述及属民。如牛僧孺《张佐》所述的耳中都会:"城池楼堞,穷极壮丽。（薛）

君胄彷徨，未知所之，顾见向之二童，已在其侧，谓君胄曰：'此国大小于君国，既至此，盍从吾谒蒙玄真伯?' 蒙玄真伯居大殿，墙垣阶陛，尽饰以金碧，垂翠帘帷帐，中间独坐。真伯身衣云霞日月之衣，冠通天冠，垂旒皆与身等。玉童四人，立侍左右。"[1]

宫阙型仙境与都会宫阙型仙境的差别，在于只描述宫阙，未提及城池都会。如李复言《杨敬真》所述蓬莱大仙伯的处所："其宫皆金银，花木楼殿，皆非人间之制作。大仙伯居金阙玉堂中，侍卫甚严。"[2]这类仙境的宫阙中，居住着领有僚佐侍从的主仙，他（她）们是一方之主。其宫阙所在地，或许亦有城池，只是小说未提及而已，因此可将这类仙境与都会宫阙型仙境等视。

1处帷幄型仙境的场景，为"主阴籍"的仙人吴彩鸾在钟陵西山绝顶处的帐内凭几断案，有仙娥侍奉，且"侍卫甚严"。这俨然是宫阙型仙境中仙主处置事宜场景的变体，因此可将其与宫阙型仙境等视。

道场型仙境的场域主体，或是山中草堂、寺观、书斋，或是崖壁洞龛、洞中石室，人物多是道士，或有作为侍从的童子，他们或弈棋饮酒，或偃卧读书，或炼药修持。总体来看，这类仙境是高道（仙真）修行、生活的场所。如

---

[1]李昉等：《太平广记》卷八三，北京：中华书局，1961年，第534页。按，标点为笔者所加，后同。

[2]李昉等：《太平广记》卷六八，第423页。

张读《骆玄素》所述东真君的居处:"翁引玄素入深山,仅行十余里,至一岩穴,见二茅斋东西相向,前临积水,珍木奇花,罗列左右。有侍童一人,年甚少,总角衣短褐,白衣纬带革舄,居于西斋。其东斋有药灶,命玄素候火。"①

段成式《释惠霄》、卢肇《回向寺狂僧》中的仙境,主体为寺院,仙主是僧人,但其存在方式与上述道场型仙境中的道士并无二致,因此本节将这2处仙境一并归为道场型仙境。

豪宅型仙境的主体,是作为仙人生活处所的豪华宅邸,其中往往附有奢华的生活方式。如牛僧孺《裴谌》所述王敬伯到访的裴谌住宅:"楼阁重复,花木鲜秀,似非人境。……遂揖以入,坐于中堂。窗户栋梁,饰以异宝,屏账皆画云鹤。有顷,四青衣捧碧玉台盘而至,器物珍异,皆非人世所有,香醪嘉馔,目所未窥。既而日将暮,命其促席。燃九光之灯,光华满坐。女乐二十人,皆绝代之色,列坐其前。"②

普通住宅型仙境的主体,是普通的平民住宅,仙人及其家庭成员在其中过着貌似凡人的生活。如薛用弱《赵操》所述赵操纵驴所至的南山"人居":"既入,有二白发叟,谓操曰:'汝既至,可以少留。'操顾其室内,妻妾孤

①李昉等:《太平广记》卷七三,第459页。
②牛僧孺:《幽怪录》卷一,明书林松溪陈应翔刻本。

幼,不异俗世。"①

　　洲国聚落型仙境的场域,是一洲或一国的平民社会,其中无身份性官长辖治,也未见有城池和宫阙官府。如苏鹗《元藏几》所述藏几泛海遇风浪而漂至的"沧浪洲":"其洲方千里,花木常如二月,地土宜五谷,人多不死。"②再如牛僧孺《古元之》所述的"和神国":"其人长短妍蚩皆等,无有嗜欲爱憎之者。人生二男二女,为邻则世世为婚姻。……人无私积囷仓,余粮栖亩,要者取之。无灌园鬻蔬,野菜皆足人食。十亩有一酒泉,味甘而香。国人日相携游览,歌咏陶陶然,暮夜而散,未尝昏醉。……其国千官皆足,而仕官不知身之在事,杂于下人,以无职事操断也。虽有君主,而君不自知为君,杂于千官,以无职事升贬故也。"③

　　聚落型仙境的场域则较洲国聚落型仙境大为缩小,是一较小区域内的平民社会,甚至是数十户人家的村落;其民或数百年前因"逢乱避世"而迁居于此,或即是一定距离外的仙主的辖民;虽有官长,但上下间并无严格的辖治关系,呈现出自治社会的和乐景象。如卢肇《李虞》所述李虞、杨棱所至的华山一洞内景象:"川岩草树,不似人间,亦有耕者。……更二里余,有佛堂,数人方

---

①李昉等:《太平广记》卷七三,第459—460页。
②李昉等:《太平广记》卷一八,第124页。
③李昉等:《太平广记》卷三八三,第3057—3058页。

饮茶次。李公等因往求宿,内一人曰:'须报洞主。'逡巡见有紫衣,乘小马,从者四五,呵路而至,拜起甚雅,曰:'得到此何也?'一人备述曰:'此处偏陋,请至某居处。'遂同步而往,到一府署,多竹堂,屋坐甚洁,人吏数十。因自言曰:'某姓杜,名子华,逢乱避世,遇仙侣,居此已数百年矣。'"①

另外,晚唐五代文人小说中还有 2 处仙境,未能归入上述八种类型。其一是《太平广记》卷二五《元柳二公》篇所述玉虚尊师与南溟夫人在孤岛上的约会之处,其二是沈汾《王可交》所述可交于苏州昆山松江上与诸仙的偶遇之处。这两处仙境虽皆是临时性的遇会场所,与前述仙境所共有的仙真"居住"地这一规定性有别,但它们也具有文人小说中"仙境"的基本特点。如《王可交》所述,王可交在此遇仙后再重回人间时,发生了时空转移——重回人间是在 9 月 9 日,离入江之日 3 月 3 日已有半年,且地点移至天台山瀑布寺前,这说明他这次遭遇虽看似是偶然的际会,实则进入了仙境。

(二)得道成仙是道教的根本理念,仙人的生活世界——仙境是道教信仰的彼岸世界,对其进行构建和描述是道教教义的重要组成部分,这在道教经书中有着大量的记载。

---

① 李昉等:《太平广记》卷四二,第 267 页。

从现存文献来看,仙岛和仙洲是道教徒利用传统的仙境传说而较早构建的道教仙境。如托名作者为东方朔、一般认为实际成书于汉末或六朝的《海内十洲记》①,记述了作为仙境的十洲、五岛。该书内容"充满道教气息",或被认为出自道教徒,被收入《正统道藏》,是早期道经之一。

仙国也是道教徒利用久远的仙国传说而构建的仙境。如一般认为作于战国至西汉初中期的《山海经》中,就记载有"其为人黑色,寿,不死"的"不死民"国、"其不寿者八百岁"的"轩辕之国"②。后来,西晋张华《博物志》、前秦王嘉《拾遗记》等文人著作都对仙国有所记述③。从文献记载来看,六朝时期的道士已充分利用这类传说以造构道教仙国。如北朝道教类书《无上秘要》卷六《洲国品》,辑录多条出自《洞真外国放品经》

---

① 关于该书的成书时间,严懋垣"据其文体的凌乱——首尾类自述体,而中间则显系第三人追记之辞,且称谓混淆——不称朔而称方朔,又引据鲁迅之说,推定为'六朝晚期道教建立之后,好事之士依托而成'"(李丰楙:《仙境与游历:神仙世界的想象》,第265—266页)。李丰楙《〈十洲记〉研究——十洲传说的形成及其演变》认为乃由"王灵期等一类造构者"利用流传下来的河图类地理纬书资料,又"联贯《汉武内传》的真形图说""在东晋太元末至隆安年间造制"而成(见氏著《仙境与游历:神仙世界的想象》,第273—274页)。

② 方韬译注:《山海经》,北京:中华书局,2011年,第225、234页。

③ 如《博物志》卷二《外国》篇记载一"騩兜国","其民尽似仙人",见张华等撰,王根林等校点:《博物志(外七种)》,上海:上海古籍出版社,2012年,第12页;《拾遗记》卷九记载一"频斯国":"其国人皆多力,不食五谷,日中无影,饮桂浆云雾。"见王嘉等撰,王根林等校点:《拾遗记(外三种)》,上海:上海古籍出版社,2012年,第58页。

《洞玄灵宝经》等道经描述仙国的经文。如：

> 东极碧落空歌大浮黎国，其地皆是碧玉，四边
> 阶道皆以金银宝饰，严整光明。是国男女，无有衰
> 老，无有哀忧，不履苦毒，不履愁恼，唯乐为生。①

该条经文着重描述国人长寿平等、安宁和乐的生活情
状，造构出一个生活乐园般的乌托邦，与上文所总结的
洲国聚落型仙境十分契合。

六朝时期这种乐园式乌托邦理想在文人作品中也
有显明体现，最著名的例子便是陶渊明《桃花源记》所描
述的"桃花源"②。虽然《桃花源记》"并没有写与世隔绝
的那个村子位于洞窟内部，也没有明言生活在那里的人
是神仙"，"作者巧妙地消除道教色彩而塑造出独特的乐
园"③，但是在司马承祯编纂的《天地宫府图》中，已把此
"桃源山洞"列为"三十六小洞天"中的第三十五洞天。
由此可见，这种聚落型的世外生活乐园，也被道教认可

---

① 周作明点校：《无上秘要》卷六《洲国品》引《洞玄灵宝经》，北京：中华书局，2016 年，第 88 页。
② 关于陶渊明"桃花源"意象的来源，三浦国雄在陈寅恪提出的受启发于现实中的"坞"一说之外，认为"当时道教徒所梦想的'洞天福地'说也是桃花源的基础之一"（氏作《安坚〈梦游桃园图〉与陶渊明〈桃花源记〉》，见氏著《不老不死的欲求：三浦国雄道教论集》，第 392 页）。此外，当时道俗间的这种乐园式乌托邦说，也当是"桃花源"意象的来源之一。
③ 三浦国雄：《安坚〈梦游桃园图〉与陶渊明〈桃花源记〉》，见氏著《不老不死的欲求：三浦国雄道教论集》，第 403 页。

为教理意义上的仙境,虽然在道教经书中难能见到对这类仙境的记述。

在道教经书中,与域外洲岛一样记述普遍的,是天上和域内五岳名山中的仙境。道教徒认为仙真有位次高低之分①,在早期道书中,作为上仙的天仙居住的地方被描述成一组宫阙嵯峨的建筑群。如《真诰》记载东晋兴宁三年(365)六月二十五日夜紫微王夫人降授一诗,其中描述天上仙境云:"云阙竖空上,琼台耸郁罗。紫宫乘绿景,灵观蔼嵯峨。琅轩朱房内,上德焕绛霞。"②再如《八素经》所载,最高的玉清、上清和太清三天之尊神的驻处,分别是玉清宫、上清宫和太清宫③。而且"三清九宫并有僚属,例左胜于右。其高总称曰道君,次真人、真公、真卿。其中有御史、玉郎,诸小号官位甚多也。女真则称元君夫人,其名仙夫人之秩,比仙公也"④。既是宫殿建筑群,居住其中者组成"高卑有差降,班次有等级"的官僚系统,这类处所显然属于上文所归纳的宫阙型仙境。

---

① 如葛洪《抱朴子》引《仙经》云:"上士举形升虚,谓之天仙。中士游于名山,谓之地仙。下士先死后蜕,谓之尸解仙。"见葛洪著,王明校释:《抱朴子内篇校释》(增订本)卷二《论仙》,北京:中华书局,1985年,第20页。
② 陶弘景撰,赵益点校:《真诰》卷一《运题象第一》,北京:中华书局,2011年,第15页。
③ 陶弘景撰,王家葵辑校:《登真隐诀辑校》,北京:中华书局,2011年,第112页。
④ 陶弘景撰,王家葵辑校:《登真隐诀辑校》,第112页。

天上的仙界宫府仅有上仙可以升登，"而中仙为不汲汲于登天者，可栖集于昆仑、蓬莱等名山，空中结为宫室；至于中仙之次或下仙，则常栖集于名山洞室"①。他们在名山中的栖集之处，即为下界仙境。从《真诰》等早期道经的描述来看，下仙在未"受职"时，常独自或结伴隐栖在名山或洞室中。如《真诰》记载，长安酷吏吴睦"远遁山林。饿经日，行至石室，遇见孙先生在室中隐学，左右种黍及胡麻，室中恒盈食"②。在大茅山西南的方山洞室——方台中，隐居着"张祖常、刘平阿、吕子华、蔡天生、龙伯高"等仙人，其中张祖常在此"修守一之业"，吕子华"来从东卿受《太霄隐书》而诵之。常以幽隐方台为乐，不愿造于仙位也"③。鹿迹山的"绝洞"中，居住着洞主谢稚坚、王伯辽以及冯良、郎宗等仙人，这些"绝洞仙人亦思得学道者，欲与之共处于洞室，困时无其人耳"④。可见这些位次较低的仙人，独自或结伴隐居在名山、洞室中，或修持，或逸乐，且乐于招致世俗学道者，他们的隐栖之地属于上文所归纳的道场型仙境。

中、下仙人"受职"后，或成为掌管名山洞府的仙主，或在洞府中任职僚属，与天宫中仙真一样构成一个上下

①李丰楙：《曹唐〈小游仙诗〉的神仙世界初探》，见氏著《忧与游：六朝隋唐仙道文学》，北京：中华书局，2010年，第309页。
②陶弘景撰，赵益点校：《真诰》卷一四《稽神枢第四》，第254页。
③陶弘景撰，赵益点校：《真诰》卷一四《稽神枢第四》，第244—245页。
④陶弘景撰，赵益点校：《真诰》卷一四《稽神枢第四》，第248页。

差等的官僚系统。关于他们栖止的状况和环境,可于《真诰》所载左元放游历的句曲洞天窥其一斑:

> 汉建安之中,左元放闻传者云江东有此神山,故度江寻之,遂斋戒三月乃登山,乃得其门,入洞虚,造阴宫,三君亦授以神芝三种。元放周旋洞宫之内经年,宫室结构,方圆整肃,甚惋惧也,不图天下复有如此之异乎! 神灵往来,相推校生死,如地上之官家矣。[1]

其中既有"方圆整肃"的"宫室结构",也有"如地上之官家"的神灵官僚系统及其运作机制,可知道教的洞天当属上文所归纳的宫阙型仙境。

成书于隋末唐初的《洞玄灵宝三洞奉道科戒营始》总论这些天地间的神仙居所云:"夫三清上境及十洲五岳诸名山或洞天,并太空中,皆有圣人治处。或结气为楼阁堂殿,或聚云成台榭宫房,或处星辰日月之门,或居烟云霞霄之内,或自然化出,或神力造成,或累劫营修,或一时建立。其或蓬莱、方丈、圆峤、瀛洲、平圃、阆风、昆仑、玄圃,或玉楼十二、金阙三千,万号千名,不可得数。皆天

---

[1]陶弘景撰,赵益点校:《真诰》卷一一《稽神枢第一》,第196页。

尊太上化迹,圣真仙品都治,备列诸经,不复详载。"①可见此时的道门继承了源远流长的仙境治主说②,特别强调各类仙境中皆有作为仙主治所的"圣人治处",其物质形式是"楼阁殿堂""台榭宫房"和玉楼金阙,仙境即是宫阙型仙境。宫阙型仙境是后世道教徒所认可的标准的仙境形式,再加上与道士的修道环境最为接近的道场型仙境,这两类仙境是道教经书中所描述的两种最基本也是最普遍的下界仙人的栖止地。

(三)依据仙境场域主体类型,将晚唐五代文人小说中的仙境与道教经书中的仙境进行比较,可得出如下认识:

其一,既然宫阙型和道场型仙境是道教经书所描述的两种最基本也是最普遍的下界仙境,再加道经中已有记述的仙洲仙国,可知上文对晚唐五代文人小说仙境的分类中,计有宫阙型、都会宫阙型、帷幄型、道场型和洲国聚落型五种类型,共 52 处仙境,与道教经书所描述的下界仙境相合。这些仙境数量占到晚唐五代文人小说中仙境总数的 68%,如此高的比重,显示出当时的文人与道教界有着相当广泛的思想融通和知识交流。

------

① 金明七真:《洞玄灵宝三洞奉道科戒营始》卷一《置观品四》,见《道藏》第 24 册,第 744—745 页。
② 即认为仙境中有一个作为辖治之主的仙主。这一观念起源甚早,如《穆天子传》中有昆仑山之主西王母;《海内十洲记》中,玄洲"上有太玄都,仙伯真公所治",沧海岛上"有紫石宫室,九老仙都所治",方丈洲上"有金玉琉璃之宫,三天司命所治处",扶桑岛上"有太帝宫,太真东王父所治处"。

其二，虽然国人长寿平等、安宁和乐的乐园式仙国曾出现在六朝时期的道书中，陶渊明所构建的聚落型乐园"桃花源"也被道教徒纳入教理意义上的仙境系统，但是这种洲国聚落型和聚落型仙境之自治、平等社会的构建理念，与道教仙境构建中所日益强调的仙主辖治观念之间，有着内在的根本矛盾。因此，在六朝以后的道书中这种乐园式仙境逐渐少见，甚至最后只能留守在文人的作品中。从这层意义上而言，晚唐五代文人小说中表达对自治社会平等和乐生活之向往的聚落型仙境，当承自陶渊明"桃花源"所代表的文人理想乐园传统，而非来自道教的仙境传统。

其三，豪宅型和普通住宅型仙境是道教经书中所没有的仙境类型，它们是世俗住宅和家庭生活意象在仙真世界的投射。文人小说中的豪宅型仙境，往往作为求道优于入仕及入道优于俗世生活的证明，被置于存在着入仕及眷恋世俗与求道存在紧张关系的小说叙事中，使得小说带有较强的崇道意味。在普通住宅型仙境中，仙真以普通凡人的相貌、起居示人，到访者往往可以轻易进入，给人以仙界与人世不相暌隔的印象。这类仙境表达着一种"道（仙）不远人"的思想，体现着文人观念中与仙界（人）相亲近的意愿。

其四，晚唐五代的文人小说中，与佛教相比，道教色彩尤其浓重，多数故事中有仙真、道士或道家式异人等角色。表 3-1 所列小说中,仙境场域的主体大都以道教的风貌呈现,仅有段成式《释惠霄》、卢肇《回向寺狂僧》两篇小说的主人公为僧人,仙境主体为寺院。这虽然与道教跟仙真、仙境有着固有之关系有关,但与现存的唐代前期小说相比,晚唐五代小说中的佛教色彩亦淡化显著,这或当另有原因。陈弱水曾指出,"在韩愈的鼓动之下,(中晚唐)儒家阵营中出现了与佛教对峙的新流派"。例如,"唐代德宗、宪宗时期及其后,似乎又是一个排佛言论的高峰,一直延续到840年代的会昌毁佛";作为韩愈思想在晚唐最著名的传承者,杜牧和皮日休"似乎对道教不太在意,但反佛的态度绝无妥协"①。陈弱水所谓的"儒家阵营",其人物大多是中晚唐古文运动中的文人。晚唐五代文人小说中佛教色彩的显著淡化,或许与当时文人中的这一反佛思潮有关。

二、文人小说"仙境"与道教"洞天福地"之关系

从现存文献来看,作为道教教理的仙境系统的构建始于《海内十洲记》中的域外十洲及众仙岛。至迟在东晋,道教徒已开始基于域内名山构建以洞天为代表的仙境系统,遗憾的是相关道经散佚已久,仅可从一些残存的记载中窥其端倪。如《真诰》载仙真降诰云:"大天之内有

①陈弱水:《中古传统的变异与裂解——论中唐思想变化的两条线索》,见氏著《唐代文士与中国思想的转型》,第95、96页。

地中之洞天三十六所，其第八是句曲山之洞。"[1]可知在仙真降诰的东晋兴宁年间（363—365）已出现了"三十六"洞天说。福地说甚至比洞天说出现得更早，如《真诰·稽神枢》所引及的《名山内经福地志》《孔子福地记》两部福地志书，属于早先形成的地理类纬书，当时或许已有长久的流传历史。但在六朝时期，未见成系统的福地说。

中唐道士司马承祯"披纂经文，据立图象"[2]而撰成《天地宫府图》，整合了"洞天"和"福地"两种说法，构建起十大洞天、三十六小洞天和七十二福地系统，形成现存最早的内容较为完整的道教洞天福地说。晚唐五代道士杜光庭根据"真经秘册"所叙，于唐昭宗天复元年（901）撰成《洞天福地岳渎名山记》，其于洞天福地之外，又纳入域内其他神圣之地和域外洲岛仙山，构建起十大洞天、三十六小洞天、七十二福地、二十四化、三十六靖庐、十洲三岛、仙地两界之五岳及诸神山海渎系统，形成内容更为庞杂的广义上的洞天福地说。

本节依据表3-1所梳理的晚唐五代文人小说中仙境的地理位置，将其分别与司马承祯《天地宫府图》、杜光庭《洞天福地岳渎名山记》所记载的洞天福地的位置

---

①陶弘景撰，赵益点校：《真诰》卷一一《稽神枢第一》，第195页。
②司马承祯：《天地宫府图（并序）》，见张君房编，李永晟点校：《云笈七签》卷二七，北京：中华书局，2003年，第608页。

进行比较,由此来确定它们之间的关系,进而考察道教仙境教理与世俗认识间的影响关系问题。

(一)表 3-1 所列仙境中,与司马承祯《天地宫府图》中的洞天福地无关联者,计有:

1. 天上 1 处和域外 8 处仙境。天上的 1 处仙境为段成式《赵业》所述赵业魂游的上清仙界;域外的 8 处仙境分别是牛僧孺《古元之》所述位于西南方"不知里数"处的"和神国"、李复言《杨敬真》和卢肇《白乐天》所述的"蓬莱"、卢肇《太阴夫人》所述"去洛已八万里"外太阴夫人的居处水晶宫、卢肇《许飞琼》所述许飞琼梦中而至的"瑶台"、裴铏《元柳二公》所述二人于廉州合浦县海上被风吹至的孤岛、孟棨《晓入瑶台露气清》所述许浑梦中所登的"昆仑"、苏鹗《元藏几》所述"去中国已数万里"的"沧浪州"。

这些小说中关于域外"仙境"至某地多少里数的位置描述,当受到《海内十洲记》《上清外国放品青童内文》等道书对洲国位置描述方式的影响。其中"蓬莱""昆仑"两处仙境,直接承自《海内十洲记》中的仙岛传说。许飞琼是西王母的侍女,"瑶台"是西王母在昆仑山的居所,如《无上秘要》卷二二《三界宫府品》云"墉台、墉宫、西瑶上台"在"昆仑山上,西王母所居"①。关于"和神

---

①周作明点校:《无上秘要》,第 268 页。

国"，如前文所述，当渊源自道书中的乐园式仙国。"沧浪洲"为海外仙洲，如《无上秘要》卷二二《三界宫府品》云"云林宫"的所在地为"东海沧浪山"。

　　另外，表3-1中尚有3处仙境是位于域外的仙岛：苏鹗《金龟印》所述张惟则出使新罗返回时在海上所泊之"洲岛"、孙光宪《张建章泛海遇仙》所述张建章泛海往渤海国途中所至的"大岛"、郑还古《白幽求》所述白幽求在驶往新罗的航路上遇风漂至的山岛。这3处皆为无名海岛，前两者分别在泛海至新罗和渤海国的航路上，当皆在东海中，后者在明州的外海中。此3处海岛仙境之构置，当受到以《海内十洲记》为代表的道教海外仙岛说的影响。值得注意的是，司马承祯的"七十二福地"有3处位于东海中：

　　　　第六南田山。在东海东，舟船往来可到，属刘真人治之。

　　　　第七玉溜山。在东海，近蓬莱岛，上多真仙居之，属地仙许迈治之。

　　　　第八清屿山。在东海之西，与扶桑相接，真人刘子光治之。[①]

[①]张君房编，李永晟点校：《云笈七签》卷二七《洞天福地》，第620页。关于这3处福地的位置，潘雨廷认为"唐属河南道海州东海外之岛屿。今在江苏连云港外，在海中之岛屿，然不可能确指为某岛"（见氏著《道教史发微》，上海：上海社会科学院出版社，2003年，第239页）。

从位置上看,上列苏鹗、孙光宪和郑还古小说中的 3 处东海海岛仙境,与这 3 处海岛福地似有关联。由此可推测,上列小说中的 3 处东海仙岛说,可能受到以司马承祯的说法为代表的道教中流传的海岛福地说的影响。

2. 城内及近郊的 8 处仙境。无论是《穆天子传》所记载的昆仑山,还是《海内十洲记》所记载的洲岛,这些早期道教徒所借依构建仙境的地点,都远处华夏域外。东晋以后,道教徒逐渐把部分域内名山纳为其仙境之地。至中唐司马承祯的洞天福地说,其洞天、福地位置仍沿依传统,大多地处远离城镇的山中。表 3-1 所列文人小说中有 8 处仙境的位置却与之不同:有的地处城镇近郊,有的就在城内。如薛用弱《李清》所述李清寻仙所入的仙洞,在青州城南郊的云门山;故事情节与之类似的《灯下闲谈》卷上《坠井得道》所述的仙境,在青州城北郊。牛僧孺《王敬伯》、卢肇《卢李二生》所述的仙境,分别位于扬州城内和近郊。佚名《后土夫人传》和刘崇远《刘简》所述的仙境,分别在洛阳城郊和城内。张读《玉清三宝》所述仙境郑氏亭苑,位于蜀地某郡城的南郊。裴铏《张无颇》所述仙境,在南越番禺附近的江畔。

3. 位置明确不相关的 13 处仙境:佚名《代民纳税》所述桂林栖霞洞,皇甫枚《崆峒山神仙灵迹》所述崆峒山雾中呈现的仙境,皇甫氏《王卿》所述郫地崖上的道士居所,皇甫氏《李卫公》所述位于嘉兴一带山中的草堂,沈汾《王可交》所述王可交在苏州昆山松江上所遇的仙人画舫,薛用弱《蔡少霞》所述蔡少霞梦中所至的苍龙溪新宫,郑还古《阴隐客》所述自房州竹山县而至的梯仙国,段成式《李班》所述卫国县西南瓜穴内的仙境,段成式《蓬球》所述贝丘玉女山中的仙室,段成式《裴沆》所述洛阳至郑州道上的丈人住宅,陈翰《沈警》所述自秦陇驾车飞至的张女郎住宅,张读《骆玄素》所述赵州昭庆县山中的东真君居所,皇甫枚《侯元》所述上党铜鞮县西北山上巨石洞中的宅第。

另外,有 2 处仙境位置不明,即牛僧孺《崔书生》中仙境的所在地"东州逻谷"和卢肇《虞卿女子》中仙境的所在地"虞卿里"。

除却以上 32 处仙境,表 3-1 中其余 44 处仙境或与司马承祯的洞天福地有关联,或位置重合,或即是之。所谓有关联者,是指小说所描述的仙境与某一(或某些)洞天福地在同一有限范围的地域内,如上文所论苏鹗、孙光宪和郑还古小说中的东海仙岛,再如相当数量的位于终南山中的仙境。因为有些小说对仙境位置描述得较为宽泛甚至模糊,所以不得不用此标准来考察这类仙境与绝大多数地理位置明确的道教洞天福地间的位置关系。

终南山位于秦岭山脉的东段，"横亘关中南面，西起秦、陇，东彻蓝田，相距且八百里"①。司马承祯的洞天福地中，有多个位于该山中。如第三大洞天西城山洞，"疑终南太一山是"；第十一小洞天太白山洞，"在京兆府长安县，连终南山"；第五十四福地高溪蓝水山、第五十五福地蓝水、第五十六福地玉峰、第五十八福地商谷山，皆在终南山中。表3-1中所列终南山仙境小说中，有的说明仙境在山中某具体位置，有的仅以"终南山"或"南山"②泛指其位置。对于仅表明"南山"或"南游"所经之山者，表3-1中概以"终南山"标示其仙境的地理位置。鉴于司马承祯的洞天福地在终南山中分布相对密集，因此本节视表3-1所列所有位于终南山中的仙境（即使其具体地点不明）与之有关联。

同样的情况还有卢肇《萧复弟》所述萧复弟于"沅江口"访遇舜之二妃的仙境。沅江注入洞庭湖，洞庭湖中

①顾祖禹撰，贺次君、施和金点校：《读史方舆纪要》卷五二"其名山则有终南"条引宋人宋敏求之语，北京：中华书局，2005年，第2462页。
②因为位于终南山北面山脚下的长安是唐朝的政治、经济、文化中心，是文人汇聚之地，在他们的作品中，往往用"南山"指称终南山。表3-1所列小说中，薛用弱《赵操》、卢肇《马士良》和皇甫氏《张仲殷》即如此。另外，有些小说未说明事情发生的地点，仅有的位置信息是主人公"南游"或"入蜀"，"因行山道"而遇仙。这种情况下作为主人公经行之地的"山"，往往亦指终南山。如裴铏《许栖岩》叙述许栖岩自长安入蜀，"洎登蜀道危栈，栖岩与马，俱坠崖下"，入一洞穴，所至乃终南山中的太白洞天。张读《柳光》叙述柳光"尝南游，因行山道"而误入仙境，其所经之山，亦当是终南山。

的君山就是司马承祯七十二福地中的第十一福地;位于
沅江下游离江口不远的武陵县,有第三十五小洞天桃源
山洞、第四十六福地绿萝山和第五十三福地德山。既然
此"沅江口"仙境位于司马承祯洞天福地如此密集的地
域内,本节亦视两者间有关联。

　　所谓位置重合的仙境,是指该仙境与司马承祯的某
洞天福地在同一地点,但小说并未指明其为"洞府"或
"洞天",所述仅是普通仙境而已。表3-1中这类仙境有
11处:

表3-2

仙境篇目	仙境地点	同地点司马承祯的洞天福地
薛用弱《韦仙翁》	华山	第四小洞天"西岳华山洞":"周回三百里,名曰惣仙洞天,在华州华阴县,真人惠车子主之。"(《云笈七签》第612页)
卢肇《李虞》		
牛僧孺《刘法师》		
裴铏《入仙坛》	豫章西山	第十二小洞天"西山洞":"周回三百里,名曰天柱宝极玄天,在洪州南昌县,真人唐公成治之。"(《云笈七签》第614页)
徐铉《陈师》		
牛僧孺《柳归舜》	君山	第十一福地"君山":"在洞庭青草湖中,属地仙侯生所治。"(《云笈七签》第621页)

续表

仙境篇目	仙境地点	同地点司马承祯的洞天福地
李复言《李绅》	罗浮山	第七大洞天"罗浮山洞"："周回五百里，名曰朱明辉真之洞天，在循州博罗县，属青精先生治之。"（《云笈七签》第 610 页）第三十四福地"泉源"："在罗浮山中，仙人华子期治之。"（《云笈七签》第 625 页）
卢肇《瞿道士》	茅山	第八大洞天"句曲山洞"："周回一百五十里，名曰金坛华阳之洞天，在润州句容县，属紫阳真人治之。"（《云笈七签》第 611 页）第一福地"地肺山"："在江宁府句容县界，昔陶隐居幽栖之处，真人谢允治之。"（《云笈七签》第 619 页）
皇甫氏《冯俊》	庐山	第八小洞天"庐山洞"："周回一百八十里，名曰洞灵真天，在江州德安县，真人周正时治之。"（《云笈七签》第 613 页）
段成式《释惠霄》	长白山	第六十一福地"长在山"："在齐州长山县，是毛真人治之。"（《云笈七签》第 629 页。按，"长在山"当为"长白山"）
李玫《嵩岳嫁女》	嵩山	第六小洞天"中岳嵩山洞"："周回三千里，名曰司马洞天，在东都登封县，仙人邓云山治之。"（《云笈七签》第 612 页）

所谓即是某洞天福地的仙境，是指该仙境与司马承祯的某洞天福地在同一地点，且小说或明确指明其为"洞府""洞天"或"神仙之府"，或描述为"宫阙型"仙境。表 3-1 中这类仙境共有 15 处：

表 3-3

仙境篇目	小说洞府说明	仙境地点	相应的司马承祯洞天福地
李复言《张老》	张老云:"此地神仙之府,非俗人得游。"	王屋山	第一大洞天"王屋山洞":"周回万里,号曰小有清虚之天,在洛阳、河阳两界,去王屋县六十里,属西城王君治之。"(《云笈七签》第609页)
卢肇《张公洞》	该洞乃"张道陵修行之所也"。	宜兴县张公洞	第五十九福地"张公洞":"在常州宜兴县,真人康桑治之。"(《云笈七签》第629页)
裴铏《许栖岩》	"(许栖岩)问二玉女,云是太乙真君。"	太白山	第十一小洞天"太白山洞":"周回五百里,名曰玄德洞天,在京兆府长安县,连终南山,仙人张季连治之。"(《云笈七签》第613页)
皇甫氏《裴氏子》	"老父以杖叩之,须臾开,乃一洞天。"	太白山左掩洞	
裴铏《裴航》	"姬遂遣航将妻入玉峰洞中,琼楼殊室而居之。"	玉峰洞中	第五十六福地"玉峰":"在西都京兆县,属仙人柏户治之。"(《云笈七签》第628页)
张读《僧契虚》	"风日恬煦,山水清丽,真神仙都也。"	蓝田玉山洞中	
皇甫氏《采药民》	"是第五洞宝仙九室之天,玉皇即天皇也。"	青城山	第五大洞天"青城山洞":"周回二千里,名曰宝仙九室之洞天,在蜀州青城县,属青城丈人治之。"(《云笈七签》第610页)
卢肇《崔生》	"此非人世,乃仙府也。"		

续表

仙境篇目	小说洞府说明	仙境地点	相应的司马承祯洞天福地
沈汾《李珏》	"（李珏）问：'此何所也？'曰：'华阳洞天。'"	华阳洞天	第八大洞天"句曲山洞"，详见表3－2"卢肇《瞿道士》"栏。
沈汾《聂师道》	聂师道"后浪招仙观，入洞灵源"。	洞灵源	第二十六福地"洞灵源"："在南岳招仙观观西，邓先生所隐地也。"（《云笈七签》第623页）
沈汾《聂师道》	谢通修曰："我适为东华君命主玉笥山林地仙，兼掌清虚观境土社令。"	郁木坑	第九福地"郁木洞"："在玉笥山南，是萧子云侍郎隐处，至今阴雨，犹闻丝竹之音，往往樵人遇之，属地仙赤鲁班主之。"（《云笈七签》第620页）
沈汾《羊愔》	"（灵英）邀入洞府中，……曰一人小有天王君，一人华阳大茅君，一人隐玄天佐命君。"	括苍山	第十大洞天"括苍山洞"："周回三百里，号曰成德隐玄之洞天，在处州乐安县，属北海公涓子治之。"（《云笈七签》第611页）
徐铉《沈彬》	"故老有知者，云此即西仙天宝洞之南门也。"	豫章西山天宝洞	第十二小洞天"西山洞"，详见表3－2"裴铏《入仙坛》"和"徐铉《陈师》"栏。
佚名《猎猪遇仙》	"喝曰：'下域人缘何辄至蓬玄洞天玄元皇帝之宫？'"	泰山	第二小洞天"东岳太山洞"："周回一千里，名曰蓬玄洞天，在兖州乾封县，属山图公子治之。"（《云笈七签》第612页）

续表

仙境篇目	小说洞府说明	仙境地点	相应的司马承祯洞天福地
何光远《太元遇仙》	"有青童出曰:'彼何人而至此丈人洞府?'"	灵山	第三十三福地"灵山":"在信州上饶县北,墨真人治之。"(《云笈七签》第624页)

(二)除却三十六靖庐、十洲三岛、仙地两界之五岳及诸神山海渎,杜光庭《洞天福地岳渎名山记》所记载的狭义上的洞天福地与司马承祯《天地宫府图》的记载在类别、数量上完全相同,但具体到其中各类洞天福地,两者间又有着明显的异同:

其一,十大洞天的名称、排列顺序皆相同,差别主要在于几处洞天的地理位置标示、范围大小和仙主名号。

其二,三十六小洞天的名称相同,但排列顺序有异同:第1至14、第19至30小洞天的序位相同,第15至18、第31至36两段上的序位各不相同。另外,除了地理位置标示、范围大小、仙主名号或有不同外,一个明显的差别是杜光庭《洞天福地岳渎名山记》中有16处小洞天未载其仙主,而司马承祯对所有小洞天都标记其仙主。

其三,七十二福地中,有25处福地的名称、地理位置皆不相同①。其余46处相同的福地中,除第一福地外,

---

① 从字面上看,两者间有26处不同,但司马承祯《天地宫府图》所载的第三十三福地"灵山",位于"信州上饶县北",与杜光庭《洞天福地岳渎名山记》所载的位于"饶州北"的第二十八福地"灵应山"名称、位置相近,疑是一山,故此处以25处计之。

其余福地的序位皆不相同,并且或有地理位置标示、仙主名号以及是否标有仙主(遗迹)等方面的差别。

虽然两者间有着如此差别,但是,前文所分析的晚唐五代小说中44处与司马承祯的洞天福地或有关联或位置重合或即是之的仙境,却与杜光庭的洞天福地有着同样的关系,因为两人的这些洞天福地完全一致①。此外,杜光庭尚多1处与小说仙境有关联的福地,即“在夔州大仙坛”的第十六福地“巫山”,皇甫氏《王卿》所述郢人王卿随道士造访的当地仙境可视为与之有关联。

另外,表3-1所列与司马承祯的洞天福地无关联的“域外8处仙境”中,有李复言《杨敬真》和卢肇《白乐天》所述的“蓬莱”、卢肇《许飞琼》所述许飞琼梦中而至的“瑶台”、孟棨《许浑梦》所述许浑梦中所登的“昆仑”等4处仙境,属于杜光庭《洞天福地岳渎名山记》中的海外仙岛仙山,即“在九海中,千辰星为天地心”的海外“中岳昆仑山”(“瑶台”在“昆仑山”中)和“在东海中,高一千里”的“蓬莱山”。所列“城内及近郊的8处仙境”中,佚名《后土夫人传》所述位于洛阳东北二十余里的仙境,与杜光庭《洞天福地岳渎名山记》所载“二十四化”中位于“东

都城北"的北邙化有关联;张读《玉清三宝》所述位于蜀地某郡南郊的玉清宫,很可能是位于成都南郊,若如此,则与杜光庭"二十四化"中位于"成都府南一里"的玉局化有关联。

(三)由以上从地理位置上将文人小说"仙境"分别与司马承祯、杜光庭的"洞天福地"所作的比较,可得出如下认识:

其一,从现存晚唐五代小说中稽得的 76 处仙境中,有 44 处仙境与司马承祯《天地宫府图》所载的洞天福地或有关联,或位置重合,或即是之;15 处"即是之"的小说仙境中,有 3 处仙境提到的洞天名号,与司马承祯所记载的洞天名号相同,且皇甫氏《采药民》所述的青城山"第五洞宝仙九室之天",序号亦相同。两者间这种整体上很大程度的关联性以及不少个体间的高度相同性,表明晚唐五代时期以洞天福地说为代表的道教仙境教理在世俗世界有着广泛传播和深入影响。

其二,杜光庭生平比司马承祯晚一百多年,他记载的洞天与司马承祯的记载差别不大,但福地却有着较大幅度的变动。如下文所论,杜光庭对当时流传的世俗小说相当熟稔,也就是说他熟悉当时文人小说中的游仙故事和仙境传说,但如上文所析,他记载的洞天福地相较于司马承祯仅增加了 1 处与小说仙境有关联的福地,这表明杜光庭"构建"洞天福地系统时严格遵循了道教内部的教理传统,几乎未受到文人小说仙境说的影响。

其三,晚唐时期的长安和洛阳是国家的政治、经济和文化中心,地处东南经济发达地带的扬州,是重要的经济、商贸中心。这些地方也是文人汇聚之地,如表3-1所列,晚唐五代文人小说中的仙境亦相对集中于这些地方及其邻近地区①。而且在小说叙事中,这些地方即使不是仙境所在地,也可能是前往仙境的始发地。如李复言《杨敬真》云杨敬真与另外四位女真前往蓬莱前,先会集于华山云台峰。沈汾《李珏》叙述节度使李珏梦游华阳洞天,其身乃在扬州;皇甫氏《冯俊》所述庐山石穴仙境,乃冯俊自扬州为一道士送药材而至。可知,晚唐五代文人小说中仙境位置的设置,除受到道教洞天福地说的影响外,还与作者的生活经验地域密切相关。司马承祯和杜光庭的洞天福地的地理分布,则相对集中于今浙东南、苏南、湘、赣以及终南山等地区,很多都远离唐朝的政治、经济和文化中心地带,其确立应当另有依据和逻辑。

其四,相较于司马承祯《天地宫府图》,杜光庭《洞天福地岳渎名山记》所拓展的与晚唐五代小说仙境有关联的内容,主要在于他所纳入的海外仙岛仙山和"二十四化"。就杜光庭的广义洞天福地系统所包含的二十四

---

①如临近长安的终南山有12处,华山有3处,太白山有2处。洛阳有2处,临近的嵩山和王屋山各有1处。扬州有2处,临近的茅山有2处。

化、三十六靖庐、十洲三岛、仙地两界之五岳及诸神山海渎系统而言,虽然每组仙境的构成皆遵循道教的传统教理,但突破司马承祯洞天福地说而将这些仙境组合纳入他的仙境教理系统,一方面或许受到当时包括小说仙境说在内的世俗仙境传说的影响,如除了上文所列有些小说仙境与之有关联外,唐诗中亦有大量的诗篇颂说"十洲三岛"①;另一方面,一些仙境的纳入或许出于杜光庭的特殊目的,如下文所论,他将二十四化纳入其仙境教理系统,并在小说中着意宣扬,或许有着构建蜀地神圣地理以佐治前蜀政权的政治目的。

三、道教小说中的"仙境":以杜光庭小说为例

晚唐五代时期的一些道教徒也参与小说撰作,现存小说中有不少篇什出自道士,其中杜光庭撰作的数量尤多。杜光庭是唐末僖宗朝及前蜀政权的"道门领袖",著述丰富,撰有"主要属于地理博物体小说"的《录异记》,和"主要属于神仙道人传记体小说"的《神仙感遇传》《道教灵验记》《墉城集仙录》《王氏神仙传》《仙传拾遗》等②。其中《神仙感遇传》撰成时间较早,"或成于(杜光

---

① 如李商隐《牡丹》:"鸾凤戏三岛,神仙居十洲。"韦庄《王道者》:"三岛路岐空有月,十洲花木不知霜。"数量尚多,兹不具录。

② 参见孙亦平:《杜光庭评传》,南京:南京大学出版社,2011 年,第 407 页。这几部作品中,《王氏神仙传》和《仙传拾遗》已久佚,传世的《神仙感遇传》《道教灵验记》《墉城集仙录》《录异记》"均非原本,各有(转下页注)

庭)入蜀之前"[1];《仙传拾遗》的成书年代不详,因其"可能为补《神仙感遇传》而作,故名'拾遗'"[2],故其成书或与《神仙感遇传》年代相仿。其余诸书,皆撰成于杜光庭入仕前蜀政权时期[3]。

关于杜光庭小说之撰作,清四库馆臣引《冶城客论》云:"广成先生杜光庭撰《仙传》《录异》等书,率多自作。故人有无稽之言,谓之杜撰。"[4]其实这是不实之言,除了由其"杜撰"及"征于闻见"而自作者外,杜光庭大量的小说乃抄录、改编自前人的著述,这在篇什最接近"严格的

(接上页注)缺失"。罗争鸣在严一萍《道教研究资料》第一辑(台北:艺文印书馆,1974 年)、李剑国《唐五代志怪传奇叙录》(天津:南开大学出版社,1993 年)等辑佚、研究的基础上,对这几部作品作了全面的辑佚、校点整理,连同杜光庭的其他几部著作,汇成《杜光庭记传十种辑校》(北京:中华书局,2013 年)一书。本节即据此整理本解读、引证杜光庭的小说,但在点断方面或有不从。

[1] 罗争鸣:《神仙感遇传辑校说明》,见杜光庭撰,罗争鸣辑校:《杜光庭记传十种辑校》(下),第 425 页。据孙亦平考证,"杜光庭可能曾三次入蜀:第一次在丙申年(876)之前,第二次是在中和元年(881)随唐僖宗入蜀,第三次则是在光启二年(886)再次随唐僖宗从驾兴元,后留在了蜀地"(氏著《杜光庭评传》,第 79 页)。罗争鸣此处所谓的"入蜀之前",当是指杜光庭第二次入蜀之前。

[2] 孙亦平:《杜光庭评传》,第 105 页。

[3] 据罗争鸣考证,《录异记》"成书于前蜀乾德三年(九二一)左右",《道教灵验记》的成书下限"可定在哀帝天祐元年(九〇五)",《墉城集仙录》"编撰于杜光庭入仕前蜀时期,具体纪年不可考",《王氏神仙传》"概撰于前蜀后主时期"。分别见杜光庭撰,罗争鸣辑校:《杜光庭记传十种辑校》(上、下),第 11、152、563、883 页。

[4] 永瑢等:《四库全书总目》卷一四四"《录异记》八卷"条,第 1227 页。

小说标准"的《神仙感遇传》中体现得相当明显。

　　传世的《道藏》本《神仙感遇传》残存 5 卷,包含 77 篇小说。依据罗争鸣的考证,可知这 77 篇小说中明确有着采录出处的有:

表 3-4

篇目	出处
《蓬球》《李班》《裴沉从伯》《唐居士》《庐山人》《权同休友人》《武攸绪》《荆州韶石》	段成式《酉阳杂俎》
《郑又玄》《明皇十仙》《杨晦之》《清河房建》《僧契虚》	张读《宣室志》
《虬须客》	裴铏《传奇》或张说
《崔希真》	皇甫氏《原化记》
《蜀民》	《周地图记》和庾仲冲《雍荆记》
《御史姚生》	陈翰《异闻集》

　　唐代的子部和史部文献大多已佚失,因而无法从更大的文献范围内确定《道藏》本《神仙感遇传》中其他小说的出处,但可明确的是,从别处采录来的小说当远不止这 17 篇。再如《云笈七签》卷一一三(上)所载的 14 则故事,据罗争鸣考证,乃是《道藏》本《神仙感遇传》散佚的篇什,它们皆由杜光庭改编自卢肇《逸史》①。

①罗争鸣:《云笈七签卷 113(上)所收 14 则仙传归属质疑》,《古籍整理研究学刊》2005 年第 2 期。

罗争鸣还指出,"杜光庭很多,或者说大部分神仙传记都是从前人著述中修改而来的,尤以《墉城集仙录》为著"①。杜光庭如此大规模地抄录、改编主要是文人的有关著述,这本身就表明在晚唐五代时期,道士与文人共享着大量的流行故事,有着充分的一般意义上的知识沟通。当时不仅仅是杜光庭,其他一些人也在编集仙真传记和道教灵验故事,如杜光庭在《道教灵验记自序》中云:"成纪李齐之《道门集验记》十卷,始平苏怀楚《玄门灵验记》十卷,俱行于世。"②他们之所以这样做,不排除有借助时人遇会谈异③这一习俗以传播道门理念的意图。

杜光庭对前人著述的改编,不仅仅是文字方面的修饬和润色,更多的是基于道教理念而对文人故事的表述略加改造。如《神仙感遇传》卷二《蓬球》篇,乃采自段成式《酉阳杂俎》卷二《玉格》,两篇文字对照如下:

表 3-5

《神仙感遇传》卷二《蓬球》	《酉阳杂俎》卷二《玉格》所载
蓬球,字伯坚,北海人也。晋太始中,入贝丘西玉女山中伐木[1],忽觉异香,球迎风寻之。此山廓然自开,宫殿盘郁,楼台博敞。	贝丘西有玉女山。传云,晋太始中,北海蓬球,字伯坚,入山伐木[1],忽觉异香,遂溯风寻之。至此山,廓然宫殿盘郁,楼台博敞。

①罗争鸣:《云笈七签卷 113(上)所收 14 则仙传归属质疑》。
②杜光庭撰,罗争鸣辑校:《杜光庭记传十种辑校》(上),第 154—155 页。
③关于这一习俗,参见拙作《论晚唐五代小说的流传及其性质》,待刊。

续表

《神仙感遇传》卷二《蓬球》	《酉阳杂俎》卷二《玉格》所载
球入门窥之,见五株玉树。复稍前,有四仙女[2]弹棋于堂上,见球俱惊起,谓曰:"蓬君何故得来?"球曰:"寻香而至。"言讫,复弹棋如初。有一小者,登楼弹琴。戏曰:"元晖何谓独升楼?"球于树下立,饥,以舌舐叶上垂露。俄有一女乘鹤而至,曰:"玉华,汝等何故有此俗人?王母即令王方平按行诸仙室,可令速去。"球惧出门,回顾,忽然不见。及还家,已是建平中矣,旧居闾舍皆为墟墓。因复周游名山,访道不返[3]。[①]	球入门窥之,见五株玉树。复稍前,有四妇人,端妙绝世[2],自弹棋于堂上。见球,俱惊起,谓球曰:"蓬君何故得来?"球曰:"寻香而至。"遂复还戏。一小者便上楼弹琴,留戏者呼之曰:"元晖何为独升楼?"球树下立,觉少饥,乃以舌舐叶上垂露。俄然有一女乘鹤西至,逆恚曰:"玉华,汝等何故有此俗人!王母即令王方平行诸仙室。"球惧而出门,回顾,忽然不见。至家,乃是建平中。其旧居闾舍,皆为墟墓矣。[②]

　　以上两文中,最主要的差别在于第1、2、3处标有下划线的相应文字。第1处差别,乃杜光庭按照《神仙感遇传》以人为传主的体例要求而作的改编。第2处差别中,段成式的表述乃经由世俗眼光而作,杜光庭径以"四仙女"改"四妇人",不仅是凸显人仙感遇主题的需要,而且脱去俗态,尽显道门用语规范和格调。第3处差别,在于杜光庭于原故事结尾处添加了传主蓬球此后的去向:"因复周游名山,访道不返。"这样便在不改变故事基本

---

①杜光庭撰,罗争鸣辑校:《杜光庭记传十种辑校》(下),第446页。
②段成式撰,许逸民校笺:《酉阳杂俎校笺》卷二《玉格》,北京:中华书局,2015年,第200—201页。

情节的情况下,改变了故事的性质:段成式所述仅是一异事,经杜光庭这一简单添加,该故事在奇异之外,更蕴含着对凡人访道求仙行为的激励。这样,一些文人故事经杜光庭简单改编,被注入道门理念,这些理念便随着改编后故事的再度流传而得以传播。

与文人小说一样,杜光庭的小说中也有大量的仙境描写。经考索,共稽得含有仙境描写的小说 54 篇、仙境 57 处。兹将其篇目、出处及仙境类型和地理位置等信息列表如下:

表 3-6

篇名	出处	仙境	仙境类型	地理位置
《黄齐》	《录异记》卷二	老人的住宅	普通住宅型	什邡县城北
《胡恬》	《录异记》卷二	白鹤山福地	聚落型	岳州湘阴县
《郑畋相国修通圣观验》	《道教灵验记》卷三	罗川洞天	洞府	宁州真宁县
《洵阳望仙观天尊验》	《道教灵验记》卷四	望仙观所现官府	宫阙型	金州洵阳县
《张仁表太一天尊验》	《道教灵验记》卷五	太一天尊宫	宫阙型	长安春明门外三十余里
《赵业授正一八阶箓验》	《道教灵验记》卷十一	太一宫	宫阙型	自晋安县行三五十里

续表

篇名	出处	仙境	仙境类型	地理位置
《曹羖天蓬咒验》	《道教灵验记》卷十二	太帝洞府	都会宫阙型	自长安为神人牵引而至
《刘图佩箓灵验》	《道教灵验记》卷十四	罗酆山洞天	宫阙型	在北方癸地
《李言黄箓斋验》	《道教灵验记》卷十五	太上老君宫	宫阙型	于普州梦入
《刘彦广》	《神仙感遇传》卷一	唐若山的住宅	豪宅型	扬州
《宋文才》	《神仙感遇传》卷一	峨眉洞天	宫阙型	峨眉山
《蓬球》*	《神仙感遇传》卷二	玉华、元晖等的住宅	豪宅型	贝丘西玉女山
《王可交》	《神仙感遇传》卷二	彩画花舫		苏州昆山松江上
《陈简》	《神仙感遇传》卷二	金华洞天	宫阙型	婺州金华县金华山
《王生》	《神仙感遇传》卷二	石门内居第间井	聚落型	湖州乌程金子山
《金庭客》	《神仙感遇传》卷二	道士的住所	道场型	剡溪金庭至明州道上
《李班》*	《神仙感遇传》卷二	川穴山穴中仙境	道场型	卫国县川穴山
《裴沉从伯》*	《神仙感遇传》卷二	老人的住宅	普通住宅型	洛阳至郑州道上

续表

篇名	出处	仙境	仙境类型	地理位置
《薛长官》	《神仙感遇传》卷三	薛长官的住宅	豪宅型	罗浮山
《谢璠》	《神仙感遇传》卷四	谷中道观	宫阙型	峨眉山木皮谷
《成生》	《神仙感遇传》卷四	成生季父的住宅	豪宅型	同州沙苑
《越僧怀一》	《神仙感遇传》卷五	山中奇境	都会宫阙型	越地云门寺附近
《吴淡醋》	《神仙感遇传》卷五	刘麦老人的住宅	普通住宅型	永寿县西山
《杨大夫》	《神仙感遇传》卷五	泰山宫阙	宫阙型	泰山
《蜀民》*	《神仙感遇传》卷五	小成都	城市都会型	蜀地白鹿山
		穴中天地	聚落型	武陵酉阳县南一孤山
《薛逢》	《神仙感遇传》卷五	天仓	道场型+聚落型	绵州昌明县
		山东洞内居人市肆	聚落型	天台山
《僧悟玄》	《神仙感遇传》卷五	峨眉洞天	宫阙型	峨眉山

续表

篇名	出处	仙境	仙境类型	地理位置
《僧契虚》*	《神仙感遇传》卷五	稚川仙府	都会宫阙型	入行蓝田玉山洞穴数百里而至
《吴善经》	《神仙感遇传》卷五	洞内道士的居所	道场型	嵩山
《阮基》	《神仙感遇传》卷六	山中道观	宫阙型	王屋山东北
《文广通》*	《神仙感遇传》卷六	洞中村落、厅斋	道场型+聚落型	辰州辰溪县滕村
《韩滉》	《神仙感遇传》卷六	广桑山宫阙	宫阙型	东海广桑山
《韦弇》*	《神仙感遇传》卷六	玉清仙府	豪宅型	蜀地某郡南郊
《胡六子》	《神仙感遇传》卷六	范蠡的居所	宫阙型+聚落型	吴地外海一山岛
《李师稷》*	《云笈七签》卷一一三（上）载,疑似《神仙感遇传》佚文	蓬莱山	宫阙型	自浙东漂至的一山岛
《崔生》*	《云笈七签》卷一一三（上）载,疑似《神仙感遇传》佚文	青城山洞府	都会宫阙型	青城山

续表

篇名	出处	仙境	仙境类型	地理位置
《卢杞》*	《云笈七签》卷一一三（上）载，疑似《神仙感遇传》佚文	太阴夫人水晶宫	宫阙型	去洛阳八万里
《卢李二生》*	《云笈七签》卷一一三（上）载，疑似《神仙感遇传》佚文	卢生的住宅	豪宅型	扬州城南数十里
《金母元君》*	《墉城集仙录》卷一	金母元君的居所	都会宫阙型	龟山之春山昆仑玄圃阆风之苑
《云华夫人》	《墉城集仙录》卷三	云华夫人的居所	宫阙型	巫山
《太真夫人》	《墉城集仙录》卷四	太真夫人的住所	道场型	泰山
《阳翁伯》*	《仙传拾遗》卷一	海上仙山	宫阙型	海上
《嵩山叟》*	《仙传拾遗》卷一	地穴中二仙的居所	道场型	嵩山
《薛肇》*	《仙传拾遗》卷一	薛肇的住宅	豪宅型	长安至洛阳道上三乡驿附近
《马周》	《仙传拾遗》卷一	太华仙王宫	宫阙型	华山

续表

篇名	出处	仙境	仙境类型	地理位置
《唐若山》*	《仙传拾遗》卷二	蓬莱仙岛	宫阙型	自华山乘舟而至
《司命君》	《仙传拾遗》卷二	司命君宅	豪宅型	郑州市侧
		草堂	豪宅型	江西江畔
《许老翁》	《仙传拾遗》卷二	许老翁的居所	道场型	峨眉山
《刘无名》*	《仙传拾遗》卷三	青城真人的居所	道场型	青城山
《王太虚》	《仙传拾遗》卷三	东极真人的居所	道场型	王屋山
《李球》	《仙传拾遗》卷三	道家紫府洞	宫阙型	五台山
《陈惠虚》	《仙传拾遗》卷三	金庭不死之乡	宫阙型	天台山
《赵度》	《仙传拾遗》卷四	伏龙穴中仙境	宫阙型	大房山
《龙威丈人》	《仙传拾遗》卷四	天后别宫	都会宫阙型	包山

注:篇目后标有*者,表示明确可知该篇采录或改编自文人著述。

由上表所列,经相关比较,可对杜光庭小说中的仙境得出如下认识:

其一,从仙境类型来看,表3-6中宫阙型仙境有27

处,"宫阙型+聚落型"1处;道场型仙境有8处,"道场型+聚落型"2处;聚落型仙境有4处;豪宅型仙境有9处;普通住宅型仙境有3处。

关于洞天仙境,杜光庭在《阳平谪仙》中借张守珪与谪仙的对话作了较完整的描述:

> 守珪曰:"洞府大小,与人间城阙相类否?"对曰:"二十四化各有一大洞,或方千里、五百里、三百里。其中皆有日月飞精,谓之伏晨之根,下照洞中,与世间无异。其中皆有仙王,仙官卿相辅佐,如世之职司。有得道之人,及积功迁神返生之士,皆居其中,以为民庶。每年三元大节,诸天各有上真下游洞天,以观其所为善恶。人世生死兴废、水旱风雨,预关于洞中焉。龙神祠庙,血食之司,皆为洞府所统。二十四化之外,青城、峨嵋、益登、慈母、繁阳、嶓冢,皆亦有洞,不在十大洞天、三十六小洞天之数。洞中仙曹,如人间郡县聚落耳,不可一一详记也。"[1]

一个山中洞内广阔的地域空间,即一方与世隔绝但与世间相似的天地;有主之之仙王及其僚佐官僚系统,这在"仙境"中对应的景物是城阙衙署;该官僚系统有其职事

---

[1]杜光庭:《仙传拾遗》卷二《阳平谪仙》,见杜光庭撰,罗争鸣辑校:《杜光庭记传十种辑校》(下),第813—814页。

和统属;有众多的民庶。将此"洞府"与前文所引《真诰》记载的"句曲洞天"比较,可知杜光庭的洞天继承了传统的都会宫阙型模式,在此基础上,又添加了社会聚落型因素。由此可以确定:表3-6中《郑畋相国修通圣观验》篇的罗川洞天亦属宫阙型仙境;《蜀民》篇的都会型仙境小成都、社会聚落型仙境穴中天地,和《薛逢》篇的社会聚落型仙境洞内居人市肆,当皆是洞天某一方面(即城市或聚落)的显现,所在当是有着宫阙和官僚系统的洞天仙境。加上这些隐性的洞天仙境,杜光庭小说中的宫阙型和道场型仙境共有42处,占到仙境总数57处的绝大多数。如前文所述,道场型和宫阙型仙境是道教经书所描述的两种最基本、最普遍的下界仙人的栖止地,杜光庭小说中绝大多数的仙境都属于这两种类型,显示出与他作为道门中人的身份相一致的仙境构建视角和观念。

　　与"道场型+聚落型"仙境构建模式相一致,杜光庭宫阙型仙境的主体空间较多地出现了道观意象,如《陈简》金华洞天中的道观、《谢璠》峨眉山木皮谷中的道观、《阮基》王屋山中的道观,这与文人小说宫阙型仙境中较多出现的府衙意象不同,亦显示出杜光庭作为道门中人的仙境构建理念。

　　9处豪宅型仙境中,有4处明确可知乃采录自前人著述。与文人小说一样,杜光庭小说中的这类仙境亦作为仙境优于俗世的证明,被置于人仙交接特别是入仕与求道间存在紧张关系的叙事中。可以说杜光庭利用了文人小说中的这类叙事,通过对仙人优渥生活场景的描述来宣扬仙界的优越和道教信仰的利益,以诱导俗人。

3处普通住宅型仙境中,有1处明确可知采录自前人著述。这三篇小说所述,皆是一位作为仙人的老人引主人公至其住宅(仙境),这看似表达了人仙不相暌隔的观念,其实更应理解为低品位、与世俗最接近的地仙①与常人带有特别目的的交接②。因为在多篇小说中,杜光庭都表达了常人不能轻易游访仙境、人世与仙界有着绝对差异的观念。如《僧悟玄》中仙人(老叟)指点僧悟玄须"谒洞主"方能游峨眉洞天,且诚之云:"名山大川,皆有洞穴,不知名字,不可辄入访。须得《洞庭记》《岳渎经》,审其所属,定其名字,的其里数,必是神仙所居,与经记相合,然后可游耳。不然,有风雷洞、鬼神洞、地狱洞、龙蛇洞,误入其中,害及性命,求益反损,深可戒也。"③再如《薛逢》篇论洞府中的饮食云:"得食之者,亦

①如杜光庭《仙传拾遗》卷二《申元之》篇借申元之之言云,常人死后经太阴炼形,"即为地仙,复百年迁居洞天矣"。见杜光庭撰,罗争鸣辑校:《杜光庭记传十种辑校》(下),第810页。

②如《吴淡醋》中的韩山人欠吴氏五十万钱,"未得升天去",他与吴氏交接,是要还其宿债。另外两篇小说中仙人与主人公交接,都含有托其做事的目的。

③杜光庭:《神仙感遇传》卷五《僧悟玄》,见杜光庭撰,罗争鸣辑校:《杜光庭记传十种辑校》(下),第496页。

须累积阴功,天挺仙骨,然可上登仙品。若常人啖之,必化为石矣。"①如此明确的人仙暌隔观念,与文人小说中时或表达的"仙不远人"观念迥然不同,它隐喻常人不能轻易成仙,这一认识符合作为高道的杜光庭所秉持的理念。

其二,与杜光庭《洞天福地岳渎名山记》所载的十大洞天、三十六小洞天、七十二福地、二十四化、三十六靖庐、十洲三岛、仙地两界之五岳及诸神山海渎相比较,表3-6中"即是之"的仙境有 17 处,分别是《宋文才》峨眉洞天、《陈简》金华洞天、《杨大夫》泰山宫阙、《薛逢》天台山东洞内居人市肆、《僧悟玄》峨眉洞天、《僧契虚》蓝田玉山洞、《韩滉》广桑山宫阙、《李师稷》蓬莱山、《崔生》青城山洞府、《金母元君》昆仑山金母元君的居所、《云华夫人》巫山云华夫人的居所、《马周》华山太华仙王宫、《唐若山》蓬莱仙岛、《刘无名》青城山青城真人的居所、《王太虚》王屋山东极真人的居所、《陈惠虚》天台山金庭不死之乡和《龙威丈人》包山天后别宫。

地理位置重合以及有关联的仙境有 10 处,分别是《薛长官》罗浮山中薛长官的住宅、《谢璠》峨眉山木皮谷中道观、《越僧怀一》云门寺附近山中奇境②、《阮基》王

①杜光庭:《神仙感遇传》卷五《薛逢》,见杜光庭撰,罗争鸣辑校:《杜光庭记传十种辑校》(下),第 493 页。
②其地有杜光庭《洞天福地岳渎名山记》中的第十二福地灵墟、第十五福地若耶溪。

屋山中的道观、《吴善经》嵩山洞内道士居所、《韦弇》蜀地某郡(或为成都)南郊玉清仙府、《太真夫人》泰山太真夫人的住所、《阳翁伯》海上仙山、《嵩山叟》嵩山地穴中二仙的居所、《许老翁》峨眉山许老翁的居所。

以上三类共 27 处仙境占杜光庭小说中仙境总数的47%,比文人小说中这三类仙境所占的比重 58%还低不少,而表 3-6 中其余的 30 处仙境与其仙境系统并无关联。这表明杜光庭并未特意利用小说来阐扬其所继承的狭义的洞天福地和所构建的广义的洞天福地。大量的无关联仙境存在,主要有两个原因:一是杜光庭未改编所采录的文人小说中的仙境描写,这些基本保持原样的描写有着相对多样性的描写对象,其中很多不在他所构建的仙境系统之内。如表 3-6 中所标杜光庭采录自文人小说的 17 处仙境中,有 9 处仙境与他的仙境系统无关联;二是杜光庭认为山岳江河,"或上配辰宿,或下藏洞天,皆大圣上真主宰其事"[1],大都有灵宫仙境。即使一座山内,仙宫往往非只一处,如三十六小洞天之一的九嶷山,九峰"皆有宫室,命真官主之"[2]。这种对灵宫仙境处所的泛化认识,无疑可使他在其仙境系统之外自由地采录、构建仙境。

---

[1]杜光庭:《洞天福地岳渎名山记序》,见杜光庭撰,罗争鸣辑校:《杜光庭记传十种辑校》(上),第 383 页。

[2]杜光庭:《墉城集仙录》卷九《王妙想》,见杜光庭撰,罗争鸣辑校:《杜光庭记传十种辑校》(下),第 713 页。

　　其三,因缺乏仙境景观描写而未能在表 3-6 中列出,但在杜光庭小说中有着着重表达的,是其《洞天福地岳渎名山记》所载的二十四化。从早期的《神仙感遇传》《仙传拾遗》,到杜光庭入仕前蜀后撰集的《录异记》《墉城集仙录》《道教灵验记》《王氏神仙传》,都有小说叙述或涉及某化。"化"本名为"治",最初为张道陵所设立的早期天师道教区,就名称所示的具体地点而言,则是"作为该派科仪中心和行政管理所在地的庙宇"①的所在地。张道陵最初所设为 24 治,后来迭有添加。如武周时期王悬河编《三洞珠囊·二十四治品》所引的《五岳名山图》和《张天师二十四治图》,皆记载有同样的二十四正治、四别治、八配治和八游治。杜光庭《洞天福地岳渎名山记》中的二十四化,即是其中的二十四正治。

　　二十四正治中除却北邙治外,其余二十三治皆位于四川盆地及其边缘地区,而别治、配治和游治,则"周布四海"。杜光庭抛开其他诸治,独取二十四正治以建立其洞天福地岳渎名山系统中的二十四化,且在小说中予以着重宣扬,这显示出他围绕蜀地名山圣迹宣扬仙地洞府、构建神圣地理的倾向性,与表 3-1 所显示文人小说对蜀地仙境的相对冷落迥然有别。如表 3-6 所列,杜光庭描写峨眉山仙境的小说达 4 篇,而表 3-1 所列文人小

①傅飞岚(Franciscus Verellen):《二十四治和早期天师道的空间与科仪结构》,吕鹏志译,见《法国汉学》第七辑,北京:中华书局,2002 年,第 212 页。

说中竟无一篇。而且,杜光庭还以洞天解释"化",扩展了"化"的职能。据王悬河《三洞珠囊·二十四治品》所引《玄都律第十六》载:"治者,性命魂神之所属也。"即认为"治"是治民"性命魂神"的辖属之所①。杜光庭一方面继承这一职能认识,视"化"为治民的"命属"之所;另一方面扩展"化"的职能,提升其地位——认为"化"是一洞天。如前引《仙传拾遗》卷二《阳平谪仙》之文,云"二十四化各有一大洞","其中皆有仙王,仙官卿相辅佐,如世之职司。有得道之人,及积功迁神返生之士,皆居其中,以为民庶";"人世生死兴废、水旱风雨,预关于洞中焉。龙神祠庙,血食之司,皆为洞府所统"。

　　杜光庭着意构建蜀地神圣地理的倾向性,与其道士身份,尤其是他长期生活、为官并终老于蜀地的经历有关。如一些学者所言,杜光庭的某些作品中含有为迎合前蜀政权而"媚蜀"的内容和意旨②。他在小说中叙说、

①具体体现为"二十四治是司命神所在地",负责保存治民的"命籍"。其神学原理是教士将治民"录籍传达给负责相关家庭成员的司命神,以保证他们受到护佑。通过将一个人出生年份的天干地支和与二十四治之空间分布相关的天干地支联系起来,教团每个成员的本命被系于一个特别的圣地和相应的星宿"。见傅飞岚:《二十四治和早期天师道的空间与科仪结构》,见《法国汉学》第七辑,第232页。

②杜光庭的这一意图在其小说中有着显明表达,如《录异记》卷二《黄齐》借老人(仙人)之言云:"蜀之山川是大福之地,久合为帝王之都。多是前代圣贤,镇压岗源,穿绝地脉,致其迟晚。……又'蜀'字若去虫著金,正应金德久远,王于西方,四海可服。"见杜光庭撰,罗争鸣辑校:《杜光庭记传十种辑校》(上),第33页。

宣扬绝大多数位于蜀地的二十四化,并以洞天解释化,提升化的地位,有着构建蜀地神圣地理以提升蜀地地位、进而佐治前蜀政权的目的。

四、结语

由以上论述可知,虽然晚唐五代文人小说中的仙境有着鲜明的世俗特色,杜光庭狭义"洞天福地"系统之构建,也严格遵循了道教内部的教理传统,几乎未受到文人小说仙境说的影响,而且除了着重表达"二十四化"外,并未特意用仙境的形式在其小说中阐扬其他"洞天福地"。但是,无论仙境场域主体类型的比较,还是与司马承祯、杜光庭"洞天福地"之关系的比较,皆显示晚唐五代文人小说中的仙境与道教仙境有着相当程度的重合性和关联性,再加上杜光庭大规模抄编文人小说,以及受世俗仙境传说的影响而将十洲三岛、仙地两界五岳及诸神山海渎纳入其广义"洞天福地"系统,都表明当时的文人与道士有着广泛的思想融通和知识交流。

晚唐五代文人小说中仙境的构建,除受到道教仙境教理说的影响外,还应该受到之前文学传统中仙境说的影响。但是笔者经对现存晚唐以前小说中仙境的梳理,发现其与司马承祯的"洞天福地"位置一致的仅有位于嵩山、天台山、赤城山和泰山的几处仙境,位置有关联的仅有几处位于东海中的仙岛,这与晚唐五代文人小说仙境中与之或有关联或位置重合或即是之的仙境占其总数58%的比重相比,相差悬殊。这或许表明晚唐五代文人小说中仙境的设置,受到以司马承祯"洞天福地"为代表的道教仙境教理说的影响应该远较之前文学传统中的仙境说大。

第四章　宋初的儒士与儒学：
学术思想新声

　　诚如余英时所言："宋初儒学复兴的文化和社会起源是一个尚待研究的历史领域。"①这一事关唐宋儒学转型的领域，一直是宋代学术思想史研究的薄弱环节。本章从人物个案的角度，首先考察北宋前期儒学积淀最丰厚的地区之一——京东路的几位开儒学新风的学者，即"宋初三先生"中的孙复和石介，以及重要儒者士建中的生平、交往和学术思想，在一定程度上呈现他们所处的学术生态；其次，针对学界一些不同认识，考辨当时京师学术圈中的重要学者刘敞在北宋学术转型中的地位。

第一节　孙复生平事迹及著作考辨

　　孙复（992—1057），"宋初三先生"之一，是振起宋学

_____

①余英时：《朱熹的历史世界：宋代士大夫政治文化的研究》，第 298 页。

的重要人物。他"少举进士不中,退居泰山之阳,学《春秋》,著《尊王发微》",阐扬新《春秋》学,成为宋代《春秋》学史上的首座高峰,对有宋一代学术演变影响深远。关于孙复的生平交游及著作,相关史料记载和后人说法中多有含混甚至扞格之处,本节对欧阳修《孙明复先生墓志铭》中的两处记载,以及孙复和胡瑗的关系问题,征诸史料,进行考辨,以期能够澄清相关史实,深化学界对孙复交游和著作的认识。

一、欧阳修《孙明复先生墓志铭》记载考辨

关于孙复生平的最早系统记载,是欧阳修所撰《孙明复先生墓志铭》:

> 先生讳复,字明复,姓孙氏,晋州平阳人也。少举进士不中,退居泰山之阳,学《春秋》,著《尊王发微》。鲁多学者,其尤贤而有道者石介,自介而下皆以弟子事之。先生年逾四十,家贫不娶,李丞相迪将以其弟之女妻之。先生疑焉,介与群弟子进曰:"公卿不下士久矣,今丞相不以先生贫贱而欲托以子,是高先生之行义也,先生宜因以成丞相之贤名。"于是乃许。孔给事道辅为人刚直严重,不妄与人,闻先生之风,就见之。介执杖屦侍左右,先生坐则立,升降拜则扶之,及其往谢也亦然。鲁人既素高此两人,由是

始识师弟子之礼,莫不叹嗟之,而李丞相、孔给事亦以此见称于士大夫。其后介为学官,语于朝曰:"先生非隐者也,欲仕而未得其方也。"庆历二年,枢密副使范仲淹、资政殿学士富弼言其道德经术宜在朝廷,召拜校书郎、国子监直讲。尝召见迩英阁说诗,将以为侍讲,而嫉之者言其讲说多异先儒,遂止。七年,徐州人孔直温以狂谋捕治,索其家得诗,有先生姓名,坐贬监虔州商税,徙泗州,又徙知河南府长水县,签署应天府判官公事,通判陵州。翰林学士赵概等十余人上言,孙某行为世法,经为人师,不宜弃之远方,乃复为国子监直讲。居三岁,以嘉祐二年七月二十四日,以疾卒于家,享年六十有六,官至殿中丞。先生在太学时为大理评事,天子临幸,赐以绯衣银鱼。及闻其丧,恻然,予其家钱十万,而公卿大夫、朋友、太学之诸生相与吊哭,赙治其丧。于是以其年十月二十七日葬先生于郓州须城县庐泉乡之北扈原。先生治《春秋》,不惑传注,不为曲说以乱经。其言简易,明于诸侯大夫功罪,以考时之盛衰,而推见王道之治乱,得于经之本义为多。方其病时,枢密使韩琦言之天子,选书吏,给纸笔,命其门人祖无择就其家得其书十有五篇,录之藏于秘阁。先生一子大年,尚幼。①

①欧阳修著,李逸安点校:《欧阳修全集》卷三〇《孙明复先生墓志铭》,北京:中华书局,2001 年,第 457—458 页。

欧阳修作此《墓志铭》，多参用当时记写孙复的有关文章，如石介的《明隐》《贤李》等，而后世诸家所作的《孙复传》，多就此文取舍而成。如稍后曾巩的《隆平集·孙复传》就多本之，增新处是将欧文中的"嫉之者"明确为"杨安国"；南宋初李焘作《续资治通鉴长编》，于仁宗"庆历二年十一月""庆历四年五月""嘉祐二年十一月"等处分记孙复，亦多本欧文而又采纳曾氏新意，增新处是将"著《尊王发微》"明确为"著《尊王发微》十二篇"，并作评曰"大约本于陆淳，而增新意"，增加"复恶胡瑗之为人，在太学常相避。瑗治经不如复，其教养诸生过之"一事；元人脱脱等撰《宋史·孙复传》，全本于欧文和李焘的记叙。然而，欧阳修《孙明复先生墓志铭》中至少有两处记载需作辨释：

其一，此《墓志铭》云："其后介为学官，语于朝曰：先生非隐者也，欲仕而未得其方也。庆历二年，枢密副使范仲淹、资政殿学士富弼言其道德经术宜在朝廷，召拜校书郎、国子监直讲。"这一叙述次第，易使后人误解为范仲淹和富弼是因为石介的推扬而识知、举荐了孙复。如李焘就依据这一逻辑，云："介既为学官，语人曰：'孙先生非隐者也。'于是范仲淹、富弼皆言复有经术，宜在朝廷，故召用之。"[1]事实上，范仲淹和富弼举荐孙复并非缘

---

① 李焘：《续资治通鉴长编》卷一三八"庆历二年十一月甲申"条，北京：中华书局，2004 年，第 3325 页。

于石介"语于朝",在《举张问孙复状》中,范仲淹对举荐
缘起有着明确的说明:

> 臣伏睹赦书节文:应天下怀材抱器,或淹下位,
> 或滞草莱,委逐处具事由闻奏。臣观国家居安思危,
> 搜罗贤俊,以充庶位,使民受赐,此安邦之正体也。①

可知,范仲淹、富弼当是应此前朝廷所下"搜罗贤俊"的
"赦书"而举荐孙复的,实非缘于石介对孙复的延誉。

还须说明的是,在石介结识孙复前,范、富二人中至
少范仲淹已与孙复相识。今所见孙复与范仲淹最早的
结识经历,见于《东轩笔录》:

> 范文正公在睢阳掌学,有孙秀才者索游上谒,
> 文正赠钱一千。明年,孙生复道睢阳谒文正,又赠一
> 千,因问:"何为汲汲于道路?"孙秀才戚然动色曰:
> "老母无以养,若日得百钱,则甘旨足矣。"文正曰:
> "吾观子辞气,非乞客也,二年仆仆,所得几何,而废
> 学多矣。吾今补子为学职,月可得三千以供养,子能
> 安于为学乎?"孙生再拜大喜。于是授以《春秋》,而
> 孙生笃学不舍昼夜,行复修谨,文正甚爱之。明年,

---

① 范仲淹撰,李勇先、刘琳、王蓉贵点校:《范仲淹全集·范文正公文集》卷
一九《举张问孙复状》,北京:中华书局,2020 年,第 384 页。

文正去睢阳,孙亦辞归。后十年,闻泰山下有孙明复
先生以《春秋》教授学者,道德高迈,朝廷召至太学,
乃昔日索游孙秀才也。①

"睢阳"指当时的南京应天府。据楼钥《范文正公年谱》
记载,范仲淹"睢阳掌学"是在仁宗天圣五年(1027)至六
年(1028)十二月,此所记孙复"索游"于范氏一事,当发
生在这两年间。但这一记载实似小说家言,清人全祖望
已疑之:

> 此段稍可疑,宜再考。先生婿于李文定公时,年
> 已五十矣,疑其稍长于范文正公,未必反受《春秋》
> 于文正也。(梓材按:泰山以淳化三年壬辰生。文
> 正以端拱三年己丑生,实长于泰山三岁。)且本传言
> 文正实荐先生入国子,则此所云朝廷召至,文正乃
> 知之者,不已谬乎!②

如前文所述,孙复确是由范仲淹和富弼举荐而入为国子
监直讲,为全氏所疑的《东轩笔录》"乃知"说当误。但问

---

① 魏泰撰,李裕民点校:《东轩笔录》卷一四,北京:中华书局,1983 年,第
159 页。
② 黄宗羲原著,全祖望补修,陈金生、梁运华点校:《宋元学案》卷二《泰山学
案》全祖望按语,第 101 页。

题是,范仲淹掌学睢阳时孙复是否曾"索游上谒"且补学职而受《春秋》? 现存《范文正公尺牍》载有数封范仲淹写给"睢阳戚寺丞"的信,其中所列第一札云:

> 某启知宰寺丞:昨轩车之来,诚喜奉见。以困匮之日,致礼不远,未能忘情,徒自愧耳。洎于回辕,又失拜饯。自至琴署,谅敦清适。有孙复秀才者,一志于学,方之古人。不知岁寒,何以为褐? 非吾长者,其能济乎! 拟请伊三五日暂诣门馆,惟明公与丁侯裁之。造次造次! 惭悚惭悚![①]

五代末、宋初,睢阳戚同文聚徒讲学,"以德行化其乡里"。其后戚氏家世业儒,"虽其位不大,而行应礼义,世世不绝"[②]。真宗大中祥符二年(1009),应天府民曹城在戚同文旧居旁"造舍百余区,聚书数千卷,延生徒讲习甚盛。诏赐额为本府书院,命(戚)纶子奉礼郎(戚)舜宾主之"[③]。范仲淹致信的"睢阳戚寺丞",很可能就是戚舜宾。寺丞在元丰改官制前是无职事的阶官,约为从六品

---

①范仲淹撰,李勇先、刘琳、王蓉贵点校:《范仲淹全集·范文正公尺牍》卷下,第611—612页。
②曾巩撰,陈杏珍、晁继周点校:《曾巩集》卷四二《戚元鲁墓志铭》,北京:中华书局,1984年,第567页。
③脱脱等:《宋史》卷四五七《戚同文传》,第13419页。按,文中的"曹城",陈均《宋九朝编年备要》记载为"曹诚"。

下,这也与曾巩的"其位不大"说相合。由此可知,此信当写于范仲淹掌应天府学时,述及戚舜宾赴范仲淹处拜见一事。而此信的主旨,是向戚舜宾等人引荐"一志于学"的秀才孙复。因此,可以确定范仲淹掌学睢阳时因孙复"索游上谒"而与之相识,又从其引荐来看,他补孙复为学职一事亦当可信。

在《范文正公尺牍》所载与"睢阳戚寺丞"的这组信札中,最后一封说及学校的教学情况:

> 某再拜寺丞:久缺致诚,颇多渴义,庠序之会,渐有伦次。见讲《春秋》,听众四十人,试会亦仅三十人矣。公之志也,敢不恭乎?

由"敢不恭乎"一语,可知"见讲《春秋》"者极可能就是范仲淹本人。也就是说,范仲淹掌应天府学时曾讲授《春秋》,孙复很可能就在那"听众四十人"之列,所以《东轩笔录》所谓的"授以《春秋》",亦当可信,由此可见孙复《春秋》学的一个重要师承来源。

此后,现存史料中还或见范仲淹与孙复交接的记载。如仁宗景祐元年(1034)范仲淹知苏州时,他曾致信孙复云:

> 某启:正初奉邀东门之别,翌日大寒未起,舟人

辄移,足下之来,固不可见。至桐庐,闻足下失意,愕
乎其且忧矣。足下直方而孤,非求荣之人,尝言二代
未葬,勉身以进也。天与其时,一何各歉! 此交友之
情,大郁郁然。及得足下河朔二书,且依天章公,犹
免屈于不知己者,甚善甚善! 某至新定,江山清绝,
落魄以歌,自谓得计。及来姑苏,却修人事,斯亦劳
矣。今在海上部役开决积水,俟寒而罢。足下未尝
游浙中,或能枉驾,与吴中讲贯经籍,教育人材,是亦
先生之为政,买山之图,其在中矣。以来者众,未易
他谋也。之武、公绰二君子皆持服在此。冬景向严,
万万自爱。①

该年六月,范仲淹自睦州徙知苏州,他募人疏通五河,导
积水入海;请立郡学,多方延师。该书即是他邀请孙复来
苏州州学讲学授业。范仲淹是去年十二月在右司谏任
上率台谏官反对仁宗废郭皇后而被贬出知睦州的,从信
中可知,他离开汴京时孙复(当时他在京城应举)曾约好
到东门送别,但因舟人早发而未能见别。孙复应该是通
过了景祐元年的省试,但在三月的殿试中落榜②,此后不

①范仲淹撰,李勇先、刘琳、王蓉贵点校:《范仲淹全集·范文正公尺牍》卷
　下,第606页。
②范仲淹在《举张问孙复状》中云孙复"元是开封府进士,曾到御前"。

久,他"依天章公"李纮而客居大名府魏县①(即上引文中所谓的"河朔"),曾两次致书范仲淹。景祐二年(1035)十月,范仲淹除尚书礼部员外郎、天章阁待制,判国子监,孙复又向他连寄二书,即今《孙明复小集》所收的《寄范天章书一》和《寄范天章书二》。在前书中,孙复向范仲淹引荐士建中和石介。在后书中,他建议范仲淹"广诏天下鸿儒硕老,置于太学",重为注解六经,其中有一句话值得注意:

> 复不佞,游于执事之墙藩者有年矣。执事病注
> 说之乱六经,六经之未明,复亦闻之矣。①

孙复于此云其与范仲淹交游已"有年矣",所指显然并非始自景祐元年,再加孙复与应天府睢阳多有关联(如其

---

①石介:《密直杜公作镇于魏,天章李公领使于魏,明复先生客于魏,熙道宰于魏,因作诗寄之》(见氏著,陈植锷点校:《徂徕石先生文集》卷三,北京:中华书局,1984年,第28—29页)一诗作于景祐元年,可证孙复当时"客于魏";从此诗题中"天章李公领使于魏"一语来看,孙复在魏所依的"天章公",当是时任天章阁待制、河北都转运使的李纮,如《续资治通鉴长编》卷一一四"景祐元年五月癸亥"条追述此前"天章阁待制李纮贺契丹主生辰还,具言其枉,乃迁(刘)随南京"(第2675页)、卷一一八景祐三年正月辛卯条追述此前解决大名府骁武卒李玉等人为乱一事时,云"(刘)夔至,与都转运使李纮诛其首恶"(第2774页)。
①孙复:《寄范天章书二》,见氏著《孙明复小集》,文渊阁《四库全书》本。

文集定名为《睢阳子集》①），这似又可证《东轩笔录》所载孙复与范仲淹在应天府学相结识一事，当属真实。更为重要的是，它清楚道出了范仲淹早已从汨乱六经经义的角度来批判先儒注说，有着重寻六经之义的学术雄心和期望。孙复废传求经的《春秋》解说路数，很可能就受到范氏这一理念的影响。考虑到范仲淹当时提携、帮助过众多的擅学之士，且在士人中有着崇高的威望，在庆历前后宋学勃兴的浪潮中，他所发挥的作用确实不可低估。

相较于范仲淹，石介结识孙复要晚得多。景祐元年春，石介任郓州观察推官秩满，调任南京留守推官兼提举应天府学。他初到任，孙复便自汴京来访，当时正值范仲淹离京出守睦州、孙复科场落第之后。如石介在该年所写的《与裴员外书》中云："往年官在汶上，始得士熙道；今春来南都，又逢孙明复。"②熙道是士建中的字，他是石介和孙复共同的朋友。很可能在此次拜访前，石介和孙复通过士建中已互有所知，但这次拜访乃是两人的第一次会面。

综上所论，范仲淹远早于石介而与孙复相识，庆历

---

① 马端临：《文献通考》卷二三五《经籍考》六十二著录"孙明复《睢阳子集》十卷"，北京：中华书局，2011 年，第 6415 页。

② 石介著，陈植锷点校：《徂徕石先生文集》卷一六《与裴员外书》，第 191—192 页。

二年,他与富弼是因朝廷"赦书"而荐举了孙复,并非缘自石介对孙复的延誉。范仲淹的经学教授和观念影响,是孙复《春秋》学的一个重要师承来源。

其二,欧阳修《孙明复先生墓志铭》云:"命其门人祖无择就其家得其书十有五篇,录之藏于秘阁。"李焘在《续资治通鉴长编》卷一八六复述这句话云:"命其门人祖无择即复家录之,得书十五卷,藏秘阁。"篇与卷相通,故李焘改为"得书十五卷"。

关于孙复的著作,最早的系统记载见于石介作于康定元年(1040)的《泰山书院记》:

> 先生尝以谓尽孔子之心者大《易》,尽孔子之用者《春秋》,是二大经,圣人之极笔也,治世之大法也。故作《易说》六十四篇,《春秋尊王发微》十七卷①。疑四凶之不去,十六相之不举,故作《尧权》。防后世之篡夺,诸侯之僭逼,故作《舜制》。辨注家之误,正世子之名,故作《正名解》。美出处之得,明传嗣之嫡,故作《四皓论》。②

①陈植锷点校本据《宋史·艺文志》改为"十二卷",今不取,仍依其底本为"十七卷"。
②石介著,陈植锷点校:《徂徕石先生文集》卷一九《泰山书院记》,第223—224页。

其中《尧权》《舜制》《正名解》（易名为《世子蒯聩论》）《四皓论》诸文，今皆存于《孙明复小集》卷一。其"《易说》六十四篇"，不见于以后的史志目录。祖无择所录的此"十五卷"书，从欧阳修《墓志铭》的表述来看，很可能仅是孙复的《春秋》学著作。与此"得书十五卷"说相关联的是，南宋陈振孙《直斋书录解题》卷三和马端临《文献通考》卷一八三，都明确著录孙复撰"《春秋尊王发微》十五卷"。但令人困惑的是，宋代几部成书年代离孙复更近的史志目录，对这部著作卷数的记载却与此不同：陈骙《中兴馆阁书目》著录孙复《春秋尊王发微》十二卷、又《总论》三卷[1]；晁公武《郡斋读书志》著录孙复《春秋尊王发微》十二卷（衢本、袁本同）。李焘在《续资治通鉴长编》卷一三八"庆历二年九月甲申"条追述孙复早年的经历时，云孙复"举进士不中，退居泰山，学《春秋》，著《尊王发微》十二篇，大约本于陆淳，而增新意"。

另外，王应麟《玉海》记载云："庆历中国子监直讲孙复著《尊王发微》十二篇，大约本于陆淳而增新意"[2]；《宋史·艺文志》著录"孙复《春秋尊王发微》十二卷、《春秋总论》一卷"，是皆明确说孙复《春秋尊王发微》十二卷。

---

① 此见于王应麟《玉海》卷四〇"庆历《春秋尊王发微》"条解题注，扬州：广陵书社，2016年，第791页。民国赵士炜所辑《中兴馆阁书目》亦辑入，见严灵峰编：《书目类编》二。

② 王应麟：《玉海》卷四〇"庆历《春秋尊王发微》"条，第791页。

对于"十五卷"和"十二卷"这两种记载的差异，清四库馆臣就李焘《续资治通鉴长编》卷一八六的"得书十五卷"说，作辨正云：

> 然此书实十二卷。考《中兴书目》，别有复《春秋总论》三卷，盖合之共为十五卷尔。今《总论》已佚，惟此书尚存。①

馆臣依据上列《中兴馆阁书目》的记载，定祖无择所"得书十五卷"包括孙复《春秋尊王发微》十二卷和《春秋总论》三卷。但为馆臣们所忽略的是，如上所述，陈振孙《直斋书录解题》、马端临《文献通考》都著录孙复《春秋尊王发微》一书是"十五卷"。尤其值得注意的是，马氏《文献通考》"《春秋尊王发微》十五卷"条解题全部录自晁公武《郡斋读书志》，却改晁氏所著录的"十二卷"为"十五卷"。

现存"十二卷"本《春秋尊王发微》是根据《春秋》鲁国十二公分卷，"十五卷"本说的出现，有两种可能：其一，南宋时期孙复《春秋尊王发微》存在一或包括《春秋总论》在内的十五卷本，此本为陈振孙和马端临所经眼，故予以著录；其二，陈振孙和马端临依据欧阳修《孙明复先生墓志

---

①永瑢等：《四库全书总目》卷二六"《春秋尊王发微》十二卷"条，第214页。

铭》中的"得其书十有五篇"说,著录此书为"十五卷"。

　　有迹象表明,上列第二种原因的可能性更大。这可从对晁公武《郡斋读书志》和陈振孙《直斋书录解题》所载《春秋尊王发微》解题的比较中,窥其一斑。晁公武《郡斋读书志》衢本卷三"《春秋尊王发微》十二卷"条解题云:

> 　　右皇朝孙明复撰。史臣言明复治《春秋》,不取传、注,其言简而义详,著诸(侯)大夫功罪,以考时之盛衰,而推见治乱之迹,故得《经》之意为多。常秩则讥之,曰:"明复为《春秋》,犹商鞅之法,弃灰于道者有刑,步过六尺者有诛。"谓其失于刻也。胡安国亦以秩之言为然。①

起始处论述孙复《春秋》学内容特点的文字,晁氏标明乃出自"史臣言",这表明该部分文字乃由晁公武摘自仁宗朝《国史》或《实录》中的《孙复传》②。后面称引常秩和

①晁公武撰,孙猛校证:《郡斋读书志校证》,上海:上海古籍出版社,1990年,第112页。
②仁宗朝《国史》和《实录》已佚。曾巩《隆平集》卷一五《孙复传》论孙氏的《春秋》学云:"复治《春秋》,不取传注,其言简而易,详明诸侯大夫功罪,以考时之盛衰,而推见治乱之迹,故得《经》之意为多。"(曾巩撰,王瑞来校证:《隆平集校证》,北京:中华书局,2012年,第441页)将其与上引晁氏"史臣言"相比较,除晁氏易"易"为"义"、"明"为"著"外,其余文字完全相同,由此可见受诏于元丰四年(1081)七月至五年四月任史馆修撰、专典通修《五朝国史》(太祖、太宗、真宗、仁宗和英宗五朝)的曾巩,其撰作《隆平集》时从国史或实录中多有取材。

胡安国的评论意见。常秩卒于神宗熙宁十年(1077),胡安国卒于南宋高宗绍兴八年(1138),其言论皆不会入于神宗熙宁二年(1069)编成的《仁宗实录》和元丰四年(1081)编成的仁宗朝《国史》,因此解题中所引的常秩和胡安国的评论意见,以及点释之语"谓其失于刻也",皆当为晁公武本人所加。

陈振孙《直斋书录解题》卷三"《春秋尊王发微》十五卷"条解题云:

> 国子监直讲平阳孙明复撰。明复居泰山之阳,以《春秋》教授,不惑传注,不为曲说,真切简易,明于诸侯大夫功罪,以考时之盛衰,而推见王道之治乱,得于经为多。石介而下皆师事之,欧阳文忠为作墓志。颍川常秩讥之曰:"明复为《春秋》,如商鞅之法。"谓其失于刻也。[①]

其中对孙复居止、其《春秋》学以及石介师事的评述,显然节取自本节开头所引的欧阳修《孙明复先生墓志铭》;而提及"欧阳文忠为作墓志",似兼有为前面文字之出处作注脚之意。故两相比较,其与晁公武所引的"史臣言"在内容表述上有所不同。但引人瞩目的是,陈振孙的这

---

①陈振孙撰,徐小蛮、顾美华点校:《直斋书录解题》卷三,第58—59页。按,标点稍作改动。

则解题后面同样引述了常秩的评说,以及出自晁公武的点释之语"谓其失于刻也"。这表明,陈振孙在作此解题时,除却参考欧阳修《孙明复先生墓志铭》外,还参考了晁公武《郡斋读书志》中的本书解题。由此可推知的情形是:陈振孙撰此解题时,甚至未曾参阅孙复《春秋尊王发微》,乃直接根据欧阳修《墓志铭》和晁公武《郡斋读书志》的解题而撰成,且依据欧阳修《墓志铭》中的"得其书十有五篇"说,改晁公武所著录的"十二卷"为"十五卷";马端临录入《文献通考》时,虽然袭用了晁氏的《春秋尊王发微》解题,但其卷数却袭取自陈振孙所录或欧阳修《墓志铭》中的"得其书十有五篇"说。

由上所论,可以确定上引清四库馆臣对"十五卷"说的辨正当得其实,即祖无择所录得的孙复"十五卷"著作中,只有十二卷是《春秋尊王发微》,并非全部皆是。陈振孙和马端临惑于欧阳修《孙明复先生墓志铭》中的"得其书十有五篇"说,误定《春秋尊王发微》为十五卷。

这一认识,又可以上引李焘《续资治通鉴长编》分别在卷一三八和卷一八六的记载"得书十五卷""著《尊王发微》十二篇"为证。如果"得书十五卷"是指录得《春秋尊王发微》十五卷,那么与后面的记载"著《尊王发微》十二篇"明显矛盾,严谨的李焘当然不会舛误如此。实际情况应该是祖无择所录得的"十五卷"孙复著作中,只有十二卷是《春秋尊王发微》。

接下来的问题是,如上文所引,李焘在《续资治通鉴长编》卷一三八追述孙复早年退居泰山的研习经历时,云孙复当时"著《尊王发微》十二篇",这一说法是否确当。

如上文所引及,今所见最早说到孙复在泰山所撰《春秋尊王发微》卷数的是石介。他在康定元年所作的《泰山书院记》和大约亦作于此时的《贤李》二文中,均云孙复著"《春秋尊王发微》十七卷"。所考此二文,系出自清光绪十年济南尚志书院所刊刻潍县张次陶藏明人影印宋钞《新雕徂徕石先生全集》二十卷本。据陈植锷考证,此本"原本文内'构'字必缺,注以'字犯御名',逢朝廷、祖宗必空格,'慎'字(南宋孝宗讳)则不避,当系南宋高宗时所刻",可见其原本早出于《续资治通鉴长编》。"另如集内戎、狄、夷等字,石本或缺而不刊,或窜以他字,此本则一仍其旧。(卷四缺《寄元均》等四首诗,则与《四库》著录本同。)因此,潍县张氏本虽后于石本,然与宋刻原本则接近"①,所以此本较他本《徂徕集》更为可信。

陈植锷点校《徂徕石先生文集》,即以济南尚志书院

---

① 陈植锷:《徂徕石先生文集》点校说明,石介著,陈植锷点校:《徂徕石先生文集》前附。

刊行的张次陶藏本为底本。但对于《贤李》《泰山书院记》诸篇所记载的"《春秋尊王发微》十七卷"，他又依据康熙四十九年四月刊刻的姑苏张氏《正谊堂丛书》本《徂徕集》、《续资治通鉴长编》卷一三八及《宋史·艺文志》所记，径改为"十二卷"（见陈氏点校本卷一、卷一九）。然而，姑苏张氏《正宜堂丛书》本较潍县张氏原本为晚出，《长编》和《宋史·艺文志》较石介之文为后记，故据之校改，显然不妥，实以不改为善。也就是说，孙复在泰山所著的《春秋尊王发微》，为十七卷。

浦卫忠认为，孙复未仕之时在泰山所著的《春秋尊王发微》为"授徒之讲本。晚年之时，方录为正本，存于秘阁"①。此说可从，也就是说，此十七卷本《春秋尊王发微》当是初本或讲本，孙复晚年"病时"，朝廷"命其门人祖无择就其家"录书，他本人或祖无择等弟子借机对该讲本作过一番修订，成《春秋尊王发微》十二卷、《春秋总论》三卷，遂为定本②。晁公武《郡斋读书志》、陈骙《中兴馆阁书目》所著录，皆为此《春秋尊王发微》定本。李焘在南宋初年应该读到过此《春秋尊王发微》定本，故

---

① 浦卫忠：《孙复与宋代〈春秋〉学研究》，姜广辉主编：《经学今诠初编》（《中国哲学》第 22 辑），沈阳：辽宁教育出版社，2000 年，第 483 页。

② 当年十一月二十七日，"三司使张方平等言：'故国子监直讲孙复著述《春秋》之说四十余年，并抄录到所撰《春秋尊王发微》二部'"（刘琳、刁忠民、舒大刚、尹波等校点：《宋会要辑稿》，上海：上海古籍出版社，2014 年，第2876 页）。此所谓"《春秋尊王发微》二部"，当包括《春秋总论》一书。

作评云"大约本于陆淳，而增新意"，但他并未细究此定本与讲本的关系，遂以定本为讲本，不妥当地将"孙复退居泰山，学《春秋》，著《尊王发微》十二篇"写入《续资治通鉴长编》。因为，李焘此处所述，乃是孙复未仕前在泰山时的学业和著述，而十二卷本的《春秋尊王发微》，是在他晚年才形成的，显然不能归作他未仕前的著作。若依石介《泰山书院记》《贤李》等文的记载，云"孙复退居泰山，学《春秋》，著《尊王发微》十七卷"，当更为确当。

需作说明的是，在"十至十三世纪中国史国际学术研讨会暨中国宋史研究会第十七届年会"（广州中山大学，2016 年 8 月）上，燕永成提出了一个值得深究的问题："见于《长编》卷一三八仁宗庆历二年十一月甲申的以上'孙复退居泰山'云云，同样出现于《宋史》卷四三二《孙复传》起始部分，并且文字基本相同。根据李焘编修《长编》前五朝纪事时，主体部分基本依据实录、国史等官方史料的状况，以上文字当是他录自国史"。因此，他认为"断定李焘'不妥当地'写入《长编》"并不恰当。

李焘《续资治通鉴长编》记述孙复的生平事迹时，在夹注中对《实录》有关记载做过辨正，表明他参阅过宋廷编修的《仁宗实录》，同时显示他也参阅过欧阳修《孙明复先生墓志铭》。现在能够确定出自《实录》或《国史》中《孙复传》的文字，是上引晁公武《郡斋读书志·春秋尊王发微提要》中所引的"史臣言"。如前面注中所云,这段"史臣言"与曾巩《隆平集·孙复传》中的同类文字基本相同,所以《隆平集·孙复传》内容当接近《实录》或《国史》中的《孙复传》。将李焘《续资治通鉴长编》所记孙复生平事迹、《隆平集·孙复传》和《宋史·孙复传》三者内容作比较,其重要的异同之处有:

1. 这段"史臣言"或同类文字,不见于《宋史·孙复传》,《续资治通鉴长编》于嘉祐二年十一月所记的同类文字,乃出自欧阳修《孙明复先生墓志铭》,有两处与"史臣言"明显不同。

2. 孙复晚年坐孔直温案屡被贬谪时,《隆平集·孙复传》和《宋史·孙复传》皆依据欧阳修所记,云是"翰林学士赵概等十余人"为之仗言,而李焘《续资治通鉴长编》于皇祐三年五月却云是"知谏院吴奎等言"。

3. 关于祖无择在孙复晚年所录其著作,《隆平集·孙复传》云"得书十有五篇",李焘《续资治通鉴长编》于嘉祐二年十一月云"得书十五卷",《宋史·孙复传》却云"得书十五万言"。

4. 李焘《续资治通鉴长编》于"庆历五年十一月辛卯"条夹注辨正云"欧阳修《墓志》云(孙)复贬在七年,恐误",《隆平集·孙复传》沿依"欧阳修《墓志》",云孙复于庆历七年坐贬,但《宋史·孙复传》云"孔直温败",孙复遂坐贬,不言年份。

5.《宋史·孙复传》自起始处至孙复"除秘书省校书郎、国子监直讲",与李焘《续资治通鉴长编》"庆历二年十一月甲申"条所记文字基本相同,皆云孙复退居泰山"著《尊王发微》十二篇",因石介延誉范仲淹和富弼才举荐孙复,《隆平集·孙复传》相类部分记述简略,只云孙复退居泰山"著《尊王发微》",不言篇数,且言庆历中范仲淹和富弼举荐孙复,不涉及石介。

由上可见,三者所记互有异同,《宋史·孙复传》并非全录自《实录》或《国史》的《孙复传》,李焘《续资治通鉴长编》所记孙复生平事迹更是如此。由《隆平集·孙复传》与《宋史·孙复传》文字上的巨大差异,再加上列第4、5条,甚至可认为《宋史·孙复传》自起始处至孙复"除秘书省校书郎、国子监直讲"这段文字,可能抄录自李焘《续资治通鉴长编》"庆历二年十一月甲申"条之记载。鉴于此,笔者仍视李焘《续资治通鉴长编》卷一三八所载孙复退居泰山"著《尊王发微》十二篇",以及由于石介延誉范仲淹和富弼才举荐孙复的说法,皆为李焘所为;退一步讲,这两处文字即使是由李焘抄录,也已经过他斟酌认可,亦当负有文责。

二、孙复和胡瑗关系考辨

关于孙复和胡瑗(993—1059)的关系,后人的认识多有歧见。这主要集中于两点:一是孙复和胡瑗是否在泰山同学过？二是孙复和胡瑗是否"交恶"？

今所见最早的认为孙复和胡瑗曾同学泰山的记载，是朱熹《五朝名臣言行录》卷一〇所引胡瑗曾孙[1]胡涤的说法：

> 侍讲(胡瑗)布衣时，与孙明复、石守道同读书泰山，攻苦食淡，终夜不寝，一坐十年不归。[2]

是谓孙、胡二人曾"同读书泰山"，黄宗羲在《宋元学案》中亦依此为说。然而，有两点却让人怀疑此"同读书泰山"说的切实性：

其一，考诸现存文献，可知李焘《续资治通鉴长编》卷一三八、《宋史·孙复传》所谓的孙复"举进士不第，退居泰山"，时间当是在景祐二年(1035)冬。依据是石介初执弟子礼事孙复时，曾作一诗，名为《乙亥冬，富春先

---

[1]《五朝名臣言行录》所引下条引文后有注云："曾孙涤所记。"李心传《建炎以来系年要录》卷一一八"绍兴八年三月癸丑"条却记载云："录故天章阁侍讲胡瑗之孙涤为下州文学，用湖州诸生请也。"(胡坤点校，北京：中华书局，2013年，第2211页)是定胡涤为胡瑗之孙。"湖州诸生"的请辞，见于《宋会要辑稿·崇儒六》，其中云："今其(胡瑗)家沦替，别无子孙，唯有胡涤服习儒业，乡闾推重。"(第2877页)可见请辞中并未确定胡涤为胡瑗之孙，又考虑到此时距胡瑗去世已有79年，从代际年差来看，定胡涤为胡瑗之曾孙当更为合适。

[2]朱熹撰，朱杰人、严佐云、刘永翔主编：《朱子全书》(修订本)第12册，上海：上海古籍出版社，合肥：安徽教育出版社，2010年，第15页。

生以老儒醇师,居我东齐,济北张洞明远、楚丘李缊仲渊,皆服道就义,与介同执弟子之礼,北面受其业。因作百八十二言相勉》①。此乙亥年即是景祐二年。而据南宋楼钥《范文正公年谱》记载:

> (景祐二年)冬十月,(范仲淹)除尚书礼部员外郎、天章阁待制,有谢表,见《文集》。召还,判国子监。时朝廷更定雅乐,诏求知音,公荐白衣胡瑗,对崇政殿,授校书郎。②

可见,胡瑗也恰在此时释褐入仕。此后,孙、胡二人经历记载明确,无任何在泰山同学甚至交接之举,可断定在景祐初年以后,孙、胡未曾同学于泰山。

其二,如上引石介诗名所示,他是在景祐二年冬孙复退居泰山时才执弟子礼而问学,在泰山与胡瑗更无交接,胡涤所谓的胡瑗与"石守道同读书泰山",实乃无稽之谈。

因上两点,今人多怀疑甚至否定胡涤所谓的胡瑗和孙复曾同学于泰山之说。但胡涤毕竟是胡瑗的曾孙,由其所云,再联系南宋时其他人的说法,如黄震亦云"其

---

①石介著,陈植锷点校:《徂徕石先生文集》卷二,第 19 页。
②楼钥:《范文正公年谱》,见吴洪泽编:《宋编宋人年谱选刊》,成都:巴蜀书社,1995 年,第 72 页。

（胡瑗）始读书泰山，十年不归"①，我们可以认定胡瑗早年确曾在泰山读过书。再结合上文所论，我们可以推断：如果孙、胡确曾同学于泰山，则应当是在景祐初年以前。对此，朱长文作于哲宗绍圣元年的《春秋通志序》中的一个说法，值得重视：

> 本朝孙明复隐泰山三十年，作《尊王发微》，据经推法，洞究终始。②

朱长文是孙复于仁宗至和年间（1054 年 3 月—1056 年 9 月）再任国子监直讲时的亲炙弟子，他所谓的"孙明复隐泰山三十年"当属概说，但不至于大误。孙复因范仲淹、富弼举荐而自泰山释褐为"试校书郎、国子监直讲"，是在庆历二年（1042）十一月③，前推三十年，可知孙复自真宗大中祥符（1008—1016）后期始，就曾有过读书泰山的经历。因此，我们可以断定，若如胡涤所云，孙、胡二人确

①黄宗羲原著，全祖望补修，陈金生、梁运华点校：《宋元学案》卷一《安定学案》，第 30 页。

②朱长文：《乐圃余稿》卷七，文渊阁《四库全书》本。另外，毕仲游《理会科场奏状》云："近世如孙复治《春秋》，居泰山者四十年，始能贯穿自成一说，人犹以为未尽《春秋》之旨意。"（见氏著《西台集》卷一，《武英殿聚珍版丛书》本）

③李焘《续资治通鉴长编》卷一三八载：庆历二年十一月"甲申，以泰山处士孙复为试校书郎、国子监直讲"（第 3325 页）。《宋史》卷一一《仁宗本纪》载：庆历二年十一月"甲申，以泰山处士孙复为国子监直讲"（第 215 页）。

曾在泰山同学过,那么时间当是在大中祥符后期至景祐初年间的某一时段。

又,《宋元学案·安定学案》辑有胡瑗《春秋说》七条,将其与孙复《春秋尊王发微》中的相关解说作比较,引人注意的是两者解说立意有着惊人的相似之处。例如,于庄公十二年"冬十月,宋万出奔陈"条,胡瑗解说云:

> 八月弑君,十月出奔,臣子不讨贼可知!①

孙复《春秋尊王发微》解说云:

> 弑君之贼,当急讨之。万八月弑庄公,十月出奔陈,宋之臣子缓不讨贼若此!②

于昭公二十二年"冬十月,王子猛卒"条,胡瑗解说云:

> 生则称"王",明实为嗣。死乃称"子",正未逾年,未成天子之至尊。③

---

①黄宗羲原著,全祖望补修,陈金生、梁运华点校:《宋元学案》卷一《安定学案》,第27页。
②孙复:《春秋尊王发微》卷三,《通志堂经解》本。
③黄宗羲原著,全祖望补修,陈金生、梁运华点校:《宋元学案》卷一《安定学案》,第28页。

孙复《春秋尊王发微》解说云:

> 王猛卒。其曰"王子猛"者,言"王"所以明当嗣
> 之人也,言"子"所以见未逾年之君也,言"猛"所以
> 别群王之子也。不崩不葬者,降成君也。[1]

可见,除却孙复解说稍详外,两者基本立意甚至表述风
格都极为相似,这表明其《春秋》学当所出同源或二人有
过学问交接。由此,基本可断定孙、胡二人确曾在泰山同
学过,但时间当是在景祐初年以前。

孙复恶胡瑗之说,最早当见于宋仁宗朝《国史》或
《实录》所附《孙复传》。邵博《闻见后录》、李焘《续资治
通鉴长编》卷一八六"嘉祐二年十一月己亥"条、朱熹《五
朝名臣言行录》、《宋史·孙复传》均记载此说。如《五朝
名臣言行录》记载云:

> 先生恶胡瑗之为人,在太学常相避。瑗治经不
> 如先生,而教养诸生过之。[2]

又据《朱子语类》卷一二九《本朝三》记载云:

---

[1] 孙复:《春秋尊王发微》卷一〇。
[2] 朱熹著,朱杰人、严佐之、刘永翔主编:《朱子全书》(修订本)第 12 册《五
朝名臣言行录》卷一〇之三《泰山孙先生》,第 322 页。

问:"孙明复如何恁地恶胡安定?"曰:"安定较
和易,明复却刚劲。"①

此二记载所云原因虽异,但"孙复恶胡瑗"却均是确认的
事实。朱熹师徒间的问答,更表明此事在南宋时几为士
人们所公认,以至被引以为日常谈资。

最先对此说提出异议者,是清初黄宗羲之子黄百
家,他在《宋元学案·安定学案》中作按语云:

先生之学,实与孙明复开伊洛之先,且同学始
终友善。其云先生在太学,与明复避不相见,此邵氏
《后录》之谬,正与"主痈疽、寺人"之谈同也。②

是认为孙、胡二人"始终友善"。近代以来有关胡瑗研究
的一些著作,也多拥持黄百家此说而斥"孙复恶胡瑗"说
为妄。其(如胡鸣盛《安定先生年谱》)所拈出的认为二
人相善的一条重要证据,是胡瑗在庆历年间所上的"请
兴武学"书中提到孙复:

今梅尧臣曾注《孙子》,大明深义,孙复以下,皆

①黎靖德编,王星贤点校:《朱子语类》卷一二九《本朝三》,第3091页。
②黄宗羲原著,全祖望补修,陈金生、梁运华点校:《宋元学案》卷一《安定学
案》,第30页。

明经旨。臣曾任边陲,颇知武事。①

但该"书"的主旨,是荐梅尧臣乃至胡瑗自己可隶武学,至于孙复,似乎是迫于其经学声望而不得不提及。孙复于仁宗至和年间再任国子监直讲时,胡瑗亦任国子监直讲,但他们及同时人所撰流传至今的文献资料中,难能见到二人交接的任何记载。邵伯温因其父邵雍的关系,与当时许多知名学者有交接,其中就包括胡瑗的高弟程颐,因此,其子邵博于《闻见后录》中记载的"孙复恶胡瑗"说,当不会出于捕风捉影。况且李焘也是位严谨的学者,他将此事载入《长编》,应当是经过审慎考择的。因此,可以说黄百家的否认实乃感情之见,而"孙复恶胡瑗"说当得其真。

第二节 士建中生平及思想考述

士建中(998—?),北宋仁宗朝知名儒士,与"宋初三先生"中的孙复、石介相友善,且深被所知。孙复"所推重者,先生为第一,而石祖徕其次也",而石介"高视一切,其所服膺,自泰山外,惟先生"。他是当时推动传统经学向义理儒学转化的重要人物之一,但因仕宦不显、

①章如愚:《山堂考索・后集》卷二九《士门》,文渊阁《四库全书》本。

著作未有流传等原因,其生平事迹和学术思想在后世史书中全无记载,其人亦长期不被后人识知。直到清代,他的事迹和学说才由全祖望和陆心源稍作补述,但均记述简略。本节依据现存相关文献资料,尽可能详悉地考述士建中的生平事迹和学术思想,并阐明他在学术思想上对石介的影响。

一、生平事迹

关于士建中的生平学行,《宋元学案·士刘诸儒学案》中有一段简单的交待:

> 士建中,字熙道,郓州人也。(云濠按:谢山《札记》云大名府魏县人也。)孙泰山讲学,先生同时而起,泰山之所推重者,先生为第一,而石徂徕其次也。泰山赠徂徕诗曰:攘臂欲为万丈戈,力与熙道攻浮讹。又尝荐之范文正公。而徂徕高视一切,其所服膺,自泰山外,惟先生。其集中《与蔡副枢书》,荐之尤力。先生所著述,如《道论》以言帝王之道,《原福》以究祸福之本,《原鬼》以明鬼神之理,《随时解》以著守正背邪、遗近趋远之说,皆醇儒之言也。其后以进士授评事,宰魏。不知其官爵所止。(云濠按:《札记》云校书郎。)
>
> 祖望谨按:先生尝以泰山五十未娶,谋为之买

田宅以置室,其古道可想。至于箴规徂徕,谓其未抵
中道,尤切当其弊。是真伊洛以前躬行君子,而世无
传者。祖望葺《学案》,聊为之补传,使不至泯
泯焉。①

全祖望所括葺的这段文字,材料出自孙复《孙明复小集》
和石介《徂徕集》。冯云濠所按《札记》,是指全祖望所作
的《学案札记》,冯氏特为标出,以存全氏之另说,可见当
时全祖望对士建中的籍贯、职官等记载似已存疑。

清末陆心源在《宋史翼·儒林传》中补辑了《士建中
传》,内容多依据全祖望所补《学案》,增新处为:

> 士建中,字熙道,郓州须城人。天圣、庆历中,以
> 高行达学显于时。……累官评事,知魏县,官至尚书
> 兵部员外郎。②

陆心源确定士建中籍贯为"郓州须城",所止官阶为"尚
书兵部员外郎",易"以进士授评事"为"累官评事"。陆
氏所增此新内容多出自北宋末年刘跂为士建中之孙士

①黄宗羲原著,全祖望补修,陈金生、梁运华点校:《宋元学案》卷六《士刘诸
　儒学案》,第252页。
②陆心源:《宋史翼》卷二三《儒林一·士建中传》,清同治光绪间归安陆氏
　刊《潜园总集》本。

衮所作的《墓志铭》：

> 东平士补之，讳衮。其先自周适晋，有子为理
> 官，以士命氏。汉末，燮尝为交趾太守。隋末，义总
> 为侍郎，家河内，其后世遂家高密。而补之四世祖如
> 玉以天平军判官卒，贫不克归，因又家东平，故今为
> 东平须城人。天圣、庆历间，山东大儒以高行达学显
> 于时、仕尚书兵部员外郎讳建中者，于补之为祖，妣
> 韩氏。考郊社斋郎讳安享，妣李氏。①

刘跂生年距士建中为近，同为东平人，且与士家关系甚
笃，因此《墓志铭》内容可信。据《宋史·地理志一》载，
东平府本为郓州，"宣和元年，改为东平府"。因此，确定
士建中籍贯为"郓州须城"当无误，且当时石介亦有"郓
士建中"②"郓州乡贡进士士建中"③之称。《墓志铭》所
云"尚书兵部员外郎"亦当是士建中所止官阶④，但《宋元
学案》的士建中"以进士授评事"说，尚须考辨。

---

① 刘跂：《士补之墓志铭》，《学易集》卷八，《武英殿聚珍版丛书》本。
② 石介著，陈植锷点校：《徂徕石先生文集》卷七《可嗟赠赵狩》，第76页。
③ 石介著，陈植锷点校：《徂徕石先生文集》卷一三《上蔡副枢书》，第145页。
④ 陆游《杨夫人墓志铭》（见《渭南文集》卷三四，《四部丛刊》本）云："郓为东方大邦，宋兴以来，多名公卿。虽摈不仕及仕而不显者，如穆参军修、士兵部建中、学易刘先生跂，皆既死而言立，化行于家，至今学者尊焉。"亦以"兵部"称士建中，可佐证士建中所止官阶当为"尚书兵部员外郎"。

士建中登第前赴京应进士试时,曾得到时任郓州观察推官石介的引荐(石介曾为他写《上蔡副枢书》《上范思远书》《与范思远书》《代郓州通判李屯田荐士建中表》等引荐信)。石介自天圣九年(1031)至景祐元年(1034)春仕于郓,士建中登进士第当在景祐元年的张唐卿榜。据《续资治通鉴长编》载,此榜"授官特优于前后岁。(张)唐卿、(杨)察、(徐)绶并为将作监丞、通判诸州,第四、第五人为大理评事、签书节度州判官,第六人而下并为校书郎、知县"①。士建中既知魏县,其进士及第所授官阶当为校书郎(秘书省校书郎之简称),而非"评事"。事实上,石介、孙复等人当时已提及此:

> 汉庭新射策,骤升校书局。魏县方百里,君命往养育。②
> 今有大名府魏县校书郎士建中、南京留守推官石介二人者。③

北宋元丰改官制前,秘书省校书郎为正九品,有出身而经迁转后方为大理评事。全祖望所云"以进士授评事"

①李焘:《续资治通鉴长编》卷一一四"景祐元年三月戊寅"条,第2671页。
②石介著,陈植锷点校:《徂徕石先生文集》卷三《密直杜公作镇于魏,天章李公领使于魏,明复先生客于魏,熙道宰于魏,因作诗寄之》,第29页。
③孙复:《寄范天章书一》,见《孙明复小集》,文渊阁《四库全书》本。

当误,陆心源所谓"累官评事"当是存疑而谨慎之言。近人所编历史人名辞典,如《中国人名大辞典》①《中国历代人名大辞典》②等,于士建中条都依《宋元学案》而径称其"以进士授评事",均误。

士建中生于宋真宗咸平元年(998)③,出身于一个没落的低等官僚家族。由上引《士补之墓志铭》可知,士建中之祖父士如玉官至太平军判官,卒后"贫不克归,因又家东平",至士建中时已"贫且贱,栖栖乡闾间,父母旨甘不继"④。有一子名安亨,后来可能以父荫补郊社斋郎。入仕前,士建中在郓"专精毕力,劳心苦学,积二十余年"⑤。在天圣九年至明道二年间(1031—1033),他结识了时任郓州观察推官的石介,并与郓州通判、屯田员外郎李若蒙相识。石介在书信中曾提及此:

　　往年官在汶上,始得士熙道。⑥

---

①臧励和等编,上海:商务印书馆,1921 年。

②张㧑之、沈起炜、刘德重主编,上海:上海古籍出版社,1999 年。

③士建中登进士第前一年,即明道二年(1033),石介《代郓州通判李屯田荐士建中表》中有"伏以建中今三十六岁"(石介著,陈植锷点校:《徂徕石先生文集》卷二〇,第 241 页)之语,由此可推知其生年当为咸平元年。

④石介著,陈植锷点校:《徂徕石先生文集》卷一三《上蔡副枢书》,第 145 页。

⑤石介著,陈植锷点校:《徂徕石先生文集》卷二〇《代郓州通判李屯田荐士建中表》,第 241 页。

⑥石介著,陈植锷点校:《徂徕石先生文集》卷一六《与裴员外书》,第 191—192 页。

郓州通倅屯田李员外一见称服,谓之绝伦。①

从此,士建中与石介一直保持着笃厚友谊。明道二年秋,士建中得州解,石介代郓州通判李若蒙草荐表,并替士建中投赠"行卷"文章,"致书御史中丞范讽(引者按,误,当为范隐之,考证见下)、枢密副使蔡齐(公元九八八——○三九年)等,多方延誉,引为同道"②。

　　此处须作讨论的是,石介为荐士建中曾分别于明道二年冬和景祐元年春作《上范思远书》《与范思远书》二书,此"范思远"是谁? 学界对此存有异议。如上引陈植锷《徂徕石先生文集》前言中语"致书御史中丞范讽、枢密副使蔡齐等"所示,他认为"范思远"即是时任御史中丞的范讽③。傅璇琮、祝尚书主编《宋才子传笺证:北宋前期卷》之《张方平传》云:"石介《徂徕集》卷一三《上范思远书》,对范思远举荐的张方平大加赞赏:'南京张方平,开拔奇颖,有逸群之材。'"④显然把《上范思远书》中

①石介著,陈植锷点校:《徂徕石先生文集》卷一三《上范思远书》,第152页。
②陈植锷:《徂徕石先生文集》前言,石介著,陈植锷点校:《徂徕石先生文集》前附,第3页。
③陈植锷在《石介事迹著作编年》明道二年"秋,郓州解发礼部就试进士,士建中得与其列"条所作按语中,明确云"范思远即御史中丞范讽"。见氏著《石介事迹著作编年》,北京:中华书局,2003年,第35页。
④傅璇琮、祝尚书主编:《宋才子传笺证:北宋前期卷》,沈阳:辽海出版社,2011年,第505页。

所云举荐张方平的"中丞公"①，理解为受信人"范思远"本人。邓子勉编著《宋人行第考录》，据石介《与范十三奉礼书》而于"范十三"条下径书其人为"范思远"②。徐波、柳尧伊根据《上范思远书》文中称官职"中丞"、文末直呼"思远"字号的"有点不符合常情"的称呼差异，以及《与范十三奉礼书》所示"思远"当时的官衔为"奉礼郎"，断定"范思远"绝非范讽；他们又根据"与范讽家族颇有渊源"的张方平所作的《酬范思远》诗和《举范隐之》，考证认为"范思远"很可能是范讽之子范隐之③。张富祥早在 20 世纪 90 年代初便认为，从《与范十三奉礼书》中"石介的称呼来看，范奉礼（"奉礼"当为奉礼郎之简称，非其本名）其人很可能是范讽的晚辈，或者就是范讽之子范宽（引者按，当为范宽之），惜史籍已无考"④。

　　细检石介所作《上范思远书》《与范十三奉礼书》《与范思远书》，可知徐波、柳尧伊等所持的"范思远"非范讽说，当属正确。除他们所举的上述两条证据外，如上文所提及，石介《上范思远书》中云"中丞公能为之，求之于朝

---

①石介《上范思远书》："中丞公能为之（引者按，指举荐人才），求之于朝不足，乃复求于野。南京张方平，开拔奇颖，有逸群之材。"（石介著，陈植锷点校：《徂徕石先生文集》卷一三，第 151 页）

②邓子勉：《宋人行第考录》，北京：中华书局，2001 年，第 154 页。

③徐波、柳尧伊：《谁是范思远？石介三封书信受书人考》，《九江学院学报》（社会科学版）2020 年第 3 期。

④张富祥：《宋初"东州逸党"与齐鲁文化遗风》，《山东师范大学学报》（社会科学版）1991 年第 1 期。

不足,乃复求于野",其中"中丞公"之称,与张方平《酬范思远》诗句"夫君家公世才杰"①中之称呼"家公"相比照,亦可证其所云"中丞"并非受信人"范思远"本人,而是其父,即时任御史中丞的范讽。徐、柳二人由此得出石介致书之原委——"意图通过范思远将士建中介绍给范讽,再由范讽推荐",这一推论亦属合理。

　　《宋史·范正辞传》所附《范讽传》记载范讽有一子:"宽之,终尚书刑部郎中、知濠州。"②但是,徐波、柳尧伊并未据此认定"范思远"即是范宽之,而是根据韩琦《祭范宽之刑部文》中语"请兄援毫,寓书以诀"③,得出"范宽之当有一个哥哥,也就是范讽最少有两个儿子"之见。他们又根据张方平《举范隐之》所述范隐之的一些信息与已知条件相合,如:范隐之官居"太常寺奉礼郎",与石介《与范十三奉礼书》所称范思远的官衔相同;范隐之擅长《春秋》学,这与范讽之父范正辞"治《春秋公羊》《穀梁》"而家传《春秋》学相合;范隐之的名号与范宽之相似,"符合古代兄弟取名习惯"。再加"范隐之的生活年代也与范思远相同",因此他们认为此二人"应当为同一人"。

---

① 张方平撰,郑涵点校:《张方平集》卷四《酬范思远》,郑州:中州古籍出版社,1992年,第61页。
② 脱脱等:《宋史》卷三〇四《范讽传》,第10064页。
③ 韩琦:《安阳集》卷四三《祭范宽之刑部文》,明正德九年张士隆刻本。

　　笔者认为徐波、柳尧伊的上述推断有着很大的合理性。为什么是范隐之而不是范宽之？除上述证据相合外，还有很重要的一点，那就是他与"范思远"在才学方面的符合程度。石介《上范思远书》和《与范思远书》，都是从与"范思远"同为排斥佛老和"淫文"、弘扬"圣人之道"之同志的角度引荐士建中的，云"介尝谓他日有功于此者，必在思远与士建中熙道者"，"思远今欲追复古圣人之道，非熙道，恐无可与同辟去榛塞者"①。无独有偶，张方平在《酬范思远》一诗中，亦视"范思远"为担当"斯文"的同道，豪言"誓将它日同利涉，我为之楫君为舟"。由此可见，"范思远"是当时新兴的反佛老和四六时文、倡扬儒道和古文思潮中的一位健将，在这批年轻的文化革新派士人中有一定的地位。

　　张方平不仅举荐过范隐之，还举荐过范宽之，兹将其举荐状内容分别移录如下：

　　　伏见太常寺奉礼郎范隐之所著《春秋五传会义》，经术深明，旨趣淳正。今去圣逾远，异端多门，常人好奇，鲜根于道，隐之论述，独探精粹。且其履行高介不群，志甚自强，进未云止。倘蒙乐育，必成良材。伏乞圣慈特命取自所著书，登之衡石之末，即

―――――――――
① 石介著，陈植锷点校：《徂徕石先生文集》卷一六《与范思远书》，第192、193页。

诚有取，望特与召试，使得备馆阁之缺。所冀扶奖道术，敦激风教。①

　　准御史台牒，准庆历八年五月十四日敕，"于内外升朝官曾任通判成资已上人内，有材识通明，履行淳正，堪任清要任使者，各同罪保举二名；并须历任无公私过犯，及不是两府及自己亲情，方得奏举；或虽公罪，杖已下情理轻者，亦许论荐"者。右具如前。今伏见太常博士范宽之甚有材识，兼有操守，系通判成资以上，历任无过犯，不是两府及臣亲情。今保举堪充清要官。②

从二人的官衔"太常寺奉礼郎"和"太常博士"来看，举荐发生在他们仕宦生涯的前期。一个被举荐召试"文史为先"的馆阁之职，一个被保举担任事务性的"清要官"，已可见二人才具之差别。而且，在范隐之举状中，张方平称扬他在当时"去圣逾远，异端多门，常人好奇，鲜根于道"的学术风气中，"独探精粹"而扶助道术，这与上述其酬诗以及石介诸书所称"范思远"的学术作为十分契合。相反，在范宽之举状中，张方平只是列举他符合要求之条件，呈现出一位履行淳正的事务性官员的形象。现存文献中有数条涉及范宽之仕宦经历的材料，也显示他历

①张方平撰，郑涵点校：《张方平集》卷三〇《举范隐之》，第494—495页。
②张方平撰，郑涵点校：《张方平集》卷三〇《准敕举清要官》，第491页。

任的是通判、"省判"、江南东路转运使、知濠州等亲民官。即使是在韩琦所作《祭范宽之刑部文》——一种往往要述及逝者人生亮点的文体——中,也只字未提范宽之在经术文章方面有何抱负和成就。

根据以上论述,可以断定"范思远"很可能是范隐之。他虽然"经术深明,旨趣淳正","履行高介不群,志甚自强",但可能仕途偃蹇,官位不显,故现存文献中很少有关于他的记载。《宋史·范讽传》文本的初作者对于范讽之子,很可能着眼于官位而只记载了"终刑部郎中、知濠州"的范宽之。

明道二年末、景祐元年春,士建中在汴京应试期间结识了同在应举的孙复,并与之结下深厚友谊。稍后,经他介绍而使孙复和石介相识,随后与二人还频有往还:他与石介等人谋为孙复"买田宅以置室",即石介在《上孙先生书》中所云:"尝与熙道说,先生逾四十未有室嗣,先大夫之遗体,可不念也。近又得曹二书,复言及斯,明远来论之,相对泣下。非先生之事也,朋友门人之罪也,因思得与数君子同力成先生一日事矣";石介性介直,士建中数次予以诲戒,劝他"去其不得于中而就于中"①;景祐二年冬孙复退居泰山后,士建中多次与他"往来游

①石介著,陈植锷点校:《徂徕石先生文集》卷一五《上孙先生书》,第183、182页。

好"①。另外,在士建中经石介和范隐之投赠给范讽"行卷"文章后,景祐元年春范隐之曾致信和他讨论过"天感应"的问题,此即石介《与范十三奉礼书》所云:"思远足下:辱书与熙道,言天感应为失。"②

据当时范仲淹《答手诏条陈十事》载:"今文资三年一迁,武职五年一迁,谓之磨勘。"③因此,士建中知魏县秩满当在景祐四年(1037),但由于缺乏文献记载,他此后的仕宦履历和事迹多难悉知,生年内所见记载仅有如下三处:

1. 康定二年(1041)八月,石介葬其"曾王父而降为三十二坟"于祖茔,撰《石氏墓表》,由"士建中真书"④以刻石。可见此时士建中与石介仍保持着密切的交往。

2. 余靖《武溪集》载一敕文《殿中丞士建中可依前官》:

敕某等:古者人臣有丧,三年不呼其门,所以伸其恩也。尔等缠风树之悲,有栾棘之慕,岁月其逝,

①石介著,陈植锷点校:《徂徕石先生文集》卷一四《上杜副枢书》,第159页。
②石介著,陈植锷点校:《徂徕石先生文集》卷一五《与范十三奉礼书》,第183页。
③范仲淹撰,李勇先、刘琳、王蓉贵点校:《范仲淹全集·范文正公政府奏议》卷上,第462页。
④石介著,陈植锷点校:《徂徕石先生文集》附录一《佚文·石氏墓表》尾注,第255页。

法当还台。贤者不敢过,不肖者不敢不及,国之典也。往践兹命,可。①

此文是余靖在庆历四年(1044)八月至庆历五年(1045)五月担任知制诰时所作敕命,诏殿中丞士建中丁忧起复,依前官还台。可知此时士建中的官阶已升至殿中丞,此前三年在家居父或母丧。

3. 蔡襄《端明集》卷一二载一制文《追官勒停人屯田员外郎士建中特授太常博士制》:

敕某官某:尔以儒学名家,自守师说。向官河汴,酾决失宜,夺去郎曹,退居田里。今予近侍荐尔才行,授以奉常之秩,茊夫征管之局。追服(引者按,误,当为复)故法,当有渐焉。②

此文是蔡襄担任知制诰时所作敕命。据欧阳修《端明殿学士蔡公墓志铭》载,蔡襄于"皇祐四年(1052),迁起居舍人、知制诰,兼判流内铨。……至和元年(1054),迁龙图阁直学士、知开封府"③。可知此敕命当作于皇祐四年

①余靖:《武溪集》卷一〇,明成化九年刻本。
②蔡襄撰,陈庆元等校注:《蔡襄全集》,福州:福建人民出版社,1999年,第307页。
③欧阳修著,李逸安点校:《欧阳修全集》卷三五,第521页。

至至和元年间。此前,士建中官阶已升至屯田员外郎,曾
"官河汴",因"酾决失宜"被夺官,遂"退居田里",此时
敕命降授太常博士,任职"征管之局"。经太常博士一迁
转,即是士建中所止官阶尚书兵部员外郎,由此可推知,
士建中可能在此后六年后致仕,抑或在此后三年后、六
年内去世。

二、学术思想

　　士建中早年在郓州"专精毕力,劳心苦学",于儒家
道德学问深有所得。仁宗天圣、庆历中,已"以高行达学
显于时",可见他成名当早于石介,甚至不晚于孙复。因
为著作未能流传下来,其学术思想仅能从石介引荐他的
书信中窥见大概:

　　　　其人(士建中)能通明经术,不由注疏之说,其
　　心与圣人之心自会;能自诚而明,不由钻学之至,其
　　性与圣人之道自合。故能言天人之际、性命之理、阴
　　阳之说、鬼神之情。其器识具而材用足,学术通而智
　　略明,故能言帝皇王霸之道、今古治乱之由。生而知
　　道,皓首嗜古,学为文必本仁义,凡浮碎章句、淫巧文
　　字、利诱势逐,宁就于死,曾不肯为。故能存周公、孔
　　子、孟轲、扬雄、文中子、吏部之道。信义忠孝,乃其
　　天性;中庸正直,厥从气禀。精诚特达,操履坚纯,不

以利动心,不以穷失节。若莅大事,凛然不可犯;若操大义,毅然不可夺。若得其人,用于朝廷,其道施于天下,不能及三王,犹远胜两汉。[1]

窃见郓州乡贡进士士建中,其人孜孜于此者(引者按,指儒道文章)二十年矣。其道则周公、孔子之道也,其文则柳仲涂、张晦之之文也,其行则古君子之行也。仲涂没,晦之死,加之公疏继往,子望亦逝,斯文其无归矣。建中独能得之。……岂止于文而已。其器识备而材用足,智谋周而宇范远,施之于事,王佐才也。识时运,知进退,审出处,明显晦,言必信,行必果,喜过服义,闲邪存诚,其近古之中庸者乎! 安贫守节,非其义,一介不取于人,非其人,未尝与之往还,廉介清慎,不屈权贵,不畏强御,如复孝廉,建中其首当之。介尝与之游,入斋中,窃见其文十篇,皆化成之文也。若夫言帝王之道,则有《道论》;明性命之理,称仁德之贵,则有《寿颜论》;根善恶之本,穷庆殃之自,则有《善恶必有余论》;大圣人之言,辨注者之误,则有《畏圣人之言论》;举五常之本,究祸福之谓,则有《原福》上、下篇;明鬼神之理,存教化之大,则有《原鬼篇》;守正背邪,遗近趋远,则有《随时解》;达圣人之时,广夫子之道,则有《夫

---

① 石介著,陈植锷点校:《徂徕石先生文集》卷一三《上范思远书》,第151—152页。

子得时辨》;择贤养善,察奸除恶,则有《莠辨》。今
皆献之,此其小者也,未得其一二。①

石介此二书写于明道二年冬士建中赴京参加科考前后,
为引荐延誉之书,内容虽有溢美之嫌,但士建中学术思
想之主张、特色及成就已宛然显见。我们可将其归纳
如下:

1.倡行古文。士建中"学为文必本仁义,凡浮碎章
句、淫巧文字、利诱势逐,宁就于死,曾不肯为"。在宋
初,进士试仍沿袭唐制而重诗赋,而士建中力行古文,也
许是他长期淹滞于科举的主要原因。但是,他继承了始
自中唐以"文以载道"为旗帜的古文运动传统,在恢复儒
家思想在文学领域中的地位方面无疑做出了重要贡献。
石介视之为柳开(仲涂)、张景(晦之)、贾同(公疏)、刘
颜(子望)等宋初古文大家后的第一人,可见其在宋初古
文运动中应当有着一定的地位。

2.弃注疏而直会经义。士建中"能通明经术,不由
注疏之说",能"大圣人之言,辨注者之误"。和孙复等人
一样,他是宋初儒林中弃传统注疏而按己意解经风气的
发起者之一。这种学风不仅是重注疏训诂的传统经学
开始向义理儒学转变的形式标志,而且在学理上有力促

①石介著,陈植锷点校:《徂徕石先生文集》卷一三《上蔡副枢书》,第145—
146页。

进了这一转变进程，从而引发了理学这一儒学新形态的出现。而且士建中所标识的"自诚而明"的认识路径，从认识论上指明了这一学术转向的努力方向，对以后新儒学思想的发展有着重要的启示意义。

3. 士建中能"明性命之理""根善恶之本""举五常之本""明鬼神之理"，可见其思想并未停留在尊崇、宣扬儒道的层面上，而是将儒家学说中的诸多范畴努力向深层挖掘，试图寻找这些学说背后的哲学依据，在学理上当颇有建树。士建中在这方面的努力亦领先于当时之人，为以后的儒学昭示了致思路向。

4. 在实践层面上，士建中注重体用、内外结合。一方面，他"精诚特达，操履坚纯，不以利动心，不以穷失节"，注重内在的儒道修养；另一方面，他"器识备而材用足，智谋周而宇范远"，"能言帝皇王霸之道、古今治乱之由"，学术思想带有鲜明的经世致用色彩。注重体用、内外结合是当时新兴儒学思潮的一个显著特点，对"用"的关注和思考是促进传统经学义理化转变的一个重要因素。

另外，在天、地、人三者关系的问题上，士建中持"天感应"论。如上文所提及，他曾以书信方式与范隐之讨论过此问题，观点与石介保持一致。石介对此问题的基本观点是"天、地、人异位而同治"：

　　天地之治曰祸福,君之治曰刑赏,其出一也,皆随其善恶而散布之。善斯赏,恶斯刑,是谓顺天地。天地顺而风雨和,百谷嘉。恶斯赏,善斯刑,是谓逆天地。天地逆而阴阳乖,四时悖。三才之道不相离,其应如影响。①

可见其说并未脱出传统"天人感应"论的窠臼,而带有明显的规善佐治意图。士建中的基本观点亦当如此。

三、传授和影响

　　据石介《可嗟贻赵狩》载:"赵狩者,始受业于鲁石介、郓士建中,又学于泰山先生。"此赵狩是现存文献所见士建中唯一的一位亲授弟子,不过他并未能光大儒学,而是"求所为神仙长生之道"②,转皈了道教。上文所引敕命称士建中"以儒学名家",另据石介《朋友解并序》载:李缊"长师泰山孙明复先生,及亲慕士建中而交石介"③。可知当时仰慕士建中的才学而私淑之的士子也许不在少数,而他在学术思想方面对石介的影响更值得注意。

　　正如有学者所指出,景祐二年冬石介执弟子礼而事

---

①石介著,陈植锷点校:《徂徕石先生文集》卷一一《阴德论》,第126页。
②石介著,陈植锷点校:《徂徕石先生文集》卷七《可嗟贻赵狩》,第76页。
③石介著,陈植锷点校:《徂徕石先生文集》卷八《朋友解并序》,第92页。

孙复前其基本思想已形成。那么,当时谁是影响石介基本思想形成的关键人物呢? 石介之父石丙,"专三家《春秋》学",大中祥符五年(1012)"御前擢第"①。石介从小应该有着较好的家学教育,但就他成年后的学术思想而言,我们认为士建中对他影响颇大。

首先,天圣九年至景祐元年春间,石介在郓州观察推官任上结识了士建中,一见便极为推重:"知道在熙道,一见不敢慢。尊之如韩孟,与道作藩翰。"②自此以后,他与士建中一直保持着深厚的友谊,常有来往或音信。在结识士建中的最初几年内,石介视之为当时儒士中"主斯文、明斯道"的"宗师":

> 然主斯文、明斯道,宗师固在先生与熙道。③
>
> 介尝谓他日有功于此者(引者按,指"距退杨、墨""排去佛、老"以光大圣人之道),必在思远与士建中熙道者。④
>
> 介酷爱建中文,谓自吏部、崇仪(引者按,指柳开,他曾任崇仪使)来,一人而已。⑤

---

①石介著,陈植锷点校:《徂徕石先生文集》附录一《佚文·石氏墓表》,第253页。
②石介著,陈植锷点校:《徂徕石先生文集》卷三《寄明复熙道》,第27页。
③石介著,陈植锷点校:《徂徕石先生文集》卷一五《上孙先生书》,第182页。
④石介著,陈植锷点校:《徂徕石先生文集》卷一六《与范思远书》,第192页。
⑤石介著,陈植锷点校:《徂徕石先生文集》卷一三《上范思远书》,第152页。

此时石介年龄在 27 至 30 岁间,刚由科举入仕,求知欲强,思想活跃而未成型。对士建中如此强烈的推重之心,自然使他走上学术思想追随之路。在《与士建中秀才书》中,石介对此有着明确表达:"介幸而不随天下之人之秦之越而独随足下,足下其援我手,我其蹑足下履,牵连挽引,庶能至焉,慎无为半途而废者。"

其次,在学术思想方面,石介与士建中有着许多相似之处。例如,他们的思想学说都"一出于孔氏,离孔氏未尝有一言及诸子"①;在天、地、人三者关系问题上,都持"天感应"论;在治经方面,都摒弃传统的训诂注疏法而重于阐发经文大义;在认识论方面,都标识"自诚而明";思想学说都带有鲜明的经世致用色彩;等等。这说明两人在学术思想上当有着深入的交流,其中,石介学自士建中者为多。

最后需作说明的是,在郓州任上,石介还交结了另一位大儒孙奭,但孙奭并未对他的学术思想产生重要影响。孙奭家郓州,"以醇德奥学,劝讲禁中二十余年",晚年致仕归里,石介与其多有过从,且致书表达了"从阁下而学"②的愿望。但是,孙奭致仕在家仅月余即去世,而且他为学还重守章句注疏,学术风格与石介迥异。因此,可排除孙奭对石介学术思想的形成有重要影响这一

①石介著,陈植锷点校:《徂徕石先生文集》卷七《可嗟赠赵狩》,第 76 页。
②石介著,陈植锷点校:《徂徕石先生文集》卷一五《上孙少博书》,第 174 页。

猜断。

虽然士建中在学术思想上对石介有着重要影响,且石介常将他与孙复等视,但从现存文献资料来看,石介与士建中的交往更多是朋友关系,所以这往往掩盖了他们之间在学术思想上的影响甚至传承关系。重新揭橥这一关系,对于准确认识士建中及其在宋初学术思想史上的地位有着重要意义:朱熹曾准确认识到石介等人在学术上"已有好议论"之新风,视其为有宋道学兴起之"渐"①;由士建中与石介间的学术思想影响关系,可更加明确士建中对于宋初儒学转型及后来道学兴起所具创始之义和所作导源之功。

第三节　石介儒学思想析论

作为"宋初三先生"之一的石介,是开有宋理学风气之先的重要人物,历来多被学者看重。但是,今人对石介思想所作研究多拘于其排佛老、斥时文和废传注等外显层面,而对其儒学思想的特点、儒道阐释方式、哲理要点等内在层面的内容,一直未作深入系统的论析,虽然这

---

①黎靖德编,王星贤点校:《朱子语类》卷一二九《本朝三》载:"某问:'已前皆衮缠成风俗。本朝道学之盛,岂是衮缠?'先生曰:'亦有其渐。自范文正以来已有好议论,如山东有孙明复,徂徕有石守道,湖州有胡文定,到后来遂有周子、程子、张子出。故程子平生不敢忘此数公,依旧尊他。'"(第3089—3090页)

更直接关系到对石介思想的认识。而且,在宋初崇儒思潮兴起及儒学风尚转变之际,石介的弘儒举措亦颇具意义。本节依据现存相关文献资料,从思想特点及阐释方式、哲理要点、弘儒举措及思想等方面对石介的儒学思想进行论析,以期能够较为全面而深入地呈现其思想面貌。

一、思想特点及阐释方式

石介之道"一出于孔氏",包括儒家政治、伦理思想学说和从儒家经典中引申出来的哲学认识这两部分内容。其儒学思想表现出以下特点:

1.坚持道统论。石介继承韩愈的道统论,经添改后,提出一个起自尧、舜,终至韩愈的儒家道统谱系:

> 周公、孔子、孟轲、扬雄、文中子、韩吏部之道,尧、舜、禹、汤、文、武之道也,三才、九畴、五常之道也。[1]

在不同时地,石介所述道统谱系中的"谱主"虽稍有出入,但其基本组成即如此。石介认为儒道几千年来一脉传续而不绝,这不仅从历史经验中论证了儒道的合理性

---

[1]石介著,陈植锷点校:《徂徕石先生文集》卷五《怪说中》,第62页。

和永恒性,而且在理论上为儒道在现实社会、政治中的应用和将来发展打下了必要的根基。

2.鲜明的经世致用色彩。石介有着积极的用世热情,这直接导致其思想学说带有鲜明的经世致用色彩。如针对"周、秦而下,乱世纷纷"的世况,他提出了回归"三代之制"的救世主张。即使一些一定意义上可归入纯粹的伦理范畴的概念,如"孝",在石介眼中也有着重要的"治世"意义:

> 推郑氏之子孝化于天下,天下无不忠之臣,无不顺之子;挹郑氏之子风移于海内,海内无不仁之人,无不厚之俗。[1]

借由"郑氏之子孝",提出"孝"化天下的主张,以培育忠臣顺子、仁人厚俗。

石介解经,同样注重致用性。如他解《诗经·汝坟》卒章中句"父母孔迩",不取郑玄笺注"父母甚近,当念之,以免于害",而释之曰:

> 以谓父母,指文王言之。王室虽酷烈,民不堪其苦,文王之化行乎汝坟之国,被文王之德厚,戴之如

---

[1] 石介著,陈植锷点校:《徂徕石先生文集》卷六《郑元传》,第74页。

父母也。①

释"父母"为文王,显然带有讽劝德政且宣扬尊王思想的意图,这与当时朝野上下积极构建中央集权国家意识形态的努力密切相关。

3. 不具系统性。石介所认知的儒道内容多是借助道统及"三才、九畴、五常"等概念作概括阐述,很少有全面而系统的论述;他用作理论依据的哲学认识既有"气"论、"性"论,也有"三才"论,而每一理论都未作全面、深入的探讨,各个理论间的相互关系也未作探讨和说明。因此,石介的儒学思想明显带有缺乏系统性的特点,这根本上与其思想的致用性有关。石介的儒学思想多存于其文论和书信中,而这些文论和书信多是就某一现实问题而作,因此其内容的基本结构可概括为:问题←儒道←哲学理论。这样,似乎只要做到哲学理论能够简单论证儒道、儒道能够说明问题即可,再无更深入探讨的必要。这一简略的实用理路,直接导致石介的儒学思想缺乏系统性,也显示出其思想的不成熟性。清人王士禛评论石介文章云"终未脱草昧之气"②,其实这个评价同样适用于石介的思想。

---

①石介著,陈植锷点校:《徂徕石先生文集》卷七《释汝坟卒章》,第80页。
②王士禛撰,靳斯仁点校:《池北偶谈》卷一七"《徂徕集》"条,北京:中华书局,1982年,第408页。

在这个儒学主流由训诂注疏之学向义理之学转变的时期,儒道阐释方式的变化值得关注,它是儒学风尚变化的外在表现形式。石介对儒道的阐释方式可归结为以下两种:

1. 不重传注,主张直会经义。首先,石介继承了前代大儒王通等人的疑传思想,对儒经传说进行大胆怀疑:

> 《春秋》者,孔氏经而已,今则有左氏、公羊、穀梁氏三家之传焉。《周易》者,伏羲、文王、周公、孔子而已,今则说者有二十余家焉。《诗》者,仲尼删之而已,今则有齐、韩、毛、郑之杂焉。《书》者,出于孔壁而已,今则有古今之异焉。《礼》则周公制之、孔子定之而已,今则有大戴、小戴之记焉。[①]

石介认为后世所出之传及解说,不仅不能传释经义,反而蠹害之,使得“是非相扰,黑白相渝,学者茫然慌忽,如盲者求诸幽室之中,恶睹夫道之所适从也”。

其次,排抑注疏之学,重自会经义。在《西北》诗中,石介对时人枯守章句注疏之学而不关注社会现实的学风表达了不满和担忧:

---

①石介著,陈植锷点校:《徂徕石先生文集》卷一五《上孙少傅书》,第 173 页。

堂上守章句,将军弄娉婷。不知思此否,使人堪涕零。①

相反,他称扬柳开"六经皆自晓,不看注与疏"②。在经文解说中,他结合社会现实需要,频出新意。如上文所论及,石介在《释汝坟卒章》《忧勤非损寿论》等文中,摒弃郑玄等人的相关经文笺注,从现实需要出发重新进行解说。

2. 从历史中以及历史及现实人物身上阐释儒道。石介注重从历史中总结儒道治世原则,以资当世鉴用。如他著有《唐鉴》《三朝圣政录》两部史书,分叙唐朝乱政和宋初三朝美政,以为君主治世之镜鉴。在《汉论上》中,石介总结道:

汤革夏,改正朔,易服色,以顺天命而已,其余尽循禹之道。周革商,改正朔,易服色,以顺天命而已,其余尽循汤之道。汉革秦,不能尽循周之道,王道于斯驳焉。③

石介由此阐明了儒家王道政治的历史合理性和秦汉以

①石介著,陈植锷点校:《徂徕石先生文集》卷二《西北》,第18页。
②石介著,陈植锷点校:《徂徕石先生文集》卷二《过魏东郊》,第20页。
③石介著,陈植锷点校:《徂徕石先生文集》卷一〇《汉论上》,第111页。

后政治的驳缺,提出一个理想的"王道"政治模式。石介还注重从一些品行富有儒家人格精神的历史乃至现实人物身上阐发儒道精神。如其《周公论》释"至心相君",《伊吕论》释"直道佐政",《郑元传》释"孝",《赵延嗣传》释"仁心",等等。

上述石介阐释儒道的方式是与他所持的"自诚而明"认识论相统一的。现存石介文集中有几处表述透露了他对这一路径的认识和推崇:

> 性厚则诚明矣,诚明则识粹矣,识粹则其文典以正矣。[1]

> 颜子几自诚而明者也,能拳拳服膺,乃亚于圣人。介岂敢视前人拳拳服膺,庶几异不能期月守无忌惮者矣。[2]

"诚"主要指道德上的真,是一种内在品格;"明"主要指理性的自觉。自"诚"而"明","意味着首先确立道德本体,并以此范导穷理致知的过程"[3]。这便在很大程度上确立了主体的自主性,扩展了思想认识的自由度。如果

---

[1] 石介著,陈植锷点校:《徂徕石先生文集》卷一八《送龚鼎臣序》,第 213 页。
[2] 石介著,陈植锷点校:《徂徕石先生文集》卷一五《上孙先生书》,第 182—183 页。
[3] 杨国荣:《善的历程——儒家价值体系的历史衍化及其现代转换》,上海:上海人民出版社,1994 年,第 290 页。

说上述石介的儒道阐释方式是他突破旧的章句注疏之学而转向义理儒学的形式体现,那么"自诚而明"的认识论则为这一转变确立起主体自主性,在内在思想认识上建立起推动转变的根基和动力。再加上他所秉持的"明道致用"这一根本为学原则,使得石介势必会冲破与现实社会隔膜的章句注疏之学的束缚,从而走上便于论说的义理儒学之途。

二、哲理要点

石介为学重义理,而探求、阐释儒经中的大义和道理离不开哲学理论的论证支撑。如上文所论及,与其整体思想一样,石介的哲学认识和理论亦驳杂而不具系统性,现将其重要论说论析如下:

1. "三才"论。天、地、人是儒家所讲的"三才","三才"论是指对构成宇宙的这三部分间相互关系的认识以及基于此而形成的对宇宙的总体认识和把握。石介对此的基本观点是"天、地、人异位而同治":

> 夫天辟乎上,地辟乎下,君辟乎中,天、地、人异位而同治也。天地之治曰祸福,君之治曰刑赏,其出一也,皆随其善恶而散布之。善斯赏,恶斯刑,是谓顺天地。天地顺而风雨和,百谷嘉。恶斯赏,善斯刑,是谓逆天地。天地逆而阴阳乖,四时悖。三才之

道不相离,其应如影响。①

在此,天、地、人三者之关系可概括为天地与人之关系,甚至可概括为天与人之关系。石介虽然认为"天、地、人异位而同治","三才之道不相离,其应如影响",但是可以看出他的这一理论具有明显的倾向性:有着自己的"位"和"道"的天地虽然会对人施以"祸福",但是此"祸福"的施予完全取决于君(人)的刑赏,因而始终具有主动性的不是天地而是人,即"燮理天地阴阳"而使"天地顺而风雨和,百谷嘉"的职责在人而不在天。对此,石介认为"人君"和"三公"有着更大的责任:

> 人君,统治天地阴阳者也。三公,佐人君以燮理天地阴阳者也。天地阴阳之道与政通,政道序则阴阳之道序,政道忒则阴阳之道忒。②

这样他便把"三才"论的焦点引向了"政道",从而得出君臣"惟当惕惧修德,改行厉善,以答天谴"的结论。这是石介"三才"论的主要论证目的所在,是对传统儒家"敬天保民"思想的继承。从具体的天人关系上看,此论中

---

①石介著,陈植锷点校:《徂徕石先生文集》卷一一《阴德论》,第126页。
②石介著,陈植锷点校:《徂徕石先生文集》卷一一《水旱责三公论》,第127页。

"天"对"人"的作用是"应"尔后施以"祸福",这也是对
传统儒家"天人感应"论的继承。

值得注意的是,在石介这一传统色彩浓厚的"三才"
论中,出现了一个新的致思路向。如他在《书淮西碑文
后》中论道:

> 淮西以平,蔡人以生。天人相与乎? 君臣协心
> 乎? 上下同力乎? 推其用,则(裴)度得天也,(李)
> 愬得人也;计其功,则度任智也,愬任力也。曰燥者,
> 曰润者,人止知其风雨也。曰生者,曰成者,人止知
> 其春秋也。然不动而运其用者,天也。①

天"不动而运其用",裴度得"天"而克平淮西,这便认同
了"天"对社会人事的支配作用,在生息变迁的社会人事
背后找到了一个终极原因——"天"。"天"与"人"的关
系由"应"而升变为"支配",这已不同于传统的"天人感
应"论。石介在《汉论中》对此作了更为明确的说明,只
不过将此"天"改称为"道":

> 汉高祖豁达大度,聪明神圣,温恭浚哲,英威睿
> 武,其资材固不下乎禹、汤与文、武。道之使为帝,则

①石介著,陈植锷点校:《徂徕石先生文集》卷八,第88页。

帝矣;使为王,则王矣。①

就汉高祖为帝或为王,石介明确认可了"道"对社会人事的决定作用。但此"道"在很大程度上还是上文所说的"天"的代称,是一近乎自然的客观存在。而石介在《宋城县夫子庙记》中论"圣人之道"云:

> 天地有裂焉,日月有缺焉,山岳有崩焉,河、洛有竭焉,吾圣人之道无有穷也。……吾圣人之道,大中至正,万世常行,不可易之道也,故无有亏焉。②

此万世常行、至高无上而又完美无缺的"圣人之道",在性质上已几可等同于上述"天"和"道"。这样,主观认知的而又多具自然色彩的"天",便与人文的"圣人之道"相接近,至少可以说它已具有浓重的"圣人之道"色彩。沿此路向而转进,便是后来二程提出的"理"了。

2."气"论。从现存资料看,石介论气时提出了两个概念,即"元气"和"气":

> 大凡有血气,有性命,飞走、生植、衣服、饮食者,

---

① 石介著,陈植锷点校:《徂徕石先生文集》卷一○,第113页。
② 石介著,陈植锷点校:《徂徕石先生文集》卷一九《宋城县夫子庙记》,第221页。

皆死。……唯元气不死。元气大为天地,小为日星,融为川渎,结为山岳。①

　　夫天地、日月、山岳、河洛,皆气也。气浮且动,所以有裂、有缺、有崩、有竭。②

"元气"和"气"关系如何,石介未作说明,他似乎将二者都视为构成万物的原始材料而少有差别。将"气"视为构成万物的原始材料,这是对传统"气一元论"思想的继承。在石介看来,"气"有着"浮且动"的属性,导致自然物象存亡变化。

值得注意的是石介将"气"在性质上作了邪、正划分,并以此来解释社会人事:

　　天地至大,有邪气生于其间,为凶暴,为戕贼,听其肆行,如天地卵育之而莫御也。……夫天地间有纯刚至正之气,或钟于物,或钟于人,人有死,物有尽,此气不灭,烈烈然弥亘亿万世而长在。③

　　蜀人生西偏,不得天地中正之气,多信鬼诬妖

---

①石介著,陈植锷点校:《徂徕石先生文集》卷七《可嗟赠赵犽》,第76页。

②石介著,陈植锷点校:《徂徕石先生文集》卷一九《宋城县夫子庙记》,第221页。

③石介著,陈植锷点校:《徂徕石先生文集》卷六《击蛇笏铭并序》,第71—72页。

诞之说。①

石介认为,天地间有"邪气",亦有"纯刚至正之气""中正之气",此邪、正二气不仅决定自然物象对于人的利和害,而且决定社会风俗乃至人心之善和恶。更进一步,石介以"气分邪正"论说其对社会发展的决定作用:

> 夫圣人乘运,运乘气。天地间有正气,有邪气。圣人生,乘天地正气,则为真运。运气正,天地万物无不正者矣。②

石介在"气"和"圣人"之间所加的一个"运",可释为一时的社会、自然环境,而此"运"之真假取决于天地间"气"的正邪,圣人只有乘天地正气而为"真运"时,才有为而使"天地万物无不正者"。

石介"气分邪正"说可能受到董仲舒《春秋繁露·王道》中划分"元气""贼气"思想的影响,而他以此解释社会人事的努力,尤其是力图解释人心风俗之善恶的致思路向,则为后来张载将"合虚与气"的"天地之性"作为人之本性的思想之产生提供了思维范向。当然,总体来看,

①石介著,陈植锷点校:《徂徕石先生文集》卷九《记永康军老人说》,第105页。
②石介著,陈植锷点校:《徂徕石先生文集》卷一二《上范中丞书》,第131页。

石介的气论在理论上不够完备,在认识深度、广度和思维高度上与张载相比都有较大差距。

3."性"论。石介认为:

> 夫物生而性不齐,裁正物性者,天吏也;人生而材不备,长育人材者,君宰也。裁正而后物性遂,故曲者、直者、酸者、辛者、仆者、立者,皆得其和。……长育而后人材美,故刚者、柔者、暴者、舒者、急者,各得其中。……和,谓之至道;中,谓之大德。中和,而天下之理得矣。①

此所谓"性",多指"物性",故有"曲者、直者、酸者、辛者、仆者、立者"之列举,"物性遂"之极致便是"和"。而所谓的"材"类同于后来理学家们所热衷论说的人之"性",故其极致是作为"大德"的"中"。"物生而性不齐","人生而材不备",即认为"性""材"随"物""人"生而生,这是对荀子、董仲舒、韩愈等人"生之谓性"思想的继承。从人之"性"来看,石介所认知的"性"几可等同于后来程颐所谓的"气禀"之性。石介的创新之处在于他以此"生之谓性"思想为基础,提出了一个较为完备的人性修养论:

---

① 石介著,陈植锷点校:《徂徕石先生文集》卷一七《上颍州蔡侍郎书》,第205—206页。

> 喜、怒、哀、乐未发谓之中。喜、怒、哀、乐之将生,必先几动焉。几者,动之微也,事之未兆也。当其几动之时,喜也,怒也,哀也,乐也,皆可观也。是喜、怒、哀、乐合于中也,则就之;是喜、怒、哀、乐不合于中也,则去之。有不善,知之于未兆之前而绝之,故发而皆中节也。①

此可视为石介对《中庸》"喜怒哀乐未发谓之中;发而皆中节,谓之和"一句的解说。对于如何做到"中节",他提出了一个概念——"几",主张察"几"而去就喜怒哀乐未兆前之"不善"与"善",从而做到"发而皆中节"。这一性修养论成为后来周敦颐、二程等理学家论性、情修养的基本理论模式。

另外,与"生之谓性"思想并存,石介对"性"还有一值得注意的新认识:

> 夫与天地生者,性也;与性生者,诚也;与诚生者,识也。性厚则诚明矣。②

"性与天地生",且具"诚"之德,此"性"便是一与天地宇

①石介著,陈植锷点校:《徂徕石先生文集》卷一七《上颍州蔡侍郎书》,第206页。
②石介著,陈植锷点校:《徂徕石先生文集》卷一八《送龚鼎臣序》,第213页。

宙并生的真实无妄的存在,且为人所禀受。这一认识超越了"生之谓性"的传统思想,为后来张载以"天地之性"释人之善性的思想提供了认识萌芽。

4.社会历史发展观。与许多儒家学者一样,石介也崇尚上古"三王之道"和"三王之制",并力图以此古制救世:

> 夫古圣人为之制,所以治天下也,垂万世也,而不可易,易则乱矣。后世不能由之,而又易之以非制,有不乱乎? 夫乱如是。何为则乱可止也? 曰:"不反其始,其乱不止。"①

由此可以说石介持复古主义的历史发展观,但是,与后来一些理学家同时持有的社会退化论不同,石介更注重"时"的治乱和"圣人"的存亡对社会历史所起的作用:

> 时有浇淳,非谓后之时不淳于昔之时也;道有升降,非谓今之道皆降乎古之道也。夫时在治乱,道在圣人,非在先后耳。……时治则淳,时乱则浇,非时有浇淳也。圣人存则道从而隆,圣人亡则道从而降,非道有升降也。②

---

① 石介著,陈植锷点校:《徂徕石先生文集》卷五《原乱》,第 66 页。
② 石介著,陈植锷点校:《徂徕石先生文集》卷一〇《汉论下》,第 114 页。

其中"非在先后"一语便表明石介反对社会退化论,因此
有学者将石介的历史观一并归结为"复古主义的社会退
化论",并不妥当。"时在治乱,道在圣人",因而"治乱"
多出自人为。可见石介的这一观点突出了人的作用,他
把"乘时以弘道"的重任放到士人肩上,打破社会退化
论,在社会发展方向上设置了"三代之治"的理想图景,
而这又根本上出自他对国家现实政治需要的思考。因
此,同社会退化论相比,石介的社会历史发展观更多地
表现出了一种历史主义的理性认识和致用、进取精神。

三、弘扬儒道的举措和思想

在一个儒学不显的时代,石介坚持以儒道治世,勉
力倡扬儒学,因而他在这方面的所思所为很值得探讨。
其主要举措和思想可归纳如下:

1. 力排佛、老。石介排佛、老的出发点有二:一是中
国四夷论。石介认为"居天地之中者曰中国,居天地之
偏者曰四夷",中国自有儒道文明,四夷亦各有其文明。
而佛乃"自西来入我中国",老乃"自胡来入我中国"①,
即都属于外夷文化,此外夷文化与中国文明相易则乱,
所谓"有老子生焉,然后仁义废而礼教坏;有佛氏出焉,
然后三纲弃而五常乱"②。二是困民害政说。石介列举

①石介著,陈植锷点校:《徂徕石先生文集》卷一○《中国论》,第116页。
②石介著,陈植锷点校:《徂徕石先生文集》卷一九《去二画本记》,第228页。

当时导致"天下民困"的原因云:

> 郡守、县令滥也,僧尼多也,祠庙繁也,差役重也,支移远也,贡献劳也,馆驿弊也,(吏易)[使任]数也,兼并盛也,游惰众也。①

其中"僧尼多""祠庙繁"被赫然置于前列。众多的僧尼道徒无疑加重了民众的经济负担,成为导致民困从而激化社会矛盾的重要原因。因此,排抑佛教和"祠庙"是维护社会稳定发展的政治需要。

石介力排佛、老的根本意图在于护卫、弘扬儒道。对此,他曾明确云:

> 不去其(佛、老)害,道终病矣。韩文公所谓"不塞不流,不止不行"是也。②
> 夫欲圣人之道大通四海、上下流行而无阻碍,必也先辟去其榛塞者。③

由此观之,有学者联系仁宗朝的民族矛盾,认为石介反对佛、老有"更重要的政治意图",即"尊夏攘夷",这一说

---

① 石介著,陈植锷点校:《徂徕石先生文集》附录一《佚文·根本》,第250页。
② 石介著,陈植锷点校:《徂徕石先生文集》卷一八《送张绩李常序》,第216页。
③ 石介著,陈植锷点校:《徂徕石先生文集》卷一六《与范思远书》,第192页。

法未免牵强。"中国四夷论"更多的是石介排佛、老的一个论说视角和出发点,而非其论说目的。更何况石介在明道二年(1033)前排佛、老思想已形成①,此时宋、西夏矛盾尚未显著,而宋与契丹因"澶渊之盟"已相安近三十年。因此他力排佛、老的真正意图,只能是护卫、弘扬儒道。基于此,石介提出解决儒家与佛、道二教关系问题的办法:

> 各人其人,各俗其俗,各教其教,各礼其礼,各衣服其衣服,各居庐其居庐,四夷处四夷,中国处中国,各不相乱,如斯而已矣。②

在不同文化间的交流融合已成为历史发展必然的情况下,这种各教自守的做法只能是一个不切实际的设想。总体来看,石介排佛、老思想的基调是以对立关系视佛、老和"圣人之道",这是对韩愈排佛思想的继承而未能超越。

2. 力攻时文,倡导古文。时文是指当时杨亿、刘筠等人继承晚唐、五代文风而倡行的骈体文。石介曾述及时文在当时的流行状况:

---

① 石介在明道二年所写的《上孙少傅书》中即表露出反佛、老思想。
② 石介著,陈植锷点校:《徂徕石先生文集》卷一〇《中国论》,第117页。

四五十年来,斯文何屯塞。雅正遂凋缺,浮薄竞相扇。在上无宗主,淫哇千万变。后生益纂组,少年事雕篆。仁义仅消亡,圣经亦离散。其徒日已多,天下过大半。①

在他看来,时文"刓镂圣人之经,破碎圣人之言,离析圣人之意,蠹伤圣人之道"②,影响所及,仁义消亡,乃至败坏社会、政治。因此,石介从维护"圣人之道"出发,撰写《怪说》等文力辟之,倡言"吾学圣人之道,有攻我圣人之道者,吾不可不反攻彼也"③。

石介所识知并表彰的"文",可谓是"道"的体现:

夫有天地,故有文,天尊地卑,乾坤定矣;卑高以陈,贵贱位矣;动静有常,刚柔断矣;方以类聚,物以群分,吉凶生矣;在天成象,在地成形,变化见矣,文之所由生也。天垂象,见吉凶,圣人象之;河出图,洛出书,圣人则之,文之所由见也。……三皇之书,言大道也,谓之《三坟》;五帝之书,言常道也,谓之《五典》,文之所由迹也。四始六义存乎《诗》,典、谟、诰、誓存乎《书》,安上治民存乎《礼》,移风易俗存乎

①石介著,陈植锷点校:《徂徕石先生文集》卷三《寄明复熙道》,第27页。
②石介著,陈植锷点校:《徂徕石先生文集》卷五《怪说中》,第62页。
③石介著,陈植锷点校:《徂徕石先生文集》卷五《怪说下》,第63页。

《乐》，穷理尽性存乎《易》，惩恶劝善存乎《春秋》，文之所由著也。

　　文之时义大矣哉！……两仪，文之体也；三纲，文之象也；五常，文之质也；九畴，文之数也；道德，文之本也；礼乐，文之饰也；孝悌，文之美也；功业，文之容也；教化，文之明也；刑政，文之纲也；号令，文之声也；圣人，职文者也。君子章之，庶人由之。①

可见，石介将"文"视为一个由"天文"、"人文"、典籍、教化等多层面内容同构而成的综合体，这个综合体的核心是作为天道之本和人道之则的"圣人之道"，"文"即是"圣人之道"的表现形式。正因为"文"与"圣王之道"相表里，所以石介认为它同"圣王之道"一样，能够"鼓舞万物，声明六合"②，因此，朝廷敦尚并普及此"文"，便能达至"尊卑有法，上下有纪，贵贱不乱，内外不卖，风俗归厚，人伦既正"③的王道秩序。可见石介文章观的着眼点还是在于国家政治。

　　如此包罗万象、气象恢宏的综合体之"文"，对个人而言并非遥不可及，切实的进路是习学"文之所由著"的

①石介著，陈植锷点校：《徂徕石先生文集》卷一三《上蔡副枢书》，第143—144页。
②石介著，陈植锷点校：《徂徕石先生文集》卷一二《上赵先生书》，第136页。
③石介著，陈植锷点校：《徂徕石先生文集》卷一三《上蔡副枢书》，第144页。

儒家经典——它们不仅是文章典范,而且是"圣人之道"的重要载体。由此,他呼吁"必本于教化仁义,根于礼乐刑政,而后为之辞"①,力倡自中唐以来续成传统的古文。

值得注意的是,石介结合其"人性"论,提出了一个为文修养论:

> 性厚则诚明矣,诚明则识粹矣,识粹则其文典以正矣。然则,文本诸识矣。②

因此,"厚性"便是文章修养的根本要务。石介认为:

> 厚乃性,明乃诚,粹乃识,确乎不可移也,严乎不可哗也,直乎不可屈也。一焉于圣人之道,妖惑邪乱之气无隙而入焉。于斯文也,其庶几矣。③

如何"厚性"?显然当基于儒学修养,并内化到"性"上。尽管石介的这一为文修养论十分简略,但是将为文与儒家心性修养结合起来,这在宋初古文运动中具有创新意义。它不仅为士人指出一条较为切实可行的文章修养、践行之路,更为重要的是在古文的旗帜下倡扬、发展了

①石介著,陈植锷点校:《徂徕石先生文集》卷一二《上赵先生书》,第135页。
②石介著,陈植锷点校:《徂徕石先生文集》卷一八《送龚鼎臣序》,第213页。
③石介著,陈植锷点校:《徂徕石先生文集》卷一八《送龚鼎臣序》,第214页。

儒学。

由以上论述可见,石介将"文"全然视为"圣人之道"的表现形式,这是对韩愈"文以载道"思想的继承。但是,石介走得远比韩愈为远,如果说韩愈的文章观还是站在文学家的立场上,那么石介的文章观已全然站在儒学思想家的立场上——它重视并高扬"圣人之道",甚至未给文学所应有的特性留下一点余地。

3. 假借权位以施扬儒道、禁遏佛道二教和时文。石介认为:"位者,行道之器也。"[1]在现实政治中,他寄希望于君主、官僚这些有"位"者能够施扬儒道,以臻"三王之治"。他先后编著《唐鉴》《三朝圣政录》等史书以为仁宗资鉴,并上书铮谏国事。相比于君主,石介更寄望于臣僚来施扬儒道,即所谓"能以尧、舜之道事其君,使其君如尧、舜"[2]。此臣僚用以事君的"尧、舜之道"的具体内涵,可大致概括为两点:一是直道立朝而激扬名节,即"能坚正不顾其身,敢直言极谏,犯天子颜色,封章抗疏,论天下利害"[3];二是以儒道原则(如正身、爱民等)为基础的仁爱、清明、责任之治。"三王之制"虽是石介的政治理想,但在现实政治中,他更多地把施扬重点放在这类儒道原则上。如石介寄望时任枢密副使的杜衍"宜副天子注任

---

①石介著,陈植锷点校:《徂徕石先生文集》卷一六《与士熙道书》,第190页。
②石介著,陈植锷点校:《徂徕石先生文集》卷一〇《汉论下》,第115页。
③石介著,陈植锷点校:《徂徕石先生文集》卷一三《上孔中丞书》,第149页。

之意,酬昔日中丞之心,舒曹、孔五人之恨,举孔子七日诛
少正卯之事,则外不尸君宠,内不孤己志,近无憾亡友,远
不负孔子"①;责富弼"行伊、周之事"②,即多就此而言。

与石介假权位以施扬儒道的构想相一致,他希望朝
廷禁遏佛、道二教和时文。石介认为佛、道二教和时文之
所以泛滥盛行,朝廷的"敦好"是一个重要原因,即所谓
"其弊由于朝廷敦好时俗习尚,渍染积渐,非一朝一夕
也"③。因此,石介对朝廷之"不禁"表示不满:

> 方今正道缺坏,圣经赜离,淫文繁声,放于天下,
> 佛、老妖怪诞妄之教,杨、墨汗漫不经之言,肆行于天
> 地间,天子不禁。④

另外,石介在任职国子监期间,积极利用自己的职
权以排抑时文,"力振古道"。据北宋僧文莹《湘山野录》
卷中载:"石守道介康定(引者按,误,当为庆历)中主盟
上庠,酷愤时文之弊,力振古道。"⑤对为时文的监生多行

---

①石介著,陈植锷点校:《徂徕石先生文集》卷一二《上杜副枢书》,第 141 页。
②李焘:《续资治通鉴长编》卷一五〇"庆历四年六月壬子"条,第 3637 页。
③石介著,陈植锷点校:《徂徕石先生文集》卷一二《上赵先生书》,第 136 页。
④石介著,陈植锷点校:《徂徕石先生文集》卷一四《与士建中秀才书》,第 163 页。
⑤文莹撰,郑世刚、杨立扬点校:《湘山野录》卷中,北京:中华书局,1984 年,第 24 页。

黜退。

石介一生仕宦不显,他假自身权位以施扬儒道的理想多未能实现,但其作为和呼吁无疑倡扬了儒学,尤其是他激尚名节的言行与当时朝臣范仲淹、尹洙等人相呼应,共同促成了"一时士大夫矫厉尚风节"的士风。而石介在国子监排抑时文的努力,直接导致了"太学体"文风的形成。

4.以学术振兴、传续儒道。在仕途偃蹇、"不得其位"时,与许多儒者一样,石介也走向了书斋:

> 不得其位,肯将已乎? 不得行之于上,当存之于下;不得施之于天下,当畜之于一身;不得利于当世,当垂之于后人。①

"存之于下""畜之于一身"是指闲居为学、讲学而修畜道德。不得其位时,石介力图以此传续儒道,即所谓:"虽不逮古圣贤远矣,亦当穷精毕力而后已,庶几其道由吾徒而后粗存,犹愈于不为也。"②孙复退居泰山后,石介数往从学。丁父母忧守丧家乡期间,他开馆授徒,"以《易》

---

①石介著,陈植锷点校:《徂徕石先生文集》卷一六《与士熙道书》,第190页。
②石介著,陈植锷点校:《徂徕石先生文集》卷一四《与士建中秀才书》,第163页。

教授于家"①。于此,石介有两点做法值得注意:

其一,授弟子、著书以显耀儒道,即"既授弟子,复传之于书,其书大行,其道大耀"②。在师徒授受间,石介提升、彰显了师道,且以身作则。据欧阳修《孙明复先生墓志铭》载:

> (孔道辅)闻先生之风,就见之。介执杖屡侍左右,先生坐则立,升降拜则扶之,及其往谢也亦然。③

诚如有学者所论,石介在受学于孙复前其主要学术思想已形成,但较之学问传授,石介受学的更重要意义即在于提升师道。正是在此虔敬的师道仪范中,儒道尊严大为彰显。经与孔道辅的这次交接,石介和孙复间的师道礼仪产生了良好的社会影响。如欧阳修接上引文云:"鲁人既素高此两人,由是始识师弟子之礼,莫不叹嗟之。"金人党怀英甚至认为由此"士风为之一变"④。

其二,立学术宗主。儒门淡泊,佛、道二教和杨亿时文盛行,在此境况中,石介认为"不有大贤奋袂于其间,

---

①脱脱等:《宋史》卷四三二《石介传》,第 12833 页。
②石介著,陈植锷点校:《徂徕石先生文集》卷一九《泰山书院记》,第 222 页。
③欧阳修著,李逸安点校:《欧阳修全集》卷三〇《孙明复先生墓志铭》,第457 页。
④党怀英:《鲁两先生祠记》,见石介著,陈植锷点校:《徂徕石先生文集》附录三,第 288 页。

崛然而起,将无革之者"①。他力图推孙复、士建中、王君贶、赵概等人为宗主,"以恢张斯文","明斯道"。如石介《与君贶学士书》云:

> 故常思得如孟轲、荀、杨、文中子、吏部、崇仪者,推为宗主,使主盟于上,以恢张斯文,而不知有盟主在目前。②

石介的这一构想当受启发于韩愈和其弟子李翱、李观相与应和,以倡扬儒道、古文的举动,在当时具有一定的现实意义。

综上论述,石介基于"明道致用"这一根本原则,释儒弘儒,一为己任。其学说思想虽还不够系统圆熟,但于传统经学营垒内已启"好议论"③之风,实开有宋理学风气之先。他对后世理学的影响集中于两点:一是其思想学说"一出于孔氏",呼号宣扬,在与佛、道争衡中抬升了儒学的地位;二是提出了一些供后世理学家继续探讨乃至借鉴的命题和思想萌芽。

---

①石介著,陈植锷点校:《徂徕石先生文集》卷一二《上赵先生书》,第 136 页。
②石介著,陈植锷点校:《徂徕石先生文集》卷一五《与君贶学士书》,第180—181 页。
③黎靖德编,王星贤点校:《朱子语类》卷一二九《本朝三》,第 3089 页。

第四节　论刘敞在北宋的学术地位

后世学者论北宋中期经学风气的转折,常引晁公武、吴曾、王应麟等人著作中的相关论(录)说,而这些说法多涉及刘敞。如晁公武《郡斋读书志》衢本卷四刘敞"《七经小传》五卷"条解题云:

> 元祐史官谓:"庆历前学者尚文辞,多守章句注疏之学,至敞始异诸儒之说,后王安石修《经义》,盖本于敞。"①

吴曾《能改斋漫录》卷二"事始"类录云:

> 《国史》云:庆历以前学者尚文辞,多守章句注疏之学。至刘原父为《七经小传》,始异诸儒之说。王荆公修《经义》,盖本于原父云。②

两相比较,可见二人所录实同出一源。王应麟《困学纪闻》所谓"自汉儒至于庆历间,谈经者守训故而不凿。

---

① 晁公武撰,孙猛校证:《郡斋读书志校证》,第 143 页。
② 吴曾:《能改斋漫录》,《丛书集成初编》本,长沙:商务印书馆,1939 年,第 26 页。

《七经小传》出,而稍尚新奇矣。至《三经义》行,视汉儒之学若土梗"①,亦当与之相关。此说强调了刘敞及其《七经小传》在北宋中期学术风气转变中的标志性地位,后世学者多援引之而不疑。但近些年来,学术界出现了对这一说法的质疑。如牟润孙认为王应麟《困学纪闻》"谓解经不守注疏始于刘敞,恐不尽合事实"。其依据有二:

1. "刘原父、王介甫固未尝无影响于宋人之经学,方之孙、胡则或小或后矣。"即认为论年龄,刘敞年少于孙复和胡瑗;论为学,刘敞又后于孙、胡。

2. "安定、泰山之学,不屑于章句间求之,如《七经小传》之书,安定、泰山所不为也。刘氏学问极博,欧公之所推服,然不能与孙、胡相比拟。"②即认为论为学规模和革新程度,刘敞难望胡瑗、孙复之项背。

徐洪兴亦认为:"长期以来经学史界都把刘敞作为北宋经学变古始作俑者,这是人云亦云的误解,并不符合历史的真实。"依据是:

1. 此说出自元祐史官,而"元祐史官多是反王安石的,其所言值得怀疑"。

2. "刘敞的《七经小传》确曾在北宋流行过一时,但

①王应麟著,阎若璩等注,栾保群等校点:《困学纪闻》卷八《经说》,第291页。按,点断稍作改动。
②牟润孙:《两宋〈春秋〉学之主流》,(台北)《大陆杂志》第5卷第4、5期。又见《宋史研究集》第3辑,台北:编译馆中华丛书编审委员会,1966年;牟润孙:《注史斋丛稿》(增订本),北京:中华书局,2009年。

流行的时间不对。《七经小传》成于何时已难确考,据清四库馆臣的说法是成于其《春秋》学五部著作之后,当为刘敞晚年作品。从欧阳修撰于熙宁二年(1069 年)的《刘敞墓志》来看,云'今盛行于学者'(《欧阳修全集》卷三十五),即使把此书的盛行期再前推二十年亦不及庆历之末年(1048 年)。"

3. "庆历年间刘敞才二十岁出头,当胡瑗、孙复、石介、欧阳修等疑传惑经之时,他还是个默默无闻的青年。翻检北宋前期的史籍,从未见载过刘敞此时的事迹。当时刘敞正在忙他的举子业,直到庆历六年(1046 年)才进士及第。此后在欧阳修的大力奖掖下,他才名声渐显。"①

考诸史籍,"元祐史官"所修的《实录》和《国史》,仅有下文所述元祐元年诏修、六年奏御的《神宗实录》和元祐七年诏修而未完成的《神宗正史》,故上列晁公武、吴曾之所录,当出自宋神宗《实录》和《国史》。宋廷对于神宗朝史事的编撰,因新、旧党间存在着诸多对立认识而屡有反复,在相关叙事的真实性上的确留给后人一些疑惑。又,朱熹既编撰《伊洛渊源录》,列周敦颐为有宋"道学"的源头,又持论"道学之渐"云:

自范文正以来已有好议论,如山东有孙明复,徂

---

① 徐洪兴:《思想的转型——理学发生过程研究》,上海:上海人民出版社,1996 年,第 196—197 页脚注。

> 徕有石守道,湖州有胡安定,到后来遂有周子、程子、
> 张子出。故程子平生不敢忘此数公,依旧尊他。①

这将宋代"道学"的渊源上溯至孙复、石介和胡瑗。清初
黄宗羲、全祖望编撰《宋元学案》,据之首列《安定学案》和
《泰山学案》,视胡瑗、孙复为"宋世学术"之先河。后世学
者对有宋新学术之开端的认识,受这些意见影响极深,几
视之为定论②。上列牟润孙的第一条依据以及徐洪兴的第
二、三条依据,显然也与这些说法相关。但考诸史实后,我们
认为牟、徐等先生的质疑乃似是而非,其理由细述如下。

一、元祐史官与《神宗实录》和《神宗正史》

晁公武《郡斋读书志》著录有"《神宗实录》二百
卷",却未著录任何与神宗朝史事相关的《国史》③。此二

①黎靖德编,王星贤点校:《朱子语类》卷一二九《本朝三》,第3089—3090页。
②仅见个别学者提出异议,如:邓广铭认为"理学家的祖师爷""只能归之于程
　颢、程颐和张载三人",周敦颐"在北宋的学术界毫无影响,二程也绝非他的
　传人"(氏作《王安石在北宋儒家学派中的地位——附说理学家的开山祖问
　题》,见氏著《邓广铭治史丛稿》,第192、189页);包弼德批评朱熹、黄宗羲、
　全祖望等人对宋代思想史的"道学化"解读云:"我希望警惕的是,我们不要
　以一种相信道学必然出现的方式进入这个更大的思想环境。这个毛病可
　以追溯到朱熹本人,但它已经通过全祖望(1705—1755)对于黄宗羲
　(1610—1695)的《宋元学案》,这本迄今为止最全面的宋代思想研究著作的
　发挥更直接地进入当代学术。"(氏著《斯文:唐宋思想的转型》,第39页)
③衢本《郡斋读书志》于"《神宗实录》二百卷"外,另著录"《神宗朱墨史》二
　百卷",由其解题来看,二者实为一书。

百卷本源出自范祖禹等在哲宗元祐年间编撰的《神宗实录》，当时晁公武能够读到的只有这部二百卷本的《神宗实录》，因此可以断定，他于刘敞"《七经小传》"条解题所引的"元祐史官"说，当出自此《神宗实录》无疑。

关于《神宗实录》的参编人员及重修原委，《郡斋读书志》有着较为详悉的记述：

> 右皇朝元祐元年，诏修《神宗实录》，邓温伯、陆佃修撰，林希、曾肇检讨，蔡确提举。确罢，司马光代。光薨，吕公著代。公著薨，大防代。六年奏御。赵彦若、范祖禹、黄庭坚后亦与编修，书成赏劳，皆迁官一等。绍圣中，谏官翟思言："元祐间，吕大防提举《实录》，祖禹、庭坚等编修，刊落事迹，变乱美实，外应奸人诋诬之辞。"命曾布重行修定。其后奏书，以旧录为本，用墨书，添入者用朱书，其删去者用黄抹。已而将旧录焚毁。宣和中，或得其本于禁中，遂传于民间，号"朱墨史"云。①

---

① 晁公武撰，孙猛校证：《郡斋读书志校证》卷六"《神宗朱墨史》二百卷"条，第 232 页。马端临《文献通考》卷一九四"《神宗朱墨史》二百卷"条著录与此同。《四部丛刊三编》本（袁本）《郡斋读书志》卷二上"《神宗实录》二百卷"条解题的前半部分与此不同："右皇朝吕大防等撰。起藩邸，止元丰八年三月，凡十九年。绍圣中，言者谓：'元祐间，吕大防提举《实录》，范祖禹等编修，刊落事迹，变乱美实，外应奸人诋诬之说。'命蔡卞改修。"

可知,元祐间曾参与修撰《神宗实录》的,除司马光、吕公著、吕大防、范祖禹、黄庭坚等后来入籍元祐党者外,还有邓润甫(温伯)、林希、蔡确等非元祐党人。陆佃是王安石的弟子,虽入党籍,但在修书时"数与史官范祖禹、黄庭坚争辨,大要多是安石,为之晦隐。庭坚曰:'如公言,盖佞史也。'佃曰:'尽用君意,岂非谤书乎?'"①。修撰者身份之宽泛和这种针对王安石的不同意见的存在,显示元祐《神宗实录》并非全是元祐党人的一家之言。又,参与修撰的黄庭坚在为蜀地医者杨子建所作的《通神论序》中云:"今夫六经之旨深矣,而有孟轲、荀况、两汉诸儒,及近世刘敞、王安石之书,读之亦思过半矣。"②如此将刘敞、王安石并举而认可他们的经学成就,适可与晁公武所引《神宗实录》中的说法相印证,显示此说至少被身属元祐党人的黄庭坚从积极的方面予以认可,甚至是当时超出修撰者之外人们的一种共识,因此不能视之为元祐党人的偏见。

更可注意的是,晁氏所著录的此二百卷本《神宗实录》(即《神宗朱墨史》)是由蔡卞等"以旧录为本"而修成的重修本,对于"旧录"(即元祐《神宗实录》),章惇、蔡卞等新党人物曾着意予以严查,以图中伤赵彦若、黄庭坚等元祐史官"诋诬神考之罪"。如朱熹《三朝名臣

<hr>

① 脱脱等:《宋史》卷三四三《陆佃传》,第 10918 页。
② 黄庭坚:《杨子建通神论序》,见《山谷别集》卷三,文渊阁《四库全书》本。

言行录》卷一三《内翰范公(祖禹)》所引《家传》记载云:

> (绍圣元年)章惇拜相,蔡卞修国史,公罢郡、宫观,令与同进书官赵尚书彦若、黄校理庭坚同于京畿居住,报应史院取会文字。初,卞以前史官直书王安石罪,欲中伤以诋诬神考之罪,《实录》中出千余条,以谓皆无证据,欲逮诸史官系诏狱覆实。继而检寻悉有据,故所问止三十二事。公以实报,遂与赵公、黄公皆坐贬,公得永州。①

李幼武《宋名臣言行录续集》亦载此事云:

> (章)惇、(蔡)卞与群奸论《实录》诋诬,俾前史官分居畿甸以待,摘千余条示之,谓为无验证。继而院吏考阅,悉有据依,所余才三十二事。②

由此可见新党对元祐《神宗实录》审查之严苛。但既经此审查,绍圣中由曾布等人重修的这部二百卷本《神宗

---

① 朱熹:《三朝名臣言行录》,见朱熹撰,朱杰人、严佐之、刘永翔主编:《朱子全书》(修订本)第 12 册,第 815 页。
② 李幼武:《宋名臣言行录续集》卷一《黄庭坚山谷先生文节公》,文渊阁《四库全书》本。

实录》仍保留有晁公武所引的"元祐史官"说,这恰可证明新党对该说的认可,否则,断不会保留之。

前列吴曾所引的"《国史》"内容,当出自神宗朝《国史》,与《神宗实录》一样,其修撰亦屡经周折。《续资治通鉴长编》"元祐七年七月癸巳"条载云:

> 以翰林学士范祖禹、枢密直学士赵彦若修神宗皇帝正史。宰臣吕大防提举,著作佐郎张耒编修,限一年毕。①

这是宋廷第一次组织编修神宗朝《国史》,虽"限一年毕",但除范祖禹等在元祐八年(1093)三月二十二日进呈"纪草"外②,此《神宗正史》未见有撰成之记载。这与

---

① 李焘:《续资治通鉴长编》卷四七五,第 11320 页。

② 范祖禹《范太史集》卷二四《进纪草札子》署作元祐八年三月"二十日",其中云:"本院近奉圣旨,二十三日进呈《神宗纪草》。伏缘其日系大宴前一日,御集英殿独看。恭惟陛下方览先帝史册,而阅史既毕即观百戏,理似未安。伏望圣慈特降指挥罢,二十二日独看。"(文渊阁《四库全书》本)王应麟《玉海》卷四六"淳熙修《四朝史》"条云:"初,元祐七年七月十二日诏范祖禹、赵彦若修《神宗正史》,吕大防提举。八年三月二十二日己亥进《纪草》,元符元年四月进《帝纪》二册,崇宁三年书成,八月三日进。"(第 910 页)关于"纪草",李焘曾释之云:"修史先进呈《帝纪》,自淳化始。凡所以先进呈者,群臣笔削,或有失当,因取决于圣裁,故号为进呈'纪草'。"(佚名撰,孔学辑校:《皇宋中兴两朝圣政辑校》卷四七,孝宗乾道四年夏四月,北京:中华书局,2019 年,第 1045 页。按,标点略有改动)可谓是《国史》中《帝纪》部分的初稿。

元祐、绍圣间的政局变动有关:元祐八年九月,宣仁太后崩逝,哲宗亲政;第二年四月,范祖禹、赵彦若等罢修国史,而代之以章惇、蔡卞。在新、旧党权力互易的政局动荡中,这部《神宗正史》不了了之,未能完成。如上引文,绍圣元年章惇、蔡卞等斤斤查找证据以致罪"前史官"时,审查的对象是由邓伯温、赵彦若、范祖禹等在元祐六年三月进呈的《神宗实录》,而非《神宗正史》,这亦可证明此《正史》未能修成,否则,蔡卞等人断不会放过之而专意于《实录》。

关于此后哲宗、徽宗两朝对《神宗正史》的修撰情况,在前人研究的基础上,葛兆光作过较为详细的梳理。兹移录如下:

绍圣元年(1094)三月,吕大防罢相,四月,范祖禹、赵彦若罢修国史,出知外州,而以章惇、蔡卞修史,五月,诏以《王安石日录》参定《正史》《实录》。于是,原所修《正史》便被大加删改。《续通鉴》卷八十三记翟思语曰:"先帝正史,将以传示万世,访闻秉笔之臣,多刊落事迹,变乱美实,以外应奸人诬诋之说,今既改命史官,须别起文……"绍圣三年十月,又以邓洵武为《神宗正史》编修官,《宋史·邓洵武传》曰"(洵武)撰《神宗史》,议论专右蔡卞,诋诬宣仁后尤切,史祸之作,其力居多"。则元祐旧修

《正史》便废弃无遗了。……

……元符三年九月,再次诏修《神宗正史》(《宋史·徽宗纪》)。但徽宗旋亦主新党变法之说,复以蔡京主其事,仍以邓洵武为修史官,所以新修《正史》仍为新党立言,诋旧党之失。如徐度《却扫编》卷中曾记“余顷见史院《神宗国史稿》,《富韩公传》称少时范仲淹一见,以王佐期之。蔡太师(京)大书其旁曰:‘仲淹之言何足道哉。’”可见新史的党派偏见颇深。崇宁三年(1104)八月,“蔡京上《神宗史》”(《宋史·徽宗纪》,李埴《十朝纲要》云乃邓洵武所上进)。《宋史·艺文志》著录邓洵武《神宗正史》百二十卷,即蔡京所上此书。①

自绍圣元年(1094)至崇宁三年(1104),这部《神宗正史》历经十年才告修成。此后,因其存有党派偏见及几朝《国史》合修为一的体例要求等方面的原因,又几经重修。然而除绍兴二十八年(1158)至乾道二年(1166)由陈康伯提举修成的《三朝国史》(神、哲、徽)和绍兴三十二年(1162)至淳熙十三年(1186)由李焘、洪迈等修成的《四朝国史》(神、哲、徽、钦)外,之前的几次重修都未能

①葛兆光:《宋官修国史考》,《史学史研究》1982 年第 1 期。

克成①。吴曾《能改斋漫录》成书于绍兴二十七年（1157）②，可知他所读到的神宗《国史》，必定是成书于崇宁三年、署名为邓洵武的《神宗正史》。由上引文可见，这部《神宗正史》是以重修的《神宗实录》为基础，或又参用范祖禹等所修未竟的《神宗正史》而修成，专诋毁旧党而为新党人物张目。吴曾的引言与晁公武引言所表现出的一致性，不仅恰好显示出从元祐史官所修《神宗实录》到绍圣史官重修的《神宗实录》，再到崇宁三年成书的《神宗正史》，部分内容未被改窜而递相沿用③，而且表明晁公武所引的"元祐史官"说再次被新党认可而修入《神宗正史》。

---

①这几次重修为:1. 据葛兆光考证，"南宋绍兴四年（1134），在隆祐皇后及势力复长的旧党的极力主张下，再次诏史馆'重修神宗、哲宗两朝《正史》《实录》'（李埴:《十朝纲要》卷二十二）。这次重修，只不过是对原修《正史》进行删改涂抹，以矫其诬而已，并没有真正大规模重修，《宋会要辑稿》职官十八之五二记载绍兴十年（1140）十二月十三日，'提举官言神宗哲宗两朝正史，欲候《哲宗实录》书成之日，通将二朝事实考据，别行修定'"（见氏作《宋官修国史考》）。2. 王应麟《玉海》卷四六"绍兴《七朝史》"条载:"九年正月丙申（十五日），王铚上《元祐八年补录》及《七朝国史》，迁一秩。铚以建隆至元符信史屡更，书多重复，乃以《七朝国史》自纪、志、传外，益以宰执宗室世表、公卿百官年表，然所修不克成。"（第909页）

②文渊阁《四库全书》本《能改斋漫录》后附一介绍撰作原委的序，为吴曾之子吴复所写，署日期为"绍兴二十七年十月一日"。

③由此可见前引葛兆光所云（经邓洵武等重修后）"元祐旧修《正史》便废弃无遗了"，当不确，实际情况是元祐旧修《实录》《正史》中一些被新党认为无涉褒贬的内容得以保留，被修入新的《神宗正史》。

以上所述神宗《实录》和《国史》的修撰经历,以及所揭出的晁公武"元祐史官"说在其间被递相沿用这一事实,表明不能简单地视此说为元祐史官的一面之词,它其实已获新党多次认可,所说内容实乃为新、旧党所公认。故徐洪兴提出的第一条论据,即认为此说既出自"多是反王安石"的"元祐史官",故"其所言值得怀疑",不能成立。

二、《七经小传》的撰成时间

关于刘敞《七经小传》的撰成时间,四库馆臣在解释此书所录有关《春秋》传者何以仅有三条时云:

> 盖敞本欲作《七经》传,惟《春秋》先成,凡所札记,已编入《春秋传》《意林》《权衡》《文权》《说例》五书中。①

---

① 永瑢等:《四库全书总目》卷三三"《七经小传》三卷"条,第270页。按,与后人通常的理解不同,张尚英对此说的解释别有新致:"这里的'先成'相对的对象是其他六经而不是《七经小传》,故不能据此断定《七经小传》成于《春秋》五书之后。相反,这句话表明刘敞作《七经传》的基础是平日所作的关于此七经的札记,观《七经小传》的内容正与此相符。刘敞所作行状中也称:'其十七岁所著撰,至今存者尚多。'据此,他早年完成《七经小传》完全可能。"(见氏作《刘敞〈春秋〉学述论》,四川大学历史文化学院古籍所硕士学位论文,2002年,第27—28页)这一解释有着很大的合理性,说明了《七经小传》的内容当是刘敞早年关于七经的札记。

《春秋传》《意林》《权衡》《文权》《说例》是刘敞的五部《春秋》学著作,馆臣认为《七经小传》后于这五部著作而撰成。此见实源自陈振孙语:"惟《春秋》既有成,《书》《诗》《三礼》《论语》见之《小传》,又《公羊》《左氏》《国语》三则附焉,故曰'七经'。"①陈氏于此仅从刘敞所著书之内容关系的角度为说,这很可能出自他的想当然之见,并不合实情。如赵伯雄就认为:

> 《七经小传》很可能成书在先,而《春秋传》等五书可能成书在后。在《七经小传》的初稿中,可能有相当多的《春秋》条目,后来作者撰《权衡》等五书,把这些《春秋》条目都移来融入五书之中了。只要看一看《七经小传》的写法与《春秋权衡》等并无二致,就可以推知了。②

《春秋权衡》的内容是辨正左氏、公羊和穀梁三家对《春秋》经传词句的训解,《七经小传》的主要内容是训解"七经"经文词句,但也有部分条目是辨正某些解说,因此两书的写法实稍有差别。但是从《七经小传》辨正《公羊

---

① 陈振孙撰,徐小蛮、顾美华点校:《直斋书录解题》卷三"《七经小传》三卷"条,第82页。
② 赵伯雄:《刘敞〈春秋〉学考论》,见南开大学古籍与文化研究所编:《文史论集二集》,天津:天津社会科学院出版社,2001年,第295页。

传》衍字、讹字及辨正《左传》"都城过百雉"说这两条来看,其写法确与《春秋权衡》并无二致,因此将两书中至少部分内容视为刘敞同一时期所作当无不可。据刘攽所作《故朝散大夫给事中集贤院学士权判南京留司御史台刘公行状》(本节以下简称"《行状》"),仁宗庆历前刘敞"为《三传权衡》,解驳三家,微恶毫发无得以形遁者"[1]。此《三传权衡》极可能就是后来的《春秋权衡》或其蓝本,由《七经小传》的部分条目与《春秋权衡》写法相同,可推知它很可能与《三传权衡》一样,也是刘敞庆历以前的著作。

另外一条重要的证据,是欧阳修在《集贤院学士刘公墓志铭》(本节以下简称"《墓志铭》")中所云:

《七经小传》今盛行于学者。[2]

欧阳修是刘敞的挚友,此《墓志铭》作于刘敞去世的当年(1068)或第二年初。据刘攽所作刘敞《行状》载,刘敞侍英宗讲读是在嘉祐八年(1063)八月至治平元年(1064)四月间。刘敞《春秋》五书中的《春秋意林》正撰作于此

---

[1] 刘攽撰,逯铭昕点校:《彭城集》卷三五《故朝散大夫给事中集贤院学士权判南京留司御史台刘公行状》,济南:齐鲁书社,2018年,第918页。按,标点稍作改动。

[2] 欧阳修著,李逸安点校:《欧阳修全集》卷三五《集贤院学士刘公墓志铭》,第527页。

侍读期间①,因此按照陈振孙及四库馆臣的"后作"说,
《七经小传》当作于治平元年四月之后。但是,治平元年
四月刘敞"得惊眩疾,数月不朝",此后便外补汝州、南
京等地养疾,很可能已无力从事撰著。退一步讲,即使
《七经小传》撰作于治平元年四月后,其成书至欧阳修
撰写刘敞《墓志铭》,至多不过四年,按照当时的传播条
件,在如此短的时间内该书绝不可能已"盛行于学者"。
南宋朱熹就认为《七经小传》乃是刘敞少时所作:"《七
经》向见其初成之本,后未得也。计此亦是刘公少时
作,不然,则亦以其多而不能精故耶?其间《诗》说尤草
草也。"②

　　由上可知,陈振孙和四库馆臣所谓刘敞《七经小传》
作于其《春秋》五书之后的说法,实为无据,更大的可能
是,此书与《三传权衡》一样乃撰作于庆历之前。联系刘
攽所作刘敞《行状》中语"某年少公四岁,及某能读书,则
公学问成立矣",以及刘敞"十七岁所著撰"之新意——
"正德性,别仁智,举中庸,明天命"③,我们甚至有理由认

①《春秋意林》解经有一突出特点,即多从君王角度引申立说、委曲讽诫,这
　与欧阳修在《集贤院学士刘公墓志铭》中所云刘敞侍英宗讲读的特点"不
　专章句解诂,而指事据经,因以讽谏"极为一致,由此几可断定《春秋意
　林》当是刘敞为讲读而作。参见拙著《尊经重义:唐代中叶至北宋末年的
　新〈春秋〉学》,第161页。
②朱熹著,郭齐、尹波点校:《朱熹集》卷六二《答张元德(洽)》,第3210页。
③刘攽撰,逯铭昕点校:《彭城集》卷三五《故朝散大夫给事中集贤院学士权
　判南京留司御史台刘公行状》,第918页。

为,学问早成的刘敞 17 岁时的撰著中就包括了这部《七经小传》。一个重要的证据就是《七经小传》的内容正体现出刘敞"十七岁所著撰"的新意。如他解《诗经·甘棠》"蔽芾甘棠,勿翦勿伐,召伯所茇"章云:

> 召伯在之时,尝憩息此棠树之下,今其人虽不在,犹当勿伐此棠。盖睹其物思其人,思其人则爱其树,得人心之至也。诗人托事指意,足以达其情之深切著明而已。而说者遂谓召公真暴露此树下,使召公为墨子之道也,则或有之矣。若彼召公者,仁人也,则有朝廷宫室,是乃中庸之法、上下之节矣,安可非苦就行以干百姓之誉哉。①

此处刘敞所驳正的,是郑玄"召伯听男女之讼,不重烦劳百姓,止舍小棠之下而听断焉"②一类的解说,因为这类说法所表达的召公超越常度的俭约和劳苦,与其身份地位不符,实未能领会召公行事与诗人"托事指意"所遵循的"中庸之法、上下之节"。这里,刘敞即以中庸之义为说。又如他辨正《礼记》一条文的注解云:

---

① 刘敞:《七经小传》卷上,《四部丛刊》本。
② 毛亨传,郑玄笺,孔颖达疏:《毛诗正义》卷一之四,见阮元校刻:《十三经注疏》(清嘉庆刊本),北京:中华书局,2009 年,第 604 页。

> 子曰:"惟天子受命于天,士受命于君。"注者
> 曰:"惟,当作雖。"非也。此言天子之命在天,士之
> 命在君,非天命不为天子,非君命不为士也,皆有制
> 之已。①

所谓的"注者曰",是指郑玄所注:"言皆有所受,不敢专
也。唯当为雖字之误也。"②郑氏此注的重点在于说明天
子的职权受天约制,士的职权受天子约制。刘敞的辨正
则将重点转到天子和士之身份、职位的合法性来源,即
分别来自"天命"和"君命",这就除职权约制外,更强调
了上下秩序的先天决定性。可见刘敞在此对"天命"之
于"天子"之意义的特意强调,与刘攽所指出的其著撰新
意"正天命"正相合。另外,《七经小传》中还有不少条目
是以"德性""仁义"等作解,此不一一列举。

综上所论,根据其部分条目与《春秋权衡》写法相
同,以及欧阳修在刘敞《墓志铭》中的"盛行"说,可以确
定《七经小传》撰作于庆历之前;再由《七经小传》正体现
出刘敞"十七岁所著撰"的新意,我们可以认定该书或其
蓝本撰成于刘敞十七岁时。

---

① 刘敞:《七经小传》卷中。按,"惟天子受命于天"之"惟"字,郑玄所注本当
　为"唯"字。
② 郑玄注,孔颖达疏:《礼记正义》卷五四,中华书局聚珍仿宋版印本,第
　2191 页。

三、诸人学术声誉形成和著作撰成时间考辨

确定《七经小传》或其蓝本为刘敞十七岁时所撰著，我们便可从著作撰成时间上将他与孙复、胡瑗、石介乃至周敦颐等人作比较。另外，各人学术声誉形成的先后，也是判断他们学术影响之先后的一项重要指标。现将孙复、胡瑗、石介、周敦颐、刘敞等人的学术声誉形成时间及其著作撰成时间分别考辨如下：

孙复（992—1057）。魏泰《东轩笔录》载：

> 范文正公（范仲淹）在睢阳掌学，有孙秀才者索游上谒，文正赠钱一千。明年，孙生复道睢阳谒文正，又赠一千，……于是授以《春秋》，而孙生笃学不舍昼夜，行复修谨，文正甚爱之。明年，文正去睢阳，孙亦辞归。后十年，闻泰山下有孙明复先生以《春秋》教授学者，道德高迈，朝廷召至太学，乃昔日索游孙秀才也。[①]

此记载有小说臆说的成分，据楼钥《范文正公年谱》载，范仲淹在天圣四年（1026）至六年（1028）十二月丁母忧期间掌应天府学，而孙复直至庆历二年（1042）十一月才

---

①魏泰撰，李裕民点校：《东轩笔录》卷一四，第159页。

被擢为试校书郎、国子监直讲,其间间隔远超十年;且
"朝廷招至"非由其学术道德声誉,乃由范仲淹、富弼应
朝廷所下"搜罗贤俊"的"敕书"而举荐①。当时欧阳修
制词云:"尔孙复深经术,荐德行,躬耕田亩,以给岁时,
东州士人皆师尊之。"②可知当时孙复的声望尚限于"东
州士人"间。孙复任职后,据程颐记载,其"说《春秋》,初
讲旬日间,来者莫知其数,堂上不容,然后谢之,立听户外
者甚众,当时《春秋》之学为之一盛,至今数十年传为美
事"③。庆历七年,孙复因孔直温案坐贬,辗转州县任职,
"翰林学士赵概等十余人上言,孙某行为世法,经为人
师,不宜弃之远方"④,可知此时孙复的经学德行已广被
认可。凡此可知,于庆历二年(1042)至七年(1047)任国
子监直讲期间,孙复才在以京师为中心的士林间确立起
学术道德声望。

　　孙复的代表作是《春秋尊王发微》,其最早的记载见
于石介在康定元年(1040)七月所作的《泰山书院记》:孙

---

①如范仲淹《举张问孙复状》云:"臣伏睹敕书节文:应天下怀材抱器,或淹
　下位,或滞草莱,委逐处具事由闻奏。"见范仲淹撰,李勇先、刘琳、王蓉贵
　点校:《范仲淹全集·范文正公文集》卷一九,第384页。
②欧阳修著,李逸安点校:《欧阳修全集》卷八一《孙复可秘书省校书郎国子
　监直讲制》,第1181—1182页。
③程颢、程颐著,王孝鱼点校:《二程集·河南程氏文集》卷七《回礼部取问
　状》,第568页。
④欧阳修著,李逸安点校:《欧阳修全集》卷三〇《孙明复先生墓志铭》,第
　457页。

复"以其道授弟子,既授之弟子,亦将传之于书,将使其书大行,其道大耀。乃于泰山之阳起学舍,构堂,聚先圣之书满屋,与群弟子而居之",所著书中有"《春秋尊王发微》十七卷"①。可知此十七卷本《春秋尊王发微》,当是孙复于景祐二年(1035)冬定居泰山后至康定元年七月间撰成。它很可能是后世《春秋尊王发微》的初稿本或讲本,未曾抄刻流传,如此后孙复任职国子监和州县,未见有"其书大行"的任何记载。嘉祐二年(1057)孙复"病时",朝廷"选书吏,给纸笔,命其门人祖无择就其家得其书十有五篇,录之藏于秘阁"②。此所谓"其书十有五篇",今人一般认为即是郑樵《通志》所载的孙复《春秋尊王发微》十二卷、《春秋总论》三卷。就此录书一事,冯晓庭认为这"说明当时孙复虽以治《春秋》名家,但是著作可能并未公开流传,甚或根本尚未成书,仅是初稿,经过祖无择等人过录,方才构成完帙"③。此说可从。如嘉祐三年(1058)二月欧阳修致书吴充,"欲告借一两册"正在吴充处传录的"孙明复《春秋》文字",由己处笔吏抄录④。

---

① 石介著,陈植锷点校:《徂徕石先生文集》卷一九《泰山书院记》,第223页。
② 欧阳修著,李逸安点校:《欧阳修全集》卷三〇《孙明复先生墓志铭》,第458页。
③ 冯晓庭:《孙复〈春秋尊王发微〉初探》,方铭主编:《〈春秋〉三传与经学文化》,长春:长春出版社,2010年,第254页。
④ 参见欧阳修:《与吴正肃公》四(嘉祐三年二月),见欧阳修著,李逸安点校:《欧阳修全集》卷一四五,第2373页。

作为孙复的友人,欧阳修此时才联系抄录其《春秋》学著作,可证其确当在祖无择过录后始流传。

　　胡瑗(993—1059)。庆历二年(1042),胡瑗受滕宗谅延聘主湖州州学①。其间,胡瑗"弟子去来常数百人,各以其经转相传授。其教学之法最备,行之数年,东南之士莫不以仁义礼乐为学。庆历四年,……建太学于京师,而有司请下湖州,取先生之法以为太学法"②。可知当时胡瑗因其教学已在学界有一定的影响。皇祐四年(1052)十月,以胡瑗为光禄寺丞、国子监直讲。据其弟子吕希哲云,胡瑗管勾太学后,"其初人未甚信服,乃使其徒之已仕及早有世誉者——盛之侨、顾子敦临、吴元长孜辈,分治职事。久□孙莘老觉说《孟子》,中都士人稍稍从之。一日升堂讲《易》,音韵高朗,义指明白,众方大悦。然皆并立不喜者,谤议蜂起,先生偃然不顾也"③。可知胡瑗初管太学时,其讲学还未得中都士人信服。自皇祐四年十月至嘉祐四年(1059)正月,胡瑗一直管勾太学,据欧阳修云,其间"学者自远而至,太学不能容,取旁官署以为学舍。礼部贡举,岁所得士,先生弟子十常居四五"④。可知正是在此期间,胡瑗在京师建立起了教学、

①参见胡鸣盛编:《安定先生年谱》,《山东大学文史丛刊》第 1 期,1934 年
　5 月。
②欧阳修著,李逸安点校:《欧阳修全集》卷二五《胡先生墓表》,第 389 页。
③吕希哲:《吕氏杂记》卷上,清指海本。
④欧阳修著,李逸安点校:《欧阳修全集》卷二五《胡先生墓表》,第 389 页。

学术声誉。

虽然胡瑗参与修撰的《皇祐新乐图记》在皇祐五年（1053）十二月被朝廷颁之天下，但其主要的经学著作《胡氏口义》，乃是在皇祐四年十月至嘉祐四年正月他任国子监直讲期间，由学生记录其五经讲说而成。即蔡襄所谓胡瑗"五经异论，弟子记之，自为《胡氏口义》"①。

石介（1005—1045）。欧阳修在作于景祐二年（1035）的《与石推官第一书》中云："修来京师已一岁也，宋州临汴水，公操之誉日与南方之舟至京师。……近于京师频得足下所为文。"②作为同年友人，欧阳修信中此说可能有推誉的成分，但石介及其文章在当时京师似已有一定的声誉。石介自宝元元年（1038）末至庆历二年（1042）六月居丧祖徕期间③，开门聚徒，以经术教授。自服除至庆历四年十月，任国子监直讲。其间，他"益以师道自居，门人弟子从之者甚众"，欧阳修评之云"太学之兴，自先生始"④。可知此时石介当在京师士人间形成了一定的学术影响。但在他去世后的第五年，即皇祐元年

①蔡襄：《太常博士致仕胡君墓志》，《端明集》卷三三，宋刻本。
②欧阳修著，李逸安点校：《欧阳修全集》卷六八《与石推官第一书》，第991页。
③石介生平经历之时限，参见陈植锷：《石介事迹著作编年》，北京：中华书局，2003年。
④欧阳修著，李逸安点校：《欧阳修全集》卷三四《徂徕石先生墓志铭》，第507页。

（1049），欧阳修在与孔嗣宗的信中云:"东方学生皆自石守道诱倡,此人专以教学为己任,于东诸生有大功,与师鲁同时人也,亦负谤而死。若言师鲁倡道,则当举天下言之,石遂见掩,于义可乎? 若分限方域而言之,则不可。故此事难言之也。"①此所谓"师鲁"即是尹洙。从欧阳修为石介的申说中可知,石介似未能建立起士人公认的学术声誉,其影响可能主要在"东方学生"间。

据陈植锷考证,石介于庆历三年"自编《徂徕集》二十卷成"②。欧阳修在《徂徕石先生墓志铭》中亦云"其所为文章,曰某集者若干卷",但并未提及任何经学著作。石介在当时实以文章政论知名,非以经术。

周敦颐（1017—1073）。南宋度正《周濂溪先生年表》云:"正少时得明道、伊川之书读之,始知推尊先生。而先生仕吾乡时,已以文学闻于当世。"③度正为合州人,据此《年表》,周敦颐于嘉祐元年（1056）十一月至五年（1060）六月,以太子中舍签署合州判官事。因此可知在这期间,周敦颐已获世誉。

周敦颐最为重要的学术著作《太极图》,据度正《年表》载记,乃是他于庆历六年（1046）授学二程时创作,

---

①欧阳修著,李逸安点校:《欧阳修全集》卷一五〇《答孔嗣宗二通》,第2484页。
②陈植锷:《石介事迹著作编年》,第120页。
③度正:《周濂溪先生年表》,见吴洪泽编:《宋编宋人年谱选刊》,第108页。

"独手授之(二程),他莫得而闻焉",在当时及至北宋终末,并未广泛流传①。

刘敞(1019—1068)。欧阳修在《奉送原甫侍读出守永兴》诗中云"文章惊世知名早,意气论交相得晚"②,这表明在他们结交前刘敞已"知名"士林。刘、欧的结交时间,是在仁宗皇祐元年(1049)正月至二年七月欧阳修知颍州期间。此前的庆历六年(1046),刘敞举进士,御试第一,这当是助他获致世誉的一件要事。又据刘攽所作刘敞《行状》载,刘敞十五岁前"初学进士词赋,已为人传诵称道之",再联系刘敞学问的早成,在庆历初年拒绝舅父王洙招他入太学以取"官学"资历而获得贡举资格时所说的话——"焉有伯夷、孟轲、段干木之俦,而自致博士弟子乎?"③便不当仅仅理解为他对自己学识的轻狂自信,这份自信的背后,似当有着他在文章、经术等方面业已确立起的声誉作支撑。

依据以上论析,可将此诸人的相关参数列表如下:

---

①如朱熹云:"濂溪在当时,人见其政事精绝,则以为宦业过人;见其有山林之志,则以为襟袖洒落,有仙风道气,无有知其学者。惟程太中独知之。"(黎靖德编,王星贤点校:《朱子语类》卷九三《孔孟周程张子》,第2357页)邓广铭也认为:"如果专就北宋时期内的学术界来说,周敦颐在其时的儒家学派当中,是根本不曾占有什么地位的。"(氏作《关于周敦颐的师承和传授》,见氏著《邓广铭治史丛稿》,第213页)
②欧阳修著,李逸安点校:《欧阳修全集》卷八,第133页。
③刘攽撰,逯铭昕点校:《彭城集》卷三五《故朝散大夫给事中集贤院学士权判南京留司御史台刘公行状》,第918页。

表 4-1

姓名	生卒年	学术影响 确立的时间	著作、撰成时间 及当时流传状况
孙复	992—1057	庆历二年至七年间 (1042—1047)	《春秋尊王发微》,嘉 祐二年(1057),流传
胡瑗	993—1059	皇祐四年至嘉祐四 年间(1052—1059)	《胡氏口义》,皇祐四年 至嘉祐四年间(1052— 1059),流传
石介	1005—1045	庆历二年至四年间 (1042—1044)	《徂徕集》,庆历三年 (1043),流传
周敦颐	1017—1073	嘉祐元年至五年间 (1056—1060)	《太极图》,庆历六年 (1046),未流传
刘敞	1019—1068	庆历初年(1041— 1046)	《七经小传》,景祐二 年(1035),流传

可见,与孙复、胡瑗、石介、周敦颐等人相比,刘敞在学术影响确立及著作撰成之时间先后方面的位次,的确让人稍感意外:虽然在此诸人中年龄最小,但刘敞在以京师为中心的士人中所确立起的学术影响,远早于胡瑗和周敦颐,甚至不后于孙复和石介;他的经学著作《七经小传》等的撰成、流传,也远早于上述诸人的著作。由此再考虑上文所列晁公武、吴曾所引元祐史官说,抛开刘敞与王安石经学的关系,单就其确定刘敞及其《七经小传》为北宋儒家经学风尚转折的标志来说,实为知见,不可怀疑。

四、不同的儒学畛域:道学、六经之学和异端经学

须再作说明的是,以上比较虽已表明刘敞及其《七经小传》学术影响的确立较其他诸人为早,但在宋人眼中,刘敞与他们其实属于不同的儒学畛域。明晰这一点,对于认识刘敞在北宋学术史上的转折性地位来说,仍属必要。大概说来,刘敞所属的学统为"六经之学"①,当时与之相判别的还有另外两个学统,即"道学"和"异端经学"。

北宋初期著名学者孙何(961—1004)论唐代"名儒巨贤"云:

> 自武德、正(贞)观之后,至正(贞)元、元和已还,名儒巨贤,比比而出。有宗经立言如丘明、马迁者,有传道行教如孟轲、扬雄者,有驰骋管晏、上下班范者,有凌轹颜谢、诋诃徐庾者。②

此可注意的是,除后面的"经济""文学"两类外,孙何首先对通常意义上的儒者做了"宗经立言"与"传道行教"的区分,这在一定程度上代表了时人对儒学畛域划分的

---

① 如南宋沈作喆《寓简》卷二云:"国朝六经之学,盖自贾文元倡之,而刘原父兄弟经为最高。"(《知不足斋丛书》本)明确将刘敞、刘攽之学归为"六经之学"。
② 沈作喆:《寓简》卷五。

认识。再如石介论至道、咸平以来山东文人云："山东文人之杰贾公疏、高公仪、刘子望、孙明复。……公疏著书本孟子，有《山东野录》数万言。公仪、子望、明复，皆宗周公、孔子。公仪有《帝刑》三篇，子望有《辅弼名对》四十卷，明复有《春秋尊王发微》十七卷，皆荀卿之述作也。"①是以所宗本孟子或荀子的不同，即分别对应着对伦理德性和刑政礼义的不同偏重，来区分他们的为学。

　　孙何所区分的"宗经立言"和"传道行教"之学，大略可相当于其后学者所谓的"六经之学"和"道学"。以此畛域划分来审视孙复、胡瑗、石介和周敦颐，周敦颐自然属于"道学"类；孙复可归入"六经之学"类；石介因其对"道统"的强调及思想中的心性学萌芽，也当归入"道学"类。胡瑗虽然分立"经义""治事"二斋以教授生徒，倡明体达用之学，但他为时人所推重的，乃是其"道德"之学。如王安石《寄赠胡先生并序》云："独鸣道德惊此民，民之闻者源源来。"②欧阳修《胡先生墓表》云："先生为人师，言行而身化之，使诚明者达，昏愚者励，而顽傲者革。故其为法严而信，为道久而尊"，并特意指出"先生之德在

---

①石介著，陈植锷点校：《徂徕石先生文集》卷九《贤李》，第 97 页。按，陈植锷点校"孟子"为经典之"《孟子》"、孙复《春秋尊王发微》"十七卷"为"十二卷"，今不取。

②王安石撰，刘成国点校：《王安石文集》卷一三《寄赠胡先生并序》，北京：中华书局，2021 年，第 204 页。

乎人,不待表而见于后世"①。是皆以"道德"称誉胡瑗,因此他亦当归为"道德之士"②。

由以上论析可知,在"六经之学"的畛域内,上述诸人中唯有孙复可与刘敞相比较。但在宋人眼中,儒家经学内部也有着正统与异端的分野。如刘敞所作刘敞《行状》记载一事云:

> 蜀人龙昌期者,著书传经,以诡僻炫众,至诋毁周公,杂用佛说。拥弟子十数人至都,文丞相荐诸朝,以所著书示两制。公与同列并奏昌期非圣不经,请下益州毁弃板本。③

刘敞和同列上奏之事未行,而龙昌期却受赐五品服、帛百尺,使得"中外疑骇",刘敞再次上疏切谏,"昌期亦惶惧不敢受赐装"。龙昌期的著作后世无传,从经学革新的角度来看,其学与刘敞的经学相比,差别很可能是在百步与五十步之间。但龙昌期经学的致命差误之处,在

---

① 欧阳修著,李逸安点校:《欧阳修全集》卷二五《胡先生墓表》,第 389、390 页。
② 程颐《回礼部取问状》云:"所谓道德之士,不必远引古者,以近时言之。如胡太常瑗、张著作载、邵推官雍之辈。"(《二程集·河南程氏文集》卷七,第 564 页)已明确将胡瑗归为"道德之士"。
③ 刘敞撰,逯铭昕点校:《彭城集》卷三五《故朝散大夫给事中集贤院学士权判南京留司御史台刘公行状》,第 929 页。

于求新竟至于"诋毁周公",遂被视为"非圣不经"的异端
之学而湮沉于后人对此段学术史的追溯。

　　当时人对孙复的《春秋》学也有着不同的看法。如
欧阳修在《孙明复先生墓志铭》中称孙复"治《春秋》,不
惑传注,不为曲说以乱经,其言简易,明于诸侯大夫功罪,
以考时之盛衰,而推见王道之治乱,得于经之本义为
多"。此说常被后人称引,用以评说孙复的《春秋》学,但
考虑到欧阳修立说《春秋》之悍①及其与孙复的关系②,
此说在一定程度上实带有同好间的认同、推誉之意。如
上文所引,石介将孙复列入学宗荀卿者之列,其《春秋》
学其实有着鲜明的政论旨向,如牟润孙就指出"孙氏尊
王之论,足为宋人中央集权制张目"③。在这种强烈的现
实关怀下,孙复并未着力于传统经学知识的涵养,而走
了一条大胆开新立说以成就论政之旨的解说之路。因
此,其《春秋》解说多有严刻、偏激之处,如他所主张的
"废传从经""《春秋》有贬无褒"等即为显证。元祐《神
宗实录》的与修者陆佃,就曾以此诋斥孙复的《春秋》学:

①晁说之《嵩山文集》卷一七《赵懿简春秋序》云:"有名世大儒,为矫枉之
　论,曰隐非让,盾、止实弑。"(《四部丛刊续编》本)此"名世大儒"即指欧
　阳修,于此可见其《春秋》学决然依经驳传而立说偏执的一面。
②如韩琦《安阳集》卷五〇《故观文殿学士太子少师致仕赠太子太师欧阳公
　墓志铭》云:"(欧阳修)平生笃于朋友,如尹师鲁、梅圣俞、孙明复既卒,其
　家贫甚,公力经营之,使皆得以自给。又表其孤于朝,悉录以官。"(明正
　德九年张士隆刻本)
③牟润孙:《两宋春秋学之主流》,《注史斋丛稿》(增订本),第76页。

若陆淳《纂例》、近时孙复《发微》，学者颇宗焉。淳于经固疏，而复为疏尤甚。昔常秩谓《发微》动辄有罪，商君之法耳，非圣人忠恕之道。王回以秩为知言。……盖《春秋》拨乱，以今责今，彼善于此，则可知矣。而《发微》以王责霸，是不知论其世之蔽也。故余每患学者宗复，无所折衷，窃尝尽心焉，颇见圣人之旨一二。惜夫荆公殁矣，不得而证也。①

其中所引的常秩语，晁公武《郡斋读书志》亦有记载："常秩则讥之，曰：'明复为《春秋》，犹商鞅之法，弃灰于道者有刑，步过六尺者有诛。'谓其失于刻也，胡安国亦以秩之言为然。"②南宋家铉翁也认为孙复"求经之过""用意刻深"而近法家者流③。可见在宋代不认可孙复之学者不在少数。陆佃此《答崔子方秀才书》写于元祐七年（1092）至绍圣（1094—1097）初年知江宁府期间④，此时元祐《神宗实录》已修成。如前所述，在修撰《神宗实录》

———————

① 陆佃：《答崔子方秀才书》，《陶山集》卷一二，《武英殿聚珍版丛书》本。
② 晁公武撰，孙猛校证：《郡斋读书志校证》卷三"《春秋尊王发微》十二卷"条，第112页。
③ 家铉翁《则堂先生春秋集传详说》卷二八定公十三年"薛弑其君比"条云："泰山孙氏谓以国弑者，言举国之人皆可诛，此求经之过耳。儒者辨理未详，立论失中，其流弊将如秦汉之用法，一人为非，流毒一州一道者。非独法家之罪，亦学者用意刻深有以济其为恶，不可不谨也。"（《通志堂经解》本）
④ 参见拙著《尊经重义：唐代中叶至北宋末年的新〈春秋〉学》，第298页。

时陆佃和黄庭坚对涉及王安石的文字屡有争辩,但由上引黄庭坚《杨子建通神论序》并举刘敞、王安石之学,和陆佃此《书》对孙复《春秋》学的不满及对王安石的推重,显示意见屡相左的二人在对当时学术代表人物的认识上却有着一致之处。

刘敞的经学虽也遭受过"用意太过,出于穿凿"[①]的讥评,但与孙复相比,根本的差异在于他的学说是建立在深厚的经学素养和字词训释等传统为学方法之上的,其开新实有着丰厚的经学知识、技能作基础。如叶梦得评论二人为学的差异云:"孙明复《春秋》专废传从经,然不尽达经例,又不深于礼学,故其言多自抵牾,有甚害于经者。虽概以礼论当时之过,而不能尽礼之制,尤为肤浅";"刘原父知经而不废传,亦不尽从传,据义考例,以折衷之,经传更相发明,虽间有未然,而渊源已正"[②]。因此,若以传统的眼光来看待二人,刘敞实得当时经学之正统,如清四库馆臣就认为:"北宋以来,出新意解《春秋》者,自孙复与敞始。复沿啖、赵之余波,几于尽废三传。敞则不尽从传,亦不尽废传,故所训释为远胜于复焉。"[③]以此,元祐史官之所以定刘敞及其《七经小传》为

①马端临:《文献通考》卷一八三《经籍考》十"《春秋权衡》《意林》《刘氏春秋传》共三十四卷"条,第5397页。
②马端临:《文献通考》卷一八三《经籍考》十"《春秋尊王发微》十五卷"条、"《春秋权衡》《意林》《刘氏春秋传》共三十四卷"条,第5395、5397页。
③永瑢等:《四库全书总目》卷二六"《春秋传》十五卷"条,第215页。

之前经学风尚转变的标志,便更易于理解了。而牟润孙所谓的"刘氏学问极博,欧公之所推服,然不能与孙、胡相比拟"之说,自是他一家之见。

五、结论

综上论述,我们可以得出如下结论:

1. 由《神宗实录》和《神宗正史》的修撰经历,以及晁公武"元祐史官"说在其间被递相沿用这一事实,可知不能简单地视此说为元祐史官的一面之词,它其实已获新党多次认可,所说内容实乃为新、旧党所公认。

2. 刘敞《七经小传》或其蓝本当撰作于他 17 岁时,其撰成及流传时间,远早于孙复、胡瑗、石介、周敦颐等人的著作。

3. 虽然刘敞在诸人中年龄最小,但他在以京师为中心的士人中所确立起的学术影响,远早于胡瑗和周敦颐,甚至不晚于孙复和石介。

4. 在北宋人的语境中,刘敞与胡瑗、石介、周敦颐等人属于不同的儒学畛域——前者属于"六经之学",后者属于"道学"。刘敞与孙复虽然同属于"六经之学",但相较于孙复,刘敞更得时人所认可的经学正统。

由此可知,"元祐史官"确定刘敞及其《七经小传》为北宋经学风气转折的标志,实为知见,不可怀疑。这一对刘敞在北宋学术史上地位的疑议,反映出后世学者对宋代学术思想史的认识差异：

其一，元祐史官确定刘敞及其《七经小传》为北宋经学风气转折的标志，南宋初晁公武的引说，以及吴曾和王应麟的征引，都是在"六经之学"的范畴内为说的。朱熹表彰孙复、胡瑗和石介为有宋"道学之渐"，清初黄宗羲、全祖望视胡瑗、孙复为"宋世学术"之先河，皆是在"道学"的范畴内立论。这是对北宋学术思想史所作的两种不同的解读方式，后者较前者为晚出，但在后世影响远较前者为大，故现今学者易蹈以后者绳规前者之误。前一种解读方式在后世渐至消寂，反映出后人对宋代学术思想史的认识，"道学"压倒"六经之学"而成为主要的解读内容。

其二，被研究者在特定视角关照下的学说贡献及其生卒先后，往往是学术思想史研究者在确定研究对象时的首要选取标准，以及编排学说之先后的重要依据，但学术思想史研究如果是以真实呈现学术形态的历史存在状况为目的，那么某学者或学派在具体历史情境中的学术影响状况，才是研究对象选择及编排学说先后的基本依据。牟润孙、徐洪兴等对"元祐史官"说的质疑及本节所作的驳证，也反映出这一学术理念的差异。

第五章 唐宋时期的经史关系：
《左传》学与纪事本末体

唐宋时期，经学与史学有着复杂的相互影响关系。仅就《春秋》学与史学而言，一方面如有学者所指出，宋代"几乎所有有影响的史家史著，都与《春秋》经学有着内在的联系"①；另一方面，唐宋《春秋》学中不乏历史性的观察视角和研究路数。本章将探讨该时期内经学影响史学创新发展的一个典型事例，即《左传》学对史书纪事本末体的导源问题。

第一节 纪事本末体创始说辨正

纪事本末体是我国古代史书三大编撰体裁之一，关于其创始之作，史学界通常归于南宋袁枢的《通鉴纪事

---

① 王东：《宋代史学与〈春秋〉经学——兼论宋代史学的理学化趋势》，《河北学刊》1988 年第 6 期。

本末》。但不容忽视的是,还存在着如下几种说法:

1. 北魏崔鸿等所撰《科录》。金毓黻认为:"魏元晖招集儒士崔鸿等,依仿梁武帝《通史》,而取其行事尤相似者,以为科录,或云,撰录百家要事,以类相从(据《史通·六家》及《魏书·宗室传》),此实纪事本末一体之滥觞。"①吕志毅《论我国古代历史编纂学》②绍承此说。

2. 隋代王劭所撰《隋书》。傅玉璋认为:"隋王劭别出心裁,创造了纪事本末的体裁。《史通·古今正史篇》说:'当开皇、仁寿时,王劭为书(即《隋书》)八十卷,以类相从,定其篇目。至于编年、纪传,并阙其体。'其书既以类相从,又非'二体',是纪事本末之创体,应为《通鉴纪事本末》之先河。"③

3.《尚书》。张东光认为:"其(纪事本末体)开创之作,正是我国也是世界上最早的历史文献《尚书》。"④

4. 南宋徐梦莘所编《三朝北盟会编》。柴德赓《史籍举要》虽列此书入"编年体类",但又认为"梦莘之书全记宋金外交,实一专史,与纪事本末意义相似。然以时代论之,梦莘与袁枢同时而长于枢,其作书时间亦略早于枢,

---

① 金毓黻:《中国史学史》,北京:商务印书馆,2010年,第261页。
② 《河北大学学报》(哲学社会科学版)1983年第4期。
③ 傅玉璋:《隋代史学家王劭的〈齐志〉与〈隋书〉》,《安徽史学》1984年第2期。
④ 张东光:《纪事本末体再认识》,《湘潭师范学院学报》(社会科学版)1997年第5期。

其作书之困难亦倍于枢;今仍以枢书开始,用'纪事本末'之名故耳"①。

这些说法,以及所涉史书的体例问题,至今仍多未经深入辨正②。关于纪事本末体的创始问题,也一直未得妥善解决。笔者认为,这多种说法的存在,反映出学者间在纪事本末体概念内涵认识上的分歧,而深入辨正诸说的关键,当从纪事本末体的确立及其原初的概念内涵入手,追本究源,求得概念的基本规定性,方可依之辨正诸说,得出确解。

一、纪事本末体的确立:从袁枢到清四库馆臣

无论从名称,还是从编撰方式及撰成年代,后世学者都有理由将纪事本末体之创始,追溯至南宋袁枢的《通鉴纪事本末》,但往往为今人所忽略的是,"纪事本末"经由史部设目而被确立为一种独立的史书体例,是该书撰成近六个世纪后的事③。

---

①柴德赓:《史籍举要》(修订本),北京:商务印书馆,2015年,第197页。

②仅见罗炳良、马强《关于〈通鉴纪事本末〉研究中的两个问题》〔《汉中师范学院学报》(社会科学版)1998年第2期〕等极少论著讨论过其中的某种说法,然所论多有未妥之处。

③今唯见王树民、邓广铭、刘浦江等学者识见及此。如邓、刘二氏云:"纪事本末之首创于袁枢,乃是后人追本溯源的说法,而在宋人的概念中,尚不以为纪事本末已自成一体,直到明代,纪事本末才成为史部中一个新的类目。"(见氏作《〈三朝北盟会编〉研究》,《文献》1998年第1期)按,认为在明代纪事本末"成为史部中一个新的类目",尚须商榷。笔者(转下页注)

南宋孝宗淳熙元年（1174）袁枢撰成《通鉴纪事本末》，友人杨万里、吕祖谦和朱熹为之作序跋，指说袁书的优长云：

> 大抵睾事之成，以后于其萌；提事之微，以先于其明。其情匿而泄，其故悉而约，其作寝而撖，其究遐而迩。其治乱存亡，盖病之源，医之方也。①
>
> 袁子掇其体大者，区别终始，使司马公之微旨，自是可考。躬其难而遗学者以易，意亦笃矣。……若袁子之纪本末，亦自其少年玩绎参订。本之以经术，验之以世故，广之以四方贤士大夫之议论，而后部居条流，较然易见，夫岂一日之积哉。学者毋徒乐

（接上页注）细检《宋元明清书目题跋丛刊》《续修四库全书》等所收明代书目，实未有在史部专设"纪事本末"类目者。唯见晚明祁氏《澹生堂藏书目》"编年史"类分为"通鉴""纲目""纪""记事"四目，列有《通鉴记事本末》《宋史记事本末》《元史记事本末》等史书。其中"记事"目所对应者，当是这几部纪事本末体史书。但是，它与后世"纪事本末"类目相比，不仅名称不同，且因隶属于"编年史"而地位亦异，故不能将两者相等同。又，仲伟民列徐梦莘《三朝北盟会编》之属目，在"纪事本末体"类列有"白华楼旧藏"（见氏作《〈三朝北盟会编〉传本及其体例》，《史学史研究》1990年第2期）。白华楼是晚明茅坤的藏书楼，若此"旧藏"是一份该楼藏书目，从"旧"字来看，似当由后人所编（仲文未详其撰成年代），故亦不可据之认定在明代"纪事本末"成为一新的史书类目。

① 杨万里：《袁机仲通鉴本末序》，见辛更儒笔校：《杨万里集笔校》卷七八，北京：中华书局，2007年，第3203页。

其易,而深思其所以难,则几矣。①

　　古史之体可见者,《书》《春秋》而已。《春秋》
编年通纪,以见事之先后,《书》则每事别记,以具事
之首尾。意者当时史官既以编年纪事,至于事之大
者,则又采合而别记之。……左氏于《春秋》既依经
以作传,复为《国语》二十余篇,国别事殊,或越数十
年而遂其事,盖亦近《书》体以相错综云尔。……
(《资治通鉴》)一事之首尾或散出于数十百年之间,
不相缀属,读者病之。今建安袁君机仲乃以暇日作
为此书,以便学者。其部居门目、始终离合之间,又
皆曲有微意,于以错综温公之书,其亦《国语》之流
矣。或乃病其于古无初而区别之外无发明者,顾第
弗深考耳。②

　　这三位当时第一流学者对袁书的褒扬,均属意于其"部
居门目""具事之首尾"以优化《资治通鉴》之载记的编撰
方式,和由此而对史事"微意"更为显明的表达,都还未
上升到开创一种新的史书体例的高度。朱熹虽从史书
体例的角度作申说,但视其为《尚书》《国语》体之流裔,
未予之以独立的地位。值得注意的是,朱熹的跋还透露

①吕祖谦:《书袁机仲国录通鉴纪事本末后》,《东莱集》卷七,《续金华丛
书》本。
②朱熹著,郭齐、尹波点校:《朱熹集》卷八一《跋通鉴纪事本末》,第4171页。

出时人对袁书撰著方式的负面看法："于古无初""区别之外无发明者"。前者尚是由《资治通鉴》内容所限而致，而后者则最招当时乃至后世学者物议。如吕祖谦在跋中亦建言学者"毋徒乐其易，而深思其所以难"，基于此"短处"而对该书持轻视之见，在当时学者中应该不在少数。直至明末，陈邦瞻撰成《宋史纪事本末》后，还在反驳认为该体式"事不改于前，词无增于旧，胪列而汇属之，以为讨论者径，斯于述作之体不已末乎"①的观点。

　　另一方面，袁枢《通鉴纪事本末》问世后也不乏效法者。考诸史志目录，南宋著作中与之名目相近者就有：章冲《春秋类事始末》、勾龙传《春秋三传分国纪事本末》、杨仲良《长编纪事本末》、彭百川《太平治迹统类》《中兴治迹统类》、欧阳守道《皇宋通鉴纪事本末》等。其中彭氏二书，赵希弁云其"仿《通鉴纪事本末》条例，统而类之。事撮其纲，辞举其要"②。但这些著作在史志目录中分类混乱，隶属史部者多被列入"编年类"或"史钞"。此以袁枢《通鉴纪事本末》为例，将其在后世重要史志目录中的归属状况列表如下：

①陈邦瞻：《宋史纪事本末叙》，氏撰《宋史纪事本末》附录一，北京：中华书局，2015年，第1191页。
②赵希弁：《读书附志》卷上"类书类"，见晁公武撰，孙猛校证：《郡斋读书志校证》，第1156页。

表 5-1

撰成年代	史志书目	类别	撰成年代	史志书目	类别
南宋前期	《遂初堂书目》	编年类	元至正五年	《宋史·艺文志》	编年类
南宋后期	《直斋书录解题》	编年类	明正统六年	《文渊阁书目》	史附
元大德十一年	《文献通考》	编年	清乾隆五十年	《续通志》	史钞

可知,甚至到清乾隆五十年(1785)官修《续通志》,纂修者仍未设"纪事本末"类目。

即便如此,种种历史记载显示,"纪事本末"体式在明代被大为认可,有不少效法者。万历十三年(1585),时任九江太守的潘志伊在为傅逊《春秋左传属事》作《后序》时,忆及往事云:

> 往岁余以迁补,与诸同籍聚晤京邸,有谓袁仲枢《通鉴纪事本末》可便览读,而上有《左传》,恨无有如其法而列之前者。余曰:"(某)曾读《宋学士集》,有《左传始末》叙文;又近世毗陵唐荆川氏亦有此纂。"时玺丞王敬文曰:"宋学士所叙,藏诸秘府,(某)等未之见;荆川所纂,事颇不全,又少注难读。余向年有志纂之,未竟,会将计偕,以授吾同门友傅逊氏。"①

---

① 潘志伊:《春秋左传属事后序》,傅逊《春秋左传属事》后附,文渊阁《四库全书》本。按,文中"袁仲枢"当为"袁枢"之误。

唐荆川即嘉靖间右佥都御使唐顺之,王敬文乃王执礼。
可知,彼时彼地,袁枢《通鉴纪事本末》成为这几位同籍
士人聚晤的谈资,而且他们表达出强烈的取法意向。潘
氏与王执礼的一个应对话语,就牵出当时及稍早有三人
曾仿袁书而纂集《左传》,即唐顺之、王执礼和傅逊。二
十年后(1605),陈邦瞻完成了《宋史纪事本末》的编撰,
在序文中他提到"先是,宗伯冯公欲为是书而未就,侍御
斗阳刘先生得其遗稿若干帙,以视京兆徐公,徐公以授
门下沈生,俾雠正之,因共属不佞续成焉"①。其中冯公
即万历间礼部尚书冯琦,刘先生即冯琦弟子刘曰梧,徐
公即应天府府尹徐申。陈氏此书乃仿袁枢《通鉴纪事本
末》而续之,它发轫于冯琦,在诸公间几经辗转,后由陈
邦瞻增辑而成。这两个事例都牵涉多人,足以显现当时
士人对"纪事本末"体式的看重,也似乎表明该体式在晚
明尤受青睐。

在明朝,"纪事本末"体式被大为认可的另一重要证
据,是祁氏《澹生堂藏书目》、张廷玉等《明史·艺文志》
等书目载有多部由明人编撰的这类著作。如《明史·艺
文志》载:

---

① 陈邦瞻:《宋史纪事本末叙》,氏撰《宋史纪事本末》附录一,第 1191 页。

表 5-2

作者	书名、卷数	所属类目	作者	书名、卷数	所属类目
傅藻等	《春秋本末》三十卷	春秋类	张溥	《元史纪事本末》二十七卷	正史类
唐顺之	《左氏始末》十二卷	春秋类	陈邦瞻	《元史纪事本末》六卷	正史类
傅逊	《春秋左传属事》二十卷	春秋类	许进	《平番始末》一卷	杂史类
施仁	《左粹类纂》十二卷	春秋类	刘应箕	《款塞始末》一卷	杂史类
陈可言	《春秋左传类事》三十六卷	春秋类	郭子章	《黔中平播始末》三卷	杂史类
曹宗儒	《春秋序事本末》三十卷	春秋类	郭正域	《楚事妖书始末》一卷	杂史类
孙范	《左传纪事本末》二十二卷	春秋类	朱赓	《勘楚始末》一卷	杂史类
冯琦①	《宋史纪事本末》二十八卷	正史类	李日宣	《枚卜始末》一卷	杂史类
张溥	《宋史纪事本末》一百零九卷	正史类	阎世科	《计辽始末》四卷	故事类

这些著作,尤其是杂史类著作,现大多已佚失,难睹其内容全貌,就其书名仍或可推知其体式当类同于"纪事本末"。

这部在清乾隆初年修成的《明史》虽还未设"纪事本

———

① 该书由冯琦初编、陈邦瞻增辑而成,故《明史·艺文志》署其作者为冯琦。

末"类目,但与这类著作数量增多相一致,在明代,尤其晚明,"纪事本末"体式的独立性也渐被士人认可。如上文所引陈邦瞻《宋史纪事本末叙》中所谓"斯于述作之体不已末乎",以及徐申序《元史纪事本末》谓"其体兼用左、马"①,都开始以独立的"述作之体"看待"纪事本末"。刘曰梧在万历三十三年(1605)作《刻宋史纪事本末序》,云:"古今之有史,皆纪事也,而经纬不同。左、马之义例精矣,一以年为经,一以人为经,而建安袁先生复别开户牖,乃又以事为经而始末具载。"②是将"纪事本末"体式提升到与编年、纪传并列的地位。最先提出"纪事本末"体式当为"史外之别例"者,是生活在明清易代之际的谷应泰。顺治十五年(1658)他自序《明史纪事本末》云:

> 《通鉴纪事本末》者,创自建安袁枢,而北海冯琦继之。其法以事类相比附,使读者审理乱之大趋,迹政治之得失。首尾毕具,分部就班,较之盲左之编年,则包举而该浃;比之班马之传志,则简练而赅括。盖史外之别例,而温公之素臣也。③

①徐申:《元史纪事本末叙》,陈邦瞻《元史纪事本末》附录一,北京:中华书局,1979年,第223页。
②见陈邦瞻:《宋史纪事本末》附录二,第1193页。
③谷应泰:《明史纪事本末原序》,氏撰《明史纪事本末》前附,文渊阁《四库全书》本。

谷氏虽视袁枢为"温公之素臣",将袁书与《资治通鉴》间的关系比附为《左传》之于《春秋》,仍带有视前者为后者之附庸的痕迹。但更为凸显的,是他在与"编年""纪传"体例的比较中,提出了袁书体式为"史外之别例"的说法,这就又进一步,明确视之为一种独立的史书体例。

　　这种认可渐至增强的一个重要结果,同时也是其体现,是书目中出现了"纪事本末"专门类目。如上文注中所示,山阴祁氏于 1620 年编辑的《澹生堂藏书目》在"编年史"类下分出"记事"目,以标志"纪事本末"类史书。此虽不能等同于后世的"纪事本末"类目,但足可作其先声。最早将此独立性认可正式用于编目实践的,是清乾隆年间编修《四库全书》的馆臣们。在《四库全书·史部》"编年""纪传"之后,他们专立一"纪事本末"类目,收有袁枢《通鉴纪事本末》、徐梦莘《三朝北盟会编》等22 种史书,另有高岱《鸿猷录》等 4 种列入"纪事本末类存目"。《四库全书总目》"纪事本末类"小序云:"至宋袁枢,以《通鉴》旧文,每事为篇,各排比其次第,而详叙其始终。命曰纪事本末,史遂又有此一体。夫事例相循,其后谓之因,……纪事本末亦相因。因者既众,遂于二体之外,别立一家。"①可知类编为目,不仅要有"创",更要

---

①永瑢等:《四库全书总目》卷四九"纪事本末类"小序,第 437 页。

有"因",因者既众,遂自为类目。《四库全书》"纪事本末类"的设立,最终从史部类目的意义上确立起纪事本末体的独立地位①。虽然成书于乾隆五十年的《续通志》尚列"纪事本末"史书入"别史"史钞类,两年后成书的官修《皇朝通志》却"依《钦定四库全书》之例",在史类"增列纪事本末一门"②。正是自《四库全书》始,纪事本末体才成为一种通行的史部类目体裁。

二、纪事本末体的特征:四库馆臣的认识

既然纪事本末体最初是由清四库馆臣专设这一类目而得以确立,那么分析《四库全书》"纪事本末类"所收各书的编纂体例,相互比较,求同存异,便是发掘纪事本末体的原初内涵、总结其基本特征的唯一途径。现将各书的编纂体例简要总结、列表如下(引文出自中华书局本《四库全书总目》所载该书《提要》):

---

①关于纪事本末体的确立,燕永成认为:"至迟到明代,基本以'纪事本末'统一命名,并随着以纪事本末体编修体例编撰的史书的日渐增多,纪事本末体才被逐渐确立了下来。"见氏著《南宋史学研究》,兰州:甘肃人民出版社,2007年,第118页。笔者认为书名和数量固然重要,除学者自觉识知、认可外,史部类目的设立——在史著分类意义上的认可,也是包括纪事本末体在内的史书体例之确立的重要标志。
②嵇璜等:《清通志》卷九九《艺文略三·史类第五上》,文渊阁《四库全书》本。

表 5-3

朝代	作者	书名	编纂体例
南宋	袁枢	《通鉴纪事本末》	"因司马光《资治通鉴》,区别门目,以类排纂。每事各详起讫,自为标题。每篇各编年月,自为首尾。"
南宋	章冲	《春秋左氏传事类始末》	"冲作是书,亦同斯(《通鉴纪事本末》)体","取诸国事迹,排比年月,各以类从。使节目相承,首尾完具"。依时序纪事件,事件再依时为叙。
南宋	徐梦莘	《三朝北盟会编》	"凡敕制、诰诏、国书、书疏、奏议、记序、碑志,登载靡遗";"凡宋金通和用兵之事,悉为诠次本末。年经月维,按日胪载。惟靖康中帙之末,有诸录杂记五卷,则以无年月可系者,别加编次,附之于末。其征引皆全录原文,无所去取,亦无所论断"。
南宋	郭允蹈	《蜀鉴》	"搜采史传,起秦取南郑,至宋平孟昶,上下千二百年事之系乎蜀者";"其书每事各标总题,如袁枢《通鉴纪事本末》之例。每条有纲有目有论,如朱子《通鉴纲目》之例。其兼以考证附目末"。
明	田汝成	《炎徼纪闻》	"书凡十四篇。首纪王守仁征岑猛事,次纪岑璋助擒岑猛事……次纪猛密孟养,次杂纪诸蛮夷。每篇各系以论,所载较史为详。"属纪传体。

续表

朝代	作者	书名	编纂体例
明	陈邦瞻	《宋史纪事本末》	"自太祖代周,迄文谢之死,凡分一百九目。于一代兴废治乱之迹,梗概略具。袁枢义例,……邦瞻能墨守不变,故铨叙颇有条理。"
明	陈邦瞻	《元史纪事本末》	"凡列目二十有七。……特是元代推步之法,科举学校之制,以及漕运河渠诸大政,措置极详。"事末或有评论。
清	勒德洪等	《平定三逆方略》	纪康熙年间"平定逆藩吴三桂、尚之信、耿精忠事",载康熙谕旨敕命及臣僚章奏。
清	温达等	《亲征朔漠方略》	纪康熙亲征、平定噶尔丹叛乱始末。"其间简练将卒,经画粮饷……凡禀之睿算者,咸据事直书。"按时段分卷,备载康熙诏谕及臣僚章奏。
清	来保等	《平定金川方略》	纪乾隆十三年遣傅恒平定金川土司叛乱事。"后恭录御制诗文一卷。又附载诸臣纪功诗文五卷";"是编所载诏谕之指授,章奏之批答"。按时段分卷。
清	傅恒等	《平定准噶尔方略》	纪乾隆年间平定准噶尔叛乱事。凡分三编:《前编》"详述其缘起",《正编》"备录其始末",《续编》"凡一切列戍开屯、设官定赋、规画久远之制,与讨定乌什及绝域诸藩、占风纳赆者,咸载焉"。按时段分卷,备载乾隆诏谕及臣僚章奏。

朝代	作者	书名	编纂体例
清	阿桂等	《平定两金川方略》	纪乾隆年间"平定两金川事"。按时段分卷,备载乾隆诏谕及臣僚章奏,"御制序文纪略一卷,天章八卷,冠于前。臣工诗文八卷,附于末"。
清	于敏中等	《临清纪略》	纪乾隆年间山东王伦叛乱"戡定始末","详述制胜之机宜,并明倡乱之缘起"。按时段分卷,按事件时序编排乾隆诏谕及臣僚章奏。
清	四库馆臣	《兰州纪略》	纪乾隆年间平定兰州苏四十三叛乱,"是编所录,始末厘然。至于规画兵制、慎固边防、一切敷陈批答,亦皆备书"。按时段分卷,前附御制诗文。
清	四库馆臣	《石峰堡纪略》	纪乾隆年间平定石峰堡回部田五叛乱,"馆臣因恭录谕旨奏章,编次月日,勒为一编"。按时段分卷,前附御制诗文。
清	四库馆臣	《台湾纪略》	纪乾隆年间平定台湾林爽文等叛乱,"廷臣敬辑谕旨批答奏章,分析月日,编排始末,勒成是编"。按时段分卷,前附御制诗文。
清	吴伟业	《绥寇纪略》	"是编专纪崇祯时流寇,迄于明亡,分为十二篇。曰《渑池渡》,曰《车箱困》,……每篇后加以论断。其《虞渊沉》一篇,皆记明末灾异,与篇名不相应。"

续表

朝代	作者	书名	编纂体例
清	冯甦	《滇考》	"惟自庄蹻通滇,至明末国初,撮其沿革之旧迹,治乱之大端,标题记述,为三十七篇。每事皆首尾完具,端绪分明。"
清	谷应泰	《明史纪事本末》	"其书仿袁枢《通鉴纪事本末》之例,纂次明代典章事迹。凡八十卷,每卷为一目";"每篇后各附论断,皆仿《晋书》之体,以骈偶行文"。
清	马骕	《绎史》	"是编纂录开辟至秦末之事";"仿袁枢《纪事本末》之例,每一事各立标题,详其始末。惟枢书排纂年月,镕铸成篇。此书则惟篇末论断,出骕自作。其事迹皆博引古籍,排比先后,各冠本书之名。其相类之事则随文附注。或有异同讹舛,以及依托附会者,并于条下疏通辨证"。
清	高士奇	《左传纪事本末》	"此书因章冲《左传事类始末》而广之。以列国事迹,分门件系";"又时附以己见,谓之发明";"目各如其卷之数,大致亦与冲书相类。然冲书以十二公为记,此则以国为记,义例略殊"。
清	蓝鼎元	《平台纪》	纪康熙年间平定台湾朱一贵割据始末。分事件而列叙,附《东征集》六卷,"皆进讨时公牍书檄"。

根据上表所列各书的编纂体例,可将其再细分为如下三类:

其一,袁枢《通鉴纪事本末》、章冲《春秋左氏传事类始末》、陈邦瞻《宋史纪事本末》和《元史纪事本末》、冯甦《滇考》、谷应泰《明史纪事本末》、马骕《绎史》、高士奇《左传纪事本末》。这类史书体例多效仿袁枢《通鉴纪事本末》,主要的相同之处是:(1)以事件为中心叙事,所纪非一个事件,即所谓"一书备诸事之本末",这些事件按时间先后序列;(2)所纪内容跨越较长时段,最短者为一个朝代,长者达数个朝代;(3)按时间顺序叙述各事件的内容。主要的不同在于:(1)取材范围不同。如袁枢《通鉴纪事本末》全取自《资治通鉴》,而谷应泰《明史纪事本末》乃取自张岱《石匮藏书》、谭迁《国榷》等私史,非拘于一史;(2)有的事末附有论断,有的未附论断。

其二,徐梦莘《三朝北盟会编》、勒德洪等《平定三逆方略》、温达等《亲征朔漠方略》、来保等《平定金川方略》、傅恒等《平定准噶尔方略》、阿桂等《平定两金川方略》、于敏中等《临清纪略》、四库馆臣《兰州纪略》、四库馆臣《石峰堡纪略》、四库馆臣《台湾纪略》、吴伟业《绥寇纪略》、蓝鼎元《平台纪》。这类史书体例主要的相同之处是:(1)以某一事件为载记对象,即所谓"一书具一事之本末";(2)所纪事件历时较短,长者数十年,短者如

《临清事略》,所纪平定王伦叛乱事仅历数月;(3)大量载用关于该事件的诏谕章奏等材料,按时间顺序排列。主要的不同在于:(1)书内作者本人著述所占比重不同,如徐梦莘《三朝北盟会编》今本内未标明出处的三分之一内容,除小部分系出处脱漏外,其他文字"都应视为徐梦莘本人的著述"①,而《临清纪略》《石峰堡纪略》等,内容主体是按照事件顺序编排的君臣诏谕章奏,几无作者本人的著述。(2)官修"纪略"多附有御制及臣僚诗文,《三朝北盟会编》《绥寇纪略》等私撰史书则无。

其三,郭允蹈《蜀鉴》、田汝成《炎徼纪闻》。相较上述两类,若以"纪事本末"衡此二史,其体例皆不够纯正。前者虽"每事各标总题,如袁枢《通鉴纪事本末》之例",但"每条有纲有目有论",实承朱子《通鉴纲目》之例,且"兼以考证附目末"。后者所纪乃是晚明西南"诸蛮夷"人物事迹、地志风土。其中《岑猛》篇有语云:"(岑)猛走归顺,鸩杀之,斩首归官军,语在《璋传》。"②此所谓"《璋传》",即指《岑璋》篇。可知作者自视所作乃人物传记,因其中记载一些边事始末,为四库馆臣所看重,故列之于"纪事本末类"。

由上列前二类,较其异同,我们大致可确定纪事本

①邓广铭、刘浦江:《〈三朝北盟会编〉研究》,《文献》1998 年第 1 期。
②田汝成:《炎徼纪闻》卷一,文渊阁《四库全书》本。

末体最基本的特征是:以事件为中心叙史①;按照时间顺序叙述事件内容;"一书备诸事之本末"者,按照时间顺序排列事件②。

三、纪事本末体创始诸说辨正

依据纪事本末体的基本特征,我们对本节篇首所列创始诸说作如下辨正:

1.袁枢《通鉴纪事本末》。如上文所述,清四库馆臣正是据此书而阐明纪事本末体"于史家二体之外,别为一体",称赞其义例"最为赅博。其熔铸贯串,亦极精密"③。在馆臣们看来,袁枢此书是纪事本末体史书的典范,而《四库全书》所设这一类目之名称,也正来自该书书名。他们在《总目提要》"纪事本末类"小序、《通鉴纪事本末提要》、《春秋左氏传事类始末提要》等处,都申说

---

① 有学者认为纪事本末体的本质特征是"因事物命篇",而非"因事件命篇",见张东光:《纪事本末体再认识》〔《湘潭师范学院学报》(社会科学版)1997 年第 5 期〕。张先生以《四库全书》"纪事本末类"史书为据,云此"事物"包括"制敕、诏诰、国书、奏疏、记序、碑志之文"等,其实这些材料中大部分是用来叙述事件过程的;部分史书载有君臣诗文,也仅是附录而已,非其主要内容;所谓义例不纯的《滇史》《炎徼纪闻》等,馆臣们之所以列之于"纪事本末类",看重的正是其中对某些事件始末的记述。故可断定纪事本末体的本质特征当是"因事件命篇"。
② 高士奇《左传纪事本末》虽"凡列国大事,各从其类,不以时序,而以国序"(《左传纪事本末·凡例》),但各国事件仍以时序。
③ 永瑢等:《四库全书总目》卷四九"《宋史纪事本末》二十六卷"条,第439 页。

袁枢"排纂《资治通鉴》,创纪事本末之例";在《四库全书》"纪事本末类"史书中,因而也以此书居首。后世学者多承其说,是否允当,待下文再论。

2. 崔鸿等《科录》。此书已久佚,其内容体例可见于《魏书》《史通》的记载:

> (元)晖颇爱文学,招集儒士崔鸿等撰录百家要事,以类相从,名为《科录》,凡二百七十卷,上起伏羲,迄于晋、宋,凡十四代。[1]
>
> 元魏济阴王晖业,又著《科录》二百七十卷,其断限亦起自上古,而终于宋年。其编次多依放《通史》,而取其行事尤相似者,共为一科,故以《科录》为号。[2]

刘知幾所谓的《通史》,是由梁武帝敕群臣所撰,"大抵其体皆如《史记》,其所为异者,唯无表而已"[3]。《科录》既依仿《通史》,其基本体式当如《史记》为纪传体。所谓"以类相从",当指将"行事尤相似"的传记,共为一科。此乃以类聚事,与纪事本末体以事件为中心而类聚史

①魏收:《魏书》卷一五《元晖传》,北京:中华书局,1974年,第380页。
②刘知幾著,浦起龙通释,王煦华整理:《史通通释》卷一《六家》,上海:上海古籍出版社,2009年,第17页。按,此条误撰人元晖为济阴王元晖业,郭延年、浦起龙已辨之,见该书第19页。
③刘知幾著,浦起龙通释,王煦华整理:《史通通释》卷一《六家》,第17页。

料,截然不同。故不可定其体式为纪事本末体,更无从说其为"创始"。

3. 王劭《隋书》。此书已久佚,其内容体例首见于《隋书·王劭传》的记载:

> (王劭)撰《隋书》八十卷。多录口敕,又采迂怪不经之语及委巷之言,以类相从,为其题目,辞义繁杂,无足称者,遂使隋代文武名臣列将善恶之迹,湮没无闻。[1]

刘知幾《史通》内,除傅玉璋所引者外,更详细的说明见于《六家》篇:

> 隋秘书监太原王劭,又录开皇、仁寿时事,编而次之,以类相从,各为其目,勒成《隋书》八十卷。寻其义例,皆准《尚书》。……虽欲祖述商、周,宪章虞、夏,观其所述,乃似《孔子家语》、临川《世说》,可谓画虎不成,反类犬也。[2]

刘知幾虽云王劭《隋书》"录开皇、仁寿时事,编而次之",

---

[1] 魏徵、令狐德棻:《隋书》卷六九《王劭传》,北京:中华书局,1973 年,第1609 页。

[2] 刘知幾著,浦起龙通释,王煦华整理:《史通通释》卷一《六家》,第 3 页。

但从这两条记载来看，该书当以记言为主①，事从简略，以作辅助，如《孔子家语》。所谓"以类相从"，极可能是于一类目下，并集同类口敕言语，如《世说新语》，故决不可据此而断之为纪事本末体。所谓"编年、纪传，并阙其体"，乃是指其义例"皆准《尚书》"，虽画虎不成，但更不可据之作断。由此我们大致可确定王劭此书与以事件为中心，依时序排列、叙述事件的纪事本末体，实不相符合，也无从说其为"创始"。

4.《尚书》。视《尚书》为史书，源自《礼记·玉藻》"动则左史书之，言则右史书之"之说。郑玄注云："其书，《春秋》《尚书》其存者"②，是认为《尚书》出自史官。刘知幾《史通》列"《尚书》家"为史体起源"六家"之一，认为其基本特征是"所主本于号令""所载皆典谟训诰誓命之文"。但到晚唐，皇甫湜改变了这一对《尚书》体例和地位的认识：

编年纪事，束于次第，牵于混并，必举其大纲，而简于序事，是以多缺载，多逸文。乃别为著录，以备

①浦起龙评王劭此书，亦云："既无纪传，又不编年，徒然掇拾琐言，岂得成史。"见《史通通释》第3页。
②《礼记注疏》卷二九郑玄注，中华书局聚珍仿宋版印本，第1301页。按，《汉书·艺文志》云："古之王者世有史官，……左史记言，右史记事，事为《春秋》，言为《尚书》。"所云左、右史所职，与《礼记》所载恰相反，但都确定《尚书》出自史官。

　　书之言语,而尽事之本末。故《春秋》之作,则有《尚书》;《左传》之外,又为《国语》。①

　　是认为《尚书》的体例内容,不仅包括刘知幾所认可的"备书之言语",而且还包括刘氏视为"为例不纯"的《尧》《舜》等典篇,即所谓"尽事之本末"者。其地位也由"六家"中的独立一体,变为辅助《春秋》以纪所"简"之事语。朱熹继承此说,如上所引《跋通鉴纪事本末》云:"古史之体可见者,《书》《春秋》而已。《春秋》编年通纪,以见事之先后,《书》则每事别记,以具事之首尾。意者当时史官既以编年纪事,至于事之大者,则又采合而别记之。"且认为袁枢《通鉴纪事本末》"错综温公之书",乃属近于"《书》体"的"《国语》之流"。清人章学诚却承续刘知幾之说,坚持《尚书》体在史学体例中的源起性和独立地位,虽然也确认了《尚书》体与纪事本末体间的逻辑关联,认为"斯真《尚书》之遗也"②。

　　朱、章之说,似乎都指向四库馆臣所云"溯其(《通鉴纪事本末》)根柢,实则《尚书》每事为篇,先有此例"③。

---

①皇甫湜:《编年纪传论》,见董诰等:《全唐文》卷六八六,北京:中华书局,1983 年,第 7030 页。

②章学诚撰,叶瑛校注:《文史通义校注》卷一《书教下》,北京:中华书局,2014 年,第 49 页。

③永瑢等:《四库全书简明目录》,上海:上海古籍出版社,1985 年,第 201 页。

近代以来,学者往往不作深究,径引此诸说以证《尚书》之于纪事本末体的渊源意义,甚至认为纪事本末体创始自《尚书》。如张东光认为,"《尚书》首先发明了'因事命篇'的纪事原则,每篇一个标题,每个标题之下叙述一个完整的人或事",且"《尧》《舜》二典,直序人事,《禹贡》一篇,唯言地理,《洪范》总序灾祥,《顾命》都陈丧礼",这些"正是纪事本末体的最好见证"①。其实,认为两者间有所影响则可,认为纪事本末体创始自《尚书》则不可。因为:

其一,朱熹论说《通鉴纪事本末》与《尚书》的关系,内含一个基本的逻辑前提,即继承皇甫湜之说,将《通鉴纪事本末》与《资治通鉴》的关系,比附为《尚书》之于编年史书。其实,这一比附并不能成立。因为皇甫、朱认为《尚书》《国语》等所纪,乃是编年史因体例原因而无法载记的"逸文"和"事之大者",而《通鉴纪事本末》的材料和事件,乃全取自《资治通鉴》——前者对于后者的功用,是集中显豁后者原所断续载有的事件,而非对后者在纪事、材料方面的补充。也就是说,这两组史书间存在着性质上的根本差别,不可简单比附,故由此比附而确立起的《通鉴纪事本末》与《尚书》性质类似的联系,也不能成立。

①张东光:《纪事本末体再认识》,《湘潭师范学院学报》(社会科学版)1997年第5期。

其二,章学诚《文史通义·书教》论《尚书》体与纪事
本末体间的渊源关系,乃属意于两者在"体圆用神"这一
撰作境界上的相通性,即"本末之为体也,因事命篇,不
为常格",类似于《尚书》之撰作:"以谓纤悉委备,有司具
有成书,而吾特举其重且大者,笔而著之,以示帝王经世
之大略;而典、谟、训、诰、贡、范、官、刑之属,详略去取,惟
意所命,不必著为一定之例焉。"所谓"斯真《尚书》之遗
也",及邵晋涵所说的"纪传史裁,参仿袁枢,是貌同心
异。以之上接《尚书》家言,是貌异心同",其切实意指,
也正在于此。这与通常在"貌"的层面所理解的两者间
体例的继承性,殊非一致。要知道,在这一层面上,章学
诚认为"《书》无定体","不必著为一定之例",这显然不
可与体例化的纪事本末体相接续。如章氏也特别指出:
"《尚书》固有不可尽学者也,即《纪事本末》,不过纂录小
书,亦不尽取以为史法。"①

其三,《尚书》的内容体式,乃"本王之号令,右史所
记。孔子删录,断自唐虞,下迄秦穆,典谟训诰誓命之
文"②。刘知幾归之于"记言",以与记事的"《春秋》家"
相分别,而视其中序事的《尧》《舜》二典"为例不纯"。
章学诚反对这种区分,认为"《尚书》典谟之篇,记事而言
亦具焉;训诰之篇,记言而事亦见焉。古人事见于言,言

①章学诚撰,叶瑛校注:《文史通义校注》卷一《书教下》,第49、30、51、50页。
②陆德明:《经典释文》卷一《序录》,北京:中华书局,1983年,第6—7页。

以为事,未尝分事言为二物也"①。正是在这一意义上,他认为《尚书》的基本法式是"因事命篇,本无成法"②。但此"因事命篇",决不可作为建立《尚书》与纪事本末间体例继承关系的依据,因为此"事"与纪事本末的"事"意义完全不同。《尚书》所载"王之号令",必涉及"事",每篇录"号令"之前,多对此"事"稍作简介。此即章学诚所云"训诰之记言,必叙其事,以备所言之本末"③。可知此"事"乃为"号令"助说一缘起背景,虽云"因事命篇",篇之重心,仍在于"号令"。相反,纪事本末中的"事",却是指作为其叙述重心的"事件"。另外,章氏虽云"训诰之篇,记言而事亦见焉",但"号令"主体不在于叙事,而在于政说,以达"疏通知远"之教。这与《四库全书》"纪事本末类"所载诸"纪略"大量载用君臣诏谕章奏而依之叙事的做法迥异。

5. 徐梦莘《三朝北盟会编》。此书虽被《四库全书》列入"纪事本末类",且后世依之者众,但至今仍有不少学者不同意这一认定,如柴德赓、邓广铭等都"把《三朝北盟会编》看作一部编年体史学著作"④。其中,仲伟民的意见颇具代表性:

---

①章学诚撰,叶瑛校注:《文史通义校注》卷一《书教上》,第30页。
②章学诚撰,叶瑛校注:《文史通义校注》卷一《书教上》,第29页。
③章学诚撰,叶瑛校注:《文史通义校注》卷一《书教中》,第39页。
④邓广铭、刘浦江:《〈三朝北盟会编〉研究》,《文献》1998年第1期。

《会编》乃尊《通鉴》体例书法,以事系日,以日系月,以月系时,以时系年,眉目清晰。……《会编》叙述一人一事往往散见多卷,很少集中叙述,或事件发生于此卷,而经过和结果则可能在另外几卷中,这样的编纂体例怎能说是纪事本末体呢?①

《会编》记载的是两宋之际徽、钦、高宗三朝宋金交涉的史事,年经月纬,按日胪载;其中《诸录杂记》五卷,无年月可系,附于中帙末。在宋金关系史的框架内,视其为编年体史书,实无不可。如与梦莘同时的楼钥所撰《直秘阁徐公墓志铭》,即云《会编》“为编年之体”②。但该书所记乃“事涉北盟者”,“若夫事不主此,皆在所略”③,对象既如此明确专一,若视三朝“北盟”为一大“事件”,该书遂成“一书具一事之本末”,“不标纪事本末之名,而实为纪事本末者”④。柴德赓云“梦莘之书全记宋金外交,实一专史,与纪事本末意义相似”,当属此意。《四库全书》“纪事本末类”所收的多部清廷官修“纪略”,也正依

①仲伟民:《〈三朝北盟会编〉传本及其体例》,《史学史研究》1990 年第2 期。
②见曾枣庄、刘琳主编:《全宋文》第 266 册,上海:上海辞书出版社,合肥:安徽教育出版社,2006 年,第 151 页。
③徐梦莘:《三朝北盟会编序》,见《全宋文》第 225 册,第 59 页。
④永瑢等:《四库全书总目》卷四九“纪事本末类”小序,第 437 页。

此意而附骥《会编》。

综上所论,确定为纪事本末体者当是袁枢《通鉴纪事本末》和徐梦莘《三朝北盟会编》。徐、袁为同时代之人,现将两书的相关参数列表如下:

表 5-4

书名	作者生卒年	作者登第时间	始撰时间	成书时间
《三朝北盟会编》	徐梦莘 1126—1207	高宗绍兴二十四年（1154）	史无记载,陈乐素认为徐梦莘"尽其毕生之力专注于此书"①	光宗绍熙五年（1194）
《通鉴纪事本末》	袁枢 1131—1205 年	孝宗隆兴元年（1163）	孝宗乾道九年（1173）②	孝宗淳熙元年（1174）

可知徐梦莘年长于袁枢,登进士第也较枢为早;《会编》的始撰时间,据陈乐素此说及前引柴德赓的说法,似都认为当早于《通鉴纪事本末》之始撰;徐梦莘为撰此书多方面搜罗史料,所得"在当时官藏尤半所未

---

① 陈乐素:《徐梦莘考》,见氏著《求是集》(第一集),广州:广东人民出版社,1986 年,第 104 页。

② 吕祖谦《书袁机仲国录通鉴纪事本末后》云"袁子之纪本末,亦自其少年玩绎参订",很可能是指《宋史·袁枢传》所谓的"枢常喜诵司马光《资治通鉴》",非谓袁枢在"少年"时已着手撰著此书。其始撰时间,当如通行之说即乾道九年袁枢调任严州教授后。

备"①,编成后又订正异闻,撰作过程远较袁书为长。据此,柴德赓默认纪事本末体当创始自《会编》。但为多数学者所看重的,是《通鉴纪事本末》的成书整整比《会编》早二十年,且更具纪事本末体典范的意义,故多视其为纪事本末体创始之作。平心而论,纪事本末体的确立,《通鉴纪事本末》居功至伟,《会编》乃借以侧身其间。但早成并不意味着始创,问题的关键,在于确定两书之撰作何者为先。

《直秘阁徐公墓志铭》乃楼钥依据徐梦莘弟徐得之所作梦莘《行状》而撰,内容可信,其中有语云:"公既省事,自念生长兵间,欲得尽见事之始末,宦游四方,收罗野史及他文书多至二百余家,为编年之体,会粹成书,传闻异辞者又从而订正之,号《三朝北盟集编》。"可知徐梦莘在"既省事"、即登第入仕后即有此撰作之念。又,徐梦莘昆仲父子间俱擅史学,徐得之于孝宗隆兴(1163—1164)初编成《左氏国纪》三十卷,"析诸国之事,每国各系以年,疏其说于后"②;得之子徐天麟"惜司马迁、班固不为《兵志》,于是究极本末,类成一书,注以史氏本文,具有条理"③,此即《汉兵本末》。二书已久佚,从这些简略介绍中,仍可知其体式接近纪事本末体。联系徐氏家

---

① 陈乐素:《徐梦莘考》,见氏著《求是集》(第一集),第 125 页。
② 王应麟:《玉海》卷四〇"隆兴《左氏国纪》"条,第 793 页。
③ 周必大:《文忠集》卷五四《汉兵本末序》,文渊阁《四库全书》本。

学中的这一史著理念,我们更可确信《墓志铭》所云徐梦莘"欲得尽见事之始末"之编纂构想的早成。徐梦莘"仕宦几五十年,闲居之日为多","廉静乐道,好学不衰"①。陈乐素认为自他登第宦游,到淳熙十年(1183)秋冬间自知宾州任罢归乡居,这近三十年间广泛搜求史料,研究"国难史";罢归后"数年之间,既丧妻,又连丧子女",或将以著述度"寂寞凄凉之岁月"②。从收罗史料到进行著述,所侧重者或有先后之别,但两者在践行中实难说有如此明晰的时段界限。陈氏云徐梦莘"尽其毕生之力专注于此书",邓广铭亦谓此书是他"倾注毕生精力而从事的一桩名山事业"③,当得其实。从徐梦莘登第至袁枢始撰《通鉴纪事本末》,几近二十年,其间他所做的绝不会仅是搜罗史料,想必同时会整理之而着手编撰。也就是说,《会编》当早于《通鉴纪事本末》而撰作。因此本节的结论是:虽然主要靠《通鉴纪事本末》及其效仿者而确立起史书纪事本末体,但据现存史籍、相关记载及清四库馆臣以来对该体裁的认识,其创始之作当归于徐梦莘的《三朝北盟会编》。

①楼钥:《直秘阁徐公墓志铭》,见氏著《攻媿集》卷一〇八,《武英殿聚珍版丛书》本。
②陈乐素:《〈三朝北盟会编〉考》,见氏著《求是集》(第一集),第141页。
③邓广铭、刘浦江:《〈三朝北盟会编〉研究》,《文献》1998年第1期。

第二节　《左传》学与纪事本末体之源起

　　纪事本末体是与编年体、纪传体并列的我国古代三大史书编纂体裁之一，关于其生发源头，历来有"《国语》""《尚书》""书志""绳结""甲骨卜辞"等多种说法①。本质而言，这些说法皆是基于纪事本末体的基本特征而得出的后视之见，所论两者间的关联，属于逻辑性的类比认识，都未能阐明其与纪事本末体之间有着历史性的传承关系。其实，作为史书体裁的纪事本末体有一个其所直接继承的体式源头，那就是《左传》学中

---

①其典型持说者分别为：a."《国语》"说。朱熹认为："左氏于《春秋》既依经以作传，复为《国语》二十余篇……其（《通鉴纪事本末》）部居门目、始终离合之间，又皆曲有微意，于以错综温公之书，其亦《国语》之流矣。"（氏作《跋通鉴纪事本末》，见氏著，郭齐、尹波点校：《朱熹集》卷八一，第 4171 页）b."《尚书》"说。章学诚认为："按本末之为体也，因事命篇，不为常格；……文省于纪传，事豁于编年，决断去取，体圆用神，斯真《尚书》之遗也。"（氏著，叶瑛校注：《文史通义校注》卷一《书教下》，第 49 页）c."书志"说。金毓黻认为："正史中又有书志，书志所纪，于典章制度之外，或纪一事之首尾，如《史记》之有《封禅》《河渠》二书是也。由是言之，虽纪传体之为正史，号以人为主者，亦含纪年、纪事之二体在内矣。"（氏著《中国史学史》，第 260—261 页）d."绳结""甲骨卜辞"说。张东光认为："本末体的源头我们可以上溯到'结绳而治'的每一个绳结，至少可以上溯到有明确时间断限，完整事件过程的每一片甲骨卜辞残片。"〔氏作《纪事本末体再认识》，《湘潭师范学院学报》（社会科学版）1997 年第 5 期〕

的纪事类编学①。

关于这一点,此前学术界关注不多,相关研究成果仅有张素卿《〈左传〉研究:叙事与纪事本末》②、《章冲〈春秋左氏传事类始末〉述略——左传学的考察》③和周翔宇、周国林《纪事本末体经解序列探究——兼论纪事本末体的创始》④等几篇论文。张素卿《〈左传〉研究:叙事与纪事本末》一文从叙事学的角度,论述《春秋》《左传》及其学从"记事"到"叙事",再到"《左传》纪事本末"的演变,钩稽出自唐第五泰《左传事类》至清高士奇《左传纪事本末》的"《左传》纪事本末"文献 28 种。张文虽将这类文献与清四库馆臣所认定的纪事本末体文献相类同,认为"《四库全书总目》以袁氏书作为'纪事本末'

①就《左传》纪事各为始终而类编之,如下文所示,这一源出自《左传》学的学术类型,自两晋至南宋,呈现出日益发展之势。就其文献而言,学术界有称其为"《左传》纪事本末文献"(张素卿:《〈左传〉研究:叙事与纪事本末》,台湾地区科学委员会专题研究计划成果报告,1999 年)和"《春秋》事迹类编著作"及"《春秋》纪事本末著作"(周翔宇、周国林:《纪事本末体经解序列探究——兼论纪事本末体的创始》,《人文杂志》2014 年第 9 期)者;就其学术形态而言,本书称之为《左传》纪事类编学,视之为《左传》学的一个重要分支。又,周翔宇、周国林《纪事本末体经解序列探究——兼论纪事本末体的创始》一文在多就史书而言的关于纪事本末体的传统认识中,区分出"经学意义下的纪事本末体著作",极具合理性,但他们对"《春秋》事迹类编著作"与"《春秋》纪事本末著作"的区分,尚缺乏坚实的史料依据,本书不取。
②台湾地区科学委员会专题研究计划成果报告,1999 年。
③台湾图书馆馆刊 1996 年第 1 期。
④《人文杂志》2014 年第 9 期。

体的创例之书,实属偏失",但未涉及这两类文献间的影响关系问题。周氏《纪事本末体经解序列探究——兼论纪事本末体的创始》一文论述了《春秋》《左传》学从"属辞比事"到"事迹类编",再到"《春秋》纪事本末"的演变,钩稽从唐高重《春秋纂要》到元陈氏《春秋类编传集》的"《春秋》事迹类编"著作 18 种,从南宋句龙传《三传分国纪事本末》到清高士奇《左传纪事本末》的"《春秋》纪事本末"著作 17 种。周文将"《春秋》纪事本末"著作与以袁枢《通鉴纪事本末》为代表的纪事本末体"史书序列"作了严格区分,但亦未涉及"《春秋》纪事本末"和"《春秋》事迹类编"这两类著作与纪事本末体"史书序列"间的影响关系问题。

　　本节即探讨《左传》学与纪事本末体史书起源的关系问题,这不仅可为史书纪事本末体梳理出一个历史性的生发源头,而且可深化学界对唐宋间经史关系和学术演变状况的认识。本节首先论析《左传》纪事类编学之所以出现以及能够产生影响的两个背景条件:一是从分析《左传》文本入手,论证其叙事因三种原因而存在着"隔断"现象;二是论述六朝至北宋时期《左传》学的流行状况,阐明时人对《左传》性质的三种主要认识中,都有着类编其纪事的要求。其次,梳理、考证两晋至南宋中期出现的多部类编《左传》纪事的著作,呈现《左传》纪事类编学的发展状况。再次,以史书纪事本末体的两部起始性著作(袁枢《通鉴纪事本末》和徐梦莘《三朝北盟会编》)为焦点,在纪事本末体史书之起始与传统《左传》纪事类编学的接榫处,就具体的历史情境论证两者间的历史关联。最后,就清四库馆臣的认识而对史书纪事本末体的创始问题做出说明。

经此论述,本节要阐明的是:纪事本末体源出自《左传》学中的纪事类编学;该学有着长久的传统,与纪事本末体史书编纂方法相通;在南宋前期治史为鉴的思潮下,它与逐渐兴起的《资治通鉴》学相结合,遂蘗生出纪事本末体史书编纂传统。

一、《左传》叙事之"隔断"

如所周知,传世本《左传》基本依《春秋》经文为序,用编年体裁列载史事,被称为"备事之书"①。但其叙事,首先是因为体裁导致所纪事件往往"隔涉年月","事为之碎",即历时较长事件的记载,往往被发生于其间的其他事件的记载条目"隔断"。如南宋章冲云:"《左氏》传事不传义,每载一事,必先经以发其端,或后经以终其旨。有越二三君数十年而后备,近者亦或十数年。"②其《春秋左传事类始末》所载"周郑交恶"一事,就越隐、桓二公,

---

①何孟春语,见朱彝尊:《经义考》卷一六九"左邱子(明)《春秋传》"条,第878页。
②章冲:《春秋左传事类始末自序》,见朱彝尊:《经义考》卷一八八,第966页。

历经十三年:

> (隐公三年):郑武公、庄公为平王卿士。王贰于虢。郑伯怨王。王曰:"无之。"故周、郑交质。王子狐为质于郑,郑公子忽为质于周。王崩,周人将畀虢公政。四月,郑祭足帅师取温之麦。秋,又取成周之禾。周、郑交恶。……
>
> (隐公八年):夏,虢公忌父始作卿士于周。
>
> (隐公十一年):王取邬、刘、芴、邘之田于郑,而与郑人苏忿生之田——温、原、絺、樊、隰郕、攒茅、向、盟、州、陉、隤、怀。君子是以知桓王之失郑也。……
>
> (桓公五年):王夺郑伯政,郑伯不朝。秋,王以诸侯伐郑,郑伯御之。……①

这十三年中,《左传》尚载有大量的其他传事,上列条目遂被分隔而散见于其他事件的众多条目间。

《左传》纪事有隐有显,其差别在很大程度上系于事件所涉条目是否连贯。如章冲《春秋左传事类始末》开篇所载的"郑伯克段",就因传文条目连贯而极为显豁。与之相反,一些事件如上引"周郑交恶",需要由间隔颇多的数条条目连缀而成,故较隐晦。诚然,后人对《左

---

① 杨伯峻:《春秋左传注》,北京:中华书局,1981 年,第 26—27、58、76—77、104 页。

传》之"事"的划分,会因其考量范围的广狭而有分别。如上例,章冲综括这些分属不同年份的条目,连缀成"周郑交恶"一事,但狭义看来,其每一条目又未尝不是一"事"。连缀所成之事,其条目之间当然分隔颇多,而单条目及连贯条目所纪之事,便无分隔。但是,《左传》的一些间隔条目间往往有着事项之关联,连缀这类条目而成一事的做法,极为常见。如章冲《春秋左传事类始末》所列事项,堪称繁细,但连缀而成者仍占相当高的比例。因此,可以说《左传》的编年体裁,是影响其叙事连贯性的首要原因。

其次,"分年附经"导致《左传》叙事"隔断"。传世本《左传》与《春秋》合编,分经之年与传之年相附,即于每年的经文之后,附列该年的传文。然而"最初《春秋》自《春秋》,《左传》自《左传》,各自为书,古人叫'别本单行'"①。如《汉书·艺文志》著录:

---

① 杨伯峻:《春秋左传注》前言,见氏著《春秋左传注》,第 27 页。《毛诗正义》疏云:"汉初为传训者,皆与经别行。三《传》之文不与经连,故石经书《公羊传》皆无经文。"〔毛亨传,郑玄笺,孔颖达疏:《毛诗正义》卷一之一,见阮元校刻:《十三经注疏》(清嘉庆刊本),第 562 页〕按,今学术界有一种说法,认为《左传》经文是从包含传世本《左传》相应部分的原《左传》中抽出来编辑的(这方面最新的研究见吉永慎二郎:《〈春秋〉新研究:〈原左氏傳〉からの〈春秋經〉〈左氏傳〉の成立と全左氏經·傳文の分析》,东京:汲古书院,2019 年)。依照这种说法,最初的《左传》是经、传合一的。然此说尚缺乏坚实的佐证,本书不取。

《春秋古经》十二篇,《经》十一卷。

《左氏传》三十卷。①

其中的"《经》十一卷",班固自注:"公羊、榖梁二家。"而"《春秋古经》十二篇",向来被认为是《左传》之《经》②。《汉书·艺文志》出自刘歆《七略》,其将《左氏传》与《春秋古经》分列,反映出刘歆所知见的就是"《春秋》自《春秋》,《左传》自《左传》"。

刘歆知见的《左传》传本,一种是他校书秘府时所见的藏本,如其《移让太常博士书》提及云:"《逸礼》有三十九,《书》十六篇……及《春秋左氏》——丘明所修——,皆古文旧书,多者二十余通,臧于秘府,伏而未发。"③据

---

① 班固撰,颜师古注:《汉书》卷三〇《艺文志》,北京:中华书局,1962 年,第 1712—1713 页。

② 如宋人王应麟云:"《周礼·小宗伯》注:古文《春秋经》'公即位'为'公即立'。《史记·吴世家》:余读《春秋》古文。服虔注:《左氏》云:'古文篆书,一简八字。'"(王应麟著,张三夕、杨毅点校:《汉艺文志考证》卷三"春秋古经十二篇"条,北京:中华书局,2011 年,第 168—169 页)是依据该经与《左氏传》原本同为古文而认可二者间为经传关系;清人钱大昕沿此思路,明确认为此《春秋古经》"谓《左传经》也。《刘歆传》:'歆校秘书,见古文《春秋左氏传》。'又云:'《左氏传》多古字古言。'许慎《五经异义》言:'今《春秋》公羊说,古《春秋》左氏说。'"(见钱大昕著,方诗铭、周殿杰校点:《廿二史考异》卷七《汉书二》,上海:上海古籍出版社,2014 年,第 142 页)

③ 班固撰,颜师古注:《汉书》卷三六《楚元王传》,第 1969 页。按,标点据杨伯峻所标,见氏作《春秋左传注》前言,氏著《春秋左传注》,第 49 页。

许慎《说文解字序》云："北平侯张仓（苍）献《春秋左氏传》。"①张苍为西汉初人，此秘府藏本即是其所献本。另一种是民间传本，如刘歆《移让太常博士书》云成帝命"陈发密藏，校理旧文"后，又"传问民间，则有鲁国桓公、赵国贯公、胶东庸生之遗学与此同"。其中"赵国贯公"传授《左氏》学，所谓"与此同"，当包括民间传本与秘府本内容之类同。

至于《春秋古经》，未见其出处记载，当传自先秦。许慎《说文解字序》云："鲁恭王坏孔子宅，而得《礼记》《尚书》《春秋》《论语》《孝经》。"②阮元认为此所谓"《春秋》"，或即是"班《志》所云《古经》十二篇者"③。若如此，则《春秋古经》传自先秦无疑。杨伯峻另辟蹊径论证云：

　　《汉书·艺文志》有篇有卷，篇指竹简、木简书，卷指帛书。……《艺文志》于《春秋古经》用"篇"计，于《公羊》《穀梁经》用"卷"计，一则可见《古经》

①许慎：《说文解字序》，见《说文解字》卷一五上，北京：中华书局，1963年，第315页。

②许慎：《说文解字序》，见《说文解字》卷一五上，第315页。

③阮元：《十三经注疏校勘记序》，见氏著《揅经室集》一集卷一一，《四部丛刊》本。另，文中阮元认为"北平侯所献，盖必有经有传。度其经，必与孔壁经大同"，故揣测此"《古经》十二篇"或为张苍所献。但此说之前提"北平侯所献，盖必有经有传"，论无实据，其揣测恐不实，本书不取。

写在简上,《公》《穀》写在帛上;二则先秦书一般用简,汉代丝业较发达,大都用帛和纸,由此可以证明左氏《古经》是先秦物,《公》《穀》是汉代才写定的。①

由"用'篇'计"证明《春秋古经》"是先秦物",可备一说。秘府藏本和民间传本《左传》皆传自先秦,而《春秋古经》亦当"是先秦物",这说明《左氏》经、传在先秦时就各自成书。

关于将《春秋》《左传》合为一书的经过,南宋人罗璧云:"《左传》《春秋》初各一书,后刘歆治《左传》,始取传文解经。晋杜预注《左传》,复分经之年与传之年相附,于是《春秋》及《左传》二书合为一。"②其中所谓的刘歆"取传文解经",见于《汉书·楚元王传》:

> 初《左氏传》多古字古言,学者传训故而已,及歆治《左氏》,引传文以解经,转相发明,由是章句义理备焉。③

对其中说明刘歆之所为的关键语句"引传文以解经,转

---

①杨伯峻:《春秋左传注》前言,氏著《春秋左传注》,第24—25页。
②朱彝尊:《经义考》卷一六九"左邱子(明)《春秋传》"条,第877页。
③班固撰,颜师古注:《汉书》卷三六《楚元王传》,第1967页。

相发明",后人的解释差异极大。如晚清今文经学家刘逢禄认为,这正说明刘歆附益"今本《左氏》书法,及比年依经饰《左》、缘《左》、增《左》"①;近代古文经学家刘师培却认为,"谓引传例以通诸他条之经耳,故章句义理由是而备。非旧传不系年月,歆依经文相附别也"②。即刘逢禄认为刘歆"比年依经",加工过《左传》,刘师培却否认之,认为刘歆仅"引传例以通他条之经"。二人的解释各有其立场局限性,对于此事,因缺乏更为详确的史料说明,故难以遽断刘歆是否加工过《左传》,或加工到何种程度,但《汉书·楚元王传》中的这条记载,至少说明刘歆已将《左传》与《春秋》相比照。

罗璧所谓的"晋杜预注《左传》,复分经之年与传之年相附",见于杜预《春秋经传集解》自序:

> 预今所以为异,专修丘明之传以释经。……特举刘、贾、许、颖之违以见同异。分经之年,与传之年相附。比其义类,各随而解之。③

这是杜预的撰作路数自述,其中明确说"分经之年,与传

①刘逢禄:《左氏春秋考证》,《续修四库全书》第125册,第252页。
②刘师培:《春秋左氏传古例诠微》,见氏著《刘申叔遗书》,第324页。
③杜预:《春秋序》,见杜预注,孔颖达疏:《春秋左传正义》卷一,第41—42页。

之年相附"。后人多据此认定传世本《左传》分年附经,出自杜预。但是,如杨树达所指出,杜预《集解》显示其所据版本中已有"以年分传"之处。如《春秋左传》庄公八年末条云:

> 初,公孙无知虐于雍廪。①

庄公九年首条云:

> 九年春,雍廪杀无知。②

很明显,这两条传文原本应为一传,后因"分年"而分属前后年。于前一条,杜预注云:"雍廪,齐大夫。为杀无知传。"③认为此条传文是为下文"雍廪杀无知"张本。对此,杨树达认为,"杜于首条注云:'为杀无知传',知杜所据本已误分"④。因为如果这两条传文是由杜预所分,他就不可能也无必要为首条如此作注。这种先于杜预而"分年"情况的存在,说明《左传》分年附经经历了一个自

---

① 杨伯峻:《春秋左传注》,第 177 页。
② 杨伯峻:《春秋左传注》,第 177 页。
③ 杜预注,孔颖达疏:《春秋左传正义》卷八,第 345 页。
④ 杨树达:《积微居读书记》,上海:上海古籍出版社,2013 年,第 33 页。

刘歆至杜预的过程①,至杜预所编本才成为后世定本。

《左传》分年附经,使得其中一些跨越年份的叙事被分归前后年。如《左传》僖公二十三年历述晋公子重耳逃亡狄、卫、齐、曹、宋、郑、楚、秦,末条述其在秦而秦伯"享之":

> 他日,公享之。子犯曰:"吾不如衰之文也,请使衰从。"公子赋《河水》。公赋《六月》。赵衰曰:"重耳拜赐!"公子降,拜,稽首,公降一级而辞焉。衰曰:"君称所以佐天子者命重耳,重耳敢不拜?"②

僖公二十四年首条云:

> 二十四年春王正月,秦伯纳之。不书,不告入也。③

之后,叙述重耳济河入晋而得国。综合这些分属前后二年的文字,所述实为"秦伯纳晋侯"一事,只是因"分年"

---

①萧子显《南齐书》卷三九《陆澄传》载陆澄云:"《左氏》太元取服虔,而兼取贾逵《经》,〔由〕服传无《经》,虽在注中,而《传》又有无《经》者故也。今留服而去贾,则《经》有所缺。"(北京:中华书局,1972年,第684页)由此可见贾逵兼释《左氏》经传,或已分传之年而附经。
②杨伯峻:《春秋左传注》,第410—411页。
③杨伯峻:《春秋左传注》,第412页。

而被"隔断"①。

传世本《左传》中更多的"分年",是严格以叙事中的纪年为起始,而将此前叙说该事原委的文字,划归前一年。如上举"雍廪杀无知"一事。再如《左传》僖公十八年末条云:

　　梁伯益其国而不能实也,命曰新里,秦取之。②

僖公十九年首条云:

　　十九年春,遂城而居之。③

很显然,前条传文乃叙秦"城而居之"的原委,两条原先当联为一传。

再次,简编错乱导致《左传》叙事"隔断"。如前所述,《左传》在先秦已成书,当时书于竹简或木牍,在流传过程中,难免会因个别简牍错乱而导致条目失序,从而造成叙事"隔断"。如《左传》僖公二十五年最后三条

----

①章冲《春秋左传事类始末》卷一即总括此为"秦伯纳晋侯"一事;杨伯峻于僖公二十三年传文末条注云:"自'晋公子重耳之及于难也'至此,当与'二十四年春王正月秦伯纳之'为一《传》。不然,'秦伯纳之'一语为无根。"(氏著《春秋左传注》,第411页)
②杨伯峻:《春秋左传注》,第379页。
③杨伯峻:《春秋左传注》,第381页。

传文：

> 冬,晋侯围原,命三日之粮。……退一舍而原
> 降。迁原伯贯于冀。赵衰为原大夫,狐溱为温大夫。
> 卫人平莒于我,十二月,盟于洮,修卫文公之好,
> 且及莒平也。
> 晋侯问原守于寺人勃鞮,对曰:"昔赵衰以壶飧
> 从,径,馁而弗食。"故使处原。①

第一条记载晋侯任命赵衰为原大夫,第三条是"说赵衰
为原大夫之由",而中间一条却是与此毫无关系的"卫人
平莒于我"。从其语意连贯性来看,第三条原应在第二
条之前,究其次序颠倒之故,王引之认为乃"错简在下
耳"②。再如《左传》僖公三十三年末条云:

> 葬僖公,缓作主,非礼也。凡君薨,卒哭而祔,祔
> 而作主,特祀于主,烝、尝、禘于庙。③

鲁僖公卒于该年十二月乙巳,但葬于第二年(文公元年)

---

①杨伯峻:《春秋左传注》,第435—436页。
②王引之:《经义述闻》卷一七"错简二十八字"条,南京:江苏古籍出版社,
  2000年,第412页。
③杨伯峻:《春秋左传注》,第504—506页。

四月丁巳,作主于文公二年二月丁丑,在僖公篇末却有此"葬僖公,缓作主"传文,甚为突兀。杜预于"葬僖公缓"下注云:"自此以下,遂因说作主、祭祀之事,文相次也。皆当次在《经》'葬僖公'下,今在此,简编倒错。"[1]

综上可知,编年体例、分年附经和简编错乱,都导致《左传》叙事"隔断",这对完整了解《左传》所载的一些事件造成了不便。

二、六朝至北宋《左传》学的流行状况及《左传》性质之认识

汉魏之际,《春秋》三传学发生了显著变化:曹魏朝,在东汉几乎未曾立过学官的《左传》取得官学资格,其学延续了此前蓬勃发展的势头;传统官学《公羊》学和《穀梁》学虽亦立学官,但已衰落,如江河日下。如唐人刘知幾指出,"《公羊》《穀梁》,寝于魏日"[2]。自此以后,《左传》学趋于独大,《公》《穀》二传学渐至式微,这成为两晋南北朝《春秋》三传学的基本格局。

---

[1] 杜预注,孔颖达疏:《春秋左传正义》卷一七,第 690 页。按,刘文淇《春秋左氏传旧注疏证》引《读本》云:"《传》多附记之例,如闵公末年言成风事,又言邢、卫,皆非其年之事。杜预言此传当在明年四月下,非也。论当在二年二月下,而彼自有文。知此是附记,非错误。"(北京:科学出版社,1959 年,第 466 页)若据此说,"葬僖公,缓作主"亦可视为附记,而非"简编倒错"。未知孰是,姑且备此一说。

[2] 刘知幾:《重论孝经老子注议》,见董诰等:《全唐文》卷二七四,第 2786 页。

现将姚振宗《三国艺文志》、文廷式《补晋书艺文志》、徐崇《补南北史艺文志》所辑录的各历史时期三家学者之数统计、列表如下,以见魏晋南北朝《春秋》三传学势力消长之大概:

表 5-5

历史时期	家派	家数	总家数	所占比例	出处及说明
三国时期	公羊学者	3	20	15%	姚振宗《三国艺文志》
	穀梁学者	2		10%	
	左氏学者	13		65%	
	三传	2		10%	
两晋时期	公羊学者	9	45	20%	文廷式《补晋书艺文志》
	穀梁学者	12		27%	
	左氏学者	18		40%	
	三传	6		13%	
南北朝时期	公羊学者	3	30	10%	徐崇《南北史艺文志》(按,梁武帝《春秋答问》内容不详,不作统计)
	穀梁学者	2		7%	
	左氏学者	19		63%	
	三传	6		20%	

需作说明的是,可能有些学者因著作未被书目著录而不能统计入内,但上表当能够反映出魏晋南北朝《春秋》三传学的实际演变状况:三国时上接东汉经学余绪,《左传》学已占绝对优势;两晋时期此状况有所改变,《公》《穀》二传学稍稍振起,然而在当时的国学中,此二

传"但试读文,而不能通其义"①;在南北朝时期,《左传》学占有绝对优势,《公羊》《穀梁》学急剧萎缩:南朝《公》《穀》各著录有一家一部著作,而北朝唯一的一部《穀梁》学专著,还是由兼通三传学的刘芳撰成。《北齐书·儒林传序》称"《公羊》《穀梁》二传,儒者多不措怀"②,诚非虚言③。

关于隋及唐初《春秋》学的发展状况,《隋书·经籍志》概述云:

> 至隋,杜氏盛行,服义及《公羊》《穀梁》浸微,今殆无师说。④

其中所谓的"杜氏",代指西晋杜预的《左传》注解,"服义"是指东汉服虔的《左传》训解。当时,曾长期流行于南朝的《左传》杜预注完成了对此前流行服虔《左传》训解的北方地区的统一,盛行于时,而《公羊》《穀梁》学却浸微不传。可见隋及唐初延续了南北朝《春秋》三传学的势力格局。

唐太宗贞观十二年(638),诏国子祭酒孔颖达与诸

①魏徵、令狐德棻:《隋书》卷三二《经籍志》,第933页。
②李百药:《北齐书》,北京:中华书局,1972年,第584页。
③参见拙著《尊经重义:唐代中叶至北宋末年的新〈春秋〉学》,第45页。
④魏徵、令狐德棻:《隋书》卷三二《经籍志》,第933页。

儒撰五经义疏。书成,名曰《五经正义》,经数次刊正后,于高宗永徽四年(653)"诏颁于天下,每年明经,依此考试"①。此《五经正义》中《春秋》所附之传,正是《左传》。这种国家层面上的认定和推行,使得《春秋》遂"为《左氏》所专"②。刘师培论《五经正义》的撰作、颁行对后世学术的影响云:"学术定于一尊,使说经之儒不复发挥新义,眯天下之目,锢天下之聪,此唐代以后之儒所由无心得之学也。"③考《新唐书·艺文志》(本节以下简称"《新唐志》")甲部"《春秋》类"书目,其中可确定撰作于唐代前期(以玄宗天宝末年为限)的著作,仅有 7 部④,由此可见当时《春秋》学之寥落,而这不能不与《左传正义》"定于一尊"的绝对影响力有关。

中唐时,以尊经重义、杂糅三传或诸家之说为基本特点的"新《春秋》学"兴起,打破了此前《春秋》学界的沉寂局面,涌现出不少新《春秋》学者和著作。但终至唐末,《左传》学仍保持着相当大的势力。现将《新唐志》"《春秋》类"所载唐代后期不同家派的学者及其著作分类列表如下,以见其势力对比之大概:

---

①王溥:《唐会要》卷七七《贡举下》"论经义"条,第 1405 页。
②方孝岳:《左传通论》,上海:商务印书馆,1935 年,第 29 页。
③刘师培:《国学发微》,见氏著《刘申叔遗书》,第 495 页。
④分别为:孔颖达等《春秋正义》三十六卷、杨士勋《穀梁疏》十二卷、王玄度注《春秋左氏传》(卷亡)、卢藏用《春秋后语》十卷、阴弘道《春秋左氏传序》一卷、李氏《三传异同例》十三卷、王元感《春秋振滞》二十卷。

表 5-6

家派	学者及其著作	人数	所占比例
新《春秋》学	冯伉《三传异同》、刘轲《三传指要》、韦表微《春秋三传总例》、韩滉《春秋通》、陆质(淳)《集注春秋》等、樊宗师《春秋集传》等、陆希声《春秋通例》、陈岳《折衷春秋》、郭翔《春秋义鉴》	9	53%
《左传》学	高重《春秋纂要》、许康佐等集《左氏传》、李瑾《春秋指掌》①、张杰《春秋图》②等、裴安时《左氏释疑》、第五泰《左传事类》	6	35%
《公羊》《榖梁》学	成玄《公榖总例》	1	6%
《国语》学	柳宗元《非国语》	1	6%

可见在唐代后期,《左传》学的势力还几可与新《春秋》学旗鼓相当。

从现存唐人传记、墓志等资料来看,当时人的经典修习有一个突出特点——尤其喜好《左传》。如宋国彩

①李焘云此书"第一卷新编目录多取杜氏《释例》及陆氏《纂例》,瑾所自著无几。而《序义》以下十四卷,但分门抄录孔颖达《左氏正义》,皆非瑾所自著也。……其名宜曰《左氏传指掌》,不当专系《春秋》"(马端临:《文献通考》卷一八二《经籍考》九"《春秋指掌》"条,第5388页)。故知其为《左传》学著作。

②王尧臣《崇文总目》卷二云此书"以《春秋》所载车服、器用、都城、井邑之制,绘而表之"(王尧臣撰,钱东垣辑释:《崇文总目辑释》卷一"《春秋图》五卷"条,清嘉庆刻《汗筠斋丛书》本),知其当属《左传》学著作。

对出土晚唐墓志作系统梳理后,发现"很多墓主由于家世传统,很小就已开始学习《诗经》《尚书》《论语》等儒家经典,其中习《左传》者尤为多见"①。可见《左传》在唐代社会普及程度之深。又,荣新江《德藏吐鲁番出土〈春秋后语〉注本残卷考释》②云:"《春秋后语》为西晋孔衍撰,原书十卷,系增删《战国策》和《史记》而成,颇适合于一般读者所需,所以在唐代周边地域如敦煌(沙洲)、吐鲁番(西州)以及周边民族或国家如吐蕃、南诏、日本,也颇有流行。"《春秋后语》已佚于宋,从后世辑本来看,其沿依了《国语》和《战国策》分国编撰的体例,但各国史事编年的体例和叙事、记言相杂糅的写法及文风,都与《左传》极为相似,可以说是接续《左传》的模拟之作。既然《春秋后语》在唐代广泛流传,由二者的类似性,可推知《左传》的流传亦当如之③。

五代时期列国割据,政局动荡,战乱频仍的社会环

①宋国彩:《墓志所见晚唐人信仰研究》,山东大学历史文化学院硕士学位论文,2012年,第76页。
②《北京图书馆馆刊》1999年第2期。
③一个佐证是"目前所公布的英、法、俄及北京图书馆藏等敦煌文献中",杜预《春秋经传集解》残卷就有37件(编号重复者不记)。其中"除篇幅太短,无法断定者外,仅有少数几卷因避唐讳而定为唐写本,其余大部分为六朝写本"(参见李索:《敦煌写卷〈春秋经传集解〉校证》弁言,氏著《敦煌写卷〈春秋经传集解〉校证》,北京:中国社会科学出版社,2005年,第2页)。由此可见南北朝、隋唐时期杜预《春秋经传集解》在敦煌等边地多有流传。

境使得学术文化不振,《春秋》学亦不例外。张兴武《新编五代艺文志》辑录的《春秋》学著作有:陈岳《春秋折衷论》三十卷,冯继先《春秋名号归一图》二卷、《春秋名字异同》五卷,李琪《春秋王伯世纪》三卷,倪从进《左传杜注驳正》一卷,蹇遵品《左氏传引贴断义》十卷,姜虔嗣《春秋纂要》十卷,刘熙古《春秋极论》二篇①。其中陈岳及其著作,当归属唐代②。其余著作,除刘熙古《春秋极论》外,都属于《左传》学。可知,自中唐兴起并一直发展的新《春秋》学至此几乎中断,《左传》学又恢复其在唐前期时的一统地位。

　　北宋时期,《左传》学经历了几个与新《春秋》学势力相消长的演变阶段:太祖、太宗和真宗三朝,《春秋》学继承五代传统,主流是《左传》学;仁宗、英宗二朝,新《春秋》学由萌生而渐至大盛,俨然占据《春秋》学界的主导地位;神宗、哲宗和徽宗三朝,在朝廷罢《春秋》于经筵、

①张兴武:《五代艺文考》,成都:巴蜀书社,2003 年,第 403、404 页。另,据《宋史·刘熙古传》记载,他除撰有《春秋极论》二篇外,还撰有《春秋演例》三篇。

②王定保撰,阳羡生校点《唐摭言》卷一〇"海叙不遇"条云陈岳"光化中,执政议以蒲帛征,(钟)传闻之,复辟为从事。后以谗黜,寻遘病而卒"(上海:上海古籍出版社,2012 年,第 76 页)。可知陈岳于唐昭宗光化(898—900)中被镇南节度使钟传"复辟为从事",后从此任上罢黜不久即"遘病而卒",而钟传卒于哀帝"天祐三年(906)"(《新唐书·钟传传》),陈岳之罢黜,当在此前,故可推知陈岳当卒于昭宗朝末期、哀帝朝,抑或五代初年,其《春秋折衷论》当撰作于唐代。

学官以及新的贡举政策的影响下,此前蓬勃发展的新《春秋》学受到阻碍,《左传》学又渐振起①。

综上可见,自六朝至唐代中叶,《左传》学极为流行,相较于《公羊》《穀梁》学,占有绝对优势;自唐代中叶起,新《春秋》学兴起而渐夺《左传》学的势力,但在五代、宋初,《左传》学又恢复其主流地位,在北宋中后期,也一直保持着一定的势力。

《左传》学在此长时段内的流行,与人们对《左传》性质的多样化认识密切相关。总体来看,这些性质可归结为如下三种:

其一,儒家经典。西汉末,刘歆请立《左氏》于学官,后因其"合于王莽",遂在孺子居摄年间(6—8)和新朝立《左氏》博士;东汉光武帝建武年间(25—55),"卒立《左氏》学"②,但旋因博士李封病卒而废罢。这都体现出以刘歆为代表的古文经学者对《左氏》"儒经"性质和地位的认可,但此间议立所受阻力之大及《左氏》立博士时间之短暂,表明当时否认其"儒经"性质和地位者更具势力。建武年间反对者范升云:"先帝不以《左氏》为经,故不置博士。"③李封之后,《左传》终东汉一世一直未立博

---

① 参见拙著《尊经重义:唐代中叶至北宋末年的新〈春秋〉学》,第64、67、81页。
② 范晔撰,李贤等注:《后汉书》卷三六《陈元传》,北京:中华书局,1965年,第1233页。
③ 范晔撰,李贤等注:《后汉书》卷三六《陈元传》,第1231页。

士,表明东汉诸帝和朝廷学者亦多"不以《左氏》为经"。虽然章帝建初八年(83),出于"扶微学,广异义"的目的,诏"令群儒选高才生,受学《左氏》《穀梁春秋》《古文尚书》《毛诗》"①,《左氏》的经学价值得到朝廷的认可,但终未能立于学官,其"儒经"性质和地位实未获普遍认可。

　　曹魏之世,立服虔、王肃二家《左传》学于学官②。《左传》的儒经性质和地位首次得到朝野普遍认可,并且这一性质一直为此后的主流学者所公认,其学官地位也几乎为帝制中国的历朝历代所沿袭。在学理层面上,西晋杜预在汉代刘歆、陈元等人说法③的基础上,进一步论说了《左传》的儒经性质和地位:

　　　　左丘明受经于仲尼,以为经者,不刊之书也。故传或先经以始事,或后经以终义,或依经以辩理,或

---

①范晔撰,李贤等注:《后汉书》卷三《肃宗孝章帝纪》,第145页。

②王国维《汉魏博士考》考证曹魏所立博士云:"魏时除《左传》杜注未成,《尚书》孔传未出外,《易》有郑氏、王氏,《书》有贾、马、郑、王氏,《诗》及《三礼》郑氏、王氏,《春秋左传》服氏、王氏,《公羊》颜氏、何氏,《穀梁》尹氏。"〔见氏著《观堂集林》(附别集)卷四,北京:中华书局,1959年,第190页〕其中所谓的"《春秋左传》服氏、王氏",即指服虔、王肃的《左传》注解。另,刘汝霖《汉晋学术编年》卷六亦有考证,结论与王国维同。

③刘歆"以为左丘明好恶与圣人同,亲见夫子,而公羊、穀梁在七十子后,传闻之与亲见之,其详略不同"(《汉书·楚元王传》);陈元认为"(左)丘明至贤,亲受孔子"(《后汉书·陈元传》)。可见他们在处理左丘明与孔子的关系问题上,表现出步步拉近之势。

错经以合异。①

此"受经"说，以及对《左传》解经合理性的阐说，都借助与孔子和《春秋》的关系而抬升了《左传》的地位，从而使其作为《春秋》的"传"而跻身于"儒经"之列。杜预此说随其著作《春秋左传集解》的广为流传而影响深远。总体来看，《左传》的儒经性质在魏晋时期得以彻底确定，被当时人广泛认可。

其二，史书。由于《左传》内容和体裁所致，历史上与其儒经性质相对立的一种认识，认为它是史书，而非儒经。如在刘歆议立博士之前，《左传》一直被视作记载往古之事的史书；刘歆之后，《左传》终东汉朝几未立学官，显示出东汉流俗"浮学"②认可《左传》之史书性质的广泛和长久。

自曹魏始，《左传》的儒经性质和地位虽得到朝野普遍认可，但与之相伴，其史书性质也在很大程度上被士人承认——一个重要的体现，就是它被明确认为是一种典型史书体裁（编年体）的代表。如唐刘知幾《史通》列《左传》为史体"六家"之一，"为编年家法之祖"。他追溯《左传》之流裔云：

---

① 杜预：《春秋序》，见杜预注，孔颖达疏：《春秋左传正义》卷一，第30页。
② 如唐人元行冲论汉代学术云："然雅达通博，不代而生，浮学守株，比肩皆是。"氏作《释疑》，见董诰等：《全唐文》卷二七二，第2759页。

至孝献帝,始命荀悦撮其书(引者按,指司马迁《史记》和班固《汉书》)为编年体,依《左传》著《汉纪》三十篇。自是每代国史,皆有斯作,起自后汉,至于高齐。如张璠、孙盛、干宝、徐贾(王煦华注:当是"广"字)、裴子野、吴均、何之元、王劭等,其所著书,或谓之春秋,或谓之纪,或谓之略,或谓之典,或谓之志。虽名各异,大抵皆依《左传》以为的准焉。①

所列从荀悦到王劭,依次为汉末至隋朝时人,他们"皆依《左传》以为的准"而著编年史,显示出该时段内士人对《左传》史书性质的持续认可。再如北宋司马光致书范祖禹,论修《资治通鉴》之"长编"云:"请据事目下所纪新、旧《纪》《志》《传》及杂史、小说、文集尽检出,一阅其中事同文异者,则请择一明白详备者录之。彼此互有详略,则请左右采获、错综铨次、自用文辞修正之,一如《左传》叙事之体也。"②可见他们修《资治通鉴》,在叙事写法上亦效仿《左传》。

其三,文学典籍。唐末陈岳相较于《公》《穀》二传"第直释经义而已"的行文特点,指出"《左氏》释经义之

①刘知幾著,浦起龙通释,王煦华整理:《史通通释》,第11页。
②司马光:《温公与范内翰论修书贴》,见氏著《通鉴释例》,文渊阁《四库全书》本。

外,复广记当时之事,备文当时之辞"①。的确,丰赡的叙事,简雅的修辞,乃至载有独特体裁的文章,是《左传》内容上的显著特点,这也一直深被后人看重并效仿。如南朝梁任昉云:

> 六经素有歌、诗、书、诔、箴、铭之类,《尚书》帝庸作《歌》,《毛诗》三百篇,《左传》叔向贻子产《书》,鲁哀孔子《诔》,孔悝鼎《铭》,虞人《箴》,此等自秦汉以来,圣君贤士,沿著为文章名之始。②

是认为"书"之文章体裁及名称,即出自《左传》而被后人沿袭。对《左传》"辞条文律"的推重,在后世更为常见。近人方孝岳曾总结数例,兹移录如下:

> 左氏之传《春秋》,得其本事,而论文章者尤归美焉。自扬雄称其品藻,杜预称其文缓、其旨远,范宁称其艳而富,刘勰曰辞宗丘明,韩愈曰左氏浮夸,下及清之方苞又推其义法,皆于文章大旨略尽之矣。……昔者刘向父子珍重《左氏》,教授子孙,下至妇女无不读诵。杜预自称有《左传》癖。南北朝

---

①陈岳:《春秋折衷论序》,见董诰等:《全唐文》卷八二九,第8732页。
②任昉:《文章缘起序》,见严可均辑:《全梁文》卷四四,北京:商务印书馆,1999年,第464页。

文人如谢希逸、颜之推皆深左学。兰成之笔上殿六代,下启有唐,史家称其博极群书而尤精《左氏》。刘知幾自谓自读《左氏》,然后不怠读书。萧颖士为韩、柳之先导,亦谓于《左氏》取其文。是知学者欲得辞条文律者,即已不待他求而可以取足于是,兹其验矣。①

其中所列人物,多出自六朝、隋唐。清末皮锡瑞云:"自汉以后,六朝及唐皆好尚文辞,不重经术,故《左氏传》专行于世。"②这虽是解释当时《左传》何以"专行",但却反映了在六朝及唐尚文的风气中士人对《左传》文学性质的广泛认可。在宋代,也有视《左传》为"美文章"的事例。如南宋高宗绍兴初,"时上欲讲《春秋》,遂以《左氏传》付安国点句,安国言:'今方思济艰难,岂宜耽玩文采? 莫若潜心圣人之经。'上称善"③。胡安国向高宗如此直陈讲习《左传》乃"耽玩文采",并得到认可,可见这一对《左传》文学性质的看法在当时应是通行之见。

　　这几种性质认识的存在,表明《左传》有着多重受众面,它之所以自后汉至宋代一直流行,也就不难理解了。

---

① 方孝岳:《左传通论》,第1—2页。
② 皮锡瑞:《论杜预专主左氏似乎春秋全无关系无用处不如啖赵陆胡说春秋尚有见解》,见氏著《经学通论》(四),第73页。
③ 李心传撰,胡坤点校:《建炎以来系年要录》卷五六,绍兴二年秋七月乙丑,第1139页。

从经学方面来看,《左传》向来被认为是以"事实"解经;作为文学典籍的《左传》,其叙事是被看重的要端之一①;而作为史书的《左传》,"史事"更是其主要内容。在这三种视角下,《左传》所载之"事"都受到重视,且在史书的范畴内,重视尤甚。但如前文所述,《左传》叙事多被"隔断",即所谓"事错综乎列国,文牵系于编年"②,在此情形下,便出现了排比类目、使载事首尾俱见的要求。如《新唐志》"高重《春秋纂要》四十卷"条下注云:

> 帝(文宗)好《左氏春秋》,命重分诸国各为书,别名《经传要略》。③

高重《春秋纂要》已久佚,这条注说又极为简略,我们无法了解该书更为具体的内容体例,但所谓的"分诸国各为书"却值得推究。《左传》叙事,是以某国(或周王室)为主,但因其体用编年,列国之事遂相错综。唐文宗的这一命令,看似要求变编年体为国别体,其实隐含着经由国别改编而求得《左传》叙事首尾完整、以便于省览的意

①如元人吴澄《左传事类序》云:"夫作文欲用事而资检阅,记纂不为无功也。"(见氏著《吴文正集》卷一六,文渊阁《四库全书》本)即认为纂辑《左传》纪事有功于"作文"。
②高士奇:《恭谢圣驾临幸西溪山庄御制五言诗并赐竹窗二字表》,见《高士奇集·经进文稿》卷三,清康熙刻本。
③欧阳修、宋祁:《新唐书》卷五七《艺文一》,第1440页。

图。再如元人杨维桢云:

> 圣人之经,断也;左氏之传,案也。欲观经之所断,必求传之所纪事之本末,而后是非褒贬白也。然考经者欲于寸晷之际会其事之本末,不无翻阅之厌,于是类编者欲出焉。①

这从以事实解经的角度,道出了在经学范畴内对类编《左传》纪事的要求。杨氏虽为元人,但这种要求信乎此前必定存在。正是在这类要求下,自晋至宋,出现了多部类编《左传》纪事的著作,兹列证如下。

三、《左传》纪事类编著作考

清四库馆臣为高士奇《左传纪事本末》作提要云:

> 自宋以来,学者以《左传》叙事隔涉年月,不得其统,往往为之诠次类编。其见于史志者,有杨均、叶清臣、宋敏修、黄颖、周武仲、勾龙传、桂绩、吕祖谦、陈持、章冲、徐得之、孙调、杨泰之、毛友、徐安道、孙范等诸家。今其书多亡佚不传。②

---

① 杨维桢:《春秋左氏传类编序》,见氏著《东维子文集》卷六,《四部丛刊》本。
② 四库馆臣:《左传纪事本末·书前提要》,文渊阁《四库全书》本。

此所列诸家,皆是宋代以降为求《左传》"行事本末"而作"诠次类编"者。但如前所举高重例显示,类似的《左传》改编绝非始自宋代;且宋代为求"行事本末"而改编《左传》者,也绝非仅此所列数人。今就史志目录所载的这类著作,依"涉及即录"的宽泛原则,从最早者到南宋中期章冲的《春秋左传事类始末》①,按年代顺序考列如下:

1. 晋黄容:《左传抄》。据《华阳国志》载:"蜀郡太守巴西黄容,亦好述作,著《家训》《梁州巴纪》《姓族》《左传抄》,凡数十篇。"②

该书已佚,除《华阳国志》记载外,再无任何相关说明,只能从书名等推断其内容体例:"抄"古作"钞",《说文解字》释曰"叉取也",故该书当是抄取《左传》之作;既列为黄容著作,可知《左传抄》并非仅仅原样抄录《左传》,而是作过加工;黄容还著有《梁州巴纪》和《姓族》,可知他好尚史学,故可推知他抄取《左传》,当以史事为重;重《左传》史事而抄录加工,故《左传抄》或如先秦《铎氏春秋微》《虞氏春秋微传》,乃"约言之编",或对《左

---

① 下限之所以截止于章冲的《春秋左传事类始末》,是因为章冲与史书纪事本末体的创始者袁枢和徐梦莘为同时代人,而且他很可能与袁枢有过交往,故以其为下限,足可为考察《左传》纪事类编学与史书纪事本末体源起间的关系,提供一个有着衔接意义的视点。

② 常璩撰,严茜子点校:《华阳国志》卷一一《后贤志》,济南:齐鲁书社,2010年,第196页。按,丁辰《补晋书艺文志》点断"姓族左传抄"为"《姓族左传抄》",恐不确。今依朱彝尊《经义考》,断为《姓族》《左传抄》。

传》纪事本末作过梳理。

2. 南北朝佚名:《左氏钞》十卷。《新唐志》著录,不载撰者姓名。郑樵《通志》列之入"三传义疏"类①。

该书已佚。《新唐书·艺文志序》云:"今著于篇,有名而亡其书者,十盖五六也。"可知在北宋中期,《新唐志》所志"有名而亡其书者"已过半。宋代经见书目如王尧臣《崇文总目》、晁公武《郡斋读书志》、陈振孙《直斋书录解题》等皆未著录此《左氏钞》,故可知它当在《新唐志》"有名而亡其书者"之列。郑樵《通志》所载当录自《新唐志》,因未见此书,其归类疑不确,该书体例或当与黄容《左传抄》同。

3. 唐高重:《春秋纂要》四十卷。《新唐志》著录,并注云:"(高重)字文明,士廉五代孙,文宗时翰林侍讲学士。帝好《左氏春秋》,命重分诸国各为书,别名《经传要略》。历国子祭酒。"又据《旧唐书·崔郾传》载:敬宗时,崔郾"与同列高重抄撮《六经》嘉言要道,区分事类,凡十卷,名曰《诸经纂要》,冀人主易于省览"。

该书已佚。如上文所言,它分国纂集《左传》,可得部分纪事之本末。敬宗时,高重与崔郾编《诸经纂要》,"区分事类",似已对"诸经"(主要是《左传》)纪事本末作过整理。

---

①郑樵:《通志》卷六三《艺文》一,北京:中华书局,1987年,第759页。

4.唐许康佐等:《集左氏传》三十卷。《新唐志》著录,并注云:"一作文宗《御集》。"又据司马光《资治通鉴考异》云:"《实录》:今年四月癸亥,许康佐进《纂集左氏传》三十卷。五月乙巳朔,以《御集左氏列国经传》三十卷宣付史馆。"①

该书已佚。由《实录》所记及《新唐志》注,可知《集左氏传》与《御集左氏列国经传》实为一书,而后者署文宗之名,故《新唐志》署其作者为"许康佐等"。由书名,知其分国纂集《左传》。

5.唐第五泰:《左传事类》二十卷。《新唐志》著录,并注云:"字伯通,青州益都人,咸通鄂州文学。"

该书已佚。除此记载外,再无其他相关说明。由其书名,知其类辑《左传》纪事。

6.北宋杨均《鲁史分门属类赋》三卷。马端临《文献通考》著录,引晁公武语云:"皇朝杨筠撰。以《左氏》事类分十门,各为律赋一篇。乾德四年上之。"②

---

① 司马光:《资治通鉴考异》卷二一,文宗太和九年四月,《四部丛刊》本。
② 马端临:《文献通考》卷二二八《经籍考》五十五"《鲁史分门属类赋》三卷"条,第6264页。该书还有不同的记载:郑樵《通志》"赋"类著录"《鲁史分门属类赋》二卷,崔昇撰"(第826页)。王应麟《玉海》"赋"类此书名下解题云:"杨钧,三卷。以《左氏》事类分十门,各为律赋一篇。乾德四年奏御,诏褒之。"(第1162页)"春秋"类云:"乾德四年四月庚戌,国子丞杨均上《鲁史分门属类赋》三卷,诏褒之。"(第791页)《宋史·艺文志》"春秋类"著录"崔昇《春秋分门属类赋》三卷",注云"杨均注"(第5061页);"类事类"著录"《鲁史分门属类赋》一卷",注云"不知作者"(转下页注)

该书已佚。其内容,似可与王应麟《困学纪闻》卷一九所载李宗道《春秋十赋》相比况:"'越椒熊虎之状,弗杀必灭若敖;伯石豺狼之声,非是莫丧羊舌。''王子争囚,而州犁上下;伯舆合要,而范宣左右。''鲁昭之马将为棱,卫懿之鹤有乘轩。'……"是为便于记诵《左传》载事而编成的律赋。其体例虽不是纪事类编,但作者对《左传》纪事必定作过全面的梳理、摘选,形成系列典型事项,这与纪事类编有着同工之处。

7.北宋叶清臣《春秋纂类》十卷。《宋史·艺文志》(本节以下简称"《宋志》")著录。王应麟《玉海》卷四〇《艺文》引《中兴书目》云:"天禧中,叶清臣取《左氏传》,随事编类为二十六门、十卷,名《春秋纂类》。"

该书已佚。由书名和《中兴书目》解题,知其类纂《左传》纪事。

8.北宋宋敏修《春秋列国类纂》。据《玉海》卷四〇《艺文》记载:"皇祐五年,宋敏修上所著《列国类纂》。四月十三日,召试学士院。"

(接上页注)(第5303页);"别集类"著录"崔昪《鲁史分门属类赋》一卷"(第5335页)。按,作者名有筠、钧及均之异,当为传写讹误,今从后世通行之见,定为均。作者有杨均、崔昪两说,现今看来,此歧异出自晁公武和郑樵题名之不同,《宋史·艺文志》以撰、注相分,当为折衷。从晁氏解题来看,他阅过此书,其题名更为可信,故定作者为杨均。《玉海》于"赋"类、"春秋"类两录之,《宋史·艺文志》于"春秋类""类事类""别集类"三录之,此当如钱大昕《廿二史考异》所言:"疑即一书也。"其卷数差异,当出自卷数分合或传写讹误。

该书已佚,由书名,知其分国类纂《左传》。

9.北宋王当《春秋列国诸臣传》五十一卷。晁公武《郡斋读书志》、《宋志》等著录,晁氏解题云:"类《左氏》所载列国诸臣事,效司马迁为之《传》。凡一百三十有四人,系之以赞云。"陈造《题春秋名臣传》云:"(《左传》)言与事随编年而书,君子欲其迹之本末可考,辞之连属毕见,或类而为之《传》,往往失之漏略。此书成于贤良王当,不惟该备无遗,而复引《史记》《国语》等书补苴弥缝之,而终之以赞。"①

该书现存《通志堂经解》《四库全书》等版本,为三十卷。其体例虽为人物传,但诚如陈造所言,作传的目的是使得《左传》言与事"迹之本末可考,辞之连属毕见",实为以人类事。如其传《郑颖考叔》,实为"郑伯克段"一事;传《卫石碏》,实为"卫州吁弑君"一事。

10.北宋郑昂《春秋臣传》三十卷。王应麟《玉海》、《宋志》等著录,王应麟注此书云:"以人类事,凡二百十五人,附而名者又九十三。"②

该书已佚,由书名和王应麟注,知其"以人类事"。

11.北宋沈括《春秋左氏纪传》五十卷。马端临《文献通考》、《宋志》等著录。《文献通考》引李焘题记云:"不著撰人名氏。取丘明所著二书,用司马迁《史记》法,

---

①陈造:《江湖长翁集》卷三一,明万历刻本。
②王应麟:《玉海》卷四〇"宋朝《春秋传》"条,第792页。

君臣各为记传。凡欲观某国之治乱,某人之臧否,其行事本末,毕陈于前,不复错见旁出,可省翻阅之勤。或事同而辞异者,皆两存之。"又题:"后在陵阳观沈存中自志,乃知此书存中所著。存中喜述作,而此书终不满人意,史法信未易云。"①

　　该书已佚,由书名和李焘题记,知其是由《左传》《国语》改编而成的纪传体史书,使得"某人之臧否,其行事本末,毕陈于前"。

　　12. 北宋张根《春秋指南》十卷。晁公武《郡斋读书志》、《宋志》著录。陈振孙《直斋书录解题》著录为二卷,解题云:"专以编年旁通该括诸国之事,如指诸掌。又为《解例》,亦用旁通法。其他《辨疑》《杂论》诸篇,略举要义,多所发明。"晁氏《郡斋读书志》解题云:"以征伐会盟,年经而国纬。汪藻为之序。"

　　该书已佚,其虽以编年为体,但"旁通该括诸国之事",实以类事为主。如谢谔序章冲《春秋左传事类始末》云:"谔幼年,于诸书爱《左氏》之序事。因一事必穷其本末,或翻一二叶,或数叶,或展一二卷,或数卷。惟求《指南》于张本,至其甚详,则张本所不能尽。"②此"《指

---

①马端临:《文献通考》卷一八三《经籍考》十"《左氏纪传》五十卷"条,第5411页。

②谢谔:《春秋左传事类始末序》,见朱彝尊:《经义考》卷一八八"章氏(冲)《春秋左传类事始末》"条,第966页。

南》"当指张根《春秋指南》,可见该书因其类事而被士人看重。

13.北宋黄颖《春秋左氏事类》。尤袤《遂初堂书目》著录,无作者、卷数。明人陈道撰《(弘治)八闽通志》有《黄颖传》,云其字秀实,"温恭廉介,尤工书隶。有《周礼解义》《春秋左氏事类》行于世"①。

该书已佚,由书名知其类编《左传》纪事。

14.北宋周武仲《春秋左传类编》三十卷。杨时《周宪之墓志铭》记载,并云武仲"常病《春秋左氏传》叙事隔涉年月,学者不得其统,于是创新,铨次其事,各列于诸国,俾易览焉"②。

该书已佚,由书名和杨时语,知其分国铨次《左传》纪事。

15.南宋勾龙传《春秋三传分国纪事本末》。马端临《文献通考》著录,无卷数,载刘光祖序略曰:"勾龙君博习详考,又分国而纪之。自东周而下,大国、次国特出,小国、灭国附见。不独纪其事与其文,而兼著其义,凡采其说者数十家。君盖嗜古尊经之士,确乎其能自信者也。"③

---

① 陈道:《(弘治)八闽通志》卷六八《人物》,明弘治刻本。
② 杨时撰,林海权校理:《杨时集》卷三六《周宪之墓志铭》,北京:中华书局,2018年,第897—898页。
③ 马端临:《文献通考》卷一八三《经籍考》十"《春秋三传分国纪事本末》"条,第5412页。

该书已佚,由书名知其为"分国纪事本末"之作。

16.南宋桂绩《类左传》十六卷。朱彝尊《经义考》卷一八六著录,并引《广信府志》云:"桂绩字彦成,绍兴乙丑进士,终浙西运办。"

该书已佚,由书名知其类编《左传》纪事。

17.南宋陈持《左氏国类》二十卷。吕祖谦《永康陈君迪功墓志铭》云墓主陈持著有"《左氏国类》二十卷"①。

该书已佚,由书名知其分国类编《左传》。

18.南宋唐阅《左史传》五十一卷。王圻《续文献通考》卷一七七、朱彝尊《经义考》卷一八八著录。据陈傅良《徐得之左氏国纪序》云:"余苦不多见书,然尝见唐阅《左氏史》,与《国纪》略同,而无所论断。"南宋施宿《(嘉泰)会稽志·唐阅传》云唐阅"尤长于《春秋左氏》,尝仿迁、固史例,以周为纪,列国为传,又为表、志、赞,五十一卷,号《左史》,传于世"②。

该书已佚,由陈傅良、施宿语,知其虽以纪传为体,实则以国类事,故陈氏云"与《国纪》略同"。

19.南宋徐得之《春秋左氏国纪》三十卷。赵希弁《郡斋读书志附志》、《宋志》等著录。王应麟引《续目》

---

①吕祖谦:《永康陈君迪功墓志铭》,见氏著《东莱集》卷一二。
②施宿:《(嘉泰)会稽志》卷一五《唐阅传》,文渊阁《四库全书》本。

云其"析诸国之事,每国各系以年,疏其说于后"①。陈傅良序云学者"因其类居而稽之经,某国事若干,某事书,某事不书,较然明矣"②。

该书已佚,由书名及王应麟、陈傅良语,知其分国类事。

20. 南宋吕祖谦《左传类编》六卷。陈振孙《直斋书录解题》、《宋志》等著录。陈氏解题云:"分类内外传事实、制度、论议,凡十九门。首有纲领数则,兼采他书。"

该书已佚。由陈氏解题,知其内容包括类事。又,吕祖谦偏重以史书视《左传》,现存其《左氏博议》《左氏传说》《左氏传续说》等多部《左传》学著作。这些著作的基本体例,是就《左传》之事或文作议论,其中多有类事之处。吕祖谦《左氏传续说纲领》云:"学者观史,且要熟看事之本末源流,未要便生议论。"③可见他重视《左传》"事之本末源流"。

21. 南宋马之纯《春秋左传纪事》。南宋周应合《(景定)建康志》卷四九载《马之纯传》,云其"字师文,金华人也。弱冠登隆兴进士第,与南轩、东莱讲贯,精诣天文、地理、制度之学"。所著书中有"《春秋编年》"。元吴师道

---

①王应麟:《玉海》卷四〇"隆兴《左氏国纪》"条,第793页。
②陈傅良著,周梦江点校:《陈傅良先生文集》卷四〇《徐得之左氏国纪序》,杭州:浙江大学出版社,1999年,第510页。
③吕祖谦:《左氏传续说》前附《左氏传续说纲领》,文渊阁《四库全书》第152册,第145页。

《敬乡录》卷一二载《马之纯传》,云其于《春秋左传》有
"《纪事编年》"。朱彝尊《经义考》卷一八八著录"马氏
(之纯)《春秋左传纪事》"。

该书已佚,由书名知其内容包括"纪事"。

22.南宋章冲《春秋左传事类始末》五卷。陈振孙
《直斋书录解题》、《宋志》等著录,章冲自述其做法云:
"日阅以熟,乃得原始要终,捃摭推迁,各从其类。有当
省文,颇多裁损,亦有裂句摘字、联累而成文者。二百四
十二年之间,小大之事,靡不采取,约而不烦,一览
尽见。"①

该书为现存最早的以纪事本末体改编《左传》的
著作。

综上考述,可见这些著作多是《左传》的史学化改
编,就其基本体例而言,可分作三类:

其一,分国类编《左传》纪事。如高重《春秋纂要》、
许康佐等《集左氏传》、宋敏修《春秋列国类纂》、周武仲
《春秋左传类编》、勾龙传《春秋三传分国纪事本末》、陈
持《左氏国类》、唐阅《左史传》、徐得之《春秋左氏国
纪》等。

其二,以人类编《左传》纪事。如王当《春秋列国诸
臣传》、郑昂《春秋臣传》、沈括《春秋左氏纪传》等。

---

①章冲:《春秋左传事类始末自序》,见朱彝尊:《经义考》卷一八八"章氏
(冲)《春秋左传类事始末》"条,第966页。

其三,直接类编《左传》纪事。如第五泰《左传事类》、叶清臣《春秋纂类》、张根《春秋指南》、黄颖《春秋左氏事类》、桂绩《类左传》、吕祖谦《左传类编》、章冲《春秋左传事类始末》、马之纯《春秋左传纪事》等;黄容《左传抄》和南北朝时期的《左氏钞》,很可能包含这类内容;杨均《鲁史分门属类赋》也可归属此类。

第一类是"国别体"改编,如上文所言,分国类纂《左传》,可以国为纲而得其纪事之本末,故杨时云周武仲分国铨次《左传》,正可对治《左传》"叙事隔涉年月,学者不得其统"的弊病。第二类是"纪传体"改编,以人类事,使得《左传》的言与事"迹之本末可考,辞之连属毕见"。第三类直接类编《左传》纪事,以见其始末,体裁最接近后世所谓的纪事本末体。这三类著作虽然基本体裁有别,但或全部或部分地以求得《左传》纪事之本末为目的。类事本末,如上考列,这一源出自《左传》学并成为其重要分支的学术类型,自两晋至南宋,呈现出愈益兴盛之势,遂影响到一种新的史书体裁——纪事本末体在南宋前期产生。

四、袁枢、徐梦莘与《左传》学

纪事本末体,作为在史志目录上与编年体、纪传体并列的史书体裁,最初是由清四库馆臣确立的。他们依据的典范,是南宋袁枢的《通鉴纪事本末》,这部书也被他们视为纪事本末体的创例之作。另外,同被四库馆臣列入"纪事本末类"的徐梦莘《三朝北盟会编》,虽然成书较袁书晚 20 年,但如上节所论,其撰作之起始却不晚于袁书。鉴于此,本节将袁枢《通鉴纪事本末》作为考察重点,连同徐梦莘《三朝北盟会编》一起,视为史书纪事本末体的起始之作,由此探讨其作者与《左传》学的学术关联,以期在纪事本末体史书之起始与传统的《左传》纪事类编学的接榫之处,证明这两者间有着具体的历史关联。

要达到这一目的,最大的困难在于袁枢除《通鉴纪事本末》、徐梦莘除《三朝北盟会编》外,其他著作都已亡佚,文章现存的也很少,使得我们无法从其著述中了解他们对《左传》学的习知状况,而其传记,又皆简略未涉。因此本节主要从其交游和家学入手,从外部环境氛围对他们产生影响的角度,论证袁、徐二人及其创作与《左传》纪事类编学的关联。

袁枢(1131—1205),字机仲,建州建安人,幼力学,试礼部,词赋第一,官至工部侍郎。他立朝"议论坚正,风节峻整"[1],与当时名望士人如杨万里、吕祖谦、朱熹等颇有交往[2]。考其生平事迹,以下二事或能揭示他撰著

---

[1]杨万里撰,辛更儒笺校:《杨万里集笺校》卷一一三《淳熙荐士录》,第4302 页。

[2]袁枢"与(杨)万里,最为知好,万里屡有书牍,与之讨论学术,又荐之于时相王淮"(郑鹤声语,见氏编《宋袁机仲先生枢年谱》,台北:台湾商务印书馆,1980 年,第53—54 页)。又,袁枢与吕祖谦同年,与朱熹有同乡之谊。

《通鉴纪事本末》的学术思想背景:

1. 在太学与杨万里、吕祖谦等交善。乾道七年(1171),袁枢为礼部试官,除太学录,同僚中有杨万里、吕祖谦等人。他们志同道合,高标风节,相与讲肄。如杨万里云:"初,予与子袁子同为太学官。子袁子录也,予博士也。志同志,行同行,言同言也。"①吕祖谦云:"庚寅、辛卯之间,袁、杨风节隐然在两学间。予辱为僚,相与讲肄,盖日有得焉。"②

今考杨万里现存著作,未见其有关于《左传》类事的专门之作,但他在《袁机仲通鉴本末序》中云:

> 予每读《通鉴》之书,见其事之肇于斯,则惜其事之不竟于斯。盖事以年隔,年以事析。遭其初,莫绎其终。揽其终,莫志其初。如山之峨,如海之茫。盖编年系日,其体然也。③

可见他对《通鉴》"事以年隔"之弊早有认识,并有寻求其叙事完整性的意愿。另外,杨万里交游的士人中,就有推赏《左传》纪事类编者。如谢谔,撰有《春秋左氏讲义》,

---

①杨万里撰,辛更儒笺校:《杨万里集笺校》卷七八《袁机仲通鉴本末序》,第3203 页。
②吕祖谦:《书袁机仲国录通鉴纪事本末后》,见氏著《东莱集》卷七。
③杨万里撰,辛更儒笺校:《杨万里集笺校》卷七八,第3203 页。

前引他序章冲《春秋左传事类始末》云:"谔幼年,于诸书爱《左氏》之序事。因一事必穷其本末,或翻一二叶,或数叶,或展一二卷,或数卷。惟求《指南》于张本,至其甚详,则张本所不能尽。"可见他对《左传》叙事"隔断"之弊也早有体认。谢谔是杨万里交往最为密切的友人之一,现存杨氏《诚斋集》中,有多首与谢谔的唱和诗作。二人对同为编年体的《左传》和《资治通鉴》之体裁弊病的认识,殊为一致。而分别为袁枢《通鉴纪事本末》和章冲《春秋左传事类始末》作序,也表明他们对这类类事之作都怀有兴趣和关切。

　　吕祖谦是位《左传》学大家,他于乾道六年(1170)闰五月赴临安,任职太学博士。在此前的乾道四年冬,他已撰成《左氏博议》①。该书"乃取《左氏》书理乱得失之迹,疏其说于下"②。所谓的"理乱得失之迹",其实是他所认为的含有理乱得失意义的事,故该书的基本体例,是归纳《左传》载事而议论之。

　　上引吕祖谦所云"庚寅、辛卯之间,袁、杨风节隐然在两学间",是指当时"张说自阁门以节钺签枢密",袁枢、杨万里等"学省同僚共论之",抗疏请留因此获罪而出守袁州的张栻,并遗书宰相虞允文以规之一事,结果

---

①参见杜海军:《吕祖谦年谱》,北京:中华书局,2007年,第40页。
②吕祖谦:《左氏博议原序》,见氏著《左氏博议》前附,文渊阁《四库全书》本。

"栻虽不果留,而公论伟之"①。杨万里云与袁枢"志同志,行同行,言同言",可知二人当时同心志,共进退。他们与吕祖谦等同僚"相与讲肄",讲说内容便不能不被此用世情怀所牵。类编编年史事,不仅有方便了解事之本末的知识层面上的意义,而且有就之而论"理乱得失"的价值关怀。在当时的情境下,就《左传》或《资治通鉴》所载事而论其"理乱得失",应是他们讲论切磋的内容之一。

乾道九年(1173)二月,袁枢因奏劾张说一事而"求补外,出为严州教授"②。第二年初,他便在严州任上撰成《通鉴纪事本末》。杨万里、朱熹和吕祖谦分别为之作序跋,他们所推重的,一是该书"部居门目""具事之首尾",优化了《资治通鉴》纪事;二是其编撰方式更为显明地表达了史事"微意"。而此史事"微意",即是司马光蕴含其间的资治之见。可见,此书不仅编撰方式与吕祖谦《左氏博议》相类,与杨万里对《通鉴》纪事本末的关切相合,而且立意与吕祖谦书乃至他们在太学时的为政论学一致。这表明其间应该有承继或影响关系。

2. 与章冲"同里"。章冲(生卒年不详),字茂深,吴

---

① 参见《宋史》卷三八九《袁枢传》,第 11934 页;《宋史》卷四三三《杨万里传》,第 12863—12864 页。

② 关于袁枢到任严州州学教授的时间,据宋人方仁荣、郑瑶撰《(景定)严州续志》卷三《州学教授题名》记载,是在"乾道九年二月二十四日"(文渊阁《四库全书》本),郑鹤声却定为该年的"六月二十四日"(见氏编《宋袁机仲先生枢年谱》,第 42 页),然未出佐证,疑误,今从方仁荣、郑瑶之说。

兴人①,宋哲宗朝宰相章惇曾孙,《春秋》学大家叶梦得之婿。他在宋孝宗淳熙年间历知常州、楚州和台州。擅长《左传》学,如前所列,著有《春秋左传事类始末》五卷。

章冲祖籍为建州浦城,浦城章氏在宋代为当地四大"甲族"之一,成员科第相继,簪裳极盛。如王明清《挥麈录》云:

> 浦城章氏,尽有诸元。子平为廷试魁,而表民(望之)制科第一,子厚(惇)开封府元,正夫(粢)锁厅元,正夫子(綡)为国学元,子厚子(援)为省元,次子(持)为别试元。其后自闽徙居吴中,族属既殷,簪裳益茂,至今放榜,必有居上列者。②

据《宋史·章惇传》记载,"自闽徙居吴中"者是章惇之父章俞。此后该支一直居住于吴,如章惇为相之日,拥有苏州城内的沧浪亭,"营葺园地,所费不赀"③。章惇曾任湖州知州,他晚年遭贬谪,辗转数州安置,徽宗崇宁四年(1105)去世时,正贬居湖州,亦葬在湖州④。很可能在章

---

① 此从陈振孙《直斋书录解题》卷三"《春秋类事始末》五卷"条之说。
② 王明清:《挥麈录·前录》卷二,上海:上海书店出版社,2009年,第17页。
③ 卢熊:《(洪武)苏州府志》卷七,明洪武十二年刊本。
④ 其墓在今湖州长兴县境内,今长兴章氏视章惇为始迁祖。

惇贬居时,其子孙便有随居湖州吴兴者,故其曾孙章冲有"吴兴"籍贯。

《宋史·袁枢传》载有一件章惇后人与袁枢相交涉的事:

> (袁枢)兼国史院编修官,分修国史传。章惇家以其同里,宛转请文饰其传,枢曰:"子厚为相,负国欺君。吾为史官,书法不隐,宁负乡人,不可负天下后世公议。"[1]

所谓"以其同里",显然是章家以其祖籍与袁枢相亲比。如上所述,章惇一支虽自惇父俞始就迁于吴,子孙更有散居外地者,但他们自称或他人视建州浦城为其籍贯,在很长时段内仍是惯例。如光宗绍熙元年(1190),章惇的曾孙澥在苏州参加同年酬唱会,刻诗郡学,即署籍浦城[2]。再如孝宗淳熙后期,"成都阙帅,上加访问,(王)淮以留正对。上曰:'非闽人乎?'淮曰:'立贤无方,汤之执中也。必曰闽有章子厚、吕惠卿,不有曾公亮、苏颂、蔡襄乎?……'"[3]是仍以闽人称章惇。又据《宋史·章惇

---

① 脱脱等:《宋史》卷三八九,第 11935 页。
② 见梁章钜撰,阳羡生校点:《归田琐记》卷三《书詹元善遗集后》,上海:上海古籍出版社,2012 年,第 38 页。
③ 脱脱等:《宋史》卷三九六《王淮传》,第 12072 页。

传》载,绍兴五年(1135)追贬章惇"昭化军节度副使,子孙不得仕于朝"后,"海内称快,独其家犹为《辨诬论》",以申纾其罪名。由此类证,可知《宋史》所载章家请求袁枢文饰章惇传一事,绝非虚构。

这里的问题是,章家是由谁向袁枢提出了这一请求?因章惇身后声名狼藉,章家为其正名也非光彩之事,故史家未记载与袁枢交涉者的名字。但此问题的答案,仍有可探寻之迹。据史书记载,绍兴五年诏章惇"子孙不得仕于朝"时,"仓部郎官章傑出知婺州,太府寺丞章僅出为江东提举","而新监进奏院章倧亦罢"①。此章傑、章僅和章倧,皆是章惇之孙②。这显示章惇孙辈的仕宦生涯当主要在绍兴年间(1135—1162)。

袁枢兼国史院编修官,分修国史,是在淳熙七年(1180)③。此时章家在仕途上的主力,已是章惇的曾孙辈。关于此辈的入仕状况,据《重修汤溪章氏宗谱》"章氏题名"记载,绍兴二十七年(1157)王十朋榜有章洽,他

---

① 熊克:《宋中兴纪事本末》卷三四,清雍正景钞宋本。
② 据天一阁藏本《会稽偁山章氏家乘初集》卷二记载,章惇有四子:择、持、授、援。择五子:佃、依、攸、儋、倧;佃一子:涛;依一子:滋;攸六子:法、渐、潾、滂、澄、滉;儋四子:渥、瀣、沂、湛;倧五子:湜、深、泪、泳、沆。持一子:优;优二子:沔、渭。授三子:俲、僅、一失名;俲四子:潵、淙、泌、濮;僅四子:溥、濬、溉、灌。援二子:億、傑;億四子:渊、冲、潜、洽;傑六子:津、涓、涓、洞、涣、汲。
③ 参见郑鹤声编:《宋袁机仲先生枢年谱》,第68页。

491

是现今所知章惇曾孙辈中首位登进士第者①。此后登第者有：绍兴三十年（1160）梁克家榜章湛，隆兴元年（1163）木待问榜章澥，乾道二年（1166）萧国梁榜章深，淳熙五年（1178）姚颖榜章泳，绍熙元年（1190）余复榜章冲。当时请求袁枢文饰章惇传者，很可能包括这批正值出仕之年的章惇曾孙辈中人。经考察，章惇的曾孙大多仕宦不显，依请托事宜中请托方往往由身份地位较高者出面交涉这一常情来看，身为知名士人叶梦得之婿、"淳熙七年以朝奉大夫知常州，八年以赈济有劳转朝散大夫"②的章冲，应参与此事。而既有此交涉，便不能排除他们之前就因"同里"等关系而有交往的可能。

据章冲《春秋左传事类始末自序》记载，他"少时侍石林叶先生（叶梦得）为学。先生作《春秋谳》《考》《传》，使冲执左氏之书从旁备检阅。左氏传事不传义，每载一事，必先经以发其端，或后经以终其旨，有越二三君数十年而后备，近者亦或十数年；有一人而数事所关，有一事而先后若异。……常病其不属，如游群玉之府，虽珩璜圭璧璀璨可爱，然不以汇聚，骤焉观之，莫名其

---

①据此谱"章氏题名"记载，政和五年（1115）何㮚榜有一"章沂"，考虑到章惇生于景祐二年（1035），而家谱所载作为章惇曾孙的章沂，是其长子（择）之四子（儋）的季子，从时序来看，他不应如此早登第，故此"章沂"不可视为章惇的曾孙沂。

②陆心源：《仪顾堂集》卷一三《章冲传》引《咸淳毗陵志》，清光绪二十四年刻本。

物。……掇其英精,会其离析,各备其事之本末,则所当
尽心焉者"①。可见章冲少时便常病《左传》纪事"不属"
而有意"为之事类"②,他后来与袁枢的交往,可为袁枢撰
著《通鉴纪事本末》提供另一《左传》学背景。

以上二事例,表明袁枢撰著《通鉴纪事本末》有其《左
传》学的环境背景,甚至曾闻接过《左传》纪事类编学,而
类编《资治通鉴》与类编《左传》间的逻辑关系,仍有必要
在此加以说明。《资治通鉴》与《左传》有着诸多关联:

（1）二者体裁同为编年体。

（2）如前文所涉及,《资治通鉴》乃"拟《左氏》"③而作。

（3）《左传》是儒家经典之一;《资治通鉴》撰成后,
神宗御赐书名并制序,诸帝或命经筵进读之,二书都有
着崇高的地位。

（4）虽然司马光认为"经不可续,不敢始于获麟",将
《资治通鉴》"托始于周威烈王命韩、赵、魏为诸侯"④,但

---

①章冲:《春秋左传事类始末自序》,见朱彝尊:《经义考》卷一八八"章氏
（冲）《春秋左传类事始末》"条,第966页。

②关于章冲撰著《春秋左传事类始末》的缘由,四库馆臣认为"殆踵（袁）枢
之义例而作"（《四库全书总目》卷四九"《春秋左氏传事类始末》五卷"
条）,这其实是依据著作撰成的先后关系而得出的想当然之见,并不符合
历史实际。崔文印就章冲《自序》而认为"与其说章冲受袁书影响,倒不
如说他受叶梦得其人其书影响更确"（氏作《纪事本末体史书的特点及其
发展》,《史学史研究》1981年第3期）,实为知言。

③陈造:《吴门芹宫策问二十一首》,见氏著《江湖长翁集》卷三三。

④晁公武撰,孙猛校证:《郡斋读书志校证》卷五"《资治通鉴外纪》十卷"条,
第211页。

在后人看来，《资治通鉴》实是接续《左传》之作。如朱熹认为，《资治通鉴》"虽托始于三晋之侯，而追本其原，起于智伯，上系《左氏》之卒章，实相受授"①。

　　既有上述关联，研治《左传》与研治《资治通鉴》间便有着诸多相通之处。在两宋之际就有兼治二书者：建炎"二年三月甲午，诏经筵读《资治通鉴》。侍读周武仲进读，上掩卷问曰：'司马光何故以记纲为礼？'武仲敷述甚详，因为《通鉴解义》以进"②。如前所列，周武仲还撰有分国铨次《左传》纪事的《春秋左传类编》。再如"尤长于《春秋左氏》"、撰有《左史传》的唐阅，少时"写《资治通鉴》，逾岁而毕，字皆精楷"③。因此，在适当的时机下，由类编《左传》转而类编《资治通鉴》，当是自然顺承之事。

　　受两宋之际政局巨变的深刻影响，南宋前期的知识界兴起一股研究历史以为政治之鉴戒的思潮。当时《左传》和《资治通鉴》都受到重视，如前文所列，南宋前期《左传》类事著作明显增多，对于《资治通鉴》，也出现了多部改编之作。如：

　　　　绍兴八年，胡安国因司马光遗稿，修成《举要补遗》，文约而事备。乾道壬辰，朱熹因两公之书，别为

①朱熹著，郭齐、尹波点校：《朱熹集》卷八一《跋通鉴纪事本末》，第4171页。
②王应麟：《玉海》卷二六"建炎《通鉴解义》"条，第561页。
③施宿：《（嘉泰）会稽志》卷一五《唐阅传》。

义例,为《纲目》五十九卷(序例一卷)。纲效《春秋》,
而参取群史之长;目效《左氏》,而稽合诸儒之粹(纲
者,《春秋》著事之法;目者,《左氏》备言之体)。[①]

如前文所及,袁枢的同年友吕祖谦于乾道四年(1168)撰
成一部以"归纳《左传》载事而议论之"为基本体例的《左
氏博议》;"乾道壬辰"(乾道八年,1172),袁枢的同乡友
人朱熹又效法《春秋》《左传》改编《资治通鉴》,撰著《资
治通鉴纲目》。这两部书皆以探求史事的理乱得失之义
为旨归,都是当时研史为鉴思潮下的产物。这两部书也
有着十足的象征意义:前者代表久远的《左传》纪事类编
学传统,后者代表逐渐兴起的《资治通鉴》学。乾道九
年,袁枢撰著《通鉴纪事本末》,以更为显明地表达司马
光的"微意"为目的,这相合于当时研史为鉴的思潮。其
撰作,可以说一方面延依吕祖谦、章冲等所代表的《左
传》纪事类编学传统,借鉴其方法,另一方面又延续胡安
国、朱熹等改编《通鉴》的传统,从而由类编《左传》转为
类编《资治通鉴》。

徐梦莘(1126—1207),字商老,临江人,幼耽嗜经
史,绍兴二十四年(1154)举进士,官至直密阁。他"每念

---

① 王应麟:《玉海》卷四七"乾道《资治通鉴纲目》"条,第 932—933 页。吴怀
祺指出:"南宋学人为使《资治通鉴》得到流传,使这本书产生出社会效
应,做了大量工作。"(氏作《〈通鉴纪事本末(杨万里)叙〉补遗》,《史学史
研究》1998 年第 3 期)

生于靖康之乱,四岁而江西阻讧,母襁负亡去,得免。思究见颠末,乃网罗旧闻,会粹同异"①,于光宗绍熙五年(1194)撰成《三朝北盟会编》。

徐梦莘廉静乐道,"恬于荣进",仕宦不显。关于其交游,现存文献记载不多,无法由此探讨他与当时《左传》学界的关联,但其家学却值得重视。徐家"长于史学"②,昆仲父子间多有史著:

1. 如前文所列,徐梦莘之弟得之撰有《左氏国纪》三十卷。王应麟《玉海》引《续目》云此书"隆兴初徐得之编,析诸国之事,每国各系以年,疏其说于后"。隆兴是宋孝宗的第一个年号,历公元 1163、1164 二年。

2. 徐得之长子筠撰有《汉官考》四卷,"以《百官表》官制为主,而纪、传及注家所载,皆辑而录之"③。

3. 徐得之次子天麟"惜司马迁、班固不为《兵志》,于是究极本末,类成一书,注以史氏本文,具有条理"④,成《汉兵本末》;又"仿《唐会要》之体,取《汉书》所载制度典章见于《纪》《志》《表》《传》者,以类相从,分门编载。

---

①脱脱等:《宋史》卷四三八《徐梦莘传》,第 12983 页。

②陈振孙撰,徐小蛮、顾美华点校:《直斋书录解题》卷一八"《静安作具》十四卷、《别集》十卷"条,第 550 页。

③陈振孙撰,徐小蛮、顾美华点校:《直斋书录解题》卷六"《汉官考》六卷"条,第 180 页。按,陈氏记载此书为六卷,但晁公武《郡斋读书志》为四卷,周必大《汉兵本末序》亦云"徐筠孟坚既为《汉官考》四卷"(见氏著《文忠集》卷五四),疑晁、周为确,今从之。

④周必大:《文忠集》卷五四《汉兵本末序》。

其无可隶者,亦依苏冕旧例,以杂录附之。凡分十有五门,共三百六十七事"①,成《西汉会要》七十卷,并撰《东汉会要》四十卷。

徐梦莘"家有万书阁,签帙甚整",晚年家居,"课诸孙诵习"②。在这雍睦重学的家庭环境中,徐氏昆仲父子不仅赢得"以儒名家""长于史学"的声名,而且其史学形成近乎统一的风格。这从他们史著的体例上得以体现:或就某事而穷极其本末,如徐梦莘思究靖康变乱之颠末而撰《三朝北盟会编》,徐筠就"西京二百年品秩、爵列、位号、名数"而撰《汉官考》,徐天麟究极西汉军旅之事而成《汉兵本末》;或就多事而穷极每事之本末,如徐天麟《西汉会要》区分别白班固《汉书》所载,"经纬本末,一一犁然"③,徐得之《左氏国纪》分国类事,使得"某国事""较然明矣"。可见,徐家史学有着重视穷究事之本末的特点。其中,如前文所列,徐得之《左氏国纪》是部《左传》类事之作,陈傅良所作序曾提及它的具体内容:

余读《国纪》周平、桓之际,王室尝有事于四方。其大若置曲沃伯为侯,诗人美焉,而经不著。师行非一役,亦与王风刺诗合,而特书伐郑一事。王子颓之

①永瑢等:《四库全书总目》卷八一"《西汉会要》七十卷"条,第695页。
②楼钥:《直秘阁徐公墓志铭》,见氏著《攻媿集》卷一〇八。
③永瑢等:《四库全书总目》卷八一"《西汉会要》七十卷"条,第695页。

祸,视带为甚,襄书而惠不书也。①

可见其分国而类事,"又因事而为之论断"。徐梦莘登第
入仕后,即有撰作《三朝北盟会编》之念,并着手搜求史
料,但直到绍熙五年才成书。徐得之此书成于"隆兴
初",比梦莘书早二十余年。由此可见,徐梦莘在撰作
《三朝北盟会编》的过程中,对当时的《左传》纪事类编学
颇有了解。

五、余论:何为纪事本末体的创始之作

综上可知,由于《左传》叙事存在着"隔断",因而在六
朝至宋代极为流行的《左传》学中,出现了类编《左传》纪
事的系列著作。在南宋前期治史为鉴的思潮下,这一纪事
类编之学与逐渐兴起的《资治通鉴》学相结合,产生了被
清四库馆臣视为纪事本末体典范和创例之作的袁枢《通鉴
纪事本末》,徐梦莘撰著《三朝北盟会编》,亦曾受其影响。

如前文考证,从两晋至南宋中期,出现了多部《左
传》纪事类编著作,其中有些著作(如直接类编《左传》纪
事者)的体裁与后世所谓的纪事本末体极为一致,而它
们的撰成年代又大多早于袁书和徐书。这样便有一个
问题:究竟何者才是纪事本末体的创始之作? 如前文所

---

①陈傅良著,周梦江点校:《陈傅良先生文集》卷四〇《徐得之左氏国纪序》,
　第510页。

述,张素卿在考述"《左传》纪事本末"文献后,就认为"《四库全书总目》以袁氏书作为'纪事本末'体的创例之书,实属偏失"。意指"'纪事本末'体的创例之书",当归至袁氏书之前的"《左传》纪事本末"类著作。

我们认为,要回答这一问题,必须先回到在史志目录上确立起史书纪事本末体的清四库馆臣的视角,了解他们确立袁氏书为创例之作的原由。首先,四库馆臣分类编目,是以《四库全书》所收录书为依据。前文所列的《左传》纪事类编著作中,当时存世的仅有王当《春秋列国诸臣传》和章冲《春秋左传事类始末》。前者被馆臣列入史部"传记类",后者虽被列入史部"纪事本末类",但因成书较晚而位列袁枢《通鉴纪事本末》和徐梦莘《三朝北盟会编》之后。其余诸书既已佚失,当不在馆臣的主要考察之列,袁氏书遂被视为"创纪事本末之例"。

其次,类编《左传》纪事虽然显示出作者在一定程度上对《左传》史书性质的认可,但这也被看作是探讨《左传》纪事之意、进而助解《春秋》经义的途径。如陈傅良《徐得之左氏国纪序》云:

> 诚得《国纪》伏而读之,因其类居而稽之经,某国事若干,某事书,某事不书,较然明矣。于是致疑,疑而思,思则有得矣。徐子殆有功于左氏者也。①

————————

① 陈傅良著,周梦江点校:《陈傅良先生文集》卷四〇,第510页。

认为《左氏国纪》类居《左传》纪事,较然而明《春秋》所载"某国事若干,某事书,某事不书"之义,完全将此书视为解释《左传》《春秋》之作。这种认识在《左传》纪事类编著作中并非个例,再加上《左传》的儒经性质,《左传》纪事类编著作遂在后世史志目录中长期被列入经部"《春秋》类",从未被视为史书。这一认识在很大程度上导致了后人对该类著作所具有的纪事本末体性质的忽略。至四库馆臣,此认识才发生改变。如馆臣辨正章冲《春秋左传事类始末》云:

> 冲但以事类裒集,遂变经义为史裁,于笔削之文,渺不相涉。旧列经部,未见其然。今与枢书同隶史类,庶称其实焉。①

一反传统之见,就其实而认定章冲此书"为史裁"而列之入《四库全书》史部,显示出馆臣识见之开明。但是,同样是章氏此书,在《四库全书荟要》中却被馆臣列入经部"《春秋》类"。经、史部馆臣间,以及馆臣前后间,对章氏书性质的认识或有差异,但这足以表明,在编修《四库全书》时,传统的视《左传》纪事类编著作为经学著作的观念,仍然影响到馆臣对这类著作的判别。

---

① 永瑢等:《四库全书总目》卷四九"《春秋左氏传事类始末》五卷"条,第437—438页。

再次,值得注意的是,在《四库全书》中,馆臣对所收入的几部《左传》纪事类编著作作了不同的归类。如将章冲《春秋左传事类始末》、高士奇《左传纪事本末》归入史部"纪事本末类",却将傅逊《春秋左传属事》、马骕《左传事纬》归入经部"《春秋》类"。现将此四书作者的个人意见以及馆臣对该书性质之认识,分别列表于下,以寻绎馆臣如此归类的依据:

表 5-7

作者、书名	作者的意见及出处	四库馆臣的认识及出处
章冲《春秋左传事类始末》	"冲窃谓'左氏'之为丘明,与受经于仲尼,其是否固有能辨之者。若夫文章富艳、广记备言之工,学者掇其英精,会其离析,各备其事之本末,则所当尽心焉者。"(章冲《春秋左传事类始末自序》)	"冲作是书,一如袁枢《通鉴纪事本末》之体,联贯排比,使一事自为起讫。虽无关经义,而颇便检寻。"(文渊阁《四库全书》史部三"纪事本末类"《春秋左氏传事类始末·书前提要》)"冲但以事类裒集,遂变经义为史裁,于笔削之文,渺不相涉。旧列经部,未见其然。今与枢书同隶史类,庶称其实焉。"(永瑢等《四库全书总目》卷四九"《春秋左氏传事类始末》五卷"条)
高士奇《左传纪事本末》	"左氏之书虽传《春秋》,实兼综列国之史。兹用宋袁枢纪事本末例,凡列国大事,各从其类。"(高士奇《左传纪事本末·凡例》,文渊阁《四库全书》本)	"其(章冲《春秋左传事类始末》)体亦颇与士奇所撰相近。盖士奇未见冲书,故复为之。……虽其详备不及冲书,而部居州次,端绪可寻,于读盲史者,亦未尝无所助也。"(文渊阁《四库全书》史部三"纪事本末类"《左传纪事本末·书前提要》)

作者、书名	作者的意见及出处	四库馆臣的认识及出处
傅逊《春秋左传属事》	"逊少好读史，兹传虽以释经，而与后之言经者多抵牾难合，故经不能强明，独耽其文辞，视以古史，妄纂兹录，名曰《春秋左传属事》。颇自谓得古人读史之遗意，有助于考古者之便云。"（傅逊《春秋左传属事序》，文渊阁《四库全书》本《春秋左传属事》前附）	"（是书）仿宋建安袁枢纪事本末之体，变编年而为属事。事以题分，题以国分。传文之后，各概括大意而论之。于杜氏《集解》之未安者，颇有更定，而凡传文之有乖于世教者，时亦纠正焉。……（傅逊）又云：元凯无汉儒不能为集解，逊无元凯不能为此注。"（文渊阁《四库全书》经部五"《春秋》类"《春秋左传属事·书前提要》）
马骕《左传事纬》	"既立叙事之法，虽传中片语只字，稍涉某事，因以附入，以无遗古史之文。……篇末赘以愚论，未敢言文，旁集诸家，杂采传记，无庸附会，僻说折衷，一归于正，大期于发明经传而止。"（马骕《左传事纬例略》，文渊阁《四库全书》本《左传事纬前集》前附）	"是书取《左传》事类，分为百有八篇，篇加论断。首载晋杜预、唐孔颖达序论及自作《邱明小传》一卷、《辨例》三卷、《图表》一卷、《览左随笔》一卷、《名氏谱》一卷、《左传字奇》一卷，合《事纬》二十卷。……骕于《左氏》，实能融会贯通，故所论具有条理，其图表亦皆考证精详。"（文渊阁《四库全书》经部五"《春秋》类"《左传事纬·书前提要》）

上表中所摘录的章冲序语，谓抛开经学问题，而尽心于会编《左传》纪事之本末，显示出他离经就史之意；《书前提要》云其"无关经义"，《总目提要》更进一步，云

其"旧列经部"为非,当"与枢书同隶史类"。高士奇《凡例》开头"左氏之书虽传《春秋》,实兼综列国之史"一语,表明他是从史学的角度撰作《左传纪事本末》的;基于此视角及其体例,馆臣将其与章冲《春秋左传事类始末》相类从,理所当然。马骕《例略》中虽有"以无遗古史之文"语,表明他视《左传》为史,但篇幅不小的《事纬》篇末之论,却是以"大期于发明经传"为旨归;馆臣综合该书的内容结构以及对《左传》的助说意义,或又考虑到《事纬》部分的体例与吕祖谦《左氏博议》的类同性,乃将此书归入经部。以上三书,馆臣的定性认识与作者的自我认识基本一致,不同的是傅逊《春秋左传属事》。由上表所摘录傅逊序语,可知他视《左传》为古史,《春秋左传属事》之撰作,以"得古人读史之遗意,有助于考古者之便"为旨归,自视为史学之作;馆臣虽认为马氏书"仿宋建安袁枢纪事本末之体",但他们更看重该书更定杜预《集解》以及纠正有乖世教之传文的经学价值,乃列之入经部。

　　由此可见,四库馆臣对《左传》纪事类编著作编目归类,在参考作者个人意见的基础上,还审慎地做过一番考择,从而形成定性之见。对于前文所列早于章冲《春秋左传事类始末》的那些《左传》纪事类编著作,四库馆臣不是没有注意到,如前文所引,馆臣所作高士奇《左传纪事本末·书前提要》中就有语云:

> 自宋以来,学者以《左传》叙事隔涉年月,不得其统,往往为之诠次类编。其见于史志者,有杨均、叶清臣、宋敏修、黄颖、周武仲、勾龙传、桂绩、吕祖谦、陈持、章冲、徐得之、孙调、杨泰之、毛友、徐安道、孙范等诸家。今其书多亡佚不传。

他们完全是以一种与章冲《春秋左传事类始末》同类同质的口径,叙述这些见于史志的"诸家"《左传》纪事类编著作的。然而在《四库全书总目》所载该提要中,这段文字全被删除了。馆臣为何这样处理?究其原因,与其说是避免与他们所立的袁枢《通鉴纪事本末》"创纪事本末之例"说相矛盾,不如说是他们对这些"亡佚不传"的《左传》纪事类编著作的定性持审慎态度。也就是说,这些著作既已亡佚,其属"经"还是属"史"很难确定,贸然定其归属,很可能会失之偏颇。在此境况下,舍之不提而仅就现存著作立说,不失为一种更为稳妥的做法。

前文所列章冲书之前的《左传》纪事类编著作中,能够直接表明作者或他人对著作性质认识的文献材料极为少见,但在清修《四库全书》以前的史志目录中,这类著作都被列入经部"《春秋》类",这在很大程度上反映了时人对其性质的认识。再加上这些著作大多"亡佚不传",无从查证,因此在学术分类上将其归为经部"《春秋》类"(《左传》学)著作,实属合理。这样一来,在史学著作的范畴内,可视袁枢《通鉴纪事本末》为纪事本末体的创始之作。但是纪事本末,作为一种以纪事类编为内容的编纂体例,绝非创始自袁枢《通鉴纪事本末》,如前文所述,它在之前的《左传》纪事类编著作中形态已趋成熟①。因此,四库馆臣所谓"(袁)枢排纂《资治通鉴》,创纪事本末之例"②,若指其创立纪事本末这一编纂体例而言,则是误说。实际情况是袁枢借鉴已有长久传统的《左传》纪事类编学的方法体例,排纂《资治通鉴》而撰成《通鉴纪事本末》,遂开创了纪事本末体史书的编纂传统。

①沈玉成认为:"宋代叶清臣、章冲开始把《左传》改写成纪事本末体,明代傅逊又有《左传属事》,但都因处在草创阶段而不够完备。"(沈玉成、刘宁:《春秋左传学史稿》,南京:江苏古籍出版社,1992年,第268页)虽认为叶清臣此书尚"不够完备",但已视之为"纪事本末体"。
②永瑢等:《四库全书总目》卷四九"《春秋左氏传事类始末》五卷"条,第437页。

结　语

综合前面五章所论述,可得出如下结论性认识:

其一,对于唐宋学术思想转型问题,中国、美国和日本学界都直接或间接地做了深入研究,从不同角度构建了这一转型的历史和逻辑脉络,形成了几种具有代表性的研究范式和解释框架。这些成果的一个共同之处,是将"唐宋学术思想"的主体都自觉不自觉地规定为儒学,所聚焦的因而只是唐宋儒家学术思想。但从广义看来,"唐宋学术思想"还包括该时期内的佛教、道教学术思想等内容,涵盖儒释道、重视其相互影响关系的整体的唐宋学术思想转型研究,当是今后应致力的大方向。即使只就儒家学术思想转型而言,从"学说核心"层次上阐释佛、道二教对此转型的影响,以及"儒家经典和历史"等方面的研究,亦亟待深化。

其二,中唐啖助、赵匡和陆淳的《春秋》学,是唐宋学术思想转型的起始标志之一。他们一反三传专门之学"据传解经"的传统,直接解释经文,或兼采三传,以意去取,或自为解说,成一家之言。其学术转型意义,更有着理念层面上的内容:独特的《春秋》宗旨说建立起经文义说的主体性;记实书法原则的运用开启了"汉""宋"经学义理依据的转变;重以义例解经强化了经文解说的自主性;重以"讥贬之义"解经暗含着解说立场的转变;强烈的现实关怀再建了《春秋》经世学统。

啖助著有《春秋集传集注》和《春秋统例》,前者的基本体例是在《春秋》经文之后列载所摘取的三传传文,其后附有对不当传文的辨驳,以及啖助的经文解说;后者是一部义例之作。赵匡全面损益了啖助的著作,或许撰成解经著作《春秋阐微》和义例著作《春秋阐微纂类义统》。对于啖、赵的取舍和解说,陆淳"诚恐学者卒览难会,随文睹义,谓有二端",故"随而纂会之",撰成《春秋集传》《春秋集传纂例》《春秋集传辨疑》,并将《左传》中的"无经之传,《集传》所不取而事有可嘉者"编为《春秋逸传》。陆淳任国子博士时所进的《集注春秋》,既非与《春秋集传》为同一书,也非《春秋集传纂例》之异名,而是由他另行撰作。同样,陆淳《春秋微旨》亦不属于他纂会啖、赵之作而成的著作系列,当撰作于他完成纂会的大历十年(775)之后、更为独立地撰著《集注春秋》之前。

其三,理学的兴起是唐宋学术思想转型的重要表征,它的生发有着多重思想背景,道教思想即是其一。从学理层面而言,初唐道教重玄学大师李荣视"道"为

"理",将"理"上升为具有宇宙本体意义的最高哲学范畴,且以"仁义"规定儒家之"理"的内涵;他还从内在固有属性的角度,通过二分方式解释"性"的善恶之端,认为"本性"来自"道",有着"复性"说以及在道、气生成过程中论"性"的致思路向,这都表明李荣的思想中已蕴含着程朱理学一些根本性论说的萌芽。

从仙境文化上来看,虽然晚唐五代文人小说中的仙境有着显明的世俗特色,高道杜光庭的狭义"洞天福地"系统之构建,也严格遵循了道教内部的教理传统,几乎未受到文人小说仙境说的影响。但是,无论对仙境场域主体类型的比较,还是与司马承祯、杜光庭"洞天福地"之关系的比较,皆显示晚唐五代文人小说中的仙境与道教仙境有着相当程度的重合性和关联性,再加上杜光庭大规模抄编文人小说,以及受世俗仙境传说的影响而将十洲三岛、仙地两界五岳及诸神山海渎纳入其广义"洞天福地"系统,都表明当时的文人与道教界有着广泛的思想融通和知识交流。

其四,"宋学"初起时北宋学界的状况,虽然《宋元学案》作过梳理,但仍有许多未发之覆。当时以范仲淹为中心的儒家学者群体中,孙复在范仲淹于天圣五年(1027)至六年(1028)十二月"睢阳掌学"时与他结识;石介于天圣九年(1031)至景祐元年(1034)春任郓州观察推官时,结识当地知名儒士士建中;明道二年(1033)末、景祐元年春,士建中在汴京应举期间结识了同在应举的孙复;景祐元年春,石介转任南京留守推官,很可能经士建中引荐,科举落第的孙复从汴京南下应天,拜访刚到任不久的石介,这是二人的第一次会面;景祐元年,士建中进士中第,授秘书省校书郎,知大名府魏县;孙复与石介在应天会面后,北上客居魏县;景祐二年(1035)十月,范仲淹除尚书礼部员外郎、天章阁待制,判国子监,孙复致书向他推荐士建中和石介;亦在此时,范仲淹应朝廷"求知音"诏,举荐"白衣胡瑗,对崇政殿,授校书郎";景祐二年冬,孙复"退居泰山之阳",聚徒讲学;孙复和胡瑗确曾同读书泰山,时间应在景祐初年以前,但后来二人关系不睦,"孙复恶胡瑗"说当得其真。

士建中是宋初一位重要的开儒学新风的学者。他倡行古文,孜孜于儒道,"能通明经术,不由注疏之说",深究儒家伦理的哲理依据,是影响石介基本思想形成的关键人物。石介基于"明道致用"这一根本思想,释儒弘儒,一为己任。其思想学说虽还不够系统圆熟,但于传统经学营垒内已启"好议论"之风,实开有宋理学风气之先。他对后世理学的影响集中于两点:一是其思想学说"一出于孔氏",在与佛、道争衡中抬升了儒学的地位;二是提出了一些供后世理学家继续探讨乃至借鉴的命题和思想萌芽。

刘敞及其《七经小传》被元祐史官定为北宋儒学风

尚转变的标志，但近些年来有学者对此说提出质疑。《神宗实录》和《神宗正史》的修撰经历及此说在其间被递相沿用的事实，表明该说已多次获得新党认可；与孙复、胡瑗、石介和周敦颐相比，刘敞最早有经学著作传世，其学术影响的确立远早于胡瑗和周敦颐；在宋人看来，刘敞之学是有别于胡瑗、石介、周敦颐之"道学"的"六经之学"，相较于孙复，他又得经学之正统。因此，元祐史官对刘敞学术地位的认定实为知见，不可怀疑。

其五，唐宋时期，经学与史学有着复杂的相互影响关系。南宋出现的史书纪事本末体有一个历史性的生发源头，那就是《左传》学中的纪事类编学。该学有着久远的传统，在南宋前期治史求鉴的思潮下，与逐渐兴起的《资治通鉴》学相结合，产生出被清四库馆臣称为纪事本末体创例之作和典范的袁枢《通鉴纪事本末》；另一部纪事本末体的创始性著作——徐梦莘《三朝北盟会编》的撰著，亦受到此《左传》纪事类编学的影响。

关于唐宋学术思想转型的原因，如本书第一章所示，海内外学者已提出了多种解释，其中以下三点最为重要：

第一，社会时局的影响。唐宋学术思想转型，与晚唐五代藩镇及列国割据、战乱频仍、政局动荡的社会时局密切相关。这一历时二百余年的政治、社会动荡，不仅使得国家政权分裂，甚至"'朝为君臣，暮为仇敌'，帝统之

嗣如传舍"般频繁更迭,而且使得地方社会秩序溃失,民
众屡遭涂炭。如北宋石介在《石氏墓表》中,追述五代时
其祖辈所经历的一场惊心动魄的保家血战云:

> 当五代兵寇之时,中原用武,诸祖又皆敏有材
> 力,习战尚勇,骑射格斗,豪于乡里。赵将军者,巨盗
> 也,众数千人,张旗鸣鼓,攻略郡县,其锋甚盛。尝过
> 吾里中,不敢为寇,遣使乞具一饭,诸祖诺之。行人
> 更其辞,贼愤,乃来战,遂阵于南门之外,我不素备,
> 犹杀贼数百人。方战时,遇力疲则憩于门内,苏而复
> 战,贼势已削,将引去未得,尚酣战。三曾祖鞋系断,
> 投门,门内有奸,闭门不纳,遂败。是以长曾祖、七曾
> 祖、大祖父、二祖父、四祖父、七祖父皆没于阵。三曾
> 祖善战,既败,贼入门,升堂阶,又斩贼副(□□□□
> 花头)。乃攀堂檐而□□出里余,息于栗林西数十
> 步,渴就沟水饮,眼皆血出滴水上。苦战如此,然
> 竟免。

> 呜呼! 石氏之迁,其当唐季乎,战之岁在晋开运
> 三年也。后五年,慕容氏反兖州,即〔周太〕祖广顺
> (四)〔元〕年也。贼□□。二年,石氏乃分。①

---

① 石介著,陈植锷点校:《徂徕石先生文集》附录一《佚文·石氏墓表》,第
251—252 页。

可见当时地方上土匪横行,国家政权对社会秩序的控制力十分孱弱。这场惨烈的土匪乡民之战,让石氏家族几遭灭顶之灾。其后慕容氏反兖州,表中虽未详述,但也一定对当地社会造成了不小的破坏。这类战乱人祸,对当时以及宋代的知识界产生了极为深刻的影响:一方面如余英时所指出,"士阶层和当时的政治、社会秩序互相异化",结果"唐末举子对于当时王朝已全无认同的意识",在五代则"已彻底'武人化'了"[①];另一方面,一些生活在这个离乱时代的学者"并没有忘记天下",他们直面现实,探究"治道",积极为这"天地晦冥之时"寻找出路。尤其对于北宋前期的士人而言,激荡残酷的晚唐五代战乱史是他们近在眼前的史鉴,与朝廷加强中央集权的政治体制建设相呼应,许多士人继承中晚唐生发的新学术传统,自觉地阐发以中央集权主义为旨归的思想学说,参与新的国家意识形态建设。学术思想的第一次大规模转换由此开启,由之我们便能理解唐宋之际新的学术思想潮流为何最先出自具有"政治哲学"性质的《春秋》学。

第二,政治、社会中坚阶层的嬗替。晚唐五代频发的战乱,政治、社会局势的动荡,中央集权的衰落以及频繁的朝代更迭、势力转移,导致政治、社会中坚阶层急剧更

---

①余英时:《朱熹的历史世界:宋代士大夫政治文化的研究》,第207、209页。

替；再加宋朝实施"重文"的治国之策，广开科举之路，自唐历五代至北宋，政治、社会中坚阶层几经嬗替。如孙国栋通过详悉的统计分析，得出"一极明确之观念：唐代以名族贵胄为政治、社会之中坚；五代以由军校出身之寒人为中坚；北宋则以由科举上进之寒人为中坚"①。

以科举士人为代表的知识阶层形成，并在政治和社会生活中占据主导地位，这是宋朝权力结构最为显著的特色，也是理解宋朝的关键。士人在认同朝廷政治的基础上，形成强烈的政治主体意识，甚至有着与皇帝共治天下的胸怀和气魄，认为士之"道隆而德骏者，又不止此。虽天子北面而问焉，而与之迭为宾主"②。这一阶层是宋朝主流文化的承担者，广泛的政务实践和社会事务担当，深切的政治关怀，使得他们自觉认同传统思想流派中最契合政治运作且在他们早年求取科第过程中就熟习的儒学，并大力弘扬、发展之，据之努力建设国家政治和本阶层的意识形态。这对宋代儒学产生了重要影响：

其一，在数百年来"儒门淡薄，收拾不住，皆归释氏"的信仰风气和真宗、仁宗等朝崇尚黄老治国之术、为政尚因循的政风下，一些士人力排佛、老而崇儒，提升儒学

---

① 孙国栋：《唐宋之际社会门第之消融——唐宋之际社会转变研究之一》，见氏著《唐宋史论丛》，上海：上海古籍出版社，2010年，第337页。
② 王安石撰，刘成国点校：《王安石文集》卷八二《虔州学记》，第1428页。

的地位,为其在与释、道二教争衡中最终获胜吹响了号角。如石介基于民族文化的立场,从夷夏之别的角度作《怪说》二篇以排佛、老,"于是新进后学……不敢谈佛、老"①。他倡言"不去其(佛、老)害,道终病矣。韩文公所谓'不塞不流,不止不行'是也"②,"夫欲圣人之道大通四海、上下流行而无阻碍,必也先辟去其榛塞者"③,明确表达了辟佛、老以崇扬儒道的立场和观点。

其二,发展起关怀现实、重为义说的新经学。儒家经学虽然在中晚唐时期出现了新的解说之风,但新经学终究未能成为主流。经历"干戈尚被于原野,声教未浃于华夏"的唐末五代乱世后,在宋初经学又回归到株守章句注疏之学的老路。这种拘守传统方法和注解的经学,不仅缺乏学术创新力,而且丧失了关怀现实的能力,成为一个僵化的知识系统,已无法满足逐渐壮大的士人阶层表达强烈现实关怀的需要。自宋朝初年起,就不断有个别学者用新方法、新见解解说儒经;至仁宗庆历年间(1041—1048),在范仲淹等士望人物的倡扬以及"庆历新政"改革政策等的推动下,新经学蓬勃而起,汇成洪

①黄宗羲原著,全祖望补修,陈金生、梁运华点校:《宋元学案》卷二《泰山学案》引《吕氏家塾记》,第111页。

②石介著,陈植锷点校:《徂徕石先生文集》卷一八《送张绩李常序》,第216页。

③石介著,陈植锷点校:《徂徕石先生文集》卷一六《与范思远书》,第192页。

流,出现了孙复、刘敞、石介、胡瑗、欧阳修等一批对后世学术影响深远的新经学家。他们"排《系辞》,毁《周礼》,疑《孟子》,讥《书》之《胤征》《顾命》,黜《诗》之《序》"①,打破成说,独立发明经旨,表达对政治和信仰的关怀,从此,新经学开始成为儒家学术的主流。如王应麟描述这一学术转型云:"自汉儒至于庆历间,谈经者守训故而不凿。《七经小传》出而稍尚新奇矣,至《三经义》行,视汉儒之学若土梗。"②

其三,构建起完善的儒家心性学,使得儒学"内圣"与"外王"理论相均衡且贯通,即内在信仰与外在准则达至一贯,从而在佛教侵染中国数百年后第一次使儒学彻底具备了担当士人意识形态的完全品质。陈寅恪在论证韩愈"在唐代文化史上之特殊地位"时云:

> 退之首先发见《小戴记》中《大学》一篇,阐明其说,抽象之心性与具体之政治社会组织可以融会无碍,即尽量谈心说性,兼能济世安民,虽相反而实相成,天竺为体,华夏为用,退之于此以奠定后来宋代新儒学之基础。③

---

① 陆游语,见王应麟著,阎若璩等注,栾保群等校点:《困学纪闻》卷八《经说》,第291页。
② 王应麟著,阎若璩等注,栾保群等校点:《困学纪闻》卷八《经说》,第291页。
③ 陈寅恪:《论韩愈》,《历史研究》1954年第2期。

"尽量谈心说性,兼能济世安民",这一由韩愈开启的以贯通内外为目标的儒学理论构建之途,是由"宋代新儒学"的开创、发展者——宋代士人(理学家)彻底完成的,遂由此建立起契合本阶层需要的内在信仰与外在规则相一贯的儒家意识形态。

第三,佛教的影响。至宋代,佛教已在中国传播千年,自两晋以降的五六百年间尤其流行,影响遍及朝野,凭借其缜密而深邃的理论学说优势,牢牢占据了士人信仰的地盘。如陈弱水指出,中古士人思想的基本格局是"外儒内佛"和"外儒内道",或者称之为"二元世界观","儒教主要指有关集体秩序的原理和价值",个人生命的终极关怀则寄托于佛教或道教①。相较于道教,佛教对士人的影响更为深入、广泛。如在儒学急剧变革的北宋中期,程颐云:"今异教之害,道家之说则更没可辟,唯释氏之说衍蔓迷溺至深。今日是释氏盛而道家萧索。"②

佛教对宋代儒学变革的影响,可总结为以下三方面:

其一,刺激了儒学的创新发展。"人人谈之,弥漫滔天"③的佛教,是当时儒学最大的敌手,也是横亘其前的一座大山。如何超越佛教,这是从中唐韩愈至宋代的诸

①参见陈弱水:《排佛思潮与六、七世纪中国的思想状态》,见氏著《唐代文士与中国思想的转型》。
②程颢、程颐著,王孝鱼点校:《二程集·河南程氏遗书》卷二上,第38页。
③程颢、程颐著,王孝鱼点校:《二程集·河南程氏遗书》卷一,第3页。

多崇儒之士迫切思考的问题。鉴于佛教有着缜密的理论体系和深邃的心性学说,宋代一些先进儒者正视传统儒学在理论尤其是"内圣"学说上的欠缺,并着力发展之,这直接形成儒学的创新和变革。

其二,为儒学创新发展准备了理论轨辙。在宋代,一些佛教宗派针对崛起的士人阶层而创新教义学说,积极吸引士人信徒,深化传播,因此出现了一些新流派,由两宋之际的大慧宗杲(1089—1163)开创的大慧禅便是其中的佼佼者。"大慧禅的重要立足点在于由聪明灵利的士大夫意识所构成的日用应缘处",他主张"世间法即佛法","治生产业皆顺正理,与实相不相违背","于是贤士大夫往往事,争与之游"①。朱熹曾师从大慧的弟子道谦,对大慧禅十分熟悉,再加其在当时的"影响力过于强大",以至于"当朱子全面超越禅之时,他脑海里所描绘的禅正是大慧宗杲的禅"。在荒木见悟看来,因为大慧禅"根据新的现实观、人性观,追究真正融合'本来性—现实性'为一体的功夫和规范",在"日用应缘处"已做出诸多努力,所以朱熹对大慧禅的超越,不是单纯憎恨排斥之,通过与它"绝缘来维护思想上的健全性";恰恰相反,他依据大慧禅所探索的轨辙,"包容吸收佛教,进而创造出符合历史现状的士大夫意识"。正是在此意义

---

① 张浚:《大慧禅师塔铭》,见潜说友:《咸淳临安志》卷八三《寺观九》,杭州:浙江古籍出版社,2012年,第3030页。

上,荒木先生认为"大慧思想向朱子思想的转移,不应站在异端争论的视点上解释成类似儒教教学对佛教教学的胜利,而应该理解成本来性的现实化式样的转化"①。

其三,为儒学创新发展提供了可资借鉴的理论方法。如所周知,华严宗的"理事圆融"说与程朱理学的理事论,禅宗与陆九渊的心性学说等,都在思想理路上有着继承关系。再如荒木见悟所解释的佛教"一乘教"的真义:

> 尽管地上存在的机根、地上体现的事物多种多样而无穷无尽,并保持着各自特殊的形态或乐欲,但是,试图将它们平等、公平地罗列在一种无色相的平面上,或者在惟一目的之下寻求整体性定位,这并非一乘教的本义。原原本本的机根、事物在其分别所处的范畴中既各尽己分,又在与其他事物间缠绵的相互关联结合之中不断发现彼此在每时每刻自在无碍的存在方式,这才是一乘教的真义所在。一乘教并不是出现在机根、事物泯灭了其独自的存在之光之时,而是在不断彻底地发掘其各自存在的所在之时,一乘教才真正呈现出根本性、包容性、本来性特征。②

————————

① 荒木见悟:《佛教与儒教》,第 152、132、165、158、174 页。
② 荒木见悟:《佛教与儒教》,第 10 页。

联系土田健次郎所揭示的程颐的"理一分殊"理论：将万物一体揭示为"理一"，表现为天人合一、物我一体、内外一贯；同时，万物不齐而各有其本然的特性，即物各有其理；当万物处在"自然"状态而各自发挥其本然的特性时，"就其为'自然'这一点来说，万物之'理'只是'一'"，另就万物整体而言，亦是"一理"①。可见二者在原理上十分一致。凡此种种，表明理学对佛教的理论方法深有鉴取。

在上述及其他原因叠加作用下，唐宋之际儒家学术思想发生了极具突破性的转型，成为自20世纪初以来影响渐广的"唐宋变革论"最显著的依据和内容之一。自此以后，新学术思想依附着帝制中国后期政治、社会的演变而发展流衍，同时也是构建、支撑国家意识形态和民众思想观念的主要思想资源。其影响遍及东亚，成为近代以前东亚国家儒学思想的主要形态。

---

①见本书第一章第三节《思想与思想史——土田健次郎〈道学之形成〉评介》。

参考文献

一、古籍文献

毛亨传,郑玄笺,孔颖达疏:《毛诗正义》,见阮元校刻:《十三经注疏》(清嘉庆刊本),北京:中华书局,2009年。

班固撰,颜师古注:《汉书》,北京:中华书局,1962年。

许慎:《说文解字》,北京:中华书局,1963年。

何休注,徐彦疏:《春秋公羊传注疏》,中华书局聚珍仿宋版印本。

何休:《春秋公羊经传解诂》,《四部丛刊》本。

杜预:《春秋释例》,文渊阁《四库全书》本。

杜预注,孔颖达疏:《春秋左传正义》,中华书局聚珍仿宋版印本。

张华等撰,王根林等校点:《博物志(外七种)》,上海:上海古籍出版社,2012年。

葛洪著,王明校释:《抱朴子内篇校释》(增订本),北京:

中华书局,1985 年。

常璩撰,严茜子点校:《华阳国志》,济南:齐鲁书社,2010 年。

范宁注,杨士勋疏:《春秋穀梁传注疏》,中华书局聚珍仿宋版印本。

王嘉等撰,王根林等校点:《拾遗记(外三种)》,上海:上海古籍出版社,2012 年。

范晔撰,李贤等注:《后汉书》,北京:中华书局,1965 年。

陶弘景撰,王家葵辑校:《登真隐诀辑校》,北京:中华书局,2011 年。

陶弘景撰,赵益点校:《真诰》,北京:中华书局,2011 年。

萧子显:《南齐书》,北京:中华书局,1972 年。

魏收:《魏书》,中华书局,1974 年。

陆德明:《经典释文》,北京:中华书局,1983 年。

李百药:《北齐书》,北京:中华书局,1972 年。

魏徵、令狐德棻:《隋书》,北京:中华书局,1973 年。

李荣:《道德经注》,见蒙文通:《道书辑校十种》,成都:巴蜀书社,2001 年。

刘知幾著,浦起龙通释,王煦华整理:《史通通释》,上海:上海古籍出版社,2009 年。

陆淳:《春秋集传微旨》,《学津讨原》本。

陆淳:《春秋集传纂例》,《丛书集成初编》本。

陆淳:《春秋集传辨疑》,《丛书集成新编》第 108 册,台北:新文丰出版公司印行,2008 年。

吕温:《吕衡州文集》,《粤雅堂丛书》本。

李翱:《李文公集》,上海:上海古籍出版社,1993 年。

柳宗元撰,尹占华、韩文奇校注:《柳宗元集校注》,北京:中华书局,2013 年。

牛僧孺:《幽怪录》,明书林松溪陈应翔刻本。

段成式撰,许逸民校笺:《酉阳杂俎校笺》,北京:中华书局,2015 年。

杜光庭撰,罗争鸣辑校:《杜光庭记传十种辑校》,北京:中华书局,2013 年。

王定保撰,阳羡生校点:《唐摭言》,上海:上海古籍出版社,2012 年。

刘昫等:《旧唐书》,北京:中华书局,1975 年。

薛居正等:《旧五代史》,北京:中华书局,1976 年。

徐铉:《徐公文集》,《四部丛刊》本。

王溥:《唐会要》,北京:中华书局,1960 年。

李昉等编:《太平广记》,北京:中华书局,1961 年。

柳开:《河东先生集》,《四部丛刊》本。

王禹偁:《小畜集》,《四部丛刊》本。

姚铉编:《唐文粹》,文渊阁《四库全书》本。

张君房编,李永晟点校:《云笈七签》,北京:中华书局,2003 年。

范仲淹撰,李勇先、刘琳、王蓉贵点校:《范仲淹全集》,北京：中华书局，2020 年。

孙复：《春秋尊王发微》，《通志堂经解》本。

孙复：《孙明复小集》，文渊阁《四库全书》本。

余靖：《武溪集》，明成化九年刻本。

王尧臣撰，钱东垣辑释：《崇文总目辑释》，清嘉庆刻《汗筠斋丛书》本。

石介著，陈植锷点校：《徂徕石先生文集》，北京：中华书局，1984 年。

欧阳修撰，徐无党注：《新五代史》，北京：中华书局，1974 年。

欧阳修、宋祁：《新唐书》，北京：中华书局，1975 年。

欧阳修著，李逸安点校：《欧阳修全集》，北京：中华书局，2001 年。

张方平撰，郑涵点校：《张方平集》，郑州：中州古籍出版社，1992 年。

王皙：《春秋皇纲论》，《通志堂经解》本。

韩琦：《安阳集》，明正德九年张士隆刻本。

蔡襄撰，陈庆元等校注：《蔡襄全集》，福州：福建人民出版社，1999 年。

文莹撰，郑世刚、杨立扬点校：《湘山野录》，北京：中华书局，1984 年。

刘敞：《春秋权衡》，《通志堂经解》本。

刘敞：《七经小传》，《四部丛刊》本。

司马光:《通鉴释例》,文渊阁《四库全书》本。

司马光:《资治通鉴考异》,《四部丛刊》本。

司马光编著,胡三省音注:《资治通鉴》,北京:中华书局,1956 年。

曾巩撰,陈杏珍、晁继周点校:《曾巩集》,北京:中华书局,1984 年。

曾巩撰,王瑞来校证:《隆平集校证》,北京:中华书局,2012 年。

王安石撰,刘成国点校:《王安石文集》,北京:中华书局,2021 年。

刘攽撰,逯铭昕点校:《彭城集》,济南:齐鲁书社,2018 年。

陈景元纂:《西升经集注》,见《道藏》第 14 册,北京:文物出版社,上海:上海书店,天津:天津古籍出版社,1988 年。

程颢、程颐著,王孝鱼点校:《二程集》,北京:中华书局,2004 年。

吕希哲:《吕氏杂记》,文渊阁《四库全书》本。

苏轼:《苏文忠公全集 》,文渊阁《四库全书》本。

朱长文:《乐圃余稿》,文渊阁《四库全书》本。

范祖禹:《范太史文集》,文渊阁《四库全书》本。

陆佃:《陶山集》,《武英殿聚珍版丛书》本。

黄庭坚:《山谷别集》,文渊阁《四库全书》本。

毕仲游:《西台集》,《武英殿聚珍版丛书》本。

刘跂:《学易集》,《武英殿聚珍版丛书》本。

崔子方:《西畴居士春秋本例》,《通志堂经解》本。

晁补之:《鸡肋集》,文渊阁《四库全书》本。

杨时撰,林海权校理:《杨时集》,北京:中华书局,
　　2018年。

魏泰撰,李裕民点校:《东轩笔录》,北京:中华书局,
　　1983年。

张大亨:《春秋通训》,文渊阁《四库全书》本。

邵伯温:《易学辩惑》,文渊阁《四库全书》本。

晁说之:《嵩山文集》,《四部丛刊续编》本。

郑樵:《通志》,北京:中华书局,1987年。

晁公武撰,孙猛校证:《郡斋读书志校证》,上海:上海古
　　籍出版社,1990年。

沈作喆:《寓简》,《知不足斋丛书》本。

吴曾:《能改斋漫录》,《丛书集成初编》本,长沙:商务印
　　书馆,1939年。

李焘:《续资治通鉴长编》,北京:中华书局,2004年。

陆游:《渭南文集》,《四部丛刊》本。

周必大:《文忠集》,文渊阁《四库全书》本。

王明清:《挥麈录》,上海:上海书店出版社,2009年。

杨万里撰,辛更儒笺校:《杨万里集笺校》,北京:中华书
　　局,2007年。

章冲:《春秋左传事类始末》,《四库全书荟要》本。

朱熹著,郭齐、尹波点校:《朱熹集》,成都:四川教育出版社,1996年。

朱熹著,朱杰人、严佐之、刘永翔主编:《朱子全书》,上海:上海古籍出版社,合肥:安徽教育出版社,2010年。

黎靖德编,王星贤点校:《朱子语类》,北京:中华书局,1986年。

熊克:《宋中兴纪事本末》,清雍正景钞宋本。

陈造:《江湖长翁集》,明万历刻本。

陈傅良著,周梦江点校:《陈傅良先生文集》,杭州:浙江大学出版社,1999年。

楼钥:《攻媿集》,《武英殿聚珍版丛书》本。

吕祖谦:《左氏博议》,文渊阁《四库全书》本。

吕祖谦:《东莱集》,《续金华丛书》本。

叶适:《习学记言》,文渊阁《四库全书》本。

叶适著,刘公纯等点校:《叶适集》,北京:中华书局,1961年。

沈棐:《春秋比事》,文渊阁《四库全书》本。

王偁:《东都事略》,文渊阁《四库全书》本。

施宿:《(嘉泰)会稽志》,文渊阁《四库全书》本。

李心传撰,胡坤点校:《建炎以来系年要录》,北京:中华书局,2013年。

李纯甫:《鸣道集说》,《子部珍本丛刊》影印明钞本,香港:蝠池书院出版有限公司,2012 年。

真德秀:《真西山先生集》,《丛书集成初编》本。

陈振孙撰,徐小蛮、顾美华点校:《直斋书录解题》,上海:
　　上海古籍出版社,2015 年。

陈均:《宋九朝编年备要》,宋绍定刻本。

家铉翁:《则堂先生春秋集传详说》,《通志堂经解》本。

黄震:《黄氏日钞》,元刻本。

潜说友:《咸淳临安志》,杭州:浙江古籍出版社,2012 年。

方仁荣、郑瑶:《(景定)严州续志》,文渊阁《四库全
　　书》本。

王应麟著,张三夕、杨毅点校:《汉艺文志考证》,北京:中
　　华书局,2011 年。

王应麟著,阎若璩等注,栾保群等校点:《困学纪闻》,上
　　海:上海古籍出版社,2015 年。

王应麟:《玉海》,扬州:广陵书社,2016 年。

佚名撰,孔学辑校:《皇宋中兴两朝圣政辑校》,北京:中
　　华书局,2019 年。

吴澄:《吴文正集》,文渊阁《四库全书》本。

马端临:《文献通考》,北京:中华书局,2011 年。

袁桷:《清容居士集》,《四部丛刊》本。

柳贯:《柳待制文集》,《四部丛刊》本。

杨维桢:《东维子文集》,《四部丛刊》本。

脱脱等:《宋史》,北京:中华书局,1977 年。

卢熊:《(洪武)苏州府志》,明洪武十二年刊本。

陈道:《(弘治)八闽通志》,明弘治刻本。

田汝成:《炎徼纪闻》,文渊阁《四库全书》本。

《道藏》,北京:文物出版社,上海:上海书店,天津:天津
　古籍出版社,1988 年,

傅逊:《春秋左传属事》,文渊阁《四库全书》本。

陈邦瞻:《宋史纪事本末》,北京:中华书局,2015 年。

《明实录》,台北:"中研院"史语所,1968 年。

黄宗羲原著,全祖望补修,陈金生、梁运华点校:《宋元学
　案》,北京:中华书局,1986 年。

谷应泰:《明史纪事本末》,文渊阁《四库全书》本。

吕留良:《吕晚村先生文集》,清雍正三年吕氏刻本。

朱彝尊:《经义考》,北京:中华书局,1998 年。

顾祖禹:《读史方舆纪要》,北京:中华书局,2005 年。

王士禛撰,靳斯仁点校:《池北偶谈》,北京:中华书局,
　1982 年。

高士奇:《高士奇集》,清康熙刻本。

高士奇:《左传纪事本末》,文渊阁《四库全书》本。

何焯著,崔高维点校:《义门读书记》,北京:中华书局,
　1987 年。

华孳亨:《欧阳文忠集公年谱》,《昭代丛书》本。

厉鹗编:《宋史纪事》,上海:上海古籍出版社,1983 年。

嵇璜等纂:《清通志》,文渊阁《四库全书》本。

钱大昕著,方诗铭、周殿杰校点:《廿二史考异》,上海:上
　海古籍出版社,2014 年。

沈初撰,卢文弨校:《浙江采集遗书总录》,清乾隆四十年
　刻本

毕沅辑:《山左金石志》,清嘉庆刻本。

章学诚撰,叶瑛校注:《文史通义校注》,北京:中华书局,
　2014 年。

董诰等编:《全唐文》,北京:中华书局,1983 年。

永瑢等:《四库全书总目》,北京:中华书局,1965 年。

永瑢等:《四库全书简明目录》,上海:上海古籍出版社,
　1985 年。

孙星衍:《平津馆鉴藏书籍记》,清道光刻本。

严可均辑:《全梁文》,北京:商务印书馆,1999 年。

阮元:《揅经室集》,《四部丛刊》本。

王引之:《经义述闻》,南京:江苏古籍出版社,2000 年。

周中孚:《郑堂读书记》,《吴兴丛书》本。

梁章钜撰,阳羡生点校:《归田琐记》,上海:上海古籍出
　版社,2012 年。

刘逢禄:《左氏春秋考证》,《续修四库全书》本。

刘文淇:《春秋左氏传旧注疏证》,北京:科学出版社,
　1959 年。

瞿镛编纂,瞿果行标点:《铁琴铜剑楼藏书目录》,上海:
　上海古籍出版社,2000 年。

马国翰辑:《玉函山房辑佚书》,扬州:广陵书社,2004 年。

陈澧:《汉儒通义》,番禺陈氏东塾丛书本。

陆心源:《宋史翼》,清同治光绪间归安陆氏刊《潜园总集》本。

陆心源:《仪顾堂集》,清光绪二十四年刻本。

陆心源:《群书校补》,清光绪刻本。

皮锡瑞:《经学通论》,北京:中华书局,1954 年。

皮锡瑞著,周予同注释:《经学历史》,北京:中华书局,1959 年。

苏舆撰,锺哲点校:《春秋繁露义证》,北京:中华书局,1992 年。

黄晖:《论衡校释(附刘盼遂集解)》,北京:中华书局,1990 年。

曾枣庄、刘琳主编:《全宋文》,上海:上海辞书出版社,合肥:安徽教育出版社,2006 年。

刘琳、刁忠民、舒大刚、尹波等校点:《宋会要辑稿》,上海:上海古籍出版社,2014 年。

李时人编校:《全唐五代小说》,北京:中华书局,2014 年。

吴洪泽编:《宋编宋人年谱选刊》,成都:巴蜀书社,1995 年。

张昇编:《〈四库全书〉提要稿辑存》,北京:北京图书馆出版社,2006 年。

方韬译注:《山海经》,北京:中华书局,2011 年。

周作明点校:《无上秘要》,北京:中华书局,2016 年。

严一萍编:《道教研究资料》(第一辑),台北:艺文印书馆,1974 年。

《四库全书》出版工作委员会编:《文津阁四库全书提要汇编》,北京:商务印书馆,2006 年。

《会稽偁山章氏家乘初集》,天一阁藏本。

二、今人著作

梁启超:《饮冰室合集》,北京:中华书局,1989 年。

章太炎:《国学略说》,上海:上海文艺出版社,2001 年。

王国维:《观堂集林》,北京:中华书局,1959 年。

柳诒徵:《中国文化史》,上海:东方出版中心,1988 年。

吕思勉:《文字学四种》,上海:上海教育出版社,1985 年。

吕思勉:《理学纲要》,北京:商务印书馆,2015 年。

刘师培:《刘申叔遗书》,南京:江苏古籍出版社,1997 年。

谢无量著,王宝峰等校注:《中国哲学史校注》,上海:华东师范大学出版社,2018 年。

杨树达:《积微居小学金石论丛》,北京:中华书局,1983 年。

杨树达:《积微居读书记》,上海:上海古籍出版社,2013 年。

金毓黻:《中国史学史》,北京:商务印书馆,2010 年。

钱玄同:《重论经今古文学问题》,见康有为:《新学伪经考》,北京:中华书局,1956 年。

陈钟凡:《两宋思想述评》,上海:商务印书馆,1933 年。

钟泰:《中国哲学史》,北京:东方出版社,2008 年。

陈寅恪:《金明馆丛稿初编》,北京:生活·读书·新知三
联书店,2001 年。

王伯祥、周振甫:《中国学术思想演进史》,上海:亚细亚
书局,1935 年。

胡适:《中国哲学史大纲》(外一种),石家庄:河北教育出
版社,2001 年。

顾颉刚:《顾颉刚古史论文集》,北京:中华书局,1996 年。

顾颉刚:《汉代学术史略》,北京:东方出版社,2005 年。

范文澜:《范文澜历史论文选集》,北京:中国社会科学出
版社,1979 年。

蒙文通:《经史抉原》,成都:巴蜀书社,1995 年。

钱穆:《朱子新学案》,台北:三民书局,1971 年。

钱穆:《宋明理学概述》,台北:台湾学生书局,1977 年。

钱穆:《中国历史研究法》,北京:生活·读书·新知三联
书店,2001 年。

钱穆:《西汉经学今古文平议》,北京:商务印书馆,
2001 年。

钱穆:《中国文化史导论》,北京:商务印书馆,2003 年。

钱穆:《中国学术思想史论丛》,北京:生活·读书·新知
三联书店,2009 年。

冯友兰:《中国哲学史》,北京:生活·读书·新知三联书店,2009年。

范寿康:《中国哲学史通论》,北京:生活·读书·新知三联书店,1983年。

马宗霍:《中国经学史》,上海:商务印书馆,1936年。

方孝岳:《左传通论》,上海:商务印书馆,1935年。

周予同著,朱维铮编:《周予同经学史论著选集》(增订版),上海:上海人民出版社,1996年。

周予同:《中国经学史讲义》,上海:上海文艺出版社,1999年。

易君左:《我们的思想家》,重庆:正中书局,1942年。

陈荣捷:《宋明理学之概念与历史》,台北:"中研院"文哲所筹备处,1996年。

陈荣捷:《中国哲学文献选编》,杨儒宾等译,南京:江苏教育出版社,2006年。

陈荣捷:《朱学论集》,上海:华东师范大学出版社,2007年。

郑鹤声:《宋袁机仲先生枢年谱》,台北:台湾商务印书馆,1980年。

陈乐素:《求是集》(第一集),广东人民出版社,1986年。

侯外庐主编:《中国思想通史》第四卷(上、下册),北京:人民出版社,1959、1960年。

侯外庐、邱汉生、张岂之:《宋明理学史》,北京:人民出版社,1984年。

徐复观:《两汉思想史》,上海:华东师范大学出版社,
　　2001年。

刘汝霖:《汉晋学术编年》,上海:上海书店,1992年。

费正清(John K. Fairbank)、赖肖尔(Edwin O. Reischauer):
　　《中国:传统与变革》,陈仲丹等译,南京:江苏人民出
　　版社,2011年。

邓广铭:《邓广铭治史丛稿》,北京:北京大学出版社,
　　1997年。

牟润孙:《注史斋丛稿》(增订本),北京:中华书局,
　　2009年。

柴德赓:《史籍举要》(修订本),北京:商务印书馆,
　　2015年。

牟宗三:《宋明儒学的问题与发展》,上海:华东师范大学
　　出版社,2004年。

杨伯峻:《春秋左传注》,北京:中华书局,1981年。

张岱年:《中国古典哲学概念范畴要论》,北京:中国社会
　　科学出版社,1987年。

张舜徽:《郑学丛著》,济南:齐鲁书社,1984年。

任继愈:《中国哲学史》,北京:人民出版社,1964年。

谢澄平:《中国文化史新编》,台北:青城出版社,1985年。

荒木见悟:《佛教与儒教》,杜勤、舒志田等译,郑州:中州
　　古籍出版社,2005年。

刘子健:《中国转向内在:两宋之际的文化转向》,赵冬梅译,南京:江苏人民出版社,2012年。

狄百瑞(William T. de Bary):《东亚文明——五个阶段的对话》,何兆武、何冰译,南京:江苏人民出版社,1996年。

狄百瑞:《中国的自由传统》,李弘祺译,北京:中华书局,2016年。

葛瑞汉(Angus C. Graham):《中国的两位哲学家:二程兄弟的新儒学》,程德祥等译,郑州:大象出版社,2000年。

钱冬父:《唐宋古文运动》,上海:中华书局上海编辑所,1962年。

孙国栋:《唐宋史论丛》,上海:上海古籍出版社,2010年。

漆侠:《宋学的发展和演变》,石家庄:河北人民出版社,2002年。

潘雨廷:《道教史发微》,上海:上海社会科学院出版社,2003年。

劳思光:《新编中国哲学史》,桂林:广西师范大学出版社,2005年。

韦政通:《中国思想史》,上海:上海书店出版社,2003年。

汤一介:《郭象与魏晋玄学》(增订本),北京:北京大学出版社,2000年。

庞朴:《帛书五行篇研究》,济南:齐鲁书社,1988年。

罗联添:《唐代文学论集》,台北:台湾学生书局,1989 年。

金中枢:《宋代学术思想研究》,台北:幼狮文化事业公司,1989 年。

余英时:《论戴震与章学诚》,北京:生活·读书·新知三联书店,2000 年。

余英时:《朱熹的历史世界:宋代士大夫政治文化的研究》,北京:生活·读书·新知三联书店,2004 年。

余英时:《宋明理学与政治文化》,台北:允晨文化实业股份有限公司,2004 年。

李泽厚:《中国古代思想史论》,合肥:安徽文艺出版社,1994 年。

蔡仁厚:《新儒家的精神方向》,台北:台湾学生书局,1982 年。

蔡仁厚:《中国哲学史大纲》,长春:吉林出版集团有限责任公司,2009 年。

沈玉成、刘宁:《春秋左传学史稿》,南京:江苏古籍出版社,1992 年。

傅璇琮、祝尚书主编:《宋才子传笺证:北宋前期卷》,沈阳:辽海出版社,2011 年。

孙昌武:《唐代古文运动通论》,天津:百花文艺出版社,1984 年。

崔大华:《儒学引论》,北京:人民出版社,2001 年。

三浦国雄:《不老不死的欲求:三浦国雄道教论集》,王标译,成都:四川人民出版社,2017年。

李剑国:《唐五代志怪传奇叙录》,天津:南开大学出版社,1993年。

祝尚书:《北宋古文运动发展史》,成都:巴蜀书社,1995年。

田浩(Hoyt C. Tillman):《功利主义儒家——陈亮对朱熹的挑战》,姜长苏译,南京:江苏人民出版社,1997年。

田浩编:《宋代思想史论》,杨立华、吴艳红等译,北京:社会科学文献出版社,2003年。

田浩:《朱熹的思维世界》(增订版),南京:江苏人民出版社,2009年。

王葆玹:《今古文经学新论》,北京:中国社会科学出版社,1997年。

伊沛霞(Patricia B. Ebrey)、姚平主编:《当代西方汉学研究集萃》(中古史卷),上海:上海古籍出版社,2012年。

黄俊杰编:《东亚儒学研究的回顾与展望》,上海:华东师范大学出版社,2008年。

裴普贤:《经学概述》,台北:三民书局,2006年。

林庆彰、蒋秋华主编:《啖助新春秋学派研究论集》,台北:"中研院"文哲所,2002年。

包弼德(Peter K. Bol):《历史上的理学》,王昌伟译,杭州:浙江大学出版社,2010年。

包弼德:《斯文:唐宋思想的转型》,刘宁译,南京:江苏人民出版社,2017 年。

宫哲兵主编:《当代道家与道教》,武汉:湖北人民出版社,2005 年。

陈植锷:《北宋文化史述论》,北京:中国社会科学出版社,1992 年。

陈植锷:《石介事迹著作编年》,北京:中华书局,2003 年。

土田健次郎:《道学之形成》,朱刚译,上海:上海古籍出版社,2010 年。

李丰楙:《仙境与游历:神仙世界的想象》,北京:中华书局,2010 年。

李丰楙:《忧与游:六朝隋唐仙道文学》,北京:中华书局,2010 年。

邓小南主编:《宋史研究诸层面》,北京:北京大学出版社,2020 年。

葛兆光:《道教与中国文化》,上海:上海人民出版社,1987 年。

葛兆光:《中国思想史》,上海:复旦大学出版社,2016 年。

葛兆光:《侧看成峰:葛兆光海外学术论著评论集》,北京:中华书局,2020 年。

韩明士(Robert P. Hymes):《道与庶道:宋代以来的道教、民间信仰和神灵模式》,皮庆生译,南京:江苏人民出版社,2007 年。

柏夷(Stephen R. Bokenkamp):《道教研究论集》,孙齐等

译,上海:中西书局,2015年。

傅佛果(Joshua A. Fogel):《内藤湖南:政治与汉学
　　(1866—1934)》,陶德民、何英莺译,南京:江苏人民出
　　版社,2016年。

宋鼎宗:《春秋宋学发微》(增订版),台北:文史哲出版
　　社,1986年。

张端穗:《西汉公羊学研究》,台北:文津出版社,2005年。

徐洪兴:《思想的转型——理学发生过程研究》,上海:上
　　海人民出版社,1996年。

徐洪兴:《唐宋之际儒学转型研究》,上海:上海人民出版
　　社,2018年。

李索:《敦煌写卷〈春秋经传集解〉校证》,北京:中国社会
　　科学出版社,2005年。

孙亦平:《杜光庭评传》,南京:南京大学出版社,2011年。

陈弱水、王汎森主编:《思想与学术》,北京:中国大百科
　　全书出版社,2005年。

陈弱水:《唐代文士与中国思想的转型》,桂林:广西师范
　　大学出版社,2009年。

杨国荣:《善的历程——儒家价值体系的历史衍化及其
　　现代转换》,上海:上海人民出版社,1994年。

杜海军:《吕祖谦年谱》,北京:中华书局,2007年。

卢国龙:《中国重玄学》,北京:人民中国出版社,1993年。

何俊编:《余英时学术思想文选》,上海:上海古籍出版

社,2010年。

张兴武:《五代艺文考》,成都:巴蜀书社,2003年。

甘怀真:《皇权、礼仪与经典诠释:中国古代政治史研究》,上海:华东师范大学出版社,2008年。

方铭主编:《〈春秋〉三传与经学文化》,长春:长春出版社,2010年。

郭武主编:《道教教义与现代社会国际学术研讨会论文集》,上海:上海古籍出版社,2003年。

钱婉约:《从汉学到中国学——近代日本的中国研究》,北京:中华书局,2007年。

李晓春:《宋代性二元论研究》,北京:中国社会科学出版社,2006年。

燕永成:《南宋史学研究》,兰州:甘肃人民出版社,2007年。

朱刚:《唐宋"古文运动"与士大夫文学》,上海:复旦大学出版社,2013年。

丁耘主编:《什么是思想史》(《思想史研究》第一辑),上海:上海人民出版社,2006年。

周晋:《道学与佛教》,北京:北京大学出版社,1999年。

冯晓庭:《宋初经学发展述论》,台北:万卷楼图书股份有限公司,2001年。

葛焕礼:《尊经重义:唐代中叶至北宋末年的新〈春秋〉学》,济南:山东大学出版社,2011年。

叶文举:《南宋理学与文学:以理学派别为考察中心》,济南:齐鲁书社,2015年。

中国唐史学会编:《中国唐史学会论文集》,西安:三秦出版社,1993年。

南开大学古籍与文化研究所编:《文史论集二集》,天津:天津社会科学院出版社,2001年。

三、今人论文

胡鸣盛编:《安定先生年谱》,《山东大学文史丛刊》第1期,1934年5月。

张君劢:《中国学术史上汉宋两派之长短得失》,见《宋史研究集》第三辑,台北:编译馆中华丛书编辑委员会,1958年。

陈寅恪:《论韩愈》,《历史研究》1954年第2期。

小岛祐马:《公羊三科九旨说考》,见江侠庵编译:《先秦经籍考》,上海:上海文艺出版社,1990年。

黄云眉:《读陈寅恪先生论韩愈》,《文史哲》1955年第8期。

戴君仁:《经疏的衍成》,见《经学论文集》,台北:黎明文化事业股份有限公司,1971年。

邓广铭、刘浦江:《〈三朝北盟会编〉研究》,《文献》1998年第1期。

唐君毅:《论中国哲学思想史中"理"之六义》,(香港)

《新亚学报》第 1 卷第 1 期 (1955 年 8 月)。

周一良:《日本内藤湖南先生在中国史学上之贡献》,《史学年报》第 2 卷第 1 期 (1934 年 9 月)。

刘家和:《〈春秋〉三传的灾异观》,《史学史研究》1990 年第 2 期。

夏应元:《内藤湖南的中国史研究》,《中国史研究动态》1981 年第 2 期。

张泽咸:《"唐宋变革论"若干问题的质疑》,见《中国唐史学会论文集》,西安:三秦出版社,1989 年。

叶政欣:《贾逵春秋左传遗说探究》,台湾师范大学国文研究所博士班毕业论文,1978 年。

刘光裕:《唐代经学中的新思潮——评陆淳春秋学》,《南京大学学报》(哲学·人文科学·社会科学) 1990 年第 1 期。

杨慧文:《陆质生平事迹考——柳宗元交游考》,《山东大学学报》(哲学社会科学版) 1988 年第 3 期。

吴怀祺:《〈通鉴纪事本末（杨万里）叙〉补遗》,《史学史研究》1998 年第 3 期。

张邦炜:《"唐宋变革论"的首倡者及其他》,《中国史研究》2010 年第 1 期。

章群:《啖、赵、陆三家〈春秋〉之说》,见《钱穆先生八十岁纪念论文集》,香港:新亚研究所,1974 年。

崔文印:《纪事本末体史书的特点及其发展》,《史学史研究》1981 年第 3 期。

萧华荣:《试论汉、宋〈诗经〉学的根本分歧》,《文学评论》1995 年第 1 期。

田浩:《80 年代中叶以来美国的宋代思想史研究》,江宜芳译,(台北)《中国文哲研究通讯》第 3 卷第 4 期(1993 年 12 月)。

田浩、葛焕礼:《历史世界中的儒家和儒学——田浩(Hoyt C. Tillman)教授访谈录》,《临沂师范学院学报》2009 年第 4 期。

赵伯雄:《刘敞〈春秋〉学考论》,见南开大学古籍与文化研究所编《文史论集二集》,天津:天津社会科学院出版社,2001 年。

傅飞岚(Franciscus Verellen):《二十四治和早期天师道的空间与科仪结构》,吕鹏志译,《法国汉学》第七辑,北京:中华书局,2002 年。

包弼德:《唐宋转型的反思——以思想的变化为主》,《中国学术》第 3 辑,北京:商务印书馆,2000 年。

包弼德:《对余英时宋代道学研究方法的一点反思》,程钢译,《世界哲学》2004 年第 4 期。

包弼德:《论停滞与失败——思想意识形态与历史:两个初步的问题(之一)》,《清华大学学报》(哲学社会科学版)2006 年第 2 期。

林庆彰:《两汉章句之学重探》,见《中国经学史论文选集》,台北:文史哲出版社,1992年。

土田健次郎:《社会与思想——宋元思想研究笔记》,王
瑞来译,见近藤一成主编:《宋元史学的基本问题》,北
京:中华书局,2010年。

邓小南:《龚明之与宋代苏州的龚氏家族——兼谈南宋
昆山士人家族的交游与沉浮》,见《中国近世家族与社
会研讨会论文集》,台北:"中研院"史语所,1998年
6月。

葛兆光:《宋官修国史考》,《史学史研究》1982年第1期。

葛兆光:《"唐宋"抑或"宋明"——文化史和思想史研究
视域变化的意义》,《历史研究》2004年第1期。

葛兆光:《道统、系谱与历史——关于中国思想史脉络的
来源与确立》,《文史哲》2006年第3期。

蒋国保:《论"中国哲学史"学科创立初期的实践与方
法》,《社会科学战线》2012年第6期。

陈来:《世纪末"中国哲学"研究的挑战》,《中国哲学史》
1999年第4期。

陈来:《中国宋明儒学研究的方法、视点和趋向》,《浙江
学刊》2001年第3期。

宫泽知之:《唐宋社会变革论》,《中国史研究动态》1999
年第6期。

张东光:《纪事本末体再认识》,《湘潭师范学院学报》(社
会科学版)1997年第5期。

张素卿:《章冲〈春秋左氏传事类始末〉述略——左传学的考察》,台湾图书馆馆刊1996年第1期。

张素卿:《〈左传〉研究:叙事与纪事本末》,台湾地区科学委员会专题研究计划成果报告,1999年。

吾妻重二:《美国的宋代思想研究——最近的情况》,原刊于《关西大学文学论集》第46卷(1996年),译文见田浩编:《宋代思想史论》,杨立华、吴艳红等译,北京:社会科学文献出版社,2003年。

程民生:《略论宋代地域文化》,《历史研究》1995年第1期。

仲伟民:《〈三朝北盟会编〉传本及其体例》,《史学史研究》1990年第2期。

崔珍皙:《重玄学与宋明理学——以重玄学、华严宗以及程朱理学之间的比较为中心》,《世界宗教研究》2000年第4期。

荣新江:《德藏吐鲁番出土〈春秋后语〉注本残卷考释》,《北京图书馆馆刊》1999年第2期。

查屏球:《盛唐经学的窘境——论开、天文化特点与经学发展关系》,《中国文化研究》2000年秋之卷。

常森:《论〈诗经〉汉宋之学的异同》,《文史哲》1999年第4期。

汪春泓:《论刘向、刘歆和〈汉书〉之关系》,《古籍整理研究学刊》2009年第5期。

周武:《唐宋转型中的"文"与"道"——包弼德教授访谈录》,《社会科学》2003 年第 7 期。

张稳蘋:《唉、赵、陆三家之〈春秋〉学研究》,(台北)东吴大学中国文学系硕士学位论文,1999 年。

黄觉弘:《陆淳〈春秋〉学著述考辨》,《国学研究》(第 48 卷),北京:中华书局,2022 年。

许齐雄、王昌伟:《评包弼德〈历史上的理学〉——兼论北美学界近五十年的宋明理学研究》,(台北)《新史学》第 21 卷第 2 期(2010 年 6 月)。

林耘:《李翱复性学说及其思想来源》,《船山学刊》2002 年第 1 期。

檀作文:《汉宋诗经学的异同》,《齐鲁学刊》2001 年第 1 期。

张尚英:《刘敞春秋学述论》,四川大学历史文化学院古籍所硕士学位论文,2002 年。

张尚英、舒大刚:《宋代〈春秋〉学文献与宋代〈春秋〉学》,《求索》2007 年第 7 期。

罗祎楠:《模式及其变迁——史学史视野中的唐宋变革问题》,《中国文化研究》2003 年夏之卷。

徐波、柳尧伊:《谁是范思远? 石介三封书信受书人考》,《九江学院学报》(社会科学版)2020 年第 3 期。

周翔宇、周国林:《纪事本末体经解序列探究——兼论纪事本末体的创始》,《人文杂志》2014 年第 9 期。

宋国彩：《墓志所见晚唐人信仰研究》，山东大学历史文化学院硕士学位论文，2012 年。

冯茜、袁晶靖：《〈春秋集传纂例〉版本小考》，《经学文献研究集刊》第 22 辑，上海：上海书店出版社，2019 年。

四、外文论著

Reischauer, Edwin O. *Ennin's Travels in T'ang China*, New York：The Ronald Press Company, 1955.

Reischauer, Edwin O. John K. Fairbank, A. Craig, *East Asia: The Great Tradition*, Boston：Houghton Mifflin Co. , 1959.

Reischauer, Edwin O. *My Life Between Japan and America*, Tokyo：John Weatherhill, Inc. , 1986.

De Bary, Wm. Theodore. "A Reappraisal of Neo-Confucianism," in Arthur Wright eds. , *Studies in Chinese Thought*, Chicago：University of Chicago Press, 1953.

De Bary, Wm. Theodore. *Neo-Confucian Orthodoxy and the Learning of the Mind-and-Heart*, New York：Columbia University Press, 1981.

De Bary, Wm. Theodore. *The Massage of the Mind in Neo-Confucianism*, New York：Columbia University Press, 1989.

Liu, James T. C. "The Neo-Traditional Period (ca. 800 - 1900) in Chinese History：A Note in Memory of the Late Professor Lei Hai-tsung," *The Journal of Asian Studies*,

Vol. 24, No. 1 (Nov. ,1964).

Liu, James T. C. "How Did a Neo – Confucian School Become the State Orthodoxy?" *Philosophy East and West*, Vol. 23, No. 4(Oct. ,1973).

Yu, Yingshi. "The Intellectual World of Chiao Hung Revisited," *Ming Studies*,25(Spring 1988).

Mote, Frederick W. "The Limits of Intellectual History?" *Ming Studies*,19(Fall 1984).

Hartwell, Robert M. "Demographic, Political, and Social Transformations of China,750–1550," *Harvard Journal of Asiatic Studies*, Vol. 42, No. 2. 1982.

Hartwell, Robert M. "A Cycle of Economic Change in Imperial China: Coal and Iron in Northeast China, 750 – 1350," *Journal of the Economic and Social History of the Orient*, Vol. 10, No. 1(Jul. ,1967).

Tillman, Hoyt C. "A New Direction in Confucian Scholarship: Approaches to Examining the Differences Between Neo– Confucianism and Tao – Hsueh," *Philosophy East and West*,42:3(1992).

Tillman, Hoyt C. "The Uses of Neo–Confucianism, Revisited: A Reply to Professor de Bary," *Philosophy East and West*,44:1(1994).

Ebrey, Patricia B. " Neo – Confucianism and the Chinese

Shih – Ta – Fu," *American Asian Review*, Vol. 4, No. 1 (1986).

Hymes, Robert P. *Statemen and Gentlemen : The Elite of Fu-chou, Chiang-Hsi, in Northern and Southern Sung*, London: Cambridge University Press. 1986.

Glahn, Richard von. Reviewed Work (s): "*This Culture of Ours*": *Intellectual Transitions in T' ang and Sung China*, *The Journal of Asian Studies*, Vol. 52, No. 4 (Nov. , 1993).

Smith, Paul J. and Richard von Glahn eds. *The Song-Yuan-Ming Transition in Chinese History*, Cambridge, M. A. : Harvard University Asia Center, 2003.

Fogel, Joshua A. *Naito Konan and His Historiography : A Reconsideration in the Early Twenty-first Century*, 收入张宝三、杨儒宾编:《日本汉学研究续探:思想文化篇》,上海:华东师范大学出版社,2008 年。

Lee, John. *Recent Studies in English on the Tang – Song Transition : Issues and Trends*,《国际中国学研究》第 2 辑(1999 年 12 月)。

爱宕元:《唐代後半における社會變質の一考察》,《東方學報》第 42 册(1971 年 3 月)。

吉永慎二郎:《〈春秋〉新研究:〈原左氏傳〉からの〈春秋經〉〈左氏傳〉の成立と全左氏經·傳文の分析》,东京:汲古书院,2019 年。

丸桥充拓:《唐宋变革史研究近况》,《中國史學》第 11 卷
（2001 年 10 月）。

后　记

　　本书源出自本人主持的山东省社科规划基金青年项目"道教与唐宋思想文化的转型"（03CLJ01）和教育部人文社科研究青年基金项目"庙堂和江湖之间：晚唐五代宋初的儒士与道流——社会史视野中两者的生存状态及相互关系"（10YJC770025），后来于2015年有幸入选儒家文明协同创新中心首批后期资助项目，因而得以在中华书局出版。在此，谨向各个项目资助方和评审专家衷心表示感谢。

　　为了方便随时将研究成果以论文的形式发表，上述项目开展研究时，主要是以专题的方式进行的。因此，本书的多数章节内容，已在学术期刊上发表过，但在收入书中时，笔者作了全面修订，尤其对几篇发表时间较长的论文，从文字到内容都作了较大幅度的修正、补充，改正了几处观点。

　　在学术的道路上，包括本书的撰作，笔者有幸得到多位师长和朋友的关心、扶持和帮助，一直感念于心，在此深致谢忱。

中华书局的高天女士,作为责任编辑,为本书的出版付出了大量心血,在此深表感谢。

此时距我的上一本书出版,已过十年,但愿下一本书能够早点到来。

葛焕礼

2022 年 6 月 26 日于社科院太阳宫小区

本书出版得到中国社会科学院古代史研究所创新工程项目"宋代经学著作整理与研究"经费补充资助,博士生夏文登、吉钰玲辛苦校对了部分书稿,在此一并表示感谢。

2023 年 9 月 22 日补记